즐거운 하루 되세요.
2018. 04.

Red And Mad
레드앤매드

III

* 이 책은 ㈜디앤씨미디어가 저작권자와의 계약에 따라 발행한 것으로 저작권법의 보호를 받는 저작물입니다. 본서의 내용을 무단 전재 및 무단 복제하는 것을 금합니다.
* 작가와의 협의에 의해 인지는 생략합니다.

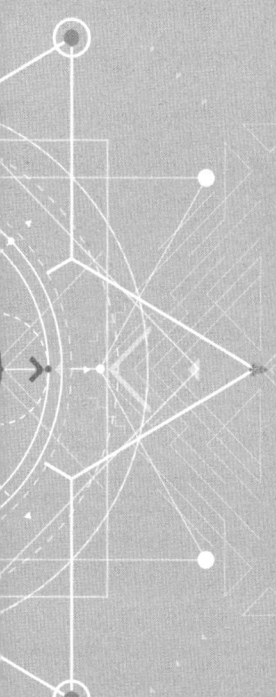

Ⅲ
Red And Mad

레드 앤 매드

권겨을 장편소설

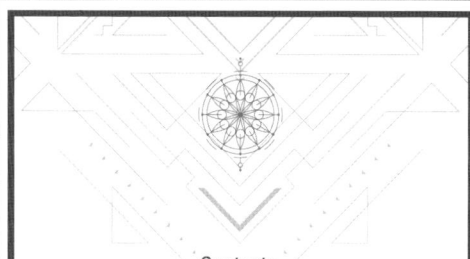

Contents

007
Chapter 6. 안녕, 조롱이 (2)

391
Chapter 7. Red And Mad (1)

Chapter 6

안녕, 조롱이 (2)

Chapter 6. 안녕, 조롱이 (2)

 뒤로 넘어진 제드의 얼굴이 순식간에 창백해졌다. 아무래도 람의 시뻘건 눈동자를 보고 당황한 것 같았다. 그가 안쓰러우면서도 공감됐다.
 그럼, 그럼. 놀랄 만하지. 자신도 처음에 미친놈의 시뻘건 눈을 보고 얼마나 기절초풍했던가. 게다가 그 안에서 뿜어져 나오는 살기란. 으으, 정말 웬만한 강심장이 아니고서야 감당하기 힘들 것이다.
 "꺼지라는 말 안 들리나."
 "흐…… 흐, 흐히익!"
 틈도 주지 않고 재촉하는 람의 말에 제드는 괴상한 소리를 내며 발발 떨더니, 이내 자리에서 벌떡 일어나 줄행랑을 놓기 시작했다. 후다닥 달려 멀어지는가 싶었는데, 또다시 거리 한복판에 '으윽!' 하고 신음 소리를 내며 대자로 자빠지는 것을 보고 이예주도 덩달아 움찔했다.
 잠시 엎어져 있던 그는 오뚝이처럼 벌떡 일어나 곧바로 도망을 가 버렸다. 뒤도 돌아보지 않고 달려가는 그 품새에 이예주는 할 말을 잃었다.

"……뭐 저런 놈이 다 있어?"

꺼지라 했다고 어떻게 한마디도 못하고 저렇게 허겁지겁 사라져?

그때 그녀의 몸이 자의 아닌 타의로 휙 뒤돌려졌다. 제드가 기겁한 시뻘건 두 동공이 코앞에서 형형히 빛을 내며 이예주를 응시하고 있었다.

그녀는 그제야 자신이 입은 포대의 후드가 위로 번쩍 들려 있다는 것을 깨달았다. 쳐들린 후드 덕에 덩달아 훌쩍 올라온 옷깃이 목을 꽉 압박했다. 그녀의 얼굴이 와락 찌푸려졌다.

"모, 목! 숨 막히니까 놔요. 사람 놀라게 갑자기 왜 후드를 잡아채고 그래요!"

이예주가 목 주변의 옷깃을 잡아당기며 항의했다. 어찌나 힘 좋게 끌어 올렸는지, 원치 않아도 발뒤꿈치가 절로 들렸다.

"너."

그 순간, 남자가 잡은 후드를 훅 앞으로 당겼다. 그녀는 끽 소리도 못한 채 그의 코앞까지 끌려갔다. 한순간 가까워진 남자의 얼굴에, 이예주는 눈을 휘둥그레 뜬 채 얼어붙었다.

'너, 너무 가깝잖아.'

남자의 새빨간 입술이 시야에 가득 찼다. 숨 한번 잘못 내쉬면 닿을 것 같아서 이예주는 내쉬던 숨도 헙, 하고 멈췄다.

"왜, 왜, 왜요?"

"……."

"저, 저 아무 잘못도 안 했는데요? 얘, 얘기만 했어요! 진짜 얘기만……!"

불현듯 후드를 잡고 있지 않은 남자의 다른 손이 그녀의 얼굴을 향해 쑤욱 다가왔다. 맞는 건가! 그녀가 파리하게 안색을 굳히며 눈을 질끈 감았다.

하지만 불쑥 다가온 그의 손은 얼굴 대신 그녀의 귀에 꽂힌 뤼미에르 꽃송이를 거칠게 낚아챘다.

"꽃, 좋아하나."

"……네? 어어! 내 꽃!"

방울처럼 둥글둥글한 모양을 자랑하며 희게 빛나던 꽃이 남자의 억센 손아귀에 와작 구겨졌다. 그와 동시에 꽃 안에서 웅크리고 있던 빛 덩이도 순식간에 사라져 버렸다. 막을 새도 없이 일어난 일이었다.

방금 전까지 꽂혀 있던 것이 빠졌기 때문인지 귓가에 횅한 느낌이 들었다. 이예주는 갑작스러운 남자의 기행에 입을 떡 벌리고 꽃과 남자의 얼굴을 번갈아 보다가 기가 막혀 헛웃음을 내뱉었다.

"허, 왜……. 아니, 왜 꽃을 그렇게 꾸기고 그래요?"

"이깟 꽃이 좋으냐고 물었다."

그러나 남자는 그녀의 물음에 답을 하기는커녕 오히려 미간을 한껏 찌푸리며 동문서답했다. 그러면서 구겼던 손을 쫙 펴 빛이 사라진 채 바스러진 꽃송이를 보여 주는 것이다. 그 미친놈 같은 태도에 이예주는 방금 전 겁을 먹었던 것도 모조리 잊고 반감이 치솟았다. 꽃이 좋으냐고?

"그, 그럼! 꽃 싫어하는 사람도 있어요?! 좋아해요! 완전!"

'완전'에 힘을 팍팍 주며 이예주가 남자의 손아귀에서 뭉개진, 꽃이라 부르기도 민망한 것을 낚아채어 요리조리 살펴봤다. 하지만 아무리 살피고 또 살펴도 처참하게 구겨진 꽃은 다시 빛나지 않았다.

완전히 재기 불능 상태였다.

아이고, 아까워. 아직 품에 제드가 준 꽃이 몇 송이 남아 있었지만, 이런 보기 드문 신기한 꽃이 남자로 인해 눈 깜짝할 새에 쓰레기가 되어 버린 것이 너무나 어이없었다.

"당신 때문에 이제 빛이 안 나잖아요! 제드가 비싼 레어템이라 했는데!"

이예주가 울상을 하고 삐죽거렸다. 그 누가 꽃이 예쁜 쓰레기라고 했던가! 제드가 준 이 뤼미에르만은 달랐다. 이것은 레어템이야, 레어템!

그러나 그런 그녀의 심정에 공감할 리 없는 남자는 계속해서 답답한 소리만을 늘어놓았다.

"레어템이 뭐지?"

"희귀한 거라고요, 희귀!"

"그딴 거 하나도 안 희귀하다."

"안 희귀하긴! 이런 거, 저 사는 데에 갖다 팔면 진짜 불티나게 팔린다고요…….”

"후."

남자가 한심한 것을 보듯 그녀를 보며 짧은 한숨을 내쉬었다. 그 모습에 눈에서 불똥이 튀는 것은 당연했다.

아니, 이 자식이! 지금 누가 한숨 쉬고 싶은 심정인데! 귀신처럼 소리 소문 없이 다가와서 남의 후드를 막 잡아채고, 귀에 잘 꽂고 있던 꽃도 잡아 빼서 처참하게 구긴 게 어디의 누구 씨더라?

이예주가 남자를 쏘아보며 치밀어 오르는 분노를 삭이고 있을 때, 남자가 우악스럽게 쥐고 있던 후드를 예고도 없이 놓아 버렸다. 그 탓에 본의 아니게 붕 떠 있던 그녀의 몸이 털썩 바닥으로 떨어졌다.

"으헉!"

 예기치 못하게 바닥에 떨어진 충격으로 그녀가 잠시 해롱거렸다. 그러나 남자는 정신을 차릴 새도 주지 않고 손목에 연결된 사슬을 잡고 등을 돌렸다. 그러고는 말 한마디 없이 그대로 잡아끌고 가는 것이 아닌가.

"어, 어!"

 람이 사슬을 잡은 채 마구잡이로 걷자, 한쪽 손이 수갑에 묶인 이예주는 그저 아슬아슬하게 중심을 잡고 끌려갈 수밖에 없었다.

 짤캉, 짤캉. 걸음 폭이 달라서인지 금세 남자와의 거리가 벌어지며 사슬이 팽팽하게 당겨졌다.

'아오, 저 싸가지가!'

 넘어질 듯 말 듯 위태롭게 남자에게 끌려가며, 이예주는 죽 끓듯이 변덕스러운 그의 태도에 기어이 분통을 터뜨렸다.

"아, 진짜! 말 좀 하고 가라니까요? 넘어질 뻔했잖아요!"

"늦었다."

"늦긴 뭐가!"

 가까스로 뤼미에르 꽃들을 떨어뜨리지 않고 챙기며 빠른 걸음으로 뒤따르다 보니 계단 바로 옆, 첫 번째 방문 앞에 도착하는 것은 순식간이었다. 그레이가 미리 준비를 해 놓은 것인지, 남자가 열쇠로 따지도 않고 벌컥 문을 열었다. 그러다 문득 이예주를 돌아보았다.

 제드가 선물해 준 꽃들이 그녀의 왼쪽 팔과 겨드랑이 사이에 힘겹게 끼여 있었다. 그녀가 자꾸만 흘러내리는 꽃들을 열심히 추어올리다 고개를 들었을 때, 그의 시뻘건 눈동자는 살벌한 기세를 내뿜으며 꽃에 못 박혀 있었다.

"그거."

"……."
"갖다 버리고 와."
뤼미에르 꽃들을 향해 턱짓하며 람이 미간을 좁히고 말했다. 이예주는 이젠 황당함을 넘어 어이가 없을 지경이었다. 대체 이 인간은 갑자기 올라와서 왜 이러는 걸까? 아까 브로콜리 먹은 게 잘못되기라도 했나.
그녀는 신경질적으로 반문했다.
"……아니, 제가 선물받은 꽃인데 왜 버려야 돼요?"
"버려."
"싫어요."
"냄새 때문에 머리 아프다. 버리고 와."
남자가 정말로 머리가 아프다는 듯 사슬을 잡지 않은 손으로 미간 한가운데를 문질렀다. 좀체 말이 통하지 않은 남자로 인해 머리가 아픈 것은 오히려 자신이었다. 자신!
이예주는 입을 삐죽 내밀며 살랑살랑 흔들리는 품속의 뤼미에르를 바라보았다. 밝은 실내로 들어와서 그런지, 밖에서는 눈이 부실 정도로 환하게 빛나던 것이 조금 시들해져 있었다.
이렇게 예쁘고 신기한 꽃을 버리라니. 정말 이 미친 남자는 보는 눈도, 감성도 죽어 버린 것이 틀림없다.
"싫다니까요!"
이예주는 남은 꽃들을 지키겠다는 듯 꼭 끌어안으며 조금 더 강력하게 자신의 의견을 피력했다. 시큼털털하고 풋풋한 식물 특유의 냄새가 훅 들이닥치며 코를 찔렀다. 냄새 때문에 머리 아프다는 건 그녀 또한 동감이었다. 그냥 밖에다가 꽂아 둔다고 할까.
그러나 곧바로 사악한 미소를 지으며 자신을 깔보는 남자의 말에,

그녀는 잠시 약해지려던 마음을 다잡았다.

"후회할 텐데."

"후회는 무슨! 후회의 '히읗'도 안 꺼낼 테니까 걱정 마요."

 후회라는 말에 사실 조금 겁이 났지만 이예주는 있는 힘껏 턱을 쳐들고 남자를 노려보려고 노력했다. 천만다행히도 센 척이 조금 먹힌 건지, 그는 말없이 등을 돌리고 방 안으로 들어갔다.

 사슬을 따라 방 안으로 들어가며 이예주는 내심 남자가 무슨 짓을 할까 싶어 잔뜩 긴장했다. 하지만 람은 방 한가운데에 완벽히 들어설 때까지 딱히 그녀가 후회할 만한 짓은 하지 않았다.

 그녀는 긴장을 풀고 방 안을 스윽 훑었다. 그레이 씨가 나름 신경을 쓴 것인지, 방 안은 넓고 쾌적했다. 호텔처럼 호화롭진 않아도 전체적으로 깔끔한 내부가 마음에 들었다.

 이렇게 사람다운 방에서 묵어 본 지가 언제였더라. 호화롭기 그지없었으나, 몸도 마음도 편치 못했던 팔족 족장의 저택에 비하면 이곳은 호텔, 그것도 스위트룸이나 마찬가지였다.

 방으로 들어선 그녀를 보고 안심한 건지, 람이 쩔컹하고 집어 던지듯 들고 있던 사슬 끝을 바닥에 내려놨다. 둔탁한 소리와 함께 남자의 속박에서 풀려나자마자 이예주는 방 한가운데에 놓인 탁자로 후다닥 달려갔다.

 탁자 위에는 이름 모를 꽃 한 송이가 꽂힌 화병이 놓여 있었다. 그녀는 시들한 들꽃을 뽑아 옆 탁자에 내려놓고, 대신 그 안에 람에게서 지켜 낸 뤼미에르들을 조심스레 꽂아 놓았다.

 뤼미에르는 가는 줄기에 비해 커다란 꽃송이를 달고 있어서, 화병에 꽂자마자 익은 벼처럼 고개를 힘없이 축 숙였다. 복도보다 더 환한 방 안으로 들어와서 그런지 꽃송이 안의 빛을 거의 찾아볼 수 없었다.

"오구오구, 머리가 무거워서 힘들지? 언니가 너희 데리고 돌아가면 꼭 지지대 사서 받쳐 줄게. 나랑 같이 가서 부자가 되자꾸나! 알았지?"

꽃잎을 살살 쓰다듬으며 속삭이던 이예주는, 문득 옆에 와 닿는 기이한 시선에 고개를 들었다. 남자의 시뻘건 눈이 별 미친년을 다 보겠다는 듯 충격에 젖어 있었다.

저렇게 대놓고 볼 필요까지야……. 가끔 사람 참 민망하게 만든단 말이야, 저 남자.

람의 시선에 머쓱해진 이예주는 뒷머리를 긁적이다가, 이내 탁자 너머에 있는 침대를 발견하고 반색을 하며 또다시 후다닥 달려갔다.

"으아!"

침대로 뛰어든 그녀는 환호성을 지르며 미친 듯이 침대 위를 뒹굴었다. 침대는 싱글이 아닌 더블베드였다. 게다가 몸을 굴려 보니 쿠션감까지 좋아!

하루 동안 극도로 쌓였던 피로가 싸악 덮치면서 순식간에 온몸이 노곤해졌다. 그에 이예주가 행복한 미소를 지었다.

"아, 좋다! 이게 진짜 얼마만의 침대야."

한바탕 침대 위를 뒹굴며 시트를 엉망으로 만들던 이예주는 한참 후에야 남자가 아직도 좋지 않은 얼굴로 서서 자신을 내려다보고 있다는 사실을 알아챘다. 그녀는 누운 상태로 흘끗 고개만 들어 그에게 추방령을 내렸다.

"아직도 안 가고 뭐 해요? 방에 들어왔잖아요."

이예주의 말에 람의 고운 미간이 슬쩍 좁혀졌다.

"안 씻나?"

"아까 마담 페니 가게에서 빡빡 씻었구만 뭘 또 씻어요?"

그녀가 정말로 모르겠다는 듯 반문하자, 남자의 이맛살에 새겨진 골이 더욱 깊어졌다.

"하도 진창에서 구르더니 이젠 더러운 꼴을 하는 것이 버릇이 되었군그래."

"더러운 꼴이라니! 하, 말싸움할 기운도 없어요. 잠 와요. 오늘은 그냥 자고 내일 아침에 씻으면 되잖아요."

푹신한 침대에 몸을 누이니 정말 거짓말처럼 잠이 쏟아졌다. 하긴, 피곤할 만도 하지. 팔족 땅에서 앓았던 이후에 또 사막에서 '문'을 넘었다. 진창 속에서 쉴 틈 없이 몸을 굴렸다는 남자의 말이 정말 딱 맞았다.

침대 시트를 끌어당기며 꿈지럭거리던 이예주는 문득 오른쪽에서 짤그락하고 걸리적거리는 소리에 눈동자만 스륵 움직여 아래를 내려다보았다. 검은색 사슬을 꼬리처럼 단 수갑이 오른쪽 손목에서 빠끔 인사를 하고 있었다.

그녀는 묵직한 오른손을 번쩍 들어 흔들며 람에게 요구했다.

"그만 잠자게 이거나 풀어 주고 가요."

짤랑짤랑, 손을 따라 사슬이 허공에서 춤을 췄다. 그러나 남자는 여전히 눈살을 찌푸린 채 멀뚱멀뚱 서 있을 뿐, 좀체 풀어 주려는 기색을 보이지 않았다.

수갑과 사슬에 무게 때문에 점점 팔이 아파 오자 그녀가 다시 두어 번 휙휙 손목을 흔들어 댔다.

"풀어 주고 그만 당신 방으로 가라니까요?"

"가긴 어딜."

드디어 남자가 그녀의 요구에 대답했다. 이번에는 그녀가 멀뚱멀뚱 눈을 치켜뜬 채 남자를 올려다보았다.

"왜요? 그럼 풀어 주고 가야지, 다시 묶어 놓고 안 가요? 허허."

이예주는 제가 묻고도 그 말이 웃긴지 배시시 웃었다. 그러나 그녀의 말장난에 남자는 웃기는커녕 정색을 하고 입을 열었다.

"딴 길로 새지 않고 얌전히 방 안에 박혀 있었다면 바로 풀어 줄 생각이었는데, 그 쉬운 것도 들어 먹질 않았으니 협상 결렬이다."

"뭐요?!"

'협상 결렬'이란 소리에 이예주는 자리에서 벌떡 일어나 앉았다. 그 바람에 사슬이 거칠게 파동을 치며 철컹 울었다.

방금 전까지 슬그머니 두 눈을 감기게 하던 잠기운이 싹 달아나는 기분이었다. 잠이 온 것이 언제였다는 듯 눈을 희번덕거리며 그녀는 맹렬히 따지고 들었다.

"아까 잘 땐 풀어 준다고 했잖아요!"

"그래 '잘 때는' 풀어 주지. 하지만 지금 안 자고 있지 않나?"

"그런! 그런 게 어디 있어요! 협상 결렬이라니, 누구 마음대로! 풀어 줘요, 지금 당장!"

목에 핏발까지 선 채 이예주가 소리쳤다. 그러나 돌아오는 것은 남자의 차가운 조소였다. 붉은 입꼬리 한쪽을 들어 올리며 씨익 웃던 남자가 의기양양하게 지껄였다.

"그러게 후회할 거라고 했을 텐데."

"……이, 이! 이런 치졸하고 치사한……!"

억! 이예주가 말을 잇지 못하고 뒷목을 잡은 채 풀썩 침대 위로 쓰러졌다. 와. 자신도 한 유치 한다고 생각했지만, 저놈의 치졸함에는 새 발의 피도 되지 않았다. 사람이 저렇게 졸렬할 수가!

그녀는 말문이 턱 막혀 어버버 하는 상태에서도 혹시 모를 기대감에 남자의 얼굴을 샅샅이 뜯어보았다. 농담이겠지? 그렇지? 설마,

꽃 좀 안 버리고 들고 왔다고 개 목걸이를 걸듯 묶어 둔 것을 안 풀어 주겠어?"

그러나 그녀는 1초도 지나지 않아 절망의 구렁텅이에 빠졌다. 남자의 시뻘건 눈동자에서는 농담의 '농' 자도 찾아볼 수 없었다. 입은 웃고 있지만 그것은 단지 이예주를 엿 먹였다는 것에서 나온 쾌감의 잔여일 뿐, 전혀 사슬을 풀어 줄 기미가 아니었다.

뒷골이 뻐근하게 당겼다. 이예주는 아아, 신음을 내뱉으며 이마를 부여잡았다.

"저기요. 하…… 저 지금 당신 얼굴만 봐도 머리가 아픈 것 같으니까 그만 나가 주세요."

그녀는 터져 나올 것 같은 쌍욕을 꾹 누른 채 남자에게 꺼지라는 소리를 좋게 돌려 말했다.

"황조롱이는 아래층에서 들쥐를 심문하느라 바쁜데, 그럼 네가 잠이 들 때까지 도망가지 못하도록 누가 감시하지?"

그러나 곧 다시 들려오는 남자의 말에 그녀는 더 이상 참지 못하고 머리를 쥐어뜯으며 괴성을 질렀다.

"아아악! 그럼 문밖에서 지키면 되잖아요!"

"다리족처럼 기척 하나 남기지 않고 사라져 버리는 게 네 능력이라 하지 않았나? 웃기는 소리 하지 마."

네놈이야말로 하나도 안 웃긴 얼굴로 그런 소리 하지 마!

무뚝뚝하기 그지없는 남자의 표정에 이예주는 마음이 심란해졌다. 그러면 뭐, 같이 한 방에서 밤이라도 새우자는 거야, 뭐야! 남녀 칠세부동석이거늘!

"안 도망가요! 안 도망간다구요! 잘못했다고 했잖아요!"

"그 말만 벌써 다섯 번째군. 네가 비는 잘못은 모두 신뢰할 게 못

된다고 말했을 텐데. 간사한 말을 늘어놓곤 뒤도 돌아보지 않고 도망치는 것이 네 특기가 아니던가."

"그, 그건! 그건 그만한 사정이……!"

이예주는 굉장히 억울해져서 반박하려 들었다. 그러나 사정을 설명하기도 전에 람이 말허리를 냉정하게 잘랐다.

"그만. 입 다물고 옆으로 가."

남자가 짧게 명령하며 뜬금없이 침대 시트를 휙 걷더니 그녀가 누워 있는 침대 위로 다리를 올렸다.

"왜, 왜, 왜 올라오는 거예요? 감시할 거면 그냥 저어기 앉아서 하면 되지?"

"한 번 말할 때 좀체 들어 처먹는 일이 없군."

남자가 자꾸만 침대 시트를 들추고 스윽스윽 다가오자, 이예주가 허겁지겁 뒷걸음질 치며 창백한 얼굴로 가슴을 엑스 자로 가렸다.

"아니, 왜…… 왜 이래요."

"스읍, 마지막이다. 옆으로 가."

람이 음산한 목소리로 마지막으로 경고했다.

'가, 갑자기 왜 이래? 아무리 우리가 성인 남녀라고는 하지만 이거, 이거는 너무 빠르잖아.'

이예주는 입 안이 바짝바짝 마르는 기분을 느끼며 슬금슬금 궁둥이를 밀어 람이 올라올 자리를 만들었다. 남자의 몸이 기어이 침대 위에 완전히 올라왔다. 그가 있는 쪽으로 스프링이 쑤욱 꺼졌.

람이 침대 헤드보드에 기대어 앉은 것을 확인한 이예주는 마른침을 삼키며 이불을 가득 끌어안고 조심스럽게 그의 옆에 누웠다.

이다음은 뭐지? 영화에선 어땠지? 키스부터 시작했나? 키, 키스……! 키스를 떠올리자 이예주의 시선이 자연스럽게 남자의 붉은 입술에 닿았다.

그러고 보니 우리 키스는 이미 한참도 전에 했지. 그것도 한 번도 아닌 두 번씩이나. 저 입술이 막 자신의 입술을 물고 빨고 막막……!

술 먹고도 하기 힘든 짓을 맨정신으로 잘도 했던 팔족 땅에서의 일이 불현듯 머릿속을 점령했다. 그녀의 얼굴이 순식간에 벌겋게 달아올랐다. 남자는 다 늑대인데. 원래 악한 것이 아름다운 법인데.

잘 익은 토마토처럼 불그죽죽한 얼굴을 하고서도 남자에게 현혹되지 않기 위해 부정적인 생각을 되뇌고 있을 때, 이예주의 눈에 남자의 입술이 슬쩍 열리는 것이 포착되었다. 순간 눈앞이 아찔해졌다. 그러나 도저히 그것에서 눈을 뗄 수가 없었다.

마침내 벌어진 그 발간 입술 사이에서…….

"뭘 봐."

"……예, 예?"

이예주가 멍하게 되물었다. 남자의 입에서 흘러나온 따뜻한 입바람이 앞머리를 간질였다. 답답하기 그지없는 그녀의 태도에 람의 눈썹이 설핏 꿈틀거렸다.

"자라."

"예에?"

"자라고."

"그냥 자라고요?"

"……후. 그래, 자."

남자가 한 번 더 물어보면 정말 가만두지 않겠다는 듯, 이를 악물고 답했다.

이예주는 벌건 얼굴로 고개를 갸우뚱거렸다. 이게 아닌데? 원래 이렇게 아무 짓도 안 하고 그냥 자라고 그러나? 아닌데. 영화에서는 분명…….

"그럼 키스는요?"

"뭐?"

이번에는 남자가 잘못 들었다는 듯이 되물었다. 이예주는 그제야 퍼뜩 망상에서 깨어나 남자의 얼굴을 바라보았다. 시뻘건 눈동자가 적나라하게 자신을 내려다보고 있었다. 그 눈과 마주치자, 그녀는 뭔가 아주 크게 실수했음을 깨달았다.

내가 방금 무슨 말을 한 거야? 키, 뭐? 키스? 안 그래도 붉게 달아올라 있던 그녀의 얼굴에서 폭발하듯 열이 뿜어져 나왔다. 이예주는 그 즉시 미친 듯이 고개를 휘저으며 부정했다. 어찌나 심하게 흔들었는지 온몸이 같이 흔들렸고, 침대가 삐거덕삐거덕 소리를 낼 지경이었다.

"아, 아니 그게, 그게 아니라요! 그게, 키, 키! 그래! 키!"

"……."

"내 키! 곰돌이 인형 달린 내 집 키 달라고요! 말이 헛나왔네요. 아하하! 내 키는 언제 줄 거예요?"

정신이 반쯤 나간 상태로 그녀가 어설프게 웃으며 남자에게 열쇠 이야기를 꺼냈다. 그런 그녀를 이상하다는 눈으로 내려보던 남자가 차갑게 그녀를 일깨웠다.

"말 잘 들을 때까지 압수라고 했다."

"아참, 압수당했지…….."

이예주는 마치 새로운 사실을 알게 된 사람처럼 어색하게 고개를 끄덕였다. 그 모습을 어이없다는 듯이 바라보던 남자가 혀를 차며 낮게 읊조렸다.

"나이도 어린 것이 멍청함이 도를 넘어섰군."

남자의 말에 그녀는 하고 싶은 말이 목구멍까지 치밀어 올랐지만 제가 잘못한 것이 있어 입을 꾹 다물고 참아 넘겼다. 아니, 그럼! 이 자식은 어? 키, 키…… 응? 그것도 안 하고! 어? 그럴 거면 뭐 하러 그렇게 협박까지 하면서 침대 위로 기어 올라오긴 기어 올라와?

"그럼 왜 굳이 침대 옆에 나란히 누워야 되는데요? 감시할 거면 그냥 저기 탁자 옆에 앉아 있음 되잖아요! 왜 이렇게 밀착 감시를 해서 사람 마음을! 어?!"

사람 마음을 왜 들쑥날쑥하게 만드느냐고요! 뒷말은 남자가 알아듣지 못하도록 작은 목소리로 구시렁대며 이예주가 탁자 옆에 있는 의자를 손가락질했다.

자꾸만 쫓아내려 드는 그녀의 목소리에도 굴하지 않고 꿋꿋이 침대 위에 앉은 람은 정면을 바라보며 무뚝뚝하게 답했다.

"……악몽."

"네? 악몽 뭐요?"

"혼자 잠들면 팔족 족장이 쫓아오는 악몽을 꾼다고 했지 않아."

일순 이예주의 숨이 멎었다. 그녀는 잘못 들은 게 아닌가 싶어 누운 채로 스리슬쩍 고개만 들어 람을 바라보았다.

"지금…… 뭐라고…….."

이예주의 물음에 람은 바로 답하지 않았다. 그녀는 람의 얼굴만을 뚫어져라 바라보았다. 그 시선을 무시하기 힘들었는지, 남자가 그녀 쪽으로 무심한 시선을 던졌다.

"잠들 때까지 옆에 있어 줄 테니, 그만 자."

시뻘건 눈동자가 온전히 자신에게로 쏟아졌다. 멍청한 얼굴로 그를 올려다보기만 하던 이예주의 얼굴이 천천히 일그러졌다.

불현듯 왼쪽 가슴이 찌르르 아파 왔다. 숨도 못 쉴 만큼 아픈데 또 아픈 것만은 아니라서, 일그러진 그녀의 얼굴은 우는 듯, 웃는 듯 요 상하기 그지없었다.

"자래도."

누운 자세로 거북이처럼 고개만 빼꼼 쳐들고 있는 흉한 꼴을 더 이상 못 봐 주겠는지, 남자가 무릎 옆에 가만히 놔두었던 손을 뻗어 이예주의 이마를 힘주어 눌렀다.

퍽. 그녀의 뒤통수가 매트리스 위로 힘없이 처박혔다. 골이 울릴 정도로 충격이 가해졌지만, 아프기는커녕 머릿속이 혼몽하기만 했다.

그러니까…… 악몽을 꾸니까 옆에 있어 주겠다고? 팔족 땅에서처럼 말이지. 이 남자가, 악몽을 꿀까 봐 내 곁에 있어 준다고? 악몽에서 날 지켜 주겠다고?

이예주는 도통 이해가 가지 않아 다시금 고개를 들어 남자의 얼굴을 바라보려고 했다. 그러나 여전히 이마 위를 남자의 손이 누르고 있어 꿈쩍도 할 수 없었다.

"그만 자라고 했다."

이마를 누르는 것도 모자라, 람의 손이 스윽 이마를 타고 내려와 끔뻑이는 두 눈을 짓누르며 강제로 감기게 했다. 눈앞이 순식간에 컴컴해졌다.

피부에 와 닿는 그의 손은 눈이 시릴 정도로 뜨끈뜨끈했다. 심장이 미친 듯이 두근 반, 세근 반 요동을 쳤다. 이렇게 그의 손이 얼굴 위에 있다가는, 아래서 쿵쾅거리는 가슴을 들킬 것 같아 걱정이 되었다.

그보다 더한 문제는, 걱정이 되는데도 그의 손을 치울 생각은 전혀 들지 않는 자신이었다.

'어쩌려고, 이 멍청아.'

밉다고, 원망스럽다고 생각한 지 몇 시간이나 지났다고, 이런 거 하나에 또 눈 녹듯이 흐물흐물해지면 어쩔 건데. 입 안의 살을 꾹 깨물며 이예주는 자신에게 욕을 퍼부었다.

그러나 아무리 미쳤다고, 주책바가지라고 욕을 퍼부어도 진정이 되기는커녕 더욱더 얼굴에 피가 쏠리는 것 같았다. 그녀는 울고만 싶었다.

람에게 자신한테 왜 이러냐고 묻고 싶었다. 왜 자꾸만 당과를 사 주고, 우는 것을 달래 주고, 반찬도 챙겨 주고, 이제 하다못해 악몽 꾸는 것까지 신경 쓰냐고. 이렇게 다정하게 대해 주면 자꾸 기대하게 되지 않느냐고.

입을 열면 자신도 모르게 제 입이 멋대로 주절주절 큰일 날 말들을 쏟아 낼 것만 같아서 그녀는 필사적으로 어금니를 꽉 깨물고 입을 다물었다.

사실 자신도 제 마음을 정확히 모르겠다. 이게 정말 싫은 건지, 아니면 저도 모르는 사이 좋아하고 있는 것인지…….

이예주가 폭풍과도 같은 내적 갈등을 겪는 동안, 방 안에는 서늘한 적막이 내려앉았다. 두 사람의 숨소리조차 희미하게 들릴 만큼 고요한 방. 그녀가 입을 다문 지 한참이 지났건만 람은 그녀의 눈 위에 올려 둔 손을 거두지 않았다.

눈앞이 빛 한 점 없이 캄캄하다. 암경에 대한 트라우마로 한 치 앞도 보이지 않는 어둠 속이면 괜스레 불안감이 치솟던 그녀였지만, 어쩐지 지금만큼은 그런 생각이 들지 않았다.

이예주는 한참 동안 마른침만 꼴깍 삼키다가 조금 진정이 되었을 무렵, 어렵사리 입을 열었다.

"……있잖아요."

"……."

"고마워요."

남자는 대답하지 않았다. 꼭 대답을 바라고 한 말은 아니었기에 그녀는 개의치 않았다.

"곰곰이 생각해 봤는데요. 당신은 내 목숨도 구해 주고 위험할 때마다 나름의 방식대로 지켜도 주고, 물론 내 맘에는 안 드는 방식이었지만."

"……."

"그리고 과거로 가는 방법도 찾아 준다고 했고. 아! 아까 그레이 씨 부인도 막아 줘서 고마워요."

"과거로 가는 방법을 찾아 준다고 한 적은 없다. 과거의 흔적을 찾아 준다고 하였지."

드디어 남자가 쌀쌀맞기 그지없는 어투로나마 대꾸해 주었다. 이예주는 자신의 말을 콕 집어 정정해 주는 그의 말에 콧잔등을 잔뜩 찡그렸다.

"어쨌든요! 과거로 갈 수 있는 흔적만 찾으면 뭐 어떻게든 되겠죠."

"넌 정말 과거로 갈 수 있다고 생각하는 건가?"

"네? 제가 과거에서 온 사람이라고 믿어 준다면서요! 나름 당신을 믿고 양심 고백한 건데! 일어나게 잠깐 이거 놔 봐요!"

이예주는 자리에서 일어나기 위해 버둥거렸다. 그러나 눈두덩을 가볍게 짓누르고 있는 남자 때문에 힘이 잔뜩 들어간 목만 뻐근하게 아파 올 뿐, 절대로 원하는 바를 실현시킬 순 없었다.

여전히 그녀를 제압하고 있는 남자가 말을 이었다.

"믿는다, 믿지 않는다, 그런 것을 따지자는 말이 아니다. 미래로 가는 것도 단시간에 수많은 힘을 쏟아부어 태양의 주변을 미친 듯이 돌아야 가능한데, 과거로 돌아간다고? 그건 검은 안개가 있더라도 불가능한 일이다."

그래, 내가 과거로 갈 때까지 넌 계속 그렇게 믿어라. 남자가 말한 것보다 훨씬 더 쉬운 방법으로 미래를 넘나들던 이예주는 속으로 빈정거렸다.

그나저나 어떤 방법을 쓰든 간에 남자 또한 미래로 갈 수 있다는 사실에 그녀는 새삼 놀라웠다. 이 남자와 공통점이라 말할 수 있는 것이 하나 생겼다. 물론 그에게 자신이 죽기 직전 미래를 넘어 도망갈 수 있는 '능력'을 가지고 있다는 사실을 밝힐 생각은 없었다.

"그래서 과거로 가는 게 불가능하다는 소리예요?"

"그래, 불가능하지. 과거로 가는 방법이 있을 리가."

남자가 불가능이란 소리까지 언급하며 단정 지었다. 불가능하다고 할 것까지야. 이예주가 아랫입술을 쭉 내밀며 불퉁한 목소리로 툭 내뱉었다.

"나중에 나 과거로 돌아가고 후회하지 마요."

그럼, 그럼. 뒤늦게 땅을 치고 후회해 보았자 자신은 이미 룰루랄라 떠나고 없을 테니까.

그러나 들려오는 남자의 목소리는 전혀 모르겠다는 듯 멀뚱멀뚱함을 담고 있었다.

"내가 왜 후회를 하지?"

"왜 뒤늦게 못해 준 게 미안해진다든지, 갑자기 불쑥 떠올라서 보고 싶어진다든지, 그런 거 있잖아요!"

"그런 거 없다."

남자가 이예주가 사라진 후를 생각하는 듯 잠시 시간차를 두고 덧붙였다.

"귀찮게 하는 것이 사라져서 한시름 덜겠군."

"허!"

그녀는 오늘 하루 기가 막히고 코가 막혀 말문이 막히는 일을 참 많이도 겪는다고 생각했다. 한참을 부들부들 떨던 이예주는, 이내 잔뜩 꼬인 말투로 삐죽거렸다.

"……예, 어련하시겠어요. 하루 빨리 과거로 가는 문을 찾아서 귀찮은 저란 년은 없어져 드립지요. 예예!"

"이제 그만 떠들고 잠이나 자지."

"안 그래도 자려고 했거든요!"

나 정말 삐쳤소, 하는 티를 팍팍 내며 격하게 외친 그녀는 몸을 휙 돌려 누우려 했다. 하지만 그마저도 남자에게 머리가 잡힌 탓에 할 수 없게 되자 '씨잉!' 하고 주먹으로 몇 번 침대를 쾅쾅 내리친 후에서야 잠잠해졌다.

나름 고심해서 고맙다는 인사 한번 하려고 했던 게 어쩌다가 이렇게 분노하게 되었을까. 이예주는 여전히 남자의 손에 가로막힌 깜깜한 눈앞을 노려보며 고맙다는 인사를 건네기 위해 고심하던 과거의 자신에게 욕설을 퍼부었다.

'이렇게 된 이상, 과거로 돌아가기 전에 무조건 복수다.'

그녀는 그동안 정신없던 상황 때문에 잠시 접어 뒀던 복수 계획들을 꺼내 들며 어떻게 하면 '사이다' 소리를 들을까, 머리를 팽팽 돌렸다.

분명 그렇게, 남자가 잠든 틈을 타 '모기다!' 하고 양 뺨을 후려치는 상상을 하며 만족해했던 것 같은데……. 남자의 손에 강제로 눈이 감긴 탓이었을까. 어느 순간 그녀의 정신은 깜빡이던 전등불이 나가듯 팍 꺼져 버렸다.

얼마 후, 어둠 사이로 고로롱고로롱 어린 인간 계집이 옅게 코 고는 소리만이 방 안에 가득 찼다.

 인간 여자가 완전히 깊은 수마 속으로 빠져든 것을 알아채고도 한참이나 더 그녀의 눈을 가리고 있던 람은 자리에서 일어나 침대 밑으로 내려섰다. 이미 시간은 한밤중이었다.

 얼굴을 덮고 있던 손을 떼자 곱게 눈이 감긴 얼굴이 드러났다. 피곤했는지 곁에 있던 사람이 떠나도 미동 하나 없었다. 람은 그녀를 무뚝뚝한 표정으로 내려다보았다. 여자의 희멀건 피부에 닿은 시뻘건 안광이 어둠 속에서 이글이글 불타올랐다.

 "과거로 가는 '문'이라…….."

 조용히 인간 여자를 내려다보던 남자가 음산한 목소리로 읊조렸다.

 여자가 '문'을 말했다. 벌써 두 번째로 하는 '문'에 대한 언급이었다. 처음은 도망칠 수 있는 '문', 그리고 두 번째는 바로 과거로 가는 '문'……. 이 어리석은 인간 여자는 제가 그런 말을 내뱉었다는 것도 기억하지 못할 테지.

 "발칙한 것."

 인간 여자의 깜찍한 행태에 람은 점점 상황이 재밌어진다는 것을 느끼며 입꼬리를 말아 올리고는 느릿하게 웃었다.

 잠든 인간 여자의 얼굴에 못 박혀 있던 그의 시뻘건 눈동자가 가슴 앞에 얌전히 모인 그녀의 손목으로 스륵 움직였다. 인간 여자의 한쪽 손목에 검은색 수갑이 당당히 자리하고 있었다. 이젠 꽤 적응한 건지 불편한 티조차 안 내고 잘도 잔다.

 풀어 달라고 징징대던 목소리를 떠올리던 람은 불현듯 손을 뻗어 인간 여자의 손목에 감긴 수갑을 슬쩍 건드렸다. 그러자 쩔컥하는 소리와 함께 거짓말처럼 무거운 수갑이 풀어져 침대 옆으로 나뒹굴었다.

잠시 수갑과 인간 여자의 잠든 얼굴을 바라보던 람은 이내 몸을 돌려 침대에서 그리 멀리 떨어져 있지 않은 탁자로 뚜벅뚜벅 걸어갔다. 방 내부가 어둠에 잠긴 탓인지 물을 머금은 뤼미에르 꽃송이들이 눈이 부실 정도로 환히 빛나고 있었다.

탁자 앞에 커다란 장신이 우뚝 멈춰 섰다. 어느새 변해 버린 남자의 검은 눈동자가 꽃송이에 못 박혔다. 고운 미간이 와락 찌푸려졌다.

"너."

람이 꽃에게 말을 던졌다.

"거슬려."

그는 제 턱을 매만지며 뤼미에르가 놓인 탁자 주변을 한 바퀴 휘익 돌았다. 꽃은 여전히 밝게 빛났다. 그 빛이 마치 인간 여자가 사라질 때 종종 보이던 그 빛 같아서, 람은 심기가 더욱 불편해졌다.

"아무리 봐도 거슬린단 말이지."

당과를 잔뜩 안겨 줘도 멍청한 표정을 지으며 자신을 올려다보던 계집이, 고작 이깟 들꽃을 받고 그 애송이에게 그토록 환하게 웃어 주었단 말이지.

환하게 빛나는 꽃을 든 채 꽃보다 더욱 해사하게 웃던 인간 여자의 얼굴이 눈앞에서 쉬이 가시지 않았다. 이깟 것이 뭐라고. 이따위 들꽃이.

"요망한 것."

람이 씹듯이 중얼거렸다. 그와 동시에 검은 눈에서 번쩍 이채가 돌았다. 그 시선에 닿은 하얀 꽃 잎사귀 끝에서 작은 불똥이 일었다. 그 불똥은 조금씩 꽃잎을 갉아먹기 시작하더니, 이내 주먹만 한 화마가 되어 뤼미에르를 집어삼켰다.

끼이이약—! 람의 귓가에 작은 생명이 비명을 지르는 것이 들려왔다. 뜨거워, 뜨거워! 살려 주세요. 살려 주세요, 주인님!

고작 한 줌도 되지 않는 것들이 살겠다고 발악을 하며 애걸복걸했다. 그러나 그의 눈동자는 더욱 형형히 빛날 뿐, 그 애원을 들어주지 않았다.

화르륵, 꽃을 장작 삼아 화병 위에서 활활 춤을 추던 불꽃이 태울 수 있는 것을 모조리 태워 버리고 나서야 서서히 잦아들었다. 환하게 발광하던 아름다운 꽃은 온데간데없이 사라진 채 거뭇하고 버석하게 메마른 숯덩이만이 화병에 남겨졌다.

꽃이 불에 타 완전히 죽어 버린 것을 확인한 람은 그제야 속이 다 시원해지는 것 같아 희미하게 웃었다. 이렇게 될 바에야 차라리 아까 방 밖에 버리고 오라고 했을 때 말 좀 들어 먹었으면 좋았을 것을. 람은 좀체 제 말을 듣지 않는 인간을 잠시 돌아보며 탄식했다.

그는 낚아채듯 손에 화병을 통째로 들고 전보다 훨씬 더 가벼워진 걸음으로 문으로 향했다. 저벅저벅, 그가 걷는 발걸음 뒤로 타 버린 뤼미에르 재가 솔솔 뿌려졌다. 마치 헨젤과 그레텔의 빵 조각처럼 남자의 뒤를 따라 하늘하늘 떨어지던 잿가루가 마룻바닥에 닿기도 전에 공중으로 흩어졌다.

이윽고 꽃이 완전히 바스러져 흔적도 없이 사라졌을 무렵, 방문 앞에 도착한 람이 벌컥 문을 열었다.

"주인님!"

문 앞에 쭈그려 앉아 대기하던 작은 인영이 벌떡 일어나 람을 맞이했다. 황조롱이였다.

"들쥐는."

"아래층에 묶어 놨어여. 고양이가 감시한대여, 주인님. 예주 누나는 자여?"

황조롱이의 질문에 람은 대답 없이 고개를 까딱였다. 제 주인을 올려다보며 황금색 눈동자를 뒤룩뒤룩 굴리던 황조롱이가 그의 눈치를 보며 조심스럽게 물었다.

"이제 저는 예주 누나 감시하면 돼여?"

"수갑 풀어 놓았다. 깨어날 징조가 보이면 바로 다시 채우도록."

"옙옙! 절대 도망 못 가게여!"

황조롱이가 충성스럽게 대답했다. 그런 그에게 람이 불쑥 들고 있던 것을 내밀었다.

"그리고 이것."

"에? 에? 이게 뭐예여? 불탄 꽃인가? 어디 불 났어여, 주인님?"

주인이 내민 것은 잘못 건들면 금방이라도 바스러져 사라질 것처럼 바싹 불에 탄 식물이었다. 화병에 꽂힌 것을 보면 꽃이었던 것 같은데, 불쌍하게도 앙상한 줄기만 남아 무슨 꽃이었는지도 확인할 수 없었다.

람에게서 화병을 받아 든 황조롱이가 눈을 끔뻑이며 제 주인을 올려다보았다. 어떻게 처치할까요, 하는 의미가 담긴 시선이었다.

"갖다 버려라."

람이 명령했다. 이예주가 들었다면 눈을 까뒤집고 노발대발할 만한 명령이었다. 그러나 그에게는 한 치의 망설임도 존재하지 않았다.

이른 아침이었다. 아래층에서 우당탕, 쾅쾅 시끌벅적한 소리에 이예주는 스르륵 선잠에서 깨어났다.

"어디! 어디 갔로라!"

"잡아라! 잡아!"

쾅쾅, 우당탕. 뭐가 뒤집어지는 소리에 이예주는 인상을 벅벅 쓰며 베개에 얼굴을 파묻었다.

"으으......"

마른 땅처럼 쫙쫙 갈라진 신음 소리가 튀어나왔다. 정말 깨기 싫은데. 몸이 축축 늘어지는 것이, 조금 더 꿀잠 속에 빠져 있고 싶은데.

아래층에서 다시 한번 뭔가가 '쨍그랑!' 하고 깨지는 소리가 울렸다. 의식이 점점 물에서 강제로 끌어 올려지는 기분이다. 아래층 여자가 또 제 남자 친구를 데리고 와서 싸우고 난리 치는 거 아니야? 확 주인아저씨한테 일러? 집주인 번호를 어디다 적어 놨더라.

꿈과 현실의 경계에서 주인아저씨의 휴대폰 번호를 생각해 내려던 이예주는 또 한 번 '쾅!' 하고 들려오는 커다란 굉음에 짜증을 참지 않고 쏟아 내었다.

"아으, 진짜......"

그런데 그 순간, 오른쪽 손목에 뭔가 차갑고 딱딱한 것이 묵직하게 감겼다. 다시 잠에 빠져들락 말락 하던 그녀가 완전히 깨어난 것은 당연한 일이었다.

"......뭐야."

눈곱이 잔뜩 낀 눈을 억지로 부스스 뜨자니 눈꺼풀이 뻐근하게 아파 왔다. 이예주는 뻑뻑하기 그지없는 고개를 힘겹게 옆으로 돌려 제 오른손을 내려다보았다.

검은색의 수갑이 채워져 있었다. 사슬이 달린 검은색 수갑. 수갑? 웬 수갑이 내 손목에......?

멍하니 생각하는 것도 잠시 짤그락짤그락, 철컥 소리가 그녀의 멍한 의식을 가르고 파고들었다. 수갑에 길게 늘여진 사슬이 일순 팽팽해졌다. 이예주가 자리에서 벌떡 일어나며 거칠게 오른손을 흔들었다. 쩔컥쩔컥!

"뭐야!"

"에, 사슬을 묶은 건데여?"

익숙한 목소리가 왼쪽에서 들려왔다. 그녀의 고개가 이번엔 왼쪽으로 휙 돌아갔다. 침대 헤드보드 옆 기둥에 단단히 묶인 사슬 끄트머리를 들고 어색하게 서 있는 조롱이가 보였다.

그녀는 오만상을 찌푸렸다. 아침에 일어나자마자 마주친 것이 제 사슬을 묶는 새라니. 온갖 짜증이 스멀스멀 차올랐다.

"야! 왜 묶어?!"

"예? 누나가 일어나면 다시 수갑을 채워서 사슬을 묶어 놓으랬는데여?"

"누가!"

"주인님이엽."

아. 네 하나뿐인 사랑, 주인님.

대체 누가 그딴 망발을 지껄인 거냐고 드세게 따지려던 이예주는 황금색 눈알을 굴리며 당당하게 주인님을 언급하는 황조롱이 때문에 턱 밑까지 차올랐던 짜증이 푸시시 꺼지는 것을 느꼈다.

그렇지. 여긴 '문'을 넘고 1000년 후로 온 세상이지. 게다가 자신은 조롱이의 주인이라는 놈을 피해 또 '문'을 넘어 도망쳤다가 또다시 잡힌 신세였고.

잠결이나마 자신이 현대에 있다고 굳게 믿었던 그녀는 왠지 모를 허탈함에 쓴웃음을 지었다. 집 떠나 남들은 꿈에서조차 보지 않을 이런 미친 곳을 전전하고 있는 것도 서러운데, 심지어 사슬에 묶여서 운신의 자유조차 박탈당했다.

처량한 제 상황을 한탄하던 이예주는 불쑥 눈에 들어오는 검은색 사슬에 다시금 분통이 터졌다.

"아니, 내가 뭘 그렇게 잘못했다고······!"

아니, 잘못은 했지. 그래, 그건 인정. 그래도 도망 한번 쳤기로서니 어떻게 사람 대접을 이렇게!

"어떻게 이렇게 일어나자마자 수갑을 채울 수가 있어? 그럼 넌 나 일어나는 거 감시하느라 날밤도 샜겠네?"

입술을 잔뜩 내밀고 이예주가 조롱이를 비꼬았다. 그러나 빈정대며 조롱이를 골려 주려던 그녀는 당사자가 '에, 에······.' 하고 우물쭈물하자 되레 말문이 막혔다.

뭐야. 얘, 진짜 나 감시하느라 밤새운 거야? 설마, 그 남자가 둥개둥개 아끼던 충성스러운 애완동물을 그렇게까지 부려 먹을 리가! 그녀가 충격으로 눈살을 찌푸리자, 조롱이가 나름 변명을 한답시고 입을 열어 종알거렸다.

"그래두 주인님이 밤새 수갑 풀어 줬잖아어. 덕분에 편하게 잤으면서. 힝."

이예주는 그의 말에 어쩔 수 없이 수긍했다. 저도 모르게 잠들어서 풀어 주는 것을 보지는 못했지만, 그래도 자는 동안 수갑을 풀어 준다는 말이 거짓은 아니었나 보다. 치졸하지만 그래도 약속은 지켜 주었으니, 뭐.

만약 잠잘 동안에도 이 갑갑한 수갑에서 풀어 주지 않았다면, 지금 당장 이빨로 사슬을 끊어서라도 이 망할 수갑에서 벗어났을 것이다. 그녀는 그렇게 생각하며 적당히 람과 타협을 보았다. 물론 혼자만의 타협을.

"그런데 네 주인은 어디 갔어? 그리고 아침부터 뭐가 이렇게 시끄러워? 아직 해도 다 안 떴구만."

그녀는 보이지 않아도 강하게 존재감을 과시하는 남자의 부재에 방 안을 두리번거리며 심드렁하게 물었다. 침대 위에 있는 작은 창 너머에는 아직도 새벽을 알리는 푸르스름한 여명이 깔려 있었다.

아직 더 자도 될 시간인데. 꼭두새벽부터 잠기운이 가셨다는 아쉬움에 이예주는 입맛을 다시며 조롱이를 돌아보았다. 쩔컹쩔컹, 그녀를 붙잡아 둘 사슬이 침대 기둥에 단단히 묶였는지 확인하던 조롱이가 심상한 목소리로 답했다.

"들쥐가 도망갔어여."

"뭐? 도망?"

"네. 고양이가 잠시 졸고 있는 틈을 타서 묶인 채로 달아났어여. 그것도 회색 토끼가 장사를 시작한다고 나오지 않았다면 고대로 놓쳤을지도 몰라여."

이예주는 황당함에 입을 쩍 벌렸다. 곧 람에게 죽을 쥐새끼가 도망이라니. 어제 람의 앞에서 과감하게 입을 나불댈 때부터 패기가 대단하다고 생각은 했지만, 묶인 채로 도망까지 친 들쥐가 이제는 존경스러울 지경이었다. 인간 생활로 따지자면 사형수가 사형 직전에 도망간 것이 아닌가. 그것도 살기등등한 간수를 옆에 두고.

나비 아저씨가 꼬리와 수염을 뽑는다고 윽박지를 때마다 한눈에 보일 정도로 심하게 움찔거리던 들쥐의 모습이 떠올랐다. 자신의 신체 일부를 몽땅 뽑아 버리겠다는 그 근육질 아저씨를 앞에 두고 도망칠 궁리를 하긴 쉽지 않을 텐데. 하여간에 대단한 쥐새끼였다.

"그놈의 들쥐 참 대단하네. 그래서 어떻게 됐어?"

"다들 잡으러 갔어여. 그래서 주점에는 누나랑 저만 남았구여. 고양이는 혹시 몰라 들쥐가 자주 가는 곳을 찾아 보기로 했고, 붉은 개는 들쥐의 냄새를 뒤쫓아 갔어여. 주인님이랑 같이여."

"뭐?! 붉은 개가 왔어? 언제? 아니, 그보다 네 주인이 걔랑 같이 나갔단 말이야?!"

별생각 없던 이예주는 람까지 붉은 개와 함께 갔다는 소리에 눈빛을 달리했다. 그녀의 머릿속에서 풍만한 가슴을 람에게 밀착한 붉은 개가 '주인님~' 하고 교태를 부리는 것이 자동으로 재생되었다.

'주인님~ 저도 당과요. 당과가 먹고 싶어요, 주인니임~'

'동쪽 대륙에 있는 동안 물려서 못 먹을 만큼 사 주마. 아니, 아예 당과 가게를 통째로 사다 주지.'

"아악! 안 돼! 절대 안 돼!"

이예주가 창백해진 얼굴로 괴성을 지르며 머리를 거세게 뒤흔들었다. 갑자기 발작하듯 소리를 지르는 인간 여자의 행동에 당황한 황조롱이가 "에? 뭐가여?" 하고 되물었다. 하지만 그녀는 무엇이 안 되는지 대답해 주기는커녕 득달같이 달려들어 조롱이로선 영문 모를 질문을 퍼부었다.

"왜! 왜 붉은 개랑 같이 간 거야! 대체 왜!"

"내, 냄새를 추적하고 뒤쫓는데 붉은 개가 가장 뛰어나니까여. 주인님은 들쥐에게 가장 잔인한 형벌을 내리시기 위해 뒤따라가셨구……."

이러다가 또 언제 악마처럼 변해 자신을 괴롭힐지 몰라 황급히 그녀의 질문에 대답해 주던 황조롱이가 흘끗흘끗 눈치를 보았다. 다행히 그의 대답에 반박할 말이 없어진 건지 이예주가 금방 시무룩한 얼굴로 고개를 푹 숙였다.

"예주 누나, 괜찮아여? 갑자기 왜 그래여?"

"……그래서 자기는 쥐새끼 죽이러 가야 하니까 난 이렇게 묶어 두래?"

그녀가 눈만 위로 치켜뜨고 황조롱이를 바라보며 음울한 목소리로 물었다. 조롱이가 '에, 에.' 하고 황금색 눈동자를 뒤룩뒤룩 굴리며 잠시 고민하는 듯하더니 이내 대수롭지 않은 표정으로 이어 말했다.
"주인님이 올 때까지 방에서 꼼짝도 못하게 하라고는 하셨어여."
그의 말에 이예주는 땅이 꺼져라 한숨을 쉬며 다시 힘없이 자리에 드러누웠다. 그녀의 움직임에 따라 쩔그럭하고 사슬 소리가 뒤따랐다. 그 듣기 싫은 쇳소리는 이제 하도 들어서 노이로제에 걸릴 지경이다.
지은 죄가 있으니 사슬을 풀어 달라고 더 따지지는 못하겠고……
대체 어떻게 해야 그 미친놈의 꿍한 마음이 풀어질까.
멍하니 손목에 매달린 무거운 수갑을 바라보던 이예주는 남자가 뒤끝이 길다고 생각했다. 뒤끝이 긴 것도 모자라 유치하고 치사하고 졸렬하다. 말발로도 좀체 당해 낼 수가 없다.
"하……."
그녀가 다시 한번 깊은 한숨을 내쉬는 사이, 조롱이가 주춤주춤 다가와 그녀가 드러누운 침대 옆에 조심스레 걸터앉았다.
슬쩍 곁눈질하던 이예주는 불현듯 방금 전 조롱이가 이야기했던 말 중에서 생소한 것이 떠올라 입을 열었다.
"근데 가장 잔인한 형벌은 또 뭐야?"
"예? 가장 잔인한 형벌요?"
"응. 소멸한다며. 뭐 번개 내리쳐서 소멸하고 그러는 거 아니야?"
황조롱이는 이예주의 질문에 한동안 침묵했다. 그녀가 기다리다 지쳐 다시 그를 향해 고개를 돌릴 때쯤에서야 그의 목소리가 어렵사리 들려왔다.
"……누나도 이제 알겠지만, 우리 신인류들은 원래는 그냥 동물인데 계약으로 주인님의 힘을 받아 인간의 형상으로 변신할 수 있어여. 확실히 인간의 모습을 하면 여러모로 편리한 점이 많아여. 손가락도 생기구, 크기도 커지니까여. 게다가 이렇게 동쪽 대륙같이 안전한 인간들 사이에 섞여 있으면 잡아먹힐 일도 드물구여. 주인님께 큰 힘을 받으면 일반 동물일 때보다 더 똑똑해지고 강해지기도 해여. 인간이 아닌, 실제 먹이사슬의 상위에 있는 천적에게 잡아먹히는 것은 어쩔 수 없지만여. 그래두 신인류들은 서로 잡아먹는 것을 금기시하는 편이에여."

"……."

"그런데 인간의 모습이 편리하고 또 여러모로 좋은 점도 많다고 해서 인간이 되고 싶은 것은 아니에여. 인간을 딱히 부러워하는 것두 아니구여. 인간을 닮고 싶은 적두 없어여."

인간이 되고 싶지 않고, 인간을 닮고 싶은 적도 없다고? 이예주는 조롱이의 직접적인 발언에 깜짝 놀랐다.

그녀는 조롱이를 돌아보았다. 갈색 머리, 황금색 눈동자를 가진 어린 소년이 자신의 머리맡에 걸터앉아 있었다. 눈동자와 머리색이 특이하다는 것 빼곤 그냥 자신과 똑같은 사람 같았다. 조롱이가 너무 익숙한 인간의 모습을 하고 있어서 그런 걸까. 그의 말이 잘 실감 나지 않았다.

"……왜?"

이예주는 조롱이를 멍하니 바라보며 다시 질문했다. 그가 당연한 걸 왜 묻느냐는 듯한 얼굴로 대답했다.

"저는 황조롱이로 태어났으니까여."

"……."

"그리고 황조롱이로 태어난 것에 만족하구여. 누나는 인간이 아닌 다른 동물이나 식물로 태어나길 원해 본 적 있어여?"
이번에는 조롱이가 이예주에게 반문했다. 뜻밖의 질문에 그녀는 눈을 크게 뜨고 다시 그 질문을 되뇌었다. 인간이 아닌 다른 동물이나 식물로 태어나길 원해 본 적 있냐고?
어렸을 때, 가끔 팔자 좋게 늘어져 주는 밥을 받아먹는 봉구를 부러워해 본 적은 있었다. 아마 시험 기간이었을 것이다. 그러나 그 외에 딱히 다른 것으로 태어나길 갈망한 적은 없었다. 아니, 아예 '인간이 아닌 다른 것으로 태어났으면 어땠을까?'라는 생각 자체를 해 본 적이 없었을지도.
대답을 기다리는 황조롱이의 말간 눈빛 아래, 이예주는 천천히 고개를 저었다. 조롱이가 그것 보란 표정을 지으며 다시 말을 이었다.
"그건 들쥐도 마찬가지일 거예여. 어쩌다가 인간들이랑 어울려서 재물을 탐하는 추악한 것이 돼 버렸지만, 마음속 깊은 본심까지 인간이 되고 싶은 생각은 없었을 거란 말이져. 그렇지만 들쥐는 너무 큰 죄를 지어 버렸고, 심지어 신인류로서 죽음을 맞게 해 주겠다는 주인님의 배려도 걷어차고 도망간 거예여. 주인님은 분노하셨을 테구, 그러면 들쥐에게 더욱 큰 힘을 부여하시겠져."
"그럼 어떻게 되는데?"
"생각해 봐여. 우리 신인류가 주인님께 힘을 받아서 이렇게 인간의 모습으로 변신하는 것이 가능해졌는데, 더 큰 힘을 부여받으면 어떻게 될까여? 아예 본질을 잃고 완전한 인간으로 변해 버리겠져."
"인간으로 변한다고?"
"예. 그러면 주인님은 본질을 잃고 완전한 인간으로 변해 버린 그 신인류를 데려다가 중앙 대륙에 버리고 오시는 거예여."
이예주는 폭풍처럼 몰아닥치는 '형벌'에 관한 조롱이의 말에 머릿속이 혼잡해졌다. 그러니까 람이 매우 큰 힘을 부여하면 신인류는 동물이었던 본질을 잃고 인간이 된다. 그런데 그것에 그치지 않고 인간이 된 신인류를 중앙 대륙에 갖다 버린다고?

중앙 대륙이 어디였더라. 그녀가 아는 한 이 세계의 중앙은 딱 한 곳이다. 따가운 뙤약볕이 온종일 내리쬐고, 사방을 아무리 둘러보아도 텁텁하고 까슬까슬한 모래만이 가득 차 있는.

"설마…….."

"맞아여. 히카톤이 있는 사막에 버리는 거예여. 인간이 히카톤에게 잡아먹히면 어떻게 되는지 누나도 저번에 봤져? 다른 생명체라면 히카톤에게 잡아먹히고 그걸로 끝이지만, 인간은 죽지도, 살지도 못한 채 똑같은 괴물이 되는 거예여."

조롱이가 길고 긴 말을 끝마치고 헥헥 숨을 몰아쉬었다. 이예주는 여전히 머릿속이 정리되지 않았음에도 불구하고 소름이 쫙 끼쳤다.

인간이 된 동물을 최종적으로 괴물로 만든다고? 머리, 팔, 다리가 수천, 수만 개씩 달린 그 거대하고 끔찍한 괴물로? 사막에서 보았던 그 역겨운 것을 떠올리자 반사적으로 그녀의 낯빛이 허옇게 질렸다.

이예주는 이젠 정말 모르겠다고 생각했다. 신인류에 관해서는 무한히 관대할 줄만 알았던 남자인데, 그가 돌아섰을 때의 냉혹함이 어디까지인지. 마냥 신인류들을 봐주기만 하는 것은 아니었구나.

한기가 드는 것 같은 기분에 그녀는 널브러진 침대 시트를 끌어올려 덮었다. 새삼 조롱이를 처음 만났을 때, 주인님이 분노했다며 난리를 치던 것이 생각났다. 그의 분노는 생각보다 더욱 무섭고 잔인했다.

"……정말 가장 잔인한 형벌이 맞네."

이예주가 멍한 얼굴로 중얼거렸다. 조롱이는 그녀의 말에 맞장구

치지 않았다. 어쩌면 그는 람의 곁에 있으면서 이러한 상황을 여러 번 봐 왔기에 별 감흥이 없는 걸지도 모른다.

계약을 위반한 들쥐 같은 신인류에게도 이렇게 무섭게 굴진대, 과연 책에 나왔던 대로 검은 안개인지 뭔지를 빼앗은 인간들에 대한 그의 분노는 얼마나 클까.

어제와는 또 다른 람의 모습에 이예주는 머릿속이 복잡해졌다.

깨어난 후로 이예주는 계속해서 침대에 누워만 있었다. 사실 사슬이 침대 기둥에 묶여 있어서 침대가 아닌 다른 곳으로 이동하는 것은 상상도 할 수 없는 일이었다.

그녀는 말똥말똥한 눈을 깜박이며 천장을 바라보았다. 정말로 하루 종일 이렇게 누워 있어야 하는 것은 아니겠지? 설마.

잠이라도 다시 청하려고 했지만, 심지어 잠도 완전히 깨서 눈조차 감기지 않았다. 이예주는 서서히 심심해졌다. 그사이 황조롱이는 그녀를 약 올리듯 침대에 누웠다가, 밖에 나갔다 들어왔다가, 탁자 옆에 앉아 무슨 얇은 책 같은 것을 들여다보는 등, 하여간에 그녀에겐 눈길조차 주지 않고 자기 할 일만 해 댔다.

자신은 하도 누워 있어서 등이 배겨 아플 지경인데, 앞에서 조롱이가 깔짝대는 것을 보고 있자니 기분이 무척 좋지 않았다. 가슴 속에 슬슬 열불이 나기 시작했다.

어느덧 푸르스름한 빛이 사라진 쪽창에서 밝은 아침 햇살이 방 안으로 쏟아졌다. 그것만 보더라도 바깥이 얼마나 화창한지 알 수 있을 것 같았다.

이런 화창한 날에 방구석에 처박혀서, 그것도 사슬에 묶인 채로 누워 있어야 한다니! 이건 시간 낭비가 분명하다. 게다가 지금이 아니면 또 언제 멀쩡한 인간들이 모여 사는 곳을 볼 수 있을지도 모르는데. 조롱이의 주인 놈이 들쥐를 잡아 오면 구경은 고사하고 분명 또 개처럼 질질 끌려다닐 것이 분명했다.

그 생각에 미치자, 이예주는 왠지 조바심이 일었다. 가만히 있으려니 좀이 쑤시고 막 호흡이 곤란해지는 것도 같았다. 때마침 보던 책을 덮는 조롱이를 보고 그녀는 이때다 싶어 말을 붙였다.

"조롱아."

"왜여?"

"나 절대! 절대 도망 안 갈 테니까, 우리 바깥 구경 좀 하면 안 돼?"

"네, 안 돼여."

그러나 살며시 찔러 본 이예주의 시도는 처참히 무산되었다. 새 주제에 제 주인을 닮아 어찌나 단호한지, 단호박으로 착각할 정도였다.

조롱이는 단칼에 그녀의 말을 거절한 후, 덮었던 책을 다시 펼쳤다. 부리부리한 시선을 피하기 위해서였다. 이예주는 제게 눈길도 주지 않는 녀석의 모습에 '으으' 하고 주먹을 꽉 쥐었다.

침착해. 저 새 놈을 우선 설득해야지, 예주야. 자신을 다독이며 그녀는 어색하게 미소를 짓고는 다시 부탁조, 아니 애원조로 조롱이를 졸랐다.

"조롱아아~ 나 살 것도 있는데. 그냥 요 앞에만 같이 갔다 오면 되잖아. 응? 어디 멀리 간다는 것도 아니고."

"살 게 뭐 있어여? 누나 돈도 없잖아여."

아악! 저것이! 다른 때는 멍청한 얼굴로 눈만 뒤룩뒤룩 굴리면서 이럴 땐 눈치가 아주 귀신같단 말이야! 이예주는 1분도 못가고 설득하는 것을 때려치웠다.

"그럼 나 화장실이나 갈 테니까 풀어 줘!"

조금만 잡아당겨도 사슬이 팽팽해질 만큼 이동할 수 있는 거리가 짧았다. 그래도 제 주인은 이렇게 짧게 묶진 않았는데, 하여간에 저 놈의 새는 융통성이 없어!

화장실은 미처 생각지 못했는지 조롱이가 당황한 얼굴로 눈알을 뒤룩뒤룩 굴렸다.

"화, 화장실이여?"

"그래! 화장실! 묶어 놨어도 오줌은 싸야 할 것 아니야. 일어났으니 밥도 좀 주고!"

"에, 에……."

이예주의 원초적인 발언에 조롱이의 얼굴이 새빨개졌다.

"그, 그런! 수, 숙녀가 그런 말을 막 하면 안 돼여! 오, 오줌이라니!"

"오줌을 오줌이라 하지 그럼 뭐라 해. 됐고, 나 급하니까 얼른 이것 좀 풀어 봐."

쩔컥쩔컥, 그녀가 드러누운 상태로 오른쪽 손을 거칠게 흔들었다. 여전히 망설이는 황조롱이의 태도에 이예주가 신경질적으로 "그럼 침대에다 싼다? 싼다?" 하며 엄청난 소리를 지껄였다. 그제야 조롱이는 들고 있던 책까지 집어 던지고 쏜살같이 침대 쪽으로 달려왔다.

"수갑은 저도 못 풀어 줘여! 주인님만 풀 수 있는 거예여."

"뭐야? 그럼 화장실은!"

그럴 거면 애초에 묶어 놓질 말던가! 이예주가 치솟는 화를 감당 못하고 불길을 토해 내기 직전에, 조롱이가 다급하게 덧붙였다.

"대, 대신! 묶어 놓은 사슬만 풀어 줄 테니까 눈 꼭 감구 있어여."

"왜?"

"예?"

"왜 눈을 꼭 감고 있어야 하는데? 눈 감은 사이에 무슨 짓 하려고 그러지."

그녀가 의심의 눈초리로 조롱이를 쏘아보자 조롱이가 잠시 당황하더니 고개를 저으며 그 이유를 설명했다.

"주인님이 사슬 묶어 놓은 자물쇠를 푸는 방법은 비밀로 하라구 하셨는데여……."

그놈의 주인님, 주인님! 이 주인님밖에 모르는 바보야! 목구멍까지 외침이 차올랐지만 이예주는 꾹 참았다. 괜히 없는 데서 욕을 했다가 이 주인바라기가 제 주인에게 일러바치기라도 하면 곤란해질 수도 있기 때문이다.

"아무튼 빨리 눈 감아여, 누나! 빨리여!"

"하, 알겠어. 감는다."

황조롱이의 종용에 이예주가 하는 수 없이 두 눈을 감았다. 이어서 쩔그럭쩔그럭하고 침대 기둥에 둘둘 묶어 놓은 사슬을 푸는 소리가 들렸다.

"눈 뜨면 안 돼여! 실눈 뜨지도 말구여!"

"안 봐, 안 봐!"

사실 실눈을 뜨고 보려고 했던 이예주는 철통같은 조롱이의 감시에 결국 포기하고 아예 이불까지 뒤집어썼다.

짤그랑! 이윽고 침대 기둥에서 풀어낸 사슬이 바닥에 떨어져 둔탁한 소음을 내었다.

"이제 눈 떠도 돼?"

"예, 옙."

그녀가 뒤집어쓰고 있던 이불을 걷고 사슬을 바라보자 움직이는 것도 힘들었던 오른쪽 손목이 느슨해져 있었다. 침대 기둥에서 끌려져 바닥에 축 늘어진 사슬을 바라보는 이예주의 눈이 반짝 빛났다. 그 기이한 눈빛에 불안해진 조롱이는 후다닥 방문 앞까지 달려가 양팔을 벌려 막아섰다.

"화장실만 가는 거예여, 정말! 갔다 와서 다시 묶여야 돼여! 알겠져?!"
"알았다니까."

혹시 도망갈까 무서워 방문 앞을 막아선 그의 행태에, 이예주는 어이가 없어 헛웃음을 터뜨리며 침대에서 내려왔다.

"으아!"

하도 오랫동안 누워 있어서 그런지 어깨랑 등허리가 온통 뻐근했다. 두 손을 잡아 팔을 위로 올린 채 한 번 크게 스트레칭을 한 그녀는 방의 왼쪽에 위치한 화장실 쪽으로 천천히 걸음을 옮겼다.

방문을 막아선 조롱이가 그녀를 뱁새눈을 하고 지켜보았다. 이윽고 인간 여자가 벌컥 화장실 문을 열고 그 안으로 사라졌다.

"하……."

그제야 조롱이의 입에서 절로 안도의 한숨이 터져 나왔다. 하여튼, 참 진 빠지게 만드는 인간 여자야. 어디로 튈지 모르는 사고뭉치니 한순간도 긴장의 끈을 놓칠 수 없었다.

인간 여자가 다시 나오면 틈도 주지 않고 재빨리 사슬을 묶어 놓아야지. 황조롱이는 그렇게 한시름 놓으며 몸에 바짝 줬던 힘을 풀었다.

하지만 인간 여자에 대해 잠시 방심했던 자신을 원망하게 된 것은, 그녀가 화장실에 들어간 후 정말로 얼마 지나지 않아서였다.

"누나, 아직 멀었어여? 뭐 잘못된 거예여?"

황조롱이는 벌써 세 번째 화장실 문을 쿵쿵 두드리며 물었다.

"……아, 아니! 잘못되긴! 그런 거 없어!"

그러나 세 번째로 같은 대답이 돌아왔다. 그것도 두 번째로 들었던 대답보다 훨씬 더 급박하고 당황스러운 음성으로. 문 저편에서 들려오는 목소리가 묘하게 떨렸다. 황조롱이는 강한 기시감을 느꼈다.

그것은 꽤 특별한 순간의 인간 여자를 보았을 때와 비슷했다. 예를 들면 도망치다가 주인님께 걸렸을 때라든지, 사고뭉치처럼 무슨 일을 저질렀을 때라든지…….

하나 그는 대체 이 기시감이 어디서부터 비롯된 건지 계속 이어 생각할 수 없었다. 우당탕탕—! 쾅당! 문 건너편에서 들려오는 커다란 소음 때문이었다.

"으윽! 읍!"

인간 여자가 비명을 지르다가 황급히 입을 틀어막는 것과 비슷한 소리를 냈다. 이상하다. 정말로 이상하다. 화장실 좀 쓰는 사람이 이렇게 소란스러울 수가.

황조롱이가 쿵쿵 거칠게 문을 두드리며 크게 소리쳤다.

"누나! 대체 무슨 일이에여! 문 열어 봐여! 저 그냥 문 열고 들어가여!"

"안 돼! 아니야! 아무 일도 없어! 그냥 선반이 좀 쓰러져서…… 바로 나갈 테니까 좀 기다려! 절대 들어오면 안……!"

으으, 낑겨 죽겠네. 필사적으로 들어오면 안 된다고 외치던 인간 여자가 작은 목소리로 투덜대는 것을 황조롱이는 똑똑히 들었다. 뭔가 잘못됐다. 지금이라도 문을 열어야 할까?

하지만 정말 별일 아니라면. 그래도 인간 여자는 암컷인데. 암컷의 사생활을 마구 훔쳐보면 안 된다고 누이에게 배웠는데. 그렇지만 자꾸 수상한 생각이 들긴 하고.

화장실 문고리를 움켜잡았다 떼었다 도로 잡는 것을 반복하는 황조롱이의 커다란 금안이 지진 나듯 흔들렸다. 그렇게 그가 문을 열어야 할지 말아야 할지 갈등할 때.

"어억!"

콰르르르! 쾅! 안에서 천장이 무너지는 소리와 함께 인간 여자의 비명 소리가 들렸다. 황조롱이는 급하게 한 손을 허공에 휙 휘둘렀다. 그와 동시에 손이 이예주가 예전에 칭했던, 노랗고 탐스러운 바나나 색의 닭발로 순식간에 변신했다.

날카로운 검은 발톱이 삐죽삐죽 달려 있는 손으로 황조롱이는 단박에 문고리를 잡아 뜯었다. 얄팍한 합금으로 이뤄진 문고리가 힘없이 우두둑 뽑혀 나갔다.

그리고 화장실 문을 부술 기세로 치받고 안으로 들어간 순간, 그는 눈앞에 펼쳐진 광경에 험악한 기세로 몸을 날린 것도 잊고 입을 떡 벌린 채 굳었다.

"뭐, 뭐야! 들어오지 말라니까!"

이 두 평도 되지 않은 좁은 화장실에서 그 짧은 사이 무슨 일이 있었던 것일까?

선반이 쓰러졌다는 인간 여자의 말은 거짓이 아니었다. 정말로 화장실 벽에 걸려 있던 선반이란 선반은 모두 다 쓰러져 있었고, 그 위에 놓여 있던 내용물들이 타일 위를 어지럽게 뒹굴고 있었으니.

인간 여자는 생각보다 높은 곳에 위치해 있었다. 변기 위, 거의 천장 가까이 나 있는 네모난 창문에 몸을 반이나 쑤셔 넣은 상태로, 마지막 남은 선반에 발을 지탱한 채 힘겹게 버티고 있는 모습이었다.

대체 어떻게 천장까지 올라간 거지? 공중 부양이라도 한 건가? 인간 여자의 기행 때문에 놀라는 것도 잠시, 황조롱이는 난장판이 된 화장실 바닥을 보곤 곧바로 답을 찾았다.

"대체…… 지, 지금 뭐 하는 거예여?"

황조롱이는 정말로 황당해서 말이 나오지 않는 상황이 바로 이런 것이구나, 라는 것을 절감했다.

"그, 그러니까 밖에 잠깐 나갔다 오자고 했잖아! 그럼 이렇게 개고생할 일도 없었을 텐데. 씨잉…….."

"그니까 지, 지금 누나 탈출하는 거예여어억?!"

황금색 눈동자에 경악과 충격이 혼잡하게 서렸다. 그가 외친 말에 민망해진 이예주의 두 뺨이 벌겋게 달아올랐다. 그녀의 오른쪽 손목에 매달린 사슬이 허공에서 의미를 잃고 허망하게 흔들렸다.

"뭐…… 그냥 잠깐 외출이라고 해 두면 안 돼?"

머쓱하게 한쪽 어깨를 으쓱거리며 대답하는 이예주 때문에 황조롱이는 뒷골이 빽적지근하게 아파 왔다. 자신에게 이 사고뭉치 인간을 맡기고 간 주인이 이 장면을 본다면 과연 무슨 표정을 지을지 궁금해졌다. 저렇게 창문에 꽉 낀 상태에서 벼락 맞고 죽지나 않으면 다행이리라.

황조롱이가 잠시 상상을 초월하는 인간 여자의 행태에 할 말을 잃고 멍청한 얼굴로 서 있을 때, 이예주는 조금 더 힘겹게 창문에 몸을 구겨 넣으며 환장할 소리를 지껄여 대었다.

"안 돼! 나 나갈 거야! 네 주인이 그 요망한 것한테 당과를 사 주는지, 안 사 주는지 내 눈으로 봐야겠다고!"

그렇다. 뒤끝이 긴 이예주는 잊은 척했지만, 절대 잊지 않았던 것이다.

나가면 제일 먼저 그 당과 가게로 달려갈 것이다. 그래서 같이 붙어 있는지 아닌지, 제 눈으로 직접 확인해 봐야 했다.

"주인님이랑 붉은 개는 각자 따로 행동할 거라구여!"
"어쨌든 난 이쪽 창문으로 나가 볼게. 넌 문으로 나오든지."
"위험하니까 당장 내려와여!"
"2층밖에 안 돼서 별로 안 위험해."

화장실 쪽은 건물 반대편으로, 아래에는 엊저녁 테라스에서 보았던 한산한 골목거리와는 달리 사람 손을 별로 타지 않아 보이는 무성한 풀들이 잔뜩 깔려 있었다. 이 정도면 완벽해. 고소공포증이 있는 자신도 별로 다치는 일 없이 뛰어내릴 만했다.

그러고 보니 높은 곳은 무조건 질색할 줄만 알던 자신이 이런 간 큰 생각도 다 하다니. 지금껏 참 거칠게 굴려지긴 했구나, 예주야.

"정말 뛰어내릴 만한데?"

당장 뛰어내릴 준비가 되었다는 듯 이예주가 흘끗 창문 너머를 내려다보며 중얼거렸다. 그 말을 들은 황조롱이는 곧바로 창문을 향해 몸을 날렸다. 그녀가 눈치채지 못할 만큼 재빠른 움직임이었다.

휘익! 거의 날듯이 몸을 날린 황조롱이가 바닥에 이리저리 몸을 박으며 무언가를 낚아챘다. 쩔그럭, 어느새 노란 닭발에서 인간의 손으로 변한 그의 두 손에 가득 쥐어진 것은 다름 아닌 허공에서 달랑거리던 이예주의 사슬이었다. 사슬을 잡아당기는 바람에 느슨했던 오른쪽 손목이 순식간에 팽팽해졌다.

"뭐야! 놔!"

이예주가 깜짝 놀라 소리쳤다. 황조롱이가 허옇게 들뜬 낯빛으로 필사적으로 고개를 휘저었다.

"절대 못 놔여! 누나 도망간 거 주인님이 알면 저 죽어여! 죽는다구여!"

"누가 도망간대? 나도 네 주인 무서워서 도망갈 생각 없어! 방구석에만 있기 답답하다고! 그냥 당과 가게 주위만 한번 산책하고 온다니까? 왜 이래!"

"누나야말로 정말 왜 이래여!"

황조롱이는 진심으로 울고 싶어졌다. 이 인간 여자는 하루라도 조용히 있지 않으면 두드러기라도 돋는 병이 있는 걸까? 주인님은 왜 이런 감당하기 벅찬 인간을 자신에게 맡기신 걸까. 왜, 왜.

울상을 한 그는 끝내 사슬을 놓지 않았다. 이예주는 씩씩거리며 몸을 창문 밖으로 더욱 밀어 넣었다.

"놔! 아니면 나 뛰어내린다? 응?!"

"아악! 내려와여!"

"뛰어내려! 확 마! 뛰어내려!"

다시 순순히 방으로 되돌아가 침대에 사슬에 묶여 있으라고? 그럴 바엔 차라리 그냥 창문에서 뛰어내려서 자유를 만끽하련다! 그녀가 강한 포부를 밝히며 황조롱이를 협박했다.

"놔! 놔! 뛰어내릴 거야! 안 놓으면 뛰어내릴 거야!"

"10분!"

황조롱이가 절박한 목소리로 타협안을 제시했다.

"뭐?"

"그럼 딱 10분만 밖에 나가여!"

그녀가 다칠 것을 걱정했는지, 아니면 뛰어내려서 그대로 도망칠까 봐 두려운 건지는 모르겠으나, 어쨌든 협박이 먹혀들었다.

이예주는 회심의 미소를 지으며 잠시 고민했다. 10분? 10분은 개뿔. 고작 10분 나가려고 내가 이 짓까지 했을쏘냐?

"……1시간."

그녀가 조건을 새로 달았다. 1시간이란 소리에 황조롱이가 사색을 하고 떽떽거렸다.
"무슨 1시간이에여! 주인님이 언제 오실 줄 알고! 절대 안 돼여! 15분!"
"그럼 40분."
"20분!"
"야! 여기서 내려가서 화장실 바닥까지 닿는 데 10분 걸리겠다! 30분! 그 이하로는 협상 결렬이야! 난 창문으로 나가든 걸어서 방문으로 나가든 상관없는 사람이니까, 놔! 창문으로 나가게!"
그녀는 턱을 바짝 치켜들고 거세게 사슬에 잡힌 손목을 뒤흔들었다. 이미 대세는 기울어 버린 듯, 사슬 끝을 쥐고 있는 황조롱이가 이예주 쪽으로 조금 끌려갔다.
"으이익!"
황조롱이는 분을 참지 못하고 온몸을 부들부들 떨다가, 이내 몸을 축 늘어뜨리고 두 손을 놓았다. 쩔그럭! 팽팽하게 당겨졌던 사슬이 반동으로 인해 타일 벽에 거세게 부딪치며 시끄러운 소리를 내고는 다시 느슨해졌다.
"딱, 진짜 딱 30분만이에여. 진짜여!"
결국 황조롱이가 울먹거리며 패배를 인정했다. 언제나 이예주와의 싸움에 져 주는 그였으나, 오늘은 어쩐지 더욱 처참하고 기운 빠지는 패배였다.
하기야 대관절 그 누가 화장실 쪽창으로 탈출을 감행할 것이라 예상이나 했을까. 이건 아마 위대한 제 주인님조차 예상치 못한 일임이 분명했다. 언제나 예상을 뛰어넘어 경악스러운 짓을 저지르는 인간이었다.
창문에 억지로 몸 반쪽을 쑤셔 넣고 아슬아슬하게 걸터앉은 자세가 불편하지도 않은지, 그녀는 드디어 방을 벗어날 수 있다는 기쁨에 충만한 표정을 짓고 있었다.

 창밖으로 쏟아져 들어오는 햇빛을 뒤로한 채 자신을 바라보며 환하게 웃고 있는 그 얼굴에, 세상에서 가장 악독한 악마가 따로 없다고 조롱이는 생각했다.

 그리하여 두 사람은 결국 사이좋게 사슬을 맞잡고 그레이의 주점에서 나와 바깥나들이를 하게 되었다.

 "와, 조롱아! 오늘 날씨 진짜 좋다. 그치?"

 이예주가 구름 한 점 없이 청명하고 새파란 하늘을 바라보며 '크흐흡' 하고 시원한 바깥 공기를 들이마시더니 조롱이에게 말을 걸었다. 그는 커다란 황금색 눈알만 스르륵 굴려 그녀를 흘겨보고는 불퉁하게 대꾸했다.

 "당과 가게 근처, 30분만이에여."

 "그 소리 벌써 네 번째야. 작작 해라, 응?!"

 이예주가 이를 악물고 웃으면서 돌아보자, 조롱이는 황급히 눈을 다른 곳으로 돌리며 악마 같은 인간의 시선을 회피했다.

 그녀는 그에게서 시선을 떼고 곧장 걸음을 옮기기 시작했다. 그러고 보니 조롱이 말마따나 30분밖에 되지 않는 휴식인데, 그 귀한 시간을 이렇게 뭉그적거리며 보낼 수는 없는 노릇이었다.

 불현듯 이예주가 움직이자 조롱이가 깜짝 놀라 서둘러 뒤를 따랐다.

 "어, 어디 가는데여? 당과 가게는 그쪽 아니에여!"

 "당과 가게는 꽤 오래 걸어야 하잖아. 30분밖에 안 되는데, 그냥 산책 겸 이 근처만 조금 돌아보고 다시 되돌아가자."

 "헤엑?"

 순순히 돌아간다는 이예주의 말에 조롱이는 방금 전보다 더욱 놀라워했다. 네가 어쩐 일이냐는 그 적나라한 표정에 그녀는 왠지 기분이 나빠졌다.

물론 당장이라도 그 요망한 것과 람이 붙어 있는 꼴을 확인하고 싶어 난리를 치고 나온 거지만, 가만히 방구석에 박혀서 박복한 처지를 우울해하고 있기만은 싫은 이유도 있었다.

날씨가 너무 좋았다. 하늘도 맑고 바람도 선선하고. 모처럼 한적하게 거리를 배회하며 자신과는 다른 삶을 살아가는 사람들을 구경하고 싶었다.

"왜, 싫어? 싫으면 당과 가게까지 갈까?"

"무슨!"

조롱이가 도리질을 치며 사슬을 두 번이나 손에 감고 단단히 쥐었다. 쩔컥하고 사슬 길이가 금세 짧아졌다. 자신에게 가까이 붙어 결연한 의지를 비치는 그의 얼굴을 보자니 절로 한숨이 터져 나왔다.

정말 그 주인에 그 애완동물이다. 어떻게 하는 짓까지 이렇게 똑 닮아 밉살맞을 수 있을까? 엊저녁, 제가 누워 있는 침대까지 올라와 밀착 감시를 해 대던 시뻘건 미친놈을 떠올리며 이예주는 절레절레 고개를 흔들었다.

그녀는 걸음을 재촉했다. 그런 그녀의 뒤를 황조롱이가 바짝 붙어 따라갔다.

마을 사람들이 아직도 족장의 죽음을 추모하는지 골목골목이 어제와 같이 한산했다. 생활을 위해 상점들은 대부분 문을 열었으나, 사람이 없어서인지 어딜 보든 텅 빈 상태였다.

이예주는 천천히 걸음을 늦추며 건물들을 자세히 살펴보았다. 동쪽 대륙의 건물들은 모두 일정한 간격으로 늘어서 있었으나 외곽의 모양은 하나같이 제각각이었다.

그냥 나무로 지은 목조건물도 있고, 대리석 같은 반질반질한 돌로 지어진 건물도 있었다. 또 외양만 보자면 그녀가 살던 현대의 주택가에서나 볼 법한 빌라 같은 반가운 양식의 건물이 있는 반면, 생전 처음 보는 원통 모양의 건물도 있었다.

그리고 그 안으로 보이는 사람들 또한 백인, 흑인, 황인 가릴 것 없이 다양한 인종이었다. 대부분이 서양인의 외형을 한 서쪽 대륙의 팔족 인간들과는 확연히 다른 모습이다.

건물 하나하나, 사람 한 명 한 명이 다르다. 그것을 이상하게 여기는 것도 잠시, 그녀는 곧 그 이유를 알 것만 같다는 생각이 들었다.

'모두들 각자의 방식대로 살아남은 거구나.'

세기말 용암 폭발 이후, 모든 문명이 사라지고 간신히 살아남은 사람들은 제각기 기억에 남은 문화와 전통을 제 자식에게, 자식의 자식에게, 또 그 자식에게 전달했으리라. 그 기억에 의존하여 마을을 이룬 것이 바로 동쪽 대륙인 것이다.

인간 문화의 다양성이 건물 양식을 통해 나타난 것을 보며 이예주는 왠지 모르게 마음이 천천히 가라앉았다. 착잡하고 막막했다. 여기 마을 사람들은 그녀와 같은 인간이지만 정말 자신이 알던, 자신과 같이 살아가던 그 인간들은 아니었다.

누구 하나 알기는 할까? 1000년 전의 현대가 어땠는지. 얼마나 발달되었고, 또 얼마나 융성한 문화를 구축했었는지. 자신이 아무리 1000년 전의 세상에서 왔다고 말해도 믿어 주는 이 하나 없을 이곳에서, 어떻게 과거로 돌아갈 방법을 찾지?

이제야 숲에서 말이 통하는 사람들만 만나면 과거로 돌아갈 수 있다고 굳게 믿었던 스스로가 얼마나 어리석었는지 깨달았다. 서서히 꿈에서 깨어나는 기분이다. 뿌옇게 성에가 꼈던 눈앞이 서서히 맑아지는 느낌.

마을 골목을 샅샅이 훑어보는 그녀의 눈이 복잡하기 그지없었다. 난 정말 다른 세상으로 넘어온 것이구나. 지금까진 그저 '문' 너머의 미래, 숫자로만 여겨졌던 '1000년'이 이제는 너무나도 크고 벅차게만 다가왔다.

이곳은 같은 세상이 아니다. 완전히, 자신이 살던 곳과 완전히 다른…….

"……완전히 달라졌어여."

"……어?"

문득 옆에서 자신의 생각과 같은 소리가 들렸다. 이예주가 퍼뜩 고개를 돌렸다. 황조롱이가 방금 전의 그녀처럼 주변을 휘적휘적 둘러보다 이내 그녀에게 시선을 고정하고 입을 열었다.

"마을이여. 몇십 년 전만 해도 원래 이렇게 건물이 빽빽하게 세워져 있지 않았는데. 여긴 다 허허벌판이었거든여."

깊은 상념 속에 빠져 있던 탓에 조롱이의 말뜻을 알아차리기까지 꽤 오랜 시간이 걸렸다. 한참 후에서야 그가 마을 이야기를 한다는 것을 이해한 이예주가 느릿하게 입을 열어 대답했다.

"……몇십 년이면 바뀔 만하지."

"우리한텐 얼마 안 돼여. 에…… 주인님 따라서 잠깐 다른 대륙 둘러보다가 돌아온 기간인데여."

황조롱이의 말에 그가 70살이 넘은 늙은이라는 것을 깨닫고 속으로 혀를 내둘렀다. 하긴 그만큼 오래 살았으면 몇십 년은 긴 세월도 아닐 테지. 새삼 시간이라는 것이 참으로 상대적이라는 생각이 들었다.

황조롱이는 아련한 눈빛으로 건물이 잔뜩 세워진 어느 한 곳을 바라보며 다시 말을 이었다.

"드문드문 옛날 마을 모습이 기억나여. 여기는 밀이 심긴 들이어서 쥐가 참 많이 살았었는데……. 마을 어른들이 농사를 지어 본다고 이것저것 심어 볼 때였거든여. 씨를 심느라 이곳저곳 파헤친 땅 위를 모르고 지나가다가 구덩이에 빠져 버린 생쥐를 잡아먹는 재미가 쏠쏠했져."

"생쥐를 잡아먹어…….."

"네, 얼마나 맛있었는데여! 누나도 먹어 봤어여?"

이예주의 창백한 얼굴을 잘못 해석한 건지 황조롱이가 신나게 조잘댔다.

쥐를 잡아먹어 봤을 리가. 그러고 보면 과거의 자신은 설치류를 싫어했던 것도 같다. 물론 설치류만 싫어한 것은 아니다. 개도 바퀴벌레도 싫어했다.

그때, 한 무리의 사람들이 그녀와 조롱이를 바삐 스쳐 지나갔다. 아니, 그들 모두 사람들이라고는 할 수 없었다. 신인류로 추정되는 사슬에 묶인 이도 있었기 때문이다. 무리 안의 사람들은 어제 마을 초입에서 보았던 이들과 비슷한 모습이었다. 자신과 조롱이의 반대편으로 가는 것을 봐서는 마을 외곽으로 밭일을 하러 가는 것 같았다.

조롱이가 잠시 멈춰 서서 그들을 바라보며 힘없이 속삭였다.

"인간은 적응과 변화에 굉장히 빠른 종족인 것 같아여. 그게 나쁘다는 건 아니에여. 고작 몇십 년 만에 이렇게 많은 건물을 세우고, 또 아무 일도 없었던 것처럼 살아간다는 것은 정말 대단한 일이에여."

"그에 맞춰 신인류도 변했잖아?"

"우리는 변한 것이 아니라 살기 위해 인간들이 정한 규칙을 따르기 급급한 거예여. 실제로 인간들이 신인류 마을을 침략했을 때, 신인류들은 간신히 농사짓는 방법을 터득해서 먹이사슬에 변화를 줬을 뿐인걸여. 그사이 인간들은 무시무시한 무기와 사냥하기에 편리한 도구들을 만들었구여. 어쨌거나 인간들이 그 누구보다 앞서가는 종족인 것은 확실해어."
 이예주는 조롱이의 말에 뭔가 하고 싶은 말이 불쑥 치밀었지만, 자신이 무엇을 말하고 싶은지 잘 알지 못해 그냥 입을 다물었다.
 사실 지금 조롱이가 사는 세상의 인간은 앞서가는 종족이 아니었다. 1000년 후의 인간은 오히려 과거보다 훨씬 퇴보했다. 소를 이용해서 농사를 짓는다는 것도 모두 옛날이야기다. 21세기는 바야흐로 기계가 모든 인력을 대신해 생산하던 시대였다.
 비록 람이 무언가 저주 같은 것을 내려 인간들이 농사를 짓지 못하게 되었다 해도, 기계만 있으면 굳이 신인류와 결탁하여 밭일을 하지 않아도 될 텐데. 기계만 있으면 말이지.
 하지만 혼란스러운 그녀의 얼굴을 미처 보지 못한 조롱이는 자신만의 회한에 빠져 잠시 말을 멈췄다가 시무룩한 표정으로 덧붙였다.
 "그래두…… 그래두 너무 많이 바뀌어 버려서 슬퍼여. 조금쯤은 옛날 모습이 남아 있었으면 좋았을 텐데."
 마을 입구에서도 마치 이곳을 잘 안다는 듯이 말했던 조롱이가 또다시 그와 비슷한 말을 했다. 이예주는 그의 혼잣말에 눈을 크게 떴다가 이내 조심스럽게 물었다.
 "여기서…… 살았었어?"
 조롱이는 대답 없이 다시 걸음을 옮기기 시작했다. 덕분에 사슬이 다시금 팽팽해져 그녀 또한 본의 아니게 걷게 되었다. 어쩜 이렇게 세세한 것까지 지 주인을 똑 닮았는지. 성질을 내기도 전에 조롱이가 작은 목소리로 중얼거렸다.
 "……예전에여. 이렇게 일찍 돌아올 생각은 없었는데……."
 "이게 무슨 일찍이야. 몇십 년 만이면 찾아올 만한 거지. 좋게 생각해.”

"좋게 생각하긴여! 이게 다 누나 때문이잖아여!"

조롱이가 매섭게 이예주를 노려보며 소리쳤다. 제가 '문'을 넘어 동쪽 대륙에 온 것은 사실이었기에 그녀는 어쩔 수 없이 침묵했다.

정말로 마을에 돌아오기 싫었던 것인지 조롱이에게서 침울한 기운이 뿜어져 나왔다. 어울리지 않게 축 가라앉은 조롱이의 어깨를 보자 이예주는 왠지 가슴이 찡해졌다.

자신 또한 집을 떠나서 이렇게 오랜 기간 개고생을 하고 있으니까 어찌 보면 아주 오랜만에 고향을 찾은 조롱이나 저나 동병상련인 처지다.

그녀가 조롱이의 어깨를 툭 치며 괜히 활발하게 말했다.

"네가 살던 때에 마을은 어땠는데? 좋았어?"

"너무 오래돼서 기억은 잘 안 나여."

"에이, 그래도 뭐 특별한 기억은 있을 거 아니야?"

"여기선 태어나서 자란 기억보다 인간들의 노예로 산 기억이 훨씬 더 많아여."

"……응?"

이예주는 조롱이의 말을 잘못 들은 건가 싶어 멍한 얼굴로 되물었다. 허튼소리가 아니었다는 듯, 그가 느릿하게 걸음을 옮기며 또박또박 말했다.

"하루가 시작되서 눈을 뜨면 언제나 쇠창살이 박힌 감옥 천장이었구, 다리는 항상 무거운 납덩이가 매달린 사슬에 묶여 있었어여. 그 상태로 하루 종일 바닷가를 돌면서 물고기를 잡던가 아니면 밭일을 했구여."

"…….”

"인간들이 먹다 남긴 음식을 먹다가도, 일터로 돌아가는 것에 조금이라도 늦장 부렸다간 쏟아질 매질이 무서워서 동료들을 막 밀치고 달렸던 적도 있는데여. 근데 악몽을 많이 꿔서 계속 기억을 안 하려고 하다 보니까 가끔 정말 기억이 안 나서…… 누나?"

황조롱이는 쩔컥하고 자신의 손을 팽팽하게 잡아당기며 사슬에 놀라 말을 멈추었다. 그가 뒤를 돌아보자, 어느덧 이예주가 우뚝 멈춰 선 채 자신을 바라보고 있었다.

"누나, 왜 갑자기 걸음을 멈추고……."

"그래서."

기도가, 숨구멍이 턱 막히는 기분에 그녀가 말을 멈추고 애써 목청을 가다듬고는 다시 입을 열었다.

"그래서 도망…… 도망친 거야?"

도망쳤냐는 소리에 조롱이가 팔짝 뛰며 부정했다.

"에, 에, 도망치긴여! 도망 안 쳤어여!"

"그럼…… 그럼 마을은 왜 떠났는데?"

"주인님이 자기랑 같이 다니다 보면 줄 수 없던 대가를 줄 수 있을지도 모른다고 하셔서……. 근데 누나, 왜 그런 표정을 지어여?"

조롱이는 이예주를 보며 이해되지 않는다는 듯 고개를 갸웃거렸다. 그녀는 그제야 제가 괴상할 만큼 얼굴을 잔뜩 일그러뜨리고 있다는 것을 알아차렸다.

왜 그렇게 그런 걸 담담하게 말해? 아무 일도 아니었다는 것처럼, 정말 별일 아니라는 것처럼 왜 그렇게 말해? 금방이라도 쏟아져 나올 듯 턱 밑까지 차오른 말들을 꾹 눌러 참느라 목구멍이 따가웠다.

같은 마을을 보며 조롱이와 자신은 판이한 생각을 했다. 자신이 고작 집으로 돌아갈 걱정을 하고 있는 사이에, 조롱이는 자신 때문에 매 순간 고통스러운 시간을 보내고 있었던 것이다.

까맣게 잊고 있었다. 사막에서도 얘기해 주었는데. 몇십 년간 사슬이 왼쪽 발에 묶여 있어서 발이 잘 자라지 않은 데다 흉까지 남았다고.

그런데 자신은 그렇게 몇십 년간 사슬을 묶고 산 조롱이 앞에서 몇 시간 묶이는 것도 참지 못하고 조르고 떼를 써서 밖으로 나왔다.

모두 제 탓이다. 자신이 동쪽 대륙으로 와서, 자신이 괜히 나오자고 떼를 써서 조롱이의 기억하기 싫은 상처를 후벼 파고 있는 것이다. 코끝이 아릴 정도로 시큰하고 매웠다. 너무 매워서 이렇게 만든 조롱이가 밉기까지 한 심정이었다. 어느새 붉어진 눈가로 이예주가 조롱이를 노려보았다.

"그래서…… 그 대단한 대가란 건 아직도 못 받은 거고?"

"에, 아직 주인님이 때가 안 된 것 같다구…….'

"너, 너 똥 멍충이야? 왜 아직도 대가도 못 받고 무상으로 일을 하고 있어! 진짜 내가 저번에 사막에서도 빨리 받아 내라고 했어, 안 했어?"

"에엑! 내가 왜 똥 멍충이…… 누나, 울어여?"

제가 왜 멍청이냐고 따지려 들던 조롱이가 황급히 말을 멈추고 이예주에게로 빠르게 다가왔다. 그녀는 어느새 고개를 푹 숙이고 있었다. 그는 그녀의 얼굴을 보려고 아래로 불쑥 고개를 들이밀었다.

이예주는 그가 보지 못하도록 재빠르게 소매로 벅벅 눈을 비빈 후 고개를 쳐들었다. 움찔, 조롱이가 물러나는 것과 동시에 그녀는 버럭 화를 내었다.

"……씨, 울긴 누가! 네가 하도 멍청하게 구니까 내가 다 화가 나잖아!"

"누나, 눈이 빨개여."

"화나서 빨개진 거야! 너 때문에 화나고 짜증 나서! 아, 진짜 짜증 나니까……!"

벌게진 얼굴로 씩씩대던 이예주의 시선이 순간 황조롱이의 맑은 황금색 눈동자와 마주쳤다. 티 하나 없이 멀끔한 동공 안에 못난 얼굴로 삐죽거리고 있는 제 모습이 비쳤다.

일순 그녀는 온몸에 잔뜩 줬던 힘이 탁 풀리는 것을 느꼈다. 그냥, 그냥 한마디면 하면 되는 건데. 한마디면.

"……미안해."

이예주의 두 눈에서 결국 닭똥 같은 눈물이 뚝뚝 떨어졌다. 그 모습을 마주한 조롱이의 눈동자가 또르르 굴러 나올 만큼 화등잔만 해진 것은 당연했다.

"예, 예? 가, 갑자기 뭐가……."

"내가 동쪽 대륙에 와서 네가 하기 싫은 기억을 자꾸 하게 된 것도 미안하고, 사슬 풀어 달라고 떼쓴 것도 미안하고, 그냥 다 미안해. 미안해, 조롱아."

"누나, 울지 마여. 안 미안해두 돼여, 누나."

이예주의 울음기 가득한 목소리에 조롱이가 어쩔 줄 몰라 하며 손을 쑥 뻗어 그녀의 볼에서 떨어지는 것들을 닦아 주었다. 그래도 눈물이 그치지 않자 그가 더욱더 당황한 얼굴로 고개를 마구 저었다.

"누나 잘못 아니에여! 이미 한참 지난 일이구, 또 이제 기억도 잘 안 나는걸여. 그니까 울지 마여, 누나."

"흐어엉, 조롱아!"

황조롱이의 어색한 위로에 이예주는 되레 아이처럼 울음을 터뜨렸다. 황조롱이가 덩달아 울상을 지으며 그녀의 얼굴을 연달아 닦아 내었다.

"아니, 울지 말라니깐여! 우, 우니까 더 못생겼잖아여, 히잉."

"흐, 흐흑…… 뭐? 죽고 싶냐?"

마지막 말은 나름 들리지 않게 재빠르게 속삭였다고 생각했는데, 그걸 또 귀신같이 듣고 인간 여자가 눈을 부라렸다.

"아, 아니, 아니. 추, 추워서 말이 헛나왔어여."

황조롱이는 재빨리 변명하며 고개를 휘휘 저었다. 잠시 미심쩍은 눈초리로 그를 째려보던 이예주가 다시금 훌쩍훌쩍 대었다.

울면서도 자신을 노려보던 방금 전의 살벌한 눈빛에 황조롱이는 내심 가슴을 쓸어내렸다. 하여간 못난 얼굴로 노려보니 더 악마 같단 말이야. 정말 무서운 얼굴이었어.

달달 떨리는 오금을 애써 진정시키며 황조롱이는 조심스러운 손길로 이예주의 볼을 타고 흐르는 눈물방울들을 계속해서 닦아 주었다.

"이제 좀 가라앉았어여?"

조롱이의 물음에, 어느 회색 건물 앞에 쭈그려 앉아 있던 이예주가 '크헝!' 하고 커다랗게 코를 들이마시고는 고개를 끄덕였다.

"응."

"이거 요 앞에서 사 온 설탕 국물이에여. 마셔여."

길거리 한가운데에서 엉엉 울음을 터뜨린 이예주 때문에 마을 사람들의 이목이 쏠리자, 조롱이가 허겁지겁 그녀를 끌고 온 곳은 인적이 드문 골목길이었다.

훌쩍이는 이예주를 놔두고 서둘러 다시 거리로 나갔다가 돌아온 조롱이는 작은 컵을 내밀었다. 그녀는 두 손으로 그것을 받았다. 한바탕 질질 짜서 그런지 손끝에 닿는 종이컵의 온기가 저릿할 정도로 뜨거웠다.

"뜨거우니까 조심하구여."

"코코아잖아?"

종이컵 안에 담긴 꺼먼 물을 바라보다가 이어 쿵쿵 냄새를 맡은 이예주가 반색을 하고 후루룩 들이켰다.

조롱이의 말처럼 혀가 데일 만큼 뜨거운 것도 잠시, 곧 달짝지근한 향이 입 안 곳곳에 진득하게 퍼져 나갔다. 우유도 넣은 건가? 달달한 액체가 목구멍을 넘어가자, 밑도 끝도 없이 땅을 파던 기분이 순식간에 나아지는 것 같았다.

몇 번 더 홀짝이니 작은 종이컵에 담겨 있던 코코아는 금방 동이 났다. 끝에 조금 남은 방울까지 탈탈 털어 마신 이예주가 입맛을 쩝쩝 다시며 아쉬움을 표했다.

"맛있어! 코코아 엄청 오랜만에 먹는 것 같아."

"에? 에? 코, 코코요?"

생소한 단어인 듯 조롱이가 고개를 갸웃거리며 코코코코, 하고 발음했다. 그 모습에 이예주가 비식 웃음을 터뜨리며 빈 종이컵을 흔들었다.

"아니, 코코아. 이거 이름이 코코아잖아."

"이거 이름은 설탕 국물이에여. 인간들이 주로 먹는 설탕 나무 열매를 끓여서 만든 건데여? 코코코코가 아니라여."

"코코코코가 아니라 코코아……! 됐어, 그만해. 코코아든, 설탕 국물이든."

조롱이의 말을 정정해 주려던 이예주는 어차피 그에게 설명하긴 글렀다는 생각에 무의미한 실랑이는 그만두기로 결정했다. 1000년 후의 시간대를 살고 있는 녀석에게 아무리 설명해 봤자 입만 아플

뿐이다.

분명 그만 싸우자고 하는 말인데 묘하게 자신을 무시하는 것 같은 어투라, 조롱이는 '씨잉!' 하고 퍼덕거리다가 이내 그녀의 옆에 철썩 주저앉았다.

"누나, 이제 10분도 채 안 남았어여."

"알았어! 알았다고! 누가 30분 넘긴데? 초 치지 마!"

"알려 주는 건데 왜 화를 내구 그래여? 씽, 방금은 엉엉 울다가 또 순식간에 화내구! 완전 성격 파탄자야."

"뭐? 이게!"

한마디도 지지 않고 떽떽대는 조롱이에게 이예주가 주먹을 들어 보이다가 '아오' 하며 금방 화내기를 관뒀다. 사실 그의 말이 조금은 맞는 것도 같았기 때문이다.

한바탕 울고 나니 이제 만사가 다 귀찮다. 그렇지만 그레이의 주점으로 돌아가긴 또 싫었다. 이것도 싫고, 저것도 싫고. 이럴 땐 그냥 집에 가서 이불 뒤집어쓰고 누워 있는 게 상책인데.

하늘은 여전히 구름 한 점 없이 맑았고, 서늘한 바람이 이예주와 황조롱이 사이를 스산하게 스쳐 지나갔다. 가을 날씨처럼 날도 딱 좋고, 골목엔 인적도 드물어 구경하기 또한 딱 좋은 환경인데. 그런데 그걸 바라보는 심정은 좋지 않고 이상하기만 했다.

낯선 곳이라서 그런가. 사람 사는 곳 다 똑같다고 엄마가 그랬는데…….

멍하니 주변 골목 풍경을 바라보던 이예주는 문득 건물들의 입구마다 무언가가 매달려 있는 것을 발견했다. 어떤 건물에는 그녀도 잘 아는 하얀 꽃이 꽂혀 있었다. 당연히 잘 알 수밖에 없었다. 바로 어제 말더듬이 제드에게서 받았던 뤼미에르 꽃송이였으니.

비싼 꽃이라는 거짓은 아닌지, 한눈에 봐도 화려하고 커다란 건물 입구에만 뤼미에르 꽃이 한 송이나 두 송이씩 꽂혀 있었다. 반면에 그보다 조금 더 남루하고 허름한 건물 입구에는 꽃을 대신하듯 하얀색 천이 둥그런 뤼미에르 꽃 몽우리처럼 꽁꽁 뭉쳐져서 건물 입구에 매달려 있었다.

이 마을에서 조문할 때 쓰는 꽃은 백합이나 국화가 아니라 은방울 꽃과 비슷한 뤼미에르인 것 같았다. 상여에도 한가득 실려 있었던 뤼미에르를 떠올리며 이예주가 코끝을 긁적일 때였다.

비싼 꽃을 다발로 가지고 있었으니 그 제드란 남자는 부잣집 도련님인가? 심각하게 말을 버벅거리며 눈도 잘 못 마주치던 제드가 생각났다. 생긴 것과 어울리지 않게 금수저를 물었네.

어찌 됐건 람이 그렇게 내쫓을 때 뒤도 돌아보지 않고 줄행랑을 쳤으니, 앞으로 이 마을에 있는 동안 다시 마주칠 일은 없을 터였다. 이왕이면 꽃이나 좀 더 뜯어낼 걸 그랬다며 그녀는 실없이 생각했다.

그사이 시원한 바다 내음이 섞인 바람이 휘익 불어와 들끓는 머릿속을 잠재웠다. 꽃과 꽃을 닮은, 뭉쳐진 천들이 살랑살랑 움직였다. 그 순간, 머릿속을 번뜩 스쳐 지나는 것이 하나 있었으니—

"참! 그러고 보니 내 꽃!"

이예주는 까맣게 잊고 있던 것이 생각나 손뼉을 짝 마주쳤다. 저 비싼 꽃, 나한테도 있었는데!

"에, 예?"

"조롱아. 너 혹시 숙소 방 안에 있는 화병에 꽂아 뒀던 꽃 못 봤어?"

"꽃이여?!"

"그래, 꽃. 뤼미에르라고 알아? 저기 있네, 저기에 꽂혀 있는 거랑 같은 거."

이예주가 멀리 떨어지지 않은 건물 입구에 꽂혀 있는 둥글둥글하고 하얀 꽃봉오리를 가리켰다. 시선을 옮겨 꽃의 외양을 확인한 조롱이는 제가 방에서 꽃을 본 적이 있었나, 곰곰이 고민했다. 그러나 방 안에는 꽃은커녕 화병도 존재하지 않았다. 별생각 없이 '못 봤는데여?' 하고 대답하려던 그는 순간 떠오른 기억에 거칠게 숨을 들이마셨다.

그러고 보니, 어제 주인님께서 내미신 화병에 바싹 타서 형체를 알아볼 수 없던 식물, 아니 꽃이 꽂혀 있었던 것 같기도……. 주인님이 차갑게 웃는 얼굴로 제게 그것을 건네며 뭐라고 하셨던가.

―갖다 버려라.

조롱이는 주인님의 말을 충실히 지켜 그것을 들고 골목 한편에 있는 쓰레기장으로 향했다. 바싹 탄 꽃은 화병에서 뽑으려고 잡자마자 순식간에 재가 되어 손 안에서 바스러졌다.

화병은 그대로 쓰레기장 한구석에 놓았었는데, 잠시 한눈을 파는 사이 거적때기를 걸친 어떤 거지가 잽싸게 다가와 훔쳐 갔다. 어차피 버리려던 것이었다. 그는 대수롭지 않게 여기며 주인님의 임무를 완수했다. 한마디로, 완벽하게 갖다 버린 것이다.

"헉."

"왜 그래? 봤어?"

그러나 맹세코 이 악마 같은 인간의 물건인 것을 알았다면, 제아무리 주인님께서 내리신 지엄한 명령이라 해도 손조차 대지 않았을 것이다.

기이한 소리를 내며 얼굴에서 핏기가 가신 조롱이가 이상한지 이예주가 그의 얼굴에 제 얼굴을 바짝 들이대며 물었다. 그러자 그가 기겁을 하고 뒤로 후다닥 물러났다.

"히익! 아, 아, 아니여! 아무것도 못 봤는데여?!"
"그래? 아까 방에서 나올 때 정신이 없어서 꽃 생각을 못했네."
"그, 그, 그거 주, 중요한 거예여?"
"응, 중요하지! 나 집에 돌아갈 때 꼭 가지고 가려던 건데?"
정말 중요한지 재차 고개까지 끄덕이며 강하게 긍정하는 그녀의 모습에, 조롱이는 숨이 막히는 것을 느꼈다. 주인님께서 바싹 태운 그 꽃이, 인간 여자에게 중요한 것이다. 중요한 것. 그 말이 무거운 납덩이처럼 황조롱이의 납작한 새가슴에 쿵 내려앉았다.
이예주를 보는 그의 커다란 금안에 두려움이 물씬 차올랐다. 주인님이 그것을 태웠고, 다 타 버려 죽은 꽃을 제가 가져다 버렸다는 것을 알면 이 인간이 또 어떤 악마로 변할까.
아무리 주인님이 시킨 일이라고 우겨 봤자 인간 여자의 손에 죽어 나는 것은 저뿐일 것이다. 그것은 꽤 오랜 시간 이 인간과 여행 동료로 지내며 황조롱이가 몸소 체험하여 배운 눈물겨운 깨달음이었다.
"비싼 꽃이라 그런지 밤에는 빛도 나더라. 너도 빛나는 꽃 알아?"
"……."
"뭐 알아서 방에 잘 있겠지. 꽃에 발이 달려서 도망갈 것도 아니고 말이야. 그치, 조롱아."
조롱이는 대답 대신 창백한 얼굴로 미친 듯이 고개를 끄덕였다. 그의 얼굴은 겁에 질려 이제 시푸르뎅뎅하게 변색되고 있었다. 다행히도 미처 그 얼굴을 알아채지 못한 이예주는 자리에서 일어나 엉덩이를 툭툭 털었다.
"그럼 이제 그만 다시 돌아가자."
"누나!"
그 순간 조롱이가 거의 상체를 던지다시피 날려 이예주의 팔목을 붙잡았다.

"왜, 왜 이래?"

이예주가 당황하여 그를 돌아보았다. 조롱이가 필사적으로 그녀를 잡아당겨 다시 제 옆에 앉혔다. 다급하게 말하는 그의 얼굴에는 애처로움과 절박함이 가득했다.

"우리 좀만 더 있다가 가여!"

"왜? 네 주인 오기 전까지 돌아가야 한다며."

"새, 생각해 보니까여! 그냥 주인님 오실 때까지 기다렸다가 같이 들어가는 것두 좋을 것 같아여!"

이예주가 눈살을 찌푸렸다.

"너 좀 이상하다? 방금 전까지 10분 남았다고 닦달할 땐 언제고……."

"이, 이, 이상하긴 뭐가여? 그런 거 없는데여?"

"말도 더듬는데?"

"하하. 더, 더듬는다니여! 저 그런 거 없어여! 그냥 들어가면 누나 답답할까 봐 그런 거져!"

조롱이는 등 뒤로 흥건하게 흐르는 식은땀을 무시하며 어색하게 웃어 보였다.

얘가 왜 이러나. 제 주인 말이라면 신 모시듯 떠받들던 놈이, 뜬금없이 저를 위한답시고 밖에 있는 시간을 늘리다니.

"너……."

수상한 냄새가 폴폴 나는 그 모습에 이예주가 눈을 가느다랗게 뜨며 황조롱이를 위아래로 훑었다.

호, 혹시 눈치챈 건가? 황조롱이가 저도 모르게 마른침을 꼴깍 삼키며 속으로 달달달 떨고 있을 때쯤 별안간 그녀가 그의 어깨에 제 어깨를 퍽, 부딪쳐 왔다.

"너도 사실 방 안에만 있기 심심했던 거지?"

"아······."

"자식, 진작 말하지! 그럼 괜히 힘 안 빼고 사이좋게 나왔을 거 아냐! 하여간에 누가 그 인간의 부하 아니랄까 봐."

갑작스런 어깨 공격에 마른 가지가 흔들리듯 맥도 못 추리고 휘청이던 조롱이는, 이예주의 입에서 예상과 전혀 다른 소리가 나오자 어안이 벙벙하여 멍하니 그녀를 올려다보기만 했다. 다행인지 불행인지, 불리한 상황을 귀신같이 알아차리던 인간 여자는 아직 꽃의 부재를 눈치채지 못한 듯 배시시 웃고 있었다.

조롱이는 주인님이 오실 때쯤 그와 같이 들어가 인간 여자의 무지막지한 꿀밤으로부터 벗어나려던 계획이 먹혔음을 깨달았다. 그러나 당장은 넘겼다곤 하지만, 그다음은? 나중에 완전히 바싹 탄 꽃을 제가 가져다 버린 것을 알게 되어도 이 인간이 과연 고이 넘어가 줄까?

산 넘어 산이렷다. 하얗게 타 버린 꽃처럼 바싹바싹 타들어 가는 그의 속도 모르고, 인간 여자는 옳다구나 하고는 완전히 자리를 잡고 바닥에 주저앉아 버렸다. 그 모습에 조롱이는 울상을 지었다.

"전 부하 아니에여. 신인류라고 했잖아여. 주인님과 계약을 맺은 신인류······."

"뭐 어쨌든! 아무튼 방구석에 박혀 있지만 말고 여기 앉아서 네 주인이나 기다리자구."

조롱이는 뱃속 깊은 곳에서 터져 나오려는 한숨을 가까스로 참았다. 갈증으로 목이 메는 것만 같아, 그는 방금 전의 이예주처럼 자리에서 벌떡 일어나 엉덩이를 툭툭 털었다.

"그, 그럼 저는 누나가 좋아하는 코코코코 설탕 국물 하나 더 사 올게여."

"코코코코 아니라니까. 근데 오늘따라 이상하다? 네가 나서서 자꾸 뭐 해 주려고 하고. 너 혹시…….."
"호, 혹시는 뭐여! 저, 저도 마시고 싶어서 그런 거예여!"
"그래? 빨리 갔다 와."
아님 말지, 아까부터 왜 저렇게 말은 더듬거리고 그래? 괜히 언성을 높이는 조롱이의 목소리에 이예주가 입을 삐죽거렸다.
상황을 모면하려 잽싸게 뛰어가던 조롱이는 몇 걸음 안 가 걸음을 멈추고 이예주를 슬쩍 돌아보며 당부했다.
"어디 가면 안 돼여! 여기 가만히 있어야 해여, 누나!"
"알았어."
저를 위해 코코아를 다시 사다 준다는 조롱이가 고마워, 그녀는 그와 만난 이래 가장 온순한 얼굴로 고분고분 대답했다. 그러나 그런 그녀의 노력이 가상하지도 않은지, 조롱이 녀석은 다시 코코아 가게를 향해 뛰어가다가 또 한 번 멈춰 서서 1초 전과 같은 말을 반복했다.
"절대루여! 절대루 어디 가면 안 돼여! 어디 가면은, 진짜 저…….."
"알았다니까!"
몇 번이나 말해! 조롱이의 신신당부는 결국 이예주의 입에서 짜증 섞인 큰 소리가 튀어나온 후에야 멈췄다. 말문이 막힌 그는 금세 멀어졌다.
인간 여자가 혹시 도망갈지 몰라 빠르게 설탕 국물 가게에 다녀오려던 조롱이는 골목길을 정신없이 빠져나오다가 마지막으로 한 번 더 그녀를 돌아보았다. 기우와는 다르게 이예주는 도망갈 생각 따윈 완전히 없는지 손목에 매달린 사슬을 바닥에 늘어뜨리곤 팔자 좋게 쭈그려 앉아 있었다.

조롱이는 왠지 부아가 치밀어 설탕 국물 따위 괜히 사다 준다고 했다며 후회했지만, 곧 고개를 흔들었다. 괜히 옆에 있다가 말 잘못해서 인간 여자의 물건을 버렸다는 것을 들키는 것보다는 나은 일이다. 암, 암! 훨씬 나은 일이지.

들킨 후에 일어날 일들을 상상하며 몸을 한번 부르르 떤 황조롱이는 발걸음을 재촉하며 오늘도 제 박복한 신세를 한탄했다.

"히잉, 완전 하인이 따로 없어."

"얘는 대체 코코아를 심어서 키워 오나. 왜 이렇게 안 오는 거야."

못해도 30분은 훌쩍 지난 것 같은데, 아직까지 조롱이는 코빼기도 비치지 않았다. 이예주는 인상을 벅벅 쓰며 거리로 나가는 골목 입구 쪽을 바라보았다.

아까 전엔 나름 신선했던 거리와 건물도 계속 보니 이제 지겨웠다. 여전히 쭈그려 앉은 상태로 그녀는 하늘을 향해 고개를 쳐들었다.

이제 서서히 아침이 가려는지 선선했던 전과는 다르게 기온이 퍽 따뜻해졌다. 그늘졌던 골목 안까지 햇볕이 침투하는 것을 보자, 이예주는 슬금슬금 움직여 음지쪽으로 더욱 몸을 웅크렸다. 뙤약볕 아래 앉아 있다간 더워 죽을 것이다.

동쪽 대륙은 해안 근처라 다행스럽게도 바람이 세게 불었다. 하지만 그렇다고 바람이 이 망할 검은색 포대 안까지 뚫고 들어올 리는 없으니 태양 아래 더위는 모두 그녀 혼자만이 감수해야 하는 것이다.

저에겐 이런 쪄 죽을 만한 옷을 입히고, 그놈은 야시시한 옷을 입은 붉은 개와 함께 잘도 마을 안을 돌아다니겠지. 두껍기 짝이 없는 옷자락을 만지작거리다가 생각이 이어지자, 이예주의 머릿속에 아까 이른 아침에 상상했던 영상들이 자동으로 재생되었다.

그러고 보니 외간 여자가 막 들이대는데 그 남잔 왜 철벽도 안 치는 거야? 나한테는 매일같이 멍청하니, 어리니 그리도 철벽을 쳐 대더니!

"아오! 역시 그 당과 가게 근처로 갔어야 하는 건데!"

그 둘이 찰떡처럼 붙어 알콩달콩 당과를 사 먹을지도 모른다고 생각하자, 있는 짜증 없는 짜증이 다 솟았다. 그녀는 허공을 향해 주먹질을 해 대었다. 그러자 손에 달린 주인 잃은 사슬이 허공에 쩔컹쩔컹 소리를 내며 뱀처럼 춤을 췄다.

두어 번 더 주먹질을 반복하던 이예주는 무거운 수갑을 찬 오른쪽 팔뚝이 아릿하게 당겨 오자 그 짓을 관두었다. 내린 팔로 무릎을 끌어안으며 그녀는 불만이 잔뜩 서린 얼굴로 중얼거렸다.

"이게 뭐야. 노예도 아니고 개처럼 묶여서……."

이제 풀어 줄 때도 된 것 같은데, 왜 아직도 이렇게 갑갑하게 묶어 놓고 저는 좋을 대로 나다니는지 모르겠다.

"치, 나 과거로 돌아가고 후회나 하지 마라."

아니, 땅을 치고 후회하라지. 울며불며 제발 돌아오라고 외쳐도 두 번 다시 이 미친 곳에 안 올 테니까.

그렇게 제 옆에 존재하지도 않는 남자를 향해 이예주가 차마 앞에 선 절대로 못할 악담을 퍼붓는 사이, 그늘진 곳과 양지의 경계가 조금 더 그녀 쪽으로 다가왔다. 운동화 코에 아슬아슬하게 경계선이 걸리자 이예주는 슬금슬금 엉덩이를 움직여 뒤로 물러났다. 하지만 이것도 얼마 못 갈 것이다.

이제 곧 제 머리 위로 뙤약볕이 쏟아질 테지. 그러면 코코아를 사러

간 조롱이가 올 때까지 저 혼자 더위와 싸워야만 할 테고. 망할, 흑.

해가 중천에 뜬 하늘과 경계가 선명한 땅을 번갈아 바라보며 이예주는 울상을 지었다. 다가올 더위가 두려운 나머지 자신이 입은 포대가 시한폭탄 같다는 생각이 들었다.

"그나저나 여기 골목은 으스스하게 왜 사람도 하나 안 다닌다냐."

아직도 털끝 하나 보이지 않는 조롱이를 기다리며 두 번째로 골목 어귀를 살피던 그녀는 혼잣말을 했다. 입 밖으로 내뱉고 보니, 정말 훤한 대낮인데도 불구하고 그녀가 있는 골목은 사람 하나 나다니지 않은 채 침묵 속에 잠겨 있었다. 조금만 걸어 나가면 대로인 것이 믿기지 않을 만큼 고요한 공간이었다.

이런 데는 삥 뜯기기 딱 좋은데. 학창 시절에도 혹여나 무서운 친구들을 만날까 뒷골목은 멀찍이 돌아 피해 다니던 과거를 떠올린 이예주는, 혹시 이 마을에도 불량 청소년들이 있을까 휘휘 주위를 둘러보며 경계했다.

그러나 불량 청소년들은커녕, 골목 안은 그녀를 제외하곤 사람 그림자 하나 보이지도 않았다. 설령 누가 삥 뜯으러 온다고 해도 뜯길 돈 한 푼 없었지만.

"……맞아. 나 진짜 아무것도 없지."

람이 선물해 준 포대에 거북이처럼 꾸물꾸물 몸을 구겨 넣던 이예주는 골목에 아무도 없는 것을 확인하곤 민망함에 머리를 긁적였다.

어쨌거나 아무도 없는 데서 오래 있으니 오만 가지 생각이 다 든다. 조롱이가 오면 빨리 다시 그레이의 주점으로 돌아가자고 해야지.

하지만 얼마 지나지 않아 반대편 어귀에서 등장한 한 무리의 불량배를 보고 이예주는 제가 내뱉은 말이 씨가 됐음을 통렬하게 깨우쳤다.

"이, 이, 이거 놓아라! 노, 놓으래도!"

대여섯 명의 남자아이들이 한 남자의 멱살을 우악스럽게 잡아끌고 와 골목 구석에 패대기를 쳤다. 쿵 하는 묵직한 소리와 함께 짧은 비명이 들려왔다. 그러나 남자아이들의 낄낄대는 웃음소리에 그 소리는 금방 파묻혀 버렸다.

'뭐야? 설마 삥 뜯는 거야?'

이예주는 더럭 겁을 먹고 제가 기대고 있는 건물 외벽 쪽으로 바짝 몸을 붙였다. 무리는 그들보다 골목 안쪽에 앉아 있는 그녀를 아직 발견하지 못한 듯싶었다.

이 새 자식은 왜 이렇게 늦어서 이런 꼴을 보게 해! 혹시라도 괜히 엮여서 큰일이 생길까 무서웠다. 이예주는 최대한 숨을 죽이고 꾸물꾸물 몸을 사렸다. 불량배 무리와 거리가 꽤 있어 두꺼운 장포를 걸친 제 모습이 그저 검은 천이 대충 걸쳐진 짐 덩이로밖에 보이지 않는다는 사실을, 그녀는 안타깝게도 전혀 모르고 있었다.

그때, 거칠게 내팽개쳐진 남자가 비척거리며 자리에서 일어났다. 아무리 들어도 변성기조차 지나지 않은, 중학생쯤 되어 보이는 남자아이들이 그를 둘러싼 채 조롱했다.

"야, 이 병신 뭐라냐?"

"몰라. 하도 말을 더듬어서 알아들을 수가 있어야지."

어휴. 현대나 미래나 하여간에 철모르는 중딩들이 제일 무섭다, 무서워. 험악한 남자아이들의 기세에 이예주가 혀를 쯧쯧 찰 때쯤, 어렵사리 다시 일어난 남자가 그들에게 애원했다.

"나, 나를 보, 보내 주어라. 나, 나를 보내 줘."

"야, 야. 헛소리 작작하고. 오늘까지 가져오라는 거 가져왔어?"

무리의 대장으로 보이는 빨간 머리 아이가 일어선 남자의 가슴을 기분 나쁠 만큼 툭툭 치며 물었다. 태도로 보아 무리의 아이들은 불량 청소년이 확실한 듯했다. 덩치도 조롱이보다 훨씬 컸다.

하지만 끌려온 남자 앞에선 모두 고만고만한 키였다.

'저 남자는 키는 저렇게 멀대같이 크면서, 자기보다 어린애들 앞에서 뭐 하는 거야?'

무력하게 끌려와 아이들 앞에 움츠러든 남자를 지켜보며 그녀가 고개를 갸웃하는 사이, 빨간 머리가 좀 전보다 더 세게 남자의 어깨를 밀쳤다.

"우리도 검은 안개 좀 빨아 보게 가져오라고 했잖아! 네 아버지가 우리 아버지한테 검은 안개 판답시고 얼마나 돈을 긁어 갔는지 알아? 그럼 덤으로 우리도 좀 줘야지."

"으, 으윽! 거, 검은 안개를 보관하는 창고에는 아, 아버지만 들어갈 수 있다."

"내가 뭐라 했어. 니네 집에 널린 꽃이라도 팔아먹게 뤼미에르라도 훔쳐 오랬지. 이 새끼, 이거 돌았네. 말 더듬는 병신 새끼 불쌍해서 같이 좀 놀아 줬더니, 이제 내 말이 말 같지가 않냐?"

뤼미에르? 순간 들리는 익숙한 꽃 이름에 빨간 머리에 향해 있던 이예주의 시선이 다시금 남자에게로 옮겨 갔다.

남자가 저보다 서너 살이나 어려 보이는 빨간 머리에게 황급히 변명했다.

"그, 그건 저, 정말 가지고 오려고 했다. 조, 족장의 성을 걸고 저, 정말로 가지고 오려고 했어! 그, 근데 오다가 조, 좋은 분을 만나 서, 선물로 드리는 바람에……."

퍽— 그러나 남자는 변명을 모두 마칠 수 없었다. 입을 다물기도 전에 빨간 머리의 주먹이 훅 날아들어 그의 얼굴에 정면으로 박혔기 때문이다.

"커헉!"

아, 아니 저런 쌍놈의 새끼들이 다 있나!

생각보다 더욱 심각한 폭력에 이예주는 저도 모르게 자리에서 벌떡 일어났다. 당연히 뭘 하려는 것은 아니었다. 그저 조롱이 또래의 아이들이 하는 행동치곤 너무나도 잔인해 깜짝 놀랐을 뿐이다.

주먹에 맞은 남자가 코를 부여잡고 비칠거리다가 이예주가 있는 쪽으로 털썩 쓰러졌다. 그늘과 양지의 선명한 경계 위로 남자의 몸뚱이가 걸쳐졌다.

"내, 내, 내 코!"

"야, 이 새끼는 어떻게 신음까지 말을 더듬냐."

"재수 없어. 신인류의 저주나 받은 이딴 놈들이 족장의 저택을 차지하고 있다니, 참 팔자도 좋아."

"흐, 흐흑……."

불량 청소년들의 킬킬거림 아래, 남자가 흐느꼈다. 몇 발자국 떨어지지 않은 곳에서 방금 전 허우대만 멀쩡하다며 비웃었던 그의 얼굴이 완전하게 드러났다. 피가 흐르는 그 낯은 이예주도 익히 알고 있는 인물이었다.

"……제드?"

다시 제드의 멱살을 끌어당겨 일으키려던 무리들이 일제히 하던 행동을 멈추고 고개를 돌렸다. 순식간에 시선이 쏟아졌다. 그녀는 당황하여 주춤주춤 뒤로 물러나다가 이내 짧은 침음을 내뱉었다. 혼자서 제드를 일으킬 수 없어서 다 같이 힘을 합쳐 그를 일으키는 어린놈들인데, 뭉쳐 있으니까 건달 뺨치게 무서웠다.

"뭐야, 저 여자. 언제부터 있던 거야? 야, 말 병신. 너 저 여자 아냐?"

제드의 멱살을 잡아 일으키는 데 제일 앞장서 있던 빨간 머리가 이예주를 눈짓하며 제드에게 물었다. 퍼렇게 질린 안색을 하고 쩔쩔 매던 제드가 빨간 머리의 질문에 고개를 돌리다가 어정쩡하게 서 있는 이예주를 발견했다.

그와 눈이 마주쳤다. 그녀를 바라보는 제드의 눈에 일순 애절함이 스쳐 지나가는가 싶었지만, 그는 금세 시선을 돌리고 빨간 머리에게 미친 듯이 고개를 저었다.

"아, 아니! 모, 모른다! 저, 저런 천민 따위를 내, 내가 알 리가."

"천민? 아, 저 여자 사슬에 묶여 있네."

제드의 말에 빨간 머리의 옆에 있던 중딩1이 이예주의 사슬을 가리키며 지껄였다.

천민이라니! 내가 천민이라니! 자신을 향해 당당하게 천민이라 칭한 것에 머리가 띵한 것도 잠시, 이예주는 나이답지 않게 비열함이 잔뜩 담긴 빨간 머리의 목소리에 퍼뜩 정신을 차렸다.

"아줌마, 거기 있지 말고 볼일 다 봤으면 그냥 가지? 아줌마 신인류야? 노예 주제에 일은 안 하고……."

뭐 노예? 저 붉은 개 같은 새끼! 이예주는 빨간 머리의 말에 울컥 분노가 치솟았지만 겉으로는 태연한 척하며 재빨리 뒤를 돌았다.

그래, 제드가 모른 척해 줄 때 얼른 가야지. 이런 일에 괜히 휘말리면 안 돼. 저런 위아래도 모르는 것들 사이에 괜히 끼어들었다가 오히려 집단 구타를 당했다는 뉴스는 현대에서도 종종 보던 것이다.

일단 빨리 조롱이나 찾아서 얼른 숙소로 돌아가야겠다. 그 생각에 이예주는 골목에서 벗어나려 빠르게 걸음을 재촉했다.

유일한 목격자가 겁에 질려 등을 돌린 것을 확인한 제드의 눈동자에는 짙은 체념과 두려움이 깊게 드리웠다. 그런 제드를 보며 알 만하다는 듯 빨간 머리와 그의 일행이 잔인하게 웃어 보였다.

제드 또한 좋은 옷을 입고 있었지만, 빨간 머리의 일행 또한 만만치 않게 값비싼 의복 차림이었다. 마을 지주들의 자식들이었기 때문이다.

애초에 이들은 제드가 검은 안개나 뤼미에르 같은 것을 가져오지 못했다는 건 아무래도 상관없었다. 말더듬이 병신이 자신보다 높은 위치에 있다는 것에 대한 분풀이를 하기 위해서는 그저 작은 꼬투리만 있어도 충분하니까.

아버지는 맞고 들어올 때마다 그가 병신처럼 행동하고 다녔기에 맞고 다니는 것이라고, 말을 똑바로 하라고 당신 또한 버벅대며 화를 내곤 했다.

그러나 제드는 알았다. 자신이 말더듬이라서가 아니라, 아버지가 요즘 독단으로 진행하는 검은 안개 사업으로 인해 마을 지주들이 똘똘 뭉쳐 자신이 괴롭힘당하는 것을 묵인하고 있다는 것을. 그래서인지 최근 가해지는 폭력의 강도가 점점 더 거세지고 있다.

"내, 내, 내일은 꼭 뤼, 뤼미에르를 가져올 테니 이, 이만 놓아주어라!"

"이 새끼는 말만 해도 이렇게 재수가 없어. 내, 내, 내일은? 쳇, 말이나 더듬는 병신 주제에 우리한테 명령조로 말하지 마!"

자신들보다 나이도 많고 지위도 높은 제드가 명령하듯 말하는 것이 기분 나빴는지, 빨간 머리 옆에 서 있던 일행 한 명이 나서서 높게 주먹을 쳐들었다.

또 맞는다! 제드가 눈을 질끈 감고 다가올 고통에 대비할 때였다.

"저, 저기!"

"……."

"폭력은 쓰지 말지?"

아악, 대체 왜! 왜! 죽일 놈의 주둥이야. 한순간이라도 가만히 있을 순 없니? 이예주는 주인이 원하지도 않은 상태에서 제멋대로 씨불댄 제 주둥이를 정말 곤장으로 매우 치고 싶었다.

방금 전 간신히 벗어났던 불량 청소년들의 눈초리들이 다시 한순간에 저에게로 꽂혔다. 그들의 눈에 '이건 또 뭐야?' 하는 어이없음이 그득그득 들어차기 시작했다.

이예주는 막막함에 어금니 옆 살을 잘근잘근 씹으며 불안에 떨었다. 어쩌자고, 어쩌자고!

그렇지만 정황상 제드는 자신에게 꽃을 주느라 이 나쁜 놈들에게 꽃 셔틀을 하지 못하게 된 것이 분명했다. 그래서 저보다 새파랗게 어린놈들에게 얻어맞기 직전인 남자를 두고 무정하게 발길이 떨어지지 않았다. 고등학교 시절 내내 왕따를 당한 자신도 빵 셔틀에 구타는 당해 본 적이 없건만!

저것들은 자신보다 한참이나 어린놈들이다. 한참이 다 뭐야, 1000년이나 늦게 태어난 놈들이다. 반면에 자신은 성인이고 어른이다, 어른.

고로 이런 일을 못 본 체하지 않고 나서서 불량 청소년들을 선도하고 악을 타파해야 하는 거야. 그러니 난 잘못한 게 아니야.

초조하게 입술을 씹으면서도 이예주는 주눅 들어 보이지 않게 가슴을 당당히 펴려고 노력했다. 물론 자신의 행동에 대해 후회하지 않도록 미친 듯이 자기 세뇌를 하는 것도 잊지 않았다.

"하. 야, 저 여자 뭐라냐?"

"몰라. 폭력은 쓰지 말라는데?"

그러나 그 노력은 제드를 집어 던지다시피 바닥에 철퍼덕 내려놓고 자신을 바라보는 여섯 명의 아이들 앞에서 눈 깜짝할 새에 허물어졌다.

하나, 둘, 셋, 넷, 다섯, 여섯. 하나하나 따지면 그녀의 목에 간신히 미치는 작은 것들이건만, 그런 놈들이 여섯이나 골목을 막고 일자로 선 걸 보니 왜 이렇게 커 보이는 것인지.

현대에서도 중학생이 이렇게 무서웠었나. 언제부터 중학생들이 이렇게 무서웠단 말인가!

"레, 레이디······."

그 와중에 제드가 눈치코치 없이 감동을 아빠 숟가락으로 마구 퍼먹은 얼굴을 하고선 이예주를 아련하게 불렀다.

"뭐야. 모르는 사이라고 시치미를 딱 떼더니, 둘이 아는 사이였어?"

빨간 머리가 이예주와 제드를 번갈아 바라보며 삐딱하게 짝다리를 짚고 섰다.

"아줌마, 아까 그냥 조용히 가라는 말 못 들었어? 아줌마가 뭔데 참견이야?"

"아줌마라니, 얘야. 말이 좀 심하네, 하하."

"그럼 뭐라고 불러. 노예? 노예 주제에 일은 안 하고 여기서 농땡이 피우고 뭐 하는 거야? 사슬 주인은 어디 있어? 아줌마, 도망친 거 아니야?"

어린놈의 막말에 그녀는 관자놀이 끝부터 머리가 지끈지끈 아파 오는 것을 느꼈다.

"이 사슬은 내가 노예라는 게 아니라! 응?"

이건 너희들을 박멸할 어마어마한 미친놈이 묶어 둔 거야, 이 자식들아! 알어?!

자칫 입을 잘못 열면 그대로 욕설이 우르르 쏟아져 나올 것 같아 그녀는 서둘러 입을 다물고 셋을 센 후 다시 어색하게 웃었다.

"후······ 저기 얘들아. 사슬은 됐고, 폭력은 나쁜 거란다. 너희보다 나이도 많은 형한테 그렇게 나쁘게 대하면 못써요."

그러나 그녀의 상냥한 말에 돌아오는 것은 낄낄거리는 노골적인 비웃음뿐이었다. 이예주는 다시 한번 후후, 라마즈 호흡법으로 크게 심호흡을 한 후 학생들을 바른 길로 선도하기 위해 맑고 고운 목소리를 내었다.

"너희가 달라고 했던 뤼미에르는 내가 줄 테니까 그 형 그만 괴롭혀."

"노예 따위가 주는 뤼미에르는 더러워서 싫어."

"······개새끼야."

이예주가 울먹이며 속삭였다. 빨간 머리가 험악하게 인상을 찌푸리며 되물었다.

"뭐? 아줌마 지금 뭐라고 했어?"

"개새끼라고 했다!"

"하! 이 노예가 주인을 잃고 미쳤나."

듣는 노예 기분 상하게 자꾸 노예, 노예 하고 지껄여대는 빨간 머리 때문에 그녀는 결국 울컥 괴성을 질렀다.

"야! 노예 아니라고 했지! 묶인 것도 서러워 죽겠는데 이 꼬꼬마 새끼가 어디다 대고 노예래! 죽고 싶냐?!"

이제 모르겠다. 욱한 마음에 이예주는 참지 못하고 빨간 머리에게 욕으로 선공을 했다. 빨간 머리와 그의 일행들이 어이없다는 듯 헛웃음을 짓더니 검지로 머리를 가리키며 뱅뱅 돌렸다.

"저 아줌마 미쳤나 봐. 아줌마, 뜨거운 맛을 봐야 정신 차리지?! 우리 아빠가 어떤 사람인지 알아? 우리 집이 마을에서 족장 다음으로 큰 지주라고, 어!"

"너야말로 내가 어떤 사람인 줄 알아?! 내가 태어났을 때 너네는 정자 세포의 세포의 세포도 안 됐어, 인마! 이 새파랗게 어린놈들이,

복날에 개 맞듯이 처맞아 봐야 정신 차리지!"

"하, 나 이 아줌마 못 봐주겠네."

빨간 머리의 오른팔인 듯 보였던 중딩 1이 목을 뚜둑 뚜둑 풀며 그녀에게로 다가오기 시작했다. 패기 넘치게 욕설을 지껄여 댄 것이 바로 방금 전인데, 막상 놈들 중 한 명이 다가오기 시작하자 이예주는 더럭 두려움이 일었다.

그녀는 재빨리 주위를 샅샅이 둘러보며 방어할 수 있거나 무기로 삼을 만한 것이 있나 살폈다. 그러나 인적 없이 텅 빈 골목에는 무기는커녕 그 흔한 돌멩이 하나 굴러다니지 않았다.

이예주가 필사적으로 이 빌어먹을 상황에 도움이 될 만한 것을 찾는 사이, 어느덧 중딩 1이 팔자걸음으로 다가와 그녀의 코앞까지 당도했다. 기름진 음식만 먹고 자랐는지 키는 쪼그만 게 덩치만 비대한 놈은 몸뚱이로 그녀의 시야를 완전히 막아섰다.

"아줌마, 조용히 꺼지라니까 아오 그냥 확…… 억!"

중딩 1이 손을 번쩍 쳐들어 이예주를 때리는 시늉을 하는 순간이었다. 뻑! 커다란 소음과 동시에 어마어마한 충격이 놈의 미간을 강타한 것은.

'퍽'도 아니고 '뻑'이었다. 중딩 1은 그대로 맥없이 뒤로 쿵 넘어갔다.

"뭐, 뭐야!"

빨간 머리가 지극히 당황한 얼굴로 앞을 쳐다보았을 때, 그들에게 시비를 건 노예는 어느새 바닥에 늘어뜨린 사슬을 손에 둘둘 말아 쥔 채 정면을 향해 아무렇게나 주먹을 내뻗은 상태였다. 이예주는 푹 숙였던 고개를 들고 쓰러져 있는 중딩 1을 보며 어리둥절한 목소리로 빨간 머리 일행에게 물었다.

"……뭐, 뭐야? 얘 왜 이래?"

언젠가 티브이에서 본 적이 있다. 지지리도 싸움을 못하던 찐따가 싸움의 기술을 터득하여 한순간에 일짱이 되는 스토리의 삼류 영화였던가.

시간이 지난 후, 주인공들이 나이를 먹고 밝혀진 싸움의 기술은 정말 별거 없었다. 싸움을 하기 바로 직전 주머니에서 반질반질한 돌멩이 하나를 꺼내어 주먹에 꽉 쥐고 있었던 것. 그리고 무조건 선빵. 그러면 일짱이고 이짱이고 모두 한 방에 골로 보낼 수 있었다.

물론 이예주의 머릿속에는 그 영화처럼 주먹에 뭘 쥐고 중딩 놈들을 다 때려죽일 것이다, 같은 말도 안 되는 생각 따윈 전혀 없었다. 그럴 만한 운동신경은 물론이거니와 영화 주인공만큼의 배짱도, 포부도 없는 사람이 바로 그녀였다.

그저 다가오는 중학생들의 집단 구타에서 얼굴만은 보호하고자 대충 사슬을 팔과 손에 둘둘 감아 가드를 올려야겠다는 생각, 오로지 그 하나뿐이었는데. 그런데…….

'어어, 어어…….' 하고 침을 질질 흘리며 신음하는 중딩 1. 녀석의 관자놀이를 타고 핏줄기가 일자로 주르륵 흐르더니, 옆으로 고개를 픽 떨구고 그대로 기절해 버렸다.

"헐, 이 방법 정말 쓸모 있잖아?"

손목을 자르지 않고는 절대 끊어지지 않는 사슬이니 어쩌니 하더니, 정말로 강철로 이뤄진 사슬임이 분명한가 보다. 이예주가 감탄 어린 눈으로 제 팔과 손에 감긴 사슬을 보다가 흘끗 쓰러진 중딩 1에게로 시선을 돌렸다. 놈은 미동 없이 눈을 꾹 감고 있었다.

'설마 주, 죽은 건 아니겠지?'

그녀는 이제 다른 의미에서 더럭 겁이 났다. 방금 전까지 저보다 한참이나 어린 것들에게 집단으로 맞을까 봐 덜덜 떨던 것치곤 우습기 짝이 없는 걱정이었다.

"저 여자 뭐야? 게르를 한 방에 쓰러뜨렸어!"

남은 다섯 명이 쓰러진 중딩 1을 보고 심각하게 동요했다. 잠시 그런 그들과 중딩 1을 어리벙벙한 얼굴로 번갈아 보던 이예주가 불현듯 사슬을 둘둘 감은 오른팔을 번쩍 쳐들고 빨간 머리 일행을 향해 자랑했다.

"나, 강철 주먹 됐다."

그 해맑은 얼굴에 빨간 머리를 비롯한 마을 지주의 2세들은 어쩐지 잘못 걸린 것 같다는 느낌을 지울 수 없었다.

황조롱이는 시각과 청각이 발달한 맷과의 맹금류이다. 그는 달리는 생쥐도 한 번에 낚아챌 정도로 용맹한 황조롱이였다. 시각과 청각이 발달된 황조롱이는 먹이를 사냥할 때는 물론이고 길 또한 능히 외울 수 있다.

그러나 그는 어렸을 적에 열병을 크게 앓은 이후 시각세포를 많이 잃었기에 다른 황조롱이들에 비해 시력이 낮은 편이었다. 대신 후각이 뛰어나게 발달하였다. 때문에 주인님의 임무를 수행하기 위해 길을 헤맬 때는 시각보다 청각과 후각에 주로 의존하는 편이었다.

황조롱이는 길을 찾을 때 지형의 특징과 특유의 향, 소리를 기억한다. 그 또한 마찬가지다. 인간 마을은 지형을 기억하기에는 너무나도 특이한 건물들과 골목이 많았고, 소란스러워 지형을 외워 길을 찾는 것은 불가능했다.

그렇지만 회색 토끼 그레이의 냄새라는 정확한 기준을 두고 그 주변 반경 안에서만 움직이면 제아무리 생소한 인간 마을이라도 길을 잃지 않을 자신이 있었다. 물론 비슷비슷한 골목이 많아 헤매기는 하겠지만, 어쨌거나 조금 늦어도 원하는 장소에 도착하는 것은 어렵지 않았다.
 하지만 그 정확한 기준이라는 것을 사고뭉치 '인간 여자'에게 두어서일까.
 황조롱이는 설탕 국물 가게에서 받은 컵을 양손에 들고 골목길을 잠깐 헤맸다. 그러다 인간 여자를 두고 온 골목 입구에 간신히 도착했을 때, 이예주는 모서리를 꺾어야만 보이는 골목 반대편에서 어린 남자아이들에게 눈을 부라리고 있었다.
 "여, 여기가 아닌가?"
 황조롱이는 맹세코 그 인간 여자가 그새를 참지 못하고 다른 인간들과 시비가 붙었을 줄은 짐작도 하지 못했다.
 그녀가 중학생들에게 "이 꼬꼬마 새끼, 죽고 싶냐?!" 하고 쌍욕을 시전할 때, 마침 조롱이 뒤의 중앙 거리에서 한 무리의 인간들이 왁자지껄 떠들고 지나갔다. 그래서 그는 바싹 약이 오른 그녀의 욕지거리 또한 들을 수 없었다.
 근처에서 인간 여자의 냄새가 강하게 났기에, 황조롱이는 바로 옆 골목을 제가 착각한 것이라고 생각했다. 설탕 국물이 식을까 싶어 걱정이 된 그는 재빨리 뒤를 돌아 옆 골목을 향해 빠른 걸음으로 허겁지겁 걸어갔다.
 그러나 막상 옮겨 간 옆 골목에서도 인간 여자의 냄새만 강하게 풍길 뿐, 인간 여자는 보이지 않았다. 그래서 또다시 허겁지겁 그 옆 골목으로 갔다. 그리고 또다시 그 옆 골목, 그 옆 골목, 그 옆 골목을 헤맸다.
 결국 블록 반 바퀴를 빙 돌아 처음으로 확인한 골목의 반대편 입구에 도착했을 때쯤, 설탕 국물은 완전히 식어 버린 후였다. 손에 든 것이 미지근해진 줄도 모르고 그저 발만 동동 구르며 인간 여자의 냄새를 쫓아 걷던 황조롱이는 마침내 목적지를 찾았다.

그러나 그가 제일 먼저 발견한 것은, 바로 마을 인간 몇 명에게 둘러싸여 좋지 않은 표정을 짓고 있는 이예주였다. 한눈에 봐도 불량해 보이는 마을 인간들, 인적 드문 골목, 상기된 얼굴을 하고 있는 인간 여자. 인간 여자는 겁에 질린 것처럼 사슬을 휘감은 손목을 끌어안고 있었다.

커다란 황금색 눈으로 상황을 샅샅이 훑은 황조롱이가 눈을 뒤집고 버럭 노성을 지른 것은 당연했다.

"이, 이놈들!"

기껏 흘리지 않으려고 고이고이 들고 왔던 설탕 국물을 담은 종이컵이 뒤로 휙 날아갔다. 갈색의 찐득찐득한 액체가 포물선을 그리며 허공에 촤아악 흩뿌려졌고―

"우리 예주 누나 괴롭히지 마! 우리 예주 누나 돈 한 푼도 없떠! 우리 누나 빈털터리에 불쌍한 인간이야!"

황조롱이는 어느덧 노랗고 날카롭게 변한 탐스러운 닭발을 미친 듯이 휘두르며 골목길을 향해 뛰어갔다.

"야, 너희. 너네보다 나이 많은 사람한테 이렇게 시비 걸고 다니면 안 된다고 학교에서 안 배웠어? 응? 그리고 이렇게 나보다 약한 사람 괴롭히고 때리는 거 아니라고 안 배웠냐고."

쩔컥, 이예주가 강철 주먹을 흔들며 아직까지도 코를 부여잡은 채 바닥에 널브러져 있는 제드를 가리키며 소리쳤다. 짤그락거리는 사슬 소리에, 빨간 머리를 비롯한 여섯 명의 사내아이들이 눈에 띄게 움찔거렸다.

역시 어린애는 어린애였다. 무리에서 제일 덩치가 비대했던 놈을 본의 아니게 한 방에 쓰러뜨리자, 나머지 놈들이 낯빛부터 달라졌다. 게다가 사람을 쓰러뜨린 후 해맑게 손을 쳐들며 웃는 여자는 아무리 봐도 미친년, 그 이하로 보기 힘들었다.

잘못 걸린 거야. 걸려도 단단히 미친 사람한테 걸린 것이야. 다섯 명의 아이들의 머리에 모두 같은 생각이 떠올랐을 때쯤, 게르를 한 방에 때려눕힌 여자가 짤깡짤깡 사슬 감긴 팔을 흔들며 그들에게로 다가왔다. 아이들은 눈을 내리깔고 주춤주춤 뒷걸음질 치기 시작했다.

"왜 대답을 안 해? 학교에서 이런 것 안 배웠냐고."

잠시 서로의 눈치를 보며 우물쭈물하던 아이들 중 그나마 대장 노릇을 하던 빨간 머리가 용기를 내어 조심스럽게 물었다.

"하, 학교가 뭔데, 아줌마?"

"아줌마라니, 이것들이 콱 그냥! 누나라고 불러!"

"누, 누나! 아악, 잘못했어요!"

이예주가 강철 주먹을 들고 머리를 쥐어박는 시늉을 하자 녀석들이 우르르 자기 머리를 두 팔로 감싸 안고 목을 움츠렸다. 아까와는 전혀 다른, 제 나이 때 같은 모습들에 그녀는 피식 웃음을 흘리며 치켜들었던 팔을 내렸다.

"크흠. 너네 학교 안 다녀? 학교 몰라?"

"으, 으응······."

"그럼 공부는 어떻게 하는데?"

"집에서 개인 교사랑 하는데······."

이예주는 빨간 머리가 소심하게 내놓은 대꾸를 듣고 순간 할 말을 잃었다.

 이 더러운 부르주아 놈들! 신인류들에게서 박박 긁어 낸 돈이 이런 한심한 놈들의 교육에 쓰이고 있다니! 이런 것들이 마을 지주들의 자식씩이나 되다니.

 눈살을 찌푸린 채 이예주가 말없이 새파란 머리통들을 내려다볼 때쯤이었다. 빨간 머리가 그녀의 눈치를 살살 살피며 우물쭈물 대다가 다시 입을 열었다.

 "저기, 그런데 누나. 우, 우리 이제 집에 가야 되는데……."
 "뭐? 지금 이 지경이 돼서 어딜 가!"
 빨간 머리의 말에 상념에 잠겨 있던 이예주가 번뜩 눈을 부라렸다.
 "그건 누나가 한 거잖……."
 "그러고 보니 아까부터 너희 자꾸 말을 놓네? 쟤처럼 강철 주먹으로 후려 맞고 싶지? '요' 자 붙여라잉?"
 "으응. 아니! 네, 네요!"
 빨간 머리의 답을 들은 이예주의 눈에 불똥이 튀었다. 네요? 이게 지금 장난하는 줄 아나!
 "야! 너희보다 연장자한테 반말하는 거! 너희 부모님이 그렇게 가르치시던? 너희보다 나이 많은 사람들한테 하대하라고 말이야!"
 "네……."
 "뭐? 네에?"
 빨간 머리가 당연하다는 듯 고개를 끄덕이며 네, 라고 대답했다.
 네? 네에에?! 이예주가 눈을 까뒤집자 녀석들이 미친개에게 물릴까 싶어 앞다퉈 변명을 내질렀다.
 "어, 엄마 아빠가 노예나 신인류들한테는 당연히 반말을 쓰라고 했는데요!"

"맞아요! 저도 그렇게 배웠어요!"
"저, 저도요!"
그녀가 홀로 대답을 않는 빨간 머리를 휙 돌아보자 다른 아이들보다 키가 반 뼘쯤 더 컸던 녀석이 미친 듯이 고개를 끄덕였다.
"정말이에요! 우린 귀족이니 마을 노예들한테 반말을 쓰는 건 당연하다고요!"
억울하다는 표정으로 호소하는 아이들의 반응에 이예주는 다시 한번 말문이 막혔다.
이건…… 신분제도가 부활한 셈이니 문화 차이인 것인가? 아니지, 지금껏 겪어 온 이 세계엔 딱히 신분이랄 게 없었는데. 식인을 하고 피를 빨아 대는 시간족이라는 미친놈들 집단은 있어도.
엄마, 아빠를 들먹인 것은 그녀 나름 크게 마음먹고 꺼낸 일명 '부모 얼굴에 먹칠하기' 공격이었는데, 전혀 먹혀들지 않았다. 이예주는 무척이나 당황스러웠다. 엄마, 아빠한테 그렇게 배웠다고? 무슨 이런 어이없는 가르침이…….
그녀가 제 앞에 주욱 늘어서서 저를 힐끗힐끗 쳐다보는 중딩들을 매우 착잡한 눈으로 내려다보고 있을 그때였다. 불현듯 멀찍이서 기차 화통을 삶아 먹은 듯한 고함이 울려 퍼졌다.
"이, 이놈들!"
벼락같은 호통에 아이들의 고개가 휙 돌아갔다. 이예주의 고개 또한 큰 소리가 나는 쪽으로 향한 것은 당연지사. 바닥에 어정쩡하게 널브러져 있던 말더듬이 제드를 포함해, 골목 안 모든 이들의 이목이 한 번에 집중된 골목 입구.
이예주는 그 끝에서 아주 익숙한 인간, 아니 신인류가 시뻘게진 얼굴로 씩씩 거친 숨을 몰아쉬고 있는 것을 발견했다.

"우리 예주 누나 괴롭히지 마! 우리 예주 누나 돈 한 푼도 없떠! 우리 누나 빈털터리에 불쌍한 인간이야!"

저 망할 새대가리가 대체 뭐라고 지껄이는 거야? 그 생각을 미처 입 밖으로 꺼내기도 전에, 엄청난 광경이 이어졌다.

인간의 그것처럼 하얗고 오밀조밀했던 조롱이의 손이 어느덧 노란 닭발로 휘익 변해 있었다. 햇빛에 반사되어 번쩍거리는 날카로운 발톱을 하늘 위로 쳐든 그가 성난 황소처럼 뛰어오기 시작하는 게 아닌가.

"괴롭히지 마! 인간들! 우리 누나 괴롭히지 마! 코코코코 사 먹을 돈도 없는 인간이야! 우어어어!"

자신과 제 앞에 어정쩡하게 서 있는 중딩들을 향해 돌진하는 조롱이의 눈은 황금빛 하나 없이 뒤집어져 있었다. 입을 떡 벌린 채 굳어 있던 이예주는 어쩐지 소름이 돋았다.

그사이 엄청난 기세로 달려 온 조롱이가 중딩들을 향해 노란 닭발을 휘둘렀다. 쫘아악— 천 자락이 격하게 찢어지는 소리와 함께 한가운데에 서 있던 빨간 머리가 비명을 지르며 쿵, 뒤로 나자빠졌다.

"으아악!"

값비싸 보이는 상의의 가슴팍이 너덜너덜하게 찢어졌다. 그 사이로 녀석의 젖꼭지가 빼쭉 수줍게 고개를 내밀었다.

찢긴 옷 사이로 노출된 뽀얀 살결이 불그죽죽하게 물들기 시작하더니, 얼마 안 가 찔끔찔끔 피까지 흘리기 시작했다. 피눈물을 흘리는 빨간 머리의 살집 두툼한 가슴을 보고 이예주는 눈살을 찌푸렸다. 너무 순식간에 닥친 일이라 통증도 느끼지 못하는지, 녀석은 완전히 혼이 나간 얼굴이었다.

"또 누구냐! 누가 또 예주 누나를 괴롭힌 거야! 너냐!"

노란 닭발로 빨간 머리의 가슴을 죄다 쥐어뜯은 조롱이가 회까닥 뒤집힌 눈알을 다른 녀석들에게로 돌렸다. 녀석들이 시퍼렇게 질린 얼굴로 허겁지겁 고개를 흔들었다. 그러나 조롱이는 개의치 않고 전광석화 같은 속도로 달려들었다.

"으허억—! 바, 발톱!"

그때 한 아이가 조롱이의 양팔에 탐스럽게 달린 새 발을 보고 비명을 질렀다.

"헉! 소, 손이 발톱으로 변하는 신인류야!"

"으아악! 자, 잡히면 제드처럼 병신으로 변해! 저주를 내리는 신인류 괴물!"

"괴물이야! 으아악!"

좁은 골목 안에서 중딩들의 괴성이 잇달아 메아리쳤다.

'저주? 제드처럼 병신으로 변해?'

동쪽 대륙으로 와서 유난히 자주 듣는 저주 소리에 그녀가 어안이 벙벙한 표정으로 서 있을 즈음이었다. 괴물 소리에 뿔이 난 듯 조롱이가 더욱더 빠르고 힘차게 닭발 돌리기를 시전하며 소리쳤다.

"괴물은 무슨! 모두 잡아서 혀를 뽑아 줄 테다!"

휙, 휙! 살벌하게도 휘둘러 대는 팔과 그를 피하기 위해 죽기 살기로 뛰어다니는 중딩들이 한데 어우러져 이예주의 주위를 술래잡기하듯 빙빙 돌았다.

"그만해! 정신 사나우니까!"

아까부터 슬슬 진통이 오던 머리가 참을 수 없을 만큼 지끈지끈 아파 오자 그녀가 소리를 질렀지만, 소용없었다.

비좁기 짝이 없는 골목에서 조롱이의 발톱을 피하는 건 여간 어려운 일이 아니었다. 중딩들의 머리카락이 무 썰리듯 썽둥썽둥 썰리고 얼굴과 팔, 다리에 불그죽죽한 줄이 좍좍 그어졌다.
엉망진창, 오방 난장판이구나.
"거기 서!"
"으아악! 엄마아—!"
조롱이와 중딩들은 한참 동안 서로를 쫓고 쫓았다. 그러다 빨간 머리가 벌떡 일어나는 것을 필두로, 놈들은 발톱에 옷자락이 죄다 찢긴 흉한 몰골을 한 채 줄행랑을 쳤다.
"거기 서라구! 죽여 버릴 테다!"
"그만해! 이 새대가리야!"
조롱이의 폭주는 분노의 대상들이 뒤도 돌아보지 않고 혼비백산 도망을 치고 난 후에야 이예주의 욕설과 함께 잦아들었다.
쉬익, 쉬익. 거친 숨을 토해 내며 흥분으로 벌겋게 달아오른 얼굴로 조롱이가 이예주를 돌아보며 물었다.
"누나, 괜찮아여? 어디 다친 데 없어여?"
"다치긴! 오자마자 이게 뭐 하는 짓이야? 그 발부터 감춰! 누가 보면 어쩌려고!"
이미 보여 줄 만큼 다 보여 준 상태이지만, 새삼 남세스러운 조롱이의 모습에 이예주가 기겁을 하고 닭발을 손가락질했다.
조롱이가 머쓱한 얼굴로 양손을 허공에서 한 번 휙 휘저었다. 그러자 날카로운 발톱을 번쩍번쩍 빛내던 노란 닭발이 뿅 하고 사람 손으로 돌아왔다.
"그, 그놈들이 누나를 둘러싸고 괴롭히고 있어서 너, 너무 놀라 가지구여……."
"누가 누구를 괴롭혀! 그리고 뭐? 코코아 살 돈도 없는 인간이니까 그만해? 이걸 그냥 확!"

이예주가 사슬로 둘둘 말은 괴상한 강철 주먹을 들어 올리자 조롱이가 사색이 된 얼굴 고개를 획획 흔들었다.

그러고 보니 아까는 너무 경황없이 달려드느라 미처 떠올리지 못했다. 이 인간이 시비에 휘말렸다고 해서 가만히 당하고만 있을 인간이 절대로 아니건만. 절대로!

거기까지 생각이 미치자, 조롱이는 주인님의 힘까지 써 가며 그녀를 둘러쌌던 어린 인간들을 쫓아낸 것이 너무나도 억울해졌다.

"히익! 그, 그러니까 왜 뜬금없이 인간들이랑 말을 하고 있구 그래여! 그것도 골목 반대편까지 와서!"

"너야말로 코코아를 만들어 가지고 왔냐? 왜 이렇게 늦게 와! 네가 일찍만 왔어도 저런 싸가지 없는 놈들이랑 엮일 일도 없었잖아!"

"그니까 자리에 가만히 있으라구 했잖아여! 씨잉, 한참 찾았잖아……."

"내가 가만히 안 있었던 게 아니라 저 중딩 놈들이 개념 없이 굴어서……! 참, 그러고 보니 제드!"

으레 그렇듯 조롱이와 네가 잘못했니, 내가 잘못했니 옥신각신하던 이예주는 불현듯 까맣게 잊어버리고 있던 모든 일의 원흉이 떠올라 고개를 돌려 남자를 찾았다.

분명 아까 강철 주먹으로 불량한 어린애들을 혼내 주기 전까지만 해도 자리에 엎어진 채 어리바리한 얼굴을 하고 있는 것을 확인했었는데, 다시 돌아본 그 자리에 제드는 보이지 않았다.

"제드여? 그게 누군데여?"

기웃거리며 골목 안을 둘러보는 이예주의 곁에 서며 조롱이가 물었다. 그녀는 대답 없이 바쁘게 고개를 휘적거리다 곧 골목 안쪽, 햇볕이 들지 않은 어두운 구석에서 잔뜩 몸을 움츠린 채 덜덜 떨고 있는 인영을 발견했다.

"저기 있다."

언제 저기까지 기어간 거래. 다 큰 남자가 벌벌 떨고 있는 모습이 보기 안 좋았지만, 그녀는 내색치 않고 저벅저벅 그에게로 다가갔다. 조롱이가 황금색 눈동자를 뒤룩뒤룩 굴리며 그 뒤를 졸졸 따라왔다.

"저기, 제드. 괜찮아요? 많이 놀란 것 같은데."

그녀와 조롱이가 다가가자 안 그래도 볕이 없는 골목 구석, 제드의 앞에 더욱더 짙은 그림자가 졌다. 그림자들이 꼭 자신을 잡아먹는 것 같은 기분에 그의 입에서 '흐이익!' 하고 괴상한 신음이 튀어나왔다.

"이 인간은 또 누구에여, 누나? 아까 그놈들과 같은 편인 인간이에여?"

"그런 거 아니야."

꼴사납게 떨어 대는 제드가 신기한 듯 조롱이가 요쪽 저쪽 고개를 빼 들어 그를 내려다보며 묻자, 이예주가 고개를 가로저었다.

같은 편일 리가. 제 목 부근에 오는 어린애들한테 맞으면서도 말을 더듬던 제드가 아직도 눈앞에 훤히 그려졌다. 이렇게 사시나무 떨듯 떠는 것을 보니 한심하면서도 좀 안쓰러웠다. 거북이처럼 몸을 한껏 틀어 말고 있는 제드를 보면 누구라도 없던 동정심마저 생길 것이다.

"저기, 제드. 아까 그 나쁜 놈들 다 갔어요. 어디 다쳤어요? 그래서 못 일어나는 거예요?"

"……."

"제드?"

"히이익—!"

불러도 미동 없는 제드에게 조심스레 손을 내밀었다. 하지만 그녀를 피해 미친 듯이 뒷걸음질 치는 왜소한 남자로 인해 손이 허공에서 멋쩍게 멈춰 버렸다.

파바바박, 더 갈 데도 없건만 계속해서 엉덩이를 움직여 뒤로 물러나는 제드의 얼굴이 꼭 귀신을 본 것같이 시퍼렇게 질려 있었다. 찢어질 것처럼 잔뜩 확장된 그의 동공이 덜덜 떨리는 그의 몸만큼이나 서슴없이 흔들렸다.

중딩들에게 너무 심하게 맞아서 패닉에 빠진 건가? 발작을 일으키듯 경련하는 제드의 모습에 잠시 갈등하던 이예주는 이내 무언가가 다르다는 것을 깨달았다.

이지를 잃어버린 것처럼 핏발이 서 있는 제드의 눈동자는 자신을 전혀 바라보고 있지 않았다. 그의 눈동자는 꼭, 방금 전 조롱이를 보고 기겁해서 도망간 남자애들처럼 끔찍함과 혐오감, 역겨움 등을 가득 담고 있었다.

"괴, 괴, 괴물……."

제드는 입술이 달싹거리더니 실낱같은 목소리로 웅얼거리듯 무언가를 토해 냈다. 이예주는 그것이 중딩들과 별다를 바 없이 조롱이를 칭하는 말이라는 것을 단박에 알아들었다.

그러나 말은 같아도, 그것을 내뱉은 제드의 모습은 차원이 달랐다. 단순히 노란 발톱을 마구잡이로 휘두르며 가슴팍을 그어 대는 신인류에게 겁먹은 어린아이들과는 달리, 뭐랄까…… 조금 더 본질적이고 적나라한 공포가 그의 온몸을 잠식한 듯했다.

제드가 어렵사리 쏟아 낸 적대감과 두려움을 당사자는 도통 알아듣지 못했는지, 고개를 옆으로 갸우뚱 숙인 조롱이가 한 발짝 다가

서며 되물었다.
"뭐라구여?"
"흐, 흐으! 다, 다, 다가오지 마, 괴물!"
조롱이의 발걸음이, 허공에 멈춘 이예주의 손처럼 뚝 멈췄다.
"저, 저, 저주를 내리는 황조롱이……."
"……."
"파, 팔이 발톱으로 변하는 신인류야! 흐이익!"
제드가 정신 나간 사람처럼 무어라 중얼거리더니 불현듯 벌떡 자리에서 일어나 조롱이에게 삿대질을 했다. 초점이 완전히 풀린 채 소리치는 그는 제가 무슨 말을 지껄여 대는지도 잘 모르는 것 같았다.
"하, 하, 할아버지한테 저, 저주를 내렸어! 우, 우리가 마, 마, 말을 더듬도록 저, 저주를 내렸다고!"
"저주? 저주를 내리긴 무슨! 그리고 내가 왜 괴물이에여!"
울컥한 조롱이가 자신을 변호하려고 들었으나, 제드는 요지부동이었다. 그는 조롱이가 눈을 부라리자마자 별안간 괴성을 지르며 그대로 줄행랑을 쳐 버렸다.
"저주! 저주를 내린 괴물이야! 흐아아악!"
푸다다닥, 꽁지가 빠지게 도망가는 폼이 엊저녁 람에게서 한 소리 들었다고 미친 듯이 도망치던 것과 별반 다를 바가 없었다. 맞을 때는 그렇게 굼뜨던 남자가 사라지는 건 어찌나 쏜살같은지, 이예주는 어이가 없어 한동안 벌어진 입을 다물지 못했다.
"치잇, 도망이나 치구! 저 인간들은 하나같이 겁쟁이에여."
옆에서 조롱이의 구시렁거리는 소리가 들려왔다. 그녀는 조롱이의 말에 깊이 공감했다.
"……쟤 뭐야? 왜 또 도망을 가고 그래? 우리가 뭘 했다고."

"또여? 언제 만난 적 있어여?"

"응, 어제. 어제도 도망가고 오늘도 도망갔어. 네 말마따나 찌질이 자식 맞는 것 같아."

"찌질……? 찌질이가 뭔데여?"

"……."

이예주는 대답하지 않고 오른팔에 둘둘 감은 사슬을 풀었다. 고작 콩알만 한 중딩 놈들이 분명한데, 어찌나 긴장을 하고 세게 감았는지 오른팔이 피가 통하지 않아 저릿저릿했다.

짤그락짤그락 시끄러운 쇳소리가 연달아 들리자 조롱이가 사슬을 왜 그딴 식으로 감고 있냐며, 별 괴상한 인간을 다 보겠다는 듯이 이예주를 빤히 바라보았다.

이건 내 강철 주먹이야. 그녀는 조롱이에게 주먹의 비밀에 대해 털어놓을까 하다가 곧바로 관두었다. 인간도 아닌 새한테까지 무시당한다면 제 처지가 너무 비참해질 것 같았기 때문이다.

지금까지 조롱이에게 당해 왔던 무시와 설움을 생각하며 고개를 설레설레 내젓던 이예주는 문득 정신 나간 사람처럼 지껄여 대던 제드의 말을 떠올렸다. 그것을 되새김질하며 저도 모르게 옆쪽을 흘끗 곁눈질하다가 그만 황금색 눈동자와 딱 마주쳐 버렸다.

지금껏 그녀의 대답을 기다리고 있었던 듯, 보름달 같은 커다란 동공이 반짝반짝 빛나고 있었다. 이예주는 그 얼굴을 연신 흘끔거렸다. 외양으로만 봐서는 조롱이는 퍽 어려 보였다. 아무리 봐도 열네 살, 많이 쳐 줘도 열다섯 살의 변성기도 지나지 않은 소년 같아 보이는데.

그런데 이 동쪽 대륙, 해안 마을로 오고 나서부터 자꾸만 기시감이 들 법한 말들을 자주 듣는 것 같았다.

"왜 눈치 보는 것처럼 힐끔거리고 그래여?"

"너……."

그녀는 조롱이의 황금색 동공을 바라보다 말끝을 흐렸다.

사막에서 람과 조롱이 일행이 자신과는 전혀 무관한 타인임을 통렬하게 깨달은 후로부터는 그들에 관한 것을 물어보기가 어려웠다. 더군다나 조롱이의 과거사를 얼핏얼핏 주워들은 이후, 그가 예전에 알던 조롱이로 보이지 않았다.

그녀는 조롱이와 얼굴을 마주한 상태에서 이런 말을 해도 될지 망설였다. 그런 이예주를 채근하며 말문을 트게 만든 인물은 다름 아닌 조롱이 본인이었다.

"왜여. 또 뭐 불만 있어여?"

"너…… 진짜 네가 저주를 내린 거야?"

이예주는 결국 참지 못하고 물었다. 이 마을 족장의 장례 행렬에서 지나가는 사람들이 떠들어 대었다. 신인류에게서 저주를 받았다고.

또 잡혀 온 들쥐가 조롱이를 보며 저주를 내린 무서운 신인류니 어쩌니 떠들어 댔고, 이번에는 마을의 아이들과 제드가 조롱이를 마치 괴물 보듯이 취급하곤 도망쳤다.

그들 입에서 나온 말들 중 하나같이 일치하는 단어가 있었다.

"혹시 제드가 말 더듬는 게, 네가 내린 저주랑 관련 있는 거야?"

"에엑? 저어주우?!"

조롱이가 저주 소리에 펄쩍 뛰며 이예주에게 소리쳤다.

"제가 무슨 힘이 있다고 저주를 내려여!"

좁은 골목 안으로 조롱이가 꽥 지른 목소리가 우렁차게 퍼져 나갔다. 정말로 억울해 죽겠다는 듯한 얼굴에, 그녀는 깜짝 놀란 표정을 지었다.

"아님 말지, 왜 갑자기 소리를 지르고 그래?"

"그럼 소리 안 지르게 생겼어여?!"

"아니, 하나같이 널 보고 자꾸 저주를 내린 신인류니 어쩌니 그러니까 혹시나 해서……."

"씨잉, 정말 저주나 내리고 그런 소리나 들었음 억울하지나 않지이! 저주를 내릴 힘도 없지만, 저는 그렇게 후손의 후손까지 저주가 이어지게 하는 치사한 짓은 안 해여!"

"알았어! 알았으니까 진정해!"

폭주하는 조롱이의 말을 서둘러 막으며 이예주는 황급히 앞장서서 골목 입구로 걸어갔다. 이 이상 상대했다간 또 눈을 뒤집고 닭발로 저를 긁어 댈지도 모를 만큼 조롱이가 흥분한 것 같았기 때문이다.

"씨잉, 같이 가여!"

앞서 빠른 걸음으로 걷기 시작하는 이예주의 손목에서 사슬이 늘어져 질질 끌리자, 그걸 주워 잡으며 조롱이가 투덜거렸다.

"정말 저주 안 내렸어여."

그녀의 옆에 바짝 붙어선 조롱이는 다시 한번 내뱉었다.

"아니에여."

"알았어."

"정말여. 그냥, 그냥…… 히잉, 그냥 죗값을 치르게 해 준 것뿐이라구여……."

알았다는 이예주의 대답에도 미덥지 않은지 조롱이가 시무룩하게 덧붙였다.

그녀는 가마가 보기 좋게 자리 잡은 조롱이의 황갈색 정수리를 내려다보며 말을 잃었다. 말을 잃었다기보다는 대답할 거리를 찾지 못했다는 것이 더 정확했다.

이 쪼그마한 새가 인간을 상대로, 그것도 제드의 가족을 상대로 무언가 죗값을 치르게 했단다.

긴 시간은 아니었으나, 그렇다고 짧은 시간도 아닌 기간 동안 함께했다. 여러 환장할 상황을 함께 겪으며 이예주가 판단한 조롱이는, 가끔 소름이 다 끼칠 만큼 냉정하지만 누군가에게 직접적으로 위해를 가할 만한 성정은 못 되었다.

자신에게 하는 행동만 봐도 충분히 알 수 있었다. 조롱이는 처음 만났을 때를 제외하곤 인간인 자신을 딱히 멸시하거나 경계하지 않았다. 오히려 그 반대였다. 조롱이는 지금껏 자신을 많이 걱정해 주었다. 인간을 증오하면서도 또 마음만은 인간보다 여린 새였다.

그런데 대체 얼마나 분노했으면 이 마음 여린 새의 입에서 죗값을 치르게 했다는 말이 나올까. 또, 그 작은 발톱으로 치르게 한 죗값이 크면 얼마나 크다고 마을 인간들이 하나같이 조롱이를 보고 저주를 내린 괴물이라며 손가락질을 해 대는 것일까.

조롱이의 조막만 한 머리를 내려다보는 이예주의 표정이 조금 일그러졌다. 울상은 아니었다. 그렇다고 웃는 상도 아니었다. 그저 표정을 짓는 데 능숙하지 못한 아이처럼 조금 이상한 얼굴이었다.

"……어디 다친 데는 없어?"

이예주가 골목 입구를 완전히 벗어나고도 한참 후에야 걸음을 늦추며 무겁게 입을 열었다.

"에? 다친 데여?"

"아까 닭발로 변해서 미친놈처럼 휘둘러 댔잖아. 어디 걸려서 다치거나 그런 덴 없냐고."

"없어여. 그리고 닭발이라니! 제 발톱은 용맹한 황조롱이의 강철 같은 발톱이라구여! 강철 발톱!"

강철 발톱이라는 소리에 그녀는 뜨끔한 얼굴로 조롱이의 눈치를 보았다. 이놈이 설마 처음부터 지켜보면서 제 우스운 행동들을 놀리는 것은 아니겠지?

저를 놀리는 말이라면 마빡에 불을 놔주겠다! 그렇게 투지를 다진 것이 무색하게, 다행히도 도록도록 굴러다니는 조롱이의 금안에는 장난기가 비치지 않았다. 그는 오히려 저를 샅샅이 살피는 이예주의 시선을 잘못 이해했는지, 쭈뼛거리다가 이내 조심스럽게 손등을 내밀었다.

"사, 사실 여기 쪼끔 까졌어여."

하얀 손등 위에 붉은 선이 주욱 그어져 있었다. 곧바로 이예주의 눈에서 불똥이 튀었다.

"멍청아! 그러니까 왜 아무것도 모르면서 나서고 난리야!"

"히잉! 그럼 어떡해여! 누나가 못된 인간들한테 돈 빼앗기고 있는 줄 알았잖아여! 동료가 위험에 처했을 땐 도와줘야 한다고 했단 말이에여!"

"……하, 누가 그런 말을 해?"

"우리 주인님이여."

그놈의 주인님, 주인님, 빌어먹을 주인님! 그녀가 험악하게 눈살을 찌푸리고는 다시 물었다.

"그리고 동료는 무슨 동료? 너랑 내가 왜 동료야?"

"우리가 여행 동료지, 그럼 뭔데여? 누나는 주인님 사슬에 묶여 있으니까 죄인인가?"

"뭐?! 이게 죽으려고!"

"그러니까 그냥 동료해여. 동료라도 좋은 거예여."

새대가리가 이예주의 약을 살살 올리며 뺀질뺀질 대꾸했다.

너랑 나랑은 동료라는 좋은 말로 쉽게 포장할 수 있는 사이가 아니야!

이예주는 왠지 조롱이가 태연자약하게 내뱉는 동료라는 말이 마음에 들지 않아, 무어라 대꾸하려고 붕어처럼 연신 입술을 뻐끔거렸다. 그러나 그녀의 입에서 끝내 관계의 정의에 대해 회의적인 반응이 쏟아지지 않은 것은, 동료가 아니면 뭐냐는 조롱이의 말에 딱히 대답할 만한 단어를 찾지 못했기 때문이다.

이예주는 좋지 않은 시선으로 조롱이의 머리를 내려다보았다. 방금 전까지만 해도 처량 맞게만 보이던 갈색 머리가 이제는 구릿구릿하게만 보였다. 여행 동료라는 조롱이의 말이 틀린 건 아닌데, 왜 이렇게 심사가 뒤틀리는 걸까.

아니다. 그게 아니란 걸 스스로도 잘 알고 있다. 황조롱이의 동료 소리에 이예주의 기분이 좋지 않은 것은, 동료라는 말이 좋고 나쁘고를 떠나 제 처지가 그저 스쳐 지나가는 여행 동료일 뿐이라는 것에 있었다.

람과 조롱이는 누가 봐도 확실한 군신 관계였다. 어디 조롱이뿐이랴. 나비 아저씨도, 요망한 붉은 개 또한 더할 나위 없이 완벽한 '람 순이들'이었다. 게다가 신인류라는 같은 종족이고.

조롱이의 말이 꼭 너는 인간이고 우리와는 엄연히 다르다고 반듯하게 선을 긋는 것 같아서. 그래, 이건 어쩌면, 어쩌면 자신은 그들을······.

옆에서 따라붙던 조롱이는 이예주가 대답이 없자 드디어 그녀를 이겼다고 생각했는지 기분 좋게 고개를 살랑살랑 흔들며 웃었다. 그 모습에 왠지 더 열불이 나, 그녀는 그 작은 머리통을 한번 꽉 쥐어박고 싶어졌다.

"그나저나 너! 코코아 사 온다며. 코코아는 어디 있어?"
"에? 에? 코코코코여?"
"코코코코가 아니라……! 아, 됐어. 코코든 코코아든 어쨌든, 네가 그거 사러 가지만 않았어도 그 망할 중딩놈들 만나서 이렇게 발목 붙잡힐 일은 없었을 거 아니야! 설마 늦게 온 주제에 못 사 온 건 아니겠지? 응?"
"아니에여! 사, 사 왔어여! 정말여!"
"그럼 어디 있는데."
 황조롱이가 허옇게 질린 얼굴로 주변을 둘러보았다. 골목에서 빠져나와 옥신각신하며 걸어온 지 꽤 됐다고 생각했는데, 하필이면 이예주의 발치에서 얼마 떨어지지 않은 길바닥에 익숙한 종이컵들이 나동그라져 있었다. 인간 여자가 못된 인간들한테 괴롭힘을 당하는 줄로만 알고 앞뒤 잴 것 없이 집어 던졌던 그 종이컵이 확실했다.
 그땐 몰랐지. 이 악마 같은 인간이 마냥 괴롭힘당하고만 있을 리가 없다는 것을, 멍청하게도 그땐 몰랐지.
 조롱이는 이예주에게 설탕 국물을 집어 던졌다고 사실대로 말해야 할지, 아니면 그냥 지금이라도 사 오지 못했다고 거짓말을 해야 할지 짧은 시간 동안 수십 번을 더 번뇌했다.
 그러나 고개를 들어 인간 여자의 번뜩이는 두 눈을 보자 그 번뇌가 쓸모없는 것임을 깨달았다. 어떤 대답을 해도 그녀가 '그래. 그래도 사 오느라 수고했구나, 조롱아.' 하고 웃으며 넘기지 않을 거란 짐승의 강한 직감이 느껴졌다.
 그래도 구해 주느라 그런 건데……. 아무리 악마 같은 인간이라도 조금은 이해해 주지 않을까? 침을 한 번 꼴깍 삼킨 조롱이가 마지막으로 이예주의 인간성에 희망을 걸며 조심스럽게 그녀의 발 옆을 가리쳤다.

"저기 있는데여……."

"어디……."

그녀가 그의 손가락을 따라 고개를 돌렸다. 눈에 익은 종이컵들이 끈적끈적한 갈색 액체 위에서 처참하게 굴러다녔다. 지나가면서 누군가 밟기라도 했는지 포장이 되어 있지 않은 흙바닥 위로 죄 쏟아진 끈끈한 액체가 모래와 어우러져 변 덩어리처럼 변해 있었다.

이예주가 웃었다.

"하하. 저걸 나보고 먹으라고? 재밌다."

"아니, 먹으란 건 아니구…… 아악!"

인적이 드문 동쪽 대륙 마을의 어느 길거리, 얼마 안 가 그곳에서 '뻑!' 하는 나무 쪼개지는 소리와 함께 "아구구구! 나 죽네! 아구구구, 황조롱이 죽네!" 하는 훌쩍임이 연달아 울려 퍼졌다.

경극 배우보다 더욱 허옇게 들뜬 얼굴의 남자가 미친 듯이 거리 한가운데를 내달렸다. 그가 달리는 곳은 방금 전 있었던 추레한 골목 거리가 아닌, 아름다운 해안을 옆에 낀 채 시멘트와 벽돌로 걷기 좋게 포장된 도로였다.

흔한 돌멩이 하나 채이지 않는 평평한 길바닥은 동쪽 대륙에서도 딱 한 곳밖에 없었다. 마을 입구에서 가장 멀리 떨어져 있고 가장 최남단에 위치해 있는, 마을 안에서도 손에 꼽을 정도의 부와 명예를 가진 지주들이 사는 곳.

"헉, 헉……!"

혀를 길게 빼물고 달리던 남자가 앞에 다가오는 한 무리의 인간들을 미처 피하지 못하고 퍽, 거세게 어깨를 부딪쳤다.
"으허억!"
괴상한 소리를 내며 그가 꼴사납게 넘어졌다. 거대한 체구의 부딪힌 남자가 흉악스러울 정도로 불룩 튀어나온 배를 쓰다듬으며 그의 앞을 기세등등하게 막아섰다.
"뭐야! 어떤 빌어먹을 자식이 감히……!"
물먹은 종이처럼 힘없이 나동그라진 남자에게 욕설이 쏟아졌다.
"미, 미, 미안합니다…….."
쓰러진 이가 자리에서 벌떡 일어나 고개를 조아렸다. 저와 부딪친 하룻강아지가 누군지 확인한 육중한 남자는 그를 보고 인상을 더욱 찌푸렸다. 사람이 넘어졌는데 그에 대한 사과 한마디 없었다. 남자는 통 씹은 얼굴로 넘어진 이에게 아는 체를 했다.
"아니! 제드 도련님이 아니십니까?"
"아, 아, 안녕하세요, 데, 데이비슨 아저씨."
제드가 허옇게 질린 얼굴로 식은땀을 뻘뻘 흘리며 답했다.
데이비슨의 거대한 체구와 어울리지 않는 결 좋은 머리칼이 햇빛을 받아 붉게 타올랐다. 그는 아버지의 오른팔이나 다름없는 욕심 많은 사내였다. 아까 자신을 때린 빨간 머리의 아버지이기도 했다.
"대체 어딜 갔다 오시는 겁니까? 족장님이 많이 찾으셨습니다."
"조, 조, 족장님이요? 우, 우리 하, 할아버지요?"
제드의 되물음에 뭐 이런 병신 같은 놈이 다 있냐는 듯이 데이비슨이 와작 눈살을 구겼다.
"도련님, 벌써 잊으셨습니까? 선대 족장님은 어제 별세하셨지 않습니까. 아무리 머리가 모자라시더라도 그렇죠. 당장 오늘 밤 도련님의 아버지이신 차기 족장님의 취임식 때문에 지금 마을 지주들은 모두 비상이 걸린 상태인데요. 도련님은 대체 뭘 하고 다니느라 족장님의 화를 저렇게 돋워 놓으셨는지 모르겠습니다. 도련님의 멍청한 행동 때문에 관계도 없는 제 아들까지 붙잡혀 있지 않습니까."

"……."

"손이 발톱으로 변한 신인류 괴물은 또 무슨 머저리 같은 소리입니까? 족장 일가에 저주를 내린 괴물이라뇨? 아직도 그런 헛소문을 믿으시는 겁니까?"

깍듯한 경어체로 자신을 깔아뭉개는 남자 앞에서 제대로 된 대꾸 하나 못하던 제드는, '족장 일가에 저주를 내린 괴물'이라는 말에 바르르 몸을 떨었다. 멍청하게도 괴물을 보고 다리에 힘이 풀려 주저앉아 있던 사이, 자신을 괴롭혔던 아이들이 저택으로 가서 모든 것을 말해 버린 것이다.

앞에 서 있는 이 남자는 모른다. 할아버지와 아버지 그리고 자신, 이 셋을 제외하곤 아무도 모른다.

아니, 알고는 있겠지. 수십 년 전 족장을 찾아온 신인류가 족장에게 어떠한 저주를 내렸다는 것은 마을 전체가 모두 알고 있는 사실이었다.

그러나 문제는 말더듬이인 아버지와 저 따위가 아니었다. 그 저주가 선대 족장이었던 제드의 할아버지에게 어떤 식으로 영향을 미쳤는지 아무도 모른다는 것이 문제였다.

헛소문이라니. 그건 절대 헛소문이 아니야.

허옇게 질린 얼굴로 벌벌 떨기만 할 뿐 아무 대답 없는 제드는 불현듯 멱살을 와락 잡아당기는 강한 힘에 헉, 소리를 삼키며 질질 끌려갔다. 두툼한 코가 제드의 볼 살에 곧장 박힐 만큼 남자가 얼굴을 들이밀고 음산하게 읊조렸다.

"무슨 헛소리를 지껄이고 다니는지는 모르겠지만, 개수작은 작작 부리는 게 좋을 거야. 안 그래도 요즘 네 아비의 뒤치다꺼리를 하고 다니느라 아주 골치 아프단 말이야. 말더듬이 병신 둘이 족장이 된다는 것이 어디 가당키나 한 일인가?"

"……."

"기껏 족장 자리에 앉혀 주겠다고 양보했으면, 입 다물고 시키는 일이나 잘 할 것이지. 주제도 모르고 헛소리를 떠듬대는 건 아비나 아들이나 똑같구나. 하지만 기억해 두렴. 네 아비가 주겠다고 약속한 돈이 없었으면 이런 소꿉놀이도 끝이라는 것을."

데이비슨은 제드의 멱살을 거칠게 놓고는 더러운 것을 만졌다는 양 재빨리 손을 털었다. 그의 아들도 곧잘 하던 행동이었다. 그들은 마음 내킬 때마다 제드를 때리고 짓밟으면서도 말 더듬는 병이 옮기라도 할까 봐 허겁지겁 손을 닦아 내는 겁쟁이들이었다.

그래, 겁쟁이들. 말을 더듬는 것은 옮지 않는 것인데. 그러나 제드는 그 생각을 굳이 입 밖으로 내뱉는 멍청한 짓은 하지 않았다.

"그러니 그 헛소리는 대충 집어치우고 아들 녀석을 빨리 집으로 보내 주시겠습니까? 족장님의 연회에 아들놈을 데려가려면 속히 씻겨야 하거든요. 녀석이 원체 활발하다 보니 더러운 병 같은 것을 옷에 묻히고 돌아다닐지도 모르니까요. 부탁 좀 드립니다, 도련님."

멱살이 놓인 반동으로 휘청거리는 제드를 거대한 거구로 기어이 밀쳐 넘어뜨린 남자는 찬바람을 일으키며 사라졌다. 딱딱한 바닥에 엉덩방아를 찧은 채 멍하니 앉아 있던 제드는 이내 새파란 얼굴로 자리에서 벌떡 일어나 달리기 시작했다.

데이비슨의 아들이 저택에 있다면 아버지가 벌써 저주를 내린 괴물의 존재를 알게 되었을 것이다. 그는 입술을 잘근잘근 깨물며 자꾸만 풀리는 다리에 힘을 주었다.

저주를 내리는 괴물을 만났다. 그토록 찾아 헤맸던, 저주를 풀 수 있는 근원을.

"아, 아, 아부지! 아부지!"

쾅! 제드가 부서져라 문을 열어젖히며 어제까지 할아버지의 집무실이었던 방으로 들어섰다. 방 안은 지주의 아들놈들과 낯익은 사람들로 가득 차 있었다.

"이렇게요. 발가락은 이렇게 구부러져서 네 개 달려 있었고 끝에는 이만한 발톱들이 달려 있는데……."

데이비슨의 아들, 빨간 머리가 손가락을 구부려 발톱 모양을 만들어 보이면서 마을 족장에게 무언가를 열심히 설명하고 있었다. 다른 아이들도 마찬가지였다. 제각각 옆에 붙어 앉은 화가에게 아까 전에 본 것을 열심히 설명하고 있었다. 굳이 묻지 않아도 그것이 뭘 설명하고 있는지 알 만했다.

늦었다. 제드는 헐레벌떡 뛰어 들어온 자신을 흘끗 곁눈질하는 아이들을 보고 입 안의 살을 악물었다. 그들의 눈에 평소 제드를 깔보던 것과는 다른, 어딘가 기묘하고 석연치 않은 기색이 잔뜩 서려 있었다.

빨간 머리 옆에 붙어서 미친 듯이 고개를 꺼떡이던 아버지가 방으로 들어온 제드를 알아보고 득달같이 달려왔다.

"대, 대체 어디 있다가 이, 이제 온 거야! 이, 이 멍청하고 벼, 병신 같은 놈!"

그 짧은 거리를 달리듯 빠르게 걸어온 것이 힘들었는지 족장의 얼굴이 금세 시뻘게졌다. 제드는 저보다 키가 작은 아버지를 바라보았다. 아버지는 객관적으로나 주관적으로나 뚱뚱했다. 데이비슨처럼 커다란 체구가 더해져 위협적인 인상을 주는 것이 아니었다.

노발대발하는 아버지에게 제드는 파리한 얼굴로 우물쭈물 변명을 늘어놓았다.

"그, 그게요. 아부지. 그, 그게 조금 이, 일이 생겨서……."

철썩— 그 순간 오른쪽 볼을 강타하는 타격에 제드가 뺨을 움켜쥐고 아버지를 내려다보았다. 물론 더 이상 말을 이을 수도 없었다.

"그, 그렇게 더, 더듬으며 말하지 말라고 했지 않느냐! 버, 버, 버벅거리지 말고 또, 똑바로 말해! 그리고 다, 다른 사람 앞에선 조, 족장님이라 부르라고 누, 누누이 말했지 않아!"

"죄, 죄, 죄송……."

"또, 또, 또!"

제드가 저보다 작은 아버지에게 고개를 조아리며 조심스럽게 사과의 말을 내뱉었지만, 아버지의 화는 쉽게 풀리지 않았다. 그러나 엄하게 지적하는 그조차 말을 더듬어서 '또'를 세 번이나 외쳤다. 다른 사람이 보기엔 희극의 한 장면처럼 우습기 짝이 없는 광경이었다.

"저, 족장님. 실례지만……."

보다 못한 족장의 전용 화백이 그를 말렸다. 아버지가 다른 이의 부름에 눈에 줬던 힘을 풀고 어색하게 웃었다.

"그, 그래, 화백. 무, 무슨 일인 겐가?"

"대충 몽타주에 대한 설명은 끝난 것 같습니다. 도련님들이 적극적으로 협조해 주신 덕에 쉽게 그릴 수 있었어요."

"그, 그, 그런가? 모, 몽타주를 다 그렸단 말이야?"

족장이 반색을 하고 화백이 내미는 종이를 바라보았다. 제드도 그

종이에 뭐가 그려져 있는지 궁금했지만 아버지의 커다란 머리에 가려 잘 보이지 않았다.

"이, 이놈만 잡으면 되, 되는 거겠지? 뭐, 뭐 또 다른 다, 단서나 혹은 이, 일행은 없었느냐?"

그사이 기분이 좋아진 건지 족장이 헤벌쭉한 얼굴로 빨간 머리에게 물었다. 빨간 머리는 잠시 미묘한 눈으로 제드를 바라보며 무언가 말하기를 주저했다. 그러자 옆에 앉아 있던 다른 아이가 냉큼 말했다.

"노예가 있었어요!"

노예 따위에게 어이없이 당한 것이 분했는지, 아이들이 앞다퉈 정보를 쏟아 냈다.

"맞아요! 여자 노예요. 그 미친 아줌마가 주먹으로 게르를 한 방에 쓰러뜨렸어요!"

"맞아!"

"여, 여자 노예? 그, 그건 또 무엇이야! 어, 어, 어떻게 생긴 계집인데? 어, 어떤 힘을 가진 계집인 거냐! 호, 혹시 그 노예도 신인류인 것이냐!"

족장이 급격하게 낯빛을 바꾸며 아이들에게 허겁지겁 물었다. 아이들은 잠시 고민하는 듯하더니 자신 없는 목소리로 대답했다.

"사슬에 묶여 있었는데……."

"사, 사슬? 어, 어떤 사슬이었느냐? 오, 옷차림은 어땠고!"

"그냥 포대 같은 커다랗고 검은 로브를 뒤집어쓰고 있었어요……."

"새, 새! 새, 생김새는!"

흥분한 족장은 평소보다 더 심하게 말을 더듬었다. 그의 질문에 아이들은 서로 눈치를 보며 우물쭈물했다. 사실 커다랗고 펑퍼짐한 옷을 걸친 채 후드를 깊게 눌러쓰고 있었기에 그 여자 노예의 얼굴이 정확하게 기억나지 않았다.

그런 커다란 로브야 대륙 이쪽저쪽을 여행하는 방랑객들이라면 누구든지 입는 것이다. 지금도 돈이 없는 마을의 하층민은 대충 검은 천을 잘라 내어 몸에 두르고 다니기 때문에 '검은색 로브'를 걸치고 있다는 것은 큰 특징이 되지 못했다.

족장이 답답하다는 듯 가슴을 퍽퍽 내리치며 아이들을 재촉했다.

"왜, 왜 말이 없는 게야? 그, 그 계집도 신인류였던 것이냐? 으, 응?"

"히, 힘이 무식하게 셌어요."

"목소리도 엄청 컸고요."

"그리고 또 왜 반말을 하느냐고 화를 냈어요. 부모님이 그렇게 가르쳤냐고 묻기도 했고요. 미친 노예인 것 같았어요. 정신이 나가서 사슬에 묶어 둔 아줌마였든가요."

아이들은 조잘조잘 제가 기억하는 대로 단서를 내뱉었다. 제드의 얼굴이 점점 창백해지다 못해 퍼렇게 질려 갔다.

아버지는 괴물에게 일행이 있다는 소리에 몹시 흥분하고, 또 두려워하는 것 같았다. 저주를 내린 괴물이 그에게 얼마나 위협을 가할지 모르는 상태인데, 그도 모자라 힘 있는 동료까지 있다면 괴물을 처리하기가 쉽지 않을 테니 말이다.

그러나 제드는 잘 알고 있었다. 천사 같은 레이디가 그 흉물스러운 신인류와 같은 괴물이 아닌 것을.

그러고 보니 저주를 내린 괴물로 인해 너무 까무러치게 놀란 탓에 레이디에게 고맙다는 인사도 못하고 머저리처럼 도망을 쳐 버렸다. 그녀의 앞에서 두 번이나 꽁지가 빠지게 도망쳐 버린 것이다.

제드는 자신이 한심해서 죽을 것만 같았다. 만난 지 고작 하루뿐이었지만 제 말을 들어 주고, 말동무도 되어 주고, 저의 말을 믿어 준 유일한 사람이었다. 거기다 그 연약한 몸으로 용감하게 맞서서 자신을 구해 준 고마운 사람.

그 고맙고 예쁜 사람이 저 불한당 같은 놈들의 혓바닥에서 세상 둘도 없는 악마가 되어 현란하게 씹히고 있었다. 제드는 두 손을 들고 잘근잘근 손끝을 깨물었다. 그분은 고마운 분이지, 절대 나쁜 사람이 아니라고 말해야 했다.

하지만 아버지가 저렇게 시뻘건 토마토로 변하여 숨넘어갈 듯이 화가 나 있는데, 대체 어떻게 그녀의 결백을 밝힐 수 있을까. 어떻게.

"어, 어, 어쩔 수 없군. 그, 그렇다면 마, 마을에 있는 거, 검은색 로브를 입고, 사, 사슬에 묶인 모, 모든 여자를 잡아들일 수밖에. 여, 여봐라! 마, 마을에 풀어 놓았던 용병들을······."

이윽고 족장이 결단을 내렸는지 아랫사람을 불렀다. 제드는 저도 모르게 튀어 나가 아버지의 앞을 막아섰다. 그리고 꽥 소리를 질렀다.

"그, 그분은 괴, 괴물의 일행이 아니에요!"

그의 커다란 목소리에 방 안이 적막에 휩싸였다. 모든 이들의 시선이 자신에게로 쏠린 것을 알고 제드가 겁먹은 얼굴로 목을 조금 움츠렸다. 싸늘한 정적을 깬 것은 그의 아버지, 족장이었다.

"그, 그것이 무슨 소리냐?"

"아, 아부지. 그, 그분은 괴물의 일행이 아니에요! 저, 절대로요! 그, 그분은 제 말을 들어 줬고 또, 또, 제가 말더듬이라고 놀리지도 않았고 또, 또 저를 구해, 구해 주신······."

"그러고 보니 제드 형이 그 여자 노예를 잘 알고 있는 것 같았어요."

레이디에 대한 변호를 떠듬떠듬 늘어놓던 제드의 말허리를 싹둑 자르고 얄미운 목소리가 끼어들었다. 제드는 놀라서 퍼드덕 몸을 떨다가 목소리의 근원지를 돌아보았다. 그때까지 입을 다물고 있던 빨간 머리가 비웃음이 가득 담긴 눈으로 그를 고깝게 바라보고 있었다.

"뭐, 뭐? 내, 내 아들과 자, 잘 아는 사이라고?"

"네. 그 여자가 제드 형을 위해 마을에서 이 저택 안에만 있는 뤼미에르를 가져다준다고 했어요. 그 말이 뭐겠어요? 결국 그 신인류 괴물과 함께 이 저택에 있는 꽃들을 훔치려 하는 거예요!"

"뭐, 뭐, 뭐라!"

빨간 머리의 입에서 사실과는 전혀 다른 말들이 줄줄 쏟아졌다. 말도 안 되는 소리에 제드가 눈을 부릅떴다.

그것은 아버지 또한 마찬가지였다. 오히려 경악한 채 굳어 있는 제드는 양반이었다. 아버지는 흡사 산 채로 배럴_{서양에서 술을 담을 때 사용하는 나무통}에 담겨 바다에 내던져지는 사람처럼 흰자위에 굵직한 핏줄을 드러낸 채 푸들푸들 떨었다.

"그, 그 발칙한 계집을 잡아야 해! 그, 그것이 뤼미에르를! 뤼, 뤼미에르를……!"

아버지가 벼락같은 노성을 터뜨렸다. 빨간 머리는 제 비열한 수가 먹혀들어서 즐거운지 빙글빙글 웃으며 고개를 끄덕였다. 하지만 빨간 머리가 모르는 것이 하나 있었다. 아버지가 그깟 뤼미에르 꽃을 훔치려는 일당 때문에 이렇게 헐떡이는 것이 아니라는 것을.

제드는 경악으로 홉떠진 눈을 하고 빨간 머리를 멍하니 쳐다봤다. 어쩌면 저 애도 알고 있을지도 모른다는 생각이 들었다. 그렇지만 뤼미에르가 어떤 역할을 하는 것인지도 알고 있을까? 제 아비인 데이비슨에게 들어서 알고 있기 때문에 이렇게 아버지를 도발하는 것일까?

뤼미에르는 족장의 저택 가장 깊숙하고 아주 비밀스러운 곳에서만 밝게 빛난다. 그리고 그곳에 그보다 더 은밀하고 무서운 것이 숨겨져 있다는 것을……."

"제드 형이 그 여자의 얼굴을 아주 잘 알 거예요. 오늘도 그 여자를 만나러 갔다가 저희에게 들킨 것이거든요. 그러니 제드 형을 통해 그 여자를 찾을 수 있을 거예요."

"이, 이런! 머, 멍청한 것!"

아버지의 분노의 화살이 다시 제드에게로 향했다.

'아니에요! 그런 것이 아니에요! 그 사람은 나쁜 사람이 아니고, 나쁜 것은 저 애들이에요! 나쁜 것은, 나쁜 것은!'

제드가 항변을 위해 끊임없이 입술을 달싹였다. 하지만 머리가 온통 하얗고 몸이 얼어붙어 그 필사적인 발언들은 모두 입 속에서만 맴돌았다.

그사이 족장이 다시 제드의 얼굴 위로 두꺼운 손바닥을 날렸다. 철썩! 날카로운 고통이 오른쪽 뺨을 후려쳤다. 같은 데를 우악스러운 힘에 연속해서 맞았기 때문인지 입 안에 비릿하고 찝찔한 혈 향이 훅 퍼졌다.

분에 못 이겨 한 번 더 제드를 후려치려고 손을 들던 족장은 이러고 있을 때가 아니라는 것을 용케 자각했는지 서둘러 방 안의 사람들에게 축객령을 내렸다.

"이, 이만 나가 보거라. 수, 수고했다. 도, 도와준 사례는 지, 지주들을 통해 전달하도록 하마."

"이왕이면 저희들도 뤼미에르 꽃 좀 구경하게 해 주실 수 있어요? 빛나는 꽃이라니, 정말 어떻게 빛이 나는 건지 가까이서 보고 싶어요. 제드 형에게 부탁해도 좀체 보여 주질 않거든요."

아이들과 화백이 다 같이 우르르 자리에서 일어섰고, 빨간 머리가 제 아비처럼 깍듯이 고개 숙여 인사하며 덧붙였다. 제드는 빨간 머리의 마지막 말을 듣고 깨달았다. 아, 모르고 있구나. 아직 녀석은 꽃의 용도를 모르는 것이다.

아버지는 녀석의 요청에 대답하지 않았다. 아마 그는 머릿속에 제드와 같은 생각을 떠올리고 있을지 모른다.

인사 후 방을 나가던 아이들 중, 마을에서 세 번째로 가는 지주의 아들이 불쑥 족장을 불렀다.

"참, 그런데 아저씨. 아니, 족장님."

"그, 그래. 무, 무슨 할 말이라도 있느냐?"

"그 손이 발톱으로 변하는 신인류 괴물이 정말 선대 족장님과 족장님, 그리고 제드 형에게 저주를 내린 게 맞아요?"

다들 궁금했던 질문이었는지 방을 나서려던 아이들도, 몽타주를 그리던 화가들도 눈을 빛내며 족장과 제드를 번갈아 보았다. 그들의 노골적인 시선에 아버지가 '허, 헉' 하고 숨을 들이켰다. 남들에게 고함을 지르고 화를 내며 기세등등한 척했지만, 아버지 또한 저와 다를 바 없다는 것을 제드는 잘 알고 있었다.

그는 주머니에서 손수건을 꺼내 이마를 타고 뚝뚝 흐르는 땀을 더듬더듬 닦아 내며 애써 웃었다.

"저, 저, 저주라니?"

"왜 그 있잖아요, 족장님과 제드 형이 말을 더듬는 게 그 괴물이 내린 저주 때문이라고. 선대 족장님이 몇십 년간 저택에서 한 발짝도 나오지 않는 것도 다 그 때문이라고 했는데……."

"누, 누가 그런 헛소릴! 저, 저주라니! 그, 그런 것이 있을 리가 없지 않느냐!"

"그래도요. 마을 안에서 말을 더듬는 건 아저씨와 제드, 딱 둘뿐이잖아요? 혹시 알아요? 정말 소문처럼 선대 족장님이 신인류 괴물에게 저주를 받아서……."

"도, 도련님. 그만, 그만하고 나가셔야 할 듯합니다."

족장이 정말 허옇게 눈을 까뒤집고 넘어가기 바로 직전, 다행스럽게도 눈치 빠른 족장의 전용 화백이 황급히 다가와 아이들을 데리고 나갔다.

탁. 내부 안에 있던 사람들이 모두 빠져나가고 문이 닫히자, 넓은 방 안에는 족장과 제드만이 남겨졌다.

"너, 너, 너는!"

곧바로 제드에게 벌컥 화를 내려던 족장은 이내 애처로운 아들의 꼴을 보고 분을 삭였다.

값비싼 원단과 몸값 높은 재단사를 불러와 고이 지어 입힌 하나뿐인 아들의 옷은 온통 먼지와 발자국으로 뒤덮여, 하층민의 것과 같은 천 조각으로 변해 있었다. 미워도 하나뿐인 아들이라, 막상 화를 내고 구박을 주려다가도 저런 꼴을 보면 마음이 약해졌다.

핏줄이 선 족장의 벌건 눈이 제드의 위아래를 훑었다. 까드득, 그의 입에서 살벌하게 이가 갈리는 소리가 들렸다. 자신이 당연히 올라야 할 족장의 자리를 마을 지주들의 눈치를 살피며 오르는 것도, 하나뿐인 자신의 아들이 이런 수모를 당하는 것도 다 그 빌어먹을 괴물 때문이다.

그 염병할, 그 빌어먹을, 그 악마 같은 괴물. 선대 족장―어제 죽은 족장의 아버지―이 괴물에게 저주를 내리지만 않았어도, 자신과 아들이 이렇게 병신처럼 말을 더듬지도, 그로 인해 평생 오욕과 수치를 달고 살지도 않을 텐데.

통통한 두 주먹에 힘을 꽉 준 족장이 거칠게 씨근덕거리며 머리를 굴렸다. 그간 겪어 온 참담한 모욕과 수모도 오늘부로 끝이다. 드디어, 드디어 저주를 내린 그 괴물을 찾았다. 그러니 이제 이 지긋지긋한 저주도 모조리 다 풀 수 있을 것이다.

방금 전까지 분노로 가득 차 있던 족장의 가슴에, 희망이 부풀기 시작했다. 끝이라는 말이 달콤하게 귀를 간질였다.

"저, 저, 전문 용병들을 부를 테니, 다, 당장 그들을 따라 마, 마을에 있는 그 노예라는 계집과 괴, 괴물을 찾아내도록 해라. 너, 너는 그 계집과 자, 잘 아는 사이라 했으니, 그, 그들이 묵고 있는 곳이 어, 어, 어딘지 알겠지?"

족장은 나름 부드러운 목소리로 아들에게 말을 건넸다. 아까 데이비슨의 아들놈에게서 그 말을 들을 때는 미치도록 화가 났었는데, 이제 그들의 행선지를 알고 있다는 제드가 참으로 사랑스러워 보였다.

하등 쓸데도 없고 병신 짓만 하며 돌아다니는 줄 알았더니, 예상치 못한 곳에서 자신에게 도움을 준다. 족장의 시선이 조금 관대해졌다.

아버지가 건네는 보기 드문 따스한 목소리에 초점 잃은 얼굴로 서 있던 제드가 몸을 움찔거리며 그를 돌아보았다. 제게 한 말이 맞는 것인가 싶어 아버지의 안색을 조심스레 살피던 제드의 얼굴이 이내 일그러졌다. 그는 천천히 고개를 저었다.

"그, 그 레이디는 괴, 괴물과 일행이 아, 아니에요, 아버지."

"이, 일행이든 일행이 아니든 그, 그것은 중요하지 않아! 그, 그 노예가 괴, 괴물과 같이 다닌다는 사실이 주, 중요한 것이지! 게, 게, 게다가, 거, 검은 안개를 노린다지 않느냐!"

"레, 레이디는 그, 그런 거 잘 몰라요! 뤼, 뤼미에르 꽃도 처음 봤다고 했는걸요! 그, 그런 나쁜 사람 아, 아니에요!"

"나, 닥쳐! 나, 닥치고 어, 얼른 그것들을 찾아와!"

제드가 용기를 내어 레이디를 두둔했지만, 아버지에겐 씨알도 먹히지 않았다. 오히려 그는 아까 화백이 쥐어 준 몽타주를 내밀며 채근했다.

"바, 받거라! 괴, 괴물의 몽타주다!"

"시, 싫어요! 레, 레이디를 해치는 일, 저, 저는 못해요!"

"이, 이, 이런 쓸모없는……! 다, 당장 받아!"

"시, 싫어요! 아, 안 찾을 거예요!"

대체 그 계집이 제드에게 무슨 요사스러운 짓을 한 것인지, 아버지의 말이라면 껌뻑 죽던 제드가 생전 처음으로 완강하게 그의 말을 거부했다.

이런 모자란 자식! 족장은 속이 탔다. 1시간, 아니 1분, 아니 1초가 급박하게 돌아가는 상황이었다. 빨리 그 괴물을 잡아들여야 했다. 그래서 저주를 풀고 족장으로서의 위엄을 다져야 했다.

또 언제 올지 모르는 기회였다. 선대 족장처럼 평생을 저택에 갇혀 살 수는 없었다. 평생을 말더듬이로 살아왔으니 이제는 저주를 풀고 행복을 누려도 될 때가 아닌가.

족장은 말을 좀체 듣지 않은 아들 때문에 머리끝까지 화가 솟았지만 가까스로 억눌렀다. 어찌 됐건 괴물의 일행을 알고 있는 자는 제드뿐이니 어떻게든 구워삶아 그 발칙한 것들을 찾아내야 했다.

족장은 애써 누그러뜨린 목소리로 아들을 달랬다.

"우, 우리가 저주에 걸린 것은 다, 다, 그 비, 빌어먹을 새 신인류 때문이다. 우, 우리의 저주는 내 아버님부터 시작해서, 나, 나에게로, 그리고 내, 내 아들인 너에게까지 대, 대를 물림해서 내려온 거야. 너, 너도 할아버지를 봤잖느냐? 저, 저주를 받아 혀, 혀가 뽑혀 평생 말 못하는 버, 벙어리로 사셨다! 나, 나도, 너도 내, 내 아버지처럼 마, 말년엔 말을 더듬는 것도 모자라 혀, 혀가 뽑혀 버, 벙어리로 살지도 몰라!"

"아, 아부지……."

저주에 대한 무시무시한 실체를 토해 내는 족장의 모습에 제드가 겁을 집어먹으며 울먹였다. 하지만 이건 모두 사실이었다. 족장과 제드만이 아는 비밀이었다.

이 세계에서 가장 높은 산에서 내려와 인간의 영토를 빼앗아 살고 있던 무시무시한 신인류들을 몰아내고 마을 사람들을 정착시킨 위대한 족장의 이면은 어두웠다.

마을 사람들은 그저 저주 때문에 족장의 몸이 편치 않아 저택에서 한 발짝도 못 나오는 것뿐이라고 믿었고, 시간이 지날수록 저주에 대한 소문은 퇴색되었다. 벙어리인 선대 족장을 대신하여 사람들 앞에 나선 것은 그나마 떠듬떠듬 말이라도 할 수 있는 제드의 아버지였다.

아버지를 대신해서 앞에 나설 때마다 쏟아지는 치욕보다 더한 동정. 저런 머저리 같은 아들과 손자를 둔 위대한 족장이 불쌍해 미치겠다는 마을 사람들의 시선. 해를 거듭할수록 신인류에 대한 그의 증오는 쌓여만 갔다.

그리고 이젠 그들과 대적해도 지지 않을 힘과 기술이 제 손안에 들어왔다. 그것을 실행시키기 위해선 먼저 자신을 깔보고 비웃던 놈들로부터 모든 것을 빼앗은 후 내치고 죽여야 했다. 그래서 족장 일가의 위엄을 되찾아야 했다.

그런데 마치 신이 도운 것처럼 때마침 저주를 풀 수단을 찾은 것이다. 저주만 푼다면, 말더듬이에서 벗어난다면 제일 먼저 데이비슨의 목을 칠 것이다. 그 뚱땡이 데이비슨 자식의 목을 커다란 식칼로 난도질하는 상상을 하니, 무겁게 가라앉았던 가슴이 다 후련해지는 것만 같았다.

바삐 돌아가는 머리를 내색하지 않으며 족장은 다시 제드를 설득했다.

"어, 언제까지 병신 취급을 당하며 사, 살 수 없다, 제, 제드. 이, 이건 시, 신께서 우리의 저주를 따, 딱히 여겨 내려 주신 기, 기회야."

"그, 그, 그치만, 저, 저주를 내린 그 신인류를 잡는다고 저, 저주가 풀리는 것은 아니잖아요……."

"아니!"

제드의 소심한 대꾸에 족장이 아주 드물게 말을 더듬지 않고 불신의 싹을 잘랐다.

"그, 그것을 잡아 사, 산 채로 씹어 먹어야 저, 저주를 풀 수 있다! 이, 이건 네 할머니가 알려 주신 거야! 그, 그 황조롱이를! 그, 그 황조롱이를……!"

족장이 시뻘겋게 충혈된 눈으로 피를 쏟듯이 외쳤다.

제드는 이러다가 아버지의 기도가 막혀 죽어 버릴까 걱정이 되었다. 그는 발작처럼 황조롱이를 외쳐 대는 족장에게 다가가 서둘러 부축했다. 족장이 와락 손을 뻗어 강한 힘으로 제드의 팔을 움켜쥐었다.

"제, 제드. 우, 우리는 꼭 저, 저주를 풀어야 한다. 저, 저주를, 저주를……. 그, 그러기 위해선 그, 그 괴물의 일행을 차, 찾아내야 해. 바, 반드시, 찾아내야만 해."

족장의 눈에서 기이한 광기가 번들거렸다. 제드는 오싹 몸이 떨렸다.

아버지의 말마따나 제드 또한 저주를 풀고 싶었다. 그러나 저주를 푸는 것과 엄한 사람을 해치는 것은 엄연히 다른 일이었다. 제드는 망설이다 입을 뗐다.

"하, 하지만 아부지. 그, 그 레이디는 저, 정말 나쁜 사람이 아니에요. 저, 정말로 조, 좋은 분이에요…….."

"제, 제드 네가 정 그렇다면 그, 그 여자는 건들지 않으마."

"저, 저, 정말요?"

한 수 물러나는 족장의 태도에 제드가 눈을 댕그랗게 뜨고 되물었다. 족장이 연신 고개를 끄덕였다.

"그, 그래. 그 괴물만 찾으면 그, 그 노예는 손도 대지 않겠다. 그, 그러고말고. 그, 그러기 위해선 제드 네가 저, 적극적으로 그들을 찾아내야 한다. 아, 알겠느냐?"

제드는 아버지의 말에 입술을 꼭 깨물고 고민했다. 하지만 여러 번 고민해도 나쁘지 않은 일이었다. 그는 그 흉악한 괴물이 어떤 식으로 지주의 아들들을 내쫓았는지 똑똑히 보았다. 정말 오줌을 지릴 정도로 무서운 광경이었다.

대부분의 신인류들은 완전한 인간의 형태를 유지하지 못했다. 얼핏 주워듣기로는, 그들이 불안정한 2세이거나 완벽하게 인간의 형태로 변신할 만한 힘이 부족했기 때문이라 했다. 그리고 인간의 형태로 변하지 못한 부위는 대체로 입, 코, 귀, 꼬리 등 마을 사람들에게 별로 위협이 될 만한 것이 아니었다.

하지만 레이디와 함께 있던 그 신인류는 달랐다. 스치기만 해도 베일 것 같은 날카로운 발톱. 그것을 마구 휘둘러 대던 신인류는 지주들의 아들들이 모두 도망친 후 감쪽같이 발톱을 감추고 완벽하게 인간으로 변한 손을 흔들었다. 신인류가 변신할 때마다 들리는 '펑' 하는 커다란 소음과 뿌연 안개도 없이, 그저 그냥 허공에 손을 흔드는 것만으로.

그 신인류는 강한 힘을 지닌 신인류였다. 그 강한 힘으로 할아버지와 아버지와 저에게 저주를 내린 것이다. 또한 레이디에게도 위험한 인물이 틀림없었다.

레이디가 위험하다는 생각에 제드는 물에서 깨어난 사람처럼 몸을 한 번 퍼덕였다.

"야, 야, 약속하시는 거예요. 레, 레이디는 터, 털끝 하나도 다치면 안 돼요."

제드가 족장에게 다짐하듯 반복해서 말했다. 족장이 번들거리는 눈알을 굴리며 환하게 웃었다.

"그, 그럼, 그럼. 어, 얼른 나가서 찾아보거라. 어, 얼른!"

"가, 가, 가 볼게요!"

아버지의 재촉에 제드가 다급하게 몸을 돌려 방 안에서 뛰어나갔다. 한시가 급했다. 빨리 그 끔찍한 괴물에게서 아름답고 연약한 레이디를 구해 내야 했다. 지금도 레이디가 그 흉측한 사슬에 묶여 마을 어딘가를 질질 끌려 다니고 있을 것이란 생각에 발걸음이 절로 빨라졌다.

순식간에 사라지는 멍청한 아들의 뒷모습을 바라보던 족장은 제드가 저택을 나서고도 한참이 지난 후에야 더듬더듬 사람을 불렀다.

"바, 밖에 드, 들어오너라."

"예, 족장님. 부르셨습니까요."

밖에서 대기하고 있던 우락부락한 용병대장이 잽싸게 들어왔다. 비록 자신이 내미는 돈 때문에 굽실거릴지라도, 족장은 저를 진짜 족장처럼 대해 주는 용병이 참으로 마음에 들었다.

족장이 오만한 귀족의 표정을 흉내 내며 오동통한 손가락으로 탁자 위에 너저분히 널린 종이를 가리켰다.

"제, 제드를 따라 마, 마을을 샅샅이 뒤져 이, 이것을 찾아 데려오도록 하게."

"흠, 이 갈색 머리 꼬맹이를 말씀이십니까?"

뚜벅뚜벅 탁자 근처로 걸어온 남자가 널브러진 종이 중 한 장을 들어 올렸다. 족장 또한 다가와 다른 종이를 집어 들며 말했다.

"그, 그, 그래. 이, 이 괴물…… 아, 아니 신인류를."

"이런 조막만 한 것을 잡아 오는 건 식은 죽 먹기죠. 근데 이 꼬맹이를 뭐에 쓰시려고 그러십니까요? 아, 그리고 보니 이번에 온다던 그 눈족 장로라는 여자가 이런 어린 소년을 바치라고 하지 않았습니까?"

"쉬, 쉿! 이, 이, 입조심하게! 누, 누가 들으면 어쩌려고!"

주위를 살피며 손가락을 입에 가져다 대는 족장을 보고 용병대장이 헤벌쭉 웃었다.

"이런 짓 한두 번 하는 것도 아니고……."

"어, 어쨌든! 아, 아직 이런 것이 시, 신인류들의 귀에 들어가면 저, 절대로 안 되니까. 야, 약이 추, 충분히 공급될 때까지……. 그, 그래! 참, 그, 그놈을 잡을 땐 꼭 야, 약을! 그, 그 약을 쓰도록 하게."

"잡을 때 바로요? 이런 애새끼한테요?"

용병대장이 무슨 이딴 것을 상대로 약까지 쓰냐며 눈살을 찌푸렸다. 그러나 족장은 안심할 수 없었다. 조금도, 아주 조금도 빠져나갈 틈을 주지 않고 숨통을 죄어야 했다.

"그, 그래. 보, 보기보다 녹록지 않은 놈이야. 조, 조심하게."

"뭐, 알겠습니다. 추적은 어디서부터 시작하면 될깝쇼?"

"그, 그 신인류와 같이 다니는 노, 노예 계집이 있다는데."

"예? 노예 계집이요? 그 계집도 신인류입니까?"

"그, 글쎄. 그, 그건 잘 모르겠네. 제, 제드가 보면 알 걸세."

"그래서 그 계집은 어떻게 하라구요?"

용병대장이 성급하게 물었다. 족장은 말없이 제 손의 그림을 내려다보았다. 갈색 머리를 한, 많아 봤자 열대여섯쯤 돼 보이는 인물의 스케치가 종이 위에 그려져 있었다.

얼굴을 자세하게 알 수 없어 아쉬웠으나, 이걸로 단서는 충분했다. 갈색 머리, 황금색 눈동자. 검은색의 잘 벼려진 발톱이 달린 발을 머리 위로 날카롭게 치켜든 모습.

대충 그려진 그림으로만 보아도 역겹고 치가 떨렸다. 선대 족장이 편집증 환자처럼 그려 대던 그 무섭고 두려운 신인류의 모습과 일치했다. 게다가 사슬에 묶여 있는 노예 계집 일행. 이 정도면 마을 안에서 찾기 충분한 단서다. 충분하고말고.

괴물에게 일행이 있다는 데에 생각이 미치자, 족장은 좀 더 빠릿빠릿하게 머리를 굴려 보았다. 데이비슨 아들놈의 말로는 그것들이 뤼미에르를 훔치려 한단다. 우락부락한 용병들이 첩첩이 쌓여 있는 족장의 집 안에서 감히 도둑질을 하려 들다니.

족장은 그것이 성공할 것이라는 생각은 1퍼센트도 하지 않았다. 하지만 모든 위험은 '사전에 제거해야 한다.'는 말이 있다. 그것이 어떤 인간이든, 어떤 신인류든 싹을 짓밟고 불로 지져 허튼짓을 할 틈을 주지 않고 우둑우둑 씹어 먹어야 했다.

족장은 두툼한 살집이 잡힌 입꼬리를 끌어 올렸다. 웃지 않으려고 해도 자꾸만 입술 사이로 비실비실 웃음이 흘러나왔다. 신이 자신을 돕는 것이 틀림없었다. 갑작스럽게 방문하는 눈족 장로의 취향에 맞는 것을 찾지 못해 아침부터 체한 것처럼 불편하던 심기가 말끔해졌다.

눈족과의 거래도, 저주를 풀 방법도 이렇게 한 번에 쉽게 손안으로 들어오다니. 믿을 수가 없을 지경이다. 운이 좋아서 그 노예 계집이 괴물과 같은 신인류라면, 눈족 놈들에게 팔아먹을 수도 있겠지.
 그러면 더 많은 검은 안개가 제 손에 들어올 테고, 그리고 자신은 그것을 이용해서 더, 더 많은…….
 "어떻게 하냐니까요, 족장님?"
 용병대장의 짜증 섞인 채근에도 족장은 웃었다. 덧니가 삐뚤빼뚤 자란 흉측한 이가 보일 정도로 환한 미소였다. 그리고 그는, 오늘에만 두 번째로 더듬지 않고 말을 내뱉을 수 있었다.
 "당연히 그것도 같이 끌고 와야지."
 헤에, 일석이조. 아니, 일석삼조다.

 처음 약속은 분명 건물 근처에서 30분만 적당히 시간을 때우다가 되돌아가는 것이었다. 조롱이는 도망간 들쥐를 죽이기 위해 떠난 제 주인님께서 그들이 나갔다는 것을 조금도 눈치채지 않기를 소원했다.
 그것은 이예주 또한 별반 다를 바 없었다. 매번 갖은 계략과 말발로 그녀를 이겨 먹고 사슬에 묶어 두기까지 하는 남자였다. 그녀가 제 충신과 함께 사이좋게 손잡고 길거리를 나돌아 다니고 있는 것을 알면 그 미친놈이 어떤 식으로 난리를 칠지 상상만 해도 눈앞이 아찔했다. 정신 건강을 위해서는 애써 람이 알게 될지도 모른다는 가정을 훌훌 털어 버려야 했다.
 그녀는 문득 한산한 거리 위로 쨍쨍하게 내리쬐는 정오의 태양을 올려다보았다. 이런 식으로 나다니다가 조롱이의 주인 놈과 마주칠까 무서워 계속 후드를 푹 뒤집어쓰고 있었더니 등허리가 축축할 정도로 땀이 났다.
 아침의 서늘함은 완전히 사라지고 어느덧 한낮이 되었다. 이제 슬슬 돌아가 봐야 할 것도 같은데……. 그 멍청한 들쥐 놈이 생각보다 멀리 못 가 벌써 잡히기라도 했다면 큰일이었다.
 "조롱아, 우리 이제 돌아가 봐야 하는 거 아니야? 너무 덥기도 하고."
 그녀가 조롱이를 돌아보며 물었다. 큰일이라고 생각하는 것치곤 목소리에 별로 급박함이 담겨 있지 않았다.
 "에, 누나도 그 생각 했어여?"
 "네 주인이 벌써 들쥐 잡아서 돌아왔으면 어떡해? 우리 둘 다 네 주인 손에 죽는 거야?"
 그사이 동그란 모양에 가운데만 뻥 뚫린 새로운 형태의 건물에 시선을 빼앗긴 이예주가 흘러가듯 내뱉었다. 조롱이가 고개까지 설레설레 저으며 답했다.
 "들쥐를 벌써 잡았더라도 아직 안 돌아오셨을 거에여."
 "왜?"
 "붉은 개가 어제 늦게 들어와서 자기도 꼭 주인님이랑 마을 구경할 거라고 그랬어여."
 "뭐어?!"
 이예주가 불현듯 꽥 괴성을 지르며 자리에 우뚝 멈춰 섰다. 그 우렁찬 목소리에 조롱이가 화들짝 어깨를 떨다가 덩달아 주춤 멈춰 섰다.
 "왜, 왜여?"
 "마을 구경을 한다고?!"
 "에…… 네. 어젯밤에 테이블 위에 있는 누나 당과 보고 얼마나 화를 냈는데여. 그 오밤중에 주인님께 자기도 당과 먹고 싶다고 어찌나 노래를 불러 대던지……. 오늘 아침에 주인님을 따라갈 때까지 저랑 나비 아저씨는 붉은 개한테 말도 못 걸었어여."

아마 오늘 주인님이 당과를 사 줄 때까진 밖에서 생떼를 부릴 거에여, 어휴. 서슬 퍼런 기색을 내뿜던 붉은 개가 떠오른 조롱이가 덧붙였다.

조잘조잘 떠들어 대며 자연스럽게 다시 걸음을 옮기려던 조롱이는, 문득 근처에서 풍겨 오는 오싹한 아우라에 흠칫했다. 그의 눈에 여태 걸음을 옮길 생각은 않고 부들부들 몸을 떨고 있는 이예주가 보였다.

망할! 역시 당과 가게로 먼저 갔어야 했어! 그녀의 온몸에서 흘러나오는 흉측한 기세에 조롱이가 주춤 물러섰다. 그가 움찔거리며 제가 했던 말을 돌이켜 보던 그때, 인간 여자가 고개를 번쩍 쳐들고 사납게 소리쳤다.

"당장! 당장 돌아가자!"

"예? 어, 어디를여?"

"어디긴! 그 토깽이네 주점인지 모텔인지 거기로!"

"에? 에? 그레이네 주점이여? 갑자기 왜여? 밖에 나오고 싶어 했잖아여."

"그 불여시가 네 주인 꼬드기고 있다며! 아악! 안 돼!"

머릿속을 스쳐 지나가는 상상의 나래에 그녀의 낯빛이 순식간에 창백하게 질렸다. 사이좋게 팔짱을 낀 채 네 당과가 맛있니, 내 당과가 맛있니 알콩달콩할 두 사람을 생각하니 피가 거꾸로 솟는 기분이 들었다.

아니 될 소리다, 절대로 아니 될 소리야! 누가 누구에게 당과를 사 준단 말인가! 자신은 그 요망한 것이 자신을 해치려고 했던 것을 눈감아 주는 대가로 받아 낸 것이건만!

한가득 당과를 선물받고 꼬리를 치는 그 불여시에게 다정한 검은 색 눈으로 '묻히지 말고 먹어라.' 따위의 말을 할지도 모를 남자의 모습이 또 한 번 머릿속을 스쳐 지나갔다. 그녀는 입술을 꽉 깨물었다.

"절대로 안 돼!"

"뭐가 안 돼는데여?"

"당과랑 붉은 개!"

"엥? 붉은 개여? 주인님이 붉은 개에게 당과를 사 주는 거여?"

"뭐든! 여하튼 그 요망한 것과 람이 같이 있으면 안 된단 말이야! 그니까 빨리 가자! 얼른, 얼른!"

속이 타들어 가는 이예주가 조롱이의 손목을 우악스럽게 잡아끌고 전투적으로 걷기 시작했다. 빨리 되돌아가서 떼를 쓰든, 졸라 대든 요망한 것을 그에게서 잡아떼어 놓아야 했다. 그 생각이 온 머리를 지배해 그녀의 발길이 빠른 걸음에서 점점 뜀박질로 바뀌어 갔다.

"에엑! 누나! 예주 누나! 갑자기 왜 이래여! 그리고 이쪽 방향 아니란 말이에여!"

"뭐? 그럼 어딘데! 빨리 가야 되니까 앞장 서!"

사슬을 반대편으로 잡아당기며 걸음을 멈추길 종용하는 조롱이에게 다급히 외치며 그녀가 발걸음을 돌렸다. 조롱이가 잔뜩 미간을 찌푸린 채 불만스럽게 떽떽댔다.

"주인님이랑 붉은 개가 벌써 돌아왔는지 어떻게 알아여!"

"일단 가서 어디 있는지 찾아내 가지고 떼어 내야지!"

"왜여?"

"그 요망한 것이 람에게 무슨 꼬리를 치고 있을지도 모르니까! 네 주인이 거기에 홀랑 넘어가면 어떡……!"

"그니까 왜여? 붉은 개가 주인님께 꼬리를 치든, 주인님이 붉은 개에게 당과를 사 주든 누나가 왜 둘을 떼어 놓냐구여. 지금까진 돌아가잔 소리 하나 안 하다가 갑자기 그래…….”
 이예주의 기행에 대해 이해가 가지 않는 점을 조롱이가 투덜투덜 토로했다. 물론 빛나는 꽃을 버린 것을 들키지 않기 위해 시간을 끄는 것은 절대 아니었다, 절대로.
 말로 뱉고 나니 인간 여자의 행동이 더욱더 이상하게만 다가왔다. 팔족 땅에서 나오면서 그녀는 가끔 나사가 하나 빠진 것처럼 행동하곤 했는데, 그것은 동쪽 대륙에 와서 붉은 개를 만난 후부터 더욱 심해졌다.
 붉은 개에게 적대감을 대놓고 보이는 것은 물론, 멀쩡하다가도 갑자기 괴성을 지르면서 제 머리를 잡아 뜯거나 혹은 욕설을 내뱉으며 화를 냈다.
 “붉은 개는 성격이 조금 날카롭긴 하지만 주인님을 모시는 신인류 중에서도 충성심이 매우 높은 신인류예여. 주인님이랑 붉은 개가 같이 있는다고 위험할 일도 없구.”
 조롱이는 제정신이 아닌 듯해 보이는 이예주를 향해 할 수 있는 한 친절하게 설명을 해 줬다. 그러나 그의 말에도 그녀는 뭐가 그리 마음에 안 드는지 심기가 불편함을 온 얼굴로 표현했다.
 “그치만 그 요망한 것이 네 주인을 좋아하는 눈치란 말이야. 네 주인은 외간 여자가 그렇게 막 들이대는데도 선도 안 긋고! 당연히 문제지!”
 “그게 누나랑 무슨 상관인데여?”
 “……응?”
 “붉은 개가 주인님께 어떻게 하고 주인님이 붉은 개를 어떻게 대하든, 누나랑은 상관없는 일이잖아여.”

고개를 갸웃거리며 되묻는 조롱이 때문에 이예주는 순간 말문이 턱 막혔다.

"어…… 그러니까……."

방금 전까지만 해도 머리가 화르르 타 버릴 것처럼 치오르던 천불이 찬물을 끼얹은 양 한순간에 확 꺼지는 것 같았다. 맞는 말이었다. 그것은 자신과는 상관없는 일이었다.

조롱이의 말이 소름이 끼치도록 맞는데, 참 이상하게도 이예주는 자신과 람이 전혀 상관이 없다는 것을 자각하자마자 온몸에서 힘이 빠져나가는 것만 같았다.

"그, 그렇지. 나랑은 상관없는 일이긴 한데……."

그녀가 조금 시무룩한 얼굴로 조롱이의 말에 수긍했다.

"이제 화 풀렸어여? 뜬금없이 왜 그렇게 악마처럼…… 아, 아니, 뜬금없이 왜 화는 내고 그래여?"

조롱이가 김이 팍 새 버린 이예주를 조심스레 바라보았다.

그의 질문에 그녀는 오히려 자신이 묻고 싶었다. 방금 전의 자신은 대체 뭐에 그렇게 화가 난 건지. 가슴에 불길이 일었고, 둘을 빨리 떼어 내야겠다는 생각밖엔 안 들었다.

이유를 자문하자면, 그냥 싫었다. 세세히 파고들자면, 이예주 자신도 왜 싫은지는 잘 몰랐다. 붉은 개가 제게 싸가지 없게 대해서? 아니면 자기를 죽이려 들어서?

하지만 현대에서의 자신을 떠올리자니 그것은 마냥 싫은 이유의 근거가 되지 못했다. 그녀는 자신을 적대하고 싫어하는 사람들을 무시로 일관해 왔었다.

과거의 저를 떠올리니 이예주는 불현듯 혼란스러워졌다. 왜 붉은 개는 무시할 수가 없지? 신경 쓰여. 그러니까 왜?

"그래도…… 완전히 상관없는 건 아니야."

거리 한가운데에 우두커니 서서 한참 무언가를 되뇌던 이예주는 끝끝내 삐죽거리며 한마디를 내뱉었다. 난감한 얼굴로 그녀의 고뇌가 끝나기를 기다리던 조롱이가 뭔 해괴한 소리냐는 듯 '에에?' 하고 고개를 갸웃거렸다.

이예주는 영문 모를 답답함에 가슴을 한번 쾅쾅 내리치고 반박했다.

"네 주인이랑 말이야! 나도 계약인지 뭔지 했으니까 아무 상관없는 건 아니지!"

"그 상관이 그 상관은 아니었는데여?"

황조롱이가 말한 것은 붉은 개와 주인님과의 관계에 이예주는 제삼자라는 것이었으나, 그녀는 도통 알아듣지를 못했다.

"어쨌든! 그리고 우린…… 키, 키…… 그것도 했단 말이야."

"뭐라구여?"

뒤로 갈수록 목소리가 작아졌기에 미처 듣지 못한 조롱이가 귀에 손을 갖다 대며 물었다. 그러나 그녀는 그저 울상을 지을 뿐 내가 네 주인과 키스를 했노라, 당당히 밝히지 못했다.

그녀가 조용히 속삭인 말이 무엇이었는지 밝힐 생각을 않자, 조롱이는 금방 듣기를 포기했다.

"아무튼 돌아가는 길은 반대편이에여. 시간도 늦었으니 그럼 우리 이만 돌아가여, 누나."

조롱이가 앞장서서 걷기 시작했다. 기껏 사람 마음을 잔뜩 들쑤셔 놓고 나는 모르오, 하는 태도로 먼저 횡 걸어가는 녀석의 뒤에서 그녀는 한층 더 찌푸린 얼굴로 고민했다.

상관없다. 람과 자신은 상관없다라……. 왜 이렇게 그 말이 짜증이 나고 매몰차게만 느껴지는 것일까. 그리고 자신은 또 왜 그렇게 느끼는 것일까. 혹시 내가…….
"그래도 난 첫 키스인데……."
어린아이가 길을 잃어버린 것처럼 흐려진 얼굴로 이예주가 속삭이듯 질문했다.
"정말 상관없는 거야? 응?"
그러나 조롱이에게 들릴 턱이 없는 그 질문은 허공에서 흩어져 사라질 뿐, 그녀에게 명쾌하게 답을 돌려주지 못했다.

"조롱아. 진짜 여기가 돌아가는 길 맞아? 대체 토끼네 집은 언제 나오는 거야……."
벌써 세 번째로 그레이의 주점 건물과는 전혀 다른 건물에서 돌아서며 이예주가 결국 참아 왔던 불만을 터뜨렸다. 돌아다닐 때는 주점에서 별로 멀리 오지 않은 것 같았는데, 막상 되돌아가려고 하니 생각보다 길이 멀었다.
사실 길이 먼 것은 되돌아가는 것과 무관했다. 문제는 저만 믿으라며 앞장섰던 조롱이 자식이 영 길을 못 찾고 헛다리만 짚어 댄다는 것이었다.
"힝, 분명 여기가 맞는데."
그녀의 재촉에 조롱이가 울상을 지었다. 분명 토끼 특유의 풋내와 그레이의 주점에서 파는 마시는 알코올 냄새가 나서 쪼르르 달려가 보면, 그레이는커녕 웬 모르는 인간들만 잔뜩 들어차 있었다.
어느 틈에 마을의 깊숙한 중심지로 더욱 들어오게 됐는지, 신인류가 운영하는 가게는 좀처럼 보기 힘들었다. 시간은 점점 가고, 여전히 둘은 어딘지 모를 대로변을 빙빙 돌고 있었다.
가도 가도 자꾸만 처음 보는 길이 나오자, 아까부터 조금씩 쌓이던 이예주의 불안은 한계까지 치솟았다. 정말 너무 늦은 것 같은데. 이젠 얼른 되돌아가서 한 번도 침대에서 벗어난 적 없다는 듯, 시치미를 뗄 타이밍 같은데.

그런데 그레이의 주점은 코빼기도 보이지 않았다.

"너 진짜 길 아는 거 맞아? 이럴 줄 알았으면 안 나왔지!"

"씨잉, 누나가 나오자고 했잖아여!"

"네가 길 안다며! 어떡해. 우리 이렇게 뭉그적거릴 때가 아니야. 진짜 네 주인이 나 또 도망친 줄 알면 나 죽어! 아니, 나만 죽는 줄 알아? 여기 동쪽 대륙 다 때려 부순다고 했단 말이야, 으으!"

이예주는 방금 전 조롱이가 쪼르르 다가가서 보고 온 건물과 그 옆 건물들을 손으로 마구 가리키며 끔찍하다는 듯 몸을 부르르 떨었다. 그녀의 움직임에 따라 조롱이와 이어진 사슬이 짤캉짤캉 공중에서 시끄럽게 울었다. 지나가는 사람 몇몇이 그들을 돌아보았다.

"저는 가장 잔인한 소멸이에여…….."

두려움 가득한 이예주의 외침에 조롱이는 힘없이 대꾸했다. 그녀는 입을 다물었다. 아침에 조롱이가 말해 주었던 가장 잔인한 형벌이 떠올랐기 때문이다. 어쨌거나 둘은 모두 남자가 알면 죽는다는 빌어먹을 상황에 처해 있었다.

"우리…… 우리, 그럼 길 잃은 거야?"

심각한 조롱이의 얼굴에 이예주가 덩달아 울먹이며 말했다. 나, 난 아직 죽기 싫단 말이야. 그 미친놈이 이번엔 정말 어떻게 나올지 몰라. '문'을 타고 다시 도망이라도 가야 하나?

이예주가 진지하게 도망칠 궁리를 하는 사이, 주변을 한번 쭉 둘러본 조롱이가 애써 환한 얼굴로 그녀를 달랬다.

"아니에여! 길을 잃다니여! 우리가 너무 멀리 와서 그런 거예여.

이제 거의 다 왔어여. 저쪽에서 술 냄새가 나는걸여!"

"방금 전에도 그 말 했잖아…….."

그렇다. 방금 전에도 이쪽에서 톡 쏘는 알코올 특유의 냄새가 난다면서, 이번엔 확실하다고 이예주를 끌고 온 장본인이 바로 그였다.

찔리는 것이 있는지 조롱이는 잠시 침묵했다. 금안을 도르르 굴리며 할 말을 고르던 그가 이내 다시 입을 열고 긍정적으로 말했다.

"이, 이번엔 맞을 거에여! 저쪽으로 가 봐여, 누나! 예?"

이예주가 통 움직일 생각을 않자, 그가 조막만 한 손으로 그녀의 사슬을 쭉 잡아당기며 움직였다. 마지못해 조롱이를 따라 움직이며 이예주는 한숨 쉬듯 말했다.

"이러다가 설마 마을 안에 있는 주점이란 주점은 다 돌아다니는 거 아닐까?"

"에이, 설마여. 아니에여. 이제 거의 다 왔다니까여."

하. 그래, 이번엔 진짜겠지. 그녀는 갑자기 체력이 극심하게 고갈되는 것을 느끼며 제발 그레이든 화이트든 블랙이든, 어느 곳이든 나왔으면 좋겠다고 생각했다.

하지만 설마는 언제나 그렇듯 사람을 잡았다. 마을 안쪽에는 눈을 씻고 찾아 봐도 신인류가 드물었다. 간신히 후미진 골목 구석에 있는 가게의 뱀 신인류에게 그레이의 주점으로 가는 길을 묻고 나오니 하늘이 붉었다.

"누나, 우린 계속 마을 남쪽으로 잘못 왔던 거 같아여. 뱀 말이 북쪽으로 가야지 나온대여."

"……우린 죽은 목숨이야."

길거리 한복판에 우뚝 서서 노을이 지기 시작하는 하늘을 바라보며 이예주가 중얼거렸다. 이젠 숙소로 되돌아가는 것 따윈 아무런 의미도 없었다. 되돌아가든, 가지 않든 자신은 죽는다. 그 눈깔 시뻘건 미친놈에게.

죽은 목숨이라는 이예주의 말에 조롱이는 대답하지 않았다. 하긴, 양심이라는 게 있다면 대답할 수 없겠지……. 조롱이의 말만 믿고 하루 종일 걸어 다녔던 지난 시간을 생각하니 눈물이 앞을 가렸다.

"그래두 이제 가는 길을 알았으니 좀만 더 걸어여. 예?"

조롱이가 쩔꺽하고 다시 사슬을 잡아당겼다. 이예주는 그냥 자리에 주저앉아 버렸다.

"진짜 더 이상은 못 가. 덥고 힘들고 배고파……. 움직일 힘이 하나도 없단 말이야아…….'

"에, 아까 설탕 국물 사느라 금화는 다 써 버렸는데여……."

칭얼거리는 그녀에게 조롱이는 난처한 얼굴로 무일푼이라는 사실을 붙었다.

정말이지 아무 답도 없는 인생이구나. 흐흑, 이예주가 괴상한 신음을 흘려 대자 조롱이가 다시 한번 사슬을 짤캉짤캉 흔들어 대었다.

"좀만 힘내여! 이제 거의 다 왔다니까여!"

지금쯤이면 제아무리 날고 기는 들쥐라도 람의 손에 도륙이 되었을 것이다. 그리고 막상 돌아온 숙소에 사슬로 꽁꽁 묶어 둔 자신이 흔적도 보이질 않는다면……. 그 남자는 시뻘건 눈을 빛내며 벼락을 번쩍번쩍 내리칠지도 모른다.

아니다, 여긴 바다 앞이니 그녀의 세 배쯤 된다는 심해 문어의 아가리에 자신을 집어 처넣을지도 모르지. 그래서 문어의 산에 서서히 녹아 가는 자신을 보며 또 심해 생물을 좋아하느냐는 되먹지도 않는 질문을 해 댈지도.

"아악! 끔찍해!"

이예주는 상상만 해도 구역질이 치미는 끔찍한 장면들에 진저리를 쳤다.

"히잉, 너무 그렇게 안 좋게만 생각하지 마여! 나, 나쁜 인간들을 만나서 늦었다고 주인님께 잘 설명하면 용서해 주실 지도 몰라여. 주인님은 관대한 분이시니까여."

그녀는 조롱이의 말에 허탈하게 웃었다. 아직도 제 주인이 얼마나 미친놈인지 모르는 조롱이가 불쌍했다.

자, 이제 어떡하니, 예주야. 뜻대로 바득바득 우겨 밖으로 기어 나온 결과 이젠 목 닦아 놓고 참수만 기다리는 처지가 되었구나.

이예주가 울상을 한 채 일어날 생각을 않자 조롱이가 답답했는지 다시 한번 사슬을 흔들어 댔다. 녀석은 제 주인이 무섭지도 않은지 머릿속에 빨리 돌아가야 된다는 생각밖에 존재하지 않는 것 같았다.

"이렇게 꾸물거려서 늦을 바엔 차라리 빨리 돌아가서 용서를 구하는 게 나아여! 그러니까 일어나여, 누나."

"흑…… 나 무서워."

"아, 늦게 맞는 매보다 빨리 맞는 매가 더 낫다고 그랬어여!"

어디서 주워들은 말은 있어 가지고. 결국 조롱이의 채근에 못 이기는 척 일어나며 이예주는 마지막으로 희망을 걸었다.

"네 주인이 설마 길 좀 잃어버렸다고 죽이고 막 그러진 않겠지? 네 주인은 관대한 거 맞지? 응? 그렇지, 조롱아?"

조롱이는 절박한 질문에도 사슬을 끌고 걸음을 옮길 뿐, 말이 없었다. 그리고 한참 후에야 느릿하게 대꾸했다.

"……일단 가 봐여."

슬프게도 그 대꾸마저 이예주의 불안을 잠재워 줄 만한 것이 전혀 아니었다.

날이 저무니 한산하던 길거리도 사람들이 쏟아져 나와 복작복작했다. 아니면 그들이 사람이 많이 다니는 거리로 온 것인지, 문을 여는 식당도 꽤 되어 보였다.

반나절은 족장을 추모한답시고 다들 잠잠했었지만, 역시 산 사람은 살아야 하는 것일까. 아니면 그저 낮엔 너무 더워 사람들이 건물 밖으로 나오지 않은 것일지도 모르겠다.

이예주는 터덜터덜 걸으면서도 황혼에 잠긴 마을 정경을 놓치지 않고 관찰했다. 길을 통 못 찾는 조롱이에게 신경질을 냈지만, 자신이 생각하기에도 마을은 초행인 사람이 길을 잃기 딱 좋게 이리저리 꼬여 있었다.

길치와 길치, 두 명이 만나자 더 커다란 미궁이 탄생했다. 걸을수록 낯설고 낯설기만 한 새로운 골목들이 이예주와 조롱이를 반겼다.

그냥 마을이라며. 인간들이 모여 사는 마을이라더니, 대체 이놈의 마을은 도무지 끝을 볼 수 없었다. 그것도 모자라 건물이라고는 하나같이 제각기 생겨 먹었고, 구불구불 나 있는 길을 따라 양옆으로 틈 하나 없이 작은 건물들이 빽빽하게 끼여 있었다. 오히려 한눈에 봐도 빈곤해 보였던 마을 외곽이 숨 쉬기 용이하다는 생각이 들 정도였다.

마을의 안쪽으로 들어설수록 신인류들은 찾아보기 힘들었다. 반면 고급스런 옷을 입은 인간들은 늘어났다. 하지만 손가락 하나 들어갈 틈 없이 오밀조밀 붙어 있는 건물들은 판자촌보다도 더욱 답답해 보였다. 한정된 공간에서 살아남은 많은 인간들이 어떻게든 마을의 더 깊고 안전한 공간에서 끼어 살려고 하다 보니 마을이 이 꼴이 된 것 같았다.

조롱이에게 슬쩍 물어보니, 그가 살 적엔 이런 건물은 한두 채도 되지 않았고 거의 허허벌판 수준이었단다. 이예주는 그 말을 듣고 조금 착잡해졌다.

별다른 특징이 없는, 복잡한 길을 따라 걷다 보면 제아무리 후각에 민감하다고 자신하는 조롱이라도 길을 잃어버릴 수밖에 없을 것이다. 길눈까지 어두운 자신은 더더욱.

멍하니 생각에 잠겨 사람들을 지나치던 이예주는 문득 볼을 따끔하게 찌르는 감각이 느껴져 걸음을 멈추고 주위를 휙 둘러보았다. 쩔컥— 그녀가 멈춘 줄도 모르고 앞서가던 조롱이는 사슬이 팽팽하게 당겨지자 그제야 그녀를 돌아보았다.

"왜 그래여?"

응? 어디서 분명 시선이 느껴졌는데.

저주받을 능력으로 인해 어렸을 때부터 저를 바라보는 시선 하나는 기똥차게 알아맞히던 이예주였다. '문'을 넘은 후, 혹시나 자신을 이상한 눈으로 보는 사람이 있을까 봐, 멀쩡히 흐르는 시간 속에 혼자 끼어든 것을 혹여 눈치챈 사람이 있을까 봐 언제나 온 촉각을 곤두세우며 13년을 살아왔다.

엄마는 그녀의 능력을 절대로 발설되면 안 되는 일급비밀처럼 여겼다. 엄마가 죽은 후 얼마 안 가 홀로 '문'을 넘던 이예주는 왜 능력을 반드시 숨겨야 하는지 금방 깨우칠 수밖에 없었다.

볼이 따가울 정도로 느껴지는 시선이었다. 적의나 살기 같은 건 잘 몰랐다. 그렇지만 자신이 알아차릴 정도면 가까운 곳에서 누군가 자신을 뚫어져라 보는 경우가 대부분이었는데…….

그러나 막상 훑어본 거리에는 바삐 오가는 사람들만 있을 뿐, 특별히 자신을 바라보는 사람은 없었다. 나무 상자를 들고 옮기는 아저씨들과 종종걸음으로 빠르게 스쳐 지나가는 여자들. 길거리 한구석에서 이야기를 나누는 청년 둘과 골목 모퉁이 쪽 너머 검은색 후드를 뒤집어쓴 채 뒤돌아 서 있는 노숙자 같은 인간.

이 더운 날씨에 포대 같은 걸 뒤집어쓴 사람이 나 말고 또 있네? 그녀가 고개를 갸웃거리자, 어느 틈에 바싹 다가온 조롱이가 황금색 눈을 말똥말똥 끔뻑이며 되물었다.

"누나, 왜 그러냐구여."

"응? 아니. 누가 쳐다보는 것 같아서."

"누가여?"

"아냐. 그냥 기분 탓인가 봐."

이예주가 어색하게 웃고는 다시 걷자고 턱짓했다. 조롱이가 별 실없는 사람을 다 본다는 듯, 눈을 흘기며 뒤로 돌았다.

그녀는 고개를 또 한 번 갸웃거리며 다시 거리를 둘러보았다. 이상하다. 이건 숲에서 빌어먹을 까마귀 놈들을 알아채기 전에 느꼈던 위화감과 비슷한 느낌인데? 데자뷰인가.

마지막으로 한 번 더 둘러본 황혼의 거리에서 역시 자신을 바라보는 시선 따윈 찾아볼 수 없었다. 이렇게 사슬에 묶인 채 어려 보이는 놈에게 질질 끌려가는데 심지어 무슨 일인지 궁금한 눈빛을 보내는 사람조차 없었다.

제 사슬 한 번, 야속한 조롱이의 뒤통수 한 번, 그리고 다시 길거리를 한 번 번갈아 바라본 이예주는, 이런 사소한 것에서부터 와 닿는 문화 충격에 우울한 얼굴로 걸음을 재개했다.

노을이 사라지고 이른 새벽처럼 푸르스름한 땅거미가 동쪽 대륙 전체에 내려앉았을 때였다. 거리에 하나둘씩 켜지는 등불을 바라보던 그녀가 기어이 한쪽 구석에 쌓인 나무통에 걸터앉고는 숨을 몰아쉬었다.

"마, 많이 힘들어여, 누나?"

"어! 아직 멀었어?"

"그, 그게…… 거의 다 온 것 같긴 한데…….""

조롱이가 더듬거리며 대답하자, 이예주는 믿기지 않는다는 듯 시큰둥한 말투로 예의상 물었다.

"이번엔 진짜지?"

"이번엔 정말 그레이의 냄새가 나여! 아까는 인간들이 너무 많아서 헷갈렸는데 이번엔 정말이에여! 한두 골목 정도만 돌아가면 될 것 같은데…….""

확실히 쉬지 않고 걷기만 해서 그런지 어딘지 모르게 눈에 익은 건물들이 몇몇 보였다.

하…… 이예주가 속 깊은 곳에서 끓어오르는 한숨을 참지 않고 여과 없이 내쉬었다. 몇 시간 헤매긴 했지만 결국 어떻게든 숙소로 돌아갈 것 같긴 한데. 그렇다면 이제 생사를 고민해야 하는 순간인가.

별로 구경도 못하고 하루가 꼬박 저물었다. 조롱이의 말 때문에 도망 욕구를 꾹 눌러 참고 여기까지 따라온 것이지만, 이예주의 마음에서 그 미친놈에 대한 희망은 사실 반쯤 죽은 것이나 진배없었다.

제가 기어이 조롱이를 데리고 나간 것을 알면 정말이지 사막에서 히카톤인지 뭔지 그 괴물을 끌고 와 동쪽 대륙에 패대기를 칠 남자였다.

"하…….""

이예주는 다시 한번 깊게 한숨을 내쉬었다. 그나마 아직 동쪽 대륙이 멀쩡해 다소 안심이 되었다. 아직 돌아오지 않은 게 아닐까?

그렇다 해도 땀에 절어 엉망이 된 저와 조롱이의 몰골을 본다면 눈치채는 것은 시간문제일 것이다. 지금이라도 있는 힘, 없는 힘 쥐어짜서 숙소까지 달려가 미친 듯이 씻어?

이예주는 머리를 있는 대로 굴리다가 곧 힘없이 고개를 저었다. 이 개고생을 하자고 생난리를 피운 탓에 욕실은 선반이 무너지고 부서져 전쟁이라도 난 모양새일 것이다.

산 넘어 산이로다. 과거의 제 무모함과 멍청함에 끊임없이 속으로 자학을 하던 그녀는, 불현듯 또다시 느껴지는 기이함에 흠칫 몸을 굳혔다.

또다, 또. 어디선가 자꾸 정체불명의 시선이 느껴졌다.

그녀가 아래로 힘없이 내리깔았던 시선을 슬며시 들어 주위를 둘러보았다. 그러나 거리를 지나가는 몇 안 되는 사람들 중 그녀를 보고 있는 사람은 아무도 없었다.

동료와 함께 집으로 돌아가는 것인지 호통하게 웃고 있는 아저씨 둘과, 거리 반대편 과일 가게에서 값을 흥정하는 아줌마와 뚱뚱한 가게 주인, 양 갈래로 땋은 머리를 살랑살랑 흔들며 모퉁이로 사라지는 예닐곱 살쯤 먹은 계집아이 둘…….

그리고 아이들이 사라지는 모퉁이에서 검은 후드를 뒤집어쓴 채 서 있던 정체 모를 인간과 눈이 딱 마주쳤다.

"……어?"

이예주의 시선에 남자가 크게 흠칫하더니 이내 모퉁이 너머로 허둥지둥 몸을 감췄다. 누가 봐도 수상쩍기 그지없는 행동거지였지만, 비단 그것뿐만이 아니었다. 저 인간, 아까도 보았던 인물이다.

오늘 하루 종일 돌아다니며 마을을 구경했지만 꽤 후덥지근한 동쪽 대륙에는 그녀처럼 검은색의 펑퍼짐한 옷을 뒤집어쓴 사람이 극히 드물었다. 아니, 눈을 씻고 찾아봐도 볼 수 없었다. 시원시원한 옷을 입고 제 곁을 스쳐 지나가는 마을 사람들을 보며 자신이 얼마나 부러워했던가.

그런데 두 번이나 검은색 옷을 뒤집어쓴 사람을 보았다. 그것도 얼마 되지 않는 시간 차이로. 게다가 자신과 눈이 마주치자 몸을 숨기는 것처럼 보이는 행태까지.

……뭐지? 이예주의 얼굴이 일순 혼란스러워졌다. 설마, 혹시, 만에 하나, 우리를 뒤따라온 건가?

"왜여? 저쪽에 아는 사람이라두 있어여?"

좋지 않은 얼굴로 멀찍이 떨어진 골목 모퉁이를 뚫어져라 노려보는 이예주를 보고, 조롱이가 의아한 표정을 지었다.

한번은 우연이라지만 두 번은 이상했다. 천 년 후 세상으로 온 뒤, 숲에서 외눈박이 삼 형제를 아들로 둔 미친 노인과 팔족 족장 같은 정신 나간 인간들을 겪다 보니 같은 사람일지라도 의심부터 들었다.

"……있잖아, 기분 탓인지 모르겠는데."

조롱이에게 괜한 말을 꺼내는 게 아닌가, 그녀는 조금 망설여졌다.

"뭔데여?"

"누가 우리를 따라오는 것 같아."

"에에엣?! 누, 누가여? 혹시 아까 그 못된 인간들이……!"

이예주의 말에 조롱이가 곧바로 대경실색하며 고개를 획획 돌렸다. 그녀가 황급히 "돌아보지는 말고." 하며 막았다.

"나랑 눈이 마주치고 나서 모퉁이 뒤로 숨었어."

"히익! 수, 숨어여?!"

"으응. 아무래도 뭔가 이상한 거 맞지?"

조롱이가 심각하게 굳은 얼굴로 그녀의 손목에서부터 연결된 사슬을 두어 번 제 손에 꽉 말아 쥐었다. 절대 놓치지 않겠다는 의지가 가득 담긴 그 행동에 이예주는 기분이 좀 떨떠름해졌다.

"안 되겠어여. 우리 빨리 돌아가야 할 것 같아여. 가여, 빨리."

별로 쉬지도 못한 것 같은데 사슬부터 잡아당기고 보는 조롱이 때문에 이예주는 엉덩이를 붙였던 나무통 위에서 일어나 빠른 걸음으로 걸었다.

"누, 누가 우리 따라오면 큰일인 거야?"

차가워진 그의 얼굴을 살피던 이예주가 눈치 없이 물었다. 이렇게 경계를 해야 할 정도로 큰일인 것인가?

그러나 다른 때 같았으면 그걸 말이라고 하냐고 핀잔을 줬을 조롱이가 어쩐 일인지 아무 말 없이 마구잡이로 걷기만 했다. 두 번이나 마주친 검은색 옷을 뒤집어쓴 수상한 남자가 모퉁이에 몸을 감춘 골목, 그 바로 옆에 나 있는 샛길로 빠지는 조롱이의 발걸음이 한층 더 바빠졌다.

좁은 샛길은 사람 하나 없이 어두침침하게 뻥 뚫려 있었다. 이제 두 사람은 빨리 걷는 것이 아닌 흡사 뛰는 것과도 같은 양상으로 휙휙 건물을 지나쳤다. 저질 체력을 조금도 충전하지 못하고 가쁘게 끌려가던 이예주는 허옇게 들뜬 얼굴로 조롱이의 뒤통수에 대고 외쳤다.

"좀만 천천히! 천천히!"

"멈추지 마여. 지금 누가 쫓아와여, 누나."

"뭐? 뭐가?"

"누가 쫓아오는 것 같아여. 이리로!"

그녀의 사슬을 마구 끌며 내달리던 조롱이가 중간에 나 있는 골목으로 휙 몸을 돌렸다. 이예주는 '으헉!' 하고 괴성을 지르며 그를 따라 거세게 방향을 틀 수밖에 없었다.

조롱이와 함께 내달리며 그녀는 몇 번이고 뒤를 돌아보았다. 하지만 어둑어둑한 골목길에는 헐레벌떡 뛰고 있는 자신과 조롱이 뿐, 누가 쫓아오는 기미는 보이지 않았다. 진지해진 조롱이를 따라 긴장하며 이예주는 자꾸만 꼬이는 발을 추슬렀다.

길을 아는 건지 의심이 갈 만큼 조롱이는 무작정 그녀를 끌고 한참을 요리조리 골목을 돌아 달렸다. 두 사람이 걸음을 멈춘 것은 그레이의 주점으로 추정되는 5층짜리 건물이 꽤 가까이 보였을 때쯤이었다.

"허억, 헉…… 살았다! 살았어! 헉헉, 이제 안 쫓아와?"

이예주가 탄성을 내지르듯 기뻐하며 거칠게 호흡했다. 여기까지 오는 동안 계속 뛴지라 숨이 벅차고 목이 따끔거려 죽을 것만 같았다.

쉬익 쉬익, 당장이라도 숨이 넘어갈 것처럼 콧소리를 내뿜는 이예주와는 다르게 조롱이는 아무렇지도 않은지 숨소리 하나 바뀌지 않고 그녀가 진정하길 기다렸다.

"이제 안 쫓아오냐고, 조롱아. 진짜 갑자기 왜 뛴 거야? 아무도 없더만."

방금 빠져나온 골목과 그 주위를 휙휙 둘러보며 이예주가 재차 물었다. 그러나 조롱이는 어딘가에 시선이 팔린 듯 그녀가 아닌 허공을 바라보며 몽롱한 얼굴로 웅얼거렸다.

"……발걸음 소리가."

"응? 뭐라구?"

잘 들리지 않아 이예주는 눈살을 찌푸리며 되물었다. 그제야 허공만을 응시하던 조롱이가 스르륵 그녀를 마주 보았다.

얘가 왜 이렇게 답답하게 굴어. 그런 생각이 들었지만, 해가 진 뒤의 어스레한 석음 속에서 황금빛 두 동공이 명확하게 빛나고 있었다.

"우리 말고 발걸음 소리가 많이 났어여."

"발걸음 소리?"

"그 샛길에 아무도 없었는데…… 우리가 뛸 때 들리던 발걸음 소리가 여러 개였다구여."

보기 드문 조롱이의 진지한 눈동자와 마주하고 있자니, 이예주는 목덜미부터 등골을 타고 소름이 쫘아악 돋았다.

샛길에는 그녀와 조롱이 단둘뿐이었다. 그리고 샛길을 벗어나 골목길을 따라 걸으며 이곳까지 오는 동안 다른 사람을 본 적도 없다. 그래서 이곳까지 더 쉽고 무사히 도착했다고 생각했는데.

그 아무도 없던 좁은 길에서 여러 명의 발걸음 소리가 들렸다고?

"무, 무섭게 왜 그래. 네가 잘못 들은 거겠지. 계속 뒤돌아봤는데 아무도 없었어."

이예주가 떨리는 목소리를 하고 조롱이를 툭 치며 말했다. 그러나 그녀가 건 장난에도 조롱이의 표정은 풀릴 줄 몰랐다.

"잘못 들은 거 아니에여. 청력은 다른 황조롱이만큼 멀쩡하단 말이에여……."

조롱이는 어두운 얼굴로 힘없이 대꾸했다. 이예주는 괜히 더 오싹해졌다.

"일단 빨리 돌아가자. 네 주인한테 벼락 맞아 죽든 어쨌든, 어서 돌아가는 게 좋을 것 같아."

5층까지 불이 환하게 켜진 그레이의 건물을 바라보며 그녀가 서둘러 조롱이를 재촉했다.

누가 쫓아온다는 조롱이의 말이 사실인지 거짓인지는 모르겠지만 아까 수상쩍은 남자와 눈이 마주친 것도 있고, 해도 지는데 괜히 밖을 싸돌아다니다 본의 아니게 다른 일에 휘말리는 것만큼 재수 없는 일도 없을 터였다.

그런 생각에 마음이 점점 다급해질 때였다.

"누나, 이거."

마저 골목을 가로질러 숙소를 향해 걸으려던 이예주를 조롱이가 잡아당겨 멈추게 했다. 그러고선 품에서 주섬주섬 무언가를 꺼내 들고 그녀에게 건넸다.

"응? 뭐야?"

"이거 사실 주인님이 누나가 반성 많이 했다고 생각할 때쯤 돌려주라고 했……."

"헐! 내 열쇠잖아!"

조롱이의 손바닥 한가운데에서 반짝거리는 것은 이예주의 십만 원짜리 원룸 열쇠였다. 익숙한 곰돌이가 수줍게 인사를 하자, 눈이 번쩍 트였다. 그녀는 조롱이의 말이 채 끝나기도 전에 번개처럼 그것을 낚아챘다.

"뭐야? 이걸 왜 이제 줘! 그리고 내 열쇠 색이 왜 이래?!"

열쇠를 요리조리 바라보던 이예주의 얼굴이 험악하게 찌푸려졌다. 고운 은색 자태를 자랑하던 열쇠가 입고 있는 포대 밑에 감춰진 제 손목만큼이나 흉측한 검은색으로 변해 있었기 때문이다.

검은색 대리석처럼 반짝반짝 빛나는 열쇠를 보자니 누가 자신의 열쇠에 이딴 짓거리를 했는지 알 만했다.

"주, 주인님이 힘을 부여하셔서 열쇠를 좀 특별하게 바꾸셨다고 했는데여. 훨씬 좋게 바꿔 주셨어여! 모든 자물쇠를 다 딸 수 있을 거래여. 혹시 위험에 처했을 때 요긴하게 쓰일 수 있을 거라고…… 근데 누나 수갑은 못 따여."

조롱이의 말을 듣자마자 제 손목에 감긴 검은색 수갑을 열쇠로 이리저리 쿡쿡 찔러 대던 이예주는 번뜩 눈을 부라렸다.

"왜!"

"예?"

"모든 자물쇠 다 딸 수 있다며!"

지금 내가 처한 가장 위험한 상황은 이 지옥에나 갈 사슬이란 말이야! 이예주가 목구멍까지 치오른 욕지거리를 참으며 씩씩대자, 눈을 끔뻑이던 조롱이가 여상하게 대답했다.

"누나 사슬은 잠금장치 없잖아여. 오직 주인님만이 채울 수 있고 주인님만이 풀 수 있는걸여."

"……이런 미친."

이젠 화보단 울음이 나올 것 같았다. 이 정도 묶어 뒀음 됐지! 반성을 며칠이나 더 해야 하는 건데!

동쪽 대륙에 온 지 겨우 하루가 지났음을 완전히 잊어 먹은 그녀는 그저 하염없이 억울하고 또 억울해졌다. 그럼에도 소중한 10만 원짜리 열쇠, 아니 이제 흉한 검은색 열쇠로 변해 버린 것을 안주머니에 고이 챙기며 한탄했다.

"어형, 대체 언제 풀어 준대…….'"

"그건 주인님께 가서 직접 말하구여. 빨리 가여, 그니까. 씨잉, 열쇠도 벌써 주면 안 되는데 누나 많이 힘들어 보여서 힘내라구 준 거예여."

"이건 네가 길을 잃어버려서 생긴 일이잖아."

조롱이는 답하지 않았다. 양심에 가책이라도 느끼는 모양이었다.

둘은 다시 걷기 시작했다. 죽이 되든 밥이 되든, 1초라도 빨리 그레이의 주점으로 되돌아가야 하는 시점이었다.

그들이 그레이의 주점을 코앞에 두고 골목을 벗어나려던 그때였다. 검은 인영이 어디선가 훅 튀어나와 그들의 앞을 가로막고 소리쳤다.

"아, 안 돼! 레, 레이디를 더, 더 이상 끌고 가려 하지 마라! 이, 이 괴물!"

그 우렁차고 당찬 기세에 조롱이도 이예주도 흠칫 멈춰 섰다.

"……어!"

갑작스럽게 등장한 인물에 눈을 휘둥그레 뜨고 놀라는 것도 잠시, 이예주는 양팔을 쩍 벌리고 앞을 가로막은 인간을 손가락질했다.

"……제드?!"

"레, 레, 레이디. 그, 그 괴물에게 떨어져서 이, 이쪽으로……."

"왜 그런 옷은 뒤집어쓰고 우릴……."

말끝을 흐리던 그녀는 퍼뜩 깨달았다. 그렇다. 자신과 비슷한 옷을 입고 저와 조롱이의 뒤를 쫓아오던 사람은 다름 아닌 제드였던 것이다.

이런 엉성한 변장을 하고 졸졸 쫓아온 놈 때문에 잠깐이라도 겁에 질렸던 제가 한심했다. 이예주는 이맛살을 팍 찌푸렸다. 옆에서 눈을 뒤룩뒤룩 굴리며 사태 파악을 하던 조롱이가 그녀와 같이 제드를 손가락질했다.

"저 인간, 아까 그 말을 더듬던 인간 아니에여, 누나?"

"맞아."

그녀가 지끈지끈 울리는 이마를 부여잡으며 인정했다.

"아까부터 우릴 쫓아왔단 소리네, 그럼."

"누나가 말했던 그 따라온다는 사람이 이 인간이었던 거예여?"

"히읍!"

들킬 줄은 몰랐는지 그들이 주고받는 대화에 제드가 헛바람을 들이켜며 몸을 떨었다.

"우릴 왜 쫓아오는 거예요? 구해 주니까 고맙다는 인사도 안 하고 도망칠 땐 언제고."

"그, 그건······."

이 더운 날, 짙은 잿빛 머리를 감추느라 두꺼운 로브를 온몸에 휘두른 채 용케 뒤를 쫓아왔다 싶다. 제드가 머리 위로 자꾸만 흘러내리는 후드를 손으로 들어 올리며 버벅거렸다.

"저, 저 괴물 때문이에요! 레, 레이디를 저 괴, 괴물에게서 구해 주려고 왔어요. 위, 위, 위험하니까요."

"괴물? 위험?"

누가 위험에 처하고 누가 누굴 구해? 도통 이해가 가지 않는다는 눈으로 제드를 바라보던 이예주가, 조롱이에게 눈짓으로 저 멍청이가 무슨 말을 하는지 아냐고 물었다. 조롱이는 그녀보다 더 크게 눈을 치켜뜬 채 황당하다는 얼굴로 도리질을 쳤다.

"혹시 괴물은 얘고, 위험한 건 나예요?"

이예주는 설마 해서 조롱이를 가리키며 물었다. 그러자 제드가 크게 고개를 한 번 끄덕였다.

"그, 그 괴물은 저, 저주를 내리는 괴물이에요. 차, 착한 레이디를 끌고 가서 저, 저, 저주를 내릴지도 몰라요. 내, 내가 구해 줄게요, 레이디. 그, 그 사슬도 내가 풀어 주고 마, 마을에 있는 동안 이, 이런 후미진 곳 말고 우, 우리 저택에서 편하게 묵도록······."

쟤 지금 뭐라냐. 제드가 천천히, 그리고 떠듬떠듬하는 이야기에 기가 막혀 웃음도 나오지 않았다. 조롱이가 쌍심지를 켜고 역정을 내었다.

"아까부터 누구보고 자꾸 괴물이라는 거에여! 캬악!"

"흐헉!"

"저주라니! 저주라니! 마을 족장 놈처럼 똑같이 혀를 뽑아 주마!"

"아악! 다, 다, 다가오지 마!"

흥분한 조롱이가 공중에 훅 팔을 휘둘렀다. 그러자 다섯 개의 손가락과 손등이, 날카로운 발톱이 달린 노란 새 발바닥으로 바뀌었다.

이예주가 조롱이의 머리에 꿀밤을 쿵 날리며 "그만! 그만!" 하고 마침맞게 말리지 않았더라면 아마 또 눈깔을 허옇게 뒤집고 그것을 마구 휘둘러 댔을지도 모른다.

제드는 조롱이의 변신에 허옇게 질린 채 도망도 못 치고 그 자리에서 바들바들 떨었다. 그런 주제에 누가 누굴 구한다는 건지 참. 천 년 후의 인간들은 참 알다가도 모르겠다고 이예주는 생각했다.

"그러니까 그쪽 말은 지금 내가 얘한테 어쩔 수 없이 붙잡혀 있는 거고, 당신이 나를 구…… 구해 주러 온 거라고요?"

"예, 예, 예! 저, 저랑 같이 가요, 레이디. 그, 그 괴물은 마, 말을 더듬게 만드는 저, 저주를 내리는 시, 신인류 괴물……."

"저주 내린 적 없다니까여!"

조롱이가 괴물 소리에 다시 예민하게 반응하자 이예주가 서둘러 그 앞을 막아섰다.

"제드, 뭔가 잘못 알고 있는 거 같은데. 첫째로 조롱이는 괴물이 아니라 그냥 신인류예요."

"예, 예?"

"둘째, 나는 얘한테 억지로 붙잡혀 있는 게 아니라…… 아! 이 사슬은 억지로 묶여 있는 거지만. 어찌 됐건! 난 절대로 붙잡혀 있는 게 아니라 내 의지, 내 주관, 내 판단에 의해서 남아 있는 거라고요. 억지로 붙잡히긴 누가! 아오, 기분 나쁘네."

안 그래도 사슬 때문에 불편해 죽겠는 마당에 억지로 붙잡혀 있다는 남자의 말에 이예주는 필요 이상으로 격분했다. 그녀의 강력한 주장에 제드는 잠시 이해가 안 가는지 눈을 한참 동안 끔뻑였다.

"그, 그, 그치만…… 그, 그 괴물이 저, 저주를 내린 건 마, 맞는데요. 저, 저랑 아, 아버지랑 하, 할아버지가 저주에 걸렸는데……."

"당사자가 저주가 아니라고 하잖아요. 저주인지 뭔지 하도 들어서 귀에 딱지 앉겠네."

"그, 그래도……."

"아, 거참!"

자꾸만 그치만, 그래도 하고 토를 달던 제드는 이예주가 버럭 소리를 지르고 나서야 달싹였던 입을 다물었다. 주눅이 들어 축 늘어진 어깨가 안쓰러웠다. 이예주는 애를 써서 상냥한 목소리를 내려고 노력했다.

"오늘은 일단 날도 저물었으니 그만 돌아가고 내일 다시 만나서 얘기하든가 해요. 우린 지금 1분이라도 더 늦었다간 생사가 오가는 긴급한 상황이거든요."

이예주가 골목 끝에 위치한 그레이의 건물을 눈짓하며 "그치, 조롱아?" 하고 동의를 구했다. 조롱이가 기세 좋게 고개를 주억거리며 그녀의 손목 끝에 연결된 사슬을 힘 있게 잡아끌었다. 쩔컥! 쇳소리가 경쾌하게 울려 퍼졌다.

"누나 말 들었져? 우리 이제 가 봐야 되니까 빨리 비켜여!"

여전히 좁은 골목길을 막고 선 제드에게 곱지 않은 시선을 보내며 조롱이가 외쳤다. 그러나 저주가 아니라는 말에 충격이라도 받은 건지, 제드는 영 길을 터 주지 않았다.

"비키라니까여? 우리 가 봐야 된다구여."

"……."

"아이씽."

움직일 기미를 보이지 않는 제드의 태도가 답답한지 조롱이가 막 무가내로 그를 마구 밀어 내며 마저 가려 했다.

저 앞이 그레이의 건물이었다. 제드 때문에 좀 더 시간이 지체되었으니 이제는 정말 람이 돌아와 있을 것만 같았다. 이예주는 어느덧 완전히 해가 저물어 어두운 하늘을 바라보며 이제 죽을 시간이구나, 하고 마른침을 넘겨 삼켰다. 그리고 그녀마저 조롱이를 따라 제드를 스쳐 지나가던 그 순간이었다.

모든 일은 정말 눈 깜짝할 새에 벌어졌다. 이예주가 온전히 지나칠 때까지 미동도 없이 서 있던 제드가, 번개처럼 몸을 날려 조롱이에게 달려들었다.

"……아!"

조롱이가 짧게 비명을 지르며 팔을 부여잡았다. 무슨 일이 일어난 건지 몰라 제드와 조롱이를 번갈아 보던 이예주의 눈에, 조롱이의 팔에 박혀 있는 주사기가 들어왔다.

"왜 그래? 뭐야? 뭐야!"

이예주가 제드를 거칠게 밀치고 허겁지겁 달려들었다. 조롱이의 팔에 박힌 주사기를 재빠르게 잡아 뽑았지만, 주사액이 이미 주입되었는지 주사기 안이 텅 비어 있었다.

이예주는 험악한 기세로 제드를 돌아보았다. 그녀가 그런 표정을 지을 줄은 몰랐는지 그는 흠칫하고 뒷걸음질을 치며 더듬거렸다.

"미, 미, 미안해요, 괴물…… 괴, 괴물을 잡으면 레, 레이디는 무, 무사할 거라고 약속해서…… 그, 그, 그리고 우리는 저, 저주도 풀어야 하고……."

"이게 뭐 하는 짓이야?!"

"어, 어…….."
"이 주사기 뭐야? 뭐 한 거야! 무슨 짓거릴 한 거냐고, 이 새끼야!"
한 대 칠 것처럼 이예주가 주먹을 말아 쥐고 제드에게 한 걸음 다가갔다. 그때 조롱이가 기운이 빠진 목소리로 힘겹게 그녀를 불렀다.
"누, 누나……."
"조, 조롱아! 괜찮아?"
"우, 우리 빨리 주점으로 돌아가야 할 것 같아여……. 모, 몸이 좀 이상한 것 같은데……."
"나한테 기대. 빨리 가자, 빨리!"
이예주가 황급히 조롱이를 부축했다. 대체 무슨 짓을 한 거냐며 당장 제드 놈을 족치고 싶었지만, 조롱이가 우선이었다. 주사기에 대체 무슨 짓을 했는지, 조롱이가 힘없이 축 늘어지며 그녀에게 몸을 기댔다. 이예주는 마음이 급해졌다. 빨리, 빨리 람에게 가야 돼. 빨리.
그러나 그녀가 조롱이를 데리고 채 한 발짝을 떼기도 전에, 어디선가 제드와 같이 검은색 옷을 뒤집어쓴 여러 명의 사람들이 소리 없이 나타나 좁은 골목길을 가로막았다.
"다, 당신들 뭐야?!"
이예주는 반사적으로 뒷걸음질 쳤다. 하지만 곧바로 등 뒤에서 들려오는 인기척에 소스라치게 놀라 고개를 뒤로 돌렸다.
어느 틈에 다가온 건지, 등 뒤에도 검은 후드를 입은 여러 명의 인간들이 퇴로를 차단했다. 제드와는 달리 그들은 모두 복면을 뒤집어쓰고 있었다.
"다, 당신들 뭐야? 뭐냐고!"
이예주의 두 눈동자가 사방팔방 날뛰었다. 그 와중에 조롱이는 그녀의 품에서 축 늘어진 채 통 정신을 차리지 못했다.

복면의 사내들이 점점 포위망을 좁혀 왔다. 이예주는 그때까지 어리바리하게 서 있기만 하던 제드를 쏘아보며 소리쳤다.

"이 사람들 네가 부른 거야? 이거 다 네가 벌인 짓이야?!"

"레, 레, 레이디. 그, 그게……."

제드는 이예주가 고스란히 내보이는 적대감에 적잖이 당황한 것 같았다. 그가 그녀의 물음에 답도 못하고 버벅거리기만을 반복하던 때였다.

짝, 짝. 그들을 둘러싼 괴한들 사이로 누군가 박수를 치며 걸어 나왔다.

"잘 했습니다, 제드 도련님. 아주 용감했어요. 족장님께서 도련님이 하신 일을 들으면 매우 기뻐하시겠는걸요? 잡은 저 괴물을 포상으로 줄지도 모릅죠."

"요, 용병대장……."

제드가 그를 아는 체했다.

역시 같은 패였어. 용병대장이라 불린 놈이 그녀의 품에 힘없이 늘어져 있는 조롱이를 손가락질하자, 이예주는 반사적으로 조롱이를 꽉 끌어안으며 남자를 경계했다. 한눈에 봐도 제드보다 더 위험한 놈이었다. 키와 덩치도 운동하는 사람처럼 거대했다.

"그걸 넘겨. 그럼 목숨만은 살려 주지."

남자가 몸을 틀어 이예주를 바라보았다. 예상했듯 조롱이를 넘기라는 말이었다. 그를 노려보며 그녀는 고개를 저었다.

"싫어."

"싫어? 흠. 넌 신인류인가?"

"……."

"대답도 싫으냐? 그럼 어쩔 수 없군."

답을 하지 않는 이예주를 내려다보던 남자가 뒤에 있는 인간들에게 손짓했다. 그러자 세 명의 남자들이 눈 깜짝 할 사이 다가와 품에 안고 있던 조롱이를 빼앗으려 들었다.

"이거 놔! 이거 놓으라고, 이 자식들아!"

이예주는 놈들에게서 조롱이를 빼앗기지 않으려고 있는 힘껏 발버둥을 쳤다. 그녀의 발악이 생각보다 거셌는지 남자들이 주춤거렸다. 그러자 명령을 내렸던 용병대장이라 불린 남자가 뚜벅뚜벅 걸어와 커다란 손으로 그녀의 목을 콰득 틀어쥐었다.

양손으로 조롱이를 잡고 있는 탓에 이예주는 그 손아귀를 피하지도 막지도 못하고 그대로 목덜미를 내어 줄 수밖에 없었다.

"······컥!"

딱딱한 손아귀가 무섭도록 목을 조였다.

"아휴, 시끄럽잖아. 족장님께서 오늘은 취임식이니 소란 피우지 말고 조용히 잡아 오라고 하셨단 말이야."

"크······ 컥! 끄흡······!"

시야가 하얗게 점멸했다. 그때까지 조롱이의 옷자락을 억세게 쥐고 있던 그녀의 두 주먹이 스르르 풀렸다. 숨이 막혔다. 온몸이 심장이라도 된 것처럼 쿵쿵 맥박이 울렸고, 귀에서 삐익 하는 이명이 들려왔다.

"다시 한번 묻는다. 너 신인류냐?"

남자가 허옇게 눈을 뒤집기 시작하는 이예주에게 물었다. 그 목소리가 멀리서 메아리치는 것 같다가도 가까이서 선명하게 들려왔다. 아, 이게 죽는 거라는 거구나.

일촉즉발의 상황에서, 그녀는 새삼 자신이 과거로 돌아가기 위해 의자와 이불을 밑에다 잔뜩 받쳐 놓은 채 목을 매달려 들었던 것이 얼마나 장난 같은 짓이었는시 깨달았다. 람이 사신을 죽인다고 한 말들과 행동들이 모두 다 적당히 봐준 것이라는 것 또한. 그가 자신을 진짜 죽이려 했다면 이 남자처럼 얼마든지 목뼈를 부러뜨려 죽일 수 있었을 것이다.

"신인류냐고?"

남자가 세 번째로 물었다. 이예주는 대답하지 않았다. 대답을 하고 싶어도 놈이 억세게 목을 조이고 있어서 입도 뻥긋할 수 없었다.

하얗게 점멸된 시야가 점점 거멓게 물들어 갈 때쯤, 이예주는 문득 턱 밑에서 따끔한 감각을 느꼈다. 그리고 무섭도록 목을 조이던 압박에서 풀려날 수 있었다.

"커헉! 쿨럭!"

거센 기침을 쏟아 내며 이예주가 흐끅 흐끅 하고 힘겹게 공기를 들이마셨다. 그때 그녀의 몸이 누군가에게 훌쩍 둘러메졌다.

"뭐, 신인류든 아니든 상관없어. 어차피 둘 다 끌고 오랬으니까 말이야."

용병대장이라는 놈이 앞에서 히죽 웃었다. 녀석이 앞에 있는 걸로 보아 그녀를 둘러멘 것은 다른 놈인 것 같았다.

쿨럭쿨럭. 연달아 기침이 터져서인지 이예주의 시야가 가물가물해졌다. 정신을 놓을 것만 같았다. 하지만 놓아선 안 되었다. 절대, 절대로 정신을 놓아선 안 돼, 예주야.

"이, 이, 이게 무, 무슨 짓이냐! 레, 레이디는 건들지 않기로 야, 약속했는데! 레, 레이디는 풀어 줘!"

제드가 잔뜩 격양된 목소리로 소리를 지르는 것이 흐릿하게 보였다. 자신만은 풀어 달라고 하는 것으로 보아, 구해 준다 어쩐다 지껄였던 것이 거짓은 아니었던 모양이다. 그래 봤자 개새끼인 건 똑같

앉지만.
"따질 거면 도련님의 애비한테나 가서 따지슈. 난 그저 받을 거 받고 시키는 일만 할 뿐이니."
용병대장이 귀를 파며 제드를 밀쳤다. 허약한 몸뚱이가 종잇장처럼 쉽게 밀려 내동댕이쳐졌다. 쓸모없는 새끼. 이예주는 속으로 욕지거리를 중얼거렸다.
짐짝처럼 어깨 위에 얹힌 탓에 머리가 하릴없이 흔들렸다. 그녀는 온 힘을 쥐어짜 고개를 들어 어느 방향으로 가는 것인지 확인했다. 도망갈 힘도 없게 만든 주제에 괴한들이 그녀를 둘러멘 놈을 삼엄하게 둘러싸고 있어서 주변이 잘 보이지 않았다.
남자들의 옷자락 사이로 점점 멀어지는 그레이의 건물이 간신히 보였다. 멀어지고 있구나. 눈꺼풀이 자꾸만 감기는 와중에도 이예주는 머릿속에 끊임없이 주입시켰다. 멀어지고 있어, 멀어지고…….
그때였다. 점점 멀어지는 그레이의 주점에서 익숙한 인영이 걸어 나왔다. 초점이 사라지던 이예주의 동공이 일순 커다랗게 확장되었다. 그녀가 입을 벌려 소리쳤다.
"라……암……."
멀리서도, 눈이 가물가물해도, 앞이 잘 보이지 않아도 그가 누군지 알아볼 수 있었다.
오지 않는 조롱이와 자신을 마중이라도 나온 걸까. 덩치 큰 남자들 사이로 무뚝뚝하게 정면만을 바라보는 람의 옆모습이 보였다.
'람! 람!'
이예주는 미친 듯이 비명을 질렀다. 하지만 입에서 나오는 거라곤 우물우물 웅얼거리는 소리뿐이었다.
"아…… 람…… 라……."

람! 여기 봐요! 나, 여기 있어요! 나, 납치당하고 있어요. 여기 봐요. 제발, 여기 봐요. 람!

"대장. 이 계집, 아직도 깨어 있는 것 같은데요?"

"뭐? 아직도? 신인류가 아니었던가. 에이, 모르겠다! 약 한 방 더 놔."

심장박동이 서서히 느려지는 것이 느껴졌다. 소리 없는 비명이 허공에서 아스라이 흩어지고 목에서 다시 따끔한 감각이 일었다.

람, 람……. 점점 멀어지는 그를 애타게 부르던 그녀는 얼마 안 가 깊은 심연 속으로 까무룩 끌려들어 갔다. 그 순간, 남자의 시뻘건 눈동자가 번뜩 빛을 냈다.

그레이의 건물 앞에 서서 무뚝뚝하게 앞을 바라보고 있던 남자가 느릿느릿 시선을 돌렸다. 그가 있는 곳에서는 잘 보이지 않는 어느 골목 끝에서 한 무리의 인간들이 멀어지고 있었다.

주위는 완전히 어둠 속에 가라앉은 상태였다. 람이 그들이 인간이라고 알아챈 것은 생명의 기척 때문이다. 거뭇거뭇한 어스름 속에서 시뻘건 눈동자를 번쩍 빛내는 남자의 미간이 서서히 좁혀졌다.

이상했다. 한 무리의 인간들의 기척이 빠르게 다가오는 것이 느껴짐과 동시에, 인간 여자와 황조롱이의 기척이 순식간에 사라져 버렸다.

인간들이 멀어지는 골목을 남자가 무표정하게 바라보던 때였다. 그의 뒤에 굳게 닫혀 있던 문이 '끼익—' 하고 열리며 안쪽에서 환한 빛이 쏟아졌다.

"주인님, 황조롱이와 이레주는 아직이로라?"

주점 내부의 왁자지껄한 소음을 등진 채 나오는 덩치는 나비였다. 람은 그에 답하지 않았다.

형형한 눈빛으로 한참 동안 허공만 노려보던 남자가 이윽고 느리게 입을 열었다.

"기척이 끊겼다."

"헉! 기, 기척이 끊겼…… 그, 그럼 도망을 간 것이로라?!"

나비는 어제부터 눈치채고 있었다. 제 주인이 어딜 가든 데리고 다닐 정도로 아끼는 황조롱이까지 감시로 붙여 둘 만큼 그 인간 여자에게 꽤 많은 신경을 쓰고 있다는 것을. 그런데 그 아무것도 모르는 인간이 도망을 가 버렸다.

새파랗게 질린 얼굴로 덜덜 떨며 나비가 주인의 눈치를 보았다. 그런 그는 신경도 쓰이지 않는지, 남자는 다시 한번 한 무리의 인간들이 사라진 방향을 바라보았다.

"분명 이리로 다가오고 있었는데."

그래. 텅 빈 방 안을 보자마자 모든 것을 파괴할 것처럼 부글부글 끓기 시작한 시뻘건 분노를 억누를 수 있었던 것은, 근처로 되돌아 오고 있던 계집의 기척 때문이었다.

분노가 사라지자 남자에게는 어느 정도의 여유까지 찾아왔다. 또 어떤 벌을 내려야 그 발칙한 것이 기염을 토해 내며 다시는 그러지 않겠다고 손이 발이 되도록 용서를 빌까. 어떤 족쇄를 채워야만, 어떤 인질을 잡아 두어야만 그 계집이 제게서 도망치려는 생각조차 꺼내지 못할까…….

"찾아."

하지만 그 여유는 인간 여자의 기척이 사라짐과 함께 순식간에 사라졌다. 아드득, 그의 입에서 살벌한 소리가 들려왔다. '문'을, 그 계집이 시도 때도 없이 사용하곤 했던 '능력'을 사용하여 또 도망을 간 것일까.

"예, 예? 그, 그 인간 여자 말이로라?"

나비가 어리둥절한 목소리로 되물었다. 람이 딱딱하게 답했다.
"황조롱이를."
"그럼, 그럼 이레주는 그냥 놓아주는 것이로라?"
"무슨 소리지?"
나비의 말에 남자의 무표정했던 얼굴이 일순 사나워졌다.
"그 계집의 능력을 볼 수 있는 건 나뿐이니 난 그 계집을, 너희는 황조롱이를 찾아야지. 해가 뜨기 전까지 황조롱이의 흔적을 찾아내. 그 전까지 찾아내지 못한다면……."
"……."
"동쪽 대륙의 모든 것들은 재도 남기지 않고 소멸이다."
허억, 나비가 겁을 집어먹으며 파들파들 몸을 떨었다. 남자가 덧붙였다. 그의 시뻘건 눈동자가 어둠 속에서 다시 한번 번뜩였다.
"그것이 인간이건, 신인류건."

남자가 보였다. 눈앞이 흐릿흐릿하고 그 얼굴이 아득해서, 처음엔 누군지 알아보기 위해 눈살을 찌푸리고 한참을 들여다보아야 했다. 이른 새벽의 자욱한 안개가 걷히는 것처럼, 뿌옇던 눈앞이 서서히 환해졌다.

남자가 보였다. 그다음에는 형형히 빛나고 있는 피처럼 붉은 눈동자가 보였다. 아…… 이예주는 짧게 신음했다.

왜 몰라보았을까? 멀리 있어도, 시야가 가물가물해도, 앞이 잘 보이지 않아도 알아볼 수 있다고 생각했는데. 저렇게 시뻘겋게 빛나고 있는 눈을 왜 알아보지 못했을까?

이예주는 조금 멀리 떨어져 있는 남자를 바라보며 고민했다. 그러나 곧 답을 알아낼 수 있었다. 남자의 눈이, 마치 낯선 타인을 바라보는 것처럼 완전한 적의로 가득한 채 자신을 노려보고 있었기 때문이다.

"왜 그렇게 봐요?"

이예주가 그에게 물으며 한 발자국 다가섰다. 그러자 남자가 누군가를 보호하는 것처럼 팔을 내뻗으며 한 걸음 물러섰다. 그녀를 끔찍하고 무서운 괴물처럼 여기는 것만 같았다.

"주인님."

그때 남자의 뒤에서 붉은 꼬리가 살랑살랑 움직이며 튀어나왔다. 그의 동공처럼 벌건 꼬리가 아홉 개나 달린, 벌거벗은 요망한 것이다.

아니, 저건 왜 또 옷을 다 벗고 지랄이야. 이예주는 험악하게 인상을 찌푸렸다. 그리고 그들을 떼어 놓기 위해 한 발자국 다가갔다.

"뭐 하는 거예요?"

그러자 남자가 꼬리가 아홉 개나 달린 붉은 개를 데리고 두 걸음이나 물러섰다. 까드득, 이예주의 입술 사이에서 어금니가 갈리는 섬뜩한 소리가 흘러나왔다.

"지금 뭐 하는 거예요!"

"주인님, 무서워요."

이예주가 참지 않고 버럭 소리를 지르자, 요망한 것이 거대한 가슴을 덜렁덜렁 뒤흔들며 그를 뒤에서 슬며시 껴안았다.

남자의 허리에 하얗고 가녀린 두 팔이 얹어졌다. 한 손으로 움켜쥐면 톡 분질러질 만큼 얇고 가는 손목일 뿐인데, 그것이 흡사 넝쿨처럼 남자의 허리를 휘어 감고 압박하는 것 같았다. 절대로 보내 줄 수 없다는 듯.

순간 이예주의 가슴이 덜컹 내려앉았다.

"이리 와요!"

그녀가 제 옆을 손가락질하며 소리쳤다. 붉은 개가 남자의 어깨 너머로 빠끔 고개를 내밀더니 그의 허리를 감은 팔에 더욱 힘을 주었다.

"이리로 와요!"

"⋯⋯왜지?"

"뭐요?!"

"내가 왜 너한테 가야 하는 거냐고."

이예주는 불현듯 말문이 막혔다. 왜? 왜냐고? 그녀는 적당한 말을 찾아 열심히 머리를 굴렸다. 그러나 마땅히 떠오르는 말이 없었다.

그사이 남자가 붉은 눈동자로 그녀를 응시하며 시리도록 차가운 말을 내뱉었다.

"너는 나와 아무 상관없는 관계가 아니었나?"

눈을 크게 홉뜨고 아무 말도 하지 못하는 이예주에게서 시선을 뗀 남자가 문득 지친 표정을 지었다.

"⋯⋯지긋지긋하군."

"⋯⋯."

"인간들은 나를 증오하고 두려워하면서도 하나같이 내가 가진 힘을 탐하지. 정말 지긋지긋한 것들이다."

그는 진저리를 치듯 고개를 설레설레 흔들고는 다시금 이예주를 바라보았다. 그 얼굴에 오랜 지겨움과 찌든 권태가 여실히 드러나 있었다.

이예주는 저도 모르게 입술을 꽉 깨물었다. 완전한 타인을 바라보는 것처럼 자신을 응시하는 그의 시뻘건 시선에 숨이 턱턱 걸리는 것만 같았다.

"왜……."

무어라 입을 떼려던 이예주가 목구멍이 조여드는 감각에 흐으, 하는 소리를 내며 잠시 호흡을 가다듬고 다시 입을 열었다.

"왜, 왜 아무 상관이 없어요?"

"그럼 우리가 무슨 상관이 있지?"

정말 모르겠다는 듯 되묻는 남자의 말에 가슴에서 울컥 뜨거운 게 치솟았다. 그녀는 말없이 제 왼쪽 손목을 내려다보았다. 손목 위엔 흑요석처럼 흉측하게 변질된 흉터가 손목을 한일자로 가르며 자리하고 있었다. 주변이 어둡다고 생각했는데, 그 속에서도 검은색 흉터는 반짝반짝 빛이 났다.

흉터는 자각몽임을 깨우치는 일종의 매개체였다. 그러나 이예주는 너무 격한 감정에 사로잡힌 나머지 그것을 보고도 지금이 꿈인지 생신지 구별할 수 없었다. 그저 남자가 바꿔 버린 제 손목의 흉터를 사납게 노려볼 뿐이었다.

그녀는 불현듯 왼쪽 손목을 남자에게 들이밀며 소리쳤다.

"당신이 이렇게 만들었잖아!"

"……."

"나랑 계약도 하고, 내 목숨도 구해 주고, 그리고 나랑 키스도 했잖아요!"

남자는 대답 없이 무뚝뚝하게 이예주를 바라보기만 했다. 그녀는 이제는 눈물이 차오를 것처럼 코가 맵고 눈앞이 흐렸다.

"당신이 이렇게 만들어서, 이젠 과거로 돌아가도 잊을 수도 없게! 잊고 살 수도 없게 만들어 놓고! 그랬으면서 왜, 왜 아무런 상관이 없어요? 왜냐구요!"

"……."

"인간이 지긋지긋하다고? ……흑, 그럼 난 어떡해."

이예주는 어린아이처럼 울먹거렸다.

"난 벌써 당신을…… 당신을……."

그녀가 고개를 쳐들고 자신을 바라보는 시뻘건 시선과 정면으로 마주했다. 차오르는 눈물 때문에 원치 않아도 흐릿한 남자의 잔상만 바라볼 수밖에 없었다. 하지만 그래도 상관없었다. 내가 먼저 알아보면 되니까.

멀리 있어도, 시야가 가물가물해도, 앞이 잘 안 보여도 먼저 알아보면 돼. 그러다 문득 늦어 버렸다는 생각이 들었다.

아, 난 벌써 늦었구나. 난 이미 당신을, 당신을…….

"그러니까 이리로 와요."

이예주는 이를 악물고 자신의 앞을 손가락질했다. 남자의 허리를 감은 요망한 것의 팔은 여전히 풀릴 줄을 모르고 꽉 조여져 있었다. 시야가 흐릿한 와중에도, 그 모습에 눈에서 번쩍 불똥이 튀는 것 같았다. 그녀는 벼락처럼 커다랗게 소리를 질렀다.

"그 손 떼고 당장 이리로 오라고, 이 자식아!"

살벌한 시선으로 남자를 노려보자 드디어 그의 입이 열렸다. 여자보다도 빨갛고 보드라워 보이는 그 입술이 살며시 벌어지더니, 이내 그 사이에서—

"와, 와, 왔는데요, 레, 레이디?"

"헉!"

이예주는 번쩍 눈을 떴다. 동쪽 대륙에 와서 몇 번 말을 섞었다고 그새 익숙해진 주눅 든 면상이 제 앞에서 얼쩡거리고 있었다.

"……제드?"

"예, 예?"

"왜 당신이 여기에…… 그리고 여긴 어디…….."

불현듯 머리가 깨질듯이 아파 와 이예주는 눈살을 있는 대로 찌푸렸다. 아, 왜 이렇게 두통이. 그것보다 정말로 제드가 왜 여기에 있는 거지. 람은? 나비 아저씨는? 그리고 조롱이는?

고통을 호소하는 와중에도 열심히 돌아가던 머리가 '조롱이'라는 단어에서 버퍼링에 걸린 것처럼 턱 멈췄다.

그래, 조롱이와 길을 잃고 헤매다 간신히 그레이의 주점 근처에 도착 했을 때 수상쩍은 인물이 길을 막아섰다. 그놈은 알고 보니 제드였다. 놈이 조롱이한테 주사를 놨다. 그리고 이상한 복면을 쓴 남자들이 나타나서 조롱이를…….

"이 개새끼! 이, 이 나쁜 새끼! 조롱이! 조롱이 어디 있어?!"

이예주가 자리에서 벌떡 일어나며 제 앞에 서 있던 제드의 멱살을 휘어잡았다. 아니, 휘어잡으려고 들었다. 그러나 '쩔컹!' 하는 시끄러운 소리와 함께 그녀의 팔은 제드의 코앞에서 더 앞으로 나아가지 못했다.

이예주는 다시 한번 녀석을 향해 거세게 팔을 뻗었다. 하지만 손목만 아려 올 뿐, 팔은 일정 거리 이상 뻗을 수 없었다.

그제야 이상함을 느낀 그녀는 제 오른손을 내려다보았다. 손목에는 여전히 람이 벌이랍시고 채워 놓은 수갑이 자리하고 있었다. 수갑에 연결되어 있는 검은색의 사슬도 마찬가지였다. 그러나 조롱이가 풀어 준 이후로는 계속해서 느슨하던 사슬이 지금은 팽팽하게 당겨진 채 그녀의 움직임을 제한했다.

이예주는 쫙 퍼진 사슬을 따라 쭉 시선을 움직였다. 사슬 끝이 침대 기둥에 칭칭 감겨 자물쇠로 채워져 있었다. 그렇게 답답해하고 싫어해 마다하지 않는 상황에 또다시 처해진 것이다.

멍하니 그것을 바라보던 그녀의 얼굴이 와작 일그러졌다. 제드를 향해 획 돌아간 두 눈에선 살기가 풀풀 풍겨 나오기 시작했다.

"이게 뭐야? 이거 풀어, 이 자식아! 이게 무슨 짓이야? 이게 무슨 짓이냐고!"

"저, 저기 레, 레이디. 그, 그게……."

"이 나쁜 자식아! 은혜를 원수로 갚아도 유분수지! 기껏 저보다 어린애들한테 처맞는 거 구해 줬더니! 이거 당장 풀어! 풀라고!"

"그, 그만! 지, 진정하게!"

그때, 반대편에서 또 다른 목소리가 비죽 끼어들었다. 이예주가 살벌한 기세로 홱 고개를 돌렸다. 작고 뚱뚱한 중년의 남자가 삐질삐질 흐르는 땀을 손수건으로 닦으며 서 있었다.

"당신은 또 뭐야? 당신도 이 새끼랑 한패야?"

날 선 물음에 잠시 주춤하던 중년 남자가 이내 그녀에게 땀을 닦던 손이 아닌 반대편 손을 내밀며 지껄였다.

"나, 나는 도, 동쪽 대륙 마을의 조, 족장이다."

이예주는 남자가 내민 손을 빤히 내려다보았다. 악수라도 하자는 것인가? 그러나 별로 악수하고 싶은 마음도, 태평하게 악수나 하며 인사를 나눌 사이도 아니었기 때문에 그녀는 그 손을 가만히 내려다보기만 했다.

민망했는지 남자가 재빨리 손을 거뒀다. 그녀는 그것을 예의 주시하며 혼잣말처럼 중얼거렸다.

"족장? 족장은 어제 분명 죽었다고 했는데……."

"그, 그분은 서, 선대 족장이고! 나, 나는 서, 선대 족장의 유, 유일한 아들로서 차, 차기 족장이 될 몸이다. 내, 내가 조, 족장이 되면, 제, 제드는 내 후, 후계자가 되는 것이지."

"후계자? 허!"

이예주가 다시 제드를 휙 돌아보며 기가 차다는 듯이 헛웃음을 내뱉었다.

그러니까 자신과 조롱이를 납치한 이 말더듬이 자식이 신인류와 전쟁을 벌이고 신인류의 터전을 빼앗은 족장 놈들과 관련이…… 아니, 후계자? 후계자면 혈연이란 소리잖아?

제드를 바라보는 그녀의 눈빛이 어이없음에서 분노로, 이어서 배신감으로 변해 갔다.

소심하게 말을 더듬고 저보다 어린애들한테 맞고 다니는 게 안쓰러워 가엾이 여겼더니, 이런 어마어마한 사실을 숨기고 있었던 것이다. 어쩌면 자신에게 뤼미에르를 준 것도 이런 식으로 뒤통수를 후려치기 위한 고의적인 접근일지도 모른다.

한참 동안 생각을 거듭하며 분노로 파르르 떨리는 몸을 가다듬던 이예주는 족장을 도로 쏘아보며 천천히 입을 열었다.

"……그래서요?"

"뭐, 뭐?"

"아저씨가 족장이고 얘가 후계자라서 그래서 뭐 어떡하라고요. 나랑 조롱이는 왜 납치한 건데요?"

"그, 그게……."

제드가 땀을 뻘뻘 흘려 대는 제 아비를 대신해서 대답하려는지 우물쭈물했다. 그러나 곧바로 대답을 막아서는 이예주 때문에 아무런 변명조차 할 수 없었다.

"아, 얘기하지 마요. 쥐똥만큼도 안 궁금하니까. 나는 당신들이 무슨 짓거리를 하던 조금도, 아주 조금도 관심 없어요. 그러니까 이거나 풀어 줘요. 조롱이도요."

"그, 그건…… 그, 그건 안 된다."

족장이 거부했다. 이예주는 씩씩거리며 더 큰 소리로 응수했다.

"왜? 아, 진짜 관심 없다구요! 내가 걔네 패서 그래요? 그 마을 지주들의 자식인지 하는 놈들! 나랑 조롱이가 걔네 패서 그러냐고요! 그건 아저씨 아들이 맞고 있길래 불쌍해서 좀 도와준 건데 대체 왜……!"

"너, 너는 시, 신인류가 아닌 거냐?"

"……하, 무슨 또 신인류 소리야! 내가 왜 신인류예요!"

답답함에 이예주가 꽥 소리를 지르자, 족장이 고개를 끄덕거리며 혼잣말했다.

"하, 하긴. 시, 신인류라면 야, 약을 맞고 이렇게 머, 멀쩡할 리가……."

"참, 그 주사는 뭐예요? 나랑 조롱이한테 무슨 짓을 한 거예요?"

"너, 너는 왜 우, 우리와 같은 고, 고귀한 인간이면서 시, 신인류 같은 더러운 것들과 하, 함께 어울리는 거지?"

족장은 계속해서 이예주를 무시한 채 자기가 하고픈 질문만 해 댔다. 아무래도 말로 대적한다면 이길 자신이 없어서 저런 식으로 질문만 하는 것 같다고 그녀는 생각했다.

듣기 거북할 만큼 더듬거리는 말투에 안 그래도 아픈 머리가 더욱 쪼개지는 것 같았다. 그녀는 질문에 답하지 않고 반문했다.

"아저씨도 내 질문에 대답하지 않는데, 왜 내가 아저씨 물음에 대답해야 하는 건데요?"

"호, 혹시 그 괴물 말고 또, 또 다른 신인류를 아느냐?"

여전히 제 말만 지껄여 대는 족장을 빤히 바라보던 이예주는 이번엔 순순히 답했다.

"몰라요."

"⋯⋯너, 넌 시, 신인류가 아니라고 하니, 개, 개인적인 사감은 없다. 조, 조금 부, 불편한 방식으로 나, 납치한 것에 대해서는 내, 내 사과하지."

그녀가 고분고분해진 듯하자 족장은 마음이 풀린 듯 짐짓 관대한 체하며 사과의 말을 건넸다.

이예주는 진심으로 어이가 없었다. 족장이 하는 행동이 모두 하나의 연극을 보는 것 같았다. 그의 행동거지 하나하나가 과장되어 있었다.

땀을 닦는 불쾌한 행동도 우아해 보이기 위해 기를 쓰는 것 같았다. 심지어 그녀에게 말을 하는 와중에도 한 손으로는 자꾸만 멋져 보이는 몸짓을 취했다. 광대가 귀족 나리를 풍자하는 것처럼 우스꽝스럽기 그지없는 몸짓이었다.

"내, 내가 저, 저주만 풀린다면 마, 마을 지주들도 나한테 함부로 하지 모, 못할 것이야. 그, 그러면 나는 더, 더 강한 권력을 갖게 될 것이다. 내, 내게 협조하면 너, 너한테도 기, 기꺼이 나눠 주지."

"풀어야 하는 저주가 뭔데요? 아저씨랑 제드가 말을 더듬는 거요?"

"그, 그, 그렇다. 사, 삼대째 내려오는 우, 우리 집안의 저주이지."

저주에만 관심을 보일 뿐, 협조에는 영 말을 아끼는 이예주 때문에 초조한지 족장이 황급히 덧붙였다.

"도, 돈뿐만이 아니라, 거, 검은 안개도 나눠 줄 것이다. 누, 눈족들의 검은 안개 말이야. 거, 검은 안개가 무엇인지 너, 너도 잘 알고 있겠지?"

이예주는 사실 검은 안개가 대체 무엇인지 아직 잘 몰랐다. 그러나 모른다고 말 대신 족장에게 질문을 하며 그를 유도했다.

"⋯⋯어떻게 협조해야 되는데요?"

"네, 네가 알고 있는 시, 신인류에 대한 정보를 내, 내게 알려 주면 된다. 호, 혹은 아, 알고 있는 신인류를 데, 데리고 온다면 더, 더 좋 겠지. 어, 어쨌거나 네가 데리고 다니던 괴, 괴물을 잡은 탓에 저, 저주가 곧 풀릴 테니, 나, 나와 같이 제, 제3차 전쟁을 이, 일으키는 데 앞장서는 것이……."

"잠깐, 잠깐. 제3차 전쟁이요? 누구랑 누구랑요?"

"그, 그야 당연히 시, 신인류를 모두 바, 박멸하는 전쟁이지."

이예주는 말을 멈췄다. 하지만 한번 말문이 터진 족장은 홍수처럼 그녀가 듣고 싶지 않은 정보까지 좔좔 내뱉기 시작했다.

"시, 신인류같이 더러운 것들은 도, 동쪽 대륙에서 모, 모두 깡그리 어, 없애 버려야 돼. 저, 저주 같은 비, 빌어먹을 것을 나, 남기지 못하도록 말이다. 그, 그것들은 우리 인간들에게 하, 하나같이 해, 해악한 것들이야. 매, 매년 번식은 왜, 왜 그렇게 많이 하는 건지! 아, 아무리 아이들을 훔쳐서 누, 눈족들에게 바, 바치고 바쳐도 끝이 없어! 지, 징글, 징글한 것들. 모, 모조리 죽여야 해. 하, 하나도 남기지 않고 바, 박멸해야 한다고."

"……."

"어, 어, 어떤가. 이 위, 위대하고 멋진 계획에 도, 동참할 생각 없나? 그, 그 괴물을 아, 아무렇지 않게 데리고 다닌 걸로 보아, 너, 너는 신인류들의 약점에 대해 자, 잘 알고 있는 것 같은데. 나, 나와 겨, 결탁하는 게 어떤가?"

"아……."

족장이 다시 한번 이예주에게 손을 내밀었다. 그녀는 의미 모를 소리를 내며 멍하니 그 투실투실한 손을 내려다보았다.

족장이 더럽게도 더듬거리며 지껄여 댄 말 중에 '박멸'이라는 말이 있었던 것 같은데. 놈이 말한 박멸이고 전쟁이고 하는 단어가 참 와닿지 않았다.

신인류는 더럽고 해악한 존재이니 전쟁을 일으켜야 한다고? 그녀가 조롱이와 마을을 헤매며 보았던 신인류들은 모두 자기 생업에 매달리기 바빴다. 마담 페니나 그레이만 봐도 그랬다. 세금을 올리면 올리는 대로 내고, 대신 더 열심히 일을 했다. 자식이 없어져도 주점을 열 수밖에 없었다. 하루하루 먹고사느라 바빴기 때문이다.

이예주는 그 모습을 보고 기분이 좀 이상했다. 저들이 신인류라고는 하지만 기본적으론 동물들인데. 왜 저렇게 인간처럼 살아야 하는 것이지?

그러나 람은 말했다. 인간에게 핍박당하고 힘없이 죽어 가는 것들이 쉽게 죽지 않도록 내린 힘이라고.

살아갈 수 있게 내린 힘. 신인류에게 내려진 그 힘이, 저주 같은 것이 되어 인간들에게 영향을 끼칠 리 없다. 그러니 조롱이도, 마을 안의 신인류들 중 그 누구도 족장 놈들에게 저주를 내렸을 리 없다.

이예주는 조롱이에게 혹시 저주를 내린 게 사실이냐고 물었던 자신이 떠올라서 마음이 무거워졌다. 아, 인간이란 얼마나 대단한 동물인가. 눈앞에 주워진 것만 가지고도 무작정 책임을 전가할 수 있는 참으로 편리한 사고를 가졌다.

대답은 않고 물끄러미 족장을 바라보기만 하는 이예주가 답답했는지 족장이 한 번 더 말을 걸었다.

"모, 모든 부와 며, 명예를 거머쥘 있을 것이다. 그, 그러니 내, 내 손을 잡아라. 어, 어서 잡으래도, 응?"

"······일단 손을 잡았다 쳐도, 뭘 하기도 전에 내가 없어진 걸 알면 그쪽은 죽을 거예요."

"으, 응? 뭐, 뭐라고?!"

"없어지면 동쪽 대륙을 다 때려 부순다고…… 여길 멸망시켜서라도 찾는다고 했는데……."

말끝을 흐리며 그녀는 조금 허망한 시선으로 자신이 있는 공간을 둘러보았다. 방은 굉장히 넓고 화려했다. 하지만 아무리 둘러보아도 조롱이는 보이지 않았다.

자신과는 다른 방에 갇혀 있는 것일까? 뭔가 목적을 가지고 납치한 사람한테 이렇게 좋은 방을 내줘도 되는 것일까. 그런 생각을 하던 중, 문득 그녀는 복면을 쓴 남자들에게 납치당하기 전에 제드가 더듬더듬 내뱉었던 말들을 떠올렸다.

―내, 내가 구해 줄게요, 레이디. 그, 그 사슬도 내, 내가 풀어 주고 마, 마을에 있는 동안 이, 이런 후미진 곳 말고 우, 우리 저택에 편하게 묵도록…….

편하게 묵게 해 주긴 개뿔. 오히려 조롱이와 간신히 타협해서 풀린 사슬조차 도로 묶여서 굉장히 기분이 더러웠다. 다시 한번 묶인 사슬과 제드, 그리고 족장을 번갈아 보던 그녀가 또박또박 명확한 발음으로 그들에게 사실을 상기시켰다.

"그 남자도 그쪽이 검은 안개를 사들이는 것과 무슨 꿍꿍이가 있다는 걸 알고 있거든요. 그러니까 동쪽 대륙에서 제일 먼저 죽는 건 족장님과 가족들이겠죠."

"누, 누가? 누, 누가 감히 조, 족장의 저택에서 그, 그런 짓을 한단 말이냐!"

"누구긴요? 죽은 선대 족장인지 하는 사람이랑 계약을 맺었다는 그 남자가 그러겠죠. 죽었으니까 계약은 파기될 거 아니에요."

"그, 그! 그, 그건…… 아, 아니야! 그, 그럴 리 없어! 아, 아버지가 죽었더라도 그, 그가 알 리 없어! 알 리 없어!"
 "누, 누군데 그래요, 아버지?"
 갑작스레 경기를 일으키듯 벌벌 떨어 대는 제 아버지를 보고 놀란 건지 제드가 허겁지겁 침대를 돌아 그에게 달려가며 물었다.
 족장은 계속해서 알 리 없다고 중얼거리며 고개를 미친 듯이 휘저었다. 제드가 그만하라고 힘겹게 붙잡아도 소용없었다.
 "왜 말을 못한대. 검은 파편 말이에요, 검은 파편! 람 몰라요?"
 이예주가 왜 말하지 못하냐고 핀잔을 주자 족장의 얼굴이 한순간에 시퍼렇게 질렸다.
 "아, 아, 아니야! 아니야! 그, 그럴 리, 그럴 리 없어. 그럴 리······."
 "미안한데, 아저씨랑 손 못 잡아요. 저는 그 미친놈한테 죽기 싫거든요? 그러니까 당장 나랑 조롱이 풀어 주는 게 좋을 거야. 당장 이거 풀어! 풀라고!"
 혼이 나간 사람처럼 멍하니 중얼거리는 족장에게 이예주는 이때가 기회다 싶어 팔을 격하게 흔들며 요구했다. 쩔컹쩔컹! 사슬이 시끄럽게 쇳소리를 내며 울었다.
 "당장 풀라고!"
 "히이익!"
 족장이 괴상한 소리를 내며 그녀에게서 주춤주춤 물러섰다. 그는 이내 지난날의 제드처럼 등을 돌려 헐레벌떡 방문으로 달려갔다. 이예주는 꽁지가 빠지게 도망가는 족장의 뒤통수에 대고 분노를 쏟아 냈다.
 "아저씨! 이거 풀고 가라고요! 갑자기 왜 도망을 가고 그래요! 아저씨!"
 쾅! 기어이 방문을 열고 뛰쳐나간 족장이 문을 부서져라 세게 닫은 후 사라졌다. 호화로운 방 안은 일순 정적에 휩싸였다.

이예주는 인상을 찌푸린 채 생각에 빠졌다. 검은 안개인지 뭔지를 가지고 신인류를 없애기 위해 무언가 공작을 꾸미고 있는 마을 족장이, 막상 검은 파편에 대한 이야기를 하자 두려움에 벌벌 떨면서 도망을 갔다.

자신이 몰래 하고 있는 짓거리가 검은 파편의 귀에 절대로 들어갈 리 없다고 자신하고 있었던가.

'족장의 입에서 나온 눈족 이야기도 그렇고, 역시 무슨 꿍꿍이가 있어.'

하지만 그녀는 동쪽 대륙의 마을 족장이 어떠한 사악한 비밀을 가지고 있다고 해도 별로 알고 싶은 생각은 없었다. 그것을 알아낸다고 자신이 무언가를 바꿀 수 있는 것도 아니고, 지금은 제 코가 석 자인 상황이었기 때문이다.

우연찮게 그것을 알아서 조롱이와 함께 무사히 도망간다면 그의 주인에게 이야기를 전해 줄 용의는 있었다. 그러나 그것뿐이다.

괜한 일을 파고들어 깊게 연관될 필요는 없어. 그럼, 그럼. 이예주, 네 목숨은 아홉 개가 아니라 한 개뿐이야. 개의 탈을 쓴 그 요망한 불여시처럼 꼬리가 아홉 개나 달려 있지 않단 말이야.

애써 자신과는 무관한 일이라고 그녀가 자위할 때였다. 깊은 상념에 잠겨 있느라 아직까지 방 안에 존재하는지도 잘 몰랐던 인간이 그녀의 곁으로 쭈뼛쭈뼛 다가와 말을 걸었다.

"레, 레이디. 무, 묶여서 조금 부, 불편하시겠지만 그, 그래도 레이디를 위해서, 소, 손님방 중에선 가, 가장 좋은 방으로 선택했어요."

제드였다. 제 아비가 자신에게 그런 취급을 받고 콧수염 휘날리게 도망을 쳤는데도 아직까지 방 안에 남아 있는 그가 경이로울 지경이었다.

참으로 태평한 소리를 잘도 지껄여 대는 놈을 부리부리하게 노려보자, 그가 '흐허억!' 하고 숨을 삼키며 침대에서 조금 물러났다.
"너도 사슬 풀어 줄 생각, 없는 거지?"
그녀는 침대 기둥에 둘둘 말려 묶인 사슬을 잡아당기며 물었다. 제드가 그녀의 눈치를 보며 어렵사리 답했다.
"아, 아버지가…… 아, 아니 조, 족장님이 오, 오늘이 지나면 사, 사슬은 풀어 주신다고 야, 약속해 주셨어요. 그, 그런데 수갑은 뭐, 뭐로 만들어졌는지 토, 통 몰라서 아, 안타깝게도 수, 수갑을 풀어 드릴 수는 없……."
"지금 당장 풀어 줄 거 아니면 헛소리 집어치우고 꺼져."
이예주의 사나운 일갈에 또다시 기함한 제드가 이내 힘없이 어깨를 내렸다. 그리고 풀 죽은 목소리로 속삭이고는 뒤돌아섰다.
"……미, 미, 미안해요, 레이디. 그, 그렇지만 레이디를 위, 위험하지 않게 하기 위해서는 어, 어쩔 수 없었어요……. 그, 그 괴물은 저, 저, 저주를 내리는 위, 위험한 괴물이니까."
이예주는 말더듬이 놈을 향해 그놈의 빌어먹을 저주 소리, 그만 좀 지껄이라고 있는 대로 소리를 지르고 싶었다. 하지만 목구멍까지 차오른 욕지거리를 참은 것은 연신 미안하다고 중얼거리는 제드의 심약한 목소리 때문이었다.
그렇게 미안해할 거면 사과할 짓은 왜 저지른 거지?
만난 지는 얼마 안 되었지만 그의 첫인상은 나쁘지 않았다. 떠듬떠듬 말을 버벅거리는 모습, 어딘가 우울한 낯빛을 하고 있으면서도 자신이 조금 내밀었던 호의에 반색을 하고 달려드는 것이 안쓰럽기도 했다.
꽃을 건네며 수줍게 웃던 제드가 거짓으로 그랬다고는 생각하지 않았다. 모두가 정신이 나가 버린 것 같은 이 1000년 후의 세상에서 유일하게 동질감을 느꼈던 사람이었다.

"그, 그럼 저는 그, 그만 가 볼게요. 조, 조금 이따가 저, 저녁을 가지고 다, 다시 올게요. 미, 미안해요. 레이디."

하지만 인간은 누구나 가면을 뒤집어쓸 수 있고, 얄팍하고 비열하다. 기껏 이야기를 들어 주고 나쁜 놈들에게서부터 더 이상 맞지 않게 도움을 주었더니 이제는 자신의 뒤를 쫓고 조롱이를 내놓으라 한다.

방문 쪽으로 걸음을 옮기면서도 자꾸만 애처롭게 뒤를 돌아보는 제드를 차갑게 얼어붙은 눈으로 응시하던 이예주는 조용한 목소리로 나직이 말했다.

"인생 그렇게 살지 마."

제드가 막 문고리를 돌리던 손을 멈췄다. 그가 뒤를 돌아보았다.

자신을 병신이라고 놀리지도 않고 더듬거리는 말을 끝까지 귀 기울여 들어 준, 또 위험에서 구해 준 뒤 걱정스럽게 내려다보던 천사 같은 레이디는 더 이상 침대 위에 없었다.

적대감이 가득 담긴 눈으로 자신을 경계하는 이방인만이 존재할 뿐이었다.

"분명 조롱이는 저주를 내리지도 않았고, 괴물이 아니라고도 말했잖아."

"……."

"사람이 내민 호의를 이런 식으로 짓밟으면, 아까 널 때리던 놈들과 네가 다를 게 뭐야?"

이예주의 말에 제드는 흠칫 몸을 굳혔다. 그게 아니라고, 저주를 풀기 위해서, 그리고 레이디를 위해서 어쩔 수 없었다는 변명이 입에서 맴돌았다. 그런데 이상하게 입이 굳은 것처럼 열리지 않았다.

그녀의 말이 맞았다. 레이디는 조롱이가 괴물이 아니고 자신의 의지로 남은 거라고 몇 번이나 말했지만, 제드는 믿지 않았다. 그 결과 선뜻 호의를 내밀었던 천사 같은 레이디는 완전히 사라졌다. 그도 모자라 그녀에게 미움까지 사게 됐다.

제드는 덜컥 겁이 났다. 그녀에게까지 쓸모없는 말더듬이 자식이란 소리를 듣는다면 너무, 너무 슬퍼질 것 같았다.

"미, 미, 미안해요. 미, 미안해요……!"

그는 그 한마디를 던지듯 내뱉고는 서둘러 방문을 열고 제 아비처럼 허겁지겁 방에서 도망쳤다.

어쩔 수 없었다. 도망치는 것, 그것이 제드가 지금껏 살면서 배운 유일한 해결 방법이었기 때문이다.

족장의 저택은 매우 분주했다. 오늘 있을 차기 족장의 취임식 때문이다. 선대 족장이 살아 있을 땐 이렇게 저택이 활발하고 바쁘게 돌아가는 일이 없었다. 당연했다. 할아버지는 고용인은 물론이고 가족들이 집 안을 나다니며 내는 소리조차 극도로 싫어했다.

물론 그의 조부가 벙어리라는 사실을 모르고 있었던 것은 아니었다. 극비라고 해 보았자 그것은 아무것도 모르는 평범한 마을 사람들에게만 해당되는 소리였다. 저택을 제 집처럼 드나들던 마을 지주들과 그 밖의 일을 보는 사람들은 조부가 말더듬이도 못 되는 벙어리라는 것을 모두 알고 있었다.

말은 할 수 없어도 살아 있을 적의 조부는 하나뿐인 손자를 매우 아끼고 사랑했다. 저택에서 오로지 제드만이 할아버지의 집무실에 드나들 정도로 그들의 사이는 돈독했다. 혀가 없는 할아버지는 버럭대는 제드의 말을 들어 주는 유일한 이였다. 하지만 돌아오는 답은 없었기에, 매번 제드 혼자 재잘대다 지쳐 나가떨어졌다.

해가 바뀌고, 나이를 먹고, 마을 사람들에게 말더듬이 병신이라는 욕설을 듣기 시작하면서, 제드는 할아버지를 찾아가는 횟수를 점점 줄였다.

그렇다고 해서 할아버지가 존경스럽지 않은 것은 절대로 아니었다. 말 못하는 할아버지가 음침하고 어두컴컴한 방에 몇십 년간 처박혀 있는 이유가, 마을 사람들의 말마따나 족장으로서의 책임을 다하기 위해서라고 굳게 믿었기 때문이다.

그러나 그 믿음도 레이디와 괴물을 찾으라고 명령한 아버지로 인해 산산조각 났다. 할아버지는 신인류에게 저주를 받았기 때문에 혀가 뽑혔다. 그리고 그 저주로 인해 말을 더듬는 아버지가, 그 아버지에게서 말을 더듬는 자신이 태어났다.

대를 잇는 저주. 아버지는 저주를 풀 방법이 그 신인류를 산 채로 으득으득 씹어 먹는 방법밖엔 없다고 했다. 지긋지긋한 말더듬이에서 벗어날 수 있다니 설렜지만, 그 설렘은 오래가지 않았다.

대물림하는 저주를 내릴 정도라면 할아버지의 혀를 뽑은 그 신인류 괴물은 엄청난 힘을 가지고 있을 텐데. 그러면 그 괴물에게 잡혀 있는 천사 같은 레이디가 너무나도 위험하다는 것을 깨달았기 때문이다.

레이디는 할아버지에 이어 두 번째로 자신의 말을 들어 준 고마운 사람이었다. 아니, 그녀는 할아버지보다도 더욱더 고마운 사람이다. 그가 무슨 말을 지껄이건 간에 대답 한마디 하지 않던 조부와는 달리, 유일하게 정상적으로 자신의 말을 들어 준 후 답을 해 준 사람이었으니까.

제드는 정말로 레이디가 안전해지면 좋겠다고 생각했다. 그런 자신의 생각이 레이디에겐 되레 배신과 증오를 전달할 줄은 꿈에도 생각지 못했다.

―인생 그렇게 살지 마.

방을 나오고 나서도 서릿발처럼 차갑기 그지없던 그녀의 목소리가 자꾸만 귀에서 맴돌았다. 그녀는 고요하고 차분하게 말을 건넸지만 자신을 노려보던 눈은 분노로 이글이글 불타고 있었다.

―분명 조롱이는 저주를 내리지도 않았고, 괴물이 아니라고도 말했잖아.

언제까지나 친절하게 웃어 줄 줄로만 알았던 레이디의 서늘한 냉대에, 자신은 어떻게 했더라. 마을 사람들이 자신을 놀릴 때마다 들어 왔던 말더듬이 병신처럼 제대로 된 사과조차 건네지 못한 채 줄행랑을 쳤다.

레이디의 굳은 얼굴과 차가운 목소리가 귓가에서 떠나지 않는다. 혹시…… 혹시 정말로 그녀의 말이 사실이라면. 그녀와 함께 다니는 신인류가 정말로 저주를 내린 괴물이 아닌데 자신 때문에 위험에 처하게 될 거라면.

"히, 히이익!"

그 생각에 미치자 제드는 기괴한 소리를 내지르며 제 입을 틀어막았다. 그, 그럴 리가. 그런 생각은 하기 싫다. 정말로 하기 싫어. 자신 때문에 레이디가 곤경에 처했다는 생각은…….

그는 이까지 딱딱 부딪치며 이예주가 머무는 방 앞 복도를 정신없이 배회했다.

아버지는 그에게 약속했다. 취임식이 성황리에 끝날 때까지 만약을 위하여 잠시 잡아 두는 것일 뿐, 절대로 그녀를 해치거나 위협을 가하는 것이 아니라고.

게다가 그녀가 원래 머물고 있던 숙소가 마을 내의 신인류가 운영하는 주점이라는 것을 들먹이며, 괴물들이 득실득실 모여 있는 건물보단 차라리 마을 안에서 가장 안전한 족장의 저택에 그녀를 머물게 하는 것이 더 나은 일이라고 하였다.

하지만 막상 어렵게 모셔 온 레이디는 누구보다 격렬하게 화를 냈다.

"어, 어떡하지. 어, 어, 어떡하지……."

제드는 갈팡질팡하며 손톱 끝만 자근자근 깨물었다. 그는 자신에게 확신이 필요하다고 생각했다. 자신이 틀리지 않았다는 확신이.

복도 근처에서 정신없이 왔다 갔다 하던 그는 문득 사색이 되어 앞서 방을 뛰쳐나간 아버지가 떠올랐다. 제드는 아래층으로 내려가는 계단 쪽을 향해 발걸음을 돌렸다. 아버지에게 다시 한번 물어보아야겠다. 그래서 레이디가 안전하다는 것에, 자신의 선택이 틀리지 않았다는 것에 확신을 받아야 했다.

허겁지겁 1층으로 내려간 그는 분주히 오가는 고용인들을 피해 저택 깊숙한 곳으로 들어갔다.

차기 족장의 자리에 오른다고 하더니, 아버지는 할아버지의 장례가 채 끝나기도 전에 선대 족장의 집무실을 제 방처럼 이용했다. 마을 수장으로서의 권위를 내세우기 위함이었지만, 족장의 집무실은 저택의 가장 깊숙하고 음침한 곳에 박혀 있어서 권위를 내세우기엔 우스운 감이 없지 않아 있었다.

그나마 조금 변한 점은, 선대 족장이었던 할아버지가 살아 계실 적에는 그 누구도 얼씬하지 않았던 집무실이 돌아가신 지 채 하루도 안 되어 완전히 개방되었다는 점이랄까. 그러나 모두 새로운 족장의 취임식 때문에 바쁜 건지, 집무실로 향하는 복도는 어둡고 적막에 가득 차 있었다.
복도의 맨 끝에 위치해 있는 집무실 문이 살짝 열려 빛이 새어 나오고 있었다. 제드가 천천히 그곳을 향해 걸어갈 즈음, 문틈으로 커다란 노성이 쏟아졌다.
"그, 그러니까, 그, 그 계집 주변에 거, 검은 파편이 있었느냐 말이야!"
문고리를 잡으려던 제드의 손이 허공에서 우뚝 멈췄다. 아버지의 노성에 이어 걸걸한 목소리가 그 뒤를 이었다. 용병대장이었다.
"그 계집 주변이요? 저는 오늘 족장님의 명을 듣고 그 계집도 처음 봤는덴쇼. 게다가 검은 파편이라니. 검은 파편은 시간족 놈들만 쫓을 뿐, 우리 동쪽 대륙 인간들에게는 관심도 없지 않습니까?"
"모, 모, 목소리 좀 줄이게! 누, 누가 들으면 어, 어쩌려고!"
"들어도 뭐 별 상관이나 있습디까? 족장님은 그저 그 황조롱이 놈의 배를 산 채로 갈라 심장을 꺼내 먹기만 하면 된다면서요. 그래서 저주를 풀기만 하면 되지 않습니까?"
쓸데없이 크고 무식하기 만한 용병대장의 말이 답답한지 아버지가 짧게 침음을 뱉었다.
"끄응⋯⋯. 자, 자네는 잘 모, 모르겠지만 내, 내 아버지가 검은 파편과 어, 어떠한 계약을 맺은 것은 사, 사실이야. 계, 계약 조건이 무엇인지는 몰라도⋯⋯."
"그런데요?"
"그, 그런데 그, 그 계집이 거, 검은 파편을 입 밖에 꺼냈단 말일세! 자, 자기를 풀어 주지 않으면 그, 그자가 나를 주, 주, 죽인다고⋯⋯!"
"선대 족장님이 검은 파편의 계약자인 것과 그 계집을 우리가 납치한 것이 무슨 상관이란 말입니까? 그 계집이 검은 파편의 또 다른 계약자라도 되는 거요?"

"그, 그건 절대로 아닐 테지만…… 마, 만에 하나 거, 검은 파편이도, 동쪽 대륙에 있고, 우, 우리가 신인류들한테 한 짓을 아, 알아채기라도 한다면 마, 말이 달라지는 일이야!"

"족장님. 제 말은, 그러니까 그놈이 동쪽 대륙에 와 있다 해도 족장님에게는 아무 해코지도 못할 거라 이 소리예요. 선대 족장과 계약을 한 것이 바로 그 증거잖습니까? 검은 파편은 선대 족장과 계약을 해서 이 동쪽 대륙의 주인이 바로 선대 족장임을 인정한 것이에요. 시간족을 죽이고 신인류를 만들어 대기 바쁜 놈이 왜 아무 힘도 없는 인간과 계약을 했겠어요?"

"왜, 왜, 왜란 말인가?"

아버지가 떨리는 목소리로 용병대장에게 물었다. 용병대장이 당연하다는 듯 우렁차게 대꾸했다.

"바로 족장님 가문의 위대함을 그놈이 알아본 것이 아니면 무엇이겠습니까! 선대 족장의 하나뿐인 자식이니, 족장님도 검은 파편 놈과 계약을 맺는 것이 당연합니다! 이 마을의 평화와 안전을 위해 족장님께서 앞으로 얼마나 할 일이 많으신데요. 몇몇 신인류에게 한 짓도 모두 마을 인간들을 위해서 그런 것이잖습니까? 저는 글도 못 뗀 무식한 용병 출신이지만, 족장님이 족장이 되기 이전부터 마을을 위해 얼마나 노력하고 계신지 잘 알고 있습니다!"

"그, 그런가?"

"그렇고말고요! 그러니 걱정 붙들어 매시라구요. 족장님은 이제 선대 족장에 이어 검은 파편 놈과 계약을 할 위대하신 분이시니까요. 그리고 그 계집년이 헛소리를 한 것인지 아닌지, 알 게 뭐랍니까?"

"그, 그건 그렇지만……."

용병대장의 주장에 반쯤 넘어간 듯 아버지의 목소리에선 불안감이 사라지고 어느 정도 수긍이 그 자리를 대신해 메꿨다. 그러나 완전히 마음을 내려놓은 것은 아닌지, 아버지는 여전히 미심쩍은 태도를 버리지 못했다.

"그, 그 계집의 말이 자, 자꾸만 신경 쓰여. 가, 감히 이 도, 동쪽 대륙의 위, 위대한 족장을 협박하다니……."

"헤헤. 그럼 그 신인류와 같이 없애 버리면 되지 않겠습니까?"

"히익!"

히익! 아버지가 헛숨을 들이켜는 소리와 동시에 제드의 입에서도 날카로운 신음이 터져 나왔다.

제드는 혹시나 집무실 안으로 제 소리가 새어 들어갔을까 봐 황급히 두 손으로 입을 틀어막았다. 그의 잿빛 눈동자가 지진이 일듯 거칠게 떨렸다.

계집을 없애 버리다니? 용병대장의 입과 아버지의 입에서 동시에 나올 만한 계집이라는 건, 위층 방에 고이 모셔 둔 레이디뿐이었다. 저 둘이 레이디를 없애려는 이야기를 나누고 있는 것이다.

아버지의 유난스러운 반응이 웃긴지 용병대장은 낄낄, 기분 나쁘게 쪼개며 말을 이었다.

"제가 조금 생각을 해 보니 말입니다. 이런 일일수록 뒤탈이 없어야 해요, 족장님. 그 계집이 풀려난 후에 입이라도 잘못 놀리고 다니면 안 되니까요. 그렇다고 해서 그깟 이방인 계집 한 명 없앤다고 무슨 큰일이라도 생기겠습니까? 황조롱이를 씹어 먹고 족장님의 저주를 풀면서 그 계집도 같이 죽여 버리면 될 일이지요."

"어, 어떻게? 그, 그 계집의 일행이 더, 더 있으면 어쩌려고."

"배럴에 담아서 배 타고 좀 멀리까지 나가 던져 버리면 죽었는지 살았는지 아무도 모를 겁니다."

용병대장의 말이 끝나자 집무실 안에는 한동안 침묵이 감돌았다. 아버지가 과연 그 계획이 괜찮은지 고민하고 있는 것이 분명했다.

제드는 그 짧은 시간 동안 부디 제 아버지가 그런 잔인한 사람이 아니기를 빌고 또 빌었다. 아버지는 분명 자신과 약속을 하였다. 레이디만은 털끝 하나 건들지 않기로.

이윽고 짧은 침묵이 끝났다. 아버지가, 아니 족장이 입을 열었다.

"자, 자네는 그럼 취, 취임식이 끝나면 그 계, 계집이 있는 방을 꼬, 꼼짝 않고 지키고 있어야 하네. 누, 눈족 장로의 일이 끝나면 내, 내 바로 기별을 넣을 테니까. 그, 그 계집이 호, 혹여라도 도망갈 틈 하나 없이 자, 잘 감시하고 있어야 해!"

"아무렴 신인류도 아니고, 그깟 계집이 도망치게 놔둘까 봐요. 족장님은 걱정 마시고 저주나 잘 푸십쇼."

"그, 그래. 오, 오늘 일만 잘 넘어가면 자, 자네와 자네 부하들이 모, 모두 쓰고도 남을 검은 안개를 주, 줄 테니……."

그 뒤에 말은 잘 들리지 않았다. 제드가 주춤주춤 문에서 뒷걸음질 쳤기 때문이다. 문 사이로 새어 나온 빛에 노출된 그의 얼굴이 퍼렇게 얼어붙어 있었다.

무언가 잘못됐다. 무언가가 완전히. 제드는 두려움으로 달달달 떨리는 몸을 다 잡으려고 노력했다. 그렇지만 쉬이 진정이 되지 않았다. 저로 인해 저택으로 오게 된 레이디를, 아버지와 용병대장이 없애 버리려고 한다. 배럴 통에 담아서 아무도 모르게, 바다 깊숙한 곳에 던져 쥐도 새도 모르게…….

―사람이 내민 호의를 이런 식으로 짓밟으면, 아까 널 때리던 놈들과 네가 다를 게 뭐야?

서늘한 그녀의 목소리가 또 한 번 귓가를 맴돈다.

"아, 아, 아니야……."

제드는 파리하게 질린 얼굴로 고개를 저었다. 이런 것을 원한 것이 아니었다. 절대로 그녀가 이런 식으로 자신 때문에 위협을 당할 것이라곤 생각지도 못했다.

멍청한 얼굴로 고개를 휘저으며 뒷걸음질 치던 제드가 불현듯 등을 돌렸다. 레이디를 위해 뭐라도 해야 했다. 그녀를 이대로 죽게 만들 수는 없었다.

하지만 무엇을? 저택 내는 물론이고 마을에서 아무런 힘도, 쓸모도 없는 말더듬이 병신인 자신이 대체 무엇을 할 수 있을까.

그래도 그는 해야 했다. 할아버지처럼 그녀를 허무하게 잃을 순 없었다.

집무실에서 비틀비틀 떨어지는 그의 발걸음이 점점 명확해졌다. 얼마 안 가 아무도 없는 적막한 복도엔 타닥타닥 하고 누군가가 빠르게 뛰어가는 소리가 울려 퍼졌다.

꽉, 쾅, 콰직!

"아오, 악, 아오!"

이예주는 침대 끄트머리에 앉아 되지도 않을 짓에 열을 올렸다. 그녀의 앞쪽에는 비싸 보이는 침대 헤드의 기둥이 이리 파이고 저리 파여 넝마가 되어 있었다. 그 위를 그녀의 오른 손목에 매달려 있는 수갑이 다시 '쾅!' 하고 내리찍었다.

캉, 쾅, 콰득! 수갑 모서리에 깊이 파인 기둥에서 나뭇조각이 퍼석

하고 튀어 눈 아래를 근처를 스쳐 지나갔다. 번쩍하는 쓰라림이 피부를 쓸고 지나가자 그녀는 수갑을 내려치는 것을 관두고 눈 옆을 문지르며 있는 대로 신경질을 내었다.

"아악! 진짜!"

빌어먹을, 빌어먹을! 몇 번을 내리쳤지만 수갑은 망가지기는커녕 흠집 하나 나지 않았다. 여러 번 내리친 충격으로 손목만 뻐근하게 아파 왔다. 침대 기둥 역시 부서지지 않았다. 그녀는 녹초가 된 얼굴로 진저리를 쳤다.

"흑, 왜 이렇게 쓸데없이 내구성 좋은 걸로 채워 놓고 난리야!"

첩보 영화나 액션 영화를 보면 주인공들은 쉽게 사슬도 풀고 침대도 부숴서 잘만 탈출을 감행하던데. 자신은 주인공이 아니어서 이러는 걸까. 수갑도 침대도 하나같이 단단하고 매우 품질이 좋았다. 영화에서 나오던 납치 장면들이 얼마나 터무니없는 건지 깨닫게 해 줄 만큼 말이다.

쩔컹쩔컹! 미련을 못 버리고 사슬을 두어 번 잡아당기던 이예주는 '억' 소리가 나올 만큼 손목이 시큰해지자 그것도 관두었다.

"어떡하지."

정말 어떡하지. 그녀는 불안에 안절부절못하고 입술을 잘근잘근 씹었다.

역겨운 서쪽 대륙에서 빠져나온 이후로 옆에 누군가가 없었던 적은 한 번도 없었다. 조롱이가 없을 땐 람이, 람이 없을 땐 조롱이가 번갈아 가며 이예주의 곁에 찰싹 붙어 있었다. 그새 다른 이들과 같이 다니는 것에 익숙해진 것인가. 그들이 곁에 없다는 사실이 그녀를 극도로 불안하게 만들었다.

기실, 그녀는 제드의 배신으로 인해 정신이 조금 나간 상태였다.

아무리 1000년 후가 미쳐 돌아가는 세상일지라도, 아까까지 아무렇지도 않게 멀쩡히 대화하던 인간이 단 몇 시간 사이에 이렇게 돌변해서 뒤통수를 후려칠 줄은 전혀 예상치 못했기 때문이다.

"흐으, 어떡해……."

답 없는 제 상황에 개탄하며 이예주가 다시 한번 사슬을 잡아당겼다. 침대 기둥에 둘둘 말려 있던 사슬이 그녀가 잡아당김과 동시에 움찔움찔 움직였다. 그와 함께 사슬에 달린 자물쇠도 달그락달그락 하며 움직이는 것이 포착됐다. 사슬을 침대 기둥에 묶어 두기 위해 달아 둔 자물쇠였다.

순간, 머릿속에 번뜩 무언가가 스치고 지나갔다.

"맞아! 내 열쇠!"

람이 압수했다가 조롱이가 다시 돌려준 제 집 열쇠. 눈 깜짝할 새에 보쌈당해서 방구석에 처박힌 탓에 까맣게 잊고 있었다.

이예주는 서둘러 묶여 있지 않은 반대편 손으로 제가 입고 있는 포대의 안주머니를 뒤졌다. 딱딱하고 차가운 금속이 손끝에 닿았다. 망설임 없이 그것을 꺼내 들었다.

예전에 휴대폰을 빼앗겨 울던 자신에게 람이 휴대폰 대신 쥐어 주었던 돌조각처럼 시커먼 원룸 열쇠가 등불 빛에 반사되어 영롱하게 빛이 났다.

그녀는 떨리는 손으로 열쇠를 고쳐 쥔 후 자물쇠에 가져다 대었다.

"열쇠 구멍 모양이 완전히 다른데……."

제 열쇠와 자물쇠의 열쇠 구멍의 모양은 그 크기부터가 달랐다. 열쇠를 하나 더 꽂아도 남을 만큼 자물쇠의 열쇠 구멍이 훨씬 더 컸다.

설마 하다가도 내심 미심쩍은 마음이 들었다. 연금술사도 아니고, 멀쩡한 열쇠를 만능열쇠로 만드는 게 가능할까? 조롱이와 그의 주인 놈 둘이서 자신을 농락하기 위해 작당 모의를 한 것은 아니겠지.

"설마 거짓말은 아니겠지."

의심스러운 마음에 그녀는 잠시 꿍얼거리다가 이내 "에잇, 모르겠다." 하고 자물쇠의 열쇠 구멍에 제 원룸 열쇠를 욱여넣었다. 열쇠는 뭐 하나 걸리는 것 없이 수월하게 구멍 속으로 쑤욱 빨려 들어갔다.

그리고 신기한 일이 일어났다. 열쇠를 채 돌리기도 전에 철컥하고 맞물리는 소리가 들리더니 자물쇠의 이음새가 허무하게 풀어졌다. 이예주는 얼빠진 얼굴로 잠시 자물쇠의 구멍 속에 들어가 있는 열쇠와 풀어진 이음새를 번갈아 바라보다가 짧게 중얼거렸다.

"……대박."

정말 연금술사야 뭐야? 무슨 이런 만능열쇠가 다 있어?

열쇠를 뽑아 다시 안주머니에 고이 넣고, 나무 기둥에 꽁꽁 휘감긴 사슬을 풀면서도 그녀는 당혹스러움을 감출 수 없었다. 너무 허무하게 묶인 상태에서 벗어나서 실감도 잘 나지 않았다.

얼마 안 가 억세게 감겨 있던 사슬조차 모조리 풀어졌다. 침대에서 내려온 그녀는 한달음에 방문으로 다가갔다. 어쨌거나 어서 속히 조롱이를 데리고 이 저택에서 벗어나야 했다.

족장은 조롱이를 산 채로 씹어 먹어야 자신의 저주를 풀 수 있다고 지껄여 댔다. 이 세상은 어떻게 된 것이, 제대로 된 인간들이 하나도 없는 걸까.

그래도 인간들이 사는 마을에 가면 뭔가 말이 통하는 사람을 만날지도 모른다는 희망이 있었다. 그러나 이제 완전히 죽어 버렸다. 이곳의 사람들은 천 년 전의 이들보다 이기적이고 괴팍하고 무지했다.

대대로 말을 더듬는 것이 유전이라고는 생각 안 하나? 무슨 저주를 내릴 게 없어서 말을 더듬는 저주 따위를 내린다는 생각을 다 한담.

어처구니없는 족장의 말에 고개를 설레설레 휘젓던 이예주는 고급스러운 문양이 새겨진 방문 앞에 다다랐다. 바로 문을 벌컥 열어 나가고 싶었다. 하지만 이내 생각을 고쳐먹고 문에 살며시 귀를 가져다 대었다.

문 너머에서는 아무런 소리도 들리지 않았다. 혹시 누군가 방문 너머에 있을까 봐 귀에 온 신경을 쏟아부었지만 문이 두꺼워서인지, 아니면 정말로 아무도 없어서인지 아무런 인기척도 없었다.

그녀는 이윽고 문에서 고개를 들었다. 그리고 결연한 표정으로 바닥에 아무렇게나 질질 늘어져 있던 사슬을 오른손에 칭칭 감기 시작했다. 만에 하나라도 방문 밖에 누군가 있다면, 강철 주먹으로 명치를 세게 후려갈겨서라도 이곳에서 빠져나가야겠다는 결심이 섰다.

계획이나 작전 따윈 없었다. 무조건 전진, 그리고 어딘가에 있을 조롱이를 찾아서 탈출. 제가 생각해도 참으로 답 없고 무모했다. 과연 아무에게도 들키지 않고 조롱이를 찾아낼 수 있을까.

마침내 사슬을 오른손에 똘똘 말아 쥔 이예주가 마음을 굳게 먹고 문고리 위에 손을 올렸다. 괜히 긴장되었다. 자꾸 마음이 약해져서 그녀는 몇 번 심호흡을 했다.

솔직히 너무 무서웠다. 서쪽 대륙에서 워낙 호되게 당해서 그런지, 족장이고 저택이고 간에 또다시 그런 것들과 관련됐다고 생각하자 온몸을 타고 두려움이 스멀스멀 기어 다니는 것만 같았다.

차라리 자신이 탈출한 것을 알아챈 람이 천둥 번개와 지진을 마구마구 일으키며 찾으러 올 때까지 기다리는 것은 어떨까, 하는 생각이 튀어나와 자꾸만 결심을 뒤흔들었다.

정말 그러는 게 낫지 않을까. 쥐뿔도 없고 싸움도 못 하는 제가 괜히 나서서 일을 더 크게 만드는 것보단, 차라리 람을 기다리는 것이…….

"아냐, 아냐! 정신 차려!"

그러나 이예주는 곧 머리를 세차게 흔들며 자신을 채찍질했다. 놈들이 조롱이를 잡아먹으려고 한다. 지금 자신이 망설이는 이 시각에도 조롱이는 어느 주방 도마 위에서 털을 한 주먹씩 뽑히고 있을지도……

"으으!"

문득 닭 잡는 장면이 떠올랐다. 이예주는 끔찍함에 몸서리를 치며 애써 그런 상상을 떨쳐 내었다.

"그 전에, 그 전에 구하면 돼."

부정적인 생각을 해 봤자 좋을 것 하나 없다. 비록 특별한 전략도 없고, 답도 없는 자신이지만 도망 하나는 자신 있으니까. 연금술사가 만들어 준 만능열쇠도 있고…….

"하."

이예주는 눈을 감고 다시 크게 숨을 들이마시었다. 셋 세면 벌컥 열고 무조건 앞으로 튀어 나가면서 문이란 문은 다 열어 보는 거야.

그녀는 속으로 수를 셌다. 셋, 둘, 마지막으로 하나…… 동시에 이예주는 있는 힘껏 문고리를 돌렸다. 그리고— 철컥.

"응?"

철컥철컥. 문고리를 제 쪽으로 잡아당기고 힘껏 밀어도 보았지만 문은 꼼짝도 안 했다.

"뭐야."

이예주는 미친 듯이 문고리를 돌렸다. 그러나 문은 굳건히 앞을 막아서고 있었다. 혹시나 열쇠 구멍이 있을까 싶어 이리저리 살폈지만, 열쇠 구멍은커녕 개미구멍 하나 없었다. 잠겨 있는 것이다.

"미친."

어쩐지 사슬을 너무 쉽게 푼 게 아닌가 싶더라. 허둥지둥 방에서 빠져나간 제드 자식이 언제 문까지 잠그고 나간 것일까. 쥐새끼 같은! 망할 자식! 망할!
 황당함에 문을 잡아당기기만을 반복하던 그녀의 얼굴이 점점 흉포해져 갔다. 얼마 안 가 그녀의 강철 주먹은 감시인들의 명치가 아닌, 멀쩡한 문을 후려치기 시작했다.
 쾅, 쾅!
 "야! 문 열어! 이거 안 열어?"
 쾅, 쾅, 쾅!
 "야! 야, 제드! 이거 열어! 야! 야, 이 개새끼야아악—!"
 쇠사슬을 꽁꽁 말아 쥔 강철 주먹으로 나무문이 파일 정도로 격렬하게 문을 두들기던 이예주는 불현듯 성대가 찢어질듯 아파 왔다. 그녀는 아무리 외쳐도 코빼기도 비치지 않는 제드 자식을 부르는 것을 관두고 목을 부여잡았다.
 "아, 목 아파……."
 목뿐만이 아니라 꿈쩍도 안 하는 문을 향해 열심히 날렸던 주먹과 팔, 다리, 발가락이 모두 욱신욱신 쑤셔 왔다. 그러나 그중 가장 아픈 곳을 꼽으라면 단연 뜨끈뜨끈한 열이 치오르는 것 같은 목덜미였다.
 콜록콜록. 누가 식도를 잡아 뜯는 것과 같은 거센 고통에 목을 부여잡고 마른기침을 몇 번 내뱉던 그녀는 침대에서 멀리 떨어지지 않은 곳에 위치한 화장대로 다가갔다.
 비치된 반신 거울에 꾀죄죄한 자신의 몰골이 비쳤다. 목을 붙잡고 있는 손가락 사이로 시뻘겋다 못해 거무죽죽해진 피부가 보였다.
 "헐?!"
 제가 잘못 본 것이 아닌가 싶어 이예주가 거울 앞으로 득달같이 달려갔다.

"세상에, 미친! 이게 뭐야?"

거울을 통해 보니, 목 주위의 피부색이 완전히 꺼멓게 죽어 있었다. 이런 목을 하고서 그렇게 바락바락 소리를 지른 방금 전의 자신이 대단할 지경이었다.

"아, 아파! 악!"

목덜미를 따라 이리저리 짚어 보던 이예주는 살짝만 건드려도 찌르르 통증을 호소하는 환부에 화들짝 놀라 손을 떼고 울상을 지었다. 납치당하기 직전에, 용병대장인지 뭔지 그 미친 자식에게 목이 졸렸을 때 얻은 상처일 터였다. 뻘겋고 퍼렇고 거무튀튀한 멍들을 따라 누군가가 그악스럽게 쥐었던 손자국이 선명하게 나 있었다.

몰랐을 때는 아무렇지도 않았는데 막상 흉측하게 다쳐 버린 목을 보니까 눈물이 핑 돌 정도로 아팠다. 아니, 눈물이 쏟아질 만큼 아프다는 것이 더 정확했다. 이렇게 시퍼렇게 피멍이 든 것도 모르고 어떻게 그리도 발악할 수가 있었을까.

"아, 아."

작게 소리를 내어 보던 그녀는 얼마 안 가 식도가 타오르듯 따끔거리고 비릿한 피 내음까지 올라오자, 말하는 것을 관뒀다. 그리고 터벅터벅 문 쪽으로 걸어가 벽에 기대듯 쭈그려 앉았다.

어떡하지? 양팔로 무릎을 끌어 모아 최대한 몸을 쭈그린 그녀가 속으로 중얼거렸다. 조롱이를 데리고 금방 빠져나갈 수 있다고 호기롭게 생각했는데. 막상 이렇게 크게 다친 목을 보자 더럭 몸이 떨렸다.

족장이 문제가 아니었다. 조롱이를 넘기기 싫다는 이유 하나만으로 죽기 직전까지 목을 조른 남자가 족장의 수하로 있는 것이 문제였다.

자신이야 묶여 있지만 않다면 죽기 전에 '문'을 통해서 어찌어찌 빠져나갈 수 있을 것이다. '문'을 넘으면 목숨은 유지할 수 있을 테니 어찌 되었건 저에겐 차선책이라도 있는 셈이다.

그렇지만 이 빌어먹을 저택 어딘가에 잡혀 있을 조롱이는? 자신이 가 버리면, 조롱이는 제 주인이 올 때까지 이곳에 있어야 하는 걸까?

'주인'이란 단어와 함께 떠오르는 한 남자의 얼굴에 이예주는 깊은 한숨을 내쉬었다.

"람……."

그냥 말 잘 듣는 아이처럼 가만히 있을걸. 무슨 부귀영화를 누리겠다고 밖으로 나와서.

"……화 많이 났겠지?"

이 와중에도 그가 얼마나 화가 나 있을지 가늠하는 제 자신이 한심했다. 하지만 납치는 진짜 당하고 싶어서 당한 것도 아니고, 제드 그 망할 새끼 때문인 건데.

그러나 그 남자는 그녀의 사정 따윈 듣지도 않을 것이다. 자신 때문에 조롱이가 납치당했다는 이유 하나만으로도 칼 같은 살기를 쏘아 대며 자신을 죽이려 들 것이 뻔했다.

"흐……."

이예주가 엄지손톱을 입에 물고 잘근잘근 씹으며 난리를 칠 조롱이의 주인을 생각할 때쯤이었다.

터벅터벅, 터벅. 희미하게 들려오는 소리에 그녀는 손톱을 물어뜯는 짓을 멈추고 흠칫 고개를 들었다.

발자국 소리다.

이예주는 순간, 반사적으로 숨을 멈추고 조심스럽게 문에 귀를 가져다 대었다. 터벅터벅, 느리지만 일정한 발자국 소리가 점점 더 가까워졌다. 누군가 그녀가 있는 방 쪽으로 오고 있는 것이다.

그녀는 재빨리 문에서 귀를 떼고 바닥에 아무렇게나 어질러진 쇠사슬을 한쪽 손에 다시 감기 시작했다. 사슬이 서로 부딪쳐 짤그락 소리를 내는 바람에 중간중간 몇 번이고 심장이 내려앉았다. 다행히도 문밖으로까지 그 소리가 새어 나가진 않은 듯했다.

발자국 소리는 점점 더 선명해졌다. 그녀는 주먹에 돌돌 말고 남은 사슬 끝자락까지 손아귀에 쥐었다. 혹시 몰라 까치발로 후다닥 뛰어가서 화장대 근처에 있는 가벼운 나무 스툴도 들고 와 제 옆에 세워 두었다.

누군가 들어오면 무조건 사슬을 말아 쥔 강철 주먹을 날리고, 그 후엔 의자로 무작정 내려치는 것이 그녀가 방금 막 세운 계획이었다.

'이 정도면 기절하겠지?'

문 바로 옆 벽에 조용히 기대서며 이예주는 조금 인상을 찌푸렸다. 가벼워도 나무로 만들어진 의자니 맞으면 엄청나게 아플 것이 분명했다. 으으, 피는 보기 싫은데.

언제부터 이렇게 자신이 이렇게 무식하기 짝이 없는 방법을 남용하게 되었는지, 그 변화에 섬뜩함을 느끼면서도 그녀는 마음을 굳게 다잡았다.

여기 있는 놈들은 하나같이 제정신이 박히지 않은 미친놈들뿐이다. 그러니 너무 죄책감 가질 필요 없어. 네 목을 생각하라고, 멍청아. 검붉은 피멍이 잔뜩 들은 제 가냘픈 목을 떠올리며 이예주는 애써 분노에 불을 지피려고 노력했다.

그 와중에도 일정한 간격으로 들려오던 문 너머의 발자국 소리가 더욱 가까워졌다. 이제 그 소리의 주인은 바로 문 너머에 위치해 있을 것이다.

점점 더 가까워지던 누군가의 발걸음 소리가 마침내 문 앞에서 탁

멈춰 섰다. 이내 절커덕, 철컹 하고 자물쇠를 푸는 소리가 들렸다. 제드, 그 망할 놈이 역시나 문을 잠가 둔 것이었다.

이윽고 쇳덩이가 문에서 완전히 떨어져 나가는 듯한 소리와 함께 문고리가 돌아갔다. 끼이익— 오래된 나무 문의 신음과 함께 문턱과 문 사이에 서서히 균열이 가기 시작했다. 얼마 안 가 사람 하나 거뜬히 드나들 수 있을 만큼 문이 열렸다. 이예주는 아득 이를 악물었다.

"저, 저기…… 레, 레, 레이…….."

퍼억—!

일생을 살면서 타인을 후려치기 위해 젖 먹던 힘까지 다 끌어 올려 몸을 날린 적이 몇 번이나 있을까. 방 안으로 들어오는 잿빛 머리에게 있는 대로 강철 주먹을 휘두르며, 이예주는 단언컨대 머리털 나고 이번이 처음이라고 장담할 수 있었다.

"크허억!"

쇠사슬을 말아 쥔 단단하고 딱딱한 그녀의 주먹에 남자는 정면으로 얼굴을 후려 맞았다. 놈이 코를 부여잡으며 신음했다. 안면을 가린 손 사이로 핏방울이 후두둑 떨어졌다.

마음이 약해질세라 이예주는 재빨리 옆에 둔 스툴을 번쩍 쳐들었다.

"자, 자, 잠시만! 자, 잠시만요, 레이디!"

어쩐지 익숙한 찌질함이다 싶더라니, 방문을 따고 들어온 것은 제드였다. 방 안에 발을 들여놓기가 무섭게 안면을 강타당한 충격에서 아직 벗어나지 못했는지 녀석의 두 동공이 바들바들 떨렸다.

포식자 앞의 작은 하룻강아지처럼 벌벌대는 제드를 바라보자 애써 불을 지핀 이예주의 분노가 순식간에 화르르 점화되었다. 이 망할 자식 때문에 제가 이렇게 목도 졸리고 팔자에도 없는 족장의 저택에까지 끌려와 개처럼 묶여 있는 것이다. 이 나쁜 자식. 이 은혜도 모르는 자식!

"오호라, 배신자 아니신가? 너 다시 잘 왔다! 이 자식, 죽어!"

이예주가 부드득 이를 갈며 들고 있던 스툴을 녀석을 향해 거세게 휘둘렀다. 의자 다리의 모서리가 닿기 직전, 제드는 간신히 몸을 구부려 아슬아슬하게 그녀의 공격에서 벗어났다.

휘잉! 코앞에서 휘둘러지는 나무 의자로 인해 그의 얼굴이 삽시간에 창백해졌다.

"헉! 레, 레이디! 자, 잠깐만요! 자, 잠시만, 제, 제 말을 좀 들어주시면……!"

"그냥 조용히 죽어!"

퍼억—! 하지만 첫 타는 운 좋게 피했을지라도, 굼뜬 제드가 무자비하게 휘둘러지는 다음 공격까지 피할 수 있을 리 만무했다.

이예주가 미친 사람처럼 휘두른 의자가 도망가기 위해 침대 쪽을 향했던 제드의 등허리를 정확히 내려치고는 뿌각, 부서졌다. 그는 신음 하나 못 내고 앞으로 철퍼덕 엎어졌다.

"후…….''

덜그럭, 쿵. 이예수는 잡고 있던 부서진 의자의 봄통을 바닥에 떨어뜨렸다. 송골송골 땀이 배어 나온 이마를 옷소매로 닦아 낸 그녀는 미동 없는 왜소한 몸뚱이를 발로 툭 건드렸다.

"야."

쓰러진 제드는 한 번 움찔하고 경련할 뿐, 여타 다른 반응을 보이질 않았다. 설마 죽은 건 아니겠지? 1000년 후까지 기어 와서 사람을 죽이고 다니면 과거로 돌아갔을 때 엄마를 볼 낯이 안 서는데.

이예주는 혹시나 주먹과 의자에 좀 맞은 걸로 제드가 죽어 버렸을까 봐 덜컥 겁이 났다. 그녀는 엎어진 제드의 몸 주위를 샅샅이 훑어

보며 바닥에 처박힌 그의 얼굴이 있는 곳까지 걸음을 옮겼다.

"머리에서 피는 안 나는데……."

심각한 유혈 사태를 일으키지 않아 다행이라 생각하며 소심하게 중얼거렸다.

영화나 드라마에서 보면, 기절을 시키기 위해 목 뒤나 뒤통수를 세게 내리치던데. 하지만 이것은 영화나 드라마가 아닌 실제 상황이기 때문에, 그저 마구잡이로 휘두른 의자에 제드가 맞은 것도 얼떨떨하기만 했다. 쓰러진 그의 손에 코피가 좀 묻어 있지만 그 정도야 피가 난 축에도 끼지 못한다.

어느 틈에 이렇게 잔인하고 폭력적인 사람이 다 됐니, 예주야. 그녀는 좋지 않은 표정으로 자신을 위로하며 다시 한번 발로 제드를 툭툭 건드려 보았다.

"야, 죽은 건 아니지? 기절한 거지?"

이번에는 움찔거리지도 않았다. 확실히 기절한 거야. 이예주는 그저 기절한 것뿐이라고 여러 번 주입하듯 자신을 합리화했다.

이건 피치 못해 일어난 어쩔 수 없는 폭력이고, 사람 뒤통수나 치고 다니는 이 배은망덕한 새끼는 좀 맞아도 싸다고. 고개를 끄덕이던 그녀는 녀석의 얼굴을 후려친 탓에 아릿해진 손목을 돌리며 문 쪽으로 슬금슬금 움직였다.

"문 열어 줘서 고마워. 난 그럼 간다."

예의 바르게 고맙다는 인사를 건네는 것도 잊지 않았다.

이예주는 바닥에 아무렇게나 나동그라져 있는 제드의 팔을 밟지 않기 위해 신중하게 발을 옮겼다. 그때였다. 무언가가 발목을 덥석 움켜쥐었다.

"아악!"

소스라치게 놀란 그녀가 괴성을 지르며 미친 듯이 발을 굴렀다. 발목을 쥐었던 무언가는 금방 떨어져 나갔지만, 한번 발동 걸린 이예주의 발은 닥치는 대로 주변을 밟고 차며 춤을 추었다.

"억! 윽! 자, 자, 잠깐! 그, 그만! 때, 때리지 마세요!"

의자로 맞았을 때보다 더한 그녀의 발길질에 제드가 결국 기절한 척을 관두고 비굴한 얼굴로 애원했다.

"일어났으면 일어났다고 말을 하지, 왜 소리도 없이 사람 발목을 잡고 지랄이야!"

이예주가 희게 질린 얼굴로 버럭 소리쳤다. 그러자 제드가 꾸물꾸물 몸을 일으켜 앉으며 작은 목소리로 우물거렸다.

"그, 그게…… 아, 안 죽은 거 아시면 화, 화내실까 봐…….”

"하, 이런 미친…….”

그녀는 벌렁거리는 가슴을 부여잡았다. 시체처럼 엎어져 있던 인간이 갑자기 발목을 움켜쥐니 기겁할 수밖에.

"아으, 진짜! 아직 기절 안 했냐?!"

어떡하지, 이젠 의자도 다 부서졌는데. 뭐로 때려야 하지. 다시 사슬이라도 감아서 줘 패야 하나.

누가 들으면 큰일 날 소리를 잘도 떠올리며, 그녀는 난감함을 감출 데 없이 우두커니 서 있었다. 그 순간이었다. 제드가 갑작스레 무릎을 꿇은 채 그녀의 한쪽 다리를 잡고 늘어지기 시작했다.

"뭐야! 이거 놔!"

"도, 도, 도와주러 온 거예요, 레, 레이디!"

"도와주긴! 입에 침이나 바르고 그런 거짓말을 해라! 내가 한 번 속지 두 번 속냐?! 나 빨리 가야 되니까 이거 놔!"

"아, 아까 일은 자, 잘못했어요, 레이디! 하, 하지만 이, 이번에는 진짜예요!"

"허 참. 나한테도 이렇게 줘 터지는 놈이 누구를 지켜 준다고. 됐어! 난 이제 이 마을에서 인간은 누구도 안 믿기로 했으니까 좋은 말 할 때 놔라. 더 맞기 싫으면!"

이예주는 녀석에게 잡힌 발을 빼내기 위해 안간힘을 썼다. 사내자식 주제에 그녀가 힘주는 대로 매가리 없이 이리저리 흔들리면서도, 제드는 다리를 끌어안은 팔을 쉽게 풀지 않았다.

짜증이 있는 대로 치솟은 그녀가 기어이 두 주먹을 불끈 쥐고 치켜들 때였다. 제드가 다시 한번 쥐어 터질 각오를 무릅쓰고 필사적으로 소리쳤다.

"아, 아버지가 요, 용병대장한테 취, 취임식이 끝나는 대로 다, 당신을 배럴 통에 집어넣어서 바, 바다에 던지라고 시, 시키셨어요!"

"……뭐?"

이예주가 발버둥 치던 것을 우뚝 멈췄다. 이때다 싶어 제드는 재빨리 애원했다.

"이, 이제 곧 취, 취임식이 시작돼요. 그, 그 전에 빨리 저, 저택에서 빠져나가야 돼요, 레이디! 저, 정말이에요. 미, 믿어 주세요!"

제드는 온 진심을 다해 제 마음을 호소했다. 그는 정말로 그녀가 다치거나 위험에 처하는 것을 원하지 않았다. 그것이 저로 인한 것이라면 더더욱. 비록 생각보다 거칠고 손이 매운 사람이었지만, 이 정도는 심심하면 동네 아이들에게 불려 가 맞았던 것에 비하면 아무것도 아니었다.

몇 번밖에 만나지 못했지만, 제드는 이예주가 좋았다. 좋아하던 사람을 잃고도 아무것도 모르는 척하는 것은 한 번으로 족했다.

"제, 제발 미, 믿어 주세요! 제, 제가 안내할게요! 저, 정문으론 못

나가요. 요, 용병대장의 부하들이 벼, 벌써 다 지키고 있거든요. 부, 부엌으로 난 뒷문으로 모, 몰래 빠져나가야 하는데…….”

"됐고."

이예주가 불쑥 손을 들어 제드의 말을 끊었다.

"조롱이 어디 있어?"

"예, 예? 조, 조롱…….”

"나랑 함께 온 황조롱이 신인류 말이야. 데리고 나가야 하니까 걔 있는 곳이나 말해. 나가는 건 내가 알아서 할 테니까."

가만히 눈알을 굴리며 이예주의 말을 가늠하던 제드의 낯빛이 싹 굳어졌다. 그녀가 말하는 신인류가 누굴 가리키는지 알아챈 듯했다.

"그, 그, 그건! 그, 그곳은 안 돼요. 거, 거긴!"

"참 나. 믿어 달라고 할 땐 언제고 조롱이 있는 곳은 또 말해 주기 싫어?"

그녀가 어이없다는 듯 되묻자, 제드의 시선이 아래로 툭 떨어졌다.

"그, 그곳은…… 그, 그곳은 위, 위험한 곳이에요. 차, 차라리! 차라리 레, 레이디가 먼저 여기서 나가서 도, 도움을 청하는 게…….”

"알려 주든가, 꺼지든가. 네가 날 도와줄 일은 두 개밖에 없어."

다소 격한 이예주의 말투에 제드의 눈동자가 하릴없이 흔들렸다. 그러나 끝내 조롱이가 있는 곳에 대한 답은 들려오지 않았다.

역시나. 이예주는 불쾌함을 얼굴에 가득 담고 제드에게 붙잡힌 다리를 힘껏 털어 내었다. 이 찌질한 놈의 말이 진짜인지 거짓인지도 모르는데, 조롱이를 찾아야 하는 시간이 자꾸만 지체되고 있다.

서둘러야 돼. 그녀는 바닥에 두 무릎을 붙이고 앉아 있는 제드를 지나 열린 방문으로 다급히 다가갔다. 그러자 흐느적대던 제드가 눈빛을 달리하고 벌떡 일어나 허겁지겁 앞을 막아섰다.

"아, 아, 안 돼요! 그, 그곳은 아버지랑 손님들만 드, 들어갈 수 있어요!"

그의 아버지가 잡아 온 신인류들이 있는 곳은 저택에서 오랫동안 일을 한 사용인들도 잘 모를 만큼 아주 깊고 은밀한 곳이었다. 오죽하면 할아버지도 그곳에 그런 장소를 만들어 놓은 것을 알고 기함을 했더랬다.

입구를 아는 사람도 드물었지만, 출구를 아는 사람은 이제 세상에 자신밖에 남지 않은 것과 다름없었다. 그런 속 타는 자신의 마음을 모르는 레이디는 벌컥 화를 내며 온갖 짜증을 퍼부었다.

"야, 나 지금 시간 없어! 나 죽기 전에 빨리 조롱이 데리고 그 미친 놈한테 가 봐야 돼. 그니까 좀, 맞기 싫으면 비키라고!"

"제, 제, 제가 안내해 드릴게요!"

"방금은 너네 아버지만 들어갈 수 있다며?"

"너, 너무 기, 깊숙한 곳에 있어서 자, 잘못하면 길을 잃을 수 있어요. 그, 그러면요, 용병대장에게 잡힐지도 몰라요! 그, 그러니까, 제, 제가 안내해 드릴게요."

"넌 애가 진짜……!"

이예주가 버럭 답답함을 토해 내려다가 도로 입을 다물었다. 제드를 바라보는 그녀의 눈이 한없이 복잡했다.

그가 거짓말을 하는 것이 아니라는 것쯤은 알 수 있었다. 알 수 없는 것은 그의 태도나 생각이었다. 자신에게 그렇게 맞고서 어떻게 안내해 준다는 말이 나오지? 그것도 제 아버지가 하는 행동에 반하면서까지?

이예주가 착잡한 눈으로 제드를 바라보기만 하자 부끄러운지 녀석이 뜬금없이 볼을 붉히며 고개를 조금 숙였다. 얼씨구, 가지가지

한다.

"저, 저기 레, 레이디. 제, 제 말은 정말 거, 거짓말이 아니라……."

"……앞장서."

"예, 예?"

"조롱이 있는 곳으로 앞장서라고. 코피도 좀 닦고. 쌍코피잖아."

역시 피를 보는 일은 심신에 안 좋다. 이예주가 흘끗 제드의 코 밑을 손가락질 하자, 그가 헐레벌떡 품에서 잘 개어진 새하얀 손수건을 꺼내 코를 훔쳤다. 그러고는 벌건 물이 든 그것을 다시금 차곡차곡 개어 품에 고이 집어넣었다.

이러니까 마을 남자애들이 싫어하는 거야. 이예주는 속으로 고개를 절레절레 저었다. 애완견처럼 그녀의 말을 착실히 받아 들던 남자가 어딘가 감격에 찬 눈을 하고 입을 열었다.

"저…… 레, 레이디. 그, 그럼 이제 저를 미, 믿어 주는……."

"나 너 믿는 거 아니야."

제드의 희망이 채 싹을 틔우기도 전에 이예주는 칼같이 잔인하게 끊어 냈다. 그의 얼굴이 금방 시무룩해졌지만, 그녀는 아랑곳하지 않았다.

"이건 그냥 거래야. 비즈니스. 알지?"

정말 아는 건지 알 수 없었지만, 제드는 우울한 낯짝으로 고개를 주억거렸다.

"네가 또 뒤통수치지 않고 거짓말도 안 하고 날 조롱이한테까지 안내해 주면, 네 그 말 더듬는 언어장애……."

언어장애란 표현이 맞나? 이예주가 갸웃거리며 말끝을 흐리자, 제드가 "저, 저, 저주요?" 하고 정정했다. 저주는 개뿔이다, 이렇게 대꾸해 줄까 하던 그녀는 이내 마음을 고쳐먹고 순순히 '저주'를 인정했다.

"그래, 저주. 조롱이랑 무사히 만나면 네 저주가 완화되는 방법은 가르쳐 줄 수 있어. 완전히 고칠 수는 없어도."

"저, 저, 저주가 와, 완화된다고요?"

"응. 말 더듬는 것도 언어장애의 일종이니까……."

말을 천천히 하는 것을 습관화하고, 연필 물고 혀에 피가 날 만큼 '아에이오우'를 되뇌고, 또 매일 거울 보며 스피치 연습을 빡세게 하다 보면 언젠간 멀쩡하게 말할 날이 오지 않을까?

있는 머리, 없는 머리 쥐어짜 내어 현대의 언어장애에 관한 지식을 생각해 내던 이예주는 별안간 서릿발처럼 차가운 얼굴로 제드를 노려보았다.

"그런데 만약 널 뒤따라갔는데, 또 날 배신 때린다든가, 함정을 파 놓고 기다리거나 하는 거라면……."

"……그, 그러면요?"

제드가 꿀꺽 마른침을 삼키며 그녀의 다음 말을 기다렸다. 이예주는 그의 흔들리는 두 눈을 정확히 바라보며 한 자 한 자 힘주어 내뱉었다.

"넌 조롱이한테 말해서 특별히 평―생― 저주에서 벗어나지 못하게 만들 거야. 그것도 모자라 말 더듬는 것도 못하게 확 벙어리로 만들까 보다."

평생이야, 평생. 이예주는 평생을 여러 번 강조하며 무시무시한 얼굴로 제드를 협박했다. 다행히 약발이 아주 잘 먹혔든 건지, 그는 벙어리로 만든다는 말에 핏기가 가신 얼굴로 고개를 마구 끄덕였다.

"그러니까 평생 말 더듬고 살기 싫음, 잘 안내하는 게 좋을 거야."

이예주는 밀가루 반죽보다 더 허옇게 들뜬 제드를 곁눈질하며 흘끗 눈 쏙을 턱짓했다.

"앞장서."

"예, 예!"

제드는 퍼뜩 정신을 차리고 앞장서서 방을 빠져나갔다. 그 뒤를 따라 복도로 나선 이예주는 그의 잿빛 뒤통수를 멀거니 바라보다가 이내 심도 있게 고개를 끄덕였다.

평생은 평생이지. 유전병은 평생 가는 게 아닌가? 만약 유전이 아닌 후천적 요인 때문이라 하더라도 잘못된 훈육으로 인한 발달 장애의 폐해가 벌써 삼대를 걸쳤다. 쉽게 고쳐질 만한 종류의 것은 아니었다.

하지만 유전은 물론 저주에 관해서도, 언어장애에 관해서도 지금 그에게 친절히 설명해 줄 생각은 터럭만큼도 없었다.

복도를 걸으며 제드는 이예주에게 뒤에 달린 후드를 쓰기를 종용했다. 명령하지 말라고 성을 내면서도 그녀는 잠자코 후드를 잡아당겨 머리 위로 푹 눌러썼다.

동쪽 대륙 족장의 저택은 구조가 특이했다. 무조건 넓은 홀과 광활한 복도가 공간의 전부였던 팔족 족장의 저택과는 다르게, 디귿자 형식으로 지어져 있었다. 학창 시절 고등학교의 구조와 똑같아서 이예주는 기분이 더 가라앉았다.

그녀가 갇혀 있던 방은 북쪽 복도의 가장 끝에 위치해 있었다. 조롱이에게로 안내해 준다던 제드는 바로 아래로 내려가지 않고 그들이 있던 방에서 아예 반대쪽인 남쪽 복도로 그녀를 안내했다.

왜 이렇게 구석진 곳으로 가느냐고 미심쩍어하는 그녀에게, 제드는 지금쯤 1층에 마을 안의 웬만한 인간들이 다 모여 있을 것이라고 더듬거리며 대꾸했다.

그 말이 거짓은 아니었는지, 불이 훤히 켜져 있는 중앙 계단을 지날 때쯤 아래에서 왁자지껄한 소음이 들려왔다. 계단 난간에 기대어 잠시 아래층을 내다보려던 이예주는 펄쩍 뛰다시피 자신을 뜯어말리는 제드 때문에 실행에 옮기지 못하고 끌려갔다.

그가 말한 고용인들만 사용하는 계단에 도착했을 무렵엔 족장의 떠듬거리는 취임사가 한창이었다.

"마, 많이 낡았으니 조, 조심해야 돼요."

무작정 계단을 내려가려던 이예주에게 제드가 주의를 주었다. 과연 낡았다는 말이 허튼소리는 아니었는지 한 발짝 발을 내리자마자 끼이익 하고 음산한 소리가 울려 퍼졌다.

끼익, 끼익, 끼익. 계단을 밟을 때마다 나는 귀신 울음소리에 제드는 움찔움찔 어깨를 떨었다. 이예주는 개의치 않고 빠르게 발을 놀렸다.

'역시 조롱이는 지하에 있으려나.'

이런 꿍꿍이 가득하고 음침한 저택에서는 보통 사람들의 발길이 닿지 않는 지하에 비밀스러운 방이나 감옥을 숨겨 놓기 마련이다.

조롱이를 빨리 만나야 한다는 생각에 발길이 바빠진 그녀는 앞장서기로 했던 제드보다 앞질러서 마구 계단을 타고 내려갔다. 나선형이었던 계단의 끝은 생각보다 가까웠다.

하지만 막상 아래층에 도달한 그들 앞에 펼쳐진 것은 더 아래로 내려가는 길이 아닌, 사람들이 분주히 오가는 부엌 근처였다.

웨이터복을 멋들어지게 차려입은 늙은 남자 한 명이 잔들이 빽빽하게 세워진 트레이를 끌고 주방에서 나왔다. 그는 검은색 로브를 푹 뒤집어쓴 채 계단 앞에 어정쩡하게 서 있는 이예주를 조금 수상하게 바라보았다. 하지만 뒤따라 내려온 제드를 보곤 별말 없이 고개만 한 번 숙인 채 지나갔다.
 들킨 건가 싶어 잔뜩 굳어 있던 이예주는 옆에 선 제드에게 살벌한 목소리로 속삭였다.
 "야, 뭐야. 조롱이 있는 곳으로 안내해 준다며!"
 "시, 신인류들이 있는 곳도 바, 밖으로 나가야 갈 수 있어요. 아, 아부지랑 요, 용병대장에게 드, 들키지 않고 나가려면 부, 부엌 뒷문으로 나가는 수밖에 없어요······."
 제드가 억울하다는 듯 해명했다.
 "그러니까 이, 이제는 그렇게 호, 혼자 막 머, 먼저 내려가면 안 돼요."
 덧붙이는 말에 이예주는 다시 제드를 앞장세웠다. 별로 마음에 들지 않았지만, 그녀에게는 그의 안내를 조용히 따르는 수 이외의 별다른 방법이 없었다.
 주방으로 들어서니 수많은 고용인들이 바삐 오가며 음식을 만들어 담고 나르고 있었다. 제드의 뒤에 바짝 붙어 그 틈을 비집고 들어서자, 호기심 어린 이목이 쏟아졌다.
 그녀는 괜히 들킬까 두려워 고개를 푹 숙였다. 처음 동쪽 대륙으로 와서 남자가 이런 펑퍼짐하고 두꺼운 포대를 옷이랍시고 사 주었을 때는 정말이지 눈이 뒤집힐 정도로 화가 났는데, 막상 이런 상황에 휩쓸리고 나니 정체를 가리는 데 참으로 요긴했다.
 혹시 그 미친놈은 제가 반드시 어떠한 종류의 사고를 칠 것이라 미리 예견하고 이런 옷을 사 준 것이 아닐까. 남자의 선견지명에 소름이 돋는 것을 느끼며 그녀는 바삐 제드의 뒤를 쫓았다.
 족장의 아들이란 신분 보장 덕인지, 아니면 취임식 때문에 정신없이 바쁜 탓인지, 그들은 일하는 이들의 호기심 어린 시선을 받으면서도 별 탈 없이 주방 끝에 도착했다. 마구잡이로 쌓인 식재료가 담긴 상자들 옆에 작게 난 문이 하나 있었다.

제드가 문을 밀어젖히고 허리를 숙여 먼저 밖으로 나갔다. 몇 시간 만에 마주친 밖은 완전히 어둠에 잠겨 있었다. 그도 모자라 추적추적 비까지 내리는 상황이었다.

이렇게 재수 없는 날, 왜 더 재수 없게 비까지 내리고 난리야. 울적한 얼굴로 비가 내리는 검은 하늘을 바라보며 이예주는 짧게 욕설을 뇌까렸다.

불안감이 턱밑까지 차올라 온몸을 내리누르는 기분이었다. 기도가 묵직하게 아픈 것이 목에 선명하게 남은 멍 자국 때문인지, 불안함 때문인지 분간이 잘 가지 않았다.

"이, 이리로……."

제드가 멍청히 하늘을 바라보고 서 있는 그녀의 옷자락을 소심하게 잡아끌었다. 빗물에 젖어 들어가는 그를 바라보면서도 이예주는 어쩐지 빗속으로 선뜻 나서지 못했다.

그녀는 개인적으로 비 내리는 날, 특히 시원하게 쏟아지는 장대비도 아니고 이런 가랑비가 내리는 습기 찬 날을 극도로 싫어했다. 이런 날 어두운 원룸에 홀로 처박혀 있다 보면, 음울하고 축축한 물기운이 온몸을 늘어 잡고 저 밑바닥 끝까지 끌고 갈 것만 같은 기분이 들곤 했다.

"레, 레이디. 어, 어서요."

잠시 망설이는 이예주를 제드가 다시 한번 재촉했다. 덕분에 마음의 준비를 할 새 없이 그녀는 빗줄기 사이로 끌려 나왔다. 입고 있는 검은색 로브가 젖는 것은 순식간이었다. 그러나 두꺼운 탓에 직접적으로 몸이 젖는 찝찝한 느낌은 들지 않았다.

빗줄기는 가늘지만 끊이지 않고 떨어졌다. 어둠에 서서히 눈이 익었다. 제드를 따라 걷는 길은 저택 뒤편으로 나 있는 듯한 좁은 돌길이었다.

이예주는 혹시 몰라 주변과 길을 익혀 놓고 싶었다. 그러나 워낙 시야가 어둡고 비까지 내리고 있어 듬성듬성 박혀 있는 넓적한 돌을 따라 걷고 있다는 것만 알아챌 수 있었다. 그녀는 짧게 한숨을 내쉬며 길을 외우겠다는 생각을 바로 포기했다.

이젠 어쩔 수 없었다. 이 길의 끝에 자신이 모르는 또 다른 함정이 있건, 자신을 집어 처넣을 배럴 통이 있건 그저 부딪치는 수밖에.

둘은 오랫동안 말 한마디 나누지 않고 길을 따라 걷기만을 반복했다. 얼마만큼 걸었는지 알 수 없었다. 제드에게 아직 멀었냐고 물으려던 찰나, 마침내 길의 끝에서 희미한 빛이 뿜어져 나오는 것이 보였다.

이예주는 길 끝에 뭐가 있는지 자세히 보기 위해 눈을 가느다랗게 떴다. 제드를 따라 조금 더 길을 걷고 나서야 그것이 외딴 곳에 우뚝 세워져 있는 작은 건물에서부터 뿜어져 나오는 빛임을 알아볼 수 있었다.

'건물?'

의문에 찬 눈빛을 알아챈 건지 제드가 먼저 입을 열었다.

"이, 이제 그 괴물…… 아, 아니, 시, 신인류가 있는 곳에 거, 거의 다 왔어요…… 그, 그런데 앞에 요. 용병대장의 부하들이 서 있으니까 아, 아무 말도 하면 안 돼요. 제, 제가 모두 알아서 할 테니까……."

그의 말처럼 길 끝에 있는 외진 건물 입구에 두 남자가 등불을 들고 우두커니 서 있었다. 방금 전 그녀가 발견한 불빛은 아무래도 저 남자들이 들고 있는 등불에서 나오는 것이었나 보다. 건물의 창문에서는 빛 그림자조차 새어 나오지 않았다.

이예주는 그것을 바라보며 뜬금없이 내뱉었다.

"바다 냄새가 나."

"예, 예?"

"여기로 오는 동안 바다 비린내가 짙어졌어. 바다 근처에 있나 봐."

제드는 이예주의 말에 침묵했다. 그녀는 그것이 긍정임을 알아챘다. 그러는 사이 둘은 어느덧 건물 바로 앞까지 도달했다.

"멈춰! 누구냐!"

어두운 시야와 쏟아지는 비 때문인지 이예주와 제드를 뒤늦게 발견한 남자들이 들고 있는 등불을 둘에게 비추며 물었다. 갑작스레 눈으로 쏟아지는 빛에 '으' 하고 고개를 돌린 이예주와는 달리, 웬일인지 소심하고 둔해 빠진 제드가 침착한 태도로 앞으로 나섰다.

"나, 나…… 나다."

"에? 제드 도련님?"

뜬금없이 등장한 차기 족장의 아들이 어지간히 놀라웠는지, 남자들이 휘둥그레진 눈으로 서로를 흘끔흘끔 눈짓했다. 아무리 서로를 바라보아도 둘 중 누구 하나 도련님에 관한 언질을 받지 못했을 테지만.

그 혼란을 틈타 제드가 조금 더 강한 어조로 내뱉었다.

"아, 아버지의 심부름으로 왔으니 무, 문을 열어라."

"족장님이요? 그런 말은 못 들었는데……. 야, 넌 들었냐?"

남자가 고래를 좌우로 휘저었다. 들었을 리 만무했다. 그들의 시선이 다시금 제드에게로 모였다. 제게 쏟아지는 이목에 '흐끅' 하고 목을 움츠리던 제드는 이예주가 쌍라이터를 켜고 눈을 부라리자 재빠르게 목을 뺐다.

"어, 어허! 조, 족장님께서 보내셨다니까! 어, 어서 문을 열어라!"

"저건 뭡니까?"

"뭐, 뭐 말이냐?"

"도련님 등 뒤에 저거 말입니다."

남자가 제드의 등 뒤에 서 있는 이예주를 턱짓했다.

저거라니, 저 자식이! 그녀는 붉으락푸르락하는 낯빛을 들키지 않기 위해 고개를 아래로 푹 숙였다. 제드는 예상치 못한 허점을 찔렸다는 듯이 "어, 어……." 하고 답답한 신음만 내뱉었다.

"저건 뭐냐니까요?"

"그, 그게……."

남자가 금방이라도 그녀의 후드를 벗길 것처럼 성큼 다가왔다. 방금 전까지 한 발자국 떨어져서 제드의 행동을 관망하던 이예주는 몸에 힘이 바짝 들어갔다.

후드를 벗기더라도 사실 문제 될 것은 없었다. 하지만 저놈들이 조롱이와 자신을 납치할 때 뒤따라왔던 놈들 중 한 명이라면? 얼굴을 알고 있는 놈들이라면, 그녀가 제드의 뒤를 따라 이곳까지 온 것에 당연히 의문을 품을 것이다. 수상쩍게 여긴 나머지 자칫 용병대장인지 뭔지 그 무식한 놈에게 연락이라도 한다면, 그거야말로 생으로 술통에 담겨져 바다에 수장당하는 지름길일 것이다.

그녀가 침을 꼴깍 삼키며 바싹 긴장하는 와중에도 제드는 여전히 변명 하나 못하고 버벅거리고 있었다.

'그냥 전용 하인이나 뭐 그런 거라고 대충 말하면 될 거 아냐!'

환장할 노릇에 이예주가 참지 못하고 번뜩 고개를 치켜들었을 때였다. 기발한 생각이라도 난 듯 제드가 제 무릎을 탁 치며 외쳤다.

"시, 신인류다!"

"예?"

"아, 아버지가 일이 있어서 내, 내게 대신 가둬 두라고 며, 명하셨다!"

허, 이놈이 뭐라는 거야? 공모자인 그녀도 이렇게 어이가 없을진대 과연 놈들이라고 믿을 것인가. 당연하게도 남자들이 미심쩍은 눈으로 제드를 바라보았다. 그러더니 저들끼리 심상치 않은 눈빛을 주고받았다.

지레 찔끔한 제드가 그때까지 이예주의 손에 대충 헐겁게 들려 있던 사슬을 낚아채어 패기 넘치게 흔들어 댔다.

"봐, 봐라! 여기! 시, 신인류라 사, 사슬에 묶어 두었지!"

"우리 대장님은 같이 안 오셨습니까?"

"요, 용병대장은 아버지가 따로 시, 시킨 일이 있다!"

"족장님이 대장님과 동행하신 분이 아니면 절대로 문을 열지 말라고 했습니다만……."

"이, 이 저택 족장의 하나뿐인 아들인 나를, 모, 못 믿는다는 거냐? 이, 이 나를?!"

중딩들에게 맞고 있을 때도 느꼈던 것이지만, 저놈은 말투가 은근히 재수가 없었다. 자신들보다 한참이나 작은 제드가 벌벌 떨면서도 바락바락 윗사람인 양 구는 게 남자들에게 얼마나 가소롭게 보일지는 안 봐도 뻔했다.

그의 도움을 받아 탈출하는 것은 이 길로 실패인 것인가. 반응 없는 남자들을 보며 이예주는 낭패스러운 기분으로 머리를 굴렸다. 다른 방안을 찾기 위해서였다.

그때 제드가 생각지도 못한 초강수를 두었다.

"아, 안 되겠구나! 도, 돌아가서 네, 네놈들의 태도를 요, 용병대장에게 말하고 그, 그를 데리고 와야겠군! 조, 족장의 아들인 내, 내 말을 무시하는 것은 곧, 조, 족장님을 무시하는 것이니까!"

제드가 토라진 아이처럼 남자들로부터 고개를 팽 돌리고는 이예주의 사슬을 마구 잡아끌었다. 그녀는 얼빠진 얼굴로 이놈이 드디어 미쳤나, 하고 생각했다.

그러나 제드는 몰라도 족장과 용병대장 소리는 무서웠는지, 놀랍게도 그의 마지막 강수가 먹혀들었다.

"자, 잠깐! 잠시만요, 도련님!"

"뭐, 뭐냐?"

"족장님을 무시하다니요! 절대 그런 것이 아닙니다. 저희들이 도련님이 오신다는 전갈을 못 받아서 뭔가 착오가 있었던 모양입니다!"

"흥. 이, 이제 와서 그런 말을 해 봤자 이, 이미 늦었다!"

아까와는 180도 다른 태도로 제드를 부여잡는 남자들에게 그는 정말 귀한 집 도련님처럼 새침하게 쏘아붙였다. 이예주는 신들린 것처럼 말투가 변한 제드를 그저 멍하니 바라볼 뿐이었다.

그가 다시 한번 그녀의 사슬을 잡아끌며 마지막 일침을 가했다.

"나, 나중에 저, 저택에서 쫓겨나더라도 너, 너무 원망 말거라!"

"도련님!"

끼이익— 철옹성처럼 덩치 큰 남자 둘이 가로막고 있던 건물의 문이 제드의 새침에 너무나도 쉽게 열렸다.

"그러지 마시고 어서 들어가시죠! 비 오는 날 저택에서 여기까지 신인류를 데리고 오시느라 고생 많으셨을 텐데. 오는 동안 이 더러운 동물 새끼가 불편하게 만드시진 않았습니까? 안까지 제가 모셔다드릴까요?"

"아, 알아서 갈 테니 시, 신경 꺼라."

그는 마지막까지 도도한 도련님을 흉내 내었다. 진짜 신인류를 끌고 가듯 사슬을 쩔컹쩔컹 흔들며 대꾸한 제드 덕에, 이예주는 더러운 동물 새끼라는 욕을 얻어먹었을지언정 얼굴을 확인당하진 않았다.

그들은 무사히 문을 통과했다. 인정하기 싫지만, 조롱이의 주인 놈이 벌이랍시고 채워 놓은 사슬과 제드의 공이 매우 컸다.

"하."

탁. 등 뒤로 완전히 문이 닫히고 나서야 이예주는 짧은 한숨을 토해 내며 긴장으로 얼어붙었던 몸을 풀었다.

건물 안은 밖에서 볼 때 예상했던 것처럼 깜깜했다. 다행히 벽에 드문드문 등불이 걸려 있어서 완전히 칠흑 같은 어둠 속에 잠겨 있지는 않았다. 그러나 등불과 다음 등불 사이의 거리가 워낙 멀어 사실 불이 있으나 마나 한 상태였다.

이예주는 주위를 두리번거렸다. 제드가 작게 속삭였다.

"······아, 안으로 더, 더 들어가야 돼요."

그는 조심스러운 손놀림으로 잡고 있던 사슬을 놓아주었다. 챠르릉, 철컥. 무거운 사슬이 바닥에 닿자 커다란 소음이 건물 안에 텅텅 울려 퍼졌다. 본인이 사슬을 놓았으면서 제드는 그 소리에 눈에 띄게 어깨를 흠칫거렸다.

방금 전 문 앞의 남자 두 명을 대할 때와는 차원이 다른 그의 모습에 이예주는 헛웃음도 나오지 않았다. 얘 대체 뭐 하는 애일까? 제 아비와 짜고 자신을 엿 먹이려는 건지 아닌지, 이제 정말로 분간할 수가 없었다.

"너도 참······ 알다가도 모르겠다."

"뭐, 뭐가요?"

제드가 어리벙벙한 얼굴로 물었지만, 이예주는 대답하지 않았다. 대신 조금 착잡해진 얼굴로 그를 밀치고 앞서 안쪽으로 걸어갔다. 그녀가 걸을 때마다 쩔그럭쩔그럭하는 사슬 소리가 뒤따랐다. 소리가 저택 안에서보다 큰 것으로 보아, 바닥이 대리석 같은 석재로 되어 있는 것 같았다.

건물 안에서는 꼭 오랫동안 쓰지 않은 먼지 쌓인 다락방처럼 케케묵은 냄새가 났다. 그 추측이 적중했는지, 드문드문 걸린 희미한 등불 아래 아무렇게나 배열된 가구들이 모두 흰 천으로 덮인 채 늘어져 있었다. 꼭 고인의 유품을 정리해 놓은 것처럼 분위기가 스산했다.

다시 한번 쭉 둘러보니 건물 안은 흰 천이 덮인 정체 모를 것들 때문에 비좁아 보였지만, 딱히 별것 없는 널찍한 홀이었다. 심지어 2층도 없었다. 밖에서 볼 때는 2층 건물 같았는데 그냥 층을 나눠 창문만 냈을 뿐, 천장까지 휑하니 뚫려 있었다.

홀의 맨 끝에는 왼쪽 옆으로 꺾어지는 길이 나 있는 것 같았다. 그쪽에서 어렴풋이 빛이 새어 나왔는데, 가구에 가려져 있어서 그게 방인지 복도인지는 알 수 없었다.

이예주는 고개가 갸웃거렸다. 이런 곳에 신인류들이 갇혀 있다고? 누군가를 가둬 둔 장소라고 보기엔 내부가 너무나도 고요했다. 감시도 허술했고. 지하 깊숙한 곳에 비밀 장소가 숨겨져 있던 팔족 족장의 저택과는 사뭇 달랐다.

"조롱이가 여기 있다고?"

이예주가 미심쩍은 눈을 하고 묻자, 제드는 바로 고개를 저으며 답했다.

"아, 아니요. 조, 조금 더 가야 돼요."

그럼 그렇지. 그녀는 제드의 말을 의심 없이 수긍했다. 검은 파편의 눈을 피해서 신인류들을 팔아먹어야 하는 족장이 이렇게 허술하게 지은 건물에 가둬 둘 리 없을 것이다.

생각이 거기까지 미치자 나지막한 한숨이 새어 나왔다. 그저 어떻게든 안으로 들어가기만 하면 될 것 같았는데, 막상 들어온 건물 안은 괜히 들어왔다 싶을 정도로 어둡고 음침했다.

그녀는 입구 바로 앞을 떡하니 막아선 흰 천으로 덮인 길쭉한 무언가를 피해 돌아갔다. 그 뒤를 제드가 바짝 쫓았다.

"여긴…… 뭐 하는 데야? 창고야?"

느릿하게 전진하던 이예주가 그들의 어깨 위로 내려앉은 침묵을 견디지 못하고 먼저 운을 뗐다.

"……차, 창고 아니에요. 하, 할아버지가 만드신 벼, 별관이에요."

"할아버지? 어제 돌아가셨다는 선대 족장?"

그녀가 되물으며 흘끔 제드를 곁눈질했다. 저도 무서운지 몸을 최대한 움츠리고 걷던 제드가 고개를 주억거렸다.

"마, 맞아요. 서, 선대 족장. 우, 우리 할아버지예요."

"창고로 쓸 것도 아니면서, 우중충하게 천 덮어 놓은 가구들만 가져다 둘 거면 왜 만들어 놓은 거야? ……아, 신인류들 가둬 두려고?"

이예주가 자문자답하며 혼잣말처럼 중얼거렸다. 비꼬려는 의도가 아니라 그저 순수하게 궁금했을 뿐이었는데, 어느 부분이 제드의 심사를 건드렸는지 그가 제자리에서 펄쩍 뛰며 화를 냈다.

"그, 그런 거 아, 아니에요! 하, 할아버지를 모욕하지 마세요."

"모욕은 누가 모욕을 했다고 그래? 얘가 생사람 잡네. 나 고인 모욕할 정도로 경우 없는 애 아니야."

제드의 말이 끝나기가 무섭게 정색을 하고 대꾸하자, 그는 금세 마음이 풀려 조금 붉어진 얼굴로 고개를 끄덕였다.

"그, 그건 그래요. 레, 레이디는 예쁘고 천사 같은 사람이니까……."

그 레이디가 제 말에 기분이 상했을까 싶어 그는 허겁지겁 덧붙였다.

"미, 미안해요. 그, 그렇지만 저, 정말 그런 거 아니에요. 여, 여기

만들기 시작할 때 저, 저도 다 봤거든요. 여, 여기는 할아버지가 가, 각시 살게 하려고 만든 곳이에요."

"각시? 뭔 각시? 혹시 부인 그런 거 말이야?"

이예주는 뜬금없는 각시 타령에 황당함을 금치 못하고 되물었다. 제드가 다시 한번 고개를 끄덕였다.

"그럼 여긴 네 할머니를 위해서 지은 곳이라고? 아."

대체 무슨 가구인지 천장에 닿을 만큼 긴 가구와 그것을 덮고 늘어진 천을 밟지 않으려고 왼쪽으로 크게 반원을 빙 돈 그녀는, 순간 환해진 시야에 눈살을 찌푸렸다. 어둠에 익숙해져 있던 눈으로 갑작스레 빛이 침투했다.

미로처럼 들쭉날쭉 앞을 가로막고 있는 가구들을 피해 빙빙 돌아가던 그들은, 어느덧 등불이 달린 벽 쪽에 붙은 상황이었다. 그녀는 여전히 찡그린 얼굴을 하고 흘끗 제드를 돌아보며 물었다.

"여기 네 할머니 별관이냐고. 왜 말이 없어."

제드는 즉답하지 않고 힘없이 고개를 떨어뜨렸다.

"아, 아니에요."

"그럼 뭔데? 각시라며. 혹시 뭐 일부다처제 그런 거야? 그래서 말하기 좀 그래?"

"아, 아뇨. 그, 그런 건 아니고……."

아 참, 답답하네. 대답할 거면 하고 말 거면 비밀이라고 하든가. 조롱이 같았으면 한 대 쥐어박았을 거라고 생각하며 이예주는 관심 없는 척 발걸음을 돌렸다.

앞서 건물에 들어섰을 때 감으로 느꼈던 모서리가 나왔다. 어느새 돌고 돌아 홀 끝까지 걸어온 모양이다. 이쪽이 신인류들을 가둬 놓은 곳과 연결되는 거겠지?

시간이 너무 지체됐다는 생각에 그녀의 발걸음이 조급해졌다. 제드가 뒤따라오건 말건 빠르게 모퉁이를 돌려던 그때였다. 제대로 된 답을 내놓지 못하고 계속 어물거리던 제드의 목소리가 그녀의 귓속에 또렷이 박혔다. 기어 들어가는 목소리였다.

"하, 할아버지가…… 화, 황조롱이 각시를 기, 기다리면서 지은 별관이에요."

그 순간, 환한 빛이 다시 한번 이예주의 안면에 드리워졌다. 모서리 너머에는 등불 하나만이 외롭게 걸려 있었지만 앞을 분간하기에는 전혀 무리가 없을 정도로 밝았다. 신인류들이 갇힌 곳으로 이어지는 문이 존재할 거란 예상과는 달리, 길 끝에는 커다란 구식 벽난로 하나만 덩그러니 놓여 있었다.

"……뭐?"

이예주가 멈칫했다. 꽤 고급스러운 벽지와 어울리지 않는 모양새의 낡은 벽난로도 눈에 잘 들어오지 않았다.

문득 본능적으로 드는 어떤 생각 때문에 현기증이 일었다. 그녀는 기이한 소리를 들은 사람처럼 굳은 얼굴로 서서 중얼거렸다.

"황조롱이 각시……?"

등 뒤에 있던 제드가 잰걸음으로 그녀의 옆을 스쳐 지나 벽 한 면을 차지하고 있는 거대한 벽난로 앞에 서서 우물거렸다.

"어…… 이, 이제 여기부터는 더 어두워져요. 아, 앞으로 드, 등불도 없으니까 조심해야 돼요."

"아니, 아니. 그게 무슨 소리야?"

"예, 예?"

"황조롱이라고 한 거 맞지? 그러니까 내가 찾는 조롱이처럼 황조롱이 신인류? 신인류 말한 거 맞지?"

"어, 어……."

제드는 머뭇거리기만 할 뿐 이예주에게 속 시원히 황조롱이 각시가 누굴 뜻하는 건지 밝히지 않았다.

"왜 말을 안 해?"

성질 급한 그녀가 제드를 채근했다. 하지만 그는 답답함을 풀어 주는 대신 벽난로의 옆쪽으로 돌아가 봇돌_{벽난로 양옆에 세워 아궁이를 지탱하게 하는 돌}을 밀며 끙끙대기 시작했다. 이예주는 벌컥 화를 내었다.

"야! 대답은 않고 뭐 하는 거야!"

"으, 윽! 이, 이거 밀어야 하는데…… 도, 도와주시면 안 될까요?"

애처롭기 짝이 없는 얼굴로 돌아보며 도와 달란다. 이예주는 기가 막혀 '허' 하고 헛웃음을 내뱉으며 물었다.

"멀쩡한 벽난로를 왜 밀어야 하는데?"

그러자 제드가 특유의 기죽은 얼굴로 중얼거렸다.

"그, 그래야 괴물…… 아, 아니 레, 레이디의 동료분인 시, 신인류를 만날 수 있으니까요……."

그 말에도 이예주가 움직일 기색을 보이지 않자, 그는 다시 끙끙대며 벽난로를 옆으로 밀어 댔다. 그러나 종이 인형같이 턱없이 밀라빠진 제드의 힘으로 커다란 난로가 움직일 리 만무했다. 게다가 아무리 봐도 벽에 고정되어 있는 것 같은데.

뭐야, 이거. '해리포터와 비밀의 방'이라도 되는 거야? 벽난로 뒤에 꽁꽁 숨겨진 방이라도 있는 거냐고!

"하, 진짜 넌……."

이예주가 머리를 짜증스럽게 쓸어 올리다가 이내 얼굴이 시뻘게지도록 용을 쓰고 있는 제드의 옆에 가서 섰다.

"비켜 봐."

제드가 거친 숨을 씨근덕대며 냉큼 옆으로 물러났다. 이예주는 곧바로 그가 짚었던 봇돌 위에 손을 얹은 후 힘을 주었다.

쿠궁. 제드가 밀 때는 꿈쩍도 안 하던 벽난로가 그녀의 손아래에서 무언가 맞물리는 소리를 내더니 조금씩 움직였다. 다시 한번 손에 힘을 주며 이예주는 이게 과연 자신이 민망해야 할 일인지, 제드가 민망해야 할 일인지 모르겠다고 생각했다.

"으으윽!"

손으로 미는 것도 여의치 않자 그녀는 벽돌에 어깨를 붙이고 온몸을 이용하여 벽난로를 밀었다.

쿠웅, 쿠루룽— 벽난로가 조금씩 옆으로 밀리기 시작했다. 난로와 벽 사이에 검은 틈이 보이기 시작하자, 이예주는 멍청히 서서 자신이 하는 양을 경이로운 눈으로 바라보고만 있는 제드에게 버럭 소리를 질렀다.

"가만히 서 있지만 말고 와서 손 좀 보태!"

"예, 예!"

제드가 고함 소리에 곧바로 정신을 차리고 다가왔다. 별 도움은 못 될 테지만 그래도 혼자 힘으로 끙끙대는 것보단 둘이 나을 것이다.

제드까지 달라붙어 벽난로를 밀어 대자 차츰차츰 옆으로 밀리던 벽난로가 결국에 '쿠루루룽' 하고 옆으로 완전히 이동했다. 그리고 사람 하나가 들어갈 수 있는 어두운 통로가 나왔다. 그쯤 그들은 누구 하나 쓰러져도 이상할 것 없을 만큼 녹초가 되어 헉헉거리고 있었다.

"힘들어……."

저질스러운 체력 어디 안 간다고, 이예주는 허옇게 질린 얼굴로 제드를 돌아보았다가 불평하려던 입을 다물었다. 그녀의 옆에는 밀치면 그대로 부서져 버릴 것 같은 백지장이 서 있었기 때문이다.

저는 별로 한 것도 없이 손만 얹어 줬으면서 왜 저렇게 다 죽을 것 같은 얼굴로 서 있대? 자신보다 더 가녀려 보이는 제드 때문에 이예주는 기분이 나빠졌다.

"야, 여기로 가는 거 맞아?"

그녀의 물음에 제드가 힘없이 고개를 끄덕였다.

"예, 예······."

"여기 뭐 하는 덴데? 계단도 아니고, 길도 아니고. 이상하게 생겼잖아."

이예주가 한 손으로 벽을 꽉 잡고 몸을 길게 빼 난로 뒤에 나타난 공간을 들여다보았다.

한 사람이 간신히 들어갈 수 있는 좁은 통로에 비해 그 안은 제법 넓었다. 하지만 입구가 좁아 빛이 안쪽까진 닿지 않았기에 어떤 식으로 되어 있는 공간인지는 잘 보이지 않았다.

그녀는 몸을 원상 복구하며 말했다.

"너무 어두워."

"네, 네, 어, 어두워요. 자, 자칫하면 위험하구요······. 그, 그러니까 여기서부터는 저, 정말 조심해야······ 뭐, 뭐 하시는 거예요, 레이디?"

네 기준에 위험하지 않을 곳이 어디 있겠니. 지네 집인데도 위험하다는데. 이예주는 또다시 위험과 조심을 강조하는 제드의 말을 흘려들으며 뒤로 돌아 등불이 달린 벽 쪽으로 갔다.

유리병으로 된 등불 밑까지 다가간 그녀는 끙차, 까치발을 들었다가 그것이 여의치 않자 제자리 뛰기를 하여 쇠기둥에 꽂힌 등불의 손잡이를 낚아채었다. 달랑달랑 등불을 흔들며 되돌아오는 그녀를 보고 제드가 기겁했다.

"히, 히익! 드, 등불은 왜 가져오신 거예요, 레이디?"

"난 어둠 공포증 있어. 어두운 거 싫어해."

이예주가 담담히 대꾸했다. 헛소리만은 아니었다. 그녀는 정말로 어둠을 싫어했다. 어둠 속에 있다 보면 꼭 암경을 걷는 것만 같은 더러운 기분이 들었기 때문이다.

그런데 제드 놈은 뭐가 그리 두려운지 등불을 보고 사색이 되어 푸들푸들 떨어 댔다.

"가, 가져가면 위, 위험한데요……."

"왜? 밑에 지키는 사람 또 있어?"

"아, 아뇨. 그, 그건 아닌데……."

"그럼 왜. 또 뭐."

"그, 그게……."

제드가 또 대답을 하지 않고 우물거렸다. 이예주의 미간이 팍 구겨졌다.

"너 또 말 안 하려고 그러지?"

"예, 예? 아, 아니 그, 그건 아니고요……."

"그게 아니면 뭐."

"그, 그게 있잖아요. 그, 그러니까……."

"아악! 답답해!"

끝까지 더듬기만 하고 제대로 된 말을 내뱉지 않는 제드 때문에 그녀는 결국 참지 못하고 들고 있는 등불로 그를 위협하며 소리쳤다.

"야! 너 말하지 마. 나도 내 맘대로 들고 갈 테니까 너도 그냥 말하지 마. 말하면 죽어, 너!"

"그, 그래도……."

"닥치라 했다."

그래도 아까 보초를 서던 덩치들 앞에서 기지를 발휘해 도와준 것을 좋게 봐서 험한 소리는 자제하려고 했는데 1시간을 못 간다, 1시간을 못 가.

식도까지 차오른 짜증을 그대로 발산하며 이예주는 들고 있는 등불 손잡이를 난로 뒤에 나타난 틈새로 휙 들이밀었다. 유리병 안에 든 등불은 기름이 별로 없어 밝기가 미미했다. 그래도 없는 것보단 훨씬 나았다.

난로 뒤 비밀의 공간이 마침내 훤히 밝혀졌다.

"헐, 이게 뭐야?"

이예주의 입이 떡 벌어졌다. 이건 또 무슨……

"설마…… 이거 엘리베이터……?"

언젠가 이런 걸 본 적이 있다. 대학에 다닐 때 심리학 마녀가 낸 과제 때문에 어쩔 수 없이 보게 된 쌍팔년도 고전 영화에서였다. 한 다세대 빌라에서 일어나는 연쇄살인 사건을 다룬 영화였는데, 영화 속 빌라 사람들이 이용하던 것이 딱 제 앞에 있는 모양새와 같았다.

흑백 스크린을 통해 본, 낡고 녹슨 쇠창살로 이뤄진 작은 상자가 얼마나 후지고 위험해 보이던지. 옆에 달린 층 번호 같은 것을 누르던 주민 한 명이 널찍한 쇠창살 사이로 쑤욱 들어온 범인의 식칼에 찔려 죽지만 않았어도, 이예주는 끝까지 그게 엘리베이터인지 모르고 엔딩 크레디트를 보았을 것이다.

아무튼 그랬다. 녹슬다 못해 붉은색으로 산화된 삭은 쇠창살들이 죽죽 엮인 그 영화 속의 낡고 후진 엘리베이터가 눈앞에 현실화되어 나타나 있었다.

아니, 그녀의 앞에 존재하는 것은 영화 속 엘리베이터보다 더 심했다. 영화에서는 최소한 층수를 눌러 전자동으로 이동하기라도 했지, 이건 무슨……
"이거 혹시 도, 도르래야?"
이예주가 한쪽에 삐쭉 솟아 있는 '니은' 자 모양의 손잡이를 손가락질하며 떠듬떠듬 물었다.
보통의 엘리베이터라면 층수를 누르는 버튼이 존재해야 하는 왼쪽 구석에 웬 굵직하고 커다란 사슬이 칭칭 감긴 커다란 도르래만이 존재하고 있었다. 그에 감겨 있는 사슬조차 붉게 산화되어 있었다.
이건 좋지 않아, 매우 좋지 않아.
"아니지?"
이예주가 절박한 심정을 한껏 담아 제드를 돌아보았다.
"우리 이거 막 돌려서……."
"……."
"아니…… 그러니까, 우리 이거 타야 하는 거 아니지? 그치?!"
제드는 또 말없이 고개를 숙였다. 왜 아니라고 말을 못 해! 그녀는 터져 나오는 절규를 가까스로 참으며 이마를 부여잡았다.
아, 정말 싫다. 1000년 후까지 와서, 나고 자랄 때도 보지 못한 최초의 승강기를 타게 생겼다. 이 얼마나 기가 막히고 코가 막힐 일인지.
지끈지끈 두통이 올라와 얼굴을 찌푸린 그녀가 안쓰러웠는지, 제드가 위로한답시고 우물쭈물 입을 열었다.
"그, 그래도 지난 10년간은 하, 한 번도 멈추거나 떠, 떨어진 적은 없었어요."
"그럼, 그전에는?"
"……."
침묵하는 제드 덕에 이예주는 욕설을 참지 못했다. 망할.
녹슨 쇠로 이뤄진 이동수단을 한 번 더 바라보던 그녀는 미처 보지 못했던 밑바닥까지 확인하곤 또다시 절망했다. 녹이 슬고 산화된 쇠창살보다 더 위험해 보이는 얇은 쇠판이 밑바닥에 깔려 있었다. 얼마나 오래된 건지 군데군데 엄지손가락만 한 구멍이 뚫려 있었다.

"여기, 깊어?"

"예, 예?"

"여기 깊이가 깊냐고."

"어······."

한참 뜸들이던 제드가 마지못해 진실을 토로했다.

"사, 사실······ 여, 여기는 타, 탄광 입구예요. 서, 석탄이 있는 곳 지반이 약해서 더, 더 파고들면 위험하다고 폐, 폐쇄됐지만······."

"그래서 얼마나 깊은데?"

"지, 지하 700미터 정도······."

지하 700미터나 되는 탄광 입구에 이런 건물을 세운 선대 족장인 지 뭔지 하는 인간도 알아줄 만한 또라이가 틀림없다. 하지만 그보다 더 또라이 같은 건 이 폐광까지 신인류들을 끌고 와 가둬 둔 현 족장이겠지.

팔족 족장을 능가하는 미친 인간은 더 없을 거라 생각했는데, 이건 정말 예상치 못한 복병이었다. 자신이 사막에서 '문'을 넘어 동쪽 대륙까지 오지 않았더라면. 그렇다면 조롱이는 물론이고 람 또한 동쪽 대륙에 이런 미친 짓이 자행되고 있는지 꿈에도 몰랐을 것이다.

그녀의 벌어진 입술을 타고 실낱같은 한숨이 새어 나왔다. 이젠 진짜로 모르겠다. 이 세계를, 그리고······.

"이거 타면 우린 죽을 거야······."

혼잣말처럼 중얼거리던 이예주는 진지하게 지금이라도 늦지 않았으니 밖으로 나가 아직 마을 안에 있을 람을 찾아가는 게 더 현명하지 않을까 생각했다.

람이라면 이런 깊숙한 지하 따윈 땅을 갈라서 언제든지 열어 볼 수 있을 테니 조롱이를 구하는 것쯤이야 금방일 것이다. 비록 사슬을 손목에 매달고 있는 기간이 훨씬 길어질 테지만, 이런 위험천만한 승강기에 목숨을 걸었다가 700미터 아래로 떨어져 그대로 황천길로 가는 것보다야 불편함을 감수하는 쪽이 훨씬 나았다.

아니, 뭐가 낫고 안 낫고를 떠나 현대의 자신이었다면 뒤도 돌아보지 않고 후자를 선택했을 것이다. 가능한 한 안전하고, 실패하더라도 자신에겐 최대한 위험이 적은, 속된 말로 이기적이고 약아빠진 방법을 택했으리라.

"그, 그럼 지금이라도 저, 저택 뒷문으로 나, 나가시는 게 어떨까요?"

엘리베이터를 앞에 두고 망설이는 이예주의 기색을 눈치챈 건지 제드가 그녀의 고민에 힘을 싣는 발언을 내뱉었다. 그 또한 이런 엘리베이터를 타고 내려가다가 죽고 싶은 마음이 추호도 없는 것 같았다.

제드의 말에 그를 돌아본 이예주는, 오히려 그 간절한 얼굴을 확인하자 찬물을 뒤집어쓴 것처럼 정신이 퍼뜩 깨어나는 것을 느꼈다.

놈의 더듬거리는 말투에서 신인류들과 전쟁을 하고 그들을 모두 죽여야 한다고 지껄여 대던 족장의 흔적이 보였다. 용병대장한테 자신을 죽이라고 명령했다는 걸로 보아, 족장은 그녀가 손을 잡든 말든 처음부터 상관없었을 것이다.

생각은 어느덧 그레이의 주점, 람 앞에서 비열하게 찍찍대던 들쥐의 모습으로까지 이어졌다.

—한마디로 신인류들을 매춘, 그리고 음식으로 원한 것이지요, 찍찍.

이예주는 입술을 꽉 깨물었다. 기껏 여기까지 오느라 시간을 잔뜩 지체했는데, 자기 하나 좀 안전하자고 다시 람을 찾아 나선다면 그

사이 조롱이는? 그사이에 조롱이가 인간 같지도 않은 놈들한테 능욕을 당하고 잡아먹히기라도 한다면. 그러면 자신은…….

"하…… 진짜 내가 무슨 영광을 누리겠다고."

이예주는 어느덧 울상이 된 얼굴로 떼어지지 않은 걸음을 억지로 움직였다. 발밑에 본드라도 붙여 놓은 것처럼 다리가 무거웠다.

마치 구름 위를 걷는 느낌으로 최대한 체중을 싣지 않으려고 노력하며 겨우겨우 얇고 구멍 난 쇠판 위로 올라선 그녀가, 몸을 돌려 등불을 제드 쪽으로 비췄다.

"레, 레, 레이디."

제드가 당황한 표정으로 그녀를 불렀다. 혹시라도 잘못 움직이면 그대로 추락할까 봐 뻣뻣한 목석처럼 서 있던 이예주는 입을 열었다. 그러고선 시퍼렇게 질린 얼굴로 벌벌 떨며 간신히 한마디를 내뱉었다.

"……안 타고 뭐 해. 빨리 타."

끼잉, 끼이이익— 살짝 건들기만 해도 녹슨 가루가 부스스 떨어져 묻을까 봐 손대기를 꺼리던 것도 잠시. 이예주는 덜커덩 내려가기 시작하는 낡은 기계 때문에 사색이 되어 쇠창살을 꽉 움켜쥐었다.

손에 든 등불이 덜렁덜렁 양옆으로 흔들렸다. 그에 따라 그녀의 두 동공 또한 바람 앞의 촛불처럼 하염없이 흔들렸다.

제드는 옆에서 무거운 쇠사슬이 감긴 도르래를 돌리며 낑낑대고 있었다. "난 절대 안 돌려. 죽어도." 안쪽으로 완전히 젖혀져 있던 문을 닫아 걸쇠를 걸며 그녀가 대뜸 내뱉은 단호한 말에, 제드는 끽

소리도 못하고 도르래를 맡았다.

종잇장처럼 펄럭거리는 몸뚱이로 안간힘을 쓰는 것이 안쓰럽기는 했지만, 이예주는 제가 대신 도르래를 돌린다든가 할 생각은 조금도 없었다.

그저 멀거니 그를 바라보기만 하던 중 문득 '쿠룽, 쿠구구구─' 하는 묵직한 소음이 텅 빈 통로에 울려 퍼졌다. 흠칫 놀란 그녀와 제드가 동시에 소리가 나는 위를 쳐다보았다. 위에서 내려오던 희미한 빛이 완전히 사라졌다.

"벽난로가……."

방금 전까지만 해도 빛이 새어 나오던 입구였지만, 지금은 그저 깜깜한 어둠뿐인 지점을 바라보며 이예주가 중얼거렸다.

"허, 헉, 허억…… 스, 승강기가 움직이면 벼, 벽난로를 고정해 둔 돌이 가, 같이 빠지게 해, 해 놓아서 그래요. 허억…… 자, 자동으로 벼, 벽난로가 다시 움직이게끔요……."

제드가 숨넘어갈 듯 껄떡거리며 자동으로 닫힌 벽난로에 대해 설명해 주었다. 이예주는 고개를 끄덕이며 넓은 쇠창살 사이로 들고 있던 등불을 훅 비춰 보았다.

탄광으로 내려가는 입구라는 제드의 말처럼, 엘리베이터가 내려가는 널따란 통로는 깊은 땅굴처럼 우둘투둘한 암벽으로 이뤄져 있었다.

'탄광이면 동굴일 거 아냐. 어둡고 축축한 동굴은 정말이지 딱 질색인데…….'

저 스스로 가벼운 폐소공포증을 앓고 있다고 믿는 이예주는 등불을 가지고 온 자신의 혜안에 감탄했다. 비록 빛이 밝진 않지만, 등불이라도 없었다면 그들은 완전한 어둠에 잠긴 채 끝없는 터널을 내려가야 했을 것이다. 그것도 이런 안전장치 하나 없는 위험한 쇠창살에 갇힌 채로······.

"거 봐. 내가 등불 가져오길 잘했지? 이렇게 깜깜한데 불빛도 없이 내려가는 건 미친 짓이야."

물론 이딴 고철 덩어리에 올라탄 것부터가 미친 짓이지만. 뒷말은 가까스로 삼킨 채 이예주가 이번에는 제드 쪽으로 등불을 휙 비추었다. 제드는 도르래를 돌리느라 정신이 없는 건지 대답이 없었다. 딱히 답을 바라고 뻐긴 것은 아니었기에 그녀 또한 입을 다물었다.

기이익, 끼익, 끼이이익― 깊이 내려갈수록 그들이 타고 있는 엘리베이터는 흔들리는 일이 잦았다. 그때마다 이예주는 움찔거리며 창살을 움켜쥔 손에 힘을 주었다. 제드는 이 망할 고철을 타고 나닌 게 꽤 익숙한지 도르래를 돌리느라 얼굴이 창백해진 것을 빼고는 딱히 이렇다 할 반응을 보이지 않았다.

그렇게 그들 사이로 침묵이 내려앉았다. 엘리베이터의 한쪽 구석에 서 있던 이예주는 그들을 감싸는 정적을 견디지 못하고 먼저 입을 열었다.

"······많이 힘들어?"

퍼뜩 고개를 든 제드가 이예주의 소심한 걱정을 읽고 양 볼을 발그레 붉혔다.

"아, 아니요······. 태, 태엽 감는 거랑 같아서 처, 처음에만 좀 돌리기 힘들고 주, 중간부터는 괜찮아요. 도, 돌리기 수월해요."

"다행이네."

태엽이라면 인형의 태엽 같은 걸 말하는 건가? 어찌 됐건 수월하다는 소리가 그저 안심하라고 내뱉은 소린 아니었는지, 튀어나온 손잡이를 잡고 열심히 돌리는 제드의 몸짓이 제법 가벼웠다. 아까처럼 낑낑대는 소리도 더 이상 들려오지 않았다.

지하 700미터 아래로 생각보다 잘 내려가고 있는 건가. 가벼운 제드의 몸놀림에 두려웠던 마음 또한 한결 가벼워지는 것 같았다.

이예주는 쇠창살을 꽉 부여잡고 있던 손에 힘을 풀고 느슨하게 등을 기댔다. 끼익, 끼익. 사슬에 매달린 엘리베이터가 움직일 때마다 기댄 쇠창살을 통해 그 진동이 전해졌다. 다행히 심각한 움직임은 아니어서 멀미가 나진 않았다.

"……아까 대답 안 한 거, 말해 줬으면 좋겠어."

그녀는 어렵사리 운을 뗐다. 제드가 화들짝 놀라 더듬거리며 되물었다.

"……뭐, 뭐를요?"

"황조롱이 각시에 대해서. 그거…… 조롱이랑."

"…….'

"네 저주하고 관련된 거…… 맞지?"

사실 별로 묻고 싶지 않았다. 제드의 가족사가 어떤지 관심 두고 싶지 않았기 때문이다. 현대에서도 이예주는 타인의 일이나 사정에 관심을 두지 않는 편이었다. 타인의 일을 그녀에게 전달해 줄 친구도 없었지만, 다른 이의 사정까지 신경 쓰기엔 제 코가 석 자였다.

그럼에도 묻게 된 것은 순전히 '황조롱이'라는 단어 하나 때문이다. 황조롱이. 그 망할 새는 이예주가 머리털 나고 처음으로 가지게 된 여행 동료였다. 그래서 어쩔 수 없었다.

"그, 그건……."

그녀가 끝까지 물고 늘어질 줄은 미처 예상치 못했는지 제드가 다시금 굳어진 낯빛으로 웅얼거렸다. 아까는 벽난로를 미느라 물러섰지만, 이번에 이예주는 그가 난처하든 말든 물러서지 않았다. 어차피 더 물러날 곳도 없었다.

"말해 줘. 황조롱이 각시가 누구인지, 그리고 조롱이가 네 집에 내렸다는 저주는 또 뭔지."

그녀의 굳은 표정에 제드는 더 이상 입을 다물고 있을 수 없었다.

"……하, 하, 할아버지는 워, 원래부터 조, 족장은 아니었어요."

한참 후 힘겹게 입을 연 제드의 말에 이예주는 바로 반문했다.

"족장이 아니었다고? 그럼 뭐였는데?"

"……저, 저도 잘은 몰라요. 그, 그냥 하, 할아버지의 형제들이 사, 살아 있었을 적 하, 할아버지와 싸울 때 들었던 소리예요."

싸웠다기보다는 그 형제들이 벙어리인 할아버지를 일방적으로 몰아붙였던 것이었지만, 제드는 굳이 레이디에게 그런 속사정까지 말하지 않았다.

"마, 말이나 더듬고 하, 하등 쓸모도 없어서 쪼, 쫓겨난 병신 새끼를 데려다가 조, 족장 자리에 앉혀 줬으니 고, 고마워 해야 한다고……. 하, 할아버지가 화, 황조롱이 각시를 위해 벼, 별관을 짓는다고 했을 때 마, 많이 반대했었거든요. 겨, 결국엔 하, 할아버지의 형제들이 모, 모두 죽고 나서 뜻대로 벼, 별관을 지으셨지만……."

"……."

"제, 제가 태어나기 전에, 그, 그러니까 신인류와의 전쟁이 일어나지도 않은 아, 아주 오래전에는 마, 마을 사람들이 대부분 이, 이 세계에서 가장 높은 산에서 사, 살았대요. 도, 동쪽 대륙은 원래 시, 신인류들이 모여 사는 곳이었구요."

그건 조롱이에게 익히 들은 이야기로, 이예주도 대충은 알고 있던 사실이었다.

신인류들이 모여 살던 까마득한 옛날의 동쪽 대륙, 그리고 그곳을 침범하여 전쟁을 일으킨 인간들. 포로로 잡혀 노동을 착취당했던 신인류들과, 오랫동안 족쇄에 묶여 있던 탓에 발목에 흉이 남은 조롱이. 어느 하나 좋게 들을 수 없을 만큼 암울하기 짝이 없는 과거사였다.

"하, 할아버지는 무, 무슨 일인지 모르겠지만 이, 이 세계에서 가장 높은 산에서 내려와 시, 신인류들이 사는 마을과 꽤 가까운 곳에서 호, 혼자 살았었대요. 그, 그러던 어느 날 화, 황조롱이 신인류를 만나서 겨, 결혼을 하게 되고, 가, 같이 살았는데……."

"잠깐, 잠깐."

이예주가 문득 들고 있던 등불을 좌우로 흔들며 제드의 말허리를 잘랐다.

"신인류와 네 할아버지가 결혼을 했다고?"

"예? 예, 예. 그, 그런데요……."

"신인류랑 인간이 어떻게 결혼을 해? 신인류는 일단 본질이 동물이고……."

'각시'라는 단어가 언급되었을 때부터 뭔가 이상하다고는 생각했지만, 직접 결혼이라는 말을 들으니 어안이 벙벙했다.

"아니, 그걸 다 떠나 인간이 어떻게 신인류랑 결합을 할 수 있어? 그 남자가 분명 가만두지 않았을 텐데……."

"하, 할아버지가 어, 어떻게 결혼을 하셨는지 거, 거기까진 저도 잘 몰라요……."

이해가 안 간다는 듯 연신 중얼거리는 이예주에게 제드가 소심하게 대답했다. 잠시 골똘히 생각에 잠겼던 그녀는 의기소침한 제드의 반응을 보고 이내 다시 등불을 두어 번 까딱이며 말을 잇기를 종용했다.

"알았어. 일단 네 할아버지랑 황조롱이 신인류가 결혼을 했다고 치고. 그래서? 저주는 어떻게 된 건데?"

"그, 그게……."

아까보단 수월했지만 여전히 도르래의 손잡이를 돌리고 있는 탓에 목이 메인 그는 힘겹게 마른침을 삼키고 입을 열었다.

"그, 그러던 어느 날 사, 사람들과 신인류들 사이에서 저, 전쟁이 일어나게 되었고…… 1차 전쟁은 사, 사람들이 승리했어요. 하, 할아버지는 전쟁에서 공을 세워서 마, 마을 족장이 되셨구요……."

"네 할아버지가 무슨 공을 세웠는데?"

"시, 신인류들이 사는 마을로 가는 지, 지름길을 알아냈다는 것 같아요. 더, 덕분에 신인류들의 마을을 그, 급습하는 데 성공했고, 하, 할아버지가 족장이 되셔서 마, 많은 신인류들이 오랫동안 노, 노예로 살게 되었다고……."

제드는 말하면서 흘끔흘끔 이예주의 눈치를 보았다. 아무래도 그녀가 신인류와 친하고, 그를 구한답시고 미친 짓도 서슴지 않고 자행하고 있기 때문인 것 같았다.

그녀가 별말을 않자, 그는 서둘러 화제를 돌렸다.

"저, 저주는 아마 시, 신인류와의 2차 전쟁이 이, 일어날 때쯤에 내려진 것 같아요. 저, 정확한 시기는 아, 아버지도 저도 잘 몰라요. 도, 돌아가신 할머니께서 그, 그때쯤 할아버지가 뜨, 뜬금없이 벙어리가 되셨다고 하셨거든요……. 제, 제가 기억을 하기 전부터 하, 할아버지는 혀가 없었기 때문에 저, 저주에 관한 건 거의 다 하, 할머니의 욕설에서 얻어들은 거예요."

"……."

"하, 할머니는 자, 자신이 두 번째 부인이라는 걸 저, 정말 싫어하셨어요. 도, 돌아가시기 전까지 그 화, 황조롱이 계집을 잡아 찌, 찢어 죽여야 한다고 하셨을 정도예요. 그, 그래서 할머니의 유언은 화, 황조롱이 척살이 되었어요. 하, 하…….”

유언이 황조롱이 척살이란 소리를 지껄여 대며 어색한 웃음을 내뱉던 제드는 표정이라곤 하나 없이 정색을 하고 그를 바라보는 이예주와 눈이 마주치고는 황급히 웃음기를 지웠다.

"무, 물론 도, 동쪽 대륙에는 더 이상 화, 황조롱이 신인류가 살지 않아서 그, 그런 일은 일어나지 않았어요.”

이예주는 답하지 않았다. 제 딴에는 싸늘한 분위기를 유하게 만들기 위해 덧붙인 말이었겠지만, 그녀에겐 전혀 통하지 않았다. 제드는 결국 헛소리는 그만두고 본론으로 다시 돌아갈 수밖에 없었다.

"하, 할머니는 할아버지가 저, 전쟁이 끝나고도 그 황조롱이 각시를 계, 계속해서 찾았다고 하셨어요. 저, 전쟁 통에 가, 각시를 잃어버렸지만 조, 족장이 되는 대신 각시를 데리고 살기로 야, 약속했다고 하면서요. 호, 혹시나 화, 황조롱이 각시가 돌아와서 조, 족장 부인 자리를 꿰찰까 봐 불안했던 하, 할머니와 할아버지의 형제들은 모, 모의를 해서 마, 마을 안에 살아 있는 황조롱이 신인류를 모두 주, 죽이기로 결정했대요. 모, 모두 죽이기로 한 이유는 시, 신인류들을 노, 노예로 가둬 두긴 했지만 그, 그 수가 너무 많아서 어, 어떤 새가 그 황조롱이 각시인지 일일이 화, 확인하기 힘들었기 때문이에요. 가, 감옥에 갇혀 있을 때 시, 신인류들은 대부분 보, 본래 모습을 하고 있었거든요……. 보, 본래 모습 아시죠? 도, 도, 동물 같은 거…….”

"…….”

"그, 그 2차 전쟁이 일어나기 전에 하, 할머니는 탄생일을 맞아 누, 눈알이 황금색인 새 한 마리를 자, 잡아먹었다고 그랬어요. 하, 할머니랑 할아버지의 형제들이 화, 황조롱이 신인류에 대해 아는 것은 누, 눈알이 황금색이라는 것뿐인데, 그, 그때 감옥에 있는 화, 황금색 눈알을 가진 새는 고, 곧 죽을 것처럼 고열에 시달리던 어, 어린 황조롱이 새끼밖에 없었대요. 화, 황조롱이 각시는 당연히 없었구요……. 하, 할머니는 할아버지한테 그 황조롱이 새끼를 사, 산 채로 먹고 싶다고 졸랐고 하, 할아버지는 그, 그 말을 들어줄 수밖에 없었는데…….”

"…….”

"하, 할머니는 전쟁 통에 화, 황조롱이 각시가 죽었다고 생각하고 그, 그 신인류…… 아, 아니, 어, 어린 황조롱이의 깃털을 뽑아 산 채로 자, 잡아먹었대요. 할아버지도 아마 가, 같이 먹었을 거예요. 그, 근데 시, 신인류들을 잡아 둔 감옥 안에 사, 살아 있는 황조롱이가 하, 하나 더 있었나 봐요. 그 황조롱이는 하, 할아버지와 할머니에게 잡아먹힌 화, 황조롱이의 가족이었구요…….”

제드가 여전히 반응 없이 조용한 이예주를 흘끔 곁눈질하며 음울하게 꿍얼거렸다.

"그, 그래서 2차 신인류와의 전쟁이 일어나고 도, 동시에 우, 우리 가문의 저주도 시작된 거예요…….”

이예주는 오랫동안 침묵했다. 사실 일부러 침묵한 것이라기보다는, 한꺼번에 많은 정보들이 쏟아져 머릿속에서 정리를 해야 했기 때문이었다.

한참이 지난 후, 그녀는 차마 열리지 않는 무거운 입을 억지로 열었다.

"저주가…… 어떻게 내려진 건데?"

"노, 노예였던 신인류들 몇몇이 가, 갑자기 족쇄에서 풀려나서 가, 감옥 문을 모두 여, 열어 댔어요. 가, 감옥에 갇혀 있던 신인류들이

마, 마을로 쏟아져 나오면서 2차 전쟁이 시작됐는데요…….”

그녀는 잠자코 버벅거리는 제드의 이야기를 들었다. 어디까지나 제삼자의 입장에서 듣는데도 쓸개즙을 한입 베어 문 것처럼 입 안이 너무나도 썼다.

“그, 그때 조, 족장의 저택으로 화, 황금빛 눈알을 가진 신인류가 찾아온 거예요. 하, 할머니는 그 신인류를 보고 뭐, 뭔가 잘못되었다고 이, 일찌감치 숨어 버렸고, 바, 방에 남은 할아버지만 그 황조롱이 신인류와 마, 맞닥뜨렸는데…….”

“…….”

“히, 히익! 그, 그 신인류가 글쎄 파, 팔 한 쪽만 동물의 발톱으로 벼, 변해 버렸대요. 그 어떤 신인류도 그, 그렇게 변하진 못하거든요. 이, 인간의 모습을 하고도 귀, 귀나 꼬리가 다, 달려 있긴 하지만 그, 그걸 마음대로 휘두를 수 있는 건 아녜요.”

“귀나 꼬리를 마음대로 휘두를 수 없다고?”

이예주는 사막에서 만났던 포니의 여우 귀나, 그레이의 토끼 귀 따위를 머릿속에 덧그렸다. 그러고 보니 지금껏 봐 온 몇몇 신인류들에게 달려 있던 동물의 특징들은, 조롱이의 닭발처럼 딱히 위협을 가할 만한 것들이 못 되었다.

이예주가 곰곰이 생각을 거듭하는 사이, 그녀가 자신을 못 미더워한다고 생각했는지 제드는 허겁지겁 소리쳤다.

“저, 정말이에요! 마, 마을 사람들도 시, 신인류와 전쟁을 하기 위해 시, 시간족한테서 그들에 대해 마, 많이 배웠거든요. 지, 지금도 배워요. 마, 마을 지주 아이들은 자라면서 피, 필수적으로 하는 가정 교육인걸요.”

“그런 걸 왜 필수적으로 배워?”

"모, 모르겠어요. 저 어렸을 땐 배, 배우지 않았지만, 아, 아버지가 할아버지를 대신해서 차, 차기 족장이라고 이것저것 나선 이후부터 배, 배워야 한다고 한 거라서……. 아, 아무튼 그 화, 황조롱이 괴물은 다른 신인류들과 달랐대요. 나, 날카로운 발톱으로 변한 손을 휘젓는 것도 모자라 그, 그 손으로 하, 할아버지의 혀, 혀, 혀를…….''

제드는 채 말을 다 잇지 못했다. 이예주는 어렴풋이 뒤의 말을 짐작하고 미간을 좁혔다.

입을 잘못 놀려 평화로운 동쪽 대륙 신인류 마을에 전쟁을 가져온 대가로 족장의 혀를 뽑았구나. 그래서 벙어리가 된 족장은 평생을 저택에 처박혀 숨어 살게 된 것이다.

"하, 할머니는 숨어서 그, 그 장면을 다 지켜보셨어요. 화, 황조롱이가 하, 할아버지에게 몹쓸 짓을 하고 저, 저주를 내리는 장면까지요."

"……."

"그, 그리고 너무 충격을 받으셔서 그, 그 이후에는 계속 정신이까, 깜빡깜빡 나가셨어요. 때때로 화, 황조롱이 괴물이 저, 저택에 나타났다고 괴성을 지르셔서 그, 그럴 때마다 아부지가 저, 저택 밖으로 소리가 새어 나가지 않도록 재, 재갈을 물릴 정도였어요……. 저, 정신이 나간 밤마다 황조롱이 괴물이 내, 내 남편과 아들과 소, 손자에게 저주를 내려서 벼, 병신들이 되어 버렸다고. 화, 황조롱이 괴물을 죽여야 한다고요. 아, 아버지는 할머니의 말이 다 맞다고 했어요. 우, 우린 저주를 받아서 마, 말을 이렇게 더, 더듬는 거라구요."

그렇게 길고 긴 저주 이야기가 끝이 났다. 제드는 이예주의 표정은 쉽게 가늠하기가 힘들었다. 그는 눈알을 뒤룩뒤룩 굴리며 화두에 올릴 만한 말을 찾았다. 그것은 방금 전처럼 무언가를 설명하기 위해서라기보다는 자신의 말에 정당성을 부여하기 위한 변명과도 같앉다.

"사, 사실 레, 레이디와 같이 있던 신인류에 대해서 아, 아버지한테 말할 때는 그 괴, 괴물 때문에 레, 레이디가 위험하다는 생각밖엔 아, 안 들었어요. 파, 팔과 손이 막 발톱으로 변하는 무, 무서운 신인류니까……. 게, 게다가 저주를 내리는 괴물이었고 또, 또…… 또…… 아, 아버지가 그 신인류만 잡으면 더, 더 이상 마, 말을 더듬지 않을 거라고 하셔서……."

"……그래서 너는 어떻게 생각해?"

침묵하던 이예주가 마침내 입을 열었다.

"예, 예?"

"너는 그 황조롱이 괴물이 네 할아버지와 아버지, 그리고 너에게 저주를 내렸다고 생각해?"

제드는 곁눈질로 그녀를 살피며 그걸 묻는 저의를 가늠해 보려고 했다. 그러나 레이디의 얼굴은 무표정해 어떠한 낌새도 찾아볼 수가 없었다. 그녀가 과연 그렇다는 말을 듣고 싶어 하는 건지, 아니라는 말을 듣고 싶어 하는 건지 끝내 알아내지 못했다. 잠시간 고민하던 그는 이내 포기하고 선선히 고개를 끄덕였다.

"네, 네…… 저, 저주를 내린 게 맞아요. 하, 할머니가 그 황조롱이가 저, 저주를 퍼붓는 것을 똑똑히 들으셨다고……."

"그럼 네 아버지는 2차 전쟁이 일어나기 전에는 말을 더듬지 않았어? 그 황조롱이 괴물이 저주를 내렸다면 그 시점부터 네 아버지가 말을 더듬기 시작했을 거 아니야."

이예주의 지적에 그건 미처 생각지 못했던 건지 제드의 표정이 일순 정지 화면처럼 딱 멈췄다. 도르래를 돌리던 손마저 멈추려 들어서, 그녀는 들고 있는 등불로 그의 손을 가리키며 까딱거렸다.

마지못해 도르래를 돌리면서도, 제드는 '여기가 허점이니 마음껏 찔러 주십시오.' 하는 표정을 지었다. 그의 얼굴에서 점점 핏기가 가시기 시작했다.

"선대 족장이라던 네 할아버지는? 네 할아버지는 벙어리가 되기 이전에는 똑바로 말했대? 내가 듣기로는, 할아버지의 형제들이 네 할아버지를 가리키며 말이나 더듬고 하등 쓸모도 없어서 쫓겨난 병신 새끼라고 했다는 거 같은데."

"그…… 그, 그건……."

제드가 느릿느릿 뭐라고 반박을 입에 올리려다가 다시 입을 꾹 다물었다.

"방금 말더듬는 게 저주가 아니라 혀가 뽑힌 게 저주일지도 모른다고 생각했지?"

"……."

정곡을 찔렀는지 제드가 허연 얼굴로 입을 떡 벌렸다. 이예주는 가느다래진 눈으로 그를 노려보았다.

"혀가 뽑히는 게 저주면, 왜 조롱이가 널 처음 봤을 때 네 혀를 안 뽑았을까? 그리고 넌 믿을지 모르겠지만 조롱이는 네가 누군지도 모르는 눈치였어. 물론 나도 네가 빌어먹을 족장의 손자인지 아들인지 당연히 몰랐고. 네가 누군지 얘기를 안 했는데 우리가 점쟁이도 아니고 그걸 어떻게 알아? 왜, 신인류에 대해서 배울 때 신인류는 독심술 하는 능력도 있으니까 조심해야 한대?"

"……."

"아직도, 너한테 저주가 걸린 것 같아?"

"……."

"그리고 말 더듬는 저주에 걸리면 또 뭐가 어때서? 죽기를 해, 뭐를 해. 네가 나한테 뤼미에르 꽃을 주면서 말해 줬던 검은 파편의 저주에 걸린 공주처럼, 평생 빛도 못 보고 살아야 하는 거 아니잖아. 말 좀 더듬어도 주둥이로 멀쩡하게 밥 먹고 나랑 이렇게 대화도 하면서 뭐가 문제인데?"

제드는 계속해서 답을 하지 못했다. 이젠 흡사 뱀파이어에게 피를 모두 빨린 사람인 양 금방이라도 쓰러져 바스러질 것 같은 얼굴로 간신히 서 있을 뿐이었다.

그 모습을 보고 있자니 이예주는 울컥 화가 치솟았다. 조롱이의 박복한 과거나 제드와 그의 가족들이 믿었던 터무니없는 저주 소리 때문에 화가 난 것은 아니었다.

"너 진짜 저주가 뭔지 알아?"

그녀가 딱딱한 목소리로 내뱉었다. 양 어금니를 꽉 문 탓에 그녀의 턱은 눈에 띄게 경직되어 있었다.

"저주는…… 내가 어떤 것을 바라고, 그것을 취하기 위해 남을 팔아먹는 행위야. 남에게 불행이나 재앙을 주고 나는 원하는 것을 손에 얻는 거라고."

"……."

"그런데…… 그런데 남의 불행과 재앙을 밟고 그 위에 서서 원하는 걸 손에 쥐었다고, 그게 기쁘면 얼마나 기쁘겠어?"

말을 하면서도 제 팔자가 참으로 박복한 것 같아서 이예주는 자조적으로 웃었다. 신경질적인 웃음이 어두운 터널 속으로 기기괴괴하게 울려 퍼졌다. 감아 놓은 태엽 인형처럼 멍한 얼굴로 도르래만 돌리고 있던 제드가 천천히 고개를 들어 그녀를 보았다.

"내가 살고 싶다고…… 내가, 내가 좀 더 살고 싶다고 다른 사람들 다 죽는 사이에서 나 혼자만 바득바득 살아 봤자, 그게 얼마나 행복하겠어! 응?!"

"레, 레, 레이디······."

지긋지긋한 이 상황에 울고 싶은 건 이예주 자신인데, 지금껏 자기 맘대로 잘도 저주를 가져다 붙이던 제드가 더 울상을 했다.

이예주는 머리가 지끈지끈 아팠다. 아, 정말 싫다. 아까는 그냥 싫기만 했는데, 지금은 진저리가 날 정도로 짜증이 났다.

"저주에 걸렸다는 건 이런 거야. 뒈지거나 말거나 남 팔아먹고 나 혼자 살아남는 게 바로 저주를 내리는 거라고. 그런데 조롱이가 네 할아버지나 네 아버지, 너를 죽음에까지 처하게 한 적 있어? 혀 뽑히는 거 말고. 혀 없는 건 죽음 축에도 안 끼니까!"

"······."

"왜 대답을 안 해? 있냐고!"

대답 없이 뭉그적대며 다시 고개를 떨어뜨리려던 제드를 향해 이예주가 버럭 소리를 질렀다. 있냐고! 있냐고, 있냐고, 있냐······ 있······. 그 소리가 터널을 타고 텅텅 메아리쳐서 다시 돌아오자, 제드가 화들짝 놀라 도리질까지 치며 부정했다.

촤르륵, 촤르르륵. 긴장한 탓인지 도르래를 돌리던 그의 손이 눈에 띄게 빨라졌다. 이예주는 무서운 눈으로 바쁜 그 손을 노려보다가, 몇 분 후 눈이 빠질 듯이 아파 오자 온몸에 힘을 빼고는 다시금 쇠창살에 몸을 기댔다.

"씨, 그니까 왜 되지도 않는 저주 소리는 갖다 붙여서는."

이런 중요한 때에 괜히 감정 소비만 한 것 같다. 벌어진 입술 새로 불편한 심기를 숨기지 않고 고스란히 내뱉은 후, 그녀는 느릿하게 눈꺼풀을 감았다가 들어 올리며 시린 눈을 달랬다.

그들 사이로 새로운 침묵이 내려앉았다. 아까처럼 아무 말이나 내뱉지 않고는 못 배길 만큼 어색한 침묵은 아니었다. 굳이 따지자면 침묵보단 휴식이었다. 족장과 조롱이 사이에 숨겨져 있던 저주에 관한 비밀을 생각하고 정리하는 종류의.

전류가 흐르는 코일들이 마구마구 엉긴 것처럼 머릿속이 복잡했다. 이예주는 눈을 완전히 감았다. 눈꺼풀이 덮인 눈앞은 작은 빛 한 점조차 없이 깜깜했다.

"……어, 어쩐지 하, 할머니가 돌아가실 적에 좀 이, 이상한 말을 하셨어요……."

그때, 말없이 도르래만 돌리던 제드가 풀 죽은 목소리로 혼잣말하듯 중얼거렸다. 이예주는 무슨 말이냐고 되묻지 않았다. 그렇다고 눈을 떠서 의문 섞인 시선으로 제드를 바라보지도 않았다.

그녀의 반응과는 상관없이, 제드의 말소리가 귓가로 조근조근 쏟아져 들어왔다.

"고, 고열에 시달려서 다, 다 죽어 가던 어, 어린 황조롱이를 잡아먹었다고 했잖아요. 2차 전쟁이 이, 일어나기 전 하, 할머니 탄생일에 말이에요……."

"……."

"……그, 그런데 자, 잡아먹은 새의 맛이 도저히 어, 어린 새 같지가 않더래요. 어, 어린 새는 살이 여리고 야, 야들야들해야 하는데 그, 그 새는 꼭 나이 든 노계처럼 따, 딱딱하고 질긴 게…… 주, 죽기 전에 다시 생각해 보니까, 아, 아무리 생각해도 어, 어린 황조롱이 같지가 않더라고……."

이예주는 여전히 미동하지 않았다. 흐려지는 제드의 말꼬리를 따라, 귓가에 아득한 목소리가 흘러 들어왔다.

―누가 네 누나야? 네 누이는 따로 있어, 엘로! 인간들에게 뜯어

먹히고 죽어 버린 네 불쌍한 누이 말이야!

마담 페니의 옷가게에서 목청이 찢어져라 꽥꽥 소리를 지르던 붉은 개였다. 조롱이가 이예주에게 '누나'라고 부르는 것을 발견한 붉은 개는 섬뜩할 만큼 부릅뜬 눈으로 그를 노려보았다.

그리고 또······.

─만약 꼴사납게 전쟁에서 포로로 잡은 신인류, 찍! 그것도 막 각성한 애송이에게 혀가 뽑혔다는 소문이 돌면 얼마나 비웃음을 샀을까. 아! 비밀이 하나 또 있었지, 참! 넌 마을 족장의 처남이나 마찬가지 아닌가? 찍찍, 누이의 복수를 위해 대대손손 저주를 내리는 신인류라니! 이 얼마나 무서운 일이란 말인가! 너 제법이야, 엘로!

그레이의 주점에서 계단 위로 올라갈 때, 등 뒤로 불분명하게 들려왔던 들쥐의 빈정거림이었다. 조롱이보고 '마을 족장의 처남이나 마찬가지가 아닌가?'라고 말했었지.

멀리서 모기가 윙윙거리는 것처럼 작은 목소리들이 바로 귀 옆에서 고함을 지르는 것처럼 선명하게 메아리쳤다. 눈앞이 아연해졌다.

네 누이는 따로 있어, 엘로!

몇십 년 전에 마을 족장의 혀를 뽑고 저주를 내린 것이 마지막 남은 어린 황조롱이였나?

인간들에게 뜯어먹혀 죽어 버린 불쌍한 네 누이 말이야!

누이의 복수를 위해 대대손손 저주를 내리는 신인류라니! 너 제법이야, 엘로!

동쪽 대륙으로 와서 이것저것 주워들은 말이 부메랑처럼 되돌아와 이예주의 고막을 파고들었다. 머릿속이 온통 혼잡스럽고 어지러워질 때쯤, 일순 정수리부터 발끝까지 내리꽂히는 섬뜩한 깨달음과 동시에 참을 수 없는 욕지기가 치밀었다.

"……우욱."

"레, 레이디! 괘, 괜찮아요? 왜, 왜 그러세요?"

난데없이 헛구역질을 하는 이예주 때문에 제드가 깜짝 놀라며 그녀 쪽으로 다가오려고 했다. 등불을 쳐들며 그런 제드를 제지한 이예주는 고개를 돌리고 다른 한 손으로 입을 틀어막았다. 그러나 자꾸만 목젖까지 치오르는 토기를 참아 내기가 어려웠다.

"……으윽. 욱, 우욱!"

금방이라도 입을 열면 그대로 위장 안에 든 것을 모조리 토해 버릴 것 같은 구토감에 경련하듯 몸부림쳤다.

꽤 오랜 시간이 지난 후에야 간신히 진정이 된 그녀가 입을 틀어막고 있던 손을 힘없이 떼어 냈다. 입가에서부터 손까지 묻은 제 축축한 맑은 침을 바라보며, 이예주는 듣는 사람 또한 몸서리칠 만큼 스산한 목소리로 말했다.

"……그거 조롱이 누나야."

"……예, 예?"

제드가 어리바리한 얼굴로 되물었다. 그런 그의 얼굴을 흘깃 한번 쳐다본 이예주는 쇠창살 사이의 껌껌한 어둠으로 고개를 돌렸다.

이건 꼭 추적추적 비가 쏟아지는 날, 불 꺼진 원룸 침대 위에 홀로 우두커니 앉아 있을 때와 같은 기분이었다. 정체 모를 끈적끈적하고 축축한 손들이 온몸에 다닥다닥 붙어서 침대 아래로, 아니 그보다 더 깊은 곳으로 자신을 끌어 내리려 목을 죄던 그때와 같은.

"……네 할머니가 잡아먹은 새. 그거 조롱이 누나라고, 멍청아."

"……."

"네 할아버지가 계속 찾았다는 황조롱이 각시 말이야."

이예주는 그 말을 끝으로 무너지듯 제자리에 쭈그려 앉았다. 제드는 제게 걸린 저주가 결국 저주가 아님을 알았을 때보다 더한 충격을 받아 이번에야말로 도르래를 감던 손을 멈췄다.

끼이, 끼이이익— 괴기스러운 소리를 내며 아래로 조금씩 내려가던 승강기가 덜커덩하고 멈췄다. 그러나 내려가는 내내 위태롭게 진동했고, 워낙에 천천히 내려가던 중이어서 그런지 승강기가 갑자기 멈췄는데도 별로 위험하다는 생각이 들지 않았다.

쇠창살 너머, 등불의 빛이 조금이라도 닿지 않으면 한 치 앞도 보이지 않는 캄캄한 굴 벽. 그것을 바라보며 이예주는 멍하니 중얼거렸다.

"……토할 것 같아."

그녀는 힘없이 쇳내가 나는 쇠창살에 머리를 기대었다. 구토감이 쉽게 가라앉지 않았다. 이젠 지긋지긋하고 싫은 것을 넘어 무서워질 지경이었다.

자신이 감당하기엔 너무나도 벅찬 태풍 한가운데에 서 있는 기분이다. 사실은 거센 강풍에 휩쓸려 빙글빙글 돌고 있는데, 나 혼자 옳은 길을 가고 있다고 믿는 어리석은 새처럼.

구역질 때문에 절로 벌어진 입술 사이로 숨을 들이쉬고 내쉴 때마다 역겨운 쉰내가 섞여 나오는 것 같았다. 냄새가 났다. 이기적이고 잔혹한, 인간의 냄새가.

"……정말 토할 것 같다고."

승강기는 한참이 지난 후에서야 다시 내려가기 시작했다.

끼릭, 끼이, 끼이이이— 지하 700미터, 그들이 내려가는 자리마다 위태롭고 음산한 쇳소리가 해묵은 저주처럼 따라붙었다.

쿠룽, 쿠우우우웅. 전에 없던 커다란 흔들림이 그들을 실은 고철 덩어리를 덮쳤다. 짧게 신음하며 휘청거리던 이예주가 서둘러 창살을 잡았다. 자칫했으면 들고 있던 등불을 놓칠 뻔했다. 그녀는 거칠게 흔들리는 등불을 고쳐 잡으며 몸을 바로 했다.

"다, 다 온 것 같아요, 레이디."

제드가 걸쇠를 옆으로 밀어 잠금을 풀고 문을 잡아 젖혔다. 철컥, 끼이익— 귀곡성처럼 낡아 빠진 소음을 내며 문이 열리고, 마침내 지하 700미터의 끝이 눈앞에 펼쳐졌다.

"머, 먼저 내리세요."

제드가 아직도 도르래에 손을 떼지 않은 채로 말했다. 이예주는 쓰레기를 털 듯 쇳가루가 묻어나는 쇠창살에서 재빨리 손을 떼고 문을 나섰다. 그때 제드가 다급하게 그녀를 불러 세웠다.

"자, 잠깐요. 드, 등불은!"

"……응? 뭐."

"드, 등불은…… 노, 놓고 내려야 돼요."

제드가 손잡이를 잡지 않은 다른 한 손으로 그녀의 손아귀에 들린 등불을 가리켰다. 등불과 이예주를 번갈아 가며 바라보는 그의 두 눈동자가 하염없이 떨렸다.

"왜?"

이예주가 물었다. 그는 고민하는 기색으로 우물쭈물 답했다.

"아, 안에도 빛나는 게 있는걸요. 부, 불은 아니지만…… 어, 어둡지는 않아요."

"빛나는 거?"

그녀는 문 앞에서 고개만 쭉 빼어 승강기 밖을 바라보았다. 과연 빛을 내는 것이 있다는 게 사실인지 멀리서 희미하게 반짝이는 것이 보였다.

하지만 그 빛은 그녀가 들고 있는 등불보다 어두웠다. 그쪽으로 가면 또 다를지 모르겠지만, 적어도 승강기와 그 반짝이는 빛 사이는 완전한 어둠에 휩싸여 있었다.

여긴 왜 이렇게 답답하게 불을 다 꺼 둔 거지? 안 그래도 지하라서 빛 한 점 들지도 않겠구만. 하긴, 누군가를 가둬 두는 감옥이 환하게 밝으면 그것도 이상할 것이다.

그녀는 왠지 모를 답답함과 불안으로 속이 뒤틀렸다.

"아니야. 그냥 등불은 들고 가는 게 낫겠어."

"……예, 예? 아, 안 되는데요. 어, 어두운데 우, 우리만 불을 가지고 있으면 모, 몰래 숨어서 온 거, 걸릴지도 모르고…….."

"그럼 이미 가져온 이 등불은 어떻게 하게? 승강기에 넣어서 다시 올려 보내? 그럼 등불이 다시 지 스스로 걸어가서 별관 벽에 걸린대?"

"그, 그냥 깨트려서 저, 저쪽 안 보이는 곳에 버리는 게…….."

"아, 멀쩡한 등불을 왜 깨는데? 답답하네. 그냥 조심히 들고 가면 되잖아. 자, 봐 봐. 누구 오는 소리 들리면 내가 이렇게 겉옷 안에 숨길게."

그러면서 이예주는 발목까지 닿는 제 포대를 주섬주섬 들어 올려 그 안에 등불을 쑤욱 집어넣었다. 로브에 비해서는 터무니없이 얇았지만 안에 바지와 윗옷을 입은 상태였고, 유리 등 안에 있는 불 자체가 작아서 뜨거운 느낌은 들지 않았다.

늘어진 목선 밖으로 새어 나오는 빛까지는 막을 수 없었지만, 그래도 이렇게 해 두면 그럭저럭 안 보이게 숨길 수는 있을 것 같았다. 이예주는 등불을 집어넣고는 제드를 향해 불룩 튀어나온 배를 자랑스레 내보였다.

"자, 안 보이지?"

그 어이없는 행동에 제드가 말을 잇지 못하고 멍하니 입을 벌렸다. 그녀는 그걸로 그를 납득시켰다고 결론짓고는 열려 있는 승강기의 입구 쪽으로 먼저 다가갔다.
"그럼 혹시 누가 오면 이렇게 하는 걸로 하고, 빨리 가자."
"……터, 터, 터져요!"
하지만 제드가 구질구질한 목소리로 발목을 잡아끌었다.
"뭐?"
"부, 불에 닿으면 거, 검은 안개가 포, 폭발해요! 그, 그럼 굴이 무너지는 건 수, 순식간이에요."
"……검은 안개?"
이예주는 멍하니 제드의 말을 따라 중얼거렸다. 익숙하면서도 낯설기만 한 단어였다. 검은 안개. 그녀의 머릿속에 문득 어디서 보았던 한 구절이 스쳐 지나갔다.

아주 오래전. 태초의 지구에 검은 안개를 가진 검은 파편이 있었다.

검은 안개를 가진 검은 파편. 인간에게 빼앗긴 검은 파편의 검은 안개.
"여, 여긴 거, 검은 안개를 쌓아 두는 차, 창고로도 사용하는 곳이에요. 거, 검은 안개는 기체라서 나, 나무 상자나 유리병에 아무리 가둬도 조, 조금씩 새어 나와요! 그, 그래서 탄광 안에는 부, 불 같은 건 하, 하나도 놓지 않아요."
로브의 목선 밖으로 빛이 새어 나와서, 이예주는 마치 랜턴을 목 아래 대고 귀신 흉내를 내며 장난을 치는 어린아이 같은 꼴이었다. 그러나 표정만큼은 귀신 저리 가라 할 정도로 음산하기 그지없었다.

소름 끼치는 얼굴로 제드를 무표정하게 바라보던 그녀는 멀리서 반짝이는 빛을 손가락질했다.

"그럼 저 빛나는 건 뭔데?"

"저, 저건……."

나고 자라는 동안 단 한 번도 남에게 입 밖에 꺼내지 않았던 비밀들을 이미 그녀에게 많이도 말해 버린 후였다. 하지만 제드는 단연코 이런 극비 사항까지 털어놓을 생각은 없었다. 그러나 그의 입은 주인의 의지를 배반하고 기름칠을 한 것처럼 속엣말들을 와르르 쏟아 내었다.

"저, 저건 뤼, 뤼미에르 꽃이에요."

"뤼미에르?"

"네, 네. 어제 레, 레이디에게 드린 비, 빛나는 꽃이요……. 드, 등불을 사용하면 너, 너무 위험하니까 비, 빛나는 꽃으로 모두 대, 대체한 거예요. 그, 그러니까…… 그러니까 드, 등불을 가지고 가면 안 돼요."

등불을 들고 가면 안 된다는 그의 주장이 깔끔하게 끝을 맺었다. 전과 다르게 이유에 대한 타당성이 명백해서 좀체 반박하기가 힘들었다.

불에 닿으면 폭발하는 검은 안개라니. 람이나 조롱이는 이 사실을 알고 있을까?

그레이의 주점에서 검은 안개에 대해 이것저것 주워들은 게 많았다고 생각했으나, 이예주는 실상 그것이 어떤 역할을 하고 어떤 식으로 공급되는지 전혀 알지 못했다.

아는 것이라곤 말로만 들었지 한 번도 본 적 없는 눈족에게서 공급된다는 것과, 마을에 젊은 인간들이 제 몸을 노예로 팔아 사들일 정도로 중독성이 있다는 것뿐. 검은 안개는 마치 현대의 마약처럼 거래되어 마을 안에서 암암리에 나돌고 있었다.

원치 않아도 입에서 깊은 한숨이 터져 나왔다. 조롱이 하나 구하러 들어온 이 탄광 속에서, 전혀 예상에 없던 별의별 이야기들을 다 알게 되고 있다. 그것이 그다지 달갑지 않음에도 전처럼 가볍게 무시하고 넘길 수 없었던 건, 그녀가 구하러 온 조롱이와 그의 주인인 시뻘건 미친놈이 거미줄처럼 어떻게든 엮여 있었기 때문이다.

이예주는 잠시 고민했다. 등불을 깨뜨려서 꺼 버리느냐, 뒈질 각오를 하고 들고 가느냐. 고민하는 시간조차 아까울 정도로 답은 너무 쉬웠다. 명치끝에서부터 깊은 한숨이 우러러 나올 정도로.

"하…… 잘됐네. 여차하면 폭발시키면 되니까 가지고 가야겠어."

"예…… 예?!"

그녀의 입에서 정반대의 말이 튀어나왔다. 이예주가 수긍할 줄 알았던 제드가 꽥 소리를 지르며 반문한 것은 당연한 일이었다.

"레, 레이디! 이, 이러지 마세요. 자, 잘못하면 레, 레이디의 동료분을 구하기도 전에 우, 우리 죽을 거예요!"

"어쩔 수 없어."

이예주는 우울한 얼굴로 덧붙였다.

"이 등불은 나름 각오이자 보루야."

"가, 각오이자 보루요?"

"그래. 네 아버지나 용병대장에게 걸리는 변수에도 대비해야지. 조롱이를 데리고 탈출하는 데 성공할 수 있다고 무조건 믿고 있을 수만은 없잖아? 나라고 아무 생각 없이 여기까지 기어 왔겠어."

"……."

"차라리 다행이야. 그나마 이게 있으면 도망갈 시간을 벌기 위해 협박이라도 할 수 있으니까. 그래도 정 잡혀갈 처지에 놓인다면…….”

"자, 잡혀갈 처지에 놓인다면요……?"

말끝을 흐리는 이예주 때문에 제드는 마른침을 꼴깍 삼키고 조급하게 물었다. 그녀가 심드렁한 표정으로 대꾸했다.

"……다 같이 뒈져야지 뭐."

"히, 히이익!"

말이 끝나기 무섭게 제드가 괴성을 질렀다. 그의 얼굴이 순식간에 창백해졌다. 그놈의 낯빛은 피를 공급했다 중단했다 하는 장치라도 있는 건지 시시각각 안색을 달리해 주인의 절박한 심정을 대변했다.

"넌 죽기 싫으면 지금이라도 다시 이거 타고 올라가든가."

그녀는 그렇게 말하고선 주섬주섬 겉옷을 들어 올려 품고 있던 등불을 옷 속에서 빼내었다.

등불 한 번, 이예주의 얼굴 한 번 번갈아 바라보던 제드는 진저리를 쳤다. 그의 얼굴이 이번에는 금방이라도 울음을 터뜨릴 것처럼 벌겋게 달아올랐다. 제드는 절벽에 매달린 심정으로 이예주에게 이러지 말라고 호소했다.

"레, 레, 레이디이……!"

"야, 조용히 말해! 누가 있을 줄 알고."

물론 그 호소는 씨알도 먹히지 않았다. 순식간에 커다랗게 울리는 제드의 목소리에 화들짝 놀란 이예주가 입술 위로 손가락을 가져다 대며 짜증을 냈다.

참인지 거짓인지는 모르겠지만, 지하 700미터를 내려오기 전에 등불을 가지고 승강기에 올라타려던 그녀를 막으면서 제드가 말했었다. 아래에 따로 지키는 사람이 있는 것은 아니라고.

그 말을 곧이곧대로 믿지는 않았지만, 막상 지하 700미터를 내려와 보니 정말로 따로 지키고 서 있는 인간들은 없는 것 같았다. 그 증거로, 승강기서부터 희미한 빛이 반짝이는 거리까지 딱히 인기척이 느껴지거나 사람 그림자가 보이지 않았다.

여차하면 방어나 공격을 해서라도 탈출에 방해되는 요소를 제거해야 했지만, 방금 전 제드 덕분에 그럴 필요성조차 사라졌다. 이 어둡고 답답한 지하에서 가장 치명적인 무기가 그녀의 손에 들려 있었기 때문이다.

이예주는 말리는 제드를 가볍게 무시하고 활짝 열린 승강기의 문을 지나쳤다. 그녀를 망연자실 바라보던 제드가 기겁을 하고 허겁지겁 따라붙었다.

"레, 레, 레이디! 다, 다시 한번만 생각하시는 게……."

"난 분명 너보고 다시 타고 가라고 했다."

"흐이익! 그, 그래도 레, 레이디께서 이, 일부러 죽으러 가시는 건 좀……!"

"아, 거참! 일부러 죽으러 가다니!"

바로 전 제 입으로 '다 같이 뒈지는 거지.'라고 심드렁하게 지껄인 사람치고는 꽤 히스테릭한 반응이었다.

"누가 죽어! 난 절대 안 죽어! 죽더라도 이 구질구질한 곳에선 절대 안 죽을 거야! 내가 왜 이 미친 곳까지 기어 와서 죽어야 되는데?"

"그, 그럼 드, 등불은 놓고 가는 게 아, 안전한데요."

"아오, 이 답답아! 머리는 폼으로 들고 다니니? 이거라도 어떻게 들고 있어야 할 거 아니야! 만약에 용병대장인지 뭔지한테 걸렸다고 해 봐. 너 그 새끼가 달려들면 싸워서 이길 자신 있어?"

"아, 아니요! 어, 없어요."

"없으면 어떻게 도망칠 건데! 너야 족장 아들내미니까 볼기짝 좀 맞고 끝나겠지만, 나는! 나는 잡히면 그대로 고래 밥 신세거든?"

"그, 그래도……."

"그래도는 뭔 그래도야! 불에 직접 닿아야 터진다며? 불은 유리등 안에 잘 있으니까 호들갑 떨지 마. 조롱이 어느 쪽에 있는지만 손가락으로 찍고 넌 이제 그만 가. 나랑 같이 있으면 복장 터지니까."

복장만 터지면 다행이게. 목청까지 안 터지면 그거야말로 고마운 일일 것이다.

이예주는 제 할 말을 마구 쏘아붙인 후, 조롱이가 어느 쪽에 있는지 제드가 알려 주지도 않았음에도 맘대로 걷기 시작했다. 제드는 멀어지는 그녀의 등 뒤로 따라가지도, 그렇다고 승강기 안에 있지도 못한 채 안절부절못했다.

결국 그녀의 주위를 밝히던 등불이 어둠에 침범되어 사그라질 듯 보이지 않게 되자, 그는 잡고 있던 도르래 손잡이를 내팽개치고 승강기에서 냅다 뛰쳐나왔다.

"가, 같이 가요, 레이디!"

제드는 놓칠세라 허둥지둥 이예주에게로 뛰어갔다.

쿠룽— 쿠구구궁— 얼마 안 가 커다란 소음과 함께 그의 뒤에 있던 승강기가 천천히 공중으로 뜨기 시작했다. 그리고 이내 끼이, 끼리릭 하는 귀곡성을 내지르며 자동으로 올라갔다. 제드가 내려오는 내내 태엽을 감듯 쉴 새 없이 감았던 도르래의 쇠사슬이 손잡이를 놓음으로써 풀어지기 시작해, 빈 승강기 또한 자동으로 원상 복귀되는 원리였다.

쌍팔년도 영화 속의 승강기보다도 더 후진 고철 덩어리라고 오는 내내 이예주가 욕을 했지만, 놀랍게도 그들이 타고 온 승강기는 반

자동이었던 것이다.

멀찍이 반짝이던 빛이 있는 쪽으로 다가가니, 정말로 고개를 축 숙인 뤼미에르 꽃이 쇠로 만들어진 꽂이에 꽂혀 있었다. 원래는 등불을 꽂는 자리인지, 짧은 쇠기둥이 700미터 위에서 보던 것과 비슷했다. 그 꽃을 기점으로 길이 꺾여 있었다.

어둠이 가시자 천장이 꽤 높은 탄광 길과 바닥에 깔린 레일이 드러났다. 그 위를 일정한 간격으로 꽂혀 있는 뤼미에르 꽃들이 밝히고 있었다. 빛이 새어 들어올 틈 없는 지하 깊숙한 탄광인데도, 지하 위 별관보다 이곳이 훨씬 밝았다.

불에 닿으면 폭발하는 검은 안개. 그 검은 안개를 공급하기 위해 모든 등불을 없애고 이런 꽃을 꺾어 가져다 꽂은 미친 인간들이라니.

누구의 머릿속에서 생각해 낸 것인지는 모르겠지만, 아이디어 하나만큼은 기가 찰 정도로 신박했다. 빛을 내는 희귀종이 없는 세상에서 살던 그녀로서는 상상조차 못해 볼 일이었다.

가까이서 본 꽃들은 지속적으로 물을 주거나 따로 관리를 하는 것은 아닌지, 하나같이 고개를 축 늘어뜨린 채 간신히 빛만 뿜어내고 있었다. 원래 용도가 불빛 대신 쓰이는 것은 아닐 터였다.

옥에 티처럼 하얀 꽃봉오리에 다닥다닥 붙은 석탄가루가 꼭 꽃들의 생명을 빨아먹고 있는 것 같아 보기 싫었다. 이예주는 근 하루 만에 다시 보는 낯설지 않은 꽃의 자태에 흘깃 시선을 던지며 제드에게 물었다.

"이거, 한 송이당 수명이 얼마나 돼?"

"뤼, 뤼미에르요? 어…… 기, 길게는 일주일 가는 것도 있는데 대,

대부분 3, 4일이면 시, 시들어 버려요. 그, 그래서 자, 자주 꽃을 갈아 줘야 돼요."

 빛도 들지 않고 따로 관리도 하지 않기에 수명이 짧을 거라 예상은 했어도 이렇게 짧을 줄은 몰랐다. 이예주는 인상을 찌푸렸다. 이거 한 송이, 한 송이도 다 생명인데. 게다가 2017년 현대에선 구경조차 해 볼 수 없는 귀하디귀한 꽃을 이런 식으로 낭비하다니.

 아무리 미래가 살기 퍽퍽하다지만 꽃의 진가를 알아보는 사람 하나 없는 무식한 1000년 후 세상에 입이 썼다. 좋지 않은 표정으로 걸음을 옮기던 그녀의 소매를 제드가 문득 잡아당겼다.

 "거, 거긴 막혔어요. 이, 이쪽으로 가야 해요."

 탄광으로 쓰기 위해 이곳저곳 굴을 뚫었기 때문인지 음습한 지하 동굴 안은 거니는 내내 길이 여러 곳으로 갈렸다. 길이 뚫려 있는 것 같으면서도 결국 그 끝은 막혀 있는 굴이 대부분인 것 같았다.

 정말 제드 없이 혼자 왔으면 오자마자 탄광 입구에서부터 길을 잘못 들었을 것이다. 아니면 막다른 길로 돌아가 한참 시간을 지체했을 것이 분명했다. 마냥 쓸모없는 건 또 아니네. 새삼스러운 눈으로 제드를 돌아보며 이예주는 생각했다.

 처음엔 나름 길을 외우기 위해 온몸에 촉각을 곤두세우던 그녀는 곧 포기했다. 외운다고 다 외워지는 범위도 아니거니와, 뤼미에르가 어지러운 갈림길 사이에서 지표로 작용한다는 사실을 금방 깨달았기 때문이다.

 "대체…… 이 지하에 처박혀서 네 아버지랑 그 일당들은 무슨 짓거리를 하는 거야?"

 이예주는 제드를 돌아보며 물었다. 탄광 안은 정말이지 더럽게 넓고 갈림길도 너무 많았다. 하, 나올 때도 꽤 힘들겠는데. 탈출에 대한 불안감이 자꾸만 고조됐다.

"예, 예? 어……."

"검은 안개 말이야. 대체 그게 뭔데 이렇게 깊숙한 지하에 숨어서 작당을 하는 거냐고. 눈족인가 그 사람들한테서 공급받는 거라며?"

"히이익! 그, 그걸 레, 레이디께서 어떻게 아셨어요?"

제드는 꽥 소리를 지르며 펄쩍 뛰었다. 이것저것 아는 것이 많은 사람이라고 생각은 했지만, 마을 안의 몇몇 지주들도 잘 모르는 일을 그녀가 꿰뚫고 있으리라고는 조금도 눈치채지 못했다. 이 여자는 대체 어디까지 알고 있는 것일까.

"글쎄. 어떻게 알았을까."

이예주는 자조적으로 웃으며 중얼거렸다. 네 아버지가 하는 그 구역질나는 짓거리에 긴밀히 관련되었던 들쥐의 이야기를 들었다고 해야 할까. 아니면 눈족 놈들이 제 것인 양 공급하는 '검은 안개'의 진짜 주인이 이 마을에서 눈 부릅뜨고 돌아다니고 있다고 말해 주어야 하나.

"검은 안개, 그게 대체 뭐야? 그게 뭔데 신인류를 팔아먹으면서까지 구해 대는 건데? 그걸로 뭐 하는 거야. 여기 동쪽 대륙 인간들도 시간족처럼 람에게 대항하게?"

"허, 허억! 라, 람이요?"

제드의 얼굴이 단박에 시퍼레졌다.

"그래. 너도 람은 알지? 검은 파편 말이야."

"마, 말하면 안 돼요! 마, 말하지 마세요!"

"엥?"

제드는 겁에 질린 눈동자를 푸들푸들 떨어 대다가, 돌연 그녀의 곁에 바싹 붙어 개미만 한 소리로 속삭였다.

"그, 그 이름은 거, 검은 파편과 계, 계약한 자들만 부를 수 있어요."

"……왜?"

"그, 그가 그 이름을 시, 싫어하기 때문이에요. 그, 그 앞에서 이름을 마음대로 부르면 바, 바로 죽임을 당한대요."

이예주는 진실로 이해가 안 갔다. 그녀도 람과 계약인지 뭔지 잘 실감 나지 않는 그런 것을 하긴 했다. 하지만 그 전에 당사자가 직접 그 호칭으로 자신을 부르라고 명령했기 때문이다. 당시에 그는 어깨 위에 짐짝처럼 둘러메진 주제에 그녀가 '그쪽'이, '당신'이 하고 입을 나불거리는 것을 굉장히 거슬려 하는 것 같았다.

"진짜 무슨 볼드모트야? ……람드모트라고 불러야 되는 거야 뭐야."

우스갯소리로 혼잣말을 하던 이예주는 "보, 볼드모트가 뭐예요?" 하고 어수룩하게 묻는 제드에게 "넌 알 것 없어." 하고 냉정하게 내쳤다.

"어쨌거나, 그래서 검은 안개가 뭔데?"

이예주의 말에 제드가 어깨를 파드득 떨었다. 그는 부담스러울 정도로 얼굴을 빤히 들여다보는 그녀의 시선을 애써 피했다.

'오호라, 말하기 싫다 이거구나.'

이예주는 뻔히 보이는 제드의 속내를 쉽게 간파해 내며 눈살을 찌푸렸다. 원래 별거 아닌 비밀이라도 감추려고 들면 더 궁금해지는 법이다.

말 안 듣고 멋대로 나가 버린 것도 모자라 조롱이까지 피해가 막심하니 이번에야말로 기필코 람이 자기를 죽이려 들 것이 분명했다. 쓸모라고는 길을 아는 것뿐인 제드 놈의 도움까지 받아 가며 애써 탈출하자마자 그 남자의 손에 모가지가 댕강 잘려 나갈 수는 없었다. 암, 그렇고말고. 용암을 피해 '문'을 넘었더니 지옥이 기다리고 있는 상황은 한 번이면 충분했다.

이예주는 결심했다. 이왕 제드를 이용해 먹을 거, 들쥐 새끼도 알아내지 못한 정보를 골수까지 쪽쪽 빼내야겠다고.

"너 혹시 검은 파편이 화내면 어떻게 되는지 들어 봤니? 나도 꽤 험난하게 살아와서 웬만한 꼴은 웃으면서 넘길 수 있는데 와, 그 남잔 화나면 진짜 오줌 지릴 정도로 무서워. 성격이 얼마나 개차반 같은지, 자비라곤 쥐똥만큼도 없고 말이야. 하여간, 그 남자가 동물들한테 자비를 베푼답시고 신인류인지 뭔지 만들었다는 거 알고 웃음도 안 나왔는데. 아, 너도 알지? 그 남자가 신인류인지 뭔지 만들어 낸 거."

"……그, 그럼요! 그, 그거 모르는 사람이 어, 어디 있어요. 세, 살배기도 거, 검은 파편 얘기만 해 주면 우, 울다가도 눈물을 뚝 그, 그치는걸요."

"응, 그치. 무서운 남자지. 그니까 내가 이런 말을 하는 이유는 말이야, 내가 그 검은 파편이란 남자를 좀 알거든?"

"레, 레이디가요? 그, 그를 어, 어, 어떻게……!"

제드는 검은 파편을 좀 알고 있다는 이예주의 말에 눈을 화등잔만 하게 치켜뜨고 더 심하게 말을 더듬었다. 그녀는 그의 관심을 차갑게 끊었다.

"어쩌다 보니 알게 됐어. 너무 자세히는 알 거 없고."

깊이 알면 다쳐. 시큰둥하게 덧붙이며 이예주는 속으로만 뇌까렸다. 어떻게 알긴, 잘 알지. 그 남자는 네놈의 아버지가 납치한 조롱이의 주인이자 바로 내 손목에 달린 사슬의 주인이거든.

승강기에서 내리면서 사슬이 바닥에 부딪치는 소리가 시끄러워 그것을 대강 둘둘 말아 쥐고 있었다. 잠시 제 손목을 내려다본 그녀의 표정이 우울해지는 것은 삽시간이었다.

"아무튼. 만약 이런 지하 탄광에서 자신이 직접 만든 신인류를 팔아먹는 짓을 하고 있다는 걸 그 미친놈이 알면, 여기 너네 집 아작 나는 걸로 안 끝날 거야."

"허억! 아, 아작 나는 걸로는…… 아, 안 끝난다고요?"

"음…… 못해도 여기 동쪽 대륙은 지도에서 사라지지 않을까? 마침 바다도 가깝겠다. 미친 듯이 벼락을 내리쳐서 통구이로 만들기 딱 좋은 환경이네. 으으."

끔찍해. 차라리 쩍쩍 갈라진 땅속으로 떨어져 죽고 말지. 이예주가 고개까지 저으며 진저리를 치자, 제드의 안색은 당장 졸도해도 이상하지 않을 만큼 파리해졌다.

"난 그래도 애먼 사람들까진 피해를 안 입었으면 좋겠어. 예를 들면 너 같은 사람들 말이야. 잘못은 저지르지도 않았는데, 그걸 알고 있다는 사실 하나만으로 진짜 죄를 저지른 사람들이랑 같이 개죽음 당하면 얼마나 억울하겠어. 안 그래?"

자, 이래도 네가 말 안 하고 버텨? 이예주는 날카롭게 눈을 빛내며 제드를 살폈다. 그는 그녀가 이런 말을 한 의도 따위는 추호도 의심하지 않는 듯, 불안감에 흐느꼈다. 확실히 검은 파편이 무섭긴 한 것 같았다.

"그렇지만 억울하면 뭐 하나. 도와주고 싶어도 아는 게 없는데. 아, 난 네 아버지가 눈족 말고 다리족이랑 계약하고 있는 것도 알고 있어. 아마 그 남자는 다리족까지 엮여 있다는 사실은 미처 모를 거야. 하지만 뭐 어쩔 수 없지. 이대로 다 개죽음을 당하는 수밖에……."

"……아, 아버지는!"

마음을 먹으니 거짓말이란 게 봇물 터지듯이 쏟아져 나왔다. 끝으로 과장되게 어깨를 으쓱이며 내뱉은 그녀의 체념 어린 어조에, 제드가 덥석 미끼를 물었다.

걸려들었구나! 묵직한 찌가 달린 낚싯대를 살살 흔들며 이예주가 회심의 미소를 지었다.

"아, 아버지는 크, 큰 잘못 없어요! 아버지는, 아, 아버지는 그냥 주, 중간상인이에요! 머, 먼저 할아버지에게 검은 안개를 줄 테니 부, 부를 축적하라고 거래를 제안해 온 것은, 누, 눈족들이에요!"

"눈족들이 먼저 거래를 제안해 왔다고?"

"예, 예!"

제드가 말 잘 듣는 강아지처럼 열심히 고개를 끄덕였다.

"하, 할아버지는 눈족들의 제안을 다, 단칼에 거절하셨어요. 왜냐면 하, 할아버지는 거, 검은 파편과 계약한 계, 계약자니까……. 누, 눈족들은 시, 신인류들을 먹이로 달라고 했고 시, 신인류를 건드리는 건 계, 계약 위반이니까요……."

마을 족장과 람이 계약을 했다는 것은 얼핏 들은 것도 같다. 왜 그 귀하다는 계약을 신인류가 아닌 인간, 그것도 죽은 선대 족장 같은 형편없는 인간과 했을까 싶었는데, 끝까지 신인류를 챙기느라 그랬구나. 역시 그 남자는 뼛속까지 동물 성애자다.

"계약 조건이 그거야? 신인류를 건드리지 말라는 거? 그거 말고 또 뭐 있어?"

"하, 할머니도 할아버지의 형제들도 거, 거기까지는 정말 모르셨어요. 하, 할아버지가 어, 언제 계약을 맺으셨는지도 잘 몰랐고……. 그저 하, 할아버지가 시, 신인류들이 마을에 살기 부, 불편하지 않게 하려는 걸 보고 대, 대략 그런 조건이 아닐까 지, 짐작만 한 거예요."

계약을 하는 대신 어제 죽은 제드의 할아버지가 어떤 혜택을 받았는지 궁금했지만, 이예주는 더 묻지 않았다. 정말 모르는 것 같았다.

"하, 할아버지가 거절하자 누, 눈족들이 아, 아버지에게 거래를 제안했어요. 아, 아버지는 그냥 마, 마을에 잘 곳 없이 떠도는 신인류들을 누, 눈족에게 넘기는 줄로만 알고 제, 제안을 받아들이신 게 분명해요. 저, 절대 다른 의도는 없었을 거예요! 사, 사실 저택의 재정은 거, 거의 다 바닥난 상태예요. 하, 할아버지의 형제들이 마, 말 못하는 할아버지를 우습게 여기고 하, 하나둘씩 다 떼 가서 마, 마을 지주라는 자리를 따로 만들어 버렸거든요. 아, 아버지는 거, 검은 안개로 파, 파탄 난 재정을 복귀하고 조, 족장의 지위를 되살리려······."

"됐고. 난 네 아버지 사정 같은 건 안 궁금해. 내가 궁금한 건 검은 안개가 정확히 인간에게 어떤 식으로 작용하는지야."

용을 써 가며 제 아비를 포장하려 드는 제드에게 넌덜머리가 난 이예주가 그의 주절거림을 막았다. 그녀의 단호함에 잠시 상처받은 듯 아련하게 동공을 흔들던 그가 이내 답했다.

"저, 저도 마, 마셔 본 적이 없어서 잘은 모르지만······ 거, 검은 안개를 마시면 기, 기분이 좋아지고 의, 의욕과 성취감이 급증한대요. 사, 사람들이 검은 안개를 마, 많이 찾는 이유는 기, 기분이 무척 좋아지니까. 펴, 평소에 게으른 사람들도 이, 일을 마구 해 대고, 그, 그만큼 능률도 오른다고 들었어요. 그, 그렇지만······ 주, 중독성이랑 부작용이 너무 심해서 위, 위험해요. 그, 그리고 검은 안개 자체가 바, 발화성이 높아서 가, 가지고 있다가 자칫 불에 닿으면 포, 폭발하는 경우도 많구요."

"그렇게 위험한 걸 왜 그렇게 찾아 대는 건데? 공급량은 적은데 수요량이 너무 많아서 가격이 어마어마하다며?"

"마, 말했잖아요. 주, 중독성이 심하다고요······. 거, 검은 안개를 한 번이라도 마시면 그, 그 누구라도 도취감을 잊지 못해서 미친 사람처럼 그걸 차, 찾아 대요. 하, 하지만 그걸 마시고 소, 소처럼 미친 듯이 일하다가 거, 검은 안개의 기운이 가시면, 그, 그때부터 극심한 무기력증과 자괴감, 자, 자기혐오에 시달리게 된대요. 그, 그렇게 해서 폐, 폐인이 된 사람들이 너무 많아요.”

검은 안개에 대한 제드의 설명을 들은 이예주의 기분이 오묘해졌다. 원래 람이 소유하고 있던 것이라고 해서 뭐랄까, 무기나 혹은 그를 돕는 어떤 힘과 같을 거라고 생각했는데. 제드의 입을 통해 전해 들은 검은 안개의 이미지는 상상과는 너무 달랐다. 이건 마치, 대마초나 히로뽕 같은…….

"뭐야, 마약이야?"

"마, 마약 아니에요. 마, 마약이랑은 달라요."

"여기에 마약도 있어? 아, 이게 중요한 게 아니라."

싸구려 마약일수록 중독성과 부작용이 큰 법이다. 천년 후에도 마약이 존재할 줄 미처 몰랐던 그녀는 깜짝 놀랐지만, 곧바로 수긍했다.

"그럼 왜 그렇게 중독성이 심해? 부작용도 꼭 마약에 중독된 사람들 같잖아."

"마, 마약에 취해 다, 단순히 환각을 보고 기, 기분이 좋아지는 것과는 많이 달라요. 왜, 왜냐하면 검은 안개를 먹으면 저, 정말로 일의 능률이 오르고요. 또, 또 하고자 한 바를 뭐, 뭐든 쉽게 이룰 수 있기 때문이에요."

"하고자 한 바……?"

이예주가 이해가 안 돼 제드의 말을 되풀이했다. 그가 친절하게 덧붙였다.

"예, 예를 들면, 지, 집을 지어야 하는데 히, 힘들어서 차일피일 미루고 있는 사람이 있으면요. 거, 검은 안개를 마시면 하, 하루 만에 집을 다 지어요. 다, 다른 것도 마찬가지예요. 도, 돈을 모을 생각이라면, 다, 단 며칠 만에 악착같이 일을 찾아다니고, 자, 장사를 하고 싶다면서 이, 있는 돈 없는 돈 다 털어서 거, 건물을 산 사람도 봤어요."

"허, 뭐지? 뭐 그런 게 다 있어?"

이예주는 좀체 이해가 안 가서 고개를 갸웃거렸다. 의욕을 증가시켜 하고자 하는 바를 쉽게 이루게 하는 약물이라. 아, 약물은 아닌가?

하여간에 중독성과 부작용을 빼면 꼭 마법 같은 일이었다. 그 성취감에 도취된다는 것, 23년 살면서 딱히 뭘 이뤄 본 적이 없는 이예주로선 짐작조차 할 수 없었다.

"거참, 신기한 물건이네······. 그럼, 눈족 놈들은 그게 그렇게 수요가 많으면 지들이 직접 팔아먹으면 될 것을 왜 굳이 네 아버지를 통해 파는 거야? 설마, 고작 네 아버지가 잡아다 주는 신인류를 먹으려고?"

"그, 그건······."

제드가 잠시 말을 멈추고 뜸을 들였다.

"그, 그들이 이상할 정도로 시, 신인류에게 집착하는 것도 있지만······ 아, 아버지가 다, 다리족과 거래를 하게끔 유, 유도하기도 했대요."

"에? 다리족? 갑자기 다리족은 왜 튀어나오는 거야?"

물론 그레이의 주점에서 들쥐 새끼가 미주알고주알 토해 낸 얘기 덕에, 제드의 아비가 다리족과도 모종의 거래를 하고 있다는 사실은 알고 있었다. 그러나 이예주는 그 거래의 내용이 뭔지 조금도 감이 잡히지 않았다.

그녀가 직접 본 다리족들은 하나같이 기괴하고 이상한 인간들이었다. 아니, 인간 같지도 않은 것들이었지. 눈을 번갈아 가며 돌려

끼는 외눈박이 삼형제들과 자신의 눈을 노리던 다리 없는 노인. 아직도 그때 그 망할 놈들이 쿵쿵대며 제 뒤를 쫓아와 끓는 물을 뿌려 대던 것만 생각하면 오금이 다 저렸다.

그 미친 인간들을 만나고 난 뒤 두 번째로 다리족을 본 것은 사막에서였다. 람도 조롱이도 확실히 말을 해 주지 않았기 때문에 그들이 진짜로 다리족인지는 확실치 않았다. 여하간 눈으로 포착하기 어려울 만큼 엄청난 속도로 달리던 군인들의 모습을 떠올리면 대충 다리족이 틀림없다는 결론이 나왔다.

"다, 다리족은…… 아, 아버지는 거, 검은 안개를 판 돈으로 다, 다리족들에게서 뭐, 뭔가를 사들이는 것 같아요."

제드가 말했다. 여기까지는 들쥐가 말한 내용과 같았다.

"그게 뭔데?"

이예주가 성급하게 질문했다. 검은 안개의 정체 이후로 이것이야말로 가장 핵심이었는지, 제드가 쉬이 말을 꺼내지 못하고 눈치만 살살 살폈다. 답답함에 그녀가 제 가슴을 두어 번 퍽퍽 치며 다시 한 번 물었다.

"그게 뭐냐고!"

"저, 저기 레이디…… 이, 이제 이 모퉁이만 꺾으면 레, 레이디의 도, 동료 신인류가 있는 곳인데요……."

제드는 소심하게 꺾인 길을 가리키며 작은 목소리로 웅얼댔다. 이예주는 주변을 두리번거렸다. 두런두런 말을 하며 걸어왔더니 어느덧 시간 가는 줄 모르고 탄광의 깊숙한 심장 안으로 들어온 후였다.

다시 고개를 돌린 그녀의 눈을 제드가 차마 마주하지 못했다. 딱 봐도 수상하기 그지없었다. 이럼 안 되는데. 골수까지 빼먹기로 계산 다 마쳤는데.

"빠, 빨리 가요."

"다리족에게서 네 아버지가 뭘 사들이는지 얘기하고 가."

그녀는 꽁지를 빼듯 자신보다 앞서 걸으려던 제드의 팔목을 세게 낚아챘다. 그의 얼굴이 일그러졌다. 마치 해서는 안 될 짓을 한 어린아이같이 안절부절못했다.

"……그, 그만 얘기하고, 이, 이제 빨리 시, 신인류를 데리고 타, 탈출하면 안 될까요?"

"얘기 마저 해."

"허엉…… 레, 레이디……."

제드가 울먹였지만 이예주는 꿈쩍도 안 했다. 결국 그가 체념한 얼굴로 입을 열었다.

"다, 다리족에게서 뭐, 뭔가 야, 약물 같은 걸 사들이는 것 같아요……."

"약물? 뭔 약물?"

"그, 그러니까…… 시, 신인류들을 통솔할 수 있는 약물이요. 저, 저도 잘은 몰라요! 지, 진짜요! 그, 그냥 아버지가 이것만 있으면 시, 신인류들을 고분고분하게 만들고 저, 전쟁에서도 이길 수 있다고……."

꾸역꾸역 내뱉은 제드의 말을 하나도 놓치지 않고 끝까지 귀 기울여 들은 이예주는 온몸에 소름이 쫙 돋았다.

머릿속을 번쩍 스쳐 지나가는 장면 하나가 있었다. 방심한 조롱이에게 순식간에 달려들어 주사기를 꽂던 제드. 그리고 사시나무처럼 몸을 덜덜 떨며 무너지던 조롱이.

복면 쓴 남자들이 그런 조롱이를 그녀로부터 떼어 내는 것은 엉덩이에 붙은 휴지 조각을 떼어 내는 것만큼이나 너무나도 쉬운 일이었다.

"……그거 그 주사기잖아."

"예, 예?"

"그거……! 네가 조롱이한테 꽂았던 그 주사기!"

이예주는 격양된 목소리로 소리쳤다. 그녀의 얼굴이 딱딱하게 굳어 있었다. 제드의 손목을 잡은 손아귀에 무서울 정도로 강한 힘이 실렸다.

"너! 그럼, 그런 위험한 걸 조롱이한테……!"

그때였다. 막 제드에게 부글부글 끓는 감정 덩어리를 쏟아 내려던 그녀가 흠칫 몸을 떨었다.

"뭐야? 방금……."

무슨 소리가 들린 것 같았는데.

방금 전까지 도깨비 저리 가라 할 만큼 무시무시한 얼굴로 저를 노려보던 이예주가 갑작스레 태도를 달리하자 당황한 제드가 붕어처럼 입을 뻐끔거렸다.

"왜, 왜……."

"쉿."

그녀는 재빨리 제드에게 조용히 하라고 주의를 준 후, 온 신경 세포를 고막에 집중했다. 그 순간.

쿠룽, 쿵.

이번에는 확실했다. 커다란 소음이 그들이 걸어온 탄광 길 저편에서 들려오고 있었다. 환청을 들은 것이 아니었는지, 이번에는 제드의 몸이 흠칫 떨렸다.

쿠루룽, 쿠구우우웅— 끼이, 끼이, 끼이이익—

그것은 익숙하다면 익숙하다고 할 수 있는 소음이었다. 방금 전까지 그들이 타고 내려왔던 것에서 나던 소음이었으니, 그 소리를 모른다고 말할 순 없었다.

"……엘리베이터야."

제드의 동공이 양옆으로 미친 듯이 춤을 췄다. 그것은 그의 잿빛 눈에 비친 이예주의 잔상 또한 마찬가지였다.

"누가, 이리로 오고 있어."

"……건…….”
"……하기로…….”
"……니까?”

멀찍이서 두런두런 말소리가 들려오기 시작했다. 길 한가운데에 우뚝 서 있던 이예주와 제드는 동시에 거친 숨을 들이켰다. 이예주는 목소리를 낮추고 속삭였다.

"뭐, 뭐야? 누가 오나 봐!”
"자, 잘 모르겠어요. 취, 취임식이 벌, 벌써 끝날 리가 없는데…….”

눈에 띄게 굳은 이예주의 모습에 제드마저 덩달아 질겁했다.

미로 같은 탄광 안에서 많은 모퉁이를 돌고 돌아왔기 때문에 당장에 들킬 걱정은 없었다. 그러나 하필이면 그들이 있는 곳엔 수없이 지나쳐 왔던 다른 굴로 빠지는 갈림길이 존재하지 않았다. 앞에는 동굴 특유의 굴곡진 하나의 길만 나 있을 뿐, 딱히 몸을 숨기거나 가릴 만한 틈조차 없었다.

그 와중에도 여러 명의 목소리가 동굴을 텅텅 울렸다. 아랫배 쪽이 바짝 조여들었다. 누군지는 모르겠지만 놈들이 자신과 제드의 흔적을 발견하기 전에 어서 몸을 숨겨야 하는 상황임이 틀림없었다.

"일단 안쪽으로 더 들어가 있자. 안쪽에 갈림길이 더 있을지도 모르니까 어디든 일단 다른 굴로 들어가서…….”

이예주가 재빠르게 머리를 굴려 방법을 제시했다. 그러나 제드가 고개를 저었다.

"기, 길은 여기가 끝이에요."

"……뭐?"

"저기 돌아가면 처, 철문밖에 없어요. 더, 더 깊숙이 가려면 문을 열어서 지나가야 돼요."

그 말을 들은 이예주는 거침없이 그쪽으로 뛰어가 모퉁이 너머의 길을 확인했다. 과연 마주 보고 있는 두껍고 빛바랜 철문이 왼쪽과 오른쪽에 위치해 있을 뿐, 더 이상 길이 뚫려 있지 않았다. 심지어 거무튀튀한 돌벽으로 끝이 막혀 있었다.

양쪽 문의 문고리에는 당연하게도 커다란 자물쇠가 설치되어 있었다. 이예주는 불현듯 품에 고이 넣어 둔, 만능열쇠로 진화한 제 원룸 키를 떠올렸으나 이내 고개를 저었다.

문이 그저 자물쇠로만 잠겨 있었으면 어떻게든 열쇠로 따고 들어갈 수도 있었겠지만, 문고리는 쇠사슬로 아주 단단히도 감겨 있었다. 사슬을 푸는 데만 해도 꽤 시간이 걸릴 게 분명했다.

엘리베이터가 내려오지 못하면 올라갈 수도 없는 지하 깊숙한 곳에 처박아 두고도 저런 식으로 문을 꽁꽁 싸매 놓은 것을 보니, 필히 저곳에 신인류들을 가둬 놓은 것이 틀림없었다.

그녀는 흘낏 제드의 얼굴을 살폈다. 놈은 열쇠를 가지고 있는 눈치가 아니었다. 문을 열고 숨을 생각은 쥐똥만큼도 하지 않는 것 같았다.

하긴, 문을 열 수 있는 열쇠를 놈이 가지고 있다면 길이 끝났느니 어쩌니 그딴 말을 지껄이지도 않았겠지. 어휴, 쓸모없는 자식. 그녀는 속으로 제드를 욕했다.

그들이 걸어오는 내내 끊이지 않고 계속 이어져 있던 레일도 문들의 앞쯤에서 끊긴 상태였다. 이예주는 초조함에 입술을 꽉 깨물었다. 점점 더 다가오는 목소리가 커졌다. 실제로 그들이 부쩍 다가온 건지, 아니면 그저 기분 탓인지 모르겠다.

"뒤로 좀 더 돌아가서 지나친 갈림길로 들어가서 숨자."

"……예, 예?! 다시 돌아, 돌아가요?"

"어쩔 수 없어. 여기는 딱히 숨을 데가 없잖아."

"그, 그러다가 마, 마주치기라도 하면……!"

관건은 아무래도 그것이다. 이쪽으로 다가오는 놈들이 어디까지 왔을지 모른다는 것. 혹시라도 괜히 돌아갔다가 떡하니 마주치면 그것만큼 재수 없는 일도 없을 것이다.

"그렇게 빨리 오지 않았을 거야. 우리 여기까지 꽤 오래 걸렸잖아?"

이예주는 애써 긍정적으로 말했다. 그러나 그녀의 목소리는 이제껏 당당하던 태도와 다르게 확실히 한풀 꺾인 상태였다. 제드는 여전히 망설였다. 하지만 달리 뾰족한 수가 있는 것도 아니었다.

"그, 그래도……."

"군소리할 시간에 뛰어!"

에라, 모르겠다. 진짜 뒈지기 직전이면 어떻게든 '문'이 나타나겠지. 그런 걱정은 죽기 직전에 가서 해도 늦지 않을 것이다.

이예주는 제드가 따라오든 말든 신경도 쓰지 않고 먼저 왔던 길로 되돌아갔다. 뒤에서 제드가 울먹이며 쫓아왔다.

'C' 자형으로 나 있는 곡선 길을 다시 되돌아가길 몇 분, 천만다행히도 굴을 팠다고 보기엔 미묘할 만큼 좁은 틈새가 나왔다. 들어가기 좋게 인위적으로 입구를 넓게 만들어 놓은 다른 새끼 굴들과는 달리, 자연적으로 만들어진 것인지 틈새가 굉장히 울퉁불퉁하고 불

균형했다.

안이 얼마나 깊을지, 또 얼마나 좁을지는 알 수 없었다. 그러나 이것저것 따질 새가 없어 이예주는 망설이지 않고 그 속으로 몸을 욱여넣었다.

"으으!"

틈새는 굉장히 깊게 나 있었다. 몸을 숨기기 위해서라면 깊이 들어갈수록 좋겠지만, 문제는 안으로 갈수록 좁아져 정면을 바라보고는 나아갈 수 없다는 점이었다.

상체가 꽉 끼는 느낌에 무리하게 옆으로 몸을 틀던 그녀는 날카로운 동굴 벽에 팔뚝을 세게 긁혀 짧은 신음을 토해 냈다. 제기랄, 눈물이 찔끔 날 정도로 아팠다. 몸이 성할 날이 없음을 절감하며 이예주가 여태 밖에 있는 제드에게 말했다.

"……옆으로 돌아서 게걸음으로 와. 좁아."

부스럭부스럭, 부산스러운 소음과 함께 옆에서 거친 숨결이 느껴졌다. 자신도 가벼운 폐소공포증이 있다고 생각했는데, 제드 놈은 자신보다 더한 것 같았다.

이예주를 따라 찔끔찔끔 게걸음을 치던 제드는 틈새 안으로 들어온 후에도 여전히 주위가 환한 것 같다는 괴리감에 고개를 갸웃거렸다. 그러다 이내 그녀가 옆으로 팔을 쫙 뻗은 채 들고 있는 등불을 발견하고 새된 비명을 질렀다.

"부, 불이요! 레, 레이디, 불이요!"

"알았으니까, 입!"

이예주는 서둘러 팔을 내려 등불을 울퉁불퉁한 바닥에 내려놓았다. 평평하지 않은 바닥에 등불이 쓰러질 듯 위태롭게 흔들리자, 그녀는 얼른 한쪽 다리를 뻗어 등불을 발로 질질 끌었다.

발목까지 닿는 축 늘어진 장포 안으로 등불이 들어오면서 그들이 몸을 구겨 넣은 좁은 틈새 안이 스위치라도 끈 듯 어둠에 훅 잠겼다. 그와 동시에 익숙한 목소리가 그들이 있는 틈 바로 옆을 스쳐 지나갔다.

"이, 이번에는 기, 기대하셔도 좋습니다. 저, 저번에 그렇게 가신 이후로 주, 준비를 마, 많이 해 두었습니다. 장로님."

비굴하기 짝이 없는 목소리로 말을 더듬는 중년 남성. 족장이었다. 히익, 제 아비의 목소리를 들은 제드가 옆에서 소스라치게 놀랐다. 이예주 또한 몸이 딱딱하게 경직되어 발로 천천히 끌고 가던 등불을 엎어뜨릴 뻔했다.

족장 놈이 이곳으로 내려온 것을 보아, 이 지하 깊숙이 위치한 탄광 안에 조롱이가 있다는 사실이 명명백백해졌다.

어렵사리 등불을 넘어뜨리지 않은 채 그녀는 계속해서 좁은 틈새 속으로 파고들었다. 그러고는 모기만 한 목소리로 들릴 듯 말 듯 속삭였다.

"소리 내지 말고 계속 걸어."

용케 알아들은 제드가 꿈지럭거리면서 열심히 게걸음을 쳤다.

답답하고 비좁은 틈은 일직선으로 계속해서 길이 나 있었다. 몸을 숨길 작정이었다면 그저 틈에 처박힌 채 숨을 죽이고 있으면 되는 일이었다.

그러나 이예주는 멈추지 않고 계속해서 몸을 움직였다. 벽 하나를 사이에 둔 채 족장 놈의 목소리를 놓치지 않고 쫓아가기 위해서였다.

"아…… 여긴 너무 답답하고 더러워……."

마치 귀 옆에서 말하듯 가까이 들리는 음성에 그녀가 흠칫 몸을 굳혔다. 제 생각이 맞다면, 그들은 현재 C 자형으로 되어 있는 길에서 가장 굴곡이 심한 정점을 걷고 있었다.
그 벽 바로 뒤, 좁고 코가 쓰라릴 만큼 철 냄새가 심하게 나는 지저분한 틈 안에 이예주와 제드가 꽉 낀 채 옴짝달싹 못 하고 있는 것이다.
"불결해서 오래 있을 수가 없어……."
기분이 다 오묘해지는 중성적인 목소리가 느릿느릿 말을 내뱉었다. 말을 더듬지 않으려고 갖은 노력을 하는 것이 티가 나는 족장과는 차원이 다를 만큼 우아한 말투였다. 여자인지 남자인지, 목소리만 듣고서는 잘 구분이 가지 않았다.
"그, 그래서 장로님을 위해 이, 이번에는 철저히 준비를 했습니다! 저, 정말입니다, 장로님! 치, 침구도 갈고 바, 방을 모두 새로 칠했는걸요."
족장이 당황으로 가득 찬 목소리로 중성적인 목소리의 주인공을 달랬다. 소리가 나지 않도록 최대한 조심조심 움직이며 그들의 대화를 엿듣던 이예주의 고막이 번쩍 뚫렸다.
'장로? 장로라고?'
장로라 하면 그녀가 아는 한 시간족밖에는 없었다. 실제로 숲에서 만났던 그 다리 없는 노인네가 제 입으로 힘이 강한 장로였다고 했다. 그렇기에 시간족에게는 족장이 따로 있고 그 밑에 장로라는 체제가 따로 있는가 보다고 혼자 대강 결론지었다.
장로라. 장로라면 어느 족 장로? 눈족? 다리족?
하지만 목소리만 가지곤 과연 족장이 달래는 상대가 어떤 이인지 알 수 없었다. 일단 신인류가 갇혀 있는 곳까지 기어 내려온 것으로 보아 눈족에 더 무게가 실리긴 하는데…….
"그래? 아아…… 그래도 소용없는걸. 머리가 아파. 난 이 조잡한

쇠비린내가 싫어…….'
정체 모를 시간족의 느릿느릿한 투정이 점차 멀어졌다. 마침내 그들이 가장 깊은 굴곡을 지나쳐 C 자형 길의 머리 쪽으로 옮겨 간 듯 싶었다.
제드는 제 아비가 무섭긴 무서웠던 듯 제 입을 틀어막은 채 벌벌 떨어 대고 있었다. 어두워서 그의 얼굴 쪽이 잘 보이지 않았다. 그러나 제드의 얼굴이 있을 만한 위치를 한심하다는 듯 한 번 노려본 이예주는 다시 반대편으로 고개를 돌렸다. 이 틈의 끝이 얼마나 되는지 가늠하기 위해서였다.
몸이 꽉 끼어 있는 주위는 온통 어두웠다. 빛이라고는 발밑에서 간간이 새어 나오는 등불로 인한 빛무리뿐이었다. 때문에 틈의 끝을 가늠하는 것은 불가능에 가까웠다.
하지만 힘겹게 고개를 돌린 그녀는 까무러치게 놀랄 수밖에 없었다. 먼 거리에서 빛이 새어 들어오고 있었다. 이 틈에도 끝이란 것이 있었던 것이다.
이예주는 재빠르게 머리를 굴렸다. 틈의 끝은 어딜까. C 자형 통로의 머리까지 올라가면 다시 납작한 C를 뒤집어 놓은 듯한 돌벽의 모퉁이가 왼쪽으로 튀어나와 있었다. 그것만 돌아서면 그녀가 아까 확인했던 동굴의 끝이 나온다.
모양새가 좀 납작하고 이상하긴 해도 결론적으로 'S' 자를 좌우 반전시킨 모양의 길이었다. 이예주와 제드가 껴 있는 틈이 일자로 나 있다면 틈의 끝은 분명 왼쪽 문이 있는 쪽으로 뚫려 있을 것이다.
'아까 마주 보고 있던 두 개의 철문을 확인했을 땐, 왜 이 틈이 있는 것을 보지 못한 거지?'
그러나 얼마 안 가 그 의문을 풀 수 있었다. 틈의 끝은 틈이라고 볼 수도 없었다. 그저 번개 모양과 같이 지그재그로 나 있는 작은 균열이었다. 양손을 집어넣을 수 있을 것 같았지만, 절대로 사람 몸을 욱여넣을 수 있는 크기는 아니었다. 그녀는 그 틈 사이로 들어오는 뤼미에르 빛을 본 것이다.

틈의 끝이 또 다른 입구가 아니라 그저 작은 균열이었다는 것을 빼고는, 마주 보는 문이 있던 탄광의 끝에 도착할 것이라는 이예주의 예상은 적중했다. 번개 모양의 균열 사이로 족장 일당들의 대화 소리가 들렸다.

점점 틈의 폭이 좁아지는 것 같았다. 그와 더불어 지금까지 의연한 척 자신을 속여 오던 제 몸도 한계에 다다랐다는 생각이 불쑥 들었다. 아니, 어쩌면 욕 나오게 좁아터진 이 틈으로 몸뚱이를 욱여넣으면서 이미 한계점을 넘었을지도.

눈앞이 흐릿하고 숨이 가빠졌다. 누가 손으로 목을 죄는 기분이었다. 엘리베이터를 타고 내려 올 때처럼 다시 헛구역질이 올라올 것만 같아서, 이예주는 어금니가 부서져라 입을 꾹 다물고 있을 수밖에 없었다.

숨도 제대로 못 쉴 만큼 협소한 공간을 뚫고 나가던 그녀는 불현듯 옆으로 뻗었던 왼발을 갑작스레 우뚝 멈췄다. 그 덕에 긁혀서 얼얼한 오른쪽 어깨를 제드가 불쾌하게 더듬거렸지만, 신음 소리조차 낼 수 없었다.

갑자기 왜 멈췄느냐고 묻는 듯이 그가 움찔거렸다. 그러나 '쉬잇…….' 하고 뱀 울음소리를 내자 그는 다시 얼음처럼 굳었다.

뻗은 발에 균열에서 새어 들어오는 빛이 닿았다. 더불어 좁은 균열 사이로 눈에 익은 족장의 얼굴과 그 옆에 서 있는 여자가 얼핏얼핏 보였다. 여자인지 남자인지 모호했던 그 중성적인 목소리의 주인공의 성별을 알게 되었다.

좁아터진 벽 틈에 숨이 짓눌리면서도 이예주는 여자를 관찰하는 시선을 멈추지 못했다. 정체 모를 시간족 장로는 하얗고 두꺼운, 그리고 품이 굉장히 넓은 모포 같은 옷을 입고 있음에도 한눈에 알아볼 만큼 빼쩍 메마르고 왜소한 여자였다.

겉늙었는지 몰라도 나이는 아줌마에서 할머니로 넘어갈 즈음. 살이 없어 툭 튀어나온 광대와 날카로운 턱 탓에 다소 신경질적인 인상이, 걷는 내내 느릿느릿 불만을 내뱉던 고 입과 일치했다. 그러나 제법 성깔 있어 보이는 인상과는 다르게, 얼핏 본 여자의 두 눈동자는 기묘할 정도로 텅 비어 있었다.

족장과 대화하면서도 정신은 완전히 딴 데 가 있는 사람처럼 흐리멍덩한 눈빛. 시선을 어느 곳에 두고 있는지도 애매했다. 족장을 바라보는 것 같으면서도, 그 시선이 멍하니 허공에 못 박혀 있는 것이 보였다.

"이, 이번에는 필히 마음에 드실 겁니다! 자, 장로님의 취향을 맞추기 위해, 저, 정말 어, 어렵게 포획한 것이니까요. 그, 그렇지 않으냐?"

투실투실하고 작달만한 체형의 족장이 땀을 뻘뻘 흘리며 빠르게 말을 내뱉었다. 그러더니 옆에 서 있던 누군가에게로 시선을 돌려 동의를 구했다.

작은 균열로는 족장 옆에 있는 또 다른 인영까지 볼 수 없었다. 그 탓에 장로라는 여자의 얼굴도 볼 수 없었다. 하지만 이어서 들려오는 목소리는 다행스럽게도 충분히 예측 가능한 인간이었다.

"예, 암요! 그렇구말구요! 얼마나 잡기 힘들었던지요!"

자신의 목덜미를 넝마로 만들었던, 빌어먹을 용병대장이었다.

"말로만 지껄여 대지 말고 어서 보여 줘……. 시간이 별로 없으니까……."

"보, 보여 주기 전에 위, 위에서 먼저 약속드린 사항을 꼬, 꼭! 지켜 주십시오, 장로님. 부, 부탁 좀 드리겠습니다."

"약속……? 무슨 약속을…… 말하는 거지?"

여자가 전혀 모르는 일이라는 듯 느릿느릿 되묻자, 족장의 얼굴이 보기 좋게 일그러졌다. 그는 당황한 듯 허둥대다가 도움의 손길을 바라는 어린 양처럼 제 옆을 돌아보았다.

"으음, 그새 잊어버리셨습니까?"

용병대장이 족장을 대신해서 나섰다. 여전히 그 얼굴은 균열 사이로 보이지 않아서 이예주는 다행이라고 생각했다. 숨이 턱턱 막히는 이 좁은 공간에서 저 망할 새끼의 얼굴까지 봤다면 혈압이 치솟아 그대로 졸도해 버릴지도 모르니까.

놈은 침착한 태도로 비실비실 웃으며 말을 이었다.

"이번 것은 아―주― 귀하신 몸이라고 말했잖습니까. 떡을 치던, 피를 쪽쪽 빨아 먹던 상관 않겠지만 대신 목숨만은 꼭 붙여 주셔야 한다구요, 장로님. 저번처럼 피를 다 빨아 마셔서 죽여 버리시면 곤란해요. 게다가 잠자리를 할 거면 곱게 해야지, 왜 그렇게 애를 때려서 피떡을 만들어 놓고 그러십니까."

용병대장이 족장을 대신해서 시원시원하게 말을 전달했다. 그 말소리가 그녀의 귀까지 커다랗게 들려와 박혔는데도 불구하고 이예주는 그것이 무얼 말하는 건지 도통 이해할 수 없었다.

아니, 사실은 알 것도 같았다. 아니, 잘 모르겠다. 놈이 말하는 것이 자신이 짐작하는 그 끔찍한 것과 일치하는 건지 알고 싶지 않았다.

여자는 한참이나 대답이 없었다. 책망하는 어투인 용병대장의 말에 분노하고 있는 건가 싶었는데, 한참 후에 들려온 말투는 평온하기 그지없었다.
"……예쁜 아이니?"
"그럼요. 뽀얀 게 아주 예쁘다마다요. 그리고 장로님께서 요구하신 모습에 정확히 부합하는걸요! 어린 소년의 모습을 하고 있어요! 우리 족장님이 이렇게 자랑을 하실 만합죠, 암요. 그러니까 절대로 죽이시면 안 됩니다. 죽여 버리면 정말로 이쪽이 곤란하게 된다구요, 장로님."
"……그래. 예쁜 아이라니 죽이진 않으마. 예쁜 아이를 죽이는 건 나도 싫어……."
여자가 고개를 끄덕이는 바람에 축 늘어진 미역 같은 머리칼이 균열 새로 살랑살랑 흔들리는 것이 보였다. 여자는 족장과 용병대장을 채근했다.
"너희들이 말하는 아이를 어서 내게 보여 줘……. 시간이 별로 없으니까……."
"아, 알겠습니다! 어, 어서 문을 열고 그, 그것을 꺼내 오게!"
이어서 족장이 명령하며 뚱뚱한 몸을 옆으로 움직였다. 그간 족장의 몸뚱이에 가려져 있던 반대편의 철문이 균열 사이로 드러났다.
그러나 드러난 철문은, 족장보다 더 거대한 인영에게 가려져 금세 시야에서 사라졌다. 용병대장이 이예주가 있는 쪽의 반대편, 오른쪽 철문의 자물쇠에 열쇠를 꽂으러 온 탓이었다.
절그럭, 철컥.
열쇠가 딱 맞게 맞물리는 경쾌한 소리가 난 후에도 용병대장은 시야를 가리고 선 채 문에 붙어 있었다. 쩔그럭쩔그럭 소리가 계속해서 나는 것을 보니, 문고리에 칭칭 감아 놓은 굵은 사슬들을 푸느라 애쓰는 것 같았다.

"어휴, 이건 풀고 매는 것도 일이라니까요."

마침내 걸걸한 투덜거림과 함께 사슬이 떨어져 나갔다. 용병대장은 육중한 팔로 철문을 아무렇지도 않게 벌컥 열고는 안으로 들어갔다.

그리고 얼마 안 돼 놈이 철문 안쪽에서 저보다 훨씬 작은 인영의 멱살을 대충 부여잡은 채 끌고 나왔다.

"이거 놔아! 이거 놓으라구우!"

용병대장에게 끌려 나온 작은 인영은 쇠사슬에 상체가 꽁꽁 묶여 있었다. 그런데 마치 술에 취한 사람처럼 통 제대로 걷지 못했다. 어린아이가 처음 걸음마를 시작하듯 위태위태하게 서 있던 그는, 그 와중에도 목을 뻣뻣이 들려고 무던히도 노력을 하며 반항했다.

멱살이 잡힌 채 질질 끌려 나오고 있는 그의 앞으로 여자가 한달음에 달려갔다. 그리고 그 인영의 머리채를 잡고 위로 휙 들어 올렸다.

"악! 아구구구! 황조롱이 죽네! 왜 머리채를 잡구 그런대!"

빛나는 뤼미에르 꽃 아래 찬란한 황금색 눈동자가 드러났다. 그리고 그 순간, 이예주의 심장이 쿵 하고 횡격막까지 내려앉았다.

"조……! 흐, 흐읍!"

조롱아. 이예주는 저도 모르게 터져 나온 비명 소리에 놀라 황급히 왼손으로 입을 틀어막았다. 그러나 이미 균열 새로 새어 나간 소리까진 막을 수 없었다.

우악스러운 손길로 조롱이의 부드러운 갈색 머리채를 휘어잡고 있던 장로 여자가 흠칫 몸을 떨었다. 그와 함께 초점이 없던 그녀의 흐리멍덩한 두 눈동자가, 이예주가 숨어 있는 균열 새를 정확히 바라보았다.

기분 탓일지 모르겠으나, 일순 여자와 눈이 마주친 것 같았다. 이예주는 벽과 혼연일체가 된 것처럼 온몸이 딱딱하게 굳었다.

"왜, 왜 그러십니까, 장로님?"

"방금…… 무슨 소리가 들린 것 같은데…….."

여자가 느릿한 어조로 중얼거렸다. 들켰나? 들킨 건가? 혹시 발밑에 있는 등불이 보이지는 않을까 싶어 그녀는 천천히 다리를 오므려 발밑에 있는 등불을 발로 더욱 끌어안았다.

그 순간 타오르는 등불 연기가 뿜어져 나오는 부분에 살이 맞닿은 건지, 악 소리 날 정도의 고통이 종아리의 한 부분을 꾹 눌렀다. 괴성을 지르며 등불을 차 버릴 뻔했던 이예주는 가까스로 이를 악물고 타오르는 통증을 억눌렀다.

등 뒤로 비지땀이 비질비질 쏟아져 내렸다. 들켰을까 봐 겁에 질린 것은 제드 또한 마찬가지인지 옆에서 내내 들려오던 거센 숨소리가 뚝 끊겨 있었다.

"저 틈은…… 뭐지?"

장로가 이예주와 제드가 들어 있는 균열을 뼈밖에 남지 않은 가느다란 손가락으로 가리키며 물었다. 족장이 손수건을 꺼내 비가 내리듯 땀이 떨어지는 이마를 닦아 내며 더듬더듬 답했다.

"저, 저건 아, 아무것도 아닙니다, 장로님. 구, 굴을 뚫는 도중 그, 그냥 균열이 간 것뿐입니다. 아니면 오, 오랜 세월이 흐르면서 자, 자연적으로 갈라진 것일 수도요……. 어, 어찌 됐건 무, 무슨 소리를 들으셨다면 그건 아마 쥐, 쥐새끼가 찍찍대는 소리였을 겁니다."

"아아, 역시 불결해……."

여자가 납득한 듯 천천히 고개를 끄덕였다. 그러더니 메마르고 버석한 얼굴을 머리채가 잡혀 있는 조롱이에게로 돌렸다.

"그래도 이 예쁜 얼굴을 보니 조금은 살겠구나……. 어서 문을 열어. 시간이 없으니까 어서…….”
여자가 명령했다. 족장도 그 여자의 명령에 크게 동조하며 용병대장을 재촉했다. 제대로 걷지 못해 축 늘어져 있는 조롱이를 한 손으로 거뜬히 잡고 서 있던 용병대장이 그를 질질 끌고 균열에서 사라졌다.
조롱이가 시야에서 사라지자 이예주는 가슴이 덜그럭거릴 정도로 불안해졌다. 숨이 가빠 왔다. 당장이라도 작은 균열 틈을 비집고 나가 조롱이를 용병대장의 손아귀에서 데려오고 싶었다.
그러나 아직은 안 되었다. 지금 나가면 조롱이는 물론이고 제 몸 또한 부지할 수 없을 게 뻔하니.
그렇지만, 당장 데려오고 싶어. 데려오지 못하더라도, 불안한 마음이라도 가시게 눈앞에, 눈앞에 두고 싶어.
자꾸만 움찔거리는 몸을 다잡으며 그녀가 끊임없이 자신과의 싸움을 하고 있을 때, 철컥하고 열쇠와 이음새가 맞물리는 소리가 들렸다. 용병대장이 왼쪽 철문의 자물쇠를 푸는 소리였다.
“놔! 이거 놓으라구!”
조롱이의 악다구니가 연이어 들어왔다. 보지 않아도 황금색 동공이 겁에 질려 파르르르 흔들리고 있을 것이 눈에 훤했다.
조롱아.
이예주는 이제 온몸이 덜덜 떨렸다. 이가 딱딱 부딪힐 정도로 격렬한 감정이 머릿속을 휩쓸었다. 어떡하지? 어떡하지? 조롱이 어떡하지? 구해야 돼. 내가, 구해 줘야 해.
“시끄러워…….”
“좀 시끄럽죠? 약을 두 방이나 맞췄는데도 이렇게 팔팔한 겁니다. 필히 하바리 신인류들이 아닌, 힘이 꽤 센 1세대 신인류에 가까운 놈인 게 분명합니다. 그만 입 닥치고 있으렴, 애야. 곧 있으면 시체처럼 피가 쪽쪽 빨릴 텐데 벌써부터 힘 뺄 것 없단다."
"악! 더러운 인간! 더러운 인간 명령은 안 들어여!"
"이 쬐끄만 게 어디다 대고!"
퍽. 멈추지 않고 조잘대는 조롱이를 내리친 건지 커다란 타격음과 함께 그의 목소리가 희미해졌다.
"억! 으으…… 황조롱이 죽어여. 황조롱이 죽…….'
이예주는 눈을 질끈 감았다. 그렇지 않으면 당장이라도 하지 말라고 비명을 지를 것 같았다.
철컥, 끼이익— 마침내 용병대장이 왼쪽에 위치한 철문을 열었다.
"이거 놔여…… 이거 놓으라구…….'
털썩. 방 안으로 조롱이를 집어 던진 건지, 가까운 곳에서 묵직한 것이 바닥에 떨어지는 소리가 들렸다.
균열 새로 용병대장의 커다란 덩치가 다시 나타났다. 놈은 여태 열려 있던 오른쪽 문 속으로 다시 들어가더니 이전과 마찬가지로 신인류의 멱살을 잡고 질질 끌고 나왔다.
신인류라고 바로 알아챈 것은 아래로 푹 숙인 머리카락 사이로 길쭉한 토끼 귀가 삐죽 솟아 있는 것이 언뜻 보였기 때문이다. 그 신인류는 완전히 정신을 잃은 것인지 몸을 가누려 하는 움직임조차 보이지 않았다.
그 신인류를 질질 끌며 용병대장이 다시 사라졌고 얼마 안 가 또 한 번 둔탁한 것이 바닥에 닿는 소리가 들렸다.
"토끼는 족장님이 주시는 성의 표시입니다. 저 계집은 볶아 먹든 삶아 먹든 마음대로 하셔도 좋지만, 황조롱이는 반드시 목숨을 붙여 놓으셔야 합니다. 아셨죠, 장로님?"

"알았어. 알았으니까…… 이제 둘 다 꺼져……."

시간족 여자의 목소리에서 무언가에 안달 난 것 같은 조바심이 느껴졌다.

"규칙은 아시죠? 문 안쪽에 잠금장치가 또 있습니다. 족장님과 제가 아니면, 누가 와도 절대로 문을 여시면 안 돼요. 또 도중에 무슨 일 있으시거나, 일 다 보시면 문 옆에 밧줄 있으니까 흔드시면 돼요. 지상 위의 종이랑 연결되어 있걸랑요. 종이 울리면 다 끝나신 걸로 알고 다시 모시러 오겠습니다."

용병대장이 장로를 비웃는 듯 낄낄 웃으며 덧붙였다.

"그럼 즐거운 시간 보내십시오, 장로님."

끼이익, 철컥. 문이 닫혔다. 시간족 장로가 철문 안으로 들어간 것 같았다.

이예주는 질끈 감고 있던 눈을 떴다. 더불어 고통을 꾹 참고 있던 종아리를 살짝 움직여 통증을 일으키는 근원에서 떼어 냈다.

"가시죠, 족장님. 연회에 많이 늦었습니다."

"그, 그래. 얼른 가지. 비, 빌어먹을 장로가 이, 이렇게 일찍 왔을 줄이야."

"저 까다로운 장로년도 황조롱이 신인류의 진가를 알아본 모양이죠. 연통을 치자마자 한달음에 달려온 것을 보면요."

족장과 용병대장이 대화를 나누는 소리가 조금씩 멀어졌다. 모퉁이를 돌기 위해 움직이는 것 같았다.

"그, 그런데 그 인간 계집은 잘 지키고 있겠지? 도, 도망칠 기미를 보이지는 않는가? 호, 혹시라도 그 계집이 도, 도망가면 저, 절대로 안 되네. 절대로!"

꽤 멀찍한 곳에서부터 동굴 벽을 통해 웅웅 울리듯 전달되던 족장의 음성이 '절대로'와 함께 훅 가까워졌다. C 자형 길에서 가장 굴곡진 안쪽으로 진입한 것 같았다.

족장이 찾는 인간 계집이 자신의 바로 옆에 있는 벽 뒤에서 숨죽이고 있을 줄은 꿈에도 모르는 용병대장이 태평하게 지껄였다.

"두말하면 잔소립지요. 세 명이나 문 앞에 붙여 두었습니다. 뿐만 아니라 복도 끝마다 모조리 철통 방어를 해 놓았으니 그 계집이 혹시나 방을 나오더라도 도망갈 길이 있겠습니까? 취임식이 끝나자마자 바로 술통에 처박을 테니 걱정 붙들어 매십쇼, 족장님!"

"그, 그래그래. 난 자, 자네만 믿고 있어. 이, 이번 일만 잘 풀리면 내 거, 검은 안개 판매권의 절반을 자, 자네에게 주기로 한 것, 이, 잊지 않았겠지?"

"헤헤, 그럼요. 제가 뭐 때문에 이런 개고생을 사서 하고 있는…… 아, 아닙니다. 하여간 얼른 가죠, 족장님! 오늘은 정말 특별하고 바쁜 저녁이 될 것 같습니다!"

두 사람의 발걸음 소리가 점점 멀어졌다. 이윽고 멀찍이서 희미하게 '쿠룽, 쿠궁' 하고 승강기가 다시 올라가는 소음이 동굴 안에 메아리쳤다. 도르래의 손잡이를 곧바로 놓아 버린 제드와는 다르게, 놈들은 승강기가 다시 되돌아가지 않게끔 따로 묶어 둔 모양이었다.

이예주와 제드는 승강기의 시끄러운 소음마저 완전히 사라진 후에도 한참 동안이나 좁은 틈 안에서 꿈쩍하지 않았다. 꽤 많은 시간이 흐른 후, 먼저 입을 연 것은 제드였다.

"……미, 미안해요, 레이디."

그의 목소리는 자세히 귀를 기울이지 않는다면 어디서 모기가 웽웽거린다고 생각될 정도로 작고 알아듣기 힘들었다. 울먹임 사이에서 미안하다는 말을 간신히 건져 올린 이예주가 정면을 노려보며 되물었다.

"뭐가?"

"……이, 일이 이렇게 될 줄은 저, 저도 정말 몰랐어요. 정말로요. 그, 그냥 아버지의 취임식이 끄, 끝나기 전에 어, 얼른 내려오면 될 거라고 생각했는데…… 죄, 죄송해요, 정말로요."

제드의 흐느낌이 점점 거세졌다. 좁은 공간에 애 우는 소리까지 울려 퍼지자 이예주는 머리가 득득 아파 왔다. 아니, 실은 머리가 아픈 것이 아니라 그녀도 그를 따라 울고 싶은 것일지도 모른다.

"됐어."

이예주는 떨리는 목소리를 어렵사리 내뱉었다. 잠시 그들이 끼어 있는 틈 안에 공허한 침묵이 내려앉았다. 그녀가 입을 다문 사이, 제 감정을 추스른 제드가 훌쩍거리며 다시 말문을 열었다.

"이, 이제…… 이제 어, 어떡하죠, 레이디?"

"어떡하긴 뭘 어떡해. 조롱이 구하러 가야지."

"헉, 흐이익! 누, 눈족 장로가 있는데요?"

당연하다는 양 바로 쏟아져 나오는 이예주의 대답에 제드가 두려움이 가득한 눈으로 그녀를 돌아보았다.

눈족 장로였구나. 예상은 했지만, 제드의 입으로 확인을 받으니 입에서 절로 침음이 터져 나왔다. 장로쯤이면 그 능력인지 뭔지가 강한 사람이겠지?

지금껏 만난 시간족들은 하나같이 기염을 토할 만한 인간들밖에 없어서, 조롱이를 끌고 들어간 그 소름 끼치는 여자는 대체 어떤 또라이일지 감도 잡히지 않았다. 아무런 생각도, 계획도 없는 제가 과연 그런 여자에게서 조롱이를 무사히 구할 수 있을까?

장담도 할 수 없었고, 자신도 없었다. 오히려 팔족 족장에 대한 기억이 자꾸만 떠올라서 더럭 겁이 났다.

"시, 신인류들을 사, 산 채로 잡아먹는 것도 모자라서…… 주, 죽을 때까지 패는 걸로 유, 유명한 여자라던데. 흐, 흐흡…… 무서워요, 레이디."

나도. 나도 무서워. 그렇지만 어쩔 수 없었다. 겁먹은 제드 옆에서 나도 무서워 죽을 것 같다고 꼴사납게 벌벌 떨 수도 없는 것이고. 그렇다고 눈앞에서 끌려간 조롱이를 버리고 나만 살겠다고 도망칠 수도 없는 일이고.

결국 이예주는 주먹을 부득 쥐고 떨리는 제 몸을 숨길 수밖에 없었다.

금방 뚝 끊겨 떨어져도 이상하지 않을 낡고 위험한 고철 덩어리를 타고 지하 700미터까지 내려왔다. 등불을 들고 가길 말리던 제드를 무시하고 탄광 안으로 들어섰을 때부터 어쩌면 그녀는 이미 예상하고 있던 걸지도 모른다.

죽거나 죽이거나, 방법은 둘 중 하나뿐이라는 것을.

"입 다물고 다시 나가게 옆으로 움직여. 이 좁아터진 곳에 있다간 숨 막혀 죽을 것 같으니까, 빨리."

문 안쪽은 방이라기엔 애매했다. 나름 방처럼 꾸미기 위해 군데군데 뚫려 있는 동굴 구멍들을 천으로 막아 두고 한쪽 구석에는 침상과 테이블까지 놓았다. 하지만 탄광 특유의 쇳내와 울퉁불퉁한 동굴 벽까지는 숨길 수 없었다.

방 안을 샅샅이 훑어보던 조롱이는 쇠사슬에 꽁꽁 묶인 상체를 조금이라도 움직이려고 노력했다. 그러나 아무리 힘을 줘도 손에 힘이 조금도 들어가지 않았다. 조롱이의 얼굴이 창백해졌다. 아무래도 몸에 이상이 있는 것 같았다.

그때, 활짝 열린 철문 안으로 또 다른 인영이 그의 옆에 털썩 던져졌다. 조롱이는 휘둥그레진 눈으로 어렵사리 고개를 가누어 그쪽을 바라보았다. 기다란 머리카락 사이로 삐쭉 튀어나온 토끼 귀가 보였다.

조롱이는 직감했다. 토끼 신인류 그레이가 잃어버렸다던 쌍둥이 딸들 중 하나임이 틀림없다고.

"산……쵸? 산쵸! 칸쵸!"

조롱이는 어렵사리 생각해 낸 쌍둥이들의 이름을 불렀다. 그러나 몸에 힘이 들어가지 않을 뿐 정신과 입은 멀쩡한 그와는 달리, 토끼는 완전히 의식을 놓은 건지 아무리 불러도 반응하지 않았다.

"산쵸? 칸쵸니? 내 목소리 안 들리는 거야? 저기…….."

다시 한번 토끼를 애타게 부르던 조롱이는 불현듯 철문이 열리고 그 사이로 누군가 들어오는 기척에 후닥닥 입을 다물었다. 저벅저벅, 발걸음 소리가 지체 없이 자신에게로 다가왔다. 그와 동시에 아무리 애를 써도 들리지 않았던 자신의 고개가 타인의 악력에 의해 쉽게 들어 올려졌다.

"이런…… 그 용병 놈이 무식하게도 때렸구나……. 고운 얼굴에 흠집이 생겨 버렸네. 아까워……."

조롱이의 커다란 황금색 눈동자에 아무 표정 없이 건조한 여자의 얼굴이 비쳤다. 메마른 여자는 제 몸에 비해 몇 배는 커다란 옷을 입고 있었다.

여자의 눈이 기묘했다. 흐리멍덩하기 그지없는 그 눈동자는 얼핏 보면 아무런 욕欲도 없어 보였으나, 다시 보면 어딘지 모르게 기이한 열망으로 번들거리는 것 같았다.

"······눈족 장로군여."

조롱이가 단번에 여자의 정체를 알아맞혔다. 여자가 입술 끝을 힘겹게 들어 올려 씨익 웃었다. 눈은 전혀 웃고 있지 않은데, 이가 보일 정도로 환하게 웃는 그 얼굴이 오싹했다.

"얼굴도 예쁜데 머리까지 똑똑한걸······."

여자가 느릿느릿 중얼거리더니 나동그라져 있는 조롱이 앞에 쭈그려 앉아 그 괴상한 얼굴을 들이밀었다. 그러더니 냄새를 맡듯 숨을 들이쉬는 게 아닌가. 조롱이는 소름이 쫙 끼치는 기분에 얼굴을 찌푸렸다.

한참을 그렇게 조롱이의 머리 쪽에 코를 박고 호흡하던 여자는 이윽고 얼굴을 떼며 몽롱한 표정으로 말했다.

"하아······ 네게선 냄새가 나······. 강력하고 아름답고 절제된······ 검은 파편의 냄새가······."

"······."

"넌······ 검은 파편과 가장 가까이 다니는 그 새가 맞지? 응? 그렇지······?"

"······."

"널 먹으면 한동안 신인류는 입에 대지 않아도 돼······. 너는 예쁘고 똑똑하니까 말해 주는 거지만, 나도 이렇게 나와 같이 인간 거죽을 뒤집어쓰고 있는 것들을 먹고 싶지 않았단다. 족장의 명령이 아니었다면, 이런 더럽고 불결한 곳에 올 생각도 전혀 없고······. 다른 역겨운 장로 놈들은 너희를 먹지 못해 우리가 죽어 가고 있는 것이라고, 별 시답지도 않은 원망을 갖다 붙이면서 너희들을 산 채로 씹어 먹지만······ 난 그러지 않을 거야. 그럴 필요가 없으니까······. 무슨 말인지 알지?"

여자가 손을 올려 조롱이의 얼굴을 더듬더듬 쓰다듬었다. 조롱이는 그 도발에 넘어가지 않고 침착하게 대응했다.

"눈족들은 남쪽 대륙까지 도망쳤잖아여."

"……맞아."

"그런데 왜 남쪽에 꽁꽁 숨어서 살던 눈족들이 동쪽 대륙까지 와서 시간족이 아닌 인간들이랑 검은 안개를 주고받는 거져? 어째서여?"

"…….."

"거래를 하는 인간들이 검은 안개를 내어 줄 만큼 강한 인간들이란 것을 알고 있어여. 장로 이상의 힘 있는 눈족들이겠져. 물론 주인님도 알고 계세여. 대부분을 알게 되셨으니, 당신들이 죽는 것도 시간문제라구여."

조롱이의 똑 부러진 말에 여자의 눈이 조금 커졌다가 곧바로 원상태로 돌아왔다. 거기까지 정보가 유출되었단 것은 미처 몰랐던 모양이다. 여자가 비실비실 웃음을 터뜨리며 술에 취한 사람처럼 흐느적거렸다.

"똑똑해…… 맞아, 네 말이 모두 맞아…… 네 주인이 우리들을 찾아서 모두 죽여 버리고 있지……. 그렇지만 아무리 네 주인이라도 나만은 죽일 수 없을 거야……. 난 그저 장로의 탈을 쓴 일개 눈족인걸. 난 진짜 장로가 아니야…… 난 장로가 아니라구……."

"사실 장로든 아니든, 그런 건 중요하지 않아여. 주인님은 시간족이라면 보이는 대로 죽이시니까여."

그전까지는 태평하게 조롱이의 말을 경청하던 눈족 여자가 이번에는 얼굴을 미세하게 일그러뜨렸다. 인간들은 하나같이 죽음에 민감하고 삶에 집착했다. 이 여자도 아닌 척하지만 결국엔 무슨 짓이든 저질러서라도 살고 싶어 하는 인간들 중 하나일 것이다.

여자가 애써 입꼬리를 들어 올리며 굳은 얼굴을 풀었다.

"얘야…… 아가야. 너는 동물이고, 또 검은 파편의 힘을 빌려 인간의 거죽만 뒤집어쓴 채 인간인 척을 하느라 잘 모르겠지만…… 인간들은…… 모두 인간답게 살아가고, 또 인간답게 죽는 것을 소원한단다……. 피식자인 네게 이해를 바랄 수는 없겠지만 우리에겐 시간이 없어…… 우린 시간이 없어서 결국 위험을 무릅쓰고 동쪽 대륙까지 온 거야."

"글쎄여. 같은 종족까지 먹어 치우는 주제에 인간답게 죽고 싶다는 말을 하다니, 별로 공감되지 않아여. 이해하구 싶지도 않구여. 당신이 동물이라고 칭한 우리 신인류들도 그런 짓을 하는 종들은 드물거든여."

조롱이는 여자의 말에 나직이 대꾸했다. 진심이었다. 그는 동물이었기 때문에 인간답게 죽는다는 것을 알지 못했다. 또 그것이 다른 이에게까지 피해를 끼치는 것이라면 별로 알고 싶지도 않았다.

그러나 그의 말이 무언가를 제대로 자극한 건지, 여자가 돌연 쓰고 있던 흐리멍덩한 가면을 파사삭 부수며 귀신보다도 더 무서운 얼굴로 윽박질렀다.

"네가 뭘 알아! 너 따위 게 뭘 아냐고!"

"흐엑!"

눈 깜짝할 새 변한 여자의 모습에 조롱이는 짧은 비명을 토하며 뒤로 물러섰다. 그러나 그것은 마음뿐이었고, 실상은 몸을 조금 움찔거리기만 한 것뿐이었다.

낯빛이 붉으락푸르락 변한 여자가 거친 숨을 토해 냈다. 조롱이를 괴롭히기 위해 악마같이 웃던 이예주보다 훨씬 무서웠다.

"우리에겐 시간이 없어! 내겐 시간이 없단 말이야! 나는 그냥 인간답게 죽고 싶을 뿐이야! 검은 파편이 우리에게 망할 검은 안개를 먹인 탓에 모두 엉망이 되었어! 엉망이 되었다고!"

여자는 악을 쓰며 조롱이의 앞을 미친 듯이 돌아다니기 시작했다. 화를 내는 내내 그녀는 허공에 주먹과 발을 휘둘렀다. 그것도 여의치 않자 두껍고 펑퍼짐한 옷 아래의 제 아랫배 쪽을 주먹으로 퍽퍽 내리치며 자해했다. 조롱이의 황금색 눈동자가 두려움에 물든 것은 당연한 수순이었다.

"시간족이 아닌 멍청한 인간들은 검은 안개를 가진 것이 축복이라고들 말하지! 망할, 창자를 씹어 먹고 눈깔을 뽑아 똥구멍에 처넣을 것들! 이건 저주야! 난 괴물이 되기 싫어! 내가, 내가 어떻게 살아남았는데! 내가! 내가아아악—!"

다시 조롱이의 앞에 멈춰 선 여자가 그를 무시무시하게 노려보며 히스테릭한 고성을 질러 댔다. 조롱이는 입을 떡하니 벌린 채 버벅거렸다.

아아아악—! 숨이 막힐 때까지 계속해서 비명을 지르던 여자와 조롱이의 눈이 일순 마주쳤다. 그녀가 한껏 벌리고 있던 입을 틉 다물었다. 그리고 나선 마치 이중인격자처럼 순식간에 낯빛을 달리해 조곤조곤 말했다.

"⋯⋯오, 아가야. 겁에 질린 눈이구나. 나는⋯⋯ 나는 너를 무섭게 대하고 싶지 않아⋯⋯. 정말이야, 예쁜 아이야⋯⋯."

조롱이는 제 얼굴에서 핏기가 싹 가시는 것을 여실히 느꼈다.

"애야, 내게도 너만큼 예쁜 남자아이가 있었단다. 너처럼 너무나 천사 같고 예쁜 아이 말이야⋯⋯."

여자는 그새 기분이 괜찮아진 건지 뜬금없이 묻지도 않은 제 아이의 이야기를 꺼냈다. 미, 미친 여자야. 조롱이는 속으로 중얼거렸다.

완전히 돌은 여자라고.

 조롱이가 그런 생각을 하는 것을 아는지 모르는지 여자는 꿈을 꾸듯 몽롱한 얼굴로 그의 얼굴을 빤히 바라보며 지껄여 대었다.

 "나는 어렸을 적엔 정말로 아무것도 모르는 계집아이였어……. 검은 파편에게 쫓겨 인간들이 조금씩 조금씩 파멸해 가고 있다는 것도 모를 만큼 순진했지. 내 꿈은 자상한 남편을 만나 너처럼 예쁘게 생긴 사랑스러운 아이를 낳는 것이었으니까…… 얼마나 멍청했는지 조금 감이 오니?"

 "……."

 조롱이는 대꾸하지 않았다. 당연히 감이 오지 않았으니까. 그는 저 여자가 자신에게 이런 이야기를 하는 이유가 궁금했다. 단순히 허심탄회하게 마음을 털어놓자고 피식자 앞에서 과거 이야기를 꺼낼 만한 인간은 아무도 없다는 것을 잘 알고 있었다.

 "그러나 현실은 끔찍하기만 했어! 과거를 보는 힘이 조금 강하다는 이유로 나는 눈족 장로인 늙은 남자에게 팔려 가듯 시집을 가야 했어…… 그 늙은이가 더러운 손으로 나를 만져 댈 땐 정말 죽고만 싶었지. 내가 왜! 내가 왜 이런 늙고 노망난 남편을 만나야 하는 걸까! 내가 왜!"

 "……."

 "그렇지만…… 그래도 아이가 생기니까 마음이 조금은 달라지더구나. 아이를 가진 엄마란 원래 다 그래……. 내 아이에게는 이 미쳐 돌아가는 세상과는 관계없는 행복하고 이상적인 가정을 만들어 주고 싶었지. 그래서 역겹고 징그럽던 남편을 좋게 보려고 무던히도 노력했단다. 나는 세상에서 가장 행복한 여자라고 자기 세뇌를 했어. 운 좋게 눈족 내부에서도 위치가 높은 남편을 만나, 예쁜 아이를 가진 채 오순도순 살아가고 있는 거라고…… 나는 꿈을 이룬 거라고 말이야…….”

“…….”

“그리고 아이가 태어났지. 세상에서 가장 어여쁜, 내 하나밖에 없는 아이가!”

느릿느릿 말을 잇던 여자가 대뜸 얼굴을 일그러뜨리며 또다시 목소리를 무시무시하게 바꿨다. 그 급작스러운 변화에 조롱이가 화들짝 어깨를 떨었다. 그러거나 말거나 여자는 어딘지 모르게 절박한 목소리로 소리쳤다.

“내 아이는 미래를 보는 능력을 가지고 태어났지. 아이가 말을 배우고 미래를 본다고 알렸을 때, 난 정말 까무러치게 기뻤단다! 내 아이가 미래를 보는 아이라니! 비록 완전한 미래를 보는 것은 아니었지만, 가까운 제 미래를 내다보는 것만으로도 얼마나 기특하고 예뻤는지 몰라!”

“…….”

“말문이 트인 아이가 처음 제 미래를 보았다고 내게 말해 주었을 때, 나는 너무 기쁜 나머지 아이를 안고 남편에게 정신없이 달려갔어. 그리고 아이 아빠에게 조잘조잘 떠들어 대었지. 여보! 우리 아이가 미래를 봤대요! 우리 아이가 미래를 보는 아이예요!”

여자는 당시 상황에 처한 것처럼 활짝 웃으며 허공에다 대고 떠들어 댔다. 모르는 사람이 보았다면 꼭 그 앞에 그녀의 남편이 존재하고 있다는 착각이 들 정도로 행복한 표정이었다.

그러나 그 표정도 오래가지 않았다. 그 얼굴은 또 다른 가면을 바꿔 쓰는 것처럼 금방 와르르 구겨졌다.

“남편이 내 작고 귀여운 아이를 자신에게 넘기라고 할 때만 해도,

나는 기쁜 마음으로 그이에게 아이를 내주었단다. 그도 나처럼 이렇게 기뻐하는 줄로만 알았거든. 우리 아이를 안고 기특해해 줄 거라고, 칭찬을 해 줄 거라고……. 그치만 그 늙고 추악한 새끼는 내 아이를 낚아채듯 넘겨받더니 나보고 방에서 나가라고 했지. 나는 의아했어. 왜 우리 아이를 칭찬해 주지는 않고 내게 방을 나가라고 하는 걸까? 왜?"

"……."

"남편은 내가 나가지 않자 사람까지 불러서 내쫓더구나. 나는 너무 불안했어. 엄마의 직감이었지. 아이 아빤데, 우리가 같이 낳은 아이의 아빤데, 꼭 아이한테 나쁜 짓을 할 것만 같은 거야. 나는 미친 듯이 반항했지만 나를 붙잡는 사람들을 뿌리칠 수는 없었어. 그런데 그때, 방 안에서 우리 아이의 찢어지는 울음소리가 들렸어! 나는 더 이상 참을 수 없었어. 나를 붙잡는 모든 것들을 닥치는 대로 물고 뜯으면서 남편의 방으로 달려가 문을 열었지. 그리고 그 미친 새끼는 침대 위에서 내 아이를……! 흐흑……."

"……."

"아아악! 그 자리에서 비명 지르는 그 아이를, 그 예쁜 아이를 산 채로 씹어 먹고 있던 거야! 우리 아이의 빛나는 별빛 같은 눈이! 눈이 사라졌어! 으흐흐…… 개만도 못한 새끼. 으아아악!"

여자가 다시 찢어질 듯한 비명을 지르며 손을 들어 제 머리를 쥐어뜯었다. 부득, 부드득. 머리칼이 뿌리째 뽑히는 섬뜩한 소리가 들렸다. 조롱이는 시시각각 변하는 여자의 태도에 말 한 마디 내뱉지 못하고 와들와들 떨기만 했다.

한참을 그렇게 제 머리를 잡아 뜯던 여자는, 두 손아귀 안에 자신의 머리카락들이 가득 쥐어졌을 때쯤에서야 자해를 멈췄다.

"나는 남편에게 물었지…… 왜, 왜 그랬느냐고. 왜…… 왜 우리 아이…… 아니, 내 아이를 잡아먹었느냐고. 그러니까 그 새끼가 하는 말이, 집안을 위해 어쩔 수 없었다고 하더구나. 미래를 보는 눈족을 먹어야 미래를 보는 힘을 얻을 수 있는 거라고. 입에서 내 아이의 피를 질질 흘리면서, 아이는 죽은 게 아니라 자신과 하나가 되었으니 걱정하지 말라나, 뭐래나……?"

"……."

"하, 하하…… 나는 또 바보같이 그 말을 곧이곧대로 믿었지 뭐야. 나는 우리 아이가 죽은 것이 아니니, 언젠가 남편의 몸에서 아이가 되돌아올 거라고 생각했어. 하지만 하루가 지나고…… 이틀이 지나고…… 한 달이 지나고, 1년이 지나도 아이가 나타나지 않는 거야. 나는 초조했지. 정말로, 정말로 남편을 죽여 버리고 싶었어. 그렇지만 그러면 우리 아이가 돌아오지 못할까 봐 죽이지도 못하고, 이도 저도 못하던 나날들이었지……."

"……."

"그러던 어느 날 밤이었어. 어디서 자꾸만 우리 아이 울음소리가 들리는 거야. 일어나서 방을 샅샅이 뒤졌는데도 울음소리만 들릴 뿐, 아이는 보이지 않더구나……. 나는 환청을 들은 건가 싶어 다시 침대 위에 누웠지. 그러자 내 아이 목소리가 바로 옆에서 들리듯 선명하게 들리는 거야! 나는 벌떡 일어나서 옆을 돌아보았지. 늙은 돼지 같은 남편이 입을 벌리고 자고 있었어. 그리고 남편에게서 내 아이의 울음소리가 났지. 아이가 돌아온 거야! 내 예쁜 아이가 돌아온 거야!"

"……."

"나는 정신없이 남편의 옷을 걷었어. 그런데 아무리 그 더러운 몸뚱아리를 보아도 아이는 없었어. 미칠 것 같았어……. 그런데 있잖아, 자세히 들어 보니까 그놈의 배 속에서 우리 아이의 목소리가 들리는 거야! 엄마, 나 여기 있어. 엄마, 엄마…… 나는 그래서…….”
 여자의 동공은 어느덧 물기로 푹 젖어 있었다. 그러나 다시 처음의 혼몽하고 초점 없는 표정으로 되돌아간 상태였다.
 “나는 그래서 이빨로 남편의 배를 물어뜯고, 손톱으로 그이의 살가죽을 찢어 내서 우리 아이를 꺼내려 들었지…….”
 우읍. 조롱이는 속에서부터 역류하는 토기를 간신히 눌러 참았다. 여자의 입에서 쏟아져 나오는 그녀의 과거는 역겹다 못해 혐오스러웠다.
 “이빨로 물어뜯는 도중에 입 속으로 들어오는 남편의 찝찌름한 피…… 물컹한 내장…… 질긴 살들을 많이도 씹어 삼켰어……. 그때는 우리 아이를 꺼내야 한다는 생각에 입에 들어온 것이라곤 뭐든 우걱우걱 삼켰지만…… 아무리 남편의 배 속을 손으로 휘젓고 물어뜯어도…… 우리 아이는 없었지……. 결국 아이는 찾지 못하고 내가, 내가 남편을 잡아먹었어. 나는 남편을 잡아먹고 장로의 탈을 뒤집어쓴 거야…….”
 장로가 되기까지의 과정에 대해 상세히 설명을 마친 후, 여자는 입이 찢어져라 헤벌쭉 웃었다. 몽롱해 보이기만 하던 그녀의 눈가에 이제는 광기라고 정확하게 명명할 수 있는 기승氣勝이 들끓었다.
 “나는 끝까지 아이를 찾지 못했어. 남편, 그 빌어먹을 자식의 몸뚱이를 처먹고 더 먼 과거를 볼 수 있는 힘을 가지게 되면서 장로가 되었지만, 난 그런 걸 원하지 않아! 난 그저 내 아이를 만나고 싶었을 뿐이었으니까! 하, 하…… 그런데, 그런데.”
 “…….”

"하늘이 내 소원을 들어준 건지, 며칠 후에 우리 아이를 다시 만날 수 있게 되었어! 마침내 내 아이를 다시 찾게 된 거야! 그 늙고 추레한 남편의 몸뚱이를 뜯어 먹은 탓에 쓸모없는 그놈까지 덤으로 얻게 되었지만, 우리 아이를 만났으니 그걸로 된 거야. 그걸로 된 거지! 그렇지?"

"……."

"……너처럼 예쁘고 착한 우리 아이를 보여 줄까? 응? 내 사랑스러운 아이를 볼래? 보여 줄까?"

여자가 속사포처럼 빠르게 속삭였다. 조롱이는 두려움에 허옇게 질린 얼굴로 도리질을 쳤다. 그러나 여자는 망설이지 않고 몸을 일으킨 뒤, 실실 웃으며 자신의 옷을 들어 올리기 시작했다.

애앵, 애앵. 그럴 리가 없는데, 어디선가 애가 칭얼대는 환청이 들리는 것 같았다.

여자는 두려움에 떠는 조롱이의 시선을 즐기듯 제 몸통보다 크고 두꺼운 옷을 힘겹게 들어 올렸다. 조롱이가 눈을 돌릴 새도 없이, 모포 아래 감춰져 있던 몸뚱이가 뤼미에르 빛 아래 드러났다.

"……으아악!"

마주 본 여자의 나체에 조롱이는 비명을 지르며 미친 듯이 뒤로 물러나려 했다. 하지만 그가 한 행동이라곤 고작 움찔거리며 몸을 뒤로 젖힌 것뿐이었다. 이전부터 말을 듣지 않은 몸은 움직임을 허용하지 않았다.

처음부터 아예 아무것도 입고 있지 않았는지, 여자는 상반신까지 모두 벌거벗은 상태였다. 그러나 조롱이가 놀란 이유는 그 때문이 아니었다.

여자가 기괴하게 들뜬 얼굴로 제 오른쪽 옆구리에서 혹처럼 튀어

나와 덜렁거리는 것을 쓰다듬었다.

"보여? 우리 아가야……. 지금은 잠들었지만, 곧 피 냄새를 맡으면 깨어나서 보채겠지……."

"……."

"이건 좀 혐오스럽겠지만 그래도 인사해. 내가 먹은 내 남편이야……. 이 더러운 새끼는 죽고 나서도 네 또래의 남자아이들에게 환장을 한단다……. 쯧쯧, 불쌍한 것. 이 미친 새끼가 비역질을 해대는 정신병만 없었더라도, 이 자리는 네가 아닌 저 계집이 차지했을 텐데……."

"흐, 흐윽!"

여자가 짧게 혀를 차며 옆에 쓰러져 미동도 하지 않는 토끼 신인류를 가리켰다. 조롱이는 작은 입을 벌려 우웩 하고 헛구역질을 했다. 그는 이제 단순히 두려움에 질린 것을 떠나 호흡이 컥컥 막혀 오는 것을 느꼈다.

왜 진작 여자가 제 몸통보다 훨씬 큰 옷에 몸을 숨기고 왔다는 사실을 눈치채지 못했을까? 아니, 애초에 짐작하지 못한 것이 당연했다. 여자는 히카톤처럼 몸에 축 늘어져 있는 시체들을 달은 채로도 잘만 살아 있었다.

이건 말도 안 되는 일이야. 이건, 이건 말도…….

끼기, 끼기기긱…… 여자의 몸통에서 어디선가 들어 본 듯한 철을 긁는 끔찍한 소리가 작게 흩어져 나왔다.

"어, 어떻게……."

"왜 그렇게 나를 괴물 보듯이 바라보니?"

여자는 파들파들 떠는 조롱이가 전혀 이해 가지 않는다는 듯 영문 모를 얼굴로 물었다.

"나는 괴물이 아니야. 그렇지? 응? 나는 괴물이 아니야! 이렇게 너랑 마주 보고 대화도 하고 똑바로 내 과거도 설명해 주고 있잖니? 나는 괴물이 아니야. 나는 그냥 행복하기만을 바라던 어리석은 인간 이지, 절대로 괴물이 아니라고!"

"괴, 괴물이라고 한 적 없어여……."

"그런데 네가 지금 그렇게 바라보고 있잖아! 네 주인이 나를 괴물 로 만들고 있어! 네 주인의 검은 안개가 나를 점점 괴물로 만들고 있 다고! 나는 괴물이 아닌데! 이딴 역겨운 것들을 달고 다니면서……! 아니야. 역겹다니. 아니야, 우리 아이가 역겹다니. 이런 생각 하면 안 돼, 안 돼."

여자는 제 옆구리로부터 삐죽 튀어나와 있는 어린아이를 쓰다듬 으며 신들린 듯이 중얼거렸다. 그것은 죽은 지 오래됐는지 삐쩍 마 른 상태로 시퍼렇게 썩어 들어가고 있었다.

그것을 쓰다듬는 바람에 여자가 들고 있던 두꺼운 옷이 스르륵 내 려가면서, 반대편 옆구리에 상체를 추욱 늘어뜨린 채 달려 있는 또 다른 시체를 가렸다. 여자는 애지중지 제 왼쪽에 달린 것을 쓰다듬 다가 홱 소리가 날 만큼 거칠게 시선을 돌렸다.

"그러니 네가 도와줘야 해, 예쁜 아이야. 네 주인이 이렇게 만들어 놓았으니까. 검은 파편을 먹어 치울 순 없으니까 그의 힘이 깃든 너 희라도 먹어 치워야지! 그래야 내가 괴물이 되지 않고 살지 않겠니? 네 주인이 싸 놓은 똥은 너희들이 치울 줄 알아야지! 응?"

"내, 내가 왜……."

조롱이는 이를 아래위로 딱딱 부딪치면서도 용케 반항했다. 그에 눈이 허옇게 뒤집히도록 조롱이를 노려보던 여자의 얼굴이 일순 또 다른 가면을 뒤집어쓴 것처럼 멍해졌다.

"……왜라니? 너는 날 이해해야 하잖아."

"……."

"너도…… 네 누나를 죽이고 살아남았으면서…… 왜 나를 괴물 보듯 바라보는 거야?"

"……."

"그걸 어떻게 알았냐는 표정이네? ……말했잖아. 나는 먼 과거를 볼 수 있는 눈족이라고. 남편을 잡아먹고 그 힘이 더 커졌다면 믿을 수 있겠니? 엘로?"

여자의 마지막 말에 그때까지만 해도 벌벌 떨리던 조롱이의 몸이 우뚝 굳었다.

여자는 옷매무새를 정리하고는 방 한편에 있는 탁자 쪽으로 다가갔다. 그리고 그 위에 올려 있던 나무 상자의 뚜껑을 열고 무언가를 찾듯 내용물을 뒤적거렸다.

찰그락, 찰그락. 마치 유리병들끼리 부딪치는 것처럼 청량한 소리가 연달아 울려 퍼졌다. 여자가 노래 부르듯 가볍게 말했다.

"순진하고 예쁜 아가야. 너는 비록 이 상황이 억울할지 모르겠으나, 너로 인해 한 인간이 나락까지 떨어지지 않은 것을 죽기 전까지 잊지 말렴……. 네 피로 하여금 나는 앞으로 더 오랫동안 괴물이 되지 않고 인간으로 있을 테고, 또 인간답게 죽을 수도 있게 될 거야……. 그리고 나를 너무 원망하지도 말려무나. 나도 너처럼 예쁜 아이가 다치는 것을 원하지 않는단다."

"……으으."

"하지만 어쩌겠니? 내 망할 놈의 남편 새끼가 너처럼 작고 예쁜 아이를 원하는 것을……. 이 새끼는 죽은 후에도 인간성이라고는 지극히 없는 돼지 새끼라서 때에 맞춰 먹이를 던져 주지 않으면 미쳐

서 소리를 꽥꽥 질러 대거든."

조롱이는 여자의 눈치를 보며 다리에 힘을 주려고 노력했다. 도망가야 했다. 얼른 주인님께로 달려가 이 사실을 모두 알려야 했다. 그는 입술을 깨물고 안간힘을 썼다. 움찔움찔, 다리가 움직이는 것 같으면서도 마비가 도통 풀리지 않았다.

으으, 억울함과 조급한 심정에 그가 저도 모르게 신음을 내뱉었다. 뒤돌아선 상태이면서도 마치 그 모습을 다 보이는 것처럼, 여자가 한껏 고조된 목소리로 놀리듯 말을 걸었다.

"움직이기 힘들지? 꽤 힘들 거야. 간만에 멍청한 다리족 놈들이 제대로 된 약물을 만들었더구나. 어때? 인간이 된 기분은?"

"뭐…… 뭐라구여?"

"약을 지속적으로 맞으면 거의 인간과 같이 변한다던데. 네 주인, 검은 파편이 잘못을 저지른 신인류들에게 내리던 무서운 벌에서 착안한 거라 하더구나……. 아, 찾았네."

여자가 테이블에서 뒤로 돌아선 후 다시 조롱이 쪽으로 다가오며 히죽 웃었다. 그 얼굴이 방금 막 관에서 튀어나온 시체라고 해도 믿을 만큼 음습하고 기괴했다.

"이제 막 인간이 된 셈이니, 몸을 움직이지 못하는 것이 당연해. 신생아와 마찬가지일 테니까……. 네 주인은 잘못을 저지른 신인류들에게 제 힘을 쏟아부어 완전히 인간으로 만들고 사막으로 버린다지……? 그것과 같은 원리야. 이 마을의 말더듬이 족장 놈이 그 약물로 마을 안의 모든 신인류를 지배하겠다며 다리족에게서 그것들을 사들이고 있던데…… 뭐, 눈족과는 관계없는 일이지만 말이야."

여자의 손에 날카로운 바늘과 연결되어 있는 길쭉하고 투명한 관이 들려 있었다. 뭐에 쓰려는지 알 수 없었지만, 자신의 신상에 이로

울 게 하나도 없을 거라는 강한 직감이 들었다.

조롱이는 있는 힘껏 몸을 뒤틀었다. 마비가 조금 풀렸는지 다리가 움찔거렸지만 성에 차지 않을 만큼 미미한 변화였다. 그는 이번에는 온 힘을 손에 쏟아부었다. 손을 날카로운 발톱을 지닌 쪽으로 변신시켜 사슬을 끊을 생각이었다.

"아무리 힘을 써도 나와 있는 시간 동안 네가 황조롱이로 변할 일은 없단다. 약 기운이 완전히 없어지려면 꽤 오랜 시간이 지나야 하거든……. 또 변할 수 있다고 해 봤자 어디로 도망갈 수 있겠니? 여기에 너를 구해 줄 만한 이는 아무도 없는걸……. 네가 그토록 충성하는 네 주인님도 말이야……."

여자가 조용히 조롱이의 그러한 노력을 지켜보다가 관을 들고 그 앞에 쭈그려 앉으며 말했다. 그녀의 손에 들린 유달리 길쭉한 바늘이 날카롭게 번뜩였다.

울컥 두려움이 턱 끝까지 치솟은 조롱이가 최대한 몸에 힘을 줬지만 여자의 말대로였다. 몸이 동물로 변하질 않았다. 제 본질인 자유롭게 날개를 퍼덕이는 황조롱이로 변할 수 없었다. 절망감이 몰려왔다.

여자가 들고 있던 바늘을 세워 그의 목에 가까이 가져다 대었다.

"조금 아플 거란다."

"하, 하지 마여! 하지 말라구!"

목에 따끔하는 감각이 일자 조롱이가 미친 듯이 버둥대며 소리 질렀다. 그러나 미친 여자가 그런 조롱이의 사정을 봐줄 리 만무했다.

"악! 하지 마! 하지 마!"

"쉬…… 가만히 있으렴. 움직이면 더 다친단 말이야, 얘야……."

눈족 장로의 어투가 다시 원래의 것처럼 느릿느릿하게 돌아왔다. 두꺼운 바늘이 그의 목 깊숙한 곳까지 쑤시고 들어왔다. 크게 확장된 조롱이의 황금색 눈동자가 짙은 고동색으로 변했다.

"그래도 내 암울했던 과거를 들어 준 너에 대한 배려로 네가 고통을 느끼지 않도록 최대한 피를 빨아서 눈앞이 핑 돌게 해 줄게. 내 남편이 네게 손을 댈 때 고통을 느끼지 못하도록 말이야……."

마치 커다란 배려를 베풀 듯 조롱이의 결 좋은 머릿결을 한 번 쓰다듬은 여자가 이내 바늘과 연결된 관의 끝에 입을 가져다 대고 힘있게 흡입했다. 조롱이의 목에서부터 새빨간 피가 뿜어져 나와 관을 통해 여자의 입 속으로 쭈욱 사라졌다.

"아아아악!"

피가 빨리는 섬뜩한 기분에 조롱이가 발작적으로 찢어지는 비명을 질렀다.

한참을 관에 달라붙어 피를 빨던 눈족 장로가 잠시 입을 떼고 오래된 가뭄 속에 물 한 방울을 맛본 사람처럼 감격에 겨워 외쳤다.

"하…… 하! 살 것 같아! 하악!"

여자가 다시 허겁지겁 입 속으로 관 끝을 욱여넣었다. 그리고 다시금 양껏 피를 들이마시려던 바로 그때였다.

쿵쿵. 들리는 소음이라고는 조롱이의 비명과 여자의 목울대가 꼴깍꼴깍 넘어가는 소리뿐이던 동굴 방 안에, 긴장감을 깨부수듯 둔탁한 소리가 울려 퍼졌다.

최소한의 인간성도 사라진 채 본능만이 남은 듯하던 여자의 몸짓이 멈췄다. 방금 전까지 꿈속을 걷는 것처럼 몽롱하게 지껄이던 사람이라곤 믿을 수 없을 만큼 기민한 속도로 여자가 소리 나는 쪽을 돌아보았다.

문밖에서 나는 소리였다. 누군가 철문을 두들이고 있는 것이다.

쿵쿵쿵. 안쪽에서 답이 없자 바깥쪽에서 다시 한번 세게 철문을 두드렸다. 여자는 대답을 할지 말지 고민하다가 한 번 더 크게 철문이 울리자 신경질적으로 소리 질렀다.
"……누구야!"
"자, 장로님! 저, 접니다. 조, 조, 족장이요!"
그녀의 유희를 방해한 사람은 다름 아닌, 신인류들의 연결책인 동쪽 대륙의 족장이었다.
"무슨 일이지?"
"그, 그, 그게…… 그…… 거, 검은 안개에 관련된 일로 기, 긴히 드릴 말씀이 있습니다. 자, 장로님."
검은 안개? 아까까지만 해도 별말 없이 사라진 족장이 왜 이제 와서 뜬금없이 검은 안개에 대해 논하려 하는지 이해가 가지 않았다. 설마, 족장이 아닌 것인가?
문밖의 인물에 대해 잠깐 의심이 들었지만 여자는 이내 의심을 쉬이 접었다. 족장 같은 말더듬이 병신의 말투는 타인이 쉽게 따라 할 만한 종류가 아니었다.
"검은 안개는 내가 섭섭하지 않을 만큼…… 두둑하게 챙겨 준다고 했잖아……! 무슨 말인지는 모르겠지만…… 일 다 끝나고 얘기해. 지금 바쁘니까……."
"거, 검은 파편이 지, 지금 도, 동쪽 대륙에 와 있다는 저, 정보를 입수했습니다, 장로님! 그, 그에 관해서 그, 급하게 전해 드릴 말이 있는데요……!"
족장의 말 따위 들은 체도 않고 무시하려던 눈족 장로는, 다급하게 덧붙여 온 말에 멈칫했다.
"뭐? 검은 파편이…… 이곳에 와 있어?"
철문을 바라보며 족장의 말을 되풀이하던 장로가 곧이어 미묘하게 얼굴을 일그러뜨린 채 자리에서 일어났다.
 "안 돼. 안 되지…… 어떻게 여기까지 살아남았는데 이대로 검은 파편에게 잡혀서 끔찍하게 소멸당할 수는 없지……. 안 되고말고……."
 눈족 장로는 들고 있던 조롱이의 피가 잔뜩 묻은 관을 스윽 내려놓고 철문을 향해 비틀비틀 걸어갔다. 바닥에 내팽개쳐진 관 끝에서 조롱이의 피가 질금질금 새어 나왔지만, 신경 쓰는 이는 아무도 없었다.
 철컥, 끼리릭— '족장과 용병대장의 목소리가 아니면 절대로 열지 말 것'이란 규칙을 가진 문의 잠금장치가 장로의 손에 의해 직접 풀렸다. 바들바들 떨리는 손으로 힘겹게 자물쇠를 옆으로 밀어 젖힌 눈족 장로가 이윽고 묵직한 철문을 열었다.
 "그게 무슨 말이지? 검은 파편이 이곳에 와 있……."
 퍼억! 문이 채 열리기도 전에 다급하게 묻던 눈족 장로의 광대 위로 엄청난 힘을 실은 강철 주먹이 적중했다.
 "억!"
 장로가 단발마의 신음을 내뱉으며 휘청거리는 찰나, 커다란 기합 소리와 함께 돌이라고 해도 믿을 만큼 단단한 주먹이 다시 한번 그녀의 머리를 거세게 후려쳤다.
 "죽어!"
 퍼억—! 눈족 장로는 더 이상의 신음 소리도 내지 못한 채 문턱에 그대로 엎어졌다. 바닥에 처박힌 그 머리통에서 엄청난 양의 피가 물처럼 줄줄 쏟아져 나오기 시작했다.
 짤그락, 쩔컥. 이예주는 쇠사슬을 감은 아릿하고 시린 주먹을 살살 털며 그 광경을 무감각한 눈으로 내려다봤다. 온 힘을 실어 날렸으니 못해도 코뼈가 부러졌거나 광대가 내려앉았을 것이다. 아래로 체중을 실어 내리친 머리야 두말할 것도 없이 깨졌을 테고.
 걱정하던 유혈 사태가 일어났음에도 딱히 사람을 죽을 만큼 쳤다는 데에 대한 죄책감이나 두려움이 느껴지지 않았다. 시뻘건 핏물보다 더 시선을 잡아끄는 무언가가 발치에서 발발거리고 있었기 때문이다.
 그것이 이예주의 발목을 스쳐지나 대자로 쓰러진 장로의 몸 위를 타고 넘어갔다. 철문 안으로 눈에 익은 흰색 강아지가 헥헥, 혀를 내밀고 뛰어 들어간다.
 봉구였다. 봉구가 차도로 뛰어가고 있었다.
 봉구는 죽었는데. 봉구가 여기 있을 리가 없는데……. 그런 생각이 들면서도 이예주는 저도 모르게 그 뒤를 따라 정신없이 문 안으로 들어섰다.
 레, 레이디. 레이디. 멀찍이서 누가 자신을 부르는 듯한 소리가 들렸지만 그녀의 눈은 홀린 듯이 봉구의 뒤꽁무니에 못 박혀 있었다.
 봉구가 뛰어간다. 빠앙— 자동차가 아슬아슬하게 봉구를 치기 바로 직전, 이예주는 간신히 그 흰색 털 뭉치를 들어 올려 품에 한가득 끌어안았다.
 "구했어!"
 이예주가 다 쉬어 터져 갈라진 목소리로 외쳤다. 어느 사이 그녀의 두 팔 안에 있던 하얀색 강아지의 환영이 사라졌다. 그 자리를 부드러운 갈색 머리와 황금색 눈동자를 가진 앳된 얼굴이 대신하고 있었다.
 이예주는 다신 놓치지 않겠다는 듯 갈색 머리를 품에 꽉 끌어안고 짐승처럼 울부짖었다. 그 얼굴이 언뜻 보면 환호성을 터뜨리는 것 같기도 했고.

"내가! 흐으, 내가 드디어 구했다고!"
다시 돌아보면 절규하는 것 같기도 했다.

"……로, 엘……."
따뜻한 손길이 조롱이의 뺨을 어루만지며 그의 이름을 불렀다.
사실 그렇게 표현하기에는 조금 어폐가 있었다. 왜냐하면 단순히 어루만진다고 보기에는 행동이 꽤 거칠었기 때문이다. 찰싹찰싹하는 따가운 소리가 연달아 울려 퍼졌다.
엘로……. 익숙한 목소리에 조롱이는 힘겹게 눈꺼풀을 들어 올렸다. 황금색 눈동자를 한 번 도로록 굴린 후에야 그는 제가 지금껏 기절을 하고 있었다는 사실을 깨달았다.
분명 눈족 여장로의 끔찍한 비밀을 알게 되고, 이상한 관이 달린 바늘이 목에 꽂힌 채로 꼼짝없이 피가 빨려 죽는다고 생각했는데. 가물가물한 시야로 보이는 것은 익숙한 인영이었다. 너무나도 익숙해서 꿈에 나타날까 두려웠던.
혹시 나는 벌써 피가 다 빨려 죽은 건가? 조롱이는 고개를 갸웃거리며 제가 완전히 죽은 상태인지 가늠했다.
인간들은 죽으면 사후 세계로 간다고 믿는다. 조롱이를 포함한 신인류들은 그것을 믿지 않았다. 일생은 한 번뿐이고, 죽거나 소멸하면 그대로 끝이라고 생각했다.
사후 세계 따위 있을 리가 없잖아. 그럼에도 눈에 보이는 인영에 조롱이는 서글퍼졌다. 제게 손을 뻗는 인영에게 잘 지냈냐고 묻고 싶었다. 그러나 눈꺼풀이 다시 감겨지는 탓에 물을 수 없었다.
이제 정말 죽는 건가. 깊은 심연이 의식을 침식하기 바로 직전.
"……롱아…… 조롱아!"

"……예주 누나?"

일순 철썩하고 뺨따귀를 때리는 손길에 탁했던 눈이 번뜩 뜨였다.

"예주 누나가 여길 어떻게……."

긴장으로 경직된 상태에서 그대로 기절을 해서 그런지, 여전히 풀리지 않은 턱으로 인해 조롱이가 우물우물 대답했다. 그런 그의 뺨 위로 다시 한번 '찰싹!' 하고 따끔한 매가 날아들었다. 조롱이가 뺨을 부여잡으며 눈을 까뒤집었다.

"악! 그만 때려여!"

"괜찮아, 조롱아? 이제 정신이 좀 들어?!"

"정신을…… 아구구구! 정신은 아까 들었고여! 예주 누냐고 말했잖아여! 그런데 왜 계속 때려여! 왜여! 왜여!"

"그, 그래? 언제?"

"언제는 무슨! 솔직히 일부러 때렸져! 그쳐! 씨잉!"

부정할 수 없는지 이예주는 잠시 입술을 깨물고 삐쭉거렸다. 그러다 조롱이가 몸을 일으켜 앉자 그에게 와락 달려들었다.

"으아앙! 조롱아!"

"으헉! 왜, 왜 이래여!"

"깜짝 놀랐잖아, 진짜! 뺨따귀를 몇 대나 내리쳤는데 눈도 안 뜨고! 벌써 죽은 걸까 봐, 내가 못 구하고 죽어 버린 걸까 봐 얼마나 무서웠는데!"

그녀는 마치 어리광을 부리듯 저보다 작은 조롱이의 품에 마구 얼굴을 들이밀었다. 울지 않으려고 했는데 자꾸만 눈물이 새어 나올 것 같았다.

이제 됐어. 지하 700미터 깊은 곳까지 오는 내내 마음 한구석을 벌벌 떨게 했던 두려움이 완전히 해소되는 느낌이었다. 입을 타고 환호성이 새어 나올 지경이었다. 이제 됐어.

그러나 기뻐하는 그녀에 비해 조롱이는 제가 아슬아슬하게 구해진 것이 별로 대수롭지도 않은 모양이었다. 안도감에 취한 인간 여자를 제 품에서 떼어 내기 위해 몸을 비틀던 그는 다급하게 물었다.

"그런데 예주 누나, 여긴 어떻게 알고 왔어여?"

"응? 어떻게 알고 왔냐니?"

"주인님은여? 주인님이랑 같이 온 거예여?"

조롱이의 주인 언급에 이예주는 입을 다물었다. 주인은 개뿔, 여기까지 바득바득 기어 오는 데만 해도 얼마나 오금이 저렸는데, 뭔 놈의 주인.

그 말이 턱 밑까지 차올랐지만 방금 졸도했다가 일어난 그에게 차마 말할 수 없었다. 대신, 나오지 않은 목소리를 간신히 내어 조그맣게 웅얼거렸다.

"······아니."

환희에 가득 차 있던 그녀의 두 눈은 어느덧 황금색 동공을 마주하지 못하고 슬며시 바닥으로 내리깔렸다. 조롱이는 의아한 듯 고개를 기울였다.

"그럼여? 그럼 누구랑······."

부스럭, 그때 이예주의 뒤에서 누군가의 인기척이 들렸다. 조롱이의 고개가 그쪽으로 홱 돌아갔다.

"······설마."

"아, 안녕하세요. 또, 또 보네요."

그레이의 주점을 코앞에 두고 그들을 이곳까지 끌고 온 장본인이 창백한 낯으로 조롱이에게 인사했다. 조롱이의 작은 입이 짝악 벌어졌다. 눈족 장로의 혐오스러운 나체를 마주했을 때와 비슷한 강도의 충격이 뒤통수를 세게 후려치는 기분이었다.

"누, 누나. 누나, 혹시……."

조롱이는 제대로 움직이지 않는 고개를 힘겹게 이예주 쪽으로 돌려 다시 한번 확인하듯 물었다. 경악에 가득 찬 황금색 시선이 너무 적나라해서 이예주는 민망함을 참지 못하고 어색하게 웃었다. 그 모습에 화병 난 사람처럼 조롱이의 얼굴이 시뻘게졌다.

"악! 정말! 지금 웃음이 나와여? 웃음이 나오냐구여!"

"아, 왜에."

몸도 가누지 못하면서 큰 소리로 꽥꽥대기 시작하는 조롱이의 행태에 이예주는 입을 쭈욱 내밀었다. 그러나 그것은 그의 화를 더욱 부추기는 행위에 지나지 않았다.

"왜에? 지금 '왜'라고 했어여? 미쳤어, 진짜 미쳤다구여! 여기를 어떻게 저 인간과 내려올 생각을 다 해여?! 이 사고뭉치 인간 여자!"

조롱이는 결국 참지 못하고 푸들푸들 떨며 그들 사이에 금기시되어 있던 단어를 빽 소리 질렀다.

사고뭉치란 소리에 이예주는 울컥 억울함이 치솟았다. 누군들 저 쓸모없는 제드 놈과 여기까지 오는 것이 즐거웠으리요. 오는 내내 복장 터지는 것도 감수하고 낙후된 고철 덩어리까지 탄 채 죽음도 무릅쓰고 달려왔더니, 뭐가 어쩌고 어째?!

"야! 내가 여기까지 오느라 얼마나 개고생을 했는지 알아?! 칭찬은 못해 줄 망정, 왜 화를 내고 그래!"

이예주가 흉악하게 구겨진 얼굴로 소리쳤다. 되레 적반하장으로 나오는 그녀 때문에 잠시 주춤하던 조롱이는, 이내 그녀보다 더 큰 목소리로 응수했다.

"그럼 지금 화 안 내게 생겼어여! 기껏 탈출했으면 바로 나가서 주인님께 알려야지, 무식하게 여길 내려오긴 왜 내려와여!"

"뭐? 무식? 이게 죽을라고. 너 구하러 왔지, 왜 내려와! 아니면 내가 이 망할 곳에 왜 내려왔겠어!"

"씨잉, 이러다 둘 다 죽으면 어쩌려구여! 난 죽기 싫어여! 흐에엑! 난 죽기 싫다구여! 황조롱이 살려!"

"나도 죽기 싫어! 누군 죽고 싶은 줄 알아?! 나도 죽기 싫어! 난 이 망할 탄광 구석에선 절대 안 죽을 거야!"

"그러니까여!"

조롱이는 자꾸 제자리를 맴도는 이예주와의 대화가 답답한지 목에 핏대가 설 만큼 쩌렁쩌렁한 음성으로 쏘아붙였다. 그 탓에 그의 목에 난 바늘구멍 주변이 금방이라도 피가 솟구칠 것처럼 붉어졌다. 이예주는 걱정 어린 시선으로 그것을 바라봤다.

"바로 주인님한테로 갔으면 됐잖아여! 주인님께 가서 알리면 그래도 무슨 방법이 있었을 거 아니에여?! 누나랑 저 인간이랑 같이 이제 어떻게 빠져나가여? 빠져나갈 길은 알아여? 그리구 여기 인간들이 얼마나 잔인하고 무서운데! 팔족 인간들보다 더 무서운 인간도 있단 말이에……."

"그럼 어떡해!"

이예주는 요모조모 따져 대는 조롱이의 말이 채 끝나기도 전에 버럭 그의 말을 막아섰다.

'어떡하긴!' 하고 다시 설전에 들어서려던 조롱이는 자신을 내려다보는 이예주의 얼굴에 멈칫했다. 그녀의 얼굴이 요상하게 일그러져 있었다. 평소에 자신과 다투던 악마 같은 얼굴과 비슷한데, 그렇다고 바싹 약이 올라 있는 그 얼굴이라고 볼 수는 없었다.

후각이 발달한 조롱이의 코끝에서 짠 내가 훅 밀어 닥쳤다. 바다에서 나는 짠 내와는 달랐다. 일그러진 이예주의 표정에서부터 나온 음습함이었다.
"갔으면? 너 두고 나만 혼자 갔으면! 그러다 그사이에 너 죽으면?"
"그러니까요, 제 말은…….'"
"난 그렇게 못해!"
난 그렇게 못해! 그렇게 못해! 그렇게 못해. 못해……. 그녀의 비명이 동굴 벽에 반사되어 메아리치듯 텅텅 울려 퍼졌다.
이곳까지 오는 동안 제 앞의 인간 여자가 얼마나 고생을 했는지 한눈에 봐도 알 수 있었다. 마담 페니의 가게에서 깔끔하게 갈아입은 지 고작 하루밖에 지나지 않았는데 그녀의 몰골은 거지꼴과 다름없었다.
검은색 후드 사이로 언뜻언뜻 비치는 목덜미 역시 엉망이었다. 누군가 그녀의 여린 목을 우악스럽게 조른 게 분명했다.
온통 엉망진창인 인간 여자가 간신히 죽다 살아난 황조롱이에게 말했다.
"네가! 네가 나한테 동료가 위험에 처했을 땐 도와줘야 한다고 했잖아!"
"……."
"우리. 우리, 동료잖아. 나도 정말 무서워서 나 혼자 도망가고 싶었는데! 그랬는데!"
"……."
"그런데 우리 동료잖아…….'"
이예주의 목소리가 조금 떨렸다.
"친구는 될 수 없어도 우리, 여행 동료라고 그랬잖아. 네가."
"……."

"나…… 나, 동료 가진 적 처음이란 말이야…….."

그녀는 그 말을 하고 잠시 질근질근 입술을 깨물었다. 그들 사이로 서늘한 정적이 내려앉으려 들었다. 그러나 그것이 모두 내려앉길 기다릴 시간도 아까웠던 그녀는, 불현듯 손을 뻗어 여전히 어정쩡한 자세로 엎어져 있는 황조롱이의 팔을 덥석 부여잡았다.

자신을 붙잡은 손을 조롱이는 말없이 내려다보았다. 주인님께서 친히 채워 주신 수갑에 묶여 있는 손이었다. 이예주의 오른손은 그녀의 목과 별 차이를 느낄 수 없을 정도로 처참하게 찢긴 상태였다. 뼈마디가 툭 불거진 손등이 무언가에 찍혀 벌겋게 피를 드러내고 있었다. 사슬에 찍힌 상처란 것을, 조롱이는 단번에 알아챌 수 있었다.

사슬을 둘둘 말아 쥐고 요령 없이 내려치기만 했나 보다. 쇠에 손등이 부딪치고 멍 들어서 끝내 찢어져 피까지 보게 된 것이다. 이예주의 너덜너덜한 손등을 멍하니 내려다보던 조롱이의 표정이 조금 이상해졌다.

"그러니까! 두고 못 가. 두고 안 갈 거야. 그렇다고 네 말처럼 같이 죽지도 않을 거야."

"……예주 누나."

"난 살 거야. 여기서 나갈 거야! 너 데리고 엉금엉금 기어서라도 여기서 빠져나갈 거야. 그러니까 일어나! 죽이 되든 밥이 되든 우린 나가야 되니까, 앉아서 떽떽거리지만 말고 일어나라고!"

피가 나는데 아픈 것도 못 느끼는지 인간 여자는 수갑이 채워진 손으로 아무렇지 않게 제가 입은 로브 안주머니를 거칠게 뒤적거렸다. 그녀의 손에 반짝반짝 빛나는 무언가가 끌려 나왔다. 귀여운 곰 인형이 매달려 있는 열쇠였다.

"무, 무슨 열쇠예요, 레이디?"

커다랗게 뜬 눈을 이리저리 굴려 대며 불안함을 감추지 못하고 있던 제드가 용케도 이예주의 손에 들린 열쇠를 보고 물었다. 그러나 그녀는 그를 무시한 채, 조롱이의 상체를 꽁꽁 묶어 둔 사슬의 자물쇠에 열쇠를 가져다대었다.

철컥— 전혀 아귀가 들어맞지 않아 열릴 것이라는 생각은 일체 들지 않았던 자물쇠가 거짓말처럼 풀렸다. 챠르륵, 챠르륵. 이예주는 정신없이 조롱이를 김밥처럼 둘둘 말고 있는 사슬을 풀었다. 제드는 '흐에엑!' 하는 괴상한 소리를 내며 귀신 보듯 그녀와 열쇠를 번갈아 바라보았다.

싸구려 쇳덩이를 녹여 만든 건지, 자신의 손목에 매달린 람의 사슬과는 다르게 조롱이의 쇠사슬은 손이 축 늘어질 만큼 무거웠다. 그것을 바닥에 내팽개치듯 두고 재빠르게 열쇠를 안주머니에 다시 집어넣은 이예주는 정신없이 조롱이를 안아 들었다. 힘이 조금도 들어가 있지 않은 몸뚱이가 종잇장처럼 가볍게 들렸다.

조롱이는 손가락 끝을 움직여 보았다. 천만다행히도 손목을 돌릴 수 있을 만큼 마비가 풀려 있었다. 기절하기 전보다는 전체적으로 몸이 나아진 것 같았지만, 그래 봤자 다른 이가 보기에는 큰 변화가 없는 미미한 차이였다.

이예주는 제대로 몸에 힘을 주지 못하고 자꾸만 미끄러지는 조롱이를 양손으로 껴안듯이 받쳐 들다가 여전히 멍청하게 서서 눈만 끔뻑끔뻑 대는 인간에게 눈을 부라렸다.

제드가 허겁지겁 달려와 조롱이의 한쪽 팔을 어깨에 두르며 부축을 도왔다. 넘어질세라 조롱이의 허리를 단단하게 감싸 안은 이예주가 한층 가라앉은 목소리로 물었다.

"걸을 수 있어?"

"……."
"걸을 수 있어, 없어? 응?"
조롱이는 그보다 더 가라앉은 목소리로 대답했다.
"손이……."
"응? 손?"
"손이 이게 뭐예여……."
그는 움찔거리는 손으로 이예주의 오른쪽 손목을 슬며시 잡았다. 갑작스러운 접촉에 그녀가 움칫하자 조롱이는 제가 다 아프다는 듯 화들짝 놀라며 제 손을 떼어 냈다.
"고운 손이 이렇게 다 찢어져서…… 누나 손은 고왔는데. 고운 손이……."
"……."
"히잉. 목은, 목은 또 왜 이러구여. 엉망이잖아여……. 씨이, 누가 이런 거예여? 내가 누나 지켜 줬어야 됐는데. 우, 우리 예주 누나는 돈도 없구, 힘도 없구, 아무것도 없는 불쌍한 인간인데. 대체 누가 이렇게…… 이런……."
조롱이는 불그죽죽한 이예주의 목덜미를 보고 말을 잇지 못했다. 그는 잘 움직여지지 않는 팔을 억지로 쳐들었다. 간신히 그녀의 목 근처에 손이 닿았지만 차마 처참한 상흔을 차마 건들지 못하고 근처에서 바들바들 떨었다. 어느덧 그의 황금색 눈동자가 짠 물로 푹 젖어 있었다.
이윽고 조롱이의 팔이 주인의 의지를 더는 버티지 못하고 아래로 힘없이 떨어졌다. 동시에 그의 고개도 바닥을 향했다. 힘없이 처진 조롱이의 두 어깨가 간헐적으로 떨렸다.
그가 자신이 다쳤다는 사실에 자책하고 있다는 것을 이예주는 금방 알아차릴 수 있었다.

"바보야. 네 목도 만만치 않거든?"

그녀는 제 목을 만지지 못한 조롱이 대신 불쑥 손을 뻗어 그의 하얀 목에 난 붉은 자국을 어루만졌다. 다행히도 큰 상처는 아니었는지, 질금질금 새어 나오던 피는 그새 굳어 목 주변에 흉한 피딱지를 만들었다.

그렇지만 바늘을 우악스럽게도 쑤셔 넣어 그 부위만 유독 부은 것이 눈에 띄었다. 이예주는 괜히 울컥한 마음에 눈가가 시큰하게 달아오르는 것을 꾹 참고, 애써 아무렇지 않은 척 말했다.

"이깟 상처, 나가서 네 주인한테 치료해 달라고 떼쓰면 금방 없어지니까 신경 쓰지 마. 알았지?"

"……."

"그러니까 걱정 말고……."

끼기기기기, 기기기긱—

그때였다. 손톱을 잔뜩 세워 철판을 내리긋는 것 같은 기괴한 소리가 방 안 가득 울려 퍼졌다.

고막을 송곳으로 찌르는 듯한 날카로운 소리에 이예주가 양손으로 귀를 틀어막았다. 가까스로 조롱이를 부축한 채 균형을 잡고 서 있던 제드가 새파래진 얼굴로 소리쳤다.

"흐, 흐에엑! 저, 저기! 저, 저기 봐요!"

경악과 공포에 가득 찬 제드의 눈초리를 따라 그녀가 반사적으로 고개를 돌렸다. 그리고 그들은 지금껏 한 번도 보지 못한 끔찍한 장면과 마주할 수 있었다.

"……저게 뭐야?"

소리의 출처는 이예주의 강철 주먹에 맞고 쓰러진 눈족 장로였다.

활짝 열린 문 사이에 있던 장로의 배가 기괴하게 부풀어 올랐다.

얼마 지나지 않아 여자가 걸치고 있던 두꺼운 모포를 헤치고 그곳에서 두 개의 거무튀튀한 팔이 쑤욱 튀어나왔다. 끼에에엑! 제드가 돌고래보다 더한 고성을 질렀다.

끼기기긱, 기기, 기기기긱—

장로 쪽에서 다시 괴기한 울음소리가 튀어나와 제드의 비명과 한데 어우러졌다. 저 여자의 팔은 저기 머리 위로 들린 채 잘 붙어 있는데. 대체 왜 배가 있는 부분에서 한 쌍의 팔이 또 튀어나오는 거지?

이예주가 멍하니 눈앞에서 일어나고 있는 비현실적인 광경을 바라보며 입을 떡 벌리고 있을 때쯤, 여자의 옷자락을 헤치고 나온 거무튀튀한 팔 중 하나가 쑤욱 길어졌다. 인간의 것이라곤 믿기 어려울 만큼 길어진 그것이 젖혀져 있던 철문을 앞으로 끌어당겼다. 그와 동시에 나머지 팔이 문 뒤쪽의 천장으로부터 매달린 두꺼운 밧줄 끝을 잡아, 미친 듯이 흔들어 대기 시작했다.

대앵—

어디선가 커다란 종소리가 울려 탄광 전체에 속속히 퍼졌다. 대앵, 댕 댕—

"저, 저게……!"

"도망가야 돼여!"

문득 조롱이가 날카롭게 외쳤다.

"위에 있는 인간들에게 연결되어 있는 밧줄이에여! 곧 인간들이 내려올 거에여!"

"저건 대체…….."

"궁금한 건 나중에 나가서 해결하구 일단 도망부터 가여, 누나!"

다급히 외치는 조롱이의 말에 이예주는 고개를 끄덕였다.

"알았어. 제드 너, 조롱이 부축해서 데리고 먼저 나가."

 "헤, 헤엑! 제, 제가 부, 부축이요? 그, 그리고 저길 어떻게……."

 이예주는 그때까지 미동 없이 널브러져 있던 토끼 신인류의 팔을 잡아끌고 힘겹게 들어 올렸다. 마음 같아서는 또 다른 신인류고 뭐고 내팽개치고 조롱이만 데리고 후딱 도망가고 싶었지만, 머리 위에 튀어나와 있는 회색 토끼 귀를 보니 차마 두고 갈 수가 없었다.

 돌았지. 완전히 돌았어. 제 몸 하나도 간수 못하는 주제에 누구까지 데리고 탈출이래.

 그렇지만 핏발이 그득 선 눈으로 내 자식들을 내놓으라며 울부짖던 그레이 부인이 자꾸만 눈앞에서 가시지 않았다. 정말이지 어쩔 수 없었다.

 "으으!"

 변비로 고통받을 때보다 더한 힘을 주면서 이예주가 어렵사리 산쵸인지 칸쵸인지 모를 토끼 신인류를 제 등 위에 엎었다. 조롱이처럼 제 의지로 어느 정도 몸에 힘을 주고 있으면 좀 더 수월할 텐데, 토끼는 정신을 완전히 놓고 있어서 납덩이라고 해도 믿을 만큼 무거웠다.

 그나마 불행 중 다행인 것은, 그녀가 완전한 성인이 아니라 조롱이 또래로 보인다는 것일까. 그러나 이미 비루하기 그지없는 체력을 모두 탕진한 이예주에게는 썩 다행으로 다가오지 않았다.

 "으어어어!"

 간신히 토끼 신인류를 등에 걸친 그녀는 장기까지 토해 낼 기세로 온몸에 힘을 주어 바들바들 하체를 일으켰다. 등 뒤로 식은땀이 흥건하게 뿜어져 나오는 기분이었다.

 중심을 잡지 못해 잠시 휘청거리던 그녀가 가까스로 등 위의 무게에 익숙해졌을 때에도, 제드는 여전히 조롱이를 부축하고 선 채 이도 저도 못하고 있었다.

"헉헉…… 빨리 안 나가! 내가 먼저 조롱이 데리고 나갈 테니까 네가 애 업고 뒤에 나올래?!"

"아, 아니요! 나, 나가요! 나갈게요!"

이예주가 벌컥 화를 내고 나서야 제드는 조롱이를 데리고 움찔움찔 문 쪽으로 움직였다.

댕, 대앵— 댕. 눈족 장로의 배 속에서 튀어나온 기다란 두 팔이 여전히 따로 놀며 밧줄을 흔들어 댔다.

통로에 대자로 뻗은 탓에 문밖으로 나가기 위해서는 눈족 장로의 하체를 타고 넘어가야 했다. 배에서 튀어나온 두 팔을 건드려 자극하기라도 하면 끝장이다.

"흐으."

찹쌀떡보다 더 하얗게 질린 얼굴로 제드는 신음했다. 그는 한 손으로 조롱이의 어깨를 끌어안고, 또 다른 한 팔로는 철문의 경첩 부분을 움켜쥐었다. 그 상태로 조심스럽게 본인만 먼저 여자의 몸 위를 넘었다. 제 다리를 먼저 뺀 후 몸을 제대로 가누지 못하는 조롱이를 들어 옮기려는 계획이었다.

처음 내디딘 발은 문제없이 여자를 넘어 그녀의 발끝이 있는 반대편에 도착했다. 하지만 쩍 벌린 다리를 오므리기 위해 다음 발을 내디딜 무렵, 그만 눈족 장로의 썩은 팔에 신발이 스치고 말았다.

끼기기기이이익—! 그 감촉을 예민하게 알아챈 팔이 끔찍한 울음과 함께 문을 잡고 있던 손을 제드에게로 휘둘렀다.

"흐에에에엑!"

제드가 돼지 먹따는 소리를 내지르며 왼발, 오른발 가릴 것 없이 미친 듯이 발길질을 했다. 퍽퍽, 퍽. 모르는 사람이 봤으면 일방적인 구타라고 믿을 정도로 그의 발은 가차 없었다.

끄흐흐흑! 눈물 콧물 질질 짜는 제드에 의해 여자의 배에서부터 뻗어져 나왔던 두 팔이 모두 짓밟혔다. '댕, 대앵' 하고 시끄럽게 울리던 커다란 종소리가 뚝 끊겼다.

시체의 그것처럼 시커먼 두 팔은 썩어 들어가고 있었던 것인지 제드의 유약한 발길질에 괴상한 모양새로 푹 꺾여 바닥에 늘어졌다. 더 이상의 미동은 없었다. 흉측했던 등장과는 달리 허무하기 그지없는 결말이었다.

"그만! 그만하고 나가여! 그만하라구여!"

"흐이익!"

참다못한 조롱이가 성질을 내지 않았더라면, 그날 제드 놈은 곤죽이 될 때까지 여자의 몸을 걷어찼을 것이다. 제드는 조롱이의 고함에 다시 정신을 차렸다. 그는 힘겹게 제 몸에 기대고 있는 조롱이를 질질 끌고 훌쩍거리며 여자의 몸 위를 마저 건넜다.

"누나! 뭐 해여! 빨리 나와여!"

조롱이가 신인류를 힘겹게 둘러업은 채 아직 방 안에 남아 있는 이예주에게 소리 질렀다.

"알았어!"

그녀는 서둘러 바닥에 대충 내려놓았던 등불을 들어 올렸다. 이 정신 없는 와중에도 등불을 잊지 않고 챙기는 제 모습이 놀라웠다.

이예주는 황급히 방 안을 둘러보았다.

"어디 있지?"

초조한 마음에 그녀가 입술을 잘근잘근 깨물었다. 종소리를 듣고 지상 위에 있는 인간들이 들이닥치기 전에 얼른 찾아 도망가야 하는데.

지금까지 매번 신인류들을 데리고 이 방에서 일을 치렀다면 분명 방 안에 하나쯤은 있을 터였다. 그러나 침대와 탁자, 의자만이 덩그러니 놓여 있는 방에서 그것이 좀처럼 눈에 띄지 않았다.

제드에게서 들었던 검은 안개를 담은 유리병을 찾기 위해 샅샅이 눈알을 굴려 대던 이예주는, 탁자 위에 놓여 있는 나무 상자를 발견하고 반색했다. 정교한 무늬들이 새겨진 궤짝이었다.

그녀는 무거운 몸을 이끌고 서둘러 그쪽으로 다가갔다. 앞서 누가 먼저 손을 댄 건지 궤짝의 뚜껑이 열려져 있었다. 그 안에 그녀가 찾던 것이 검지 손가락만한 크기의 유리병들 안에 고이 담겨 있었다.

검은 안개는 마치 살아 있는 생명처럼 꿈틀거렸다. 전에 한 번 본 적 있었다. 사막에서 람이 모래로 괴물을 터뜨렸을 때였던가. 뭉게구름이나 솜사탕 뭉친 것과 같은 귀여운 생김새와는 달리 매연처럼 시커먼 뭉텅이가 마치 살아 있는 굼벵이처럼 굼질굼질 움직였다.

유리병에 담긴 검은 안개는 소량이었다. 하지만 폭 깊은 궤짝 안에 수십 개의 유리병이 쌓여 있었다. 그것들을 내려다보자니 조금 섬뜩한 기분이 들었다.

이예주는 들고 있던 등불을 일부러 탁자가 아닌 의자 위에 내려놓았다. 불에 닿으면 터진다니, 가지고 가기엔 좀 위험할 것 같은데…….

당장 폭발이라도 할까 봐 입 안이 바짝바짝 말랐다. 이것을 들고 가는 것은 답 없는 제가 생각하기에도 확실히 위험하고 미친 짓이었다. 하지만.

하지만 이건 람, 그리고 그레이같이 아이들을 빼앗긴 신인류들에게 가장 필요한 증거가 아닐까. 이것을 얻기 위해 신인류들을 납치하여 거래의 수단으로 이용하고, 또 그렇게 얻은 것을 되팔아 다시 신인류를 억압하기 위한 약물을 사들이는 데에 이용했으니.

모든 흑막의 중심에 있는 가장 실질적인 것. 이예주는 등불과 궤짝 안을 번갈아 바라보며 잠시 고민했다. 어떻게 보면 최고의 자살 수단이었고, 또 어떻게 보면 최고의 무기이자 물증이었다.

"예주 누나! 뭐 해여! 누가 오는 것 같아여! 빨리 나와여!"

"마, 맞아요! 레, 레이디, 얼른 나오시는 게……!"

그때 문밖에서 조롱이와 제드가 번갈아 가며 이예주를 채근했다. 누가 온다는 말에 그녀는 '에라, 모르겠다!' 하고 손을 뻗어 유리병들을 한 주먹 움켜쥐었다.

되는 대로 움켜쥔 탓에 유리병들이 손안에서 딸그락딸그락 서로 부딪치며 헛돌았다. 이예주는 다급한 손길로 제가 입고 있는 로브 안주머니에 그것들을 쑤셔 넣었다.

가슴이 닿는 부분이 불룩 튀어나왔다. 하지만 불편을 호소할 틈도 없이 내려놓았던 등불을 잡았다. 자꾸만 흘러내리는 토끼 신인류를 고쳐 업은 후, 경쟁하듯 떽떽거리는 두 사람에게로 뛰어갔다. 아니, 머리는 뛰고 있었지만 실제로는 그저 후들거리는 다리로 엉금엉금 걸었을 뿐이다.

문에 도착하니 눈족 장로란 장애물이 남아 있었다. 여자의 배에서 솟아나와 꺾인 식물 줄기처럼 축 늘어져 있는 팔을 피해 몸뚱이를 넘어가는 것은 너무 힘든 일이었다. 역겹고 혐오스러워서가 아니라, 신인류를 업은 채 다리를 높이 드는 일 자체가 엄청난 고역이었기 때문이다.

별수 없이 그녀는 그냥 발에 차이는 모든 것들을 밟고 지나가기로 결정했다. 여자의 배에서 뻗어 나온 팔을 밟았을 때, 발아래서 '뽀각' 하는 소리가 들리는 것 같아 얼굴이 창백해졌지만, 이예주는 애써 못 들은 척했다.

두 사람이 더해진 무게에 여자가 무의식중에도 '욱!' 하고 신음 소리를 냈다. 조롱이의 피를 쭉쭉 빨아 댔던 쳐 죽여도 시원찮을 여자였지만, 그 순간만큼은 조금 안쓰럽다는 생각이 들었다.

여하간 이예주가 신인류를 둘러메고 헐레벌떡 철문 밖으로 나왔을 때, 멀찍이서 동굴 벽을 타고 현재로써는 가장 듣기 싫은 소리가 메아리치며 들려왔다. 끼릭, 끼리릭, 끼리리릭— 엘리베이터의 낡은 도르래가 돌아가는 소리였다.

"승강기를 타고 누가 오는 것 같아."

그녀가 사색이 되어 말했다. 청각이 인간에 비해 뛰어난 황조롱이는 한참 전에 눈치채고 있었는지 이미 얼굴이 흙빛이었다.

"승강기 타고 도로 나가는 건 글렀고…… 이제 어떡하지?"

이예주는 암담한 눈으로 그들의 앞을 가로막은 동굴 벽을 바라보았다. 천장까지 틈 하나 없이 막힌 벽을 보니 인위적으로 막은 것이 아니었다. 여기가 정말 탄광의 끝인 것이다.

그녀는 차례차례 주변을 둘러보았다. 그들이 나온 오른쪽 방은 징그럽기 짝이 없는 눈족 장로가 쓰러진 채 문을 막고 있었고, 조롱이가 끌려나왔던 왼쪽 방은 사슬과 자물쇠로 꽁꽁 잠겨 있었다.

끊겨진 레일, 더 이상 뚫려 있지 않은 탄광굴의 마지막. 점점 커지는 승강기 소리.

"……어떡하지?"

이예주는 금방이라도 울 것 같은 얼굴로 혼잣말했다. 아무리 머리를 굴리고 굴려도 답이 나오지 않았다. 빌어먹을 '문'조차 나타나지 않았다.

"어떡하지, 이예주?"

정신을 차릴 기미가 없이 등 위에 늘어져 있는 토끼 신인류. 허연 얼굴로 사시나무 떨듯 떠는 멍청한 인간 하나. 그 인간에게 기댄 채 영 몸을 가누지 못하는 아픈 조롱이.

그리고 아무런 계획도 방법도 생각도 없는 자신. 답 없는 자신. 답 없는 이예주.

"진짜…… 진짜 어떡하지?"

람이 생각났다. 그 망할 자식은 끔찍이도 아끼는 애완동물과 자신이 이렇게 개고생을 하고 있는데, 대체 어디서 뭐 하고 있는 것일까. 밥은 잘 먹고 있나. 잠은 잘 자고 있나.

남자에 대한 생각에 화가 불쑥 치밀다가도 금세 우울한 얼굴로 꼬랑지를 내렸다. 따지고 보면 그 남자의 잘못은 하나도 없었다. 이게 모두 다 자신이 자초한 일이었으니까.

이 미친년! 멍청한 년! 이예주는 갑자기 든 자기혐오감에 입술을 한껏 씨근덕대며 제 자신에게 쌍욕을 퍼부었다. 그러다가 순식간에 생각을 달리하며 욕을 멈췄다.

아니야, 예주야. 넌 멍청하고 머릿속에 똥만 찬 년이 아니야. 너는 그냥 불쌍한 피해자야. 기껏 용암 피해 간신히 혼자 살아남았더니, 이제는 하나같이 제정신이 아닌 놈들에게 잡혀 죽임당할 신세가 되었구나!

그녀가 그렇게 깊은 자기 연민에 빠져 있을 때였다. 누군가 그녀의 팔을 콕콕콕 두드렸다. 이예주는 이제 곧 잡힐 거라는 절망 때문에 응답하지 않았다. 그러나 무시에도 굴하지 않은 누군가가 지속적으로 팔을 두드렸다. 탈출할 생각만으로도 벅찬 그녀는 그 작은 진동에 벌컥 화가 치솟았다.

"아, 왜!"

두 눈을 사납게 치켜뜨고 고개를 돌리자, 제드가 푸드덕 뒷걸음질

쳤다.
"왜! 뭐!"
"저, 저, 저기……."
"저기 뭐! 왜!"
"흐익!"
그가 겁먹은 표정을 지었다. 이예주는 찡그린 표정으로 그것을 바라보았다. 제드는 쭈뼛거리다가 이내 그녀를 건드린 이유를 털어놓았다.
"빠, 빠져나갈 방법이 이, 있는데요……."
기껏 해야 '오줌 마려워요, 무서워요.' 따위 말이나 할 줄 알았던 놈의 입에서 전혀 예상치 못한 말이 튀어나왔다. 그녀는 화등잔만 해진 눈으로 제드를 다시 보았다.
"뭐? 방법? 무슨 방법?"
"저, 저쪽으로 가면 기, 길이 더 있어요."
제드가 손가락을 뻗어 한 군데를 가리켰다. 그 끝에 탈출 방법으로는 생각도 하지 않은 철문이 보였다. 조롱이와 토끼 신인류를 꺼낸 후 용병대장이 다시 문고리를 쇠사슬로 꽁꽁 싸매고 자물쇠를 채운 오른쪽 문이었다.
"장난해? 저긴 신인류들 갇혀 있는 곳이잖아!"
"아, 아니에요! 아, 안쪽에 탄광 길이 더 파져 있어요! 저, 정말요!"
제드가 미심쩍어하는 그녀의 눈초리에 부리나케 외쳤다. 정말이라는 말을 세 번이나 거듭 반복한 그의 말은 거짓 같지 않았다. 이예주는 조금 뜸을 들이다가 되물었다.
"……확실한 거야?"
"아, 아부지가 여기를 시, 신인류들을 가둬 놓는 곳으로 만들고 나서부터는 내, 내려온 적이 없어서 마, 많이 바뀌었을지도 모르지만…… 그, 그래도 뭐, 원래 뚫어 놓은 길까지 바꾸진 않았을 거예요."

그는 이어서 그녀의 눈치를 살피며 덧붙였다.

"사, 사실 자, 자물쇠를 딸 수 있는 열쇠를 안 가지고 와서 마, 많이 걱정했는데, 레, 레이디가 가지고 계신 마, 마법 열쇠로 자물쇠를 따면……."

"들고 있어."

제드가 미처 말을 끝맺기도 전에 이예주는 토끼 신인류의 엉덩이를 떠받치느라 힘겹게 들고 있던 등불을 그에게 넘겼다. 그러고는 오른쪽 문으로 휙휙 걸어갔다.

빠르게 철문 앞에 도착한 이예주는 바닥에 잠시 토끼 신인류를 내려놓고 서둘러 품속을 뒤적거렸다. 딸그락딸그락, 유리병을 한가득 집어넣어 불룩 튀어나온 안주머니를 휘젓다 보니 맨 구석에서 딱딱하고 뾰족한 감촉이 느껴졌다.

혹여라도 꺼내다가 유리병이 바닥에 떨어져 깨지는 불상사를 막기 위해 신중을 기하며 열쇠를 끄집어낸 이예주는 혼잣말하듯 제드에게 말했다.

"이건 마법 열쇠 같은 거 아니야."

"예, 예? 마, 마법 걸린 열쇠가 아니면 뭐, 뭔데요?"

그녀는 자물쇠를 한 손으로 잡아 들고 구멍에다가 열쇠 머리를 쑤셔 넣었다. 자물쇠의 구멍은 그녀의 열쇠에 맞물리긴커녕, 금방이라도 열쇠를 툭 뱉어 낼 만큼 헐겁기 짝이 없었다.

그러나 람이 대체 무슨 요술을 부려 놓은 건지는 몰라도, 이음새 하나 맞지 않던 열쇠는 철컥하고 곧바로 잠금을 풀었다. 문고리에 많이도 감겨 있는 사슬을 둘둘 풀어내며 그녀는 툭 내뱉었다.

"뭐긴 뭐야. 처녀 혼자 사는 집 열쇠지."

"……."

"그러니까 넘볼 생각 하지 마. 치한으로 오해받고 아까처럼 얻어 터질라."

그녀는 마침내 무거운 쇠사슬들을 문고리에서 떼어 냈다. 워낙에 꽁꽁 감아 둔 탓에 시간이 지체됐다.

끼릭, 끼리리릭— 여전히 도르래가 돌아가는 소리가 울려 퍼졌다. 전보다 훨씬 더 크게 들리는 것으로 보아, 위에서 내려오는 놈들이 탄광에 도착하기까지 얼마 남지 않았다는 뜻이었다.

이예주는 빠른 몸놀림으로 옆에 내려놓았던 토끼 신인류를 다시 등 위에 둘러메었다. 끙차, 여러 번의 시도 끝에 무거운 몸을 일으킨 그녀는 비장한 표정으로 철문의 손잡이를 움켜쥐었다.

"가자, 얼른!"

끼이익— 귀곡성과도 같은 녹슨 경첩 소리와 함께 철문이 열렸다. 눈족 장로에게서 조롱이를 구출해 냈던 왼쪽 방과는 다르게, 오른쪽 방 안의 공간은 매우 어두웠다. 드문 간격으로 뤼미에르 꽃이 빛을 발했지만 대부분 수명이 다한 듯 그 밝기가 희미하기 그지없었다.

방처럼 쓸 만큼 협소한 공간의 왼쪽 방에 비해 이곳은 뻥 뚫려 있는지 서늘한 기운이 느껴졌다. 문턱에 서자 탄광 특유의 매캐한 석탄 냄새와 뭐라 형용할 수 없는 비린내가 훅 끼쳤다.

이예주는 뒤쪽으로 한 손을 뻗어 짧게 "등불." 하고 명령했다. 제드가 후다닥 등불을 대령했다. 그녀는 넘겨받은 등불을 문 안쪽을 향해 훅 들어 보였다.

등불의 미미함은 밝은 빛 아래에서만 해당되는 사항이었다. 완연한 어둠 속에서 기름 등불은 무섭도록 빛을 발하여 머나먼 반대편 갈림길까지 보이도록 시야를 터 주었다.

오른쪽 문 안은 도저히 방이라고 부를 수 없었다. 그저 동굴 통로의 연장선일 뿐.

제드는 제가 오지 못한 사이 길이 변했을지도 모른다고 걱정했지만, 다행히 길은 변하지 않았는지 광활한 동굴이 그들의 앞에 펼쳐졌다.

등불이 밝힌 것은 동굴 속 통로만이 아니었다. 어둠이 걷히자 조롱이가 갇혀 있던 곳의 처참한 광경이 드러났다. 문밖에서 끊겼던 레일이 문 안쪽에서부터 다시 시작되었고, 그 레일을 따라 양옆으로 커다란 동물을 수송할 때나 볼 수 있는 우리들이 일렬로 늘어서 있었다.

"이, 이게…… 이게 다 뭐야?"

어딜 둘러봐도 쇠창살만 그득했다. 듬성듬성 빈 우리도 있었으나, 대부분의 우리 안에는 살아 있는 것들이 갇혀 있었다.

그들의 모습은 제각기 달랐다. 동물의 모습인 이도 있었고, 동물과 사람의 중간 모습인 이들도 있었다. 조롱이처럼 완전히 사람의 모습을 한 채 정신을 잃고 축 늘어져 있기도 했다. 그러나 분명한 것은, 그들 모두 신인류가 틀림없다는 점이었다.

하나같이 어린아이들이었다. 동물의 모습을 했건, 인간의 모습을 했건 하나같이 약하고 어린 것들. 이예주를 바라보는 그 어린 것들의 동공 속에는, 눈곱만큼의 희망조차 존재하지 않았다. 오로지 공포, 절망, 체념만이 한가득 깃들어 있었다.

대충 세어 보아도 열 명은 넘어 보이는 아이들의 모습에 그녀는 눈앞이 아연해졌다.

어째서— 매번 오는 인간들과 다른 인간이 왔는데도 어째서 단 한 명도 구해질 거란, 무사히 집으로 돌아갈 거란 기대조차 하지 않는 걸까. 어째서. 얼마나 험한 꼴을 보아 왔으면.

문득 이는 현기증에 휘청거리던 그녀는 이내 중심을 바로잡고 조심스럽게 문 안으로 들어섰다. 그녀가 들고 있는 등불이 닿을 때마다 그들에게서 짙은 두려움이 왈칵왈칵 쏟아져 나왔다.

이예주가 멍하니 문에 가장 가까이 있는 비좁은 우리 안을 등불로 비추던 그 순간이었다.

"사, 산쵸!"

얼마 떨어지지 않은 우리의 쇠창살에 누군가 와락 달라붙어 낯익은 이름을 외쳤다.

"산쵸! 산쵸!"

이예주는 그 부름이 들리는 쪽의 우리까지 한달음에 다가갔다. 그 뒤를 조롱이를 부축한 제드가 쫓아갔다.

"내 동생이에요! 내 동생 산쵸예요! 산쵸! 산쵸!"

좁은 쇠창살 사이로 얼굴을 욱여넣을 만큼 우리 밖으로 애타게 손을 뻗는 인영을 향해 이예주는 등불을 비췄다. 토끼 귀가 머리 위로 삐죽 솟아 있는 것이 보였다. 업고 있는 신인류와 데칼코마니라도 한 듯 똑 닮은 얼굴이었다.

"우, 우리 산쵸를 살려 주세요! 제발 저를 데려가고 산쵸를 풀어 주세요! 우리 산쵸를 잡아먹지 마세요, 제발!"

갑작스레 비춰진 등불 빛에 놀라 잠시 쇠창살에서 떨어졌던 토끼 신인류가 곧 다시 달라붙어 애원했다. 순하고 동그란 두 눈에서 닭똥 같은 눈물들이 뚝뚝 떨어졌다.

"살려 주세요! 우리 동생을 살려 주세요! 살려 주세요!"

"예주 누나는…… 네 동생을 해치러 온 게 아니야."

보는 사람의 가슴이 다 에일 만큼 애절한 구걸에 보다 못한 조롱이가 나섰다. 동생을 업고 있는 인간의 뒤에서 들려오는 또 다른 목소리에 토끼가 흠칫 놀라 고개를 돌렸다.
"너는……! 아까 끌려 나갔던 황조롱이?"
분명 용병대장의 손에 질질 끌려갔던 황조롱이였다. 그런 그가 잡아먹히지 않고 그들의 앞에 우뚝 서 있었다.
튀어나올 것같이 커다랗게 뜬 눈으로 인간 여자와 황조롱이를 번갈아 보던 우리 안의 토끼가 중얼거렸다.
"어, 어떻게……."
"예주 누나는 좋은 인간이야. 나를 구하러 와 주었어. 나를 구하면서 네 동생도 같이 구해서 나가는 거야."
음울한 절망으로 감싸였던 동굴 안이 일순 경악과 놀라움으로 술렁거렸다. 인간이 신인류를 구해? 인간이 황조롱이를 구했다. 인간이 황조롱이를 구하러 와 주었대.
그 술렁임은 곧 어린것들의 훌쩍임으로 변질되었다. 아이들이 하나둘 흐끅 흐끅 울음을 터트리기 시작했다.
엄마 아빠, 보고 싶어요. 집에 가고 싶어, 엄마.
"가, 감사합니다. 감사드려요, 인간님. 우, 우리 동생을 꼭 데리고 나가 주세요! 우리 동생만이라도 꼭이요. 제발요!"
아이들의 울음 섞인 헐떡임 속에서 토끼가 벌건 눈으로 인간 여자에게 빌었다. 그에 흐느낌들이 더욱 커졌다.
이예주는 꿀 먹은 벙어리처럼 한마디도 하지 못했다.
"……누나, 어쩔 수 없어여. 그만…… 그만 가여."
조롱이가 떨리는 목소리로 그녀를 재촉했다.
"마, 맞아요. 빠, 빨리 가야 돼요, 레이디."

제 아비가 저지른 죄악의 광장에서 속히 벗어나고 싶은 제드가 미친 듯이 고개를 끄덕이며 조롱이의 말에 동의했다.

문득 머리가 아파 오기 시작했다. 두통에 휩싸인 이예주의 뇌는 이 상황에서 가장 당연하고 적합한 명령을 내렸다. 뭐 해, 이예주. 그만 가. 무슨 광영을 보겠다고 아직도 도망 안 가고 이렇게 서 있는 거야, 이 멍청한 계집아.

그러나 이미 동굴 저편으로 헐레벌떡 달리고 있는 뇌와는 다르게 이예주의 몸은, 그러니까 그녀의 다리는, 누가 발밑에 본드라도 발라 놓은 양 좀체 움직이지 않았다.

그때였다. 끼이, 끼리리릭— 쿠우웅— 열린 철문 밖, 멀찍이서 육중한 것이 바닥과 맞부딪히는 굉음이 들렸다.

헉. 신인류들은 그 소리가 무엇인지 곧바로 알아챈 듯, 훌쩍거리던 숨을 한가득 들이마시며 두려움에 벌벌 떨었다. 동굴 안이 다시 끔찍할 만큼 고요해졌다.

벌써 두 번째로 듣는 것이니 이예주의 일행도 그 소리를 모를 리 없었다. 엘리베이터가 마침내 긴 여정을 마치고 바닥에 낡고 무거운 몸체를 내려놓는 소리였다.

"헉! 이, 인간들이에요! 인간들이 틀림없어요! 도망가세요, 인간님! 산쵸를 데리고 부디 얼른 도망가 주세요!"

우리 안에서 토끼가 파리해진 안색으로 비명을 질렀다.

"누나! 예주 누나, 가야 돼여!"

"레, 레이디. 가요! 가요!"

마비가 제법 풀린 것인지 아니면 마비가 풀릴 만큼 급박했는지, 놀랍게도 조롱이가 한쪽 팔을 번쩍 들어 토끼를 업고 있는 이예주의 등을 마구 밀었다. 제드가 아직 제대로 움직이지 못하는 조롱이의 발이 되어, 등을 떠미는 조롱이에게 힘을 실어 주었다.

그들의 공세에 자의 반, 타의 반으로 못 박힌 듯했던 이예주의 다리가 움직였다. 그녀가 걸음을 옮기기 시작하자 제드와 조롱이는 눈에 띄게 안도하며 그 뒤를 따랐다.

이예주는 도망을 가기 위해 다시 부지런히 걸었다. 그런데 자꾸 귓속에서 질척한 흐느낌이 떨어지질 않았다. 마치 몸 위에 올라탄 처녀 귀신이 가위를 누르며 귓가에 음습한 귀곡성을 쏟아 내는 것처럼.

흐…… 흐으…… 엄마, 집에 가고 싶어……. 아빠, 무서워…… 무서워…… 죽기 싫어…….

척추를 타고 짜르르 소름이 돋았다. 머리카락 끝이 쭈뼛 설 정도로 작은 흐느낌이었다. 그게 귀 옆에서 날숨을 내뱉듯 속삭이면서…….

"씨발."

이예주는 결국 우뚝 멈춰 섰다. 어금니를 꽉 문 탓에 그녀의 턱이 눈에 띄게 단단해졌다.

빌어먹을. 이게 다 아까 철문을 따고 열쇠를 다시 안주머니에 쑤셔 넣지 않은 탓이야. 멍청하게도 그걸 그냥 손에 쥐고 무작정 문 안으로 들어선 탓에 뾰족한 열쇠 끝이 손바닥을 자꾸 찔러서. 손바닥이 너무 아파서.

이게 다 열쇠 때문이야, 이게 다.

"누나."

조롱이가 우뚝 멈춘 이예주를 불렀을 때, 그녀는 불쑥 뒤로 돌아 그를 마주 보았다. 그녀는 다급한 몸짓으로 바닥에 토끼 신인류와 등불을 내려놓았다. 그러더니 도망 길과는 정 반대쪽을 향해 성큼성큼 뛰어가기 시작하는 게 아닌가.

"예주 누나!"

그녀의 기행에 조롱이가 불안한 얼굴로 다시 한번 소리쳐 불렀다. 그러나 이예주는 대답도 않고 마구 달려 문과 가장 가까운 첫 번째 우리 앞에 도달했다.

문이 열린 탓에 바깥에서부터 뤼미에르 빛이 쏟아져 들어와 첫 번째 우리 안에 있는 동물을 비교적 자세히 볼 수 있었다. 겁에 질린 까만 눈동자. 너구리였다.

문을 열어 둔 탓인지 멀찍이서 들릴 듯 말 듯 인간들의 말소리가 웅웅 울리는 것 같았다. 환청이었으면 더할 나위 없이 좋겠지만, 빌어먹게도 제정신이 똑바로 박혀 있는 상태이니 환청은 아니겠지.

아니, 사실은 모르겠다. 이예주는 자신이 많이 이상하다는 생각이 들었다. 왜 이런 짓을 할까, 왜.

어쩌면 지하 700미터 아래로 내려올 때부터 조금 미친 게 아닐까. 그렇지 않다면 제가, 같은 반 친구들이 수학여행 사고로 뒈지든 말든 부득불 '문'을 넘어 혼자만 살아남은 제가, 이럴 리 없는데.

종소리를 듣고 내려온 인간들이 아주 멀리 있는 탄광 입구에서부터 아주 천천히 걸어오며 대화를 나누고 있더라도, 그 대화 소리는 점점 커질 것이다. 그리고 결국엔 바로 코앞에서 들릴 것은 자명한 일이었다.

그전에, 그러니까 그전에.

"씨발, 내가 무슨 광영을 보겠다고. 내가 무슨 광영을 보겠다고……."

미친, 이건 오지랖이야. 당장 도망가도 모자랄 판에. 정말 몸에 성인군자라도 납신 것이 틀림없어. 미친년, 너 돌았어. 넌 미친 것이 확실다고.

이예주는 끊임없이 욕설을 지껄였다. 그러나 현실을 똑바로 자각하고 있는 입과는 다르게, 그녀의 손은 우리 문을 잠가 둔 커다란 자물쇠를 덜컥 쥐고 있었다.
 그녀는 급한 마음에 열쇠 구멍도 제대로 확인하지 않고 무작정 열쇠를 쑤셔 넣었다. 철컥. 마법 열쇠가 또 한 번 그 진가를 발휘했고, 너구리가 갇혀 있는 쇠창살 문이 활짝 열렸다.
 이예주는 금방이라도 울 것같이 일그러진 얼굴로 겁에 질려있는 작은 너구리에게 말했다.
 "나와."
 망할.
 "으으! 망할! 지금부터 문 다 열 테니까. 정신머리 있는 놈들은 빨리 튀어나와서 정신 못 차리는 것들 데리고 도망가. 얼른!"
 망할 놈의 이예주.

 조롱이는 동굴 한가운데에 깔려 있는 레일 위에 서서, 인간 여자가 하는 양을 멍하니 바라보았다. 그녀는 레일을 중심으로 왼쪽 오른쪽을 번갈아 허겁지겁 뛰어 다니며 우리의 문들을 열고 있었다.
 생쥐나 박쥐 따위의 작은 설치류는 문이 열리자마자 제각기 뚫려 있는 구멍으로 쪼르르르 도망을 쳤다. 사실 박쥐는 탄광에서 살아서 딱히 도망갈 데가 없었다. 먹이를 찾으러 승강기 주변까지 나왔다가 인간이 휘두르는 각목에 두드려 맞고 어이없이 잡힌 것이라 그는 인간의 손에 다시 풀려나는 것에 관해 굉장히 상심했다.
 지하 깊은 곳에 파져 있는 굴이라는 단점은 몸집이 작은 동물들에게는 단점으로 작용하지 않았다. 이곳저곳 파인 것이 굴이고 구멍이라 일단 동물의 모습을 하고 있다면 도망을 치는 것은 일도 아니었기 때문이다. 문제는 몸집이 큰 육지 동물과 날아다니는 조류였다.
 제일 먼저 풀려난 작은 너구리는 몸이 유연하여 설치류들이 도망가는 틈새를 비집고 도망치거나 숨을 수 있었지만, 그러지 않았다. 너구리는 포포포포 울다가 '펑!' 하고 10살 정도 된 인간 남아의 모습으로 변하더니 망을 본답시고 철문 앞에 붙었다.

철컥, 끼익— 마술을 부리듯 이예주의 손이 쉴 새 없이 자물쇠를 땄다. 방금 막 열린 쇠창살에서 참매 세 마리가 퍼덕퍼덕 힘차게 날갯짓을 하며 그녀의 얼굴 위로 깃털을 흩뿌렸다. 아직 어려서 그런지 도약하는 것이 어수룩했다.

참매들은 날다가 떨어져서 총총총 뛰다가 다시 나는 것을 반복했다. 그러나 어린것들이라고 해 봤자 황조롱이보다 두 배는 커다랬다. 아직 인간의 말을 하는 각성 단계까지는 못 갔는지, 밖으로 나온 참매들이 사납게 꺅꺅댔다.

이예주는 머릿결에 회갈색의 깃털이 엉기든 말든 바로 반대편 레일로 뛰어갔다. 참매들이 그녀의 뒤를 어미 새 따르듯 앞서거니 뒤서거니 하며 졸졸 따랐다.

"⋯⋯누나."

조롱이는 작은 목소리로 이예주를 불렀지만 그녀는 그 소리를 전혀 듣지 못하는 것 같았다. 어쩌면 들었음에도 차마 그를 마주할 자신이 없어 못 듣는 척하는 것일 수도 있다.

열쇠를 들고 정신없이 뛰어다니는 이예주의 턱을 타고 굵은 땀방울들이 뚝뚝 떨어졌다. 그녀가 데려온 족장의 아들은 그녀의 행동에 어찌할 바를 모르고 질린 안색으로 발만 동동 굴렸다.

조롱이는 다시 한번 이예주를 부르려다가 이내 입을 다물고 한숨을 내쉬었다. 부른다고 해서 들을 인간도 아니었지만, 우리에 갇혀 있는 신인류들과 같았던 입장으로서 그녀가 지금 하는 행동이 너무나도⋯⋯.

그래, 너무나도 당황스러웠다. 얼마나 당황스럽냐면 족장의 아들이 발을 동동 구르다 못해 손톱까지 톡톡 깨무느라 조롱이를 부축하던 것을 멈추었을 때, 약 기운으로 마비된 다리로 꼿꼿이 섰을 정도였다.

이예주는 다시 왼쪽으로 넘어와 새로운 우리의 문을 열었다. 어딘가 모르게 스산한 느낌의 네댓 살 먹은 여자아이가 자물쇠 따는 모양새를 말똥말똥 바라봤다. 이윽고 쇠창살을 훅 잡아당긴 그녀가 아이에게 다정스레 말했다.

"얼른 나와."

아이가 이예주를 경계하듯 바라보다가 입을 열었다. 가느다랗고 끝이 두 가닥으로 갈라진 혀가 날름날름 움직였다.

"쉬익— 고마워, 쉭."

여자아이라고는 믿기 힘든 거칠거칠한 소리가 혓바닥을 타고 흘러나왔다. 이내 '펑!' 하고 검은색의 자욱한 연기가 터졌다. 매캐한 연기 사이로 조롱이의 닭발만큼 노란 색의 굵은 구렁이 한 마리가 꿈틀꿈틀 기어 나와 이예주의 다리를 스산하게 스치고 지나갔다.

머리끝까지 소름이 쫘악 끼쳤다. 그녀는 고맙다는 인사에 답도 못하고 로봇처럼 뻣뻣한 몸짓으로 등을 돌렸다. 간신히 레일을 넘어 오른쪽에 도착해서야 뒤늦은 몸서리가 쳐졌다.

"······으읏!"

차마 대놓고 반응할 수 없었지만, 정말이지 뱀은 질색이었다.

그다음 우리에 있는 것은 대체 어디서 잡아 왔는지 모르겠는, 커다란 코끼리였다. 그는 실제 나이도 15살이었고, 인간의 모습으로도 딱 15살짜리 남자애 같았다. 코가 있는 자리에 인간의 짧고 뭉툭한 코 대신 길쭉한 회색 코가 있는 것이 참 인상 깊었다.

그다음 우리에는 완전한 인간의 모습인 바싹 마른 할아버지가 앉아 있었는데, 그는 이 탄광 전체에서 유일한 성체 신인류였다. 어린 신인류들만 잡혀 온 이곳에 웬 할아버지가 있을까 싶어 고개를 갸웃거리는 이예주에게 그는 끙끙거리며 사정을 설명했다.

"파도에 휩쓸려서 해안가까지 떠내려왔는데, 다시 바다로 돌아가던 도중에 인간 아이들이 너무 빨라서 잡혀 버렸다오……."

대체 어떤 동물이기에 인간보다 느려서 잡혀? 그 궁금증은 이예주가 조롱이와 같이 데리고 나온 토끼의 쌍둥이 자매를 꺼내고, 그 옆 우리에서 정신을 못 차리고 쓰러져 있는 두더지까지 꺼내 주고 나서야 풀렸다.

그때까지 꺼낸 신인류들의 수를 모아 보니 열이 약간 넘는 정도였다. 그중에 조롱이와 토끼처럼 약을 맞고 정신을 잃은 어린것들이 세 명이나 되었다. 그것들은 고작해야 세네 살은 넘었을까 싶을 만큼 완전히 아가들이었다.

동물의 모습이 아닌 인간의 모습을 하고 있어서 어떤 동물들인지 종잡지 못하던 이예주에게 한 사슴이 껑충껑충 뛰어와 왼쪽부터 차례대로 여우, 두더지, 사슴라고 알려 주었다. 약을 맞아 쓰러진 사슴은, 어린 신인류들이 어떤 동물인지 알려 준 사슴의 동생이었다. 다행히 그 아이는 제 오빠가 책임지고 태워 나르기로 했다.

그러나 남은 신인류가 무려 두 명이었다. 오랜 시간 갇힌 채 지속적으로 약을 맞은 탓에 몸이 많이 약해진 칸쵸는 부축을 도울 순 있어도 제 자매를 업고 이동할 정도는 못 되었다. 때문에 산쵸를 업어야 하는 이예주가 남은 둘까지 안아 들고 움직일 수는 없었다.

그녀는 실신하기 직전인 제드를 잠시 돌아보았다가 이내 고개를 저었다. 조롱이 하나도 제대로 부축하지 못하는 저 심신미약자가 이유아들까지 데리고 움직일 수 있을 리 만무했다.
 난감한 표정으로 어찌할 바를 모르는 이예주에게 선뜻 아이들을 제가 옮기겠다며 나선 것은, 바로 늙은 할아버지였다. '펑!' 하고 변한 그는 제 등에 아이들을 올려 달라고 요청했는데, 우리 넓이만 한 커다란 등딱지를 가진 바다거북이었다.
 아이들을 들어 그의 등딱지에 올려놓으면서도 이예주는 이게 과연 잘하는 짓인가 하는 의문이 들었다. 바다거북이 왜 인간 아이들에게 잡혔다고 말했는지 막 깨달았기 때문이다.
 아이들을 태운 할아버지는 열심히 움직였다. 하지만 전혀 움직였다고 볼 수 없을 만한 움찔거림에 불과했다.
 그때였다. 멀리 떨어진 철문 쪽에서 망을 본답시고 서 있던 너구리가 화들짝 놀라 쩌렁쩌렁 소리를 질렀다.
 "포포포! 다 왔어요! 인간들이 왔어요! 거의 다 왔어요!"
 그 소리에 동굴 안이 커다랗게 술렁였다. 끼엑 끼엑 하는 새소리부터, 왈왈, 멍멍, 꾸어엉, 쉬익 쉬익, 꾸엑, 꿀꿀까지. 제각기 울어 대는 동물들의 겁에 질린 소리가 마치 동물원에 와 있는 것만 같은 착각을 불러일으켰다.
 이예주는 일그러진 얼굴로 고개를 들어 아직 우리 안에 남아 있는 동물들의 수를 세었다. 병아리, 돼지, 강아지가 공포에 잠식된 눈으로 그녀를 애타게 바라보며 어서 꺼내 달라고 울고 있었다.
 그들이 갇혀 있는 우리 옆으로 동굴이 끝나는 게 아니었다. 그 뒤로도 수많은 우리들이 쫘아악 늘어서 있었고, 가깝다고 느꼈던 반대편의 갈림길은 생각보다 멀리 있었다. 도망치든 숨든, 이제 이예주도 제 살길을 도모해야 할 때였다.
 그녀는 서둘러 뛰듯이 걸어가 저보다 바닥에 내려놓았던 토끼 신인류 산쵸를 다시 힘겹게 둘러업고 조롱이와 제드를 챙겼다. 이예주의 시선이 닿자 조롱이를 놓은 채 안절부절못하고 있던 제드가 허겁지겁 그를 부축했다.

이예주는 흘끗 바닥에 놓아둔 등불을 향해 턱짓하며 제드에게 그것을 들기를 종용했다. 이제 제법 눈치가 빨라진 그는 끽소리도 않고 그것을 행했다.

그녀는 다시 뛰듯이 걸어 닭이 있는 우리 앞에 도착했다. 그 뒤를 동물들이 우르르 뒤따랐다. 다급한 손짓으로 자물쇠를 마저 연 후, 그녀는 고개를 돌렸다.

"……이제 그만 따라와."

그러나 신인류들은 말을 듣지 않았다. 이예주가 돼지가 갇혀 있는 우리의 자물쇠를 따며 "따라오지 마." 하고 한 번 더 말해도 소용없었다. 꼭 엄마가 좋아서 달라붙는 어린아이를 억지로 떼어 내는 기분이었다.

이예주는 조금 떨리는 목소리로 제 뒤에 죽 늘어선 신인류들을 바라보고 이야기했다. 뒤늦게 엉금엉금 기어 온 바다거북이 뭉쳐 있는 동물 무리에 합류했다.

거북 할아범을 제외하면 하나같이 작고 미성숙한 아이들이었다. 그 아이들의 까만 눈동자가 오롯이 자신을 향해 못 박혀 있었다.

"따라오지 말라고."

이예주가 다시 한번 말했다. 이번에는 목소리가 떨리지 않았다.

"우, 우리도…… 우리도 데려가 주세요."

그녀의 등에 업힌 토끼의 쌍둥이 자매가 어렵사리 입을 열어 애원했다. 이예주는 곧바로 고개를 저었다. 냉정하게 내치면서도 그녀는 울고 싶어졌다.

"안 돼."

"……."

"……아니, 그렇게 못해. 나 너희들 다 못 데려가."

마지막 단어는 거의 흐느낌에 가까웠다.

"그, 그럼 우리는 어떡해요? 이, 인간님이 풀어 주셨잖아요. 인간님이 우리를, 우리를 구해 주러 오셨잖아요."

이번에는 인간으로 변한 제 동생을 둘러업은 사슴이 말했다. 이예주는 울상을 지었다.

"난…… 난 그냥 풀어 주기만 할 뿐, 나머지는 너희들이 알아서 해야 돼. 나한텐 너희들 주인처럼 다 구할 만한 힘 같은 거 없어. 그러니까……."

"쉬익! 그러면 우리를 왜 풀어 줬어!"

이예주의 말을 끊고 구렁이가 머리를 바짝 쳐든 채 경계 어린 소리로 위협했다. 그녀를 둘러싼 신인류들의 표정이 처음보다 더 어두워졌다. 마치 늪에 빠져 점점 죽어 가는 것처럼, 그들에게서 다시 질척하고 음울한 죽음의 냄새가 풍겼다.

이예주가 당황하여 주춤주춤 물러섰다. 그만큼 그들은 거리낌 없이 더 다가왔다.

"네가 모른 척 지나갔으면 어저께 약 먹은 쟤네 셋만 먼저 끌려가고, 나머진 좀 더 살았을 텐데!"

"……."

"네 등에 업힌 토끼랑 황조롱이만 데리고 갈 거면서! 우리는 책임도 못 질 거면서! 왜 네 마음대로 풀어 줬냐고!"

이예주는 독기 품은 눈으로 쉭쉭대는 노란 구렁이에게 아무런 답도 할 수 없었다. 토끼도 사슴도 말은 하지 않았지만 같은 생각인 것 같았다. 우리를 모두 구해 주지도 못할 거면서 왜 괜히 나서서 우리를 열어 주었느냐고.
"인간 주제에! 인간 주제에, 너만 아니었으면! 너만 아니었으면……!"
"그만해!"
극도로 흥분한 구렁이가 표독스럽게 머리를 양옆으로 흔들며 모든 죄를 이예주에게 뒤집어씌우던 그 순간, 조롱이가 구렁이 앞에 불쑥 끼어들어 이예주를 막아섰다.
"너, 황구렁이! 도와준 사람한테 왜 그런 식으로 말을 해? 너희들이 뭘 안다고! 너희들이 예주 누나에 대해 뭘 안다고!"
"조, 조롱아."
이예주는 무리하게 몸을 움직여 휘청거리는 조롱이의 팔을 가까스로 잡아채었다. 잠시 한눈판 사이 조롱이를 놓친 제드가 그녀의 부릅뜬 눈에 허둥지둥 다가와 다시 부축했다.
조롱이는 여전히 씩씩 숨을 몰아쉬며 소리쳤다.
"설치류들을 봐! 풀어 주자마자 알아서 제 살길을 찾아 갔잖아! 가만히 있었으면 이대로 인간들 밥이 되어 죽어 나갔을 너희들, 못 본 체 안 하고 다 풀어 줬으면 도망 정도는 알아서 가야 할 거 아니야!"
"……."
"너희들 때문에 오히려 우리 예주 누나가 잡히게 생겼어! 예주 누나는 날 구하러 온 죄밖에 없는데! 너희들 때문에! 너희들 때문에…… 씨잉!"
"이제 어떡해. 우린 이제 다 죽은 목숨이야. 다 죽은 목숨이라고. 엄마, 엄마……."
조롱이가 울먹거리자 그때까지 조용히 있던 코끼리가 뜬금없이 눈물을 터뜨리며 엉엉 울어 대기 시작했다. 아이들 사이에 울음이 순식간에 전파되었다. 구렁이도 두더지도 토끼도 사슴도, 너 나 할 것 없이 엄마가 보고 싶다고 훌쩍거렸다.
이예주는 너무 착잡한 나머지 죽을 것 같았다.
"울지 말렴, 아이들아. 저 황조롱이의 말이 모두 맞단다."
그 순간, 계속 침묵을 고수하던 바다거북이 무겁게 입을 열었다.
"이 인간 아가씨는 우리를 돕기 위해 최선을 다한 것이 틀림없다. 틀림없고말고……. 우린 인간 아가씨에게 고마워해야 해."
"하지만, 하지만…… 그럼 이제 우린 어떻게 도망가요, 할아범. 우린 설치류들처럼 몸이 작은 것도 아니라 땅 구멍 같은 곳에 숨었다가 도망칠 수도 없는데…… 흐윽, 흑."
코끼리가 여전히 눈에서 구슬 같은 눈물을 쏟아 내며 통곡했다. 떼를 쓰는 듯한 코끼리에게 바다거북은 천천히 고개를 저어 보였다.
"이젠 힘을 합쳐 인간들을 물리치고 도망을 칠 수밖에 없단다. 언제까지 어리광을 부리는 어린아이로 있을 수만은 없지 않니."
바다거북의 엄숙한 말에 너도 나도 울음을 터뜨리던 아이들이 차차 소리를 죽였다. 거북 할아범이 이번에는 이예주를 바라보며 말했다.
"듣자 하니 황조롱이와 인연이 깊은 인간이로군. 약을 맞아 거동이 불편한 황조롱이를 데리고 힘들게 도망치는 마당에 우리한테 발목이 잡혀 어찌하누. 미안하네, 아가씨."
"아…… 아니에요."
이예주는 입술을 깨물고 고개를 숙였다. 차마 신인류들을 마주 볼 용기가 나지 않았다. 모든 것이 제 탓 같았다.
"미안해하지 마세요. 미안한 건 오히려……."
"포포포! 너구리 살려! 포포포!"

그때였다. 철문 입구 쪽에서 망을 보던 너구리의 날카로운 비명 소리가 동굴 안에 쩌렁쩌렁 울려 퍼졌다. 이예주와 모든 신인류들의 시선이 동시에 휙 돌아갔다.

"어랍쇼? 오늘이 짐승 새끼들이 모이는 날이던가?"

"……."

"오늘이 우리 족장님 취임식이라 이 집에 인간 모임이 있다는 소린 들었어도, 털 날리는 것들의 모임이 있다는 소리는 못 들었는데?"

이예주의 근처에 몰려 있던 짐승들이 제각기 거친 숨을 들이켜며 딱딱하게 얼어붙었다. 그들의 시선이 닿은 철문 앞에, 커다란 인간이 버둥거리는 너구리의 꼬리를 부여잡고 우뚝 서 있었다. 그 뒤로 그만큼 험상궂은 남자 두 명이 더 있었다.

"요, 용병대장이야……."

구렁이가 숨넘어갈 듯 헐떡이며 말했다. 그러고는 꿈틀꿈틀 움직여 제 몸통으로 머리를 꽁꽁 감싼 채 와들와들 떨었다.

손끝이 저릿저릿하게 떨리는 것은 이예주 또한 마찬가지였다. 지금까지 느끼지 못했던 목의 상처가 욱신거리기 시작했다. 아무래도 태어나서 처음으로 타인에게 목이 졸려 또 하나의 트라우마가 생긴 것 같았다.

뚜벅뚜벅, 너구리를 손에 틀어쥔 용병대장이 철문을 지나 동굴 안쪽으로 걸어오기 시작했다.

"종이 울리기에 부리나케 우리 귀한 손님 데리러 내려왔더니, 대가리가 완전히 깨져 있더군. 응? 대가리가 완전히 아작 나 있더란 말이야."

"……."

"대체 어떤 망종이 부르는 게 값인 우리 귀한 손님 대가리를 그렇게 처참하게 깨뜨려 놓았을까……. 고민을 하다 보니 글쎄, 내가 없으면 족장님도 열지 못하는 철문이 활짝 열려 있지 않은가. 그도 모자라 온 마을을 이 잡듯이 뒤져 잡아 온 동물들이 모두 우리에서 나와 사이좋게 노닥거리고 앉아 있네?"
 용병대장이 동물들 사이에 얼빠진 얼굴로 서 있는 이예주를 정확히 쳐다보았다. 아드득, 그의 입에서 이를 가는 섬뜩한 소리가 흘러나왔다. 그녀를 노려보는 놈의 눈이 어둠 속에서 형형히 빛났다.
 "이런 환장할 상황을 만든 인간은 대체 어떤 낯짝을 하고 있으려나 했더니. 발칙한 계집년."
 "……."
 "바로 너로군."
 이예주는 벌벌 떨리는 몸에 힘을 줬다. 무서웠다. 힘을 풀면 옆에 있는 어린 신인류들처럼 꼴사납게 떨게 될 것 같았다.
 "망할 년. 이번에야말로 잡아서, 산 채로 껍데기를 벗겨 바닷물에 염장해 주마."
 남자가 욕지거리를 걸게 지껄이며 발걸음을 다시 옮겼다. 놈이 너구리가 갇혀 있던 첫 번째 우리를 지나려던 바로 그 순간이었다. 우리와 우리의 넓지 않은 틈새로 갑자기 시커먼 쥐 떼가 우르르 쏟아져 나왔다.
 "뭐야! 이게 다 뭐야!"
 갑작스런 쥐 떼의 습격에 용병대장과 그 수하들은 자리에서 펄쩍펄쩍 뛰며 괴성을 질렀다.
 오랫동안 지하 탄광 속에서 숨어 산 쥐들은 하나같이 털이 새까맸다. 그중 유일하게 새하얀 털을 가진 생쥐가 용감하게 용병대장의 바지를 물고 늘어졌다. 아까 이예주가 풀어 주자마자 꽁지가 빠져라 작은 구멍으로 도망친 생쥐였다.

찍찍, 찍찍찍찍. 동굴 안은 온통 쥐 울음소리 천지였다. 그러나 그것은 약과였다. 어디선가 끼끼끼끼, 꾸꾸꾸꾸 하는 정체불명의 소리가 울려 퍼졌다. 곧 열려 있는 철문 너머로 새까만 박쥐 떼가 나타나 용병대장 일행에게 날아들었다.

"악! 윽! 으악—! 이게 뭐야! 당장 이것들을 죽여! 당장!"

용병대장이 두 팔을 미친 듯이 휘휘 내저으며 소리 질렀다. 하지만 그의 명령을 들을 수하들 또한 사정이 여의치 않은 것은 마찬가지였다.

발치를 맴도는 쥐 떼와 끊임없이 달려드는 박쥐 떼 때문에 놈들은 좀체 균형을 잡지 못하고 자꾸만 레일 왼쪽으로 몰렸다. 철문까지 길이 트였다. 바다거북이 소리쳤다.

"지금이야! 달리려무나!"

그 소리에 멍하니 인간들의 꼴을 바라보던 어린 신인류들이 달음박질치기 시작했다.

가장 앞서 철문 근처에 도착한 참매 세 마리가 푸드덕푸드덕 힘찬 날갯짓을 했다. 매들은 박쥐 떼와 더불어 용병대장에게 달려들어 놈의 손을 미친 듯이 쪼아 대었다.

"아악!"

날카로운 맹금류의 부리와 발톱에 팔이 찢긴 용병대장이 아차 한 사이 붙잡고 있던 너구리의 꼬리를 놓쳤다. 가볍게 착지한 너구리가 제일 먼저 철문을 지나 바깥으로 나갔다.

그 뒤를 닭, 돼지, 토끼, 사슴, 병아리가 차례차례 따랐다. 그들은 헐레벌떡 뛰어 문밖으로 빠져나갔다.

이예주 앞에 남은 것은 여전히 머리를 숨긴 채 와들와들 떨어 대는 구렁이와 훌쩍거리는 코끼리, 그리고 두 신인류를 태운 채 열심히 움직이고 있지만 세 발자국도 벗어나지 못한 바다거북뿐이었다.

그녀는 그들을 보다가 저도 모르게 혀를 꽉 깨물었다. 정말이지, 뱀은 싫은데.

"정신 차려!"

이예주는 손을 뻗어 노란 구렁이를 세차게 흔들었다. 구렁이가 화들짝 놀라 쑤욱 뱀 대가리를 빼냈을 때, 그녀는 혼절하고픈 심정이었다.

"어, 어떡해? 우리 죽어? 우리 죽어?"

구렁이가 애처롭게 물었다. 이예주는 단호하게 부정했다.

"안 죽어. 안 죽으니까 정신 차리고 몸으로 바다거북 감아."

"……"

"빨리!"

이예주가 버럭 소리 지르자 구렁이가 그제야 꾸물꾸물 똬리를 풀고 거북의 등딱지를 타고 넘어, 밧줄처럼 바다거북을 온몸으로 꽁꽁 싸맸다.

정신을 잃은 두 명의 어린 신인류들을 꽉 감는 게 마뜩잖았는지 구렁이는 손가락 하나 정도 들어갈 여유를 두었다.

"이, 이렇게?"

"더 세게 감아. 아이들이 떨어지면 안 되니까."

더 세게, 더 세게. 이예주의 계속되는 요구에 구렁이는 몸에 힘을 줘 신인류들과 바다거북을 세게 조였다.

"코끼리! 너 지금 코끼리로 변해."

그녀가 이번에는 코끼리에게 명령했다. 길쭉한 코를 가진 남자아이가 울먹울먹 거리다가 이내 '펑!' 하고 커다란 코끼리로 변신했다. 이예주는 바다거북을 감은 채 고개를 빠짝 들고 있는 구렁이에게 다가가 목을 콱 잡았다.

"으……."

구렁이가 짧게 신음했다. 이예주는 재빨리 코끼리 꼬리를 구렁이의 벌어진 입 속에 쑤셔 넣었다. 그리고 구렁이 입을 꾹 다물리면서 말했다.

"이거 절대 놓지 마. 어쩔 수 없으니까 아파도 좀 참고."

"우우?"

구렁이가 입에 한가득 코끼리의 꼬리를 문 채 동그랗게 눈을 치뜨고 웅얼거렸다. 돌산에서 만난 빌어먹을 돌뱀 이후로 뱀이라면 치가 떨리는 이예주였지만, 그 반짝이는 까만 눈을 보니 조금 귀엽기도 하다는 생각이 들었다.

"절대 놓지 마. 간다!"

이예주는 잡았던 구렁이의 머리를 놔주었다. 그리고 손에 온 힘을 실어 코끼리의 엉덩이를 힘껏 내리쳤다. 철썩—!

"뿌우우우—!"

아닌 밤중에 볼기짝을 맞은 코끼리가 길쭉한 코를 위로 쳐들고 괴성을 지르며 전력 질주하기 시작했다.

"아악! 엑! 으윽! 큭!"

코끼리의 꼬리를 꽉 문 구렁이와 그에 감겨 끌려가는 바다거북은 이곳저곳에 몸이 부딪혀 철문을 넘을 때까지 끊임없이 고통 어린 신음 소리를 냈다.

그러나 여러 번 당부했기 때문인지, 노란 구렁이는 비늘이 까지고 피부가 긁혀 피가 나는데도 끝내 입에 문 꼬리를 놓지 않았다.

그렇게 그들이 철문을 통과할 무렵, 아슬아슬한 차이로 용병대장이 품에서 두 개의 칼을 꺼내 쥐고 휘둘러 대기 시작했다. 날카로운 칼날에 박쥐들은 물러날 수밖에 없었다.

대장이 도구를 사용하기 시작하는 것을 보고 두 부하도 뒤늦게 칼을 뽑았다. 얼마 후, 박쥐 뭉치가 군데군데 휑하게 비었다. 그러자 좌측으로 치우쳤던 놈들이 길을 뚫고 중앙으로 오기 시작했다.

"우, 우, 우리는 어떻게 해요, 레이디?"

제드가 벌벌 떨며 이예주에게 물었다.

이상한 놈, 저는 뭘 해도 살 수 있으면서 뭘 그런 걸 나한테 물어보지? 그녀는 제드가 정말 이상한 놈이라고 생각하며 아이들이 도망간 철문 쪽으로부터 등을 돌렸다. 그리고 빠르지도 느리지도 않은 걸음걸이로 강아지가 갇혀 있는 우리에 다가갔다.

"누나."

조롱이가 제드의 도움 없이 비척비척 이예주를 따라왔다. 그녀는 마지막 신인류가 갇힌 우리의 자물쇠에 열쇠를 쑤셔 넣었다.

찰칵, 자물쇠는 역시나 손쉽게 열렸다. 이예주는 그 안에서 몸을 웅크린 채 바들바들 떨고 있는 강아지를 꺼냈다. 공교롭게도 봉구를 닮은 하얀색이었다.

이예주는 등을 돌려 조롱이의 면전에 고개를 숙였다.

"……미안해."

"…….."

"어쩔 수 없었어."

어쩔 수 없다는 말을 내뱉는데 이상하게 목이 콱 메었다. 제 스스로도 너무 어처구니없는 변명 같았기 때문이다. 책임지지도 못할 짓만 골라 멋대로 저질러 놓고 이제 와서 하는 말이 고작 어쩔 수 없었다 뿐이니, 조롱이로선 얼마나 어이가 없고 화가 날까.

조롱이가 빌어먹을 당신 때문에 죽게 생겼다고 욕을 하고 화를 내도 아무 말 못할 처지라고 생각했다. 그렇지만 정말 어쩔 수 없었다.

"다 꺼내 줬는데, 얘 혼자만 이 무서운 곳에 두고 갈 순 없잖아."

강아지가 낑낑거리며 허겁지겁 이예주의 품에 달라붙었다. 본디 눈처럼 하였지만 오랜 옥 생활로 까맣게 기름때가 엉긴 강아지를 내려다보던 그녀의 눈가가 불현듯 시큰하게 달아올랐다. 도저히 조롱이를 바라볼 수가 없었다.

조롱이는 짧은 시간 동안 침묵했다. 그는 이내 한숨을 내쉬며 입을 열었다. 이게 다 누나 때문이라고, 왜 무모한 짓을 했냐고 버럭 쏟아 낼 줄 알았는데, 그가 건넨 말은 생각보다 퍽 다정했다.

"……미안해할 거 하나도 없어. 누나가 그렇게 안 했으면 다 죽었을 테니까."

"……."

"고마워여. 우리를 살려 줘서 고마워여, 예주 누나."

이예주는 예상하던 것과는 현저히 다른 조롱이의 말에 퍼뜩 숙였던 고개를 쳐들었다. 조롱이가 짐을 덜어 주려는 듯, 그녀를 향해 뻣뻣한 손을 뻗었다. 강아지를 넘기라는 뜻이었다.

이예주는 가만히 그를 바라보다가, 순순히 강아지를 넘겼다. 조롱이가 다시 입을 열었다.

"그러니…… 이제 우리 도망가여."

"……."

"이제 우리가 도망갈 차례예여."

이예주는 '그러마.' 하고 답하지 않았다. 할 수 없다는 것이 더 정확했다.

그녀가 마지막으로 떠나보낸 구렁이와 바다거북, 코끼리 이후로 철문으로 빠져나가는 길은 막힌 것이나 다름없다고 볼 수 있었다. 정말 탈출을 하고자 했다면 그들을 뒤따라 미친 듯이 달음박질쳐서 입구인 철문을 지나쳤어야 했다.

"으윽! 망할! 모조리 잡아다가 뜨거운 기름에 팔팔 튀겨 죽일 것들! 꺼져! 꺼지라고!"

용병대장의 악에 치받은 목소리가 석굴 안에 쩌렁쩌렁 울려 퍼졌다. 이예주와 제드, 조롱이의 시선이 그쪽으로 휙 돌아갔다.

도구를 쓰는 인간, 그것도 체격 좋은 성인 남자 셋이 미친 듯이 휘두른 칼질에 어느덧 박쥐와 쥐들은 현저하게 줄어들어 그들의 발밑에 수북이 쌓여 있었다. 기절하거나 부상을 입은 동료가 속출하자 박쥐와 쥐들이 점점 공격하는 것을 포기하고 허겁지겁 도망을 치는 게 보였다.

핏발이 드글드글 선 채 연달아 "죽인다! 모조리 잡아 죽인다!" 하고 외치는 용병대장의 고함에 제드가 퍼들퍼들 몸을 떨어 댔다.

"이, 이제 어, 어떡해요? 이, 이제 어떡하죠, 레이디?"

"승강기로 나가는 길 말고 여기 또 밖으로 이어진 길 없어?"

"예, 예?"

"저 갈림길 있잖아, 레일도 양쪽으로 다 이어져 있고. 계속 가면 밖으로 나갈 수 있는 거 아니야?"

이예주는 깊숙한 동굴 끝에 위치한 양 갈림길을 손가락질하며 제드에게 물었다. 그는 '어, 어······.' 하고 잠시 생각하는 듯하더니 이윽고 어렵사리 답을 내놓았다.

"바, 밖으로 나갈 수 있을지도 몰라요."

"그래? 그럼 저쪽 길로······!"

"그, 그렇지만 거, 걸어선 절대 못 나가요!"

"뭐? 왜!"

"지, 지하 700미터인데 어, 어떻게 걸어서 나가요. 도, 도망가다가 자, 잡힐 거예요."

그녀를 도와준답시고 쫓아온 것이 후회라도 되는 건지 제드가 원망 어린 기색을 띠며 눈물을 찔끔찔끔 흘렸다.

"그, 그리고 이쪽은 구석구석 거, 검은 안개를 가둬 둔 나무 상자를 마, 많이 쌓아 뒀을 텐데. 이, 이런 등불을 가지고서는 저, 절대로 못 가요, 절대로! 다, 다 터져요. 다 터져서 도, 동굴이 무너질 거라고요오!"

그는 훌쩍거리더니 이내 이예주가 아까 떠넘기다시피 맡겼던 등불을 내팽개치듯 바닥에 내려놓았다. 마음 같아서는 집어 던지고 싶었으나, 그랬다간 꼼짝 없이 개죽음당할 것이 걱정되어 바닥에 닿을 때쯤에는 살살 내려놓는 게 눈에 보였다.

그 뒤 녀석은 대놓고 이예주를 원망하기 시작했다.

"흐, 흑…… 그러니까, 그, 그러니까 드, 등불은 가지고 오지 말자고 했는데. 말자고 했는데, 흑."

"그럼 밖으로 나갈 수도 없으면서, 넌 왜 이쪽 방에 길이 또 있다고 안내한 건데?"

"……여, 여기에라도 수, 숨어 있다가 나가려고 그랬죠!"

이예주의 반문에 제드는 역모 죄라도 뒤집어쓴 사람처럼 더없이 억울한 얼굴로 항변했다.

"하."

그녀는 터져 나오는 한숨을 고스란히 내뱉으며 제드가 바닥에 내려놓은 등불을 들어 올렸다. 그 몸짓이 지금껏 다루던 것과 현저히 다르게 매우 신중하고 조심스러웠다. 그녀 또한 당장 죽고 싶지는 않았기 때문이다.

짧은 사이 두개골이 빠개지도록 팽팽 머리를 돌리던 이예주가 난감한 얼굴로 입을 열었다.

"그럼 방법은……."

"잡아! 신인류들이 절대로 승강기를 타고 도망가지 못하게 당장 잡아!"

그때, 그녀의 말허리를 싹둑 잘라 먹고 바락바락 악다구니를 쓰는 용병대장의 목소리가 들렸다. 셋의 시선이 다시 놈에게로 돌아갔다. 대부분 쓰러지거나 도망쳤는지 이제 놈들의 주위에 살아 꿈틀대는 박쥐와 쥐들은 거의 보이지 않았다.

"그만 승강기 쪽으로 가 보라고, 이 멍청한 새끼들아!"

용병대장이 여전히 박쥐가 있다는 양 허공에서 살풍경한 칼춤을 추고 있는 제 수하들을 향해 고함을 질렀다.

"안 돼."

이예주는 저도 모르게 한 발자국 앞서 나갔다. 어떻게 풀어 준 애들인데. 어떻게 도망치게 한 애들인데. 승강기를 타고 도망치기도 전에 도로 잡혀 오게 할 수 없었다.

어떡하지, 어떻게 저 망할 놈들을 저지하지. 그녀는 대책을 강구했다. 그러나 용병대장의 말을 듣고 뒤로 돌아서는 수하 한 명을 보는 순간 입이 먼저 움직여 버렸다.

"야!"

황급히 한 손으로 입을 틀어막았지만, 이미 우렁차게 내지른 후였다.

"가, 가지 말고 이리 와."

놈들이 곧바로 뒤돌아 어린것들의 뒤를 쫓을지도 모른다는 압박이 극심했던 탓일까. 이예주는 저도 모르게 헛소리를 잘도 지껄여 댔다.

그녀의 말에 용병대장과 그 뒤의 수하들이 얼굴을 와작 구겼다. 놈들은 별 해괴한 것을 다 들었다는 표정을 짓고 있었다.

"네놈들은 도망친 짐승 새끼들을 뒤쫓아라. 저 미친년은 나 혼자 상대해도 충분할 것 같으니……."

"야!"

용병대장의 명령이 끝나기도 전에 이예주가 다시 다급하게 소리쳤다.

"흐익! 레, 레이디 대체 왜 그래요!"

제드가 눈을 허옇게 까뒤집고 그녀를 타박했다. 그럼에도 그녀는 멈추지 못했다.

"너……! 너 혼자선 나 못 상대할걸? 너 우리 납치할 때도 무서워서 찌질하게 네 친구들 잔뜩 데려왔잖아! 그런데 그 따까리 두 명마저 없으면 어떡하려고?"

"저, 저런……!"

"왜! 왜! 무섭냐? 무서워?"

이예주의 말에 용병대장의 얼굴이 순식간에 시뻘겋게 부어올랐다. 얼마나 열이 받았는지 그녀를 노려보는 핏발 선 눈이 금방이라도 팍 터져 버릴 것 같았다. 놈이 거센 콧김을 씩씩거렸다.

꼭 독이 잔뜩 오른 복어 같네. 이예주가 그 상황에 전혀 어울리지 않는 생각을 할 때쯤, 용병대장이 칼을 들고 섬뜩하게 이를 갈았다.

그녀의 몸뚱이를 금방이라도 도륙 낼 듯 허공에 칼을 획획 휘두르며 놈이 빠르게 걸어오기 시작했다. 피부가 따갑도록 느껴지는 무시무시한 살기에 이예주는 꿀꺽하고 침을 삼켰다.

"대, 대장! 신인류들은 어, 어떻게 할까요? 뒤쫓을까요?"

"그것들을 잡기 전에 저 계집년이 원하는 대로 먼저 육시를 해 주자고!"

망했네. 그녀의 목을 조를 때까지도 빙글빙글 웃던 놈이 정말로 약이 오를 대로 올랐는지, 내린 명령조차 거둔 채 훅훅 다가왔다. 희번덕한 눈깔 안에 뵈는 게 하나도 없어 보이는 것 같았다.

철문 근처에서 머뭇거리던 부하 두 명도 결국 확답 없는 제 대장의 뒤를 따라왔다. 일단 녀석을 도발하는 데 성공한 것 같긴 한데, 과연 이걸 좋아해야 하는 것인지 말아야 하는 것인지 이예주는 알 수 없었다.

제드가 혹한기에 벌거벗고 서 있는 사람처럼 벌벌 떨며 물었다.

"이, 이제 어째요? 이, 이제 어쩌냐고요, 레이디!"

"……죽고자 하면 살 것이고, 살고자 하면 죽을 것이다."

이예주가 초연하게 대꾸했다.

"예, 예? 그, 그게 무슨 소린데요?"

"내가 살던 곳의 이순신 장군님께서 하신 말씀이야."

"자, 장군요? 그, 그게 무슨 소린데요? 타, 탈출하는 마, 마법 주문이에요?"

"마법 주문은 개뿔! 닥치고 도망치란 소리지. 어느 쪽으로 가야 하는지 빨리 앞서서 안내해!"

놈들이 쿵쿵 넓은 보폭으로 다가오기 시작하자 이예주와 제드, 조롱이는 그에 맞춰 주춤주춤 뒤로 물러서기 시작했다.

온몸에 퍼진 마비가 완전히 풀린 것은 아닌지 조롱이의 걸음걸이는 한없이 어색하고 느렸다. 이런 극한 상황에서는 초인적인 힘이 발현되는 것인지 다 죽어 가던 제드가 그런 조롱이를 질질 끌고 가며 꽁지 빠지게 뛰었다.

"도련님!"

불현듯 용병대장이 이예주보다 앞서 도망을 치고 있던 제드를 쩌렁쩌렁하게 호명했다.

"족장님이 제드 도련님을 당장 잡아 방에 처넣으라고 하실 때도 저는 설마설마했습니다. 어떻게 도와줄 이가 없어 저 계집을 도와 거사를 그르칠 수가 있습니까! 어떻게요!"

"흐이익!"

용병대장의 말에 제드는 퍼드득 어깨를 떨었다. 그의 눈엔 순전히 공포밖에 담기지 않았다.

세 명의 커다란 덩치들은 마치 사냥 몰이를 하듯 쫙 펼쳐 서서 다가왔다. 어느덧 일행은 양 갈림길까지 완전히 몰렸다. 그녀와 몇 발자국 떨어지지 않은 곳에서 용병대장이 휙휙 위협스럽게 칼을 휘두르며 소리쳤다.

"발칙한 계집, 족장님이 나무통에 처박아 바다에 던지라 했을 때 곧바로 죽였어야 했는데!"

"……."

"왜 말이 없지? 아까 이리 오라던 그 패기는 어디 간 거냐. 그새 겁에 질려 오줌이라도 지린 것은 아니겠지?"

용병대장이 조롱하자 그의 수하들도 덩달아 낄낄거렸다. 여전히 답이 없는 이예주를 보며 웃던 놈이 갑자기 낯빛을 굳히고 음산하게 뇌까렸다.

"왜 답이 없느냐! 그새 겁에 질렸냐고 물었다."

이예주는 침묵했다. 용병대장의 말이 사실이었기 때문이다. 금방이라도 놈의 크고 두터운 손이 목을 조르고 조롱이를 자신에게서 빼앗아 갈 것만 같았다. 손끝이 차가워지고 몸이 덜덜 떨려 왔다.

한 발자국, 한 발자국 더 가까워지는 놈들에게 그녀가 들고 있던 등불을 훅훅 흔들며 소리쳤다.

"다가오지 마!"

하지만 저도 느낄 정도로 부들부들 떨리는 목소리를 용병대장이 모를 리 없었다. 놈은 하등 위협 될 것 없는 등불을 바라보다 샐쭉 웃었다.

"보셨죠, 제드 도련님?"

용병대장이 다시 제드를 향해 고개를 돌렸다.

"제드 도련님께서 도와준답시고 풀어 준 계집이 얼마나 하찮고 볼품없는지요. 이 계집이 저를 도와주면 금은보화라도 준답디까? 밖으로 나가기만 하면 뭐, 검은 파편인지 빨강 파편인지가 부귀영화라도 준다고?"

"……레, 레, 레이디는 그, 그런 말 한 적 없네."

"그렇죠. 그래야죠. 그랬을 리가요. 이년은 오늘 이곳에서 제 칼침 맞고 죽을 관상인데요. 얼굴에 다 쓰여 있습니다, 얼굴에."

어렵사리 반박한 제드에게 용병대장은 호쾌하게 웃으며 답했다. 그러나 그것도 잠시, 놈은 웃는 낯을 순식간에 죽이고 얼굴을 흉악스럽게 구기며 지껄였다.

"그러니까 네 애비에게 얻어터지기 싫으면 당장 이리로 기어 와, 이 쓸모라곤 쥐뿔도 없는 병신 새끼야. 네 멍청한 짓 때문에 지금 손해가 얼마나 막심한지 알고는 있습니까?"

험악한 강도처럼 이를 드러낸 놈이 급작스레 제드에게 왁 얼굴을 들이밀었다. 제드가 곧장 '흐에엑!' 하고 제자리에서 족히 30센티미터는 펄쩍 뛰었다. 그는 그대로 조롱이를 내팽개치고 뒤돌아 양 갈림길의 오른쪽으로 비명을 지르며 뛰어갔다.

눈 깜짝할 새 일어난 일이라 잡을 틈조차 없었다. 이예주는 가까스로 균형을 잃고 넘어질 듯 휘청거리는 조롱이를 몸을 던져 받쳤다.

"허어엉! 하, 할아부지! 할아부지이!"

멀찍이서 녀석이 질질 짜 대며 후다다닥 뛰어가는 소리만이 메아리처럼 전해졌다. 그녀는 한참 후에서야 그게 자신과 조롱이를 버리고 도망간 것이란 걸 깨달았다. 너무나 기가 막혀 헛웃음도 짓지 못했다.

망할 새끼. 길을 안내해 주는 것 빼곤 비리비리한 게 영 쓸모없다고 생각은 했지만, 이렇게 저 살겠다고 혼자 도망을 칠 줄은 몰랐다.

아니다, 조금이라도 제드 놈을 믿은 제가 멍청한 것이다. 첫 만남부터 도망으로 얼룩진 놈이었는데, 그런 놈이라도 도와준다고 팔 걷어붙이고 나서니까 정신 빠져서는…….

이예주는 과거의 제 멍청한 과오에 욕도 제대로 못하고 그저 까드득 까드득 이만 갈았다. 그녀가 차마 짓지 못한 웃음을 용병대장이 소름 끼치는 얼굴로 대신 지어 주었다.

"하하. 도련님도 참, 여전히 까꿍 놀이에는 예민하시다니까…….”

"…….”

"이젠 도련님도 치워 버렸고…… 마지막 보루까지 사라진 네년을 이제 어떻게 육시를 내야 족장님께 칭찬을 들을까?"

놈이 짐짓 고민하는 척 턱에 손을 올리고 이예주의 앞에서 두어 번 왔다 갔다 했다. 그녀는 그저 조롱이의 앞을 막아 선 채 놈의 면상을 노려보았다. 그런 그녀를 보고 낄낄 웃음 짓던 용병대장이 불쑥 얼굴을 들이밀며 "무섭지? 무서워 죽겠지? 응? 살고 싶지?" 하고 어린아이 놀리듯 물었다.

이예주는 입술을 꽉 깨물었다. 턱이 덜덜 떨렸다. 당연하지. 당연히 살고 싶지. 오줌 지릴 만큼 무섭고, 그에 비례할 만큼 살고 싶었다.
그녀의 흔들리는 눈동자에 담긴 삶에 대한 간절한 열망을 읽었을까. 놈이 선심 쓴다는 듯 관대한 표정으로 말했다.
"그럼 우리 불쌍한 족장님의 저주를 풀어 줄 그 황조롱이 새끼를 넘겨."
"……."
"족장님이 계집, 너를 보면 무조건 죽여서 도륙을 내고 그 증거를 가지고 오라고 했는데. 이렇게 보니 얼굴도 꽤 반반하게 생긴 것 같고, 그냥 죽이는 것은 재미도 없으니까."
용병대장이 어깨를 과장되게 으쓱거렸다. 놈은 자신의 말 같지도 않은 설득에 그녀가 넘어올 것이라 믿어 의심치 않는 것 같았다.
"내가 이 짓거리를 하는 것도 다 죽일 놈의 저주 때문이라니까. 계집, 너도 알 것 아니냐? 황조롱이만 넘기면 그냥 네 팔 하나만 잘라서 족장님께 가져다주마. 그럼 족장님도 널 도륙 냈다고 믿어 넘기실 테고, 너도 목숨을 구할 테니 누이 좋고 매부 좋은 게지. 안 그러냐, 애들아?"
용병대장이 수하들에게 동의를 구하며 묻자 놈들이 하나같이 고개를 주억거리며 "그렇죠! 그렇고 말구요!" 하고 맞장구를 쳤다.
"아, 팔 자르는 것 때문에 그래? 안 아프게 내 친히 검은 안개도 먹여 주마. 팔 한 짝 없다고 안 죽어. 정말이라니까?"
"……누나."
이예주와 함께 묵묵히 미친놈의 궤변을 듣고 있던 조롱이가 문득 그녀의 어깨를 슬며시 잡았다. 이예주가 흘긋 뒤를 돌아보았다. 조롱이가 초탈한 얼굴로 조용히 고개를 끄덕였다.

이예주의 얼굴이 허물어지듯 와르르 구겨졌다. 반면 그녀를 가만히 바라보는 조롱이의 입가에는 새벽 여명처럼 희미한 웃음이 걸려 있었다. 이예주는 그게 무엇을 뜻하는지 곧바로 알아차렸다.

용병대장에게 다시 돌아가겠다는 뜻이었다. 다시 그 끔찍한 방으로 돌아가 피를 빨리고, 말 같지도 않은 소리 때문에 산 채로 족장 놈에게 잡아먹혀야 하는 그곳으로. 그곳으로…….

그때, 불현듯 어디서 무대 조명이라도 켠 듯 환한 빛이 이예주의 눈을 찔렀다. 꽤 오랜 시간 동굴 속에 처박혀 어두침침하고 시야에 적응한 탓에 강렬한 빛을 견디기 힘들었다.

눈이 아렸다. 이예주는 환한 빛을 따라 시선을 돌렸다. 용병대장의 등 뒤에 '문'이 열려 있었다. 빌어먹을 문이.

단 하나의 '문'이었다. 그녀는 표정이 사라진 멍한 얼굴로 문 안쪽을 살폈다. 아무런 풍경도 보이지 않았다. 아무것도. 그저 새하얀 문, 단지 그뿐.

이예주의 얼굴이 기묘하게 꿈틀거린 것은 그쯤이었다.

그녀를 살릴, 단 하나뿐인 방법인 '문'이 열렸기 때문에 이예주는 용병대장이 지껄인 팔이 잘리는 미친 조건을 들어주지 않아도 충분히 도망칠 수 있었다. 문 안에 아무것도 보이지 않으니 마음의 준비도 없이 어딘가에 떨어져 고생하겠지만.

하지만 문 안에 무언가 보였더라도 달라질 것은 없었다. 어디든 간에 이예주에게 익숙한 곳은 없었다.

'문'을 넘는다는 건 그냥 단순히 목숨을 구하는 것뿐이다. 그것은 어느 상황에서도 무시할 수 없을 만큼 구미가 당기고 솔깃한 제안이었다. 조롱이나 그의 손에 들려 있는 강아지, 제 등 위의 토끼를 버리면 살 수 있다. 자신이 아닌 다른 누군가를 팔아먹고 제 목숨을.

시발. 이예주는 낮게 읊조렸다. 그럴 거면 좀 더 빨리 열리던가. 왜 하필 지금 열려서. 왜 하필 아무것도 선택할 수 없는 지금 열려서.

이예주의 아득한 시선이 마음에 들지 않았는지 용병대장이 그녀를 재촉했다.

"뭘 그렇게 보는 거지? 시간이 별로 없다, 계집. 내가 나서서 네년에게 황조롱이를 빼앗는 것보다는 네 스스로 넘기는 것이 서로 얼굴도 붉히지 않고 좋을 텐데."

"……황조롱이를 팔아넘기라고?"

이예주의 혼잣말을 저에게 하는 말인 줄 알은 용병대장이 비린내가 나도록 실실 웃으며 고개를 끄덕였다.

죽을 때가 되면 인생이 파노라마처럼 눈앞에 스쳐 지나간다고들 했다. 그러나 이예주의 눈앞에 촤르르륵 스쳐 지나가는 것은 방년 23세 꽃 처녀의 인생이 아니었다.

그녀의 눈앞에 스쳐 지나가는 것은 억센 얼굴로 제드의 얼굴을 후려치고, 그를 쫓아 낙후된 엘리베이터를 탄 채 지하 700미터까지 내려와서 숨이 턱턱 막히는 좁은 틈 사이로 숨고, 족장과 장로의 말을 엿듣고, 조롱이의 피를 빨아 먹으려던 눈족 장로를 후려갈기던 제 모습이었다.

이것들을 대체 왜, 무슨 정신으로 행했던가. 모든 손해를 감수하고 왜.

무서웠다. 목이 졸릴 때는 너무 정신이 없어서 '문'이 열렸는지, 열리지 않았는지 살필 경황도 없을 정도였다.

여기까지 오는 동안 이예주는 수십, 수백 번도 더 많은 고민을 했고, 또 그에 대한 선택을 해야 했다. 하지만 무서워서 덜덜 떨면서도 선택하는 데에 망설임이 없었던 것은, 그녀의 일생에 있어 이번만큼 목표가 명확했던 적이 없었기 때문이다.

  그래, 처음부터 이 짓거리를 하는 이유는 하나뿐이었다. 두려움에 질려 벌벌 떨면서도 포기할 생각 하나 못하고 정신없이 움직였다. 반드시 구해야만 한다고 생각했기에.

  그런데 그 목표를 넘기라고? 그렇게 아등바등 데리고 나온 너를. 너를 넘기고 홀로 살아남으라고?

  "⋯⋯까."

  이예주가 작게 무어라 웅얼댔다.

  "응? 뭐라고? 그리한다고?"

  용병대장이 귀에 손을 가져다 대며 되물었다. 그녀는 번쩍 고개를 쳐들었다. '문'을 바라보는 동안 안개가 덧씌워진 듯 뿌옇기만 하던 그녀의 두 동공이, 언제 그랬냐는 듯 말끔하게 빛났다. 더할 나위 없이 제정신이란 뜻이었다.

  이렇게 쉬운 걸, 이렇게 명쾌한 걸 왜 그깟 목 좀 한 번 조였다고 말 한마디 못했던 건지. 과거의 제가 바보 같고 한심하게 느껴질 지경이었다.

  "황조롱이를 내놓는다고?"

  용병대장이 또 한 번 물었다.

  "아니."

  이예주는 더 이상 웅얼거리지 않고 한 자, 한 자 상냥하게 대답해 주었다.

  "좆 까라고, 이 새끼야!"

  누나! 얼핏 조롱이가 저를 불렀다고 생각했을 때, 이예주는 들고 있던 등불을 용병대장의 발치에 집어 던졌다.

  퍽— 날카로운 파열음과 함께 유리등이 산산조각 나고, 그 안에서 작은 불이 붙어 있는 심지가 튕겨져 나왔다.

"이, 이런! 뭐 하는 거야!"

아주 작은 불씨에도 불구하고 용병대장과 두 부하의 안색이 시퍼렇게 질리는 것이 보였다. 그 모습이 마치 희극의 한 장면을 되감기 하는 것처럼 천천히 흘러갔다.

이예주는 텅 빈 손으로 불룩 튀어나온 제 안주머니를 뒤져 차가운 유리병들을 한가득 꺼내 들었다. 액체 같기도 하고 기체 같기도 한 검은색 뭉텅이들이 깨진 등불의 열기라도 느낀 것처럼, 병 안에서 꿈틀꿈틀 요동쳤다.

그녀의 손에 든 것이 무엇인지 단번에 알아본 용병대장이 벌게진 얼굴로 악을 썼다.

"저, 저! 저 미친년! 하지 마! 다 죽어, 이 미친년아! 다 죽는다고!"

이예주는 픽, 웃음을 터뜨렸다. 그렇게 목숨 가지고 장사치 짓을 하더니, 제 목숨들은 끔찍이 여기는 그 모습이 우습기 그지없었다.

무서워? 그녀는 자문했다. 아니, 이제 안 무서워. 그리고 자답했다. 괜찮아, 이예주. 너와 조롱이는 반드시 살아 나갈 테니까.

이미 예상했던 일이다. 이 탄광굴에 들어선 순간부터. 죽거나 죽이거나, 방법은 단 두 개밖에 없었단 것을.

이예주는 죽기보단 죽이는 방법을 선택했다.

"예주 누나!"

공을 던지는 투수처럼 그녀는 망설임 없이 손에 힘을 풀었다. 검은 안개가 담긴 유리병들이 그녀의 손을 떠나는 것은 찰나였다.

꺼져 가는 깨진 등불의 불씨 앞으로 그것들이 제각기 다른 포물선을 그리며 떨어질 때, 그녀는 조롱이의 손을 낚아챘다.

"뛰어!"

이예주는 '문'으로부터 등을 돌렸다. 벌써 두 번째로 '문'을 버렸다. 그녀가 살던 2017년도에서는 절대로 행하지 않을 미친 짓이었다.

그들이 제드가 도망친 오른쪽 갈림길이 아닌 왼쪽 갈래 길로 아슬아슬하게 들어섰을 무렵, 돌연 뒤에서 '쾅—!' 하고 천지가 개벽하는 듯한 엄청난 굉음이 들렸다.

이예주는 미친 듯이 달음박질쳤다. 제 인생에 이렇게 초인적인 힘을 발휘했던 적이 몇 번이나 있었을까. 빌어먹을 돌산에서 돌뱀을 피해 도망치던 때? 차라리 그때가 상황은 더 나을지도. 그때는 이렇게 거동을 짓누르는 짐 따위 없이 제 몸 하나만 잘 간수하면 끝이었으니까.

"예주 누나!"

조롱이가 그녀를 불렀다. 하지만 이예주는 대답도 않고 달렸다.

콰쾅—! 뒤로부터 한 번 더 폭음이 들려왔다. 그녀는 그제야 다급히 뒤를 돌아보았다. 조롱이의 손을 낚아챈 순간부터 정신없이 뛰었기에 꽤 멀리까지 도망쳤다고 생각했지만, 그것은 혼자만의 착각이었다.

그들은 겨우 왼쪽 갈림길의 어귀에서 꺾어진 길을 따라 약간 돌아 있는 상태였다. 용병대장이 그리 멀지 않은 곳에 있었다. 그쪽은 마치 유독 가스가 담긴 통이 폭발한 것처럼 뿌옇고 독한 검은 연기에 휩싸여 있었다. 그 사이로 허리 높이만큼 일어난 불길이 화르륵 일렁였다. 폭발을 한다는 것이 사실이었는지 검은 안개가 소량 들어 있던 작은 유리병 몇 개를 던진 것치고는 커다란 불길이었다.

"으허억! 쿨럭쿨럭!"

용병대장과 그의 수하들이 목을 부여잡고 거세게 기침을 해 대는 것이 보였다. 그와 동시에 이예주의 콧속으로도 쓰고 매캐한 냄새가 훅 끼쳤다.

"크헉! 잡…… 커흑! 저! 저 처 죽일 것들을 잡아!"

호흡하는 것이 힘이 드는지 용병대장이 꽉 막힌 소리를 내면서도 기어이 불길 너머의 그녀를 손가락질했다. 우락부락한 몸집을 헛짓거리로 키운 것은 아닌 모양이었다. 바로 앞에서 무언가가 폭발했는데도 두려워하기는커녕, 놈들은 금방이라도 그들을 잡으러 타오르는 불길을 헤치고 튀어 올 것 같았다.

이예주는 아랫입술을 꾹 깨물며 중얼거렸다.

"좀 부족했나?"

"뭐가여?"

"이 정도는 네 주인 주려고 남겨 놓으려고 했는데……."

그녀는 품속에 남겨 두었던 나머지 유리병들을 꺼냈다. 용병대장을 죽일 생각에 너무 흥분해서 잡히는 대로 모두 집어 던졌더니 남은 유리병은 단 세 개뿐이었다.

타닥, 타다닥. 불타는 소리가 들렸다. 이예주와 조롱이에게 다행인지 불행인지 용병대장 앞을 가로막고 있는 불길이 방금 전보다 더 커져 있었다.

"뭐, 뭐 하는 거예여, 누나?"

그녀가 세 개의 유리병을 들고 잠깐 고민하는 사이, 조롱이가 덥석 그녀의 손목을 움켜쥐었다.

"뭐가?"

그녀가 태연하게 대답했다. 조롱이의 미간이 조금 구겨졌다.

"이거…… 검은 안개잖아여. 이거 어디서 났어여?"

"훔쳤어."

"예?! 어, 어디서여?"

이예주는 대답 대신, 그를 지나쳐 모퉁이를 돌았다. 용병대장과 그의 수하들이 있는 쪽으로 조금 더 다가가기 위해서였다. 불꽃 새로 보이는 그녀의 그림자에 용병대장이 길길이 날뛰었다.

"죽일 년! 넌 잡히면 자비 따위 없이 최대한 고통스럽게 죽여 주마!"

"……."

"아니지! 아니지! 네년이 그렇게 싸고도는 황조롱이 신인류의 심장을 네 앞에서 산 채로 뜯어 네 주둥이에 처넣어 주마!"

뒷이야기는 차라리 안 했으면 관대한 판단을 내리는데 더 도움이 되었을 텐데. 아쉽게도 용병대장 놈은 눈치라곤 제드만큼이나 없는 모양이었다.

그사이 불길이 더욱 거세졌다. 공중에 부유하고 있는 검은색의 연기가 그에 반비례해 줄어드는 것을 보면, 아무래도 불은 연기를 잡아먹고 갈수록 화력을 키우는 것 같았다. 여기서 조금 더 장작을 던져 준다면 과연 어떻게 될까.

"이 죽일 년! 망할 년!"

놈은 불이 점점 더 커지는 것도 모르는지 여전히 기세등등하게 굴었다.

"저 새끼는 지금 상황 파악이 잘 안 되나 보네?"

이예주가 입술을 비죽 비틀며 냉소했다. 그런 그녀의 옷자락을 조롱이가 굳은 얼굴로 살며시 잡아당겼다.

"누나……."

"……."

"검은 안개가 불에 닿으면 터지는 거…… 알고 있었어여? 알고 이런 거예여?"

타박이 섞여 있는 조롱이의 물음에 아차 했지만 그녀는 이내 순순히 고개를 끄덕였다.

"응."

"왜. 왜여? 왜, 왜 그랬어여?"

"그래야 우리가 도망갈 시간을 벌 수 있으니까. 잘돼서 저 새끼들이 죽으면 더 좋고."

이예주의 목소리는 담담했다. 불 너머 놈들의 뒤에서 여전히 '문'이 환하게 빛을 쏟아 내는 것이 보일 듯 말 듯 어른거렸다. 별수 없었다. 하나뿐인 수단이었던 '문'을 버린 이상 이제는.

"예주 누나, 누나는…… 누나는 혼자 도망갈 수 있었잖아여. 나 때문에. 나 때문에 이러지 마여. 하지 마여, 누나. 네? 불 더 커지면 위험해여. 진짜 동굴이 무너질지도 몰라여. 검은 안개가 불에 닿으면 얼마나 위험한 건데여!"

조롱이가 애원했다. 이예주는 고개를 가로저었다.

"조롱아, 너 때문 아니야."

"그럼여? 그럼 이런 위험한…… 위험한 짓 하지 마여! 저 때문이 아니라면……!"

"이건 너 때문이 아니라, 나를 위해서야. 내가 살고 싶어서 하는 거야. 내가 살아야 하니까."

"그럼 왜! 누나는! 누나는 그럼 혼자 도망갈 수 있으면서 왜……!"

조롱이가 애타는 얼굴로 무언가 그녀에게 말을 하려 들었다. 그러나 그 순간 휘익 하고 귓속에 섬뜩하게 박히는 소리에 이예주가 홱 고개를 돌렸다. 그 탓에 조롱이는 하려던 말을 다 쏟아 낼 수 없었다.

"죽여 버릴 테다! 흐으, 죽여 버리겠어!"

용병대장과 그의 수하들이 양손에 쥔 두 칼을 마구잡이로 휘두르며 불을 가르고 차근차근 다가오고 있었다. 불그죽죽한 용병대장의 눈에는 귀기까지 서려 있었다. 반드시 이예주를 잡아 죽이겠다는 강한 결의가 느껴졌다.

휘잉— 휘익—! 놈들이 거세게 칼을 휘두를 때마다 불기둥이 무썰리듯 쓱싹 나뉘었다가 다시 붙었다. 위험을 무릅쓰고 검은 안개를 집어 던진 것이 허무하게도 적들이 또 숨통을 죄어 왔다. 이예주는 조롱이의 손을 다시 쥐었다. 이젠 정말 어쩔 수 없게 되었다.

이윽고 용병대장이 여전히 허우적대고 있는 제 부하들을 뒤로한 채 기어이 불구덩이를 가르고 갈림길로 한 발을 들여 놓았을 때, 그녀는 두 눈 딱 감고 주먹 쥔 손을 높이 쳐들었다.

"자, 잠깐……!"

놈이 당황하여 뭐라 지껄여 댔지만, 벌써 늦었다. 3개의 유리병은 이미 이예주의 손을 떠난 후였다.

그녀는 그것들이 파열음을 내며 깨지기 전에 조롱이의 손을 잡고 다시 뒤로 돌아 뛰기 시작했다. 느린 속도였지만 폭발에서 벗어나기엔 충분했다.

쾅—! 또 한 번 뒤통수 너머로부터 고막이 찢어질 것 같은 폭음이 터졌다.

"허억, 허억……."

이예주는 토끼를 업은 채 강아지를 품은 조롱이를 데리고 부지런히 뛰듯 걸었다. 제드 놈이 도망질을 친 오른쪽 길을 버리고 그녀가 선택한 왼쪽 길은 어두웠다.

우리 사이사이에 커다란 간격을 두고 희미하게 달려 있던 뤼미에르마저 없었다. 뒤에 있는 커다란 불길이 아니었다면, 완전한 어둠에 휩싸인 채로 더듬더듬 벽을 짚고 걸어야 했을 것이다.

더 이상 용병대장과 그의 수하들의 목소리가 들려오지 않았다. 살

앉는지 뒈졌는지는 알 바 아니었다.
 왼쪽 길은 계속해서 모퉁이를 돌아야 하는 나선형의 오르막길이었다. 이렇게 뱅뱅 도는 길 한가운데에 레일은 대체 어떻게 깔은 건지 신기할 지경이었다. 천만다행히도 오르막의 경사는 평평한 것과 다름없을 정도로 완만했다. 그러나 중간중간 벽에 다른 길로 빠지는 굴들이 나 있어 자꾸만 판단력을 흐리게 만들었다.
 그냥 무시하고 지나친 땅굴들은 크기가 작았다. 그녀와 조롱이가 걷고 있는 길과 달리 허리를 굽혀야 들어갈 수 있을 정도로 높이가 낮은 것으로 보아, 그저 석탄을 캐기 위해 여러 방향으로 뚫어 놓은 것 같았다.
 하지만 탄광 길을 모르는 이예주에게는 지금껏 보아 왔던 갈림길과 별다를 바가 없어 보여 헷갈렸다. 두 번째로 오른쪽에 나 있는 땅굴을 지나쳤을 때, 그녀는 더 이상 불안함을 참지 못했다.
 혹시 제드 놈이 간 곳으로 따라 들어가지 않고 무작정 반대편으로 뛰어든 것은 잘못된 선택이 아니었을까. 죽이 되든 밥이 되든 길을 아는 녀석을 따라갔어야 했던 걸까.
 그러나 제드가 도망친 그 순간부터는 그가 길을 안다는 것조차 신뢰하기 어려웠다. 솔직히 말하면 제드 놈의 허무하기 짝이 없는 배신에 대한 충격으로 머리가 굳어 잘 돌아가지 않았던 것 같기도 했다.
 이예주가 길을 잘못 선택했다고 회의懷疑할 적에 그들은 어느덧 모퉁이를 따라 반 바퀴를 더 돈 상태였다.
 "허억, 허억……."
 완만한 길임에도 불구하고 그녀는 금방 숨이 턱까지 차올라 가쁜 숨을 내뱉었다. 그저 보폭 맞춰 간신히 뛰는 것이 다인 조롱이 또한 마찬가지였다.

다시 곡선을 돌자 시야가 한층 어두워졌다. 광원인 불에서 멀어졌기 때문이리라. 하지만 아직도 뒤통수에서 뜨뜻한 화마가 느껴지는 것으로 보아, 위험에서 완전히 벗어난 것은 아니었다.

이예주는 마음이 조급해졌다. 속히 걸음을 옮겨야 했다. 그러나 불안하고 다급한 마음과는 다르게 자꾸만 걸음이 뒤처졌고 몸이 무거웠다. 다리가 금방이라도 꺾일 것처럼 후들거렸다. 그렇지만 이것은 약과라는 것을 그때 그녀는 알지 못했다.

"하……!"

둥글게 튀어나와 있는 벽을 돌자마자 산을 깎아 놓은 듯 경사가 급격하게 높아졌다. 눈앞이 아득해지는 기분에 그녀는 신음을 토해 냈다.

어쩌면 이렇게 지지리도 환경이 따라 주지 않는 거지? '엎친 데 덮친 격'도 모자라 '산 너머 히말라야'다. 이예주의 얼굴 위로 절망이 드리워졌다.

기실 이 악물고 굳게 마음먹으면 제 몸 하나 건사하기는 어렵지 않을 것이다. 하지만 그녀는 현재 혼자의 몸이 아니었다. 축 늘어진 토끼를 등에 지고 도저히 나선으로 된 가파른 오르막길을 오를 자신이 없었다.

"흐으……."

이예주가 다시 한번 침음을 내뱉었다. 조롱이가 지친 얼굴로 "누나……." 하고 그녀를 불렀다. 도무지 어찌할 바를 몰랐다. 아무리 머리를 쥐어짜도 뾰족한 수가 떠오르지 않았기 때문이다.

"누나, 우리 그냥……."

벽에 기댄 채 잠시 숨을 고르던 조롱이가 떨어지지 않는 입술을 떼어 힘겹게 말문을 열었다. 그때였다.

콰광— 콰르르릉, 쾅—! 그들이 지나친 길 저편에서 검은 안개를 던졌을 때와는 비교도 되지 않을 만큼 무시무시한 굉음이 터졌다.

"아악!"

이예주와 조롱이가 동시에 머리를 감싸 안으며 주저앉았다.

그들이 있는 곳까지 숨을 내쉬기 힘들 만큼 뜨거운 화기가 뻗쳤다. 마치 서울 한복판에서 용암을 직면했던 그때와 같았다. 들이마시는 공기가 너무 뜨거워서 호흡기 전체가 타오를 듯이 아렸던 그때처럼.

하지만 거대한 폭성爆聲은 거기서 그치지 않았다.

쿠구구구구궁— 쿵, 쿠우웅—!

돌연 누군가 탄광 전체를 손에 쥐고 뒤흔들듯 거센 진동이 동굴 길을 덮쳤다. 아아아악! 다시 자리에서 일어나려던 이예주는 덮쳐진 진동 때문에 정처 없이 흔들리면서 비명을 질렀다.

지진을 동반한 크고 작은 폭발음이 쉴 틈을 주지 않고 연이어 몰아닥쳤다. 투둑, 투둑. 천장에서 돌가루와 자그마한 돌덩이들이 떨어지자 조롱이가 소리쳤다.

"다른 곳에 쌓여 있는 검은 안개에 불길이 닿아서 연쇄 폭발이 일어난 것 같아여!"

"뭐야? 어떡해? 어떡해!"

일촉즉발의 상황에 이예주의 안색이 두려움에 질려 허옇게 들떴다.

"누나, 당장 가야 돼여! 위로 더 올라가야 돼여!"

"⋯⋯여, 여기를? 오르막길을?"

어서 가파른 경사를 올라야 한다는 주장에 그녀가 새된 목소리를 내었다. 조롱이가 마구 고개를 끄덕였다.

"폭발이 안 멈추고 계속 일어나면 동굴 무너져여! 여기 계속 있다간 폭발에 휩쓸려 먼저 죽을 거예여!"

한시가 급한 조롱이의 태도에도 불구하고 이예주는 오르막길을 바라보기만 할 뿐, 선뜻 발을 내밀지 못했다.

다시 볼 때마다 경사가 점점 높아지는 것 같았다. 도저히 신인류를 업고 이 길에 오를 자신이 없었다. 조롱이의 말처럼 폭발에 휩쓸리지 않게 더 위로 올라간다 해도 이렇게 느려 터진 속도로는 벗어나는 데 어림도 없을 것이다.

투두둑, 머리 위로 계속해서 작은 돌멩이들이 떨어져 동굴 붕괴에 대한 불안감을 증폭시켰다. 쿠루루룽, 동굴이 한 번 더 울었다.

이예주는 아랫입술을 껌 씹듯 잘근잘근 씹어 댔다. 차라리 뜨거움을 좀 감수하더라도 다시 내려가 다른 땅굴로 빠진다면 좀 더 안전하지 않을까. 당장 언제 무너질지 모르는 이 길보다는…….

그러나 그런 생각을 할 때쯤 불쑥 모퉁이 너머에서 불 그림자가 넘실거렸다. 몇 번의 폭발로 인해 무섭도록 커진 화염이 벌써부터 태워 먹을 먹이를 찾아 그들의 뒤를 바짝 쫓고 있었다.

이예주의 얼굴이 울음을 터트리기 직전의 아이처럼 흐려졌다. 이 지옥 불을 감수하고 더 완만한 길을 찾아 다시 내려가야 하나? 그녀가 황망한 시선으로 가파른 앞과 불꽃을 토해 내는 뒤를 번갈아 바라보던 그때였다.

쿠궁쿠궁. 끼이, 쿠궁. 아래쪽에서부터 뜬금없이 바퀴가 돌아가는 듯한 소음이 들렸다. 멀찍이 떨어진 레일 위에서 무언가가 모퉁이를 돌아 화염을 뚫고 이예주와 조롱이를 향해 달려오고 있었다.

"뭐, 뭐야? 뭐지?"

쿠구구궁. 쿠궁, 쿠궁.

"타, 탄차에여."

조롱이가 긴장이 역력히 묻어난 목소리로 그것의 정체를 알아맞혔다. 이예주와 조롱이에게 점점 다가오고 있는 것은 네모난 박스 모양의 사륜이 달린 탄차Mine tub였다.

짐을 나르거나 동굴 안에서 이동할 때 흔히 쓰이기 때문에 일반 탄광이라면 이상할 것 없었다. 하지만 이곳은 일반 탄광이 아니었다. 탄차를 타고 오는 이는 그 안에 몸을 숨인 것인지 보이지 않았다.

저 화염을 뚫고 탄차를 끌고 온 이는 대체 누구인가. 거기까지 생각이 미치자 이예주는 바싹 긴장했다. 조롱이를 제 등 뒤로 끌어다 두며 그녀는 경사로 쪽으로 주춤주춤 뒷걸음질 쳤다.

끼이익― 그러나 순식간에 거리를 좁힌 탄차는 진입부에 있는 그들 앞에서 속도를 줄여 멈춰 섰다. 그리고 그 안에서 아까 전 용병대장이 했던 까꿍 놀이를 하듯 예기치 못한 인간이 튀어나왔다.

"레, 레, 레이디!"

아까 전 이예주와 조롱이를 버리고 부리나케 도망을 쳤던 제드였다. 화염을 뚫고 오느라 탄차 안에 바싹 엎드렸지만 커다란 불길을 미처 다 피할 수 없었는지, 녀석의 머리끝이 거뭇거뭇하게 그슬려 있었다.

이예주는 어이가 없음을 숨기지 않고 고스란히 드러냈다. 기가 막힌 것은 조롱이도 마찬가지인 것 같았다.

"너, 뭐야?"

"당신! 뭐 하는 인간이예여?! 또 무슨 꿍꿍이냐구여!"

조롱이의 목소리에 날이 바짝 서 있었다. 이예주야 원래 도망 잘 치는 놈인 것을 알고 데려온 것이지만, 조롱이는 제드의 도망이 충격이었을 것이다.

두 사람의 찌릿찌릿한 눈초리에 제드가 어깨를 움츠리며 말했다.

"부, 불길이 너무 세서 조, 조금 늦었어요. 죄, 죄송해요……!"

"아니, 죄송하고 말고의 문제가 아니라…… 너 아까 우리 버리고 도망갔잖아."

더듬거리는 답답한 소리에 이예주가 눈살을 찌푸렸다. "맞아여! 도망갔잖아여!" 하고 조롱이가 격하게 동의했다. 그러자 제드가 사색이 되어 손사래를 쳤다.

"아, 아니에요! 도, 도망이라뇨! 저, 절대 도망간 거 아니에요!"

"그럼 뭔데? 도망간 거 아니면 잠시 대피했냐?"

이예주가 믿기지 않는다는 시선으로 되묻자 놈이 얼굴을 벌겋게 물들이며 그 시선을 피했다. 새끼, 도망간 거 맞으면서 그러네. 그녀는 확신했다.

그러나 놈은 자기 합리화라도 하고 싶은 것인지 끝내 부정하기를 멈추지 않았다. 별로 믿을 만한 변명은 못 됐다.

"이, 이거 끌고 오느라 그런 거예요……!"

"……."

"사, 사용을 안 한지 너, 너무 오래라 어, 어디 처박혀 있는지 찾기 어려워서…… 거, 걸어가긴 무리예요! 이, 이거 타고 지상으로 올라갈 수밖에 없어요!"

"검은 안개 때문에 양 갈림길은 완전히 터졌을 텐데여. 그쪽은 오른쪽으로 갔으면서 왼쪽으로는 어떻게 온 거예여?"

제드의 필사적인 열변에도 조롱이는 쉬이 의심의 눈길을 거두지 않았다. 그는 제드를 향해 예리한 지적을 퍼부었다.

"저, 저는…… 저, 저는 광차 몰아서 주, 중간에 있는 따, 땅굴을 통해 넘어왔어요. 그, 그리고 두 갈림길로 나뉘져 있어도 사, 사실 의미 없는 거나 마찬가지예요. 어, 어차피 올라가다 보면 다, 다시 합쳐져요."

"……그게 정말이야?"

그때껏 침묵하고 있던 이예주가 반신반의하며 되물었다. 제드가 빠르게 고개를 끄덕였다.

"네, 네! 그, 그런데 오른쪽은 곧 다, 다 터질 거예요. 오, 오른쪽 길에 거, 검은 안개를 가둬 놓은 상자들이 마, 많이 쌓여 있었거든요. 그, 그러니까 빨리 차에 타서……!"

그 순간이었다. 콰쾅―! 동굴이 요동치는 듯한 굉음이 저편에서 한 번 더 울리더니 이제까진 그저 준비였다는 듯 그들의 머리 위로 버력광석이나 석탄을 캘 때 나오는, 광물 성분이 섞이지 않은 잡돌이 우수수 떨어지기 시작했다.

맞으면 위험할 만큼 커다란 돌덩이가 아슬아슬하게 머리를 비껴갔다. 쿵. 탄차 안으로 떨어진 돌덩이에 제드가 사색이 되어 소리 질렀다.

"흐에에엑! 가, 가야 돼요! 무, 무너지니까 지, 지금 가야 돼요, 레이디!"

놈의 심중이 무엇인지 앞뒤 잴 틈이 없었다. 이예주는 업고 있던 토끼부터 차 안에 태웠다. 제드가 드물게 먼저 나서서 그것을 도왔다.

조롱이도 더 이상 의구심을 품는 것은 무리라고 판단했는지, 탄차 안으로 품에 안고 있던 강아지를 훌쩍 던져 넣었다. 끼잉. 겁에 질린 강아지가 오들오들 떨었다.

"조롱아, 얼른 타!"

이예주가 다급히 외쳤다. 걷는 것은 어찌어찌하더라도, 턱이 높은 차 위로 뛰어오르는 것은 무리였는지 제드의 도움에도 조롱이는 광차 안에 올라서는 것이 지진부진했다.

이예주가 득달같이 달려들어 조롱이의 하체를 번쩍 들어 올려서 그를 차체에 걸치다시피 했다. 방금 전까지만 해도 다리가 꺾여 곧 쓰러져도 이상할 게 없었던 자신의 몸 어디에서 이런 괴력이 쏟아져 나오는지 알 재간이 없었다.

조롱이가 탄차에 올라타자마자 몸을 돌려 아직 타지 못한 이예주에게로 손을 뻗었다.

"누나!"

그녀가 혼자서도 능히 탈 것이라 믿었는지, 제드는 차머리 쪽으로 몸을 움직여 달려 있는 모터의 줄을 좌악 잡아당기며 시동을 걸었다.

그러나 제드답지 않은 과감한 행동도 소용이 없었다. 모터는 '구릉, 꾸르릉' 하는 힘없는 소리만 낼 뿐 좀처럼 시동이 걸리지 않았다. 줄을 잡아당기는 제드의 손이 더욱 빨라졌다.

그때 '콰아앙—!' 폭발음이 한 번 더 울렸다. 쿠구구구궁, 불길한 소음과 함께 동굴이 자꾸만 흔들렸다. 정말 탄광이 무너지려는 것 같았다. 빌어먹을.

"왜 그래? 왜 안 가는 거야!"

아래 저편에서 다시 불길이 확 치솟았다. 입고 있는 두터운 로브를 뚫고 천불 같은 화마가 끼치자 더럭 겁이 난 이예주가 제드를 닦달했다.

"시, 시동이 안 켜져요! 너, 너무 무, 무거워서 그런가 봐요. 이, 이 탄차는 2인 전용이라서……."

"뭐? 2인?!"

"네, 네……."

제드가 울상을 지었다. 이예주는 좀체 따라 주지 않는 상황에 절로 쌍욕이 튀어나왔다.

"하으, 씨…… 시동 계속 걸고 있어."

어쩔 수 없이 그녀는 탄차의 뒤편으로 터덜터덜 걸어가 두 손을 올려 차체를 턱 받쳤다. 제드가 어수룩하게 물었다.

"어, 어떡하게요, 레, 레이디?"

"어떡하긴 뭘 어떡해!"

버럭 소리친 이예주는 곧이어 '끄으으응—!' 하고 온 힘을 줘서 탄차를 밀기 시작했다. 예상했지만 무게가 많이 나가는 차는 꿈쩍도 하지 않았다.

그 모습을 본 제드가 흐이이익, 기괴한 신음을 내뱉었다. 그는 잠시 잿빛 눈을 데굴데굴 굴리다가 탄차 안에 큰 폭을 차지하고 누운 토끼를 가리켰다.

"차, 차라리 이 신인류를 두, 두고 가면 안 될까요? 2인이 최대인데 시, 시동이 걸리더라도 아, 앞으로 잘 못 가면……."

"지랄. 누가 누굴 놓고 가? 한 번 시동 걸리면 알아서 다 가게 돼 있어! 잔말 말고 시동이나 계속 걸어!"

제드는 입을 다물고 다시 좌악 좌악 모터 줄을 잡아당겼다. 이예주는 차를 밀기 위해 끙끙대며 또 한 번 힘을 줬다.

으으으윽! 이를 악문 탓에 이 사이로 까드득, 듣기 싫은 소리가 새어 나왔다. 검푸른 멍으로 너덜너덜해진 그녀의 목에 굵은 핏대가 섰다.

온몸이 부들부들 떨리고 머릿속이 혼몽해질 정도로 힘을 준 것이 영 그른 짓은 아니었던가. 끼이익— 미세하지만 차체가 조금씩 움직여 경사로로 진입했다.

내리막길도 아닌, 오르막길을 밀어 올리려니 벌써부터 눈앞이 막막했다. 그래도 이예주는 멈추지 않고 제드의 시동에 맞춰 두 손에 힘을 줬다. 허옇게 드러난 그녀의 이마 위로 송글송글 솟은 땀방울들이 턱을 타고 뚝뚝 떨어지는 것은 순식간이었다.

그렇게 이예주 홀로 안간힘을 쓰며 발버둥 칠 때였다. 누군가 탄차에서 훌쩍 내려 그녀의 옆에 두 손을 척 올리고 섰다.

"뭐야. 왜? 왜 내려?"

"같이 밀어여."

"됐어! 몸도 잘 못 가누면서. 얼른 다시 타!"

"그렇게 누나 혼자 하다간 동굴 다 무너져도 계속 이 자리일 거예여."

다시 타라는 그녀의 말에 조롱이가 새침하게 대꾸했다. 그래도……. 이예주는 굳이 토를 달았다. 그녀의 눈에 담긴 감정이 번거로움과 짜증이 아닌 걱정이라는 것을 기민하게 알아챈 조롱이가 애써 웃었다.

"혼자 미는 것보다는 둘이 미는 게 더 낫잖아여. 그만 실랑이 하구 '하나 둘 셋' 하면 같이 힘 줘여. 알았져?"

조롱이는 침착하게 대안을 제시했다. 그녀는 목 끝까지 여러 말들이 치올랐지만, 차마 더 내뱉지 못하고 그것들을 꿀꺽 삼켰다. 이것저것 따지기엔 1분 1초가 급한 상황이란 것을 잘 알고 있었기 때문이다.

"하나, 둘, 셋!"

조롱이가 구령을 외쳤다. '셋'에 맞춰 이예주는 다시 온몸에 힘을 줘 탄차를 밀었다.

"으으윽!"

억눌린 신음 소리가 다물린 입 사이로 튀어나옴과 동시에 '쿠궁, 쿠구구구' 하고 생각보다 수월하게 차체가 밀리기 시작했다. 이예주와 조롱이의 힘에 떠밀린 광차가 오르막길 위에 완전히 올라탔다. 이제 힘을 별로 주지 않아도 차체는 경사로를 무리 없이 쑥쑥 올라갔다.

그녀는 화들짝 놀라 차를 미는 제 손과 조롱이를 번갈아 바라보았다. 그 짧은 새에 조롱이의 콧등을 타고 구슬땀들이 뚝뚝 떨어졌다.

'이게 대체 무슨 일이지?'

이예주는 어안이 벙벙한 채로 순탄히 밀리는 차체를 따라 올라갔다. 조롱이가 무슨 짓을 벌인 것이 분명했다. 그렇지 않은 이상, 꿈쩍도 하지 않던 무거운 광차가 오르막길에서 이렇게 쉬이 밀릴 리가 없었다.

"누나! 힘들어여! 농땡이 피우지 말고 힘 줘여!"

희한하다는 눈길로 저를 바라보는 이예주를 귀신같이 알아챈 조롱이가 끄응, 신음하며 냅다 소리쳤다.

"어! 어어. 미안!"

멍청한 얼굴을 하고 있던 그녀가 그제야 광차를 미는 데 집중하기 시작했다.

좌악— 좌아악—! 제드가 계속해서 광차 안에서 시동을 걸었지만 여전히 시동은 걸리지 않았다. 대신 두 사람의 힘을 받은 차체의 속도가 탄력을 받은 듯이 점점 빨라졌다.

쾅! 또다시 커다란 폭음과 함께 불기운이 뱀의 아가리처럼 입을 쩌억 벌리고 방금 전 그들이 있던 경사로 진입 부분을 화르륵 덮쳤다. 그녀와 조롱이는 간발의 차로 그보다 더 높은 길에 다다른 참이었다.

불길이 등에 닿을 듯 말 듯 하자 조롱이가 옆에서 으윽, 한 번 더 짧은 신음을 토해 냈다. 그와 함께 비탈길을 오르는 차의 속도가 현저히 빨라지기 시작했다. 이예주가 한 것이 아니었다.

대체 무슨 짓을 하는 거지? 조롱이에겐 이럴 만한 힘이 없는데.

그녀는 고개를 갸웃거렸다. 그러나 빨라진 광차의 속도를 따라가기 급급해 더 깊게 생각할 여유가 없었다. 이제 그들은 두 다리가 보이지 않을 만큼 획획 뛰기에 이르렀다.

콰앙—! 또 한 번 폭음이 울려 퍼졌다. 이번에는 그저 돌덩이가 떨어지는 것에 그치지 않고 천장 일부분이 와르르 무너졌다. 동굴이 무너지려 하는 전초전이었다. 이예주가 피웠던 불씨가 이제는 집채만 한 괴물이 되어 뒷머리에 닿을 듯 말 듯 바짝 쫓아왔다.

망할, 망할! 이예주는 끊임없이 욕을 내뱉으며 뛰었다.

쿠구구구궁. 지진으로 인해 자꾸 다리가 풀렸다. 그녀가 '아직도 멀었냐!' 하고 더 이상 참지 못하고 울먹거리려던 때, 기적처럼 '부르르릉!' 하고 모터가 힘차게 울었다.

"레, 레이디! 레이디! 시, 시동이 걸렸어요! 시, 시동이요!"

제드가 기쁨에 가득 찬 목소리로 외쳤다. 이예주는 그의 말이 채 끝을 맺기도 전에 조롱이에게로 휙 고개를 돌렸다.

"헉, 헉. 조롱아! 빨리 올라타!"

"누나가 먼저 타여!"

조롱이가 기다렸다는 듯 받아쳤다. 이예주의 얼굴이 험악해졌다.

"말 좀 들어, 진짜! 빨리 타라! 응?!"

"허흑, 누나. 저, 저 다리 힘 풀려서 혼자 못 올라타여. 누나가 먼저 타서 저 끌어 올려 줘야 돼여!"

조롱이가 기력이 급격하게 떨어진 목소리로 애걸했다. 이예주는 짧은 순간 동안 그 말대로 하는 것이 효율적일지 고민했다.

"아, 빨리여! 빨리! 다리 풀려여! 다리 풀려여!"

그러나 조롱이의 재촉으로 인해 고민은 해 볼 새 없이 무산됐다. 턱 끝까지 차오른 숨에 목이 따끔따끔 죄었다. 한계였다. 그것은 조롱이도 마찬가지일 터였다.

"하, 씨."

이예주는 남은 힘을 끌어모아 광차의 모서리를 부여잡고 힘껏 도약했다. 앞으로 엎어져 머리부터 광차 안에 처박은 그녀는 후드를 잡고 무식하게 끌어 대는 제드의 도움 덕분에 빠르게 차 안에 올라탈 수 있었다.

다리가 안에 닿자마자 그녀는 벌떡 일어나 여전히 차체 뒤에서 달리고 있는 조롱이에게로 손을 뻗었다.

"조롱아! 잡아!"

황조롱이는 제게로 뻗어진 인간 여자의 손을 잡지 않았다. 대신 그는 흘끗 시선을 내려 제 쪽에 위치한 탄차의 뒷바퀴를 바라보았다.

덜컥덜컥. 오랜 시간 이용하지 않아 군데군데 이가 빠진 레일 위에 닿을 때마다 바퀴 하나가 위태롭게 덜컹거렸다. 차에서 내려 인간 여자와 함께 차를 밀기 시작할 때부터 알아챈 사실이었다.

"뭐해, 조롱아! 얼른 잡으라니까!"

이예주가 손을 두어 번 힘주어 흔들며 다시 한번 소리쳤다. 그런 그녀를 올려다보던 황조롱이의 황금색 동공이 조금 커다랗게 확장되었다.

인간 여자의 몸에서부터 시야가 깜빡 죽을 정도로 환한 빛이 쏟아져 나왔기 때문이다. 눈이 멀 만큼 아름답고 찬란한 빛이었다. 황조롱이가 탄성을 내질렀다.

"하…… 정말이네……."

"왜 그래, 조롱아. 뭐가? 손은 안 잡고 대체 뭐 하는 거야!"

"정말…… 정말 누나한테 빛이 나여. 태양처럼 밝고 환하게……."

주인님의 말씀이 떠올랐다.

―그 계집, 제 능력을 발휘해서 도망칠 때마다 몸에서 빛이 나거나 주위에 빛 더미를 만들더군.

진짜였다. 어떤 식으로 빛이 날지 전혀 감이 잡히지 않았는데, 인간 여자의 몸이 정말 별처럼 반짝거렸다.

"빛? 뜬금없이 빛은 무슨……."

이해가 가지 않는 조롱이의 말을 되물을 때쯤, 불현듯 안구를 찌르는 환한 빛에 이예주는 말끝을 흐렸다.

그녀의 두 눈동자가 서서히 커졌다. 조롱이의 뒤편에 강한 빛을 쏟아 내는 '문'이 열렸기 때문이다. 자신이 아까 전 버리고 왔던 '문'이.

"왜 문이…….'

"거봐여, 누나. 능력 쓸 수 있는데 나 때문에 안 간 거 맞져?"

이예주가 홀린 듯 멍한 표정으로 중얼거리다가 저를 부르는 목소리에 퍼뜩 정신을 차리고 조롱이를 돌아보았다. 여전히 뛰고 있는 조롱이의 얼굴이 안쓰럽게 질려 있었다.

"누나 혼자 도망칠 수 있었는데…… 나 때문에 일부러 그랬져?"

"무슨 소리야? 그런 거 아니야! 그런 적 없어. 조롱아, 그만 말하고 손부터 잡아, 응? 손은 안 잡고 왜 이래, 갑자기!"

"……누난 너무 착해."

흡사 애원하듯 손을 잡으라고 종용하는 그녀를 바라보며 조롱이가 웃는 듯 우는 듯 기괴한 표정을 지었다.

"사막에서, 계약을 하는 대신 뭘 요구했기에 주인님께 아직도 그 조건을 못 받은 거냐고 물었져?"

그가 손을 잡는 것과는 전혀 다른 화두를 꺼냈다. 그러더니 이예주가 절박한 얼굴로 뭐라 소리 지르기도 전에 먼저 선수 쳐서 말을 이었다.

"저는…… 저는 주인님께 저 자신을 용서하는 법을 알려 달라구 했어여."

"조롱아."

"누이가 저 때문에 죽고 나서부턴 제 자신이 너무 미워서, 미워 죽을 것 같아서 견딜 수가 없었어여."

"그만 말해. 그만 말하고 내 손부터 잡아! 잡으라고!"

"그런데 누나라면…… 예주 누나라면 날 구원해 줄 수 있을 것 같아."

기어코 손을 잡지 않는 조롱이 때문에 이예주는 상체를 아예 광차 밖으로 떨어질 듯 내밀어 그의 손을 잡아끌려고 들었다. 그것이 역효과를 부를 줄 알았다면 그녀는 절대로 그 짓거리를 하지 않았을 것이다.

그녀의 손이 더 가까이 뻗어지자 조롱이는 그나마 간당간당하게 차체를 잡고 있던 한 손을 훅 내뺐다. 이예주가 경기驚起하듯 비명을 질렀다.

"조롱아!"

"지금 저까지 타면 바퀴가 아예 빠져나갈 거예여."

어떡하지? 지금이라도 세가 내릴까. 제가 내려서 열린 '문' 안으로 뛰어들면 될까? 그럼 될까?

하지만 그 생각이 채 끝을 맺기도 전에 조롱이의 등 뒤 천장이 우르르 무너졌다. 그 무너진 틈새로 검붉은 화마가 폭죽처럼 불꽃을 내뿜으며 그들의 뒤를 야금야금 따라왔다.

또 한 번 터진 폭발로 인해 이예주는 조롱이 바로 뒤에 위치한 '문'을 정면으로 바라보았다. 그때, 아무것도 없이 하얗게 빛나기만 하던 문 안에 어떤 영상이 희미하게 비치기 시작했다.

영상은 차츰차츰 실루엣을 찾더니, 이윽고 꽤 떨어져 있는 거리에서도 명확하게 알아볼 수 있을 만큼 선명해졌다. '문' 안에서 윤기 있는 황갈색 털을 가진 황조롱이가 힘차게 날갯짓을 하고 있었다.

새의 모습이었지만, 이예주는 '문'에 비치는 영상 속의 새가 조롱이라는 것을 확신할 수 있었다. 역동적으로 날개를 퍼덕이는 황조롱이의 한쪽 발목에 깊은 흉터 자국이 있었기 때문이다.

어디서 본 장면처럼 기시감이 들었다. 하지만 그녀는 '문' 안의 영상이 무엇을 뜻하는지 되돌아보지 않았다. 그 순간, 어떤 방법이 번뜩 떠올랐기 때문이다.

"변해! 어서 황조롱이로 변해!"

그래! 그 방법이 있었다. 조롱이가 본래의 모습으로 변신하는 거야. 그럼 제가 안고 갈 수도 있으니까 무게도 덜 나갈 테고, 조롱이 스스로 비행할 수 있으면 충분히 같이 벗어날 수 있을 것이다.

이예주는 절박함이 가득 담긴 목소리로 소리쳤다. 용병대장이 억세게 쥔 목에서 피비린내가 울컥 올라와도 개의치 않았다. 그저 악착같이 조롱이를 잡을 뿐이었다.

"새로 변하면 무게가 안 나가잖아! 내가 안고 갈게! 황조롱이로 변해, 조롱아! 빨리 변해!"

조롱이는 덧없는 희망을 포기하지 못하고 소리 지르는 이예주가 안쓰러웠다. 누나가 울지 않았으면 좋겠는데.

혹시 모를 상황을 대비해서 계속 아끼고 아꼈던 힘은 광차를 밀면서 모두 소진했다. 인간들이 주사를 놔 몸 안을 점령한 약 기운이 완전히 가시지 않은 채로 무리하게 힘을 끌어 썼다. 잔재하는 약 기운을 물리치면서까지 본체로 변신할 수 있는 힘이 남아 있을 리 없었다.

"이름 지어 줘서 고마워여, 누나."

그녀를 바라보며 조롱이는 진심을 다해 미소 지었다. 그 말간 웃음에 그때까지 간신히 버티고 있던 이예주의 얼굴이 둑 무너지듯 와 르르르 허물어졌다.

"용서해 줄 거져?"

"……이러지 마."

이예주가 빌었다.

나를, 나를 얼마나 더 나락으로 밀어 넣으려고 이래. 지금도 절벽 끝에 발 하나 걸치고 아슬아슬하게 서 있는 나를. 얼마나 더, 나를 얼마나 더.

"예주 누나, 나…… 용서해 줄 거져?"

"제발 나한테 이러지 마…….""

곧 사라질 거품처럼 하얗게 웃는 조롱이가 천천히 광차를 부여잡고 있던 한 손을 놓았다.

안녕, 예주 누나.

얼핏 작은 인사가 귓가에 환청처럼 맴돌았다. 뜀박질을 멈춘 조롱이가 레일 한가운데에 우뚝 멈춰 섰다. 이예주는 손을 뻗은 그 상태 그대로 멍하니 그를 바라보았다.

"아…….""

그제야 '문' 안의 황조롱이가 무엇을 뜻하는지 깨달았다. 그것은 대왕 바퀴벌레의 등에 탄 채 하늘을 날고 있는 자신의 시선에서 바라본, 과거의 조롱이었다.

"과거로 가는 문이야…….""

이예주가 조롱이와 그 뒤의 '문'을 향해 달려 나갈 것처럼 두 손을 허우적거렸다. 실제로 그녀의 상체가 탄차 밖으로 쏟아져 내릴 듯 위태롭게 삐져나왔다.

그 뒤로는 제 몸이 제 몸 같지 않았고, 제 정신이 제 것 같지 않았다. 이예주는 '문'을 향해 달려가려고 했다. 분명 그랬다. 누군가 뒤에서 그녀의 몸을 꽉 끌어당기지만 않았어도 필히 탄차 밖으로 떨어졌으리라.

"과거로 가는 문이야! 과거로 가는 문이라고—!"

이예주가 미친 사람처럼 발버둥 치며 발악했다.

"레, 레이디! 레이디, 이, 이러지 마세요! 위, 위험해요! 이, 이러면 안 돼요!"

"놔! 이거 놔! 과거로 갈 수 있어! 과거로! 과거로 가서 바꿀 수 있어!"

조롱이가 멀어진다. 구할 수 있는데, 구할 수 있는데 조롱이가 자꾸만 멀어졌다. 저렇게 가만히 서 있으면 안 되는데. 저렇게 있으면 금방 불에 잡아먹힐 텐데.

어두운 동굴 한가운데에 우두커니 서 있는 인간 형태의 조롱이와는 다르게, 그의 뒤에 열려 있는 '문' 안의 황조롱이는 펄럭펄럭 힘차게 날갯짓을 했다. 그 대조되는 모습이 너무 괴로워서, 몸을 뒤흔들며 이예주는 절규했다.

"과거로, 과거로 가는 문이야! 조롱아! 조롱아아악!"

콰콰쾅—! 그 순간 전에 없던 엄청난 세기의 진동과 함께 조롱이의 바로 옆벽이 폭발하며 시뻘건 용암 같은 불길을 쏟아 냈다.

불길에 휩싸여 조롱이의 모습이 사라졌다. 그것은 제 눈으로 보는 것이 아니라, 마치 스크린을 통해 무성 영화를 보는 것처럼 시나브로 흘러갔다.

"레, 레이디! 안 돼요! 아, 안 돼요, 레이디!"

화르륵 타오르는 불이 코앞에서 조롱이를 삼켰다. '문' 안의 황조롱이 또한 삼켜 버렸다. 화마가 조롱이를 태우고, 문을 태우며 시뻘겋게 일렁거린다.

조롱아. 조롱아······.

조롱아.

흐으, 조롱아!

조롱아아악—! 으흐윽, 흐아아악!

끔찍한 울부짖음과 더불어 이예주의 시야 또한 시뻘건 색으로 점멸했다.

덮칠 듯 말 듯 탄차의 뒤를 따라오던 폭발과 화염은 눈치채지 못한 사이 뚝 그쳤다.

덜덜, 터덜덜덜덜. 끝없는 나선 길을 오르고 또 오르던 탄차의 바퀴는 동굴을 채 벗어나지도 못하고 힘없이 빠져 버렸다. 끼리리리릭, 귀를 긁는 날카로운 마찰음과 함께 탄차가 천천히 멈췄다.

"조, 조금 더 가면 밖이에요, 레이디."

제드의 말처럼 멀찍이서 빛이 새어 들어오는 구멍이 보였다. 탄차가 멈췄으니 이제는 다시 걸어야 할 시간이었다.

제드의 도움을 받아 미동 없는 토끼 신인류를 등에 둘러멘 이예주는 비척비척 출구를 향해 걸었다. 제드는 탈수로 축 늘어진 강아지를 안아 들고 그녀의 뒤를 따랐다.

한 걸음 한 걸음 옮겨 가는 이예주의 걸음이 위태로웠다. 몇 번이나 넘어질 뻔한 것을 제드가 허겁지겁 잡아 준 덕에 꼴사납게 바닥을 구르는 꼴은 면했다. 그렇게 그들은 느린 걸음으로 탄광을 마저 빠져나왔다.

출구 앞에 서자 푸르스름한 새벽 여명이 그들을 반겼다. 저택으로 납치될 당시엔 저녁노을이 짙게 깔려 있었는데, 지하에서 고군분투하던 동안 어느덧 날이 밝은 것이다.

이예주는 메마른 눈으로 출구 밖을 바라보았다. 각기 다른 양식으로 지어진 건물들이 빽빽하게 들어찬 동쪽 대륙의 마을이라고는 전혀 생각할 수 없을 만큼 아름다운 녹지가 펼쳐져 있었다.

아직 완전히 뜨지 않은 옅은 햇빛이 이슬에 반사되어 반짝반짝 빛났다. 어디선가 숲에 사는 요정이 튀어나와 뛰어놀 것만 같은 둥그스름하게 솟은 언덕. 그 위로 한 오두막집이 그림처럼 지어져 있었다.

이예주는 혼이 빠져나간 얼굴로 언덕 쪽을 향해 천천히 걸어갔다. 언덕은 그녀가 지하 700미터에서부터 올라왔던 동굴 길과는 비교조차 할 수 없을 만큼 낮고 완만했다.

가쁜 숨을 토해 내지 않아도 그녀는 금방 오두막집 앞에 훌쩍 올라설 수 있었다. 가까이서 본 오두막집은 동화 속의 그것처럼 작고 아담했다. 사람이 사는 듯 깔끔하기도 했다.

"······하, 할아버지가 화, 황조롱이 각시랑 살던 집이에요."

문득 뒤에서 까맣게 잊고 있던 이의 목소리가 들렸다. 제드였다.

올라오는 발소리는 못 들은 것 같은데 어느 틈에 온 거지······. 하지만 무의식적으로 드는 생각과는 다르게 이예주는 제드가 제 뒤를 소리 소문 없이 쫓아왔다는 사실에 의의를 두지 않았다. 그가 건넨 말에도 아무런 대꾸조차 하지 않았다.

그녀의 반응을 신경 쓰지 않는 것은 제드 또한 마찬가지인지 그는 입을 열어 더는 묻고 싶지도, 듣고 싶지도 않은 말을 계속해서 쏟아 냈다.

"하, 할아버지는 돌아가시기 직전까지 화, 황조롱이 각시가 도, 돌아올 거라고 믿으셨어요."

"……."

"가, 각시가 돌아오면 배, 배신의 아픔을 알게 해서 미안하다고, 펴, 평생을 살면서 갚겠다고…… 트, 틈만 나면 종이에 적어서 저, 저한테 보여 주셨거든요."

"……."

"지, 집으로 돌아온 황조롱이 각시가 지, 집에 아무도 살고 있지 않은 걸 알게 되면 다, 다시 떠날까 봐 하, 할아버지는 하루도 거름 없이 타, 탄광을 통해 탄차를 타고 여기로 오셔서 지, 집을 돌보셨어요. 도, 돌아가시기 바로 전까지도요…… 그, 그니까 탄광은…… 타, 탄광은……."

제드가 잠시 말을 멈추고 마른침을 삼킨 후 조심스레 다시 입을 열었다.

"이, 이곳 약초 언덕으로 화, 황조롱이 각시를 빠르게 보러 오려고, 그, 그래서 황조롱이 각시를 꽃가마 태워 저, 저택의 별채로 데리고 오려고 하, 할아버지가 석탄 캐는 것이랑 상관없이 뚜, 뚫어 놓은 굴이에요."

"……흐윽!"

그때까지만 해도 아무런 말없이 장승처럼 서 있던 이예주가 불현듯 풀밭 위로 풀썩 쓰러졌다. 그로 인해 등 위에 축 늘어져 있던 토끼 신인류가 옆으로 굴러떨어졌지만 그녀는 그것을 신경 쓸 여력조차 없었다.

"레, 레이디!"

제드가 화들짝 놀라 헐레벌떡 뛰어왔다.

"레, 레이디. 왜, 왜 그러세요? 어, 어디 아파요? 어, 어디 아픈 거예요?"

"헉, 하…… 흐으으!"

제드가 이예주의 어깨를 살짝 흔들며 다급하게 물었지만 그녀는 답하지 못하고 그저 꺽꺽, 숨 막히는 소리만 내었다. 끄, 끄흡, 끅. 누군가 숨구멍을 꽉 틀어막은 것처럼 숨이 쉬어지지 않았다.

제드의 잿빛 눈이 갈피를 잡지 못하고 정처 없이 흔들렸다. 언제나 당당했던 레이디의 이런 모습은 처음일뿐더러, 가슴을 콱콱 내리치는 그녀의 행동이 꼭 울음을 토해 내는 것 같았기 때문이다.

"레이디. 수, 숨 쉬어요. 수, 숨 쉬세요."

"흐, 흐으. 흐윽⋯⋯."

"레이디. 어, 어디가 아픈 거예요? 가슴요? 가, 가슴이 아픈 거예요?"

가슴? 가슴이 아픈가? 안개가 들어찬 듯 머릿속이 온통 혼몽했다. 눈 안에 성에가 낀 듯 앞이 아무것도 안보였다.

이건 울고 싶은 기분 같은데. 아니, 울려고 이러는 것 같은데. 아니 아니, 나는 이미⋯⋯.

이예주는 제가 울고 있나 싶어 두 손으로 더듬더듬 제 얼굴을 만졌다. 하지만 손에 닿은 것은 메마른 피부일 뿐, 그 어디에서도 물기는 묻어나오지 않았다.

그때 도저히 신음하지 않고는 못 배길 만큼 둔탁한 통증이 명치끝을 사정없이 쑤셨다. 이예주가 찢어질 듯 짐승 울음소리를 내며 다시 가슴을 부여잡고 몸을 수그렸다.

"흐으윽!"

어디서, 어디서부터 잘못된 거지? 머릿속이 온통 뒤죽박죽이라 대체 어디서부터 잘못된 건지 알 수 없었다.

그냥 조롱이만 데리고 나갈걸. 다른 신인류들 따위 죽든 말든 신경도 쓰지 말걸. 괜히 제가 안 하던 짓을 해서 그런 걸까?

조롱이를 구한답시고 람을 데려오는 대신, 제드를 끌고 지하로 내려온 것이 잘못인 걸까? 아니면, 람의 말을 무시하고 조롱이를 데리고 숙소 밖으로 나온 것부터?

아니, 처음부터. 사막에서 '문'을 넘어 조롱이가 끔찍해 마지않는 동쪽 대륙으로 온 것부터.

하나하나 되짚어 보면 모든 것이 제 잘못 같아서 견딜 수 없었다. 격렬한 통증이 다시 명치를 덮쳤다. 그녀는 '으흐으!' 하고 신음을 토해 내며 경련하듯 몸을 뒤틀었다.

"레이디! 레, 레이디……."

제드가 애가 타다 못해 뭉개질 만큼 절절하게 그녀를 불렀다.

"주, 죽을 것 같아……."

이예주는 가슴을 부여잡은 채 통증으로 벌벌 떨면서 간신히 한마디를 쥐어짜듯 내뱉었다.

"……나, 흐으, 나, 나 무서워."

"…….

"으으…… 나 무서워서 죽을 것 같아, 엄마."

춥지도 않은데 자꾸만 몸이 으슬으슬 떨렸다. 끈적끈적하고 질척한 보이지 않는 심연이 자신의 몸을 갉아먹고 있었다. 이예주는 얼마 안 가 제 몸이 엄습하는 검은 늪에 완전히 삼켜질 것을 알았다. 그렇게 피하고 싶었는데, 결국은 잡아먹힌다.

미치도록 두렵고 죽을 것같이 아파서, 그리고 조롱이가 사무치게 그리워서.

조롱이의 손처럼 따스한 햇볕이 쏟아지는 이른 아침, 그의 누이가 머물렀던 오두막 집 앞에 엎드린 채. 이예주는 그렇게 상처 입은 어린 짐승처럼 한참을 헐떡였다.

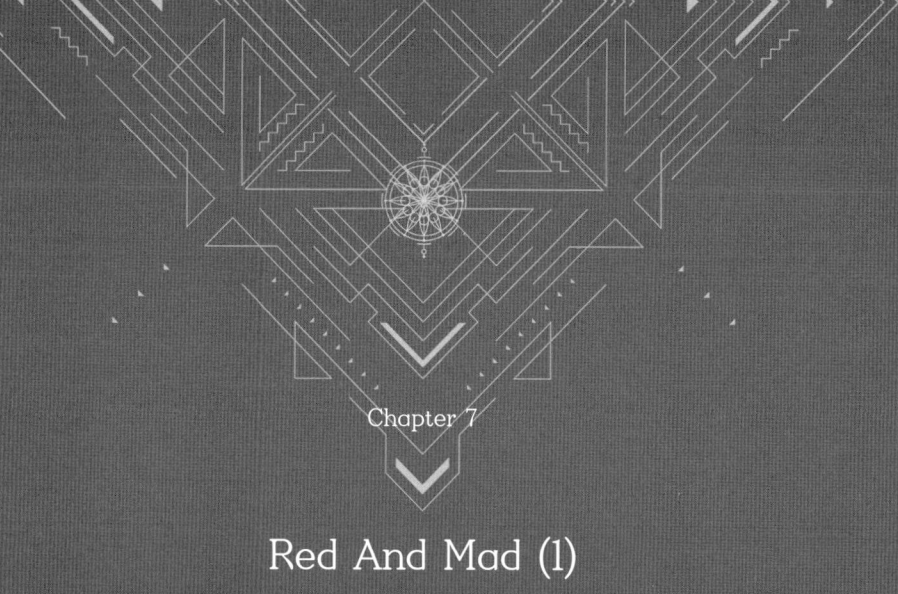

Chapter 7

Red And Mad (1)

Chapter 7. Red And Mad (1)

챠르륵 챠르륵. 말아 쥐지도 않고 누군가 대신 들어 주지도 않은, 완전히 방치된 쇠사슬이 이예주가 걸음을 옮기는 대로 방울뱀처럼 땅바닥 위를 이리저리 구르며 따라왔다.

햇볕이 쨍쨍 내리쬐는 이른 아침. 토끼를 업고 제드의 안내와 부축을 받아 숲에서 빠져나왔을 때, 동쪽 대륙의 마을은 새벽의 서늘한 기운이 완전히 사라진 상태였다.

챠르릉. 이예주의 오른쪽 손으로부터 이어졌던 시끄러운 쇳소리가 뚝 끊겼다. 수갑을 찬 장본인이 걸음을 우뚝 멈췄기 때문이다. 그녀가 멈춰 선 곳은 한 번 와 본 적이 있는 낯익은 곳이었다. 바로 엊그제 처음 마을로 들어섰던 길.

관리가 되지 않아 죽은 나무를 보고 슬퍼하던 조롱이. 누이의 등에 업혀 마을 입구까지 산책 온 추억을 소중하게 자랑하던 조롱이. 붉은 개가 그녀에게 인간 여자 소리를 못하도록 막아 주던 조롱이.

그게 바로 엊그제 일이었다. 단 이틀이었으니, 태풍이라도 덮치지 않는 한 변한 것이 아무것도 없는 게 당연한 정경이었다. 조롱이가 없다는 것 빼고. 조롱이가 없다는 것, 빼고.

머리가 아팠다. 다시 명치를 짓누르는 통증에 이예주가 조금 휘청였다.

"마, 많이 힘들어요, 레, 레이디?"

많이 힘들어여, 누나? 어디선가 조롱이의 환청이 들려오는 것 같아서 이예주는 거칠게 숨을 들이마시며 고개를 황급히 좌우로 돌렸다.

당연한 일이었지만 조롱이는 없었다. 걱정을 듬뿍 담은 황금색 눈동자가 아닌, 잿빛 눈동자가 그녀를 흔들리는 눈으로 바라보고 있었다.

속에서 뜨거운 기운이 울컥 북받쳐 올랐다. 그 뜨거운 기운은 목구멍을 타고 얼굴로 훅훅 기어 올라와 눈을 태워 먹을 것처럼 시큰하게 달구었다.

그녀는 눈 안쪽부터 자꾸만 아려 오는 통증을 피하기 위해 잠시 고개를 들어 구름 한 점 없이 푸른 하늘을 바라보았다. 그러다가 이내 마을 초입으로 유령처럼 스르륵 걸음을 옮겼다.

아니, 옮기려던 찰나였다. 그리 세지도, 그렇다고 무시할 정도로 약하지도 않은 손길이 그녀의 옷자락을 꽉 움켜쥐었다.

"……마, 마, 마을로 도, 돌아가게요?"

그녀는 돌아보지 않았다. 그 모습에 제드가 애 타는 얼굴로 다시 한번 입을 열었다.

"다, 다시 그 거, 검은 파편…… 거, 검은 파편한테 돌아가려는 거죠?"

"…….."

"……아, 안 가면 안 돼요? 거, 검은 파편은 무, 무서운 사람이에요. 이, 인간들은 다 알아요. 그, 그 남자가 이, 인간들을 모, 모두 죽이려고 하는 것을……."

"……."

"그, 그냥 아, 안 가면 안 돼요? 저, 저랑…… 저, 저랑 같이 도망가요, 레이디."

그의 마지막 말은, 남자가 여자에게 구애를 하는 것보단 잘못을 저지른 아이가 매 맞기 싫어 도피하자는 것에 더 흡사했다.

제드의 절박하고 애절한 목소리에도 답하지 않았던 이예주가 도망가자는 한 마디에 스윽 몸을 돌렸다. 제드를 돌아본 그녀의 모습은 심각하다는 소리가 나올 만큼 엉망이었다. 산발한 머리, 멍 든 목, 이곳저곳 찢긴 로브.

비렁뱅이처럼 어느 하나 성한 곳이라고는 찾아볼 수 없었다. 그러나 저를 보는 시선만큼은 서릿발같이 차갑기 그지없어 목이 절로 움츠러들었다.

이윽고 이예주가 무거운 입을 뗐다. 듣기만 해도 오한이 도는 무서운 쌍욕이나 아니면 상황 파악도 못하느냐는 적나라한 핀잔을 들을 것이라는 예상과는 다르게, 그녀의 입에서 나온 말은 전혀 뜻밖의 것이다.

"그럼 애는?"

"……예, 예?"

"너랑 도망가면 애는 어떡해. 누가 데려다주게."

이예주가 등에 업고 있던 토끼를 고쳐 업으며 물었다. 제드는 완전히 배제해 둔 현실에 버벅거리느라 그녀의 말에 아무 답도 못했다.

토끼를 끝까지 책임질 의무가 레이디와 자신에게 있었던가. 잠시 머릿속에 그런 의문이 스쳤지만, 이내 흘깃 제 품 안을 턱짓하는 레이디 덕에 제드는 아차 했다.

"너도 들고 있잖아."

그렇다. 깜빡 잊고 있었지만 저도 신인류를 품에 안고 있었다. 고작 팔뚝 반절만 한 하얀색의 작은 털 뭉치, 태어난 지 얼마 되어 보이지 않는 아기 강아지였다. 강아지는 많이 고단했는지, 어느덧 그의 품에서 앙증맞게 코를 골며 잠들어 있었다.

"개도 부모 찾아 줘야지."

"……."

"그럼 마을 안 가고 여기서 기다릴 테니까 네가 둘 다 데려다주고 올 수 있어? 근데 너 둘 다 못 들잖아."

딱히 비난조로 말한 것은 아니었다. 그저 메마르고 텁텁한 목소리로 사실만을 말했을 뿐인데도 제드는 이예주의 말이 왠지 자신을 비난하는 것 같다는 생각이 들었다.

죄책감 때문이었다. 저에게 처음으로 말을 걸어 주고, 제 말을 귀 기울여 들어 준 레이디에게 도움이 되고 싶었다. 그러나 결국 아무런 쓸모도 되지 못한 채 하루가 지났고, 제 일가는 그녀에게 소중한 이를 앗아 가 버렸다.

이예주는 제드의 대답을 기다리지 않았다. 다시 등을 돌려 마을의 중앙까지 이어져 있는 길을 걷기 시작할 뿐이었다. 툭. 그녀의 옷자락을 잡고 있던 제드의 손이 힘없이 떨어졌다.

그는 이예주가 꽤 멀어져 작아질 때까지 그 자리에 못 박힌 채 우두커니 서 있었다. 그녀가 한 번이라도 돌아봐 주었다면 미안하다고, 죄송하다고, 용서해 달라고 할 참이었다.

하지만 제드가 따라오지 않음에도 천사 같은 레이디는 단 한 번도 돌아보지 않았다.

확실히 무슨 날은 날인 건지 마을은 괴기하게 느껴질 정도로 조용했다. 아침이라서 그런가. 하지만 선대 족장의 장례식이었던 엊그제도 문을 여는 가게들이 존재할 정도로 착실하게 돌아가던 마을이었다.

다 쓰러져 가는 초가집들이 있는 마을 초입을 지나면 수많은 골목들로 이어지는 중앙 광장이 나온다. 이예주와 제드가 광장 안으로 들어설 때까지 지나친 사람 혹은 신인류는 단 한 명도 없었다.

"오늘, 무슨 날이야?"

텅 빈 광장 안을 둘러보며 이예주가 물었다. 저한테 물어보는 줄도 모르고 멍하니 있던 제드는, 그녀의 마른 눈동자가 저를 직시하자 그제야 화들짝 놀라며 고개를 저었다.

"아, 아무 날도 아닌데요?"

"그런데 왜 이렇게······."

휘잉— 소금기 섞인 바닷바람이 광장 안을 썰렁하게 휘돌다 그들 사이를 스치고 지나갔다.

그녀는 광장의 중앙으로 천천히 걸어 나가며 다시 주위를 둘러보았다. 제드 또한 마을 분위기가 평소와 같다고 생각되지 않는지, 그 뒤를 허겁지겁 따라붙었다.

이예주는 기분이 조금 이상해졌다. 광장은 마을 초입처럼 어제와 별반 다를 게 없었다. 그러나 중앙 광장에 가까워질수록 묘한 위화감이 점점 더 짙어졌다. 그건 어떠한 냄새에 가까웠다. 해안 마을에서 나는 생선 냄새라고 치부하기엔 좀 더 질척질척하고 비릿한······.

"피 냄새 같은 비린내가······."

그녀의 혼잣말이 채 끝맺기도 전이었다. 흐이익! 제드가 괴성을 꽥 지르며 갑작스레 그녀를 앞질러 섰다. 이예주가 의아한 눈으로 보자 그가 찢어질듯 눈을 크게 뜨고 그녀의 뒤를 가리켰다.

"레, 레, 레이디! 저, 저기! 저기!"

이예주는 천천히 뒤로 돌았다. 모두들 어디에 꼭꼭 숨어 있나 했더니, 광장 정중앙에 서 있는 그녀 뒤쪽의 골목과 건물 속에 숨죽이고 숨어 있었던 모양이었다.

우르르르. 사람들이, 아니 신인류들이 넘어진 컵에서 물 쏟아지듯 이예주와 제드의 앞으로 쏟아져 나왔다. 신인류들이라는 것을 알아챌 수 있었던 것은 대부분이 동물의 특징-귀와 꼬리 등-들을 가지고 있었기 때문이다.

대체 이 많은 신인류들이 어떻게 기척도 하나 내지 않고 자신을 조용히 지켜보고만 있었던 걸까.

그들의 얼굴에 하나같이 음울한 기운이 그득했다. 게다가 모두가 손에 삽이나 곡괭이, 낫 같은 살벌한 무기를 하나씩 들고 있었다.

뻘건 피와 살점이 뭉툭한 날 끝에 더덕더덕 말라붙어 있었다. 지금 이 순간 그것들은 농기구가 아니라 다른 이를 해치는 무기였다.

당연하겠지만 그들 사이에 완벽하게 인간의 모습을 하고 있는 신인류는 있어도, 진짜 인간은 단 한 명도 없었다. 인간들에게 혈세를 내고, 또 족장의 이율 높은 고리대금에 시달리며 인간에 대한 증오심을 키우던 그들이 마을 인간들과 결합하여 폭동을 일으킬 리 없었기 때문이다.

살벌한 그들의 시선에 제드가 이예주의 옷자락을 부여잡고 부들부들 떨었다.

"사, 산쵸! 우리 산쵸야!"

그때, 무성한 신인류들의 틈을 헤치고 중년 여성이 이예주가 서 있는 쪽으로 헐레벌떡 뛰쳐나왔다. 여성의 얼굴이 울음으로 벌겋게 익어 있었다. 이예주는 그녀가 누군지 단번에 알아보았다.

"부인!"

기다란 나무 막대에 식칼을 엮어 만든 창을 든 그레이 씨가 그 뒤를 쫓아왔다.

"아가! 내 아가!"

말 한 마디도 없이 무작정 제 등에 업힌 산쵸부터 끌어 내리는 그레이 부인이었지만 이예주는 순순히 그들의 자식을 넘겨주었다. 토끼를 들고 있는 것이 거의 한계에 이르렀거니와, 아이를 잃어버린 부모가 얼마나 절박한 얼굴로 람에게 애원했는지 앞서 보았기 때문이다.

산쵸가 제 부모의 품으로 돌아가자 등허리가 허전할 정도로 가뿐해졌다.

"흰둥아!"

이번에는 왼쪽에서 백발의 젊은 여자 하나가 튀어나와 제드의 품에 곤히 잠들어 있던 하얀 강아지를 낚아채듯 빼앗아 갔다. 그 탓에 강아지가 화들짝 잠에서 깨어나 낑낑거렸다. 제드는 더욱 겁에 질려 이예주의 허리에 찰싹 달라붙다시피 했다.

신인류들의 무례한 행동에 이예주는 눈살을 찌푸렸다.

"당신은 주인님과 같이 온 인간이 아닙니까? 그런데 왜 족장의 아들을 뒤에 숨기고 보호하는 거죠?"

제 부인과 되찾은 딸을 품에 안은 채 그레이 씨가 신인류들을 대표해 이예주에게 들고 있던 창을 겨누며 물었다.

"그전에 고맙다는 인사부터 먼저 해야 하는 거 아닌가."

"……."

"부모인 당신들도 못 구했던 자식들을 내가 구해다 줬는데, 창부터 겨누는 게 당신들 감사 인사법이야?"

이예주가 국어 책 읽듯 무미건조하게 묻자 그레이는 잠시 주춤했다. 그러나 다시 표정을 굳히고 동문서답했다.
"우린…… 우리 신인류들은 더 이상 족장과 마을 인간들의 횡포를 참지 않기로 결정했습니다. 그러니 묻는 말에 먼저 대답해 주십시오. 당신은 저 인간과 한통속입니까?"
"……."
"당신은 인간이지만 주인님과 계약을 맺지 않았습니까? 주인님을 배반한 겁니까!"
이예주는 침묵했다. 그러자 신인류들이 웅성거렸다. 아무 말도 하지 않았음에도 그녀의 배반이 그들에게는 기정사실화되어 갔다.
그녀는 문득 머릿속 아득한 곳 어딘가부터 지끈지끈 통증이 울려 퍼지기 시작하는 것을 느꼈다. 왠지 모르겠지만 현대에서의 학창 시절이 떠올랐다.
수학여행의 사고가 일어난 지 일주일이 지난 후의 교실이었다. 그냥 안면만 좀 익은 옆 반의 수다쟁이 한 명이 복도를 지나가는 이예주를 붙잡고 물었다.
─정말, 너 정말 무당 딸이야? 너 때문에 수학여행 사고가 일어난 거야? 너 액땜하느라 다른 애들이 죽은 거야? 그런 거야?
그때 그 말도 안 되는 지껄임에 제가 뭐라고 대답했더라.
이예주는 아무 대답도 하지 않았다. 그저 침묵했다. 제가 말 못하는 병신, 머저리라 가만히 있었던 게 아니었다.
그 아이의 질문에 복도를 거닐던 모든 아이들이 멈춰 서 이예주를 돌아봤고, 심지어 교실 안에 있던 아이들까지 우르르 쏟아져 나와 그 모습을 구경했다. 그중엔 분명 그녀의 어머니가 1학년 때 돌아가셨다는 것을 아는 아이들도 섞여 있었다.
하지만 아무도 이예주를 옹호해 주지 않았다. 그 애들 사이에서 그녀는 이미 괴물, 마녀, 무당의 딸로 기정사실화되어 있었기 때문이다. 입이 없어서 말을 못한 것이 아니라, 말해 봤자 믿어 줄 이 하나 없어서 침묵했다.

이예주는 사슬이 달린 오른손으로 이마를 매만졌다. 그레이가 말한 주인 놈이 달아 준 쇠사슬이 허공에서 시끄러운 소리를 냈다. 그 얼굴에 피곤함이 역력히 드러났다.

"대답하시죠. 당신은 주인님을 배신하고 인간의 편에 선 것입니까?"

그레이가 다시 한번 물었다. 이예주는 여전히 입 다물고 있기를 고수했다.

그때였다. 꼬질꼬질한 어린 것 하나가 어른들의 다리 사이에서 얼굴을 불쑥 내밀고 소리쳤다.

"아니에요! 쉬익— 저 언니는 우리 배신한 거 아니에요!"

그나마 과거와 다른 점이라면, 몇몇 애들이 군중에 휩쓸려 그녀를 못 본 체하고 같이 매도하지 않는다는 점일까.

이예주를 도와준 것은 그녀가 동굴에서 구해 준 노란 구렁이었다. 네댓 살 먹은 귀여운 여자아이가 입 사이로 소름 끼치는 두 갈래 혀를 날름거렸다.

딱딱하게 굳어 있던 이예주의 표정이 조금 풀렸다. 다행이다. 아이들끼리만 보내서 마음 한구석이 계속 편치 않았는데, 천만다행히도 끔찍한 지하에서 무사히 빠져나온 것 같았다. 노란 구렁이가 저를 원망할 적엔 정말 한 대 쥐어박고 싶을 만큼 야속했지만, 그래도 모든 위험을 감수하고 용병대장을 붙잡아 놓길 잘했다는 생각이 들었다.

"마, 맞아요! 저 누나가 탄광 감옥에서 우리 다 구해 준 거예요!"

구렁이의 옆, 다른 어른의 가랑이 밑에서 구렁이보다 조금 큰 아이가 엎드린 채 고개를 쑥 내밀었다. 기다란 회색 코가 달린 코끼리였다. 그 옆엔 제일 먼저 빠져나갔던 너구리가 있었다.

"맞아요! 저 인간 누나 아니었으면 우리 다 인간들에게 잡아먹힐 뻔했어요!"

"어허! 어린아이들은 가만있어라!"

터져 나오는 역성에 보다 못한 신인류 중 한 명이 큰소리를 내었다. 아이들의 증언에 신인류들이 또다시 술렁였다.

이예주는 그레이를 돌아보았다. 난감한 표정을 짓던 그는 구렁이가 있는 쪽을 쏘아보며 "어른들끼리 말씀하시는데 끼어들면 안 된다." 하고 핀잔을 주었다. 그런 그를 만류한 것은 바로 그의 딸이자 이예주가 구해 준 또 다른 토끼였다.

"아버지, 저 애들 말이 맞아요!"

"……칸쵸야!"

무리를 헤치고 다급하게 튀어나온 딸의 모습에 그레이가 당황한 얼굴을 숨기지 못했다.

"인간님이 우리 모두 구해 주신 거예요. 저분이 없었다면 산쵸는 아직도 족장에게 잡혀서 끔찍한 일을 겪었을 거예요. 모두 도망치기에 급급했으니까요. 인간님이 아니었다면 아무도 산쵸를 못 데리고 나왔을 거예요. 우리 중에 산쵸를 들어서 이곳까지 옮길 수 있을 만한 힘이 있는 애는 아무도 없었다구요!"

"아무리 그렇다고 해도 주인님을 배신한 것은 크나큰 잘못이야!"

결국 그레이의 입에서 큰 노성이 터져 나왔다. 진정시키려고 노력해도 잦아들지 않던 신인류들의 술렁임이 그 순간 뚝 멈췄다.

그레이가 손을 들어 이예주의 뒤에 숨어 있는 제드를 사납게 손가락질했다. 그때까지 말 한 마디 없이 숨죽이고 있던 제드가 갑작스레 몰리는 이목에 파드득 어깨를 떨며 이예주의 등 뒤에 더욱 몸을 움츠렸다.

"게다가 족장의 아들인 저 인간을 무려 살려서 데리고 왔다! 이게 얼마나 큰 죄인지 너희들은 아직 어려서 잘 모르겠지만……!"

"그게 중요해?"

그때, 이예주가 그레이의 말허리를 뚝 잘라먹고 질문했다. 그로 인해 잠시 멍한 표정을 짓던 그레이가 되물었다.

"……뭐라고 했습니까?"

"내가 너희들 주인을 배신하고 얘와 같이 있다는 게 중요해?"

인간 여자로부터 예고도 없이 튀어나온 반말에 그레이를 비롯한 몇몇 신인류들이 불쾌하다는 듯 눈살을 찌푸렸다.

"네, 중요합니다. 저 인간은 우리의 자식을 납치한 죽일 놈의 아들이니까요!"

그레이는 예의를 가장한 말투 속에 이예주를 향한 적의를 숨기지 않고 고스란히 내뱉었다. 그녀는 마치 그 말을 기다렸다는 듯 맞받아쳤다.

"그럼 얘가, 족장의 아들인 얘가 너희들 자식을 죽이지 않고 데려온 건 안 중요해?"

"그건……."

"그럼 난?"

회색 토끼가 뜻밖의 물음에 바로 답을 찾지 못하고 우물거리는 사이, 이예주의 얼굴이 기괴하게 일그러졌다.

그녀는 아득 이를 악물었다. 지금까지는 제 본질이 인간이라는 이유 하나로, 많은 신인류들의 적의와 살기를 꾹 눌러 참아 왔다.

이유 모를 증오는 사람을 지치게 만든다. 매번 울컥 억울함이 치솟았지만 이예주는 참았다. 인간에게 당하고 살던 그들의 참혹한 모습이 안쓰럽고 죄스러웠기 때문이다.

그러나 조롱이의 목숨이 오간 일이었다. 조롱이의 목숨이 달렸는데 그럼에도, 그럼에도 나는…….

"너희 주인을 배신하고 인간 편에 붙은 내가, 네 자식을 죽이지 않고 다시 돌아온 건 어때? 나랑 얘가 너희들을 적으로 여기고 족장 편에 붙었다면, 뭣 하러 개고생을 사서 하면서 네 딸을 등에 업고 여기까지 걸어온 건데?"

"…….."

"왜 말을 못해? 네가 내 죄를 정해 주었잖아. 얘를 살려서 데리고 온 거 말고, 너희한테 내가 뭘 그렇게 잘못했는지! 무슨 피해를 줬는지! 얘기해 봐! 얘기해 보라고!"

이예주가 참지 않고 소리쳤다. 차가운 물이라도 뿌린 듯 장안에 무섭도록 적막이 내려앉았다.

뭘 잘못했는지 얘기하라고 소리치는 그녀의 말에 아무도 대답하지 못했다. 그런 신인류들을 이예주가 형형한 눈으로 휙휙 돌아보았다. 누구 하나 그녀의 시선을 똑바로 바라보는 이가 없었다. 방금 전, 그녀를 돌로 쳐 죽일 듯 흉흉하게 노려보던 이들이 눈이 마주치는 족족 시선을 피하기 급급했다.

"그거 알아? 조롱이가 죽었어."

이예주가 위장에 달라붙어 있는 오물들을 토해 내듯 힘겹게 말했다.

"인간들에게 무능력하게 자식을 뺏긴 너희들 때문에. 그런 너희를 그저 방치만 한 너희 주인 때문에. 아무런 힘도 없이 갇혀만 있던 너희 자식들 때문에. 그리고 그걸 구한답시고 설쳐댄 멍청한 나 때문에!"

"……."
"조롱이가 죽었어."
"……."
"조롱이가, 조롱이가 죽었어. 알아? 황조롱이 말이야. 조롱이가 죽었다고! 조롱이가! 조롱이가!"
 이예주가 핏발이 선 눈으로 한 걸음 한 걸음 그레이에게로 다가갔다. 그 두 눈동자에 범접할 수 없는 선뜩한 기운이 서려 있었다. 꼭 그레이의 부인이 처음 숙소에 들어선 그녀를 노려보던 때와 비슷한 눈빛이었다.
 그레이의 앞에 선 이예주는 손을 뻗어 그의 멱살을 잡듯 옷자락을 와득 움켜쥐었다. 온몸에서 풍겨져 나오는 음습한 절규에 그레이는 움찔거리며 몇 발자국 뒤로 물러섰다.
 "조롱이가 죽었어. 조롱이가 죽었다고……."
 이예주의 고개가 죄인처럼 아래로 뚝 떨궈졌다. 그녀는 멍한 얼굴로 땅바닥을 내려다보며 혼잣말하듯 중얼거렸다.
 "이제 어떡하지? 난 이제 평생 조롱이 꿈을 꿔야 돼. 봉구 꿈도, 엄마 꿈도, 수학여행에서 죽은 애들 꿈도 모자라 이제 평생 조롱이 꿈까지 꿔야 돼."
 "……."
 "이게 얼마나 끔찍한지 알아? 이게 얼마나 꾸기 싫은지. 이게 얼마나 끔찍하고 무서운 일인지…… 어떡하지? 나 정말 꾸기 싫은데…… 이제 어떡하지?"
 희게 질린 그 얼굴이 길을 잃은 아이처럼 혼란스러웠다. 꽉 쥔 그녀의 두 주먹이 부들부들 떨렸다. 턱 밑까지 엄습하는 자책감과 두려움에 숨이 컥 막혔다. 입으로 인정하고 나니, 오한이 드는 사람처럼 몸이 으슬으슬 떨렸다.
 무서웠다. 무섭고 또 두려웠다. 이제 어떡할까, 예주야. 어떻게 해야 할까.
 이예주는 자신에게 재차 물었다. 하지만 아까 신인류들을 구할 때까지만 해도 팽팽 잘만 돌아갔던 머릿속이 지금은 백지처럼 하얗게 지워져서 아무런 생각조차 할 수 없었다.
 그녀는 그렇게 그레이를 부여잡은 채 한참 동안 혼잣말처럼 어떻게 해야 하는지 답을 구했다. 그러나 끝내 아무 답도 나오지 않았다.
 그레이의 옷자락을 부여잡고 있던 두 손이 힘없이 툭 떨어졌다. 동시에 이예주의 얼굴이 금방이라도 울 것처럼 왈칵 흐려졌다. 그녀는 더 이상 신인류들에게 제가 뭘 잘못했는지 묻지도, 더 이상 어떻게 해야 할지 답을 구하지도 않은 채 그저 스르륵 등을 돌렸다.
 머리가 아팠다. 아니, 머리뿐만이 아니라 온몸이 삐걱거렸다. 꼬박 하룻밤하고도 반나절을 잠 한숨 못 자고 격렬하게 움직였으니 이젠 좀 쉬어야 할 때였다.
 이예주는 유령처럼 허옇게 질린 얼굴로 다시 비척비척 길을 걷기 시작했다.
 "레, 레이디."
 덜덜 떨고 있는 저를 봤음에도 보이지 않는 듯 그녀가 스윽 스쳐 지나가자, 제드가 당황하여 그녀를 불렀다. 그럼에도 그녀는 걸음을 멈추지 않았다. 신인류들에게서 뒤돈 채 반대편 쪽으로 걸음을 옮기는 이예주를 이번에는 그레이도, 그 아무도 붙잡지 않았다.
 자유로워진 그녀는 그저 홀로 쉴 곳을 찾아 계속해서 다리를 움직였다. 속히 씻고 죽은 것처럼 깊은 잠에 빠져들고 싶은 간절한 마음과는 다르게 걸음이 거북이처럼 느릿하기 그지없었다. 그녀가 엉금

엉금 기듯 걸어 중앙 광장의 반대편 끝에 도달했을 적이었다.
두두두두두, 멀찍이서 한 무리의 점이 흙먼지를 일으키며 빠르게 다가오는 것이 희미하게 보였다. 이예주는 느리지만 꾸준히 움직이던 걸음을 멈췄다.
처음엔 그저 또 다른 신인류 무리이겠거니 싶었다. 인간들이 코빼기도 비치지 않는 것을 보니 마을은 이미 신인류들한테 점령당했을 거라 추측했기 때문이다.
하지만 그 추측은 인력거처럼 생긴 가마에 앉아 땀을 뻘뻘 흘리고 있는 족장의 면상을 확인하고 단번에 금이 갔다.
"허, 허억!"
제 아버지를 알아본 제드에게서 거칠게 숨을 들이마시는 소리가 들렸다. 저를 도와준답시고 날뛰더니, 또 제 아버지 얼굴 보기는 무서운 듯싶어 픽, 웃음이 다 나왔다.
족장의 가마 뒤로는 신인류와 버금가는 수의 복면을 쓴 남자들이 일목정연하게 대열한 상태로 걸어오고 있었다. 아무래도 조롱이와 함께 납치당할 때 보았던 용병 대장의 수하들 같았다.
끼이익— 이윽고 족장이 이예주로부터 삼 보 정도 떨어진 곳에 멈췄다. 놈이 앉아 있던 자리에서 벌떡 일어나 그보다 아래에 있는 그녀를 바라보며 노발대발 소리를 질렀다.
"이, 이, 이년! 드, 드디어 잡았구나! 이, 이 죄인 년!"
이예주를 삿대질하는 족장의 검지가 통통한 소시지같이 탐스러웠다. 그녀는 그 와중에도 위협을 느끼기는커녕 저 통통하게 부은 몸이 앉아 있는 인력거를 고작 두 명에서 끌고 온 것이 대단하다는, 우습지도 않은 생각을 했다.
"네, 네년 때문에! 네, 네년 때문에 저택이 폭발했다! 내, 내 저택이 와, 완전히 날아갔다 이 말이야! 게, 게다가 그도 모자라 가, 갇혀 있는 죄인들까지 모, 모조리 풀어 줬겠다! 네, 네 죄를! 네 죄를 다 어, 어떻게 갚을 테냐! 다, 당장 이년을 잡아 들여라!"

 족장이 온갖 위엄 있는 척을 하며 떠듬떠듬 이예주의 죄를 읊었다. 그의 명령에 뒤에 서 있던 인간 두어 명이 주춤주춤 그녀에게로 다가왔다.

 "허."

 이예주는 기가 찼다. 지하 감옥에 갇혀 있던 죄인들? 죄인들을 풀어 줘? 그 어린아이들이 죄가 있으면 무슨 죄가 있다고. 뻔뻔하고 돼지 같은 놈.

 그녀는 도망갈 생각은 않고 팔짱을 낀 채 가만히 족장을 노려보았다. 그런 그녀의 모습에 제드는 애간장이 다 녹아내리는 것 같았다.

 "아, 아, 아부지!"

 그때까지 뒤에 서 있던 제드가 불쑥 뛰쳐나와 양손을 크게 벌리고 이예주의 앞을 막아섰다. 매번 꽁지가 빠져라 도망치기 바쁘던 녀석이었는데, 장족의 발전이었다.

 "제, 제, 제드!"

 설마하니 제 아들이 직접 나서서 죄인 계집을 막아 설 줄은 상상도 못했던 족장의 눈이 튀어나올 것처럼 부릅떠였다. 그런 제 아버지의 반응에 벌벌 떨면서도 제드는 이예주의 앞을 비키지 않았다.

 "아, 아부지! 레, 레이디는 아무 잘못 없어요! 저, 정말이에요!"

 "이, 이런 머, 멍청한! 내, 내 설마, 설마 했지만, 이, 이런 쓸모없는 놈 같으니! 이, 이……!"

 족장이 못생긴 홍당무처럼 시뻘겋게 달아오른 얼굴로 뒷목을 잡았다.

"어떻게 할까요, 족장님?"

옆에서 이예주를 잡으려고 주춤거렸던 복면 중 하나가 족장에게 물었다. 족장은 차마 제 아들을 잡아 두드려 팰 수는 없는지 씩씩거리며 숨을 고르다가 명령을 내렸다.

"큼큼, 내, 내 아들은 아무런 잘못이 없으니, 포, 포박하지 말거라! 자, 잘못은 다 저 시, 신인류들의 첩자 질을 한 계집과 포, 폭동을 일으킨 놈들이 저지른 게야! 이, 이 시각 이후 도, 동쪽 대륙의 주인이자 마, 마을의 아버지와도 같은 보, 본 족장은 가, 같은 인간임에도 인간들을 우롱한 저, 저 죄인 계집을 포박하고 포, 폭동을 일으켜 아, 아무런 죄도 없는 민간인들을 이, 인질로 붙잡은 포, 폭도들을 소탕하는 계엄령을 서, 선포하는 바이다!"

족장 놈이 선포한 계엄령에 인간 무리도 신인류들도 크게 술렁거렸다. 그 중심에 서 있던 이예주는 "하…….." 하고 지친 한숨을 내쉬었다.

자신은 그냥 쉬고 싶을 뿐인데. 이쪽도 자신을 적시하고 저쪽도 자신을 적시하고, 개나 소나 죄인이라 불렀다. 제가 뭘 그렇게 잘못했다고. 잘못한 게 있다고 해도, 또 그게 얼마나 잘못된 일이라고.

이예주는 어깨를 축 늘어뜨린 채 저를 잡으러 다가오는 손길이 있건 말건 신경 쓰지 않고 우두커니 서 있었다.

그때, 휘익— 그녀의 머리 옆을 스치고 가마 위에 우뚝 서 있는 족장의 머리통을 향해 날아가는 물체가 있었다. 퍼억! 족장이 던져진 돌에 맞고 쓰러졌다.

"아악!"

이마 정중앙에 맞은 탓에 육중한 몸이 가마 위에서 떨어질듯 기우뚱거렸다. 그러나 투실투실한 덩치에 비해 생각보다 재빠른 반사 신경으로 족장 놈은 떨어지지 않고 간신히 자리에 안착했다.
 놈의 이마 한가운데에서 주르륵 한 줄기 피가 흘렀다. "웬 물기가……." 하고 제 이마를 더듬던 족장 놈이 손에 묻어나는 벌건 핏자국을 보고 눈깔을 허옇게 뒤집었다.
 "누, 누구냐! 어, 어떤 발칙한 놈이……! 아악!"
 퍽— 커다란 돌덩이가 또 한 번 날아든다 싶더니 족장이 두 손으로 머리를 부여잡고 다시 자리에 주저앉았다.
 한 신인류가 무리에서 뛰쳐나왔다. 그는 이예주와 제드를 훅 앞질러 선 채 날이 시퍼렇게 선 식칼 끝으로 족장을 가리켰다.
 "이런 쳐 죽일 놈!"
 "뭐, 뭐, 뭐야!"
 "우리 자식들을 납치해서 가둬 놓고 우리가 폭도들이라니! 우린 네놈이 저지른 만행들을 고스란히 돌려주는 것뿐이야!"
 "맞소! 맞소!"
 신인류 한 명을 기점으로 뒤에 있던 다른 신인류들이 와르르 앞서 나와 족장이 저지른 죄악들을 쏟아 냈다. 수많은 신인류들의 살기에 족장이 겁을 집어먹고 주춤거리다가, 이내 고개를 쳐들고 악을 썼다.
 "보, 본 족장이 데, 데리고 간 것은 기, 길을 잃은 아이들이거나 부, 부모가 없는 아이들이었다! 저, 절대로 보, 보호자가 있는 신인류들은 데리고 오면 안 된다고 요, 용병대장에게 명했는데……."
 "거짓말 치지 마라, 이 나쁜 놈! 여기 네놈의 저택에서 도망 나온 아이들이 있는데 그런 개소리를 지껄여?! 네놈이 선대 족장을 대신해서 족장 노릇을 한 뒤부터 마을 돌아가는 꼴이 엉망이야! 네놈이 마을 안에 망할 시간족을 끌어들인 이후로 뭐 하나 제대로 돌아가는 것이 없다고!"

"그, 그, 그런……!"

족장이 찔끔한 표정으로 눈알을 뒤룩뒤룩 굴렸다. 신인류들의 말이 모두 사실이었기 때문이다.

"……내, 내가 한 일은 모, 모두 서, 선대 족장님의 뜻에 따라 행한 일이다!"

한참 동안 머리를 쥐어짠 족장이 힘겹게 정당성을 주장할 변명거리를 찾았다.

"그, 그래! 나는 우, 우리 마을의 발전을 위해 끄, 끝까지 마을 걱정만 하고 돌아가신 내, 내 아버지의 유언을 바, 받잡은 것뿐이야! 서, 선대 족장이 말씀하시길 거, 검은 안개를 이용해 마, 마을의 경제 발전을 돕고, 시, 시간족도 우, 우리와 같은 인간이니……!"

"거, 거짓말! 거, 거짓말은 그만해요!"

족장이 선대 족장을 들먹이며 합리화를 하던 그 순간이었다. 제드가 튀어나와 제 아버지와 드잡이라도 할 기세로 크게 외쳤다. 그 소리가 꼭 비명을 지르는 듯해서 무감각한 표정으로 양측 사이에 껴 있던 이예주마저 화들짝 놀라 그를 돌아보았다.

피는 못 속인다더니, 제드는 제 아비만큼 시뻘게진 얼굴로 잔뜩 흥분하여 족장을 노려봤다.

"제, 제드 너……!"

족장이 당황과 분노로 눈을 크게 홉떴다. 금방이라도 뒤로 넘어갈 듯 이마에 힘줄이 울긋불긋 선 제 아비를 보면서도 제드는 비명 지르는 것을 멈추지 않았다.

"하, 할아버지 좀 그, 그만 욕보여요, 아부지! 하, 할아버지는 우, 우리 마을이 거, 검은 파편과 계약한 중간 지대이니 시, 시간족과 엮이면 저, 절대로 안 된다고 하셨잖아요!"

"제, 제드 네 이놈! 네가 뭘 안다고! 뭐, 뭐를 안다고 지껄여! 이, 이건 다 네 할아버지가 주, 죽기 전에 내게 맡기신 지고한 뜻……!"

"아버지가 죽였잖아요!"

제드가 말을 더듬는 것도 잊고 악을 쓰는 것처럼 소리쳤다.

"할아버지는 아, 아버지가 죽였어! 엊그저께 더 이상 일을 벌이지 말라는 할아버지를 베개로 짓눌러 죽이는 거 다 봤어요!"

"흐, 흐, 헉!"

족장이 졸도할 것 같은 얼굴로 거칠게 숨을 들이켰다.

"하, 할아버지도 모자라서 레, 레이디까지 죽이려 하고! 히, 히흑! 아, 안 죽인다고 약속했으면서! 처, 천사 같은 레이디까지 주, 죽이려고 드니까…… 저, 절대 아무한테도 말 안 하려고 했는데, 아, 아버지가 자꾸 야, 약속을 어기니까……."

제드가 입을 삐죽삐죽하더니 결국 눈물을 질질 짜내기 시작했다.

현 족장이 선대 족장을 죽였다는 어마어마한 폭로에 모든 좌중이 술렁거렸다. 수군거리는 것은 비단 신인류뿐이 아니었다. 족장이 폭도들을 잡기 위해 친히 끌고 온 부하들도 서로를 바라보며 움찔거렸다.

선대 족장님을 죽였다니. 아무리 족장 자리가 탐나기로서니 제 아버지까지 죽이고 오른 자리라니.

"아, 아니야! 저, 저 말도 안 되는 거짓을 믿는 것이냐!"

동요하는 인간들의 반응에 족장이 찢어지는 고함을 지르며 벌건 얼굴을 좌우로 흔들었다. 놈은 이예주에게 죄를 뒤집어씌워 이목을 돌리려 들었다.

"아, 안 되겠다. 아, 아들이고 뭐고 저, 저 병신 같은 놈도 같이 포박해! 어, 어서! 어서 저 죄, 죄인 계집년부터……!"

"살인자!"

그러나 신인류들이 더 빨랐다.

"선대 족장을 살해하고 족장 노릇을 한 저 썩을 놈을 쳐 죽이자!"

"원래 우리 땅이었던 동쪽 대륙을 되찾자!"

"와아아! 쳐 죽이자! 쳐 죽이자!"

와아아아ー! 족장이 채 부하들에게 명령을 다 내리기도 전에 신인류들이 들고 있는 무기를 휘두르며 놈에게 달려들었다.

퍽, 퍽. 그저 가만히 서 있기만 하던 이예주는 자꾸만 저를 세게 치고 가는 신인류들 떼거리에 몸 둘 데 없이 흔들리며 자리를 잡지 못했다.

퍽! 으악! 푸욱! 죽여! 죽여! 신인류와 인간들이 순식간에 한 덩어리로 뒤엉키면서 주위는 아수라장이 되었다.

"……미친."

낙동강 오리알 신세가 된 이예주는 그 난장판 한가운데에서 정신을 좀체 차리지 못했다. 망할, 뭐가 어떻게 돌아가고 있는 거야?

신인류들과 인간들이 날카로운 무기로 서로를 찌르고 베었다. 곳곳에서 피와 살이 튀었다. 그녀는 멍하니 현실성 없는 그 꼴을 바라보며 혼란스러운 표정을 금치 못했다.

주위는 완전히 개판이었다. 그래, 개판. 왜 하필 끔찍했던 지하 탄광에서 간신히 기어 나오자마자 이런 개싸움에 휘말리게 된 걸까. 왜 하필…….

"저, 저 계집부터 잡아! 저, 저 계집부터! 거, 검은 파편과 한패인 계집이야!"

가마에서 용케 뛰어내린 족장이 멍하니 서 있는 이예주를 가리키며 미친 듯이 소리쳤다. 그러나 그의 부하 중 그 말을 알아듣고 그녀를 잡으러 오는 이는 아무도 없었다. 득달같이 달려드는 신인류들을 상대하기도 벅찼기 때문이다.

보다 못한 족장이 두툼한 배때기 옆에 꽂아 둔 칼을 뽑아 들고 이예주에게로 다가왔다. 하지만 얼마 못 가 허리를 부여잡고 늘어지는 방해꾼 하나 때문에 증거이자 증인인 계집을 속히 처단할 수 없었다.

"아, 아부지! 안 돼요! 안 된다구요!"

"제, 제드! 네 이놈! 비, 비켜! 비, 비키라고!"

"시, 싫어요! 레, 레이디는! 레이디는……."

제드가 필사적으로 제 아비의 허리를 부여잡고 끙끙대다가 이예주를 애타는 눈으로 쳐다보았다. 그사이 그녀가 어서 도망을 갔으면 했다. 하지만 안타깝게도 그녀는 신인류에게 휩쓸린 나머지 제드와는 꽤 멀리 떨어진 곳에 있었다.

이예주는 벗어날 생각도 않고 그 진창 속에 멍청히 서 있었다. 자칫 신인류와 인간의 싸움에 휩쓸려 목숨이 위태로울 만큼의 위험이 바로 옆에서 도사리고 있었다. 그럼에도 그녀는 꿈쩍 하지 않았다.

그때, 그 아수라장을 뚫고 무시무시한 살기를 내뿜으며 이예주에게 빠르게 다가오는 인간이 있었다.

대체 그 엄청난 폭발에서 어떻게 살아 기어 나온 걸까. 절반이 불에 타 역겹기 그지없는 몰골임에도 불구하고 남자의 발걸음은 놀랍도록 명확하게 이예주를 향해 고정되어 있었다.

놈의 손에 보기만 해도 오싹할 만큼 날이 잘 벼려진 칼이 들려 있었다. 그것을 발견한 제드의 동공이 일순 커다랗게 확장되었다.

"레, 레이디! 레, 레이디, 피해요! 레이디!"

그러나 제드가 아무리 목이 터져라 이예주를 불러도, 그 목소리는 그녀에게 닿기 전에 고함과 비명 소리에 묻혀 아스라이 사라졌다.
 레이디! 위험해요! 레이디!
 "……응?"
 문득 누군가 저를 부르는 것 같다는 기분이 들어 이예주는 흠칫 고개를 들다가 그대로 굳었다.
 "어……."
 언제부터였을까. 누가 짐승이고 누가 사람인지 구분할 수 없을 만큼 엉망진창이 된 광장 위로 그것이 있었다. 환하게 내리쬐는 태양빛에 가려져서 언제부터 열려 있었는지 알 수 없었다. 무심결에 고개를 든 그녀의 앞에 '문'이 열려 있었다.
 이예주는 초점 없이 멍한 눈으로 그것을 바라보며 중얼거렸다.
 "왜 또 문이……."
 지금 자신이 있는 이 개싸움 판에서 피하라는 의미에서 열린 걸까. 아니면 정말로 이대로 있다간 위험해질 수밖에 없기 때문인 것일까.
 사실 어느 쪽이어도 별로 상관없었다. 어쨌거나 '문'은 열렸고, 저는 피곤에 찌들어 당장 졸도해도 이상할 게 하나 없는 몸이었으니.
 이예주는 가만히 문을 바라보았다. 그 안에 어떤 영상이 나타났다. 그녀가 넘어갈 미래에 대한 유일한 실마리였다.
 "아……."
 그러나 아쉽게도 문 앞을 자꾸만 가리며 나뒹구는 인간과 신인류들 때문에 그 영상이 무엇인지 잘 보이지 않았다. 빽빽한 군중의 틈 사이로 희미하게 흘러나오는 빛을 따라, 그녀는 저도 모르게 한 발자국 한 발자국 걸음을 옮기기 시작했다.
 딱히 '문'을 넘을 생각을 하고 다가가는 것은 아니었다. 그냥, 그냥 그 안에 비춰진 영상이 어떤 것인지나 한 번 확인했으면 해서. 문 안에 뭐가 있는지, 뭐가 들었는지만……. 어쩌면…… 정말 어쩌면…….

앞에 뒤엉켜 서로를 무참히 폭행하는 두 인영을 지나쳐 몇 발자국만 더 걸으면 바로 '문'이었다. 그만큼 그것에 가까워졌을 때였다. 누군가의 악력이 손목을 와락 움켜쥐고, 그녀의 몸을 거센 힘으로 휙 돌렸다.

"어어……!"

균형 감각이 순식간에 흐트러졌다. 몸이 넘어질 듯 휘청거렸고 아찔한 감각이 온몸을 덮쳤다. 시야가 뒤집혔다.

넘어졌다고 생각했을 때, 이예주의 몸은 반 바퀴를 돌아 누군가의 품 안으로 끌어당겨진 후였다. 푸욱— 무언가 날카로운 것이 부드럽고 물컹한 것을 쑤석거리는 섬뜩한 소리가 들렸다.

"위험."

머리 위로 익숙한 음성이 쏟아졌다.

"……할 뻔했잖아."

빠르지도 느리지도 않은 그 낮은 목소리와 함께 이예주의 심장도 덜컥 내려앉았다.

"손목을 자르지 않는 이상 절대로 풀 수 없는 사슬에 묶어 놓았는데도 아무 소용이 없군."

"……."

"대체 널 어떻게 해야 할까."

남자가 땅바닥에 아무렇게나 늘어진 사슬을 발로 툭 건드리며 물었다. 쩔컥하는 소리에 이예주는 멍하니 고개를 들었다. 시뻘건 눈동자가 오롯이 자신을 내려다보고 있었다.

그녀는 무어라 말을 꺼내기 위해 입을 빠끔 열다가 문득 제 손을 적시는 뜨뜻한 감촉에 고개를 내렸다. 그는 언제나처럼 검은색 옷을 입고 있었기 때문에 바로 눈치채기 힘들었다. 제 손이 닿은 남자의 허리 근처에서, 시뻘건 물이 흘러나와 바닥까지 뚝뚝 떨어지고 있다는 것을.

뾰족한 칼 머리가 검은색 장포를 뚫고 고개를 쑤욱 내밀었다. 칼 끝을 타고 생명이 흘러나오듯 남자의 피가 줄줄 흘러내려 그녀의 손을 적셨다.

"으…… 으흐…….”

이예주는 앓는 소리를 내며 다시 고개를 들고 남자를 바라보았다. 어느덧 눈앞이 뿌옇게 흐려져 그의 얼굴이 잘 보이질 않았다. 눈시울이 후끈하더니 이내 볼을 타고 뜨거운 물줄기가 후두둑 떨어지기 시작했다.

제 얼굴을 보며 갑자기 눈물을 후두둑 떨어트리는 그녀 때문에 남자의 눈이 조금 커졌다.

"왜 우는 거지?”

남자가 불쑥 손을 올려 그녀의 양 볼을 감쌌다. 그리고 손가락으로 그녀의 눈물을 훔쳤다.

왜 우느냐고. 그 목소리가 너무 다정해서, 꼭 우는 자신을 걱정하는 것만 같아서, 이예주의 얼굴이 참을 수 없을 만큼 왈칵 일그러졌다.

"피가, 흐으…… 피가 나는데요.”

"피? 아.”

마치 전혀 잊고 있었던 듯 시뻘건 눈동자가 잠시 의아함을 띠었다. 그는 이예주가 가리키는 곳을 바라보고 무뚝뚝하게 고개를 끄덕였다.

"이것 때문에 우는 것인가.”

"으, 으으······."

"별거 아니다."

정말 별거 아닌 것처럼 대수롭지 않은 얼굴이었다. 하지만 그녀는 도저히 납득할 수 없었다. 배가 칼로 뚫렸는데. 이렇게 피가 쏟아지는 어떻게, 어떻게 별거 아닌 일이라고. 어떻게······.

"그러니 뚝. 뚝 그쳐."

남자가 다정한 손길로 눈물을 닦아 주며 이예주를 달랬다. 무심하기 그지없는 그의 목소리에 그녀의 울음은 더욱 격렬해져 숨도 못 쉴 지경에 이르렀다.

조롱이가 죽은 후에도 한 방울조차 나오지 않던 눈물이었다. 그런데, 왜. 왜 이 망할 놈을 만나자마자 바보처럼 질질 짜는 것일까.

지하 탄광에서 개고생을 할 때, 기실 그녀는 미치도록 남자가 원망스러웠다. 내색하지 않아도 남자가 혹시나 자신을 구하러 와 줄까 기대했고, 오지 않는 그 때문에 더 이를 악물고 버텨야 했다.

남자를 만나면 왜 조롱이를 살려 주지 않았느냐고. 왜 와서 나쁜 족장 놈들을 모조리 죽이지 않느냐고. 왜, 왜 자신을 구하러 오지 않았느냐고, 나를 왜 이렇게 무서운 곳 한가운데 홀로 내팽개쳐 둔 거냐고 원망을 쏟아 낼 참이었다.

그런데 그렇게 그녀의 책임을 모두 전가받을 나쁜 놈이. 이제야 간신히 만난 그 나쁜 놈이 배때기가 뚫린 채 하는 말이······.

"괜찮다. 괜찮으니까, 울지 마."

이것도 다 내 잘못인가? 나 때문에, 내가 정말 마녀고 괴물이어서 조롱이도 모자라 이 남자까지 죽게 만드는 것일까? 나 때문에, 내가 멍청하기 때문에.

"······안 괜찮아."

"⋯⋯뭐?"

"하나도 안 괜찮아⋯⋯ 하나도, 하나도⋯⋯."

이예주는 와락 남자의 옷자락을 움켜쥐었다. 당신까지 나 때문에 죽으면 어떡하지? 조롱이처럼 당신도 나 때문에 죽으면, 그러면 어떡하지?

그럼 더 이상 못 버틸 것 같은데. 지금도 충분히 한계라서 이제 정말 죽을 것 같은데. 어떡하지? 싫은데. 정말 싫은데, 어떡하지?

아이처럼 남자의 품에 매달린 이예주는 꼴사나운 줄도 모르고 바들바들 떨었다. 남자가 이상을 눈치챈 듯 그녀를 제 품에서 떨어뜨리려 들었다. 그러나 이예주는 끊임없이 눈물을 뚝뚝 흘리며 고개를 뒤흔들 뿐 그를 놓을 생각 따위 전혀 없었다.

"당신까지⋯⋯ 당신까지 보내기 싫어⋯⋯."

"⋯⋯."

"싫어. 싫다구⋯⋯ 싫⋯⋯."

절대로 남자를 놓지 않겠다고 했지만, 가는 실처럼 아슬아슬하게 붙어 있던 그녀의 이성은 남자가 칼에 찔렸다는 사실을 알게 된 후부터 급속도로 붕괴돼 버렸다.

우르르. 뇌가, 눈앞이 무너진다. 싫다고, 죽어도, 죽어도 보내지 않겠다고 이야기를 하려던 이예주는 갑자기 시야가 까맣게 물드는 것을 느꼈다.

툭, 그의 옷자락을 움켜쥔 손에서 힘이 풀렸다. 다시 잡으려고 손을 뻗었지만, 모두 허사였다. 손끝 하나 움직일 수 없을 만큼 정신이 아래로 쑤욱 빠졌다.

그다음은 형광등이 뚝 꺼지듯 암전, 암전이었다.

끈 떨어진 인형처럼 예고 없이 허물어지는 인간 여자의 몸을 남자가 가뿐히 받아 냈다. 제 품에서 축 늘어진 그녀의 얼굴이 시체의 그것처럼 새하얗기 그지없었다. 무슨 짓거리를 하며 쏘다녔는지 굳이 묻지 않아도 산발을 한 몰골을 보자면 대충 감이 올 정도였다.

쯧. 인간 여자의 볼에 난 작은 생채기를 발견한 그가 짧게 혀를 찼다. 그러게 친히 묶어 두었을 때 가만히 방에 처박혀 있었으면 좀 좋았을까.

괜히 짓궂은 마음이 불쑥 들어 생채기 옆을 손으로 꾹꾹 누르던 람은 또 상처가 난 부분은 없는지 다른 쪽으로 시선을 돌렸다. 뱀처럼 탐욕스럽게 번들거리는 그의 시뻘건 동공이 인간 여자의 낯을 살살이 훑었다.

다행히 볼에 난 생채기를 제외하고 딱히 상처가 생긴 곳은 없었다. 맨둥맨둥한 피부를 자랑하는, 별 볼 일 없는 그 얼굴 그대로였다.

그나마 다행이군. 무심코 눈길을 거두던 람은 문득 제 시선을 훅 잡아끄는 어떠한 것에 딱딱하게 낯을 굳히고 다시 그녀를 바라보았다.

투명할 정도로 파리한 인간 여자의 얼굴과는 극히 대비되는 검붉은 멍이었다. 왜 볼에 난 생채기보다 먼저 발견하지 못했나 의문이 들 만큼 선명한 손자국이 하얀 목덜미를 넝마주이처럼 만들어 놓았다.

그의 눈에서 오싹한 안광이 번쩍 쏟아져 나왔다. 람이 누군가를 찾듯 품에 안은 인간 여자에게서 눈을 떼고 주위를 둘러보았다.

와아악! 크윽! 꺽! 서로 찌르고 쑤시고 죽이는 행위가 반복되고 있는 주변은 여전히 아수라장이었다.

"그만."

람이 나직하게 읊조렸다. 그러나 광기에 물든 장 내의 구성원들에게 그 소리가 들릴 리 만무했다.

람의 미간이 설핏 일그러졌다. 그가 한 손으로 인간 여자의 허리를 꽉 끌어안아 제게 기대게 한 후, 나머지 한 손을 허공에 슬쩍 들었다. 말로 해서 안 듣는 것들을 다룰 방법은 죽음뿐일지니.

"멈춰."

그가 다시 한번 읊조렸다. 그와 동시에 콰쾅—! 수십 개의 날벼락이 내리쳤다. 그것은 사진을 찍을 때 플래시가 번쩍하고 사람들을 한 번 비추는 것과 비슷한 광경이었다.

드넓은 광장이 아주 잠시 섬광으로 점멸된 직후, 상황은 모두 끝이 났다. 어디선가 고슬고슬한 탄내가 연기를 타고 사람들의 콧속으로 솔솔 불어왔다.

"허, 허억! 이, 이게……!"

빛에 빼앗겼던 시각이 돌아온 이들은 제 앞에 펼쳐진 무시무시한 광경에 입을 떡 벌릴 수밖에 없었다. 방금 전까지만 해도 저와 엎치락뒤치락하며 뒹굴고 있던 신인류가 또는 인간이, 시꺼멓게 탄 목탄처럼 딱딱하게 경직된 모습으로 바닥에 엎어져 고약한 탄내를 풍겼다.

마른하늘에 날벼락을 맞고 쓰러진 자들 사이에는 딱히 이렇다 규정할 수 있는 규칙이 아무것도 없었다. 인간만 맞아 죽은 것도 아니었고, 신인류만 맞아 죽은 것도 아니었다. 완전한 무작위였다.

한 발자국만 더 움직였으면, 혹은 한 발자국만 더 뒤에 있었다면, 지금 숯덩이가 되어 누워 있는 것은 바로 자신이 되었으리라. 광장 안의 모든 신인류와 인간들의 머리에 그 생각이 떠올랐을 때쯤이었다.

"이제 좀 조용해졌군."

그 살 떨리는 광경 속에서 한 남자만이 유유히 들었던 손을 도로 내려놓으며 말했다. 개미 새끼 한 마리 나다니는 소리조차 들리지 않을 만큼 고요함 속이라 그 목소리는 유독 크게 느껴졌다.
 시뻘건 눈동자가 느릿하게 좌우로 움직이며 주위를 살폈다. 남자와 눈이 마주치는 살아 있는 것들은 그것이 신인류가 됐건 인간이 됐건 간에 하나같이 헉 하고 숨을 멈췄다.
 "거, 검은 파편……!"
 남자와 스치듯 눈이 마주친 인간 한 명이 마치 귀신이라도 본 듯한 얼굴로 외쳤다.
 "주, 주인님이야……! 주인님! 검은 파편, 검은 파편…….
 그것이 시발점이 된 듯 이곳저곳에서 기함하는 목소리가 터져 나왔다.
 모두의 경외심 어린 이목이 까맣게 타들어 간 시체들 한가운데에 우뚝 서 있는 람에게로 온전히 쏟아졌을 때였다. 이때가 기회라고 생각한 듯 제드를 억센 힘으로 떨쳐 낸 족장이 주제도 모르고 검은 파편의 앞으로 헐레벌떡 뛰쳐나갔다.
 "크, 크큼. 자, 자네가 거, 검은 파편, 람인가?"
 부름을 받은 람이 그를 돌아보았다. 소문으로만 들어 왔던 그 시뻘건 눈동자가 자신에게로 향하자 족장이 흠칫 몸을 떨었다. 그러나 그는 이내 용기를 그러모아 검은 파편에게 소리쳤다.
 "나, 나는 도, 동쪽 대륙의 주인이자 자, 자네와 다음 계약을 맺을 이, 이 마을의 족장……."
 "이것을 이렇게 만든 놈이 누구지?"
 남자가 말더듬이의 말을 끊고 물었다. 그가 꼭 소중한 것을 다루는 양 인간 여자의 목덜미를 애틋하게 쓰다듬었다. 그러나 그 조심스러운 손길과는 다르게, 족장을 바라보는 시선은 무섭도록 차가웠다.

여자를 쓰다듬는 남자의 손을 따라 눈동자를 돌리던 족장은 그의 손가락 사이사이로 벌겋고 퍼렇게 변색된 피멍들을 발견하곤 아차 싶어 혀를 깨물었다.

망했다. 족장이 사색이 된 얼굴로 생각했다. 필히 오랜만의 사냥에 신이 난 용병 대장이 저지른 짓이렷다.

"네가 한 짓인가?"

족장의 변한 낯빛을 기민하게 알아차린 남자가 지나가며 인사를 하듯 평온하게 물었다.

"흐, 흐헉!"

하지만 족장은 그 안일한 목소리에도 급히 숨을 들이마시며 제자리에서 펄쩍 뛰었다. 남자의 시뻘건 동공이 어느새 살기로 번뜩이고 있었다. 여기서 말 한 마디 잘못했다간 그대로 벼락 맞아 죽을 것이다.

"아, 아니오! 내, 내가 그런 것이 아니오! 저, 절대로 내가 그런 것이 아니라……."

손과 고개 모두를 필사적으로 내저으며 행위를 부정하던 족장이 황급히 주위를 탐색했다. 그는 람의 뒤를 보고 옳다구나, 얍삽한 눈을 빛냈다.

"저, 저놈이오! 모, 모두 다 저놈이 그랬소! 저, 저놈이 그 여자의 목도 조르고 카, 칼로 찌르려고도 했소! 저, 저놈 혼자 도, 독단으로 말이오!"

족장이 한곳을 손가락질하며 고래고래 고함을 질렀다. 광장 안 모든 이들의 시선이 우르르 그쪽으로 쏠렸다.

자꾸만 추욱 늘어지며 그의 품에서 미끄러지는 이예주의 허리를 꽉 고쳐 안으며 람이 천천히 뒤를 돌았다.

"흐, 흐으!"

피로 물든 손을 수전증 걸린 사람처럼 파들파들 떨고 있는 남자가 보였다. 그는 모든 사람들의 시선, 그중에서도 특히 검은 파편의 시선이 자신에게로 쏟아지자 미친 듯이 고개를 내저으며 뒷걸음질 쳤다.

"요, 용병대장이야!"

신인류들의 무리가 먼저 그를 알아보고 소리쳤다. 같은 인간 동료조차 알아보지 못할 정도로 그의 몰골은 처참했다.

용병대장은 얼굴의 왼쪽 절반이 불에 타 질질 녹아내려 허연 뼈를 드러내고 있었다. 눈알까지 녹아내린 건지 눈이 있어야 할 구멍에서 노란 고름이 질질 흘러나왔다. 비단 얼굴만이 아니었다. 너덜너덜한 누더기를 걸치고 있는 그의 전신이 붉은 화염 자국과 함께 쪼그라들어 있었다. 곳곳에 새까맣게 타 붙은 피부 조각이 괴기스러움을 더했다.

탄탄한 근육질을 자랑하며 마을을 제멋대로 지배했던 과거의 용병대장은 없었다. 다만, 지옥 불 속에서 간신히 살아 나온 처참한 몰골의 사내가 두려움에 잠식된 채 이를 딱딱 부딪치고 있을 뿐이었다.

"너인가."

람이 물었다. 그 목소리에 족장도, 용병 대장도 움찔 몸을 떨었다.

"하기야 독기를 풀풀 풍기며 이것을 칼로 쑤시려 했으니 네가 분명하군."

단조롭기 그지없는 목소리를 내던 람이 불현듯 이예주를 안고 있지 않은 손을 돌려 제 허리춤에 박혀 있는 칼의 손잡이를 덥석 움켜잡았다. 그러고는 망설임 없이 배를 뚫고 튀어나온 칼을 뽑아 용병대장의 발치에 휙 던졌다.

챙캉—! 딱딱한 바닥과 쇠로 이뤄진 칼날이 부딪치며 날카로운 소음을 내었다. 검은 파편의 그 행동은 장내에 큰 파장을 불러 일으켰다. 그러나 정작 당사자는 아프지도 않은지 무감각한 얼굴로 중얼거릴 뿐이었다.

"고작 이따위 것으로 뭘 하겠다는 건진 모르겠지만."

저, 저놈이 주인님을 찔렀어! 어디선가 불쑥 그런 소리가 튀어나왔다. 그 즉시 주변이 술렁였다.

주, 주인님을 죽이려 들었어! 거, 검은 파편을! 그 수군거림은 어느덧 용병 대장의 귓속까지 날아와 박혔다. 용병 대장이 눈을 부릅뜨고 외쳤다.

"으으…… 아, 아니야! 나, 나는…… 나는 족장 저놈이 시키는 대로 했을 뿐이야! 모두 족장이 시킨 일이야! 저 말더듬이 새끼가 무슨 일이 있어도 그 여자를 죽이라고 했다고!"

"다, 닥쳐라, 이놈! 어, 어디서 그런 거, 거짓을 고하는 게야!"

배턴을 넘기듯 다시 자신에게로 훅 쏠리는 시선에 족장이 허둥지둥 혐의를 부인했다.

"아, 아니오, 검은 파편. 내, 내 말이 진실이오. 나, 나는 하, 하늘에 맹세코 그, 그런 말을 한 적이 없소!"

"너야말로 거짓말하지 마라, 이 말더듬이 병신 새끼! 네놈이 저 계집을 찾아서 잡아 죽이라고 나를 지하에 보내지만 않았어도 폭발이 일어날 일은 없었어! 저 계집이 모두 죽자고 검은 안개를 폭발시키는 바람에 내가 그 불지옥에서 어떻게 간신히 살아 나왔는데. 어떻게……!"

자신을 가운데 두고 옥신각신하는 두 사람을 마치 한 편의 희극을 보듯 무표정하게 바라보던 람이 이윽고 걸음을 옮겼다. 그 방향은 이예주의 목 따위와는 비교도 되지 않을 만큼 심하게 다쳐 살점을 바닥에 뚝뚝 흩뿌리고 있는 용병대장 쪽이었다.

뚜벅뚜벅. 소문만 무성했지 실제로는 보지도 듣지도 못한 그 검은 파편이 다가왔다. 용병 대장의 하나 남은 눈동자에 두려움이 드글드글 들끓기 시작했다.

"오, 오지 미! 흐흐! 오지 마! 내, 내 잘못이 아니야! 내 잘못이 아니…… 커헉!"

용병 대장은 최후의 변론을 마칠 수 없었다. 거센 손아귀에 목줄기를 콱 틀어 잡혔기 때문이다. 컥! 어마어마한 악력이 숨구멍을 조이자 용병 대장의 하나 남은 눈깔이 굴러떨어질 듯 앞으로 튀어나왔다.

람이 놈의 목을 잡은 팔을 들어 올리자 용병대장의 두 발이 공중에서 미친 듯이 버둥거렸다.

"어리고 약한 것들은 조심히 다뤄 주어야 한다."

한 손으로 용병대장을 번쩍 쳐든 채 또 다른 한 손으로 이예주를 조심히 보듬어 안으며 람이 말했다. 놈이 살겠다고 발악하며 그의 팔을 손톱으로 박박 긁었지만, 신경도 쓰지 않는 눈치였다.

"컥컥! 살려…… 살려 주……."

"더더군다나 이것은 신체도, 정신도 약해 빠졌지. 조금만 욕심내려 해도 세상이 망한 것처럼 울어 젖힌단 말이야."

"크…… 크컥! 컥!"

"꽉 쥐면 부서질까, 툭 치면 죽어 버릴까."

"……크으…… 어어……."

"도망 못 가게 묶어 두기만 할 뿐, 나조차 손 하나 대지 않은 것을."

목덜미를 파고드는 손가락에 점점 더 큰 힘이 들어갔다. 용병대장은 이미 회까닥 눈을 뒤집은 채 혀를 질질 빼어 문 후였다. 우두둑. 문득 무언가가 부서지는 괴기한 소리가 났다.

"감히 너 따위가."

람이 이를 악물고 짓씹듯이 내뱉었다.

우둑. 우두두둑— 그에게서 꽤 떨어진 곳까지 여실히 들릴 만큼 커다랗고 끔찍한 소리와 함께 용병대장의 몸뚱이가 털썩 바닥으로 떨어졌다. 떨어진 것은 '몸뚱이'뿐으로, 놈의 머리는 여전히 람의 손아귀 위에 들려 있었다.

하지만 그도 얼마 못 가 몸뚱이 근처 바닥에 아무렇게나 내던져졌다. 머리를 잃은 몸통이 간헐적으로 경련하며 분수처럼 피를 쫙쫙 뿜어냈다. 그 옆으로 눈도 감지 못한 시체의 머리가 쓰레기 굴러다니듯 몇 바퀴 구르다 멈췄다.

흐이익—! 근처의 군중들이 비명을 지르며 그 주변에서 서둘러 물러났다. 마을 전체가 경악으로 그득 찼다.

살아 있는 자의 머리가 뜯겼다. 정확히는 엄청난 힘에 의해 살과 목뼈가 부서져 몸에서 떨어져 나왔다. 믿기지 않는 광경이었다.

그러나 그런 잔악무도한 짓을 저지른 자에게 항변하는 이는 없었다. 모두들 공포로 허옇게 질린 얼굴을 하고 그다음이 누구일지 짐작하며 벌벌 떨고 있을 뿐이었다.

무 뽑듯이 사람 머리통을 뽑아낸 살인귀 같은 사내가 시체에서 등을 돌렸다. 손아귀에 줄줄 흐르는 용병 대장의 피를 오물이라도 묻은 것처럼 불쾌한 얼굴로 털어 내며 람이 족장을 바라보았다.

"……그래. 어디까지 말했지? 내 다음 계약자라고 했던가?"

아무 일도 없었던 것처럼 검은 파편이 족장에게 물었다. 족장은 꿀꺽, 마른침을 삼켰다. 너무 역겹고 끔찍해서 관자놀이를 타고 흐르는 식은땀을 닦아 낼 생각조차 들지 않았다.

"그, 그러니까……."

족장이 도저히 떼어지지 않는 두 입술을 어렵사리 떼어 냈다. 그저 정신없이 고개를 끄덕이는 그의 눈동자는 이미 초점이 나가 있었다.
"그, 그렇소. 그렇소……."
람이 땀을 뻘뻘 흘리는 족장을 바라보며 픽 웃었다. 그의 시뻘건 눈동자가 음산하게 빛났다. 이 멍청하고 우매하기 짝이 없는 인간에게 분수를 가르쳐 줄 때가 왔다.
"이십여 년 전이었다."
남자가 친절하게 그때가 언제쯤인지 설명을 덧붙이며 느릿하게 입을 열었다.
"신인류들과 인간 사이에서 일어난 2차 전쟁의 전세가 신인류들 쪽으로 완전히 기울었을 즈음이었지. 한 신인류에게 혀가 뽑힌 인간이 나를 찾아왔다."
"그, 그런……!"
'신인류에게 혀가 뽑힌 인간'의 대목에서 족장의 동공이 크게 확장되었다. 제 아버지를 말하는 것이다. 어린 황조롱이에게 혀가 뽑히고 대대손손 말을 더듬는 저주까지 받은 선대 족장.
"놈은 개처럼 엎드려 내게 빌었다. 모든 죄는 제가 뒤집어쓸 테니 제 목숨을 거둬 가고 대신 제 가족과 마을 인간들을 살려 달라더군."
"……."
"네 하찮은 목숨 따윈 아무짝에도 쓸모가 없다 하니 앞길이 창창한 아들과 아직 눈도 못 뜬 갓난쟁이인 손자를 들먹이며 매달렸다."
신인류들과 인간들의 사이에서도 또다시 쑥덕거림이 퍼졌다. 검은 파편이 말한 앞길이 창창한 아들과 눈도 못 뜬 갓난쟁이가 현 족장과 그의 아들인 제드를 가리킨다는 것을 모르는 이는 아무도 없었다.
"나는 놈에게 물었지. 네 가족과 마을 인간들을 살려 주면 네놈은 내게 뭘 줄 수 있느냐고. 놈은 자신이 마을의 족장이기 때문에 이대로 신인류들과 휴전을 할 수 있다고 하였다. 휴전 후에도 인간들이 다시는 신인류들을 먹지도 건드리지도 않는, 모두가 동등하게 공존하는 중간 지대를 만들겠노라고. 그 평화로운 동쪽 대륙을 내게 바치겠다고 놈이 답했지."

"……."

"그래서 나는 마지막 아량을 베풀어 그 조건을 받아들이고 놈과 휴전에 관한 계약을 했다. 계약이 지속되는 기간은―."

"……."

"마을 족장이었던 놈이 죽기 전까지."

검은 파편이 명쾌하게 마지막 말을 마침과 동시에 광장 안이 소란스러워지기 시작했다. 마지막으로 더 하고 싶은 말 있으면 해 보라는 듯 람이 관대하게 족장을 응시했다.

족장의 낯빛은 죽은 생선처럼 퍼랬다. 숨을 쉬기 위해 물을 찾는 것처럼 놈이 두툼한 입술을 뻐끔거렸다.

"그, 그럴 리가…… 그, 그럴 리가 없어. 계, 계약이 그, 그럴 리가……."

"네 아비를 죽였다지?"

"히, 히이익!"

존속 살해 혐의를 묻는 목소리에 족장이 괴성을 지르며 경련을 일으키듯 몸을 꿈틀거렸다. 그 벌레 같은 모습에 람이 눈동자만큼 붉은 입술을 끌어 올려 진득하게 웃었다.

"계약이 종료됐군."

그리고 신인류들의 주인이 오로지 그를 위해 존재하는 종들에게 명했다.

"휴전은 끝났다. 지금부터 3차 전쟁이다."

와아아아아아! 신인류들이 함성을 외치며 인간들에게 달려들었다.

인간들은 몇십 년 전과 같이 날카로운 철제 무기로 저항하려 했지만 소용없었다. 오랜 시간을 움츠린 채 인간들과 섞여 살며 그들의 기술과 지식을 배운 신인류들을 막기에는 역부족이었다. 광장 안이 순식간에 다시 광란의 아수라장으로 변했다.

티 한 점 없는 푸른 하늘을 거름 삼은 땅 위로 피비린내를 풀풀 풍기는 것들이 싹을 움 틔우고 순식간에 자라나 핏빛 꽃을 활짝 피어 냈다. 바야흐로 꽃이 만개하는 여름이 찾아왔다.

동쪽 대륙의 주인이 바뀔 시간이었다.

동쪽 대륙, 인간과 신인류들이 모여 사는 마을. 그곳에서 가장 최남단에 위치한 족장의 으리으리한 저택이 새벽녘에 느닷없이 폭발했다.

발화의 시작점이 지상이 아닌 지하였기 때문에, 오랜 위엄을 간직하고 있던 저택은 손 쓸 틈도 없이 모래성처럼 와르르 무너져 땅속으로 푹 꺼졌다. 그 어마어마한 잔재 속에서 황조롱이의 시체를 찾는 것은 사막에서 바늘을 찾는 것과 같은 일이었다.

먼지와 폭발 잔해, 어둠이 점령한 지하 700미터는 온통 탄내와 알 수 없는 구린내가 진동했다. 덩치에 비해 비위가 약한 나비가 냄새를 맡고 욕지기를 꾹 참다가 결국 '우웨엑' 하고 속을 게워 냈다. 붉은 개가 그 옆에서 시체 타는 냄새가 진동을 한다고 중얼거렸기 때문이다.

후각으로 죽은 황조롱이를 찾아내는 것은 역부족이었다. 그들은 결국 해안가 근처에서 모래를 파헤치고 단잠을 자고 있던 바퀴벌레를 강제로 깨워 질질 끌고 올 수밖에 없었다.

　대왕 바퀴벌레는 거대한 몸집과는 어울리지 않게 첩첩산중처럼 쌓인 잔해들을 요리조리 피해 지하 깊숙한 곳까지 파고들었다. 그리고 머리에 달린 크고 아름다운 더듬이를 이용하여 황조롱이가 파묻혀 있는 곳을 찾아내었다.

　"여기야! 여기!"

　커다랗게 외치는 대왕 바퀴벌레의 목소리에 재빠르게 달려온 나비와 붉은 개는 기이한 광경을 목도했다.

　"이게 황조롱이야?"

　붉은 개가 잔해 더미 사이로 희미하게 쏟아져 나오는 빛을 보고 영문을 모르겠다는 얼굴로 물었다. 대왕 바퀴벌레가 더듬이를 살랑살랑 흔들며 고개를 끄덕였다.

　"맞다. 여기서 황조롱이의 기운이 느껴지고 있어."

　"어, 어떻게 찾은 거로라? 그리고 왜 빛이 나는 거로라?"

　나비가 성급히 물었다. 대왕 바퀴벌레가 이번에는 더듬이를 세게 흔들며 답했다.

　"몰라. 더듬이에서 갑자기 따듯한 기운이 느껴지기에 따라와 봤더니 있던데?"

　그들은 힘을 모아 열심히 빛 위에 첩첩이 쌓여 있는 바윗덩이들과 버력 따위의 잔해들을 치워 냈다.

　마치 내가 여기 아래 묻혀 있소, 하고 환하게 발하던 빛은 희한하게도 그 근원에 가까워질수록 조금씩 그 존재를 죽여 갔다. 마침내 그들이 마지막 돌을 치워 내고 새로 변해 있는 황조롱이를 찾아냈을 때 빛은 온데간데없이 사라졌다.

　"뭐지? 뭐지?"

바퀴벌레가 당황하여 외쳤다. 빛이 사라지고 드러난 황조롱이는 상처 하나 없이 말끔했다.

굴이 무너졌는데 어떻게 이렇게 점잖게 죽을 수 있지? 바위틈에서 새어 나온 빛을 보았을 땐, 못해도 무너진 잔해에 깔려 쥐포처럼 납작하게 짜부가 됐거나 내장이 터져 있는 끔찍한 광경을 마주할 것이라 생각했는데. 불에 타 죽거나 폭발에 휩쓸려 같이 터져 죽은 게 아니라 유독 가스에 질식해 죽은 건가?

축 늘어진 작은 황조롱이를 바라보며 대왕 바퀴벌레가 고개를 갸웃거렸다. 그때, 나비의 눈동자가 화등잔만 하게 커졌다.

"허, 헉! 가, 가슴이 움직이로라! 수, 숨소리가! 수, 숨소리가……!"

미미하게 위아래로 들썩이는 황조롱이의 가슴을 본 모두가 경악했다. 그들은 누가 먼저라 할 것 없이 동시에 외쳤다.

"황조롱이가 살아 있어!"

작은 돛단배가 둥둥 떠 있는 항구에서 다시 만난 주인은 정신을 잃은 채 늘어져 있는 인간 여자를 품에 안고 있었다.

주인님이 그런 그녀를 놓칠세라 두 팔로 단단히 끌어안았다. 그 모습을 본 붉은 개의 눈초리가 단번에 하늘로 치솟았다. 그녀는 무시무시한 살기를 뿜어냈다. 그것을 눈치채고 쭈뼛거리는 것은 나비뿐이었다.

"주인! 황조롱이가 아직까지 살아 있수다! 황조롱이가 말이오! 아직까지……! 어라? 인간 여자가 아닌가?"

산만 한 덩치와는 반대로 눈치라고는 쥐뿔도 없는 대왕 바퀴벌레는 나비가 아무리 눈알이 빠져라 눈짓을 해도 전혀 알아듣지 못했다. 그도 모자라 이예주가 봤다면 괴성을 지르며 혼절했을 더듬이를 아무렇지 않게 들이대며 말했다.

"주인! 이 인간 여자, 어디 아픈 거요? 얼굴이 창백하네? 감히 주인님의 품에 있는데 맥도 못 추리고 말이야. 많이 아픈가 보오."

람은 바퀴벌레의 물음에 대답 않고 그의 등 위에 있는 황조롱이를 내려다보았다. 그 모습을 본 바퀴벌레가 황조롱이를 찾으며 겪은 기이한 빛에 대해 조잘조잘 떠들었다.

바퀴벌레의 말처럼 작은 생채기 하나 나지 않은 황조롱이의 본신을 본 람은 한동안 침묵했다. 잠시 사색에 빠진 듯 일자로 굳게 입을 다물고 있던 그는 한참이 지난 후에서야 말문을 열었다.

"황조롱이는 죽지 않았다."

"……."

"다만 기력이 크게 쇠했기 때문에 당분간 정신을 차리긴 힘들겠군."

"그, 그럼 황조롱이는 언제쯤 깨어나로라? 어떻게 치료해야……."

"치료는 없다."

"예에?!"

치료는 없다는 말에 세 마리의 신인류들이 모두 대경실색하여 주인님을 돌아보았다.

"그럼 엘로는 어떻게 해요, 주인님?"

"그저 자연히 깨어나길 기다리는 수밖에."

붉은 개가 울먹이며 물었지만, 들려오는 답 역시 시원치 않았다. 그럼 죽은 거나 마찬가지이지 않로라……. 나비도 덩달아 울먹이며 작게 혼잣말했다.

람은 유일하게 담담한 표정인 대왕 바퀴벌레에게 명령했다.

"바퀴벌레, 너는 이대로 황조롱이를 데리고 북쪽 대륙 동물의 숲에 있는 까마귀 둥지에 가서 황조롱이를 돌보라는 명령을 전하도록."

"주, 주인! 북쪽 대륙까지 가란 말이우? 곧 짝짓기 철이라 어서 서쪽으로 돌아가야 하는……!"

나 말고 이 도둑고양이나 붉은 개를 시키라고 생떼를 부리려던 바퀴벌레는 곧바로 번뜩이는 시뻘건 안광에 입을 다물고 조용히 더듬이를 수그렸다.

"나머지는 남아서 앞으로 급격히 변할 동쪽 대륙을 수습해라."

마저 말을 마친 람은 인간 여자를 데리고 뒤로 돌았다. 그대로 걸음을 옮기려던 그의 앞길을 누군가가 다급하게 막아섰다. 형형하게 빛나는 눈으로 쓰러진 이예주를 노려보던 붉은 개였다.

"주인님! 왜 그 여자를 데리고 가시는 거예요?"

붉은 개가 상기된 얼굴로 소리쳤다.

"그 여자는 인간이잖아요! 게다가 황조롱이를 죽게 만들었어요!"

"황조롱이는 죽지 않았다."

"그래도 거의 죽을 위기에 처했어요! 다 이 여자 때문이에요! 이 계집이 마을 인간들과 다를 바 없는 이기적인 인간이라……!"

"그만."

머리칼이 구불구불 춤을 출 만큼 격렬하게 외치던 붉은 개의 목소리는 주인의 서늘한 시선에 뚝 멈췄다.

"비켜."

"주, 주인님……!"

언제나 다정했던 주인이 낯선 타인을 보듯이 자신을 바라보았다.

붉은 개는 자신이 잘못 들은 거라 여기고 다시 한번 그의 얼굴을 올려다보았다.

그러나 여전했다. 싸늘한 얼굴이 자신을 귀찮은 물건처럼 응시했다. 황조롱이를 죽음까지 이르게 했던 인간 계집은 더없이 소중하다는 듯 품에 고이 안고 있으면서. 그 인간 계집을 품에 안고 어떻게, 어떻게……!

"흐, 흐윽! 시, 싫어요! 가시더라도 그 인간 여자는 마을에 놓고 가세요! 그러지 않으시면 절대 비키지 않을 거예요!"

"지금 비키지 않으면 소멸이다."

허억! 주인의 입에서 '소멸'이라는 단어까지 오르자, 눈치라곤 쥐뿔도 없던 대왕 바퀴벌레마저 숨넘어가는 소리를 냈다. 주인이 분노했다. 선명한 노기에 당사자도 아닌 그들마저 오금이 저릴진대, 그 분노를 고스란히 맞고 있는 붉은 개는 과연 어떠할지 짐작도 되지 않았다.

붉은 개는 찢어질 만큼 눈을 크게 뜨고 그 자리에 얼어붙었다. 주인의 분노보다 그의 얼음장 같은 말투에 더 충격을 먹은 것 같았다.

그러나 주인은 변했다. 그는 더 이상 두려움에 푹 젖은 채 발발 떨고 있는 붉은 개를 다정한 목소리로 달래 주지 않았다.

"네 본분이 뭔지 잊지 마라, 붉은 개. 제 주제도 모르고 기어오르는 것들까지 수족으로 부릴 생각은 없으니."

그 말을 끝으로 람이 붉은 개의 옆을 차갑게 지나쳤다. 인간 여자를 품에 안은 주인이 완전히 점이 되어 완전히 사라질 때까지 붉은 개는 자리에 못 박힌 채 부들부들 몸을 떨었다.

"이, 이럴 순 없어……."

투둑 투둑, 하얀 볼을 타고 옥구슬 같은 눈물이 떨어졌다. 찢어져 피가 나는데도 붉은 개는 끊임없이 아랫입술을 짓씹으며 중얼거렸다.
"주인님이 이러실 리 없어. 주, 주인님이 나한테……."
"……."
"이, 이게 다 그 인간 계집 때문이야! 그 인간 계집만 아니었어도! 그년이 주인님 옆에 붙어 있지만 않았어도……!"
"인간 여자 탓이 아니야."
눈물을 뚝뚝 흘리며 인간 여자에 대한 분을 참지 못하고 악을 쓰던 붉은 개를 차갑게 일깨운 것은 다름 아닌 대왕 바퀴벌레였다. 주인의 앞에서 너스레를 떨던 모습은 전혀 보이지 않았다. 대왕 바퀴벌레는 냉정하고 이성적인 어조로 붉은 개에게 현실을 말했다.
"물론 인간 여자의 영향이 없다고 볼 순 없겠지. 하지만 주인님은 변했어. 그건 인간들뿐만 아니라 신인류들의 탓도 있어."
"집어치워! 우린 주인님께서 친히 선택해 준 새로운 인류야! 주인님께서 변하실 리 없어! 주인님께서! 주인님께서 우리에게……!"
"붉은 개 너도 변했는데 주인님이라고 왜 계속 정체되어 계시겠어? 인간을 사랑하던 네가 지금은 그 누구보다 인간을 증오하게 된 것처럼, 주인님께서도 가장 우선시하는 순위가 바뀌신 것뿐이야."
침착한 어조로 반박하는 바퀴벌레 때문에 붉은 개는 더 이상 화낼 기운도 나지 않았다. 다소 신경질적이던 그녀의 예쁘장한 얼굴이 울상으로 왈칵 일그러졌다.
"흐흑, 그럼 이제 어떡해? 나는…… 나는 아직도 주인님이 너무 좋은데. 주인님이, 주인님만은 절대로 변하지 않고 계속 그대로였으면 좋겠는데……."
어느덧 항구 주위에는 붉은 개의 머리카락만큼이나 불그스름한 노을이 자욱이 내려앉아 있었다. 바다 저편 너머 수평선으로 야금야금 사라지는 찬란한 태양을 바라보며, 바퀴벌레는 담담히 중얼거렸다.

"어쩔 수 없지, 뭐. 주인님은 지금까지도 그래 오셨고, 또 앞으로도 계속 변하실 테니까. 언제나 그래 왔듯 우린 그저 지켜보고 그에 맞춰 적응하는 수밖에."

그 말을 끝으로 작은 황조롱이를 태운 바퀴벌레가 이윽고 검은 날개를 좌악 펼쳤다. 힘차게 날갯짓을 하자 바퀴벌레의 거대한 몸은 가볍게 허공으로 '부웅—' 날아올랐다.

휘이잉— 커다란 파도와 함께 거센 바닷바람이 항구로 몰아쳤다. 하지만 따가운 바람과 정면으로 맞서도 커다란 몸은 끄떡없었다. 그는 거대해진 제 몸체가 마음에 들었다. 인간의 발톱만 한 크기에 불과했던 제 몸집이 수백 년에 걸쳐 이렇게 당당히 돌풍과 마주할 수 있을 만큼 커진 것처럼.

변화의 바람은 언제나 두려우면서도 한편으론 가슴이 두근거리는 오묘한 감각을 몰고 온다.

—4권에서 계속—

BLACK LABEL CLUB 033
레드 앤 매드 3

초판 인쇄 2018년 4월 19일
초판 발행 2018년 4월 27일

지은이 권겨을
펴낸이 신현호
편집국장 김은주
편집부장 예숙영
편집 김수민
편집디자인 한방울
영업·관리 김민원 이주형 조인희
물류 이순우 최준혁

펴낸곳 ㈜디앤씨미디어
출판등록 2002년 5월 1일 제117-90-51792호
주소 서울시 구로구 디지털로 26길 111 JnK디지털타워 503호
대표전화 (02)333-2513 팩스 (02)333-2514
전자우편 dncbooks@dncmedia.co.kr
디앤씨북스 블로그 http://blog.naver.com/dncbooks
디앤씨북스 로맨스 카페 http://cafe.naver.com/dnc2007

ISBN 979-11-264-4292-8 (04810)
      979-11-264-4273-7 (SET)